水滸二論

馬幼垣　著

給
嶺南大學的同事們
——以誌一段十分愉快的教研日子
並用以紀念
指引我在歐洲蒐求插增本殘卷的
龍彼得教授(Piet van der Loon, 1920-2002)

京本忠義傳

第八十卷

〔七〕

洋灣不問路道闊狹但有白楊樹的轉灣便是沒路後那樹都是死路若還走差了左來右去只走不出去更裏死路裏地下埋藏看有竹笆鐵蒺藜

着是走差了躊着飛發准定吃了石秀拜謝了便問爺上高姓那老人道這村里姓祝的最多惟有我覆姓鍾離住居住此石秀道蒙賜酒飯已都吃了即當厚報正說之間只聽得外回炒鬧石秀聽得道拿了一個細作石秀又吃了一驚跟那老人出來看時只見七八十個軍人背綁着一個人過來石秀看時却是楊林石秀看了只暗上地叫苦假問老人道這個擎了的是甚麽人為甚事綁了他那老人道你不見說他是宋江那裏來的細作打扮做個離鬼法師問入村裏來却又不認得這路口掠大路個來做細作石秀因此吃他拿了有人認得他從來是賊叫做錦豹子楊林說言未了只聽得前面喝道說是莊上三官人巡綽過來石秀見任壁縫裏張時看見前面擺着二十對噪鑼後面四五個人騎戰馬都雪白馬前中間雜着一個年少的壯士騎一疋雪白馬上全付披掛了弓箭

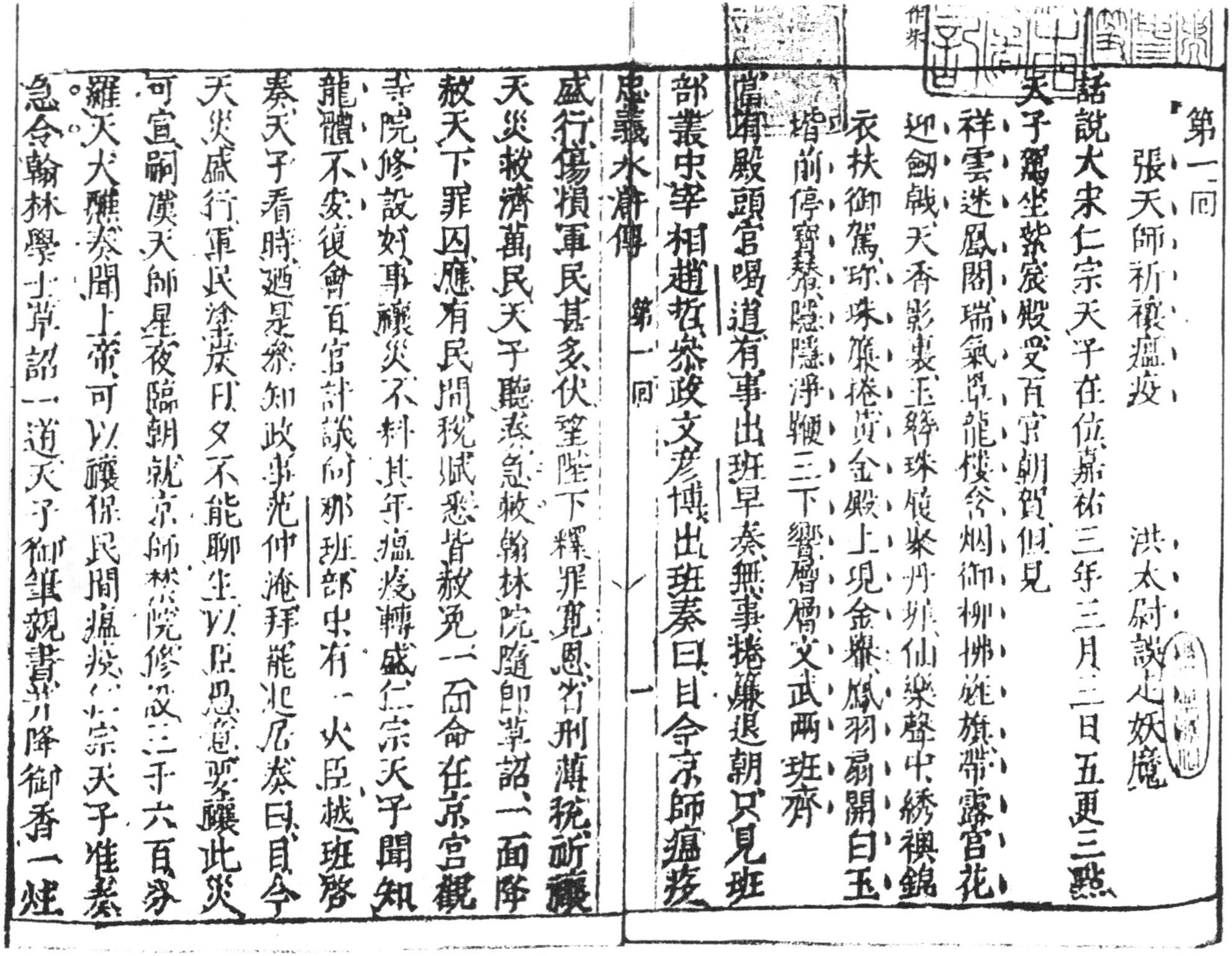
第一回
張天師祈禳瘟疫　洪太尉誤走妖魔
話說大宋仁宗天子在位嘉祐三年三月三日五更三點
天子駕坐紫宸殿受百官朝賀但見
祥雲迷鳳閣瑞氣罩龍樓含烟御柳拂旌旗帶露宮花
迎劍戟天香影裏玉簪珠履聚丹墀仙樂聲中繡襖錦
衣扶御駕珍珠簾捲黃金殿上現金轝鳳羽扇開白玉
堦前停寶輦隱隱淨鞭三下響層層文武兩班齊
當有殿頭官喝道有事出班早奏無事捲簾退朝只見班
部叢中宰相趙哲參政文彥博出班奏曰目今京師瘟疫
忠義水滸傳　第一回　一
盛行傷損軍民甚多伏望陛下釋罪寬恩省刑薄稅祈禳
天災救濟萬民天子聽奏急敕翰林院隨即草詔一面降
赦天下罪囚應有民間稅賦悉皆赦免一面命在京宮觀
寺院修設好事禳災不料其年瘟疫轉盛仁宗天子聞知
龍體不安復會百官計議向那班部中有一大臣越班啓
奏天子看時乃是參知政事范仲淹拜罷起居奏曰目今
天災盛行軍民塗炭日夕不能聊生以臣愚意要禳此災
可宣嗣漢天師星夜臨朝就京師禁院修設三千六百分
羅天大醮奏聞上帝可以禳保民間瘟疫仁宗天子准奏
急令翰林學士草詔一道天子御筆親書并降御香一炷

插圖二
日本東京無窮會藏百回本《全像忠義水滸傳》（見本集頁18）

插圖三

南京圖書館藏八卷本《新刻出像京本水滸傳》（見本集頁19及263）

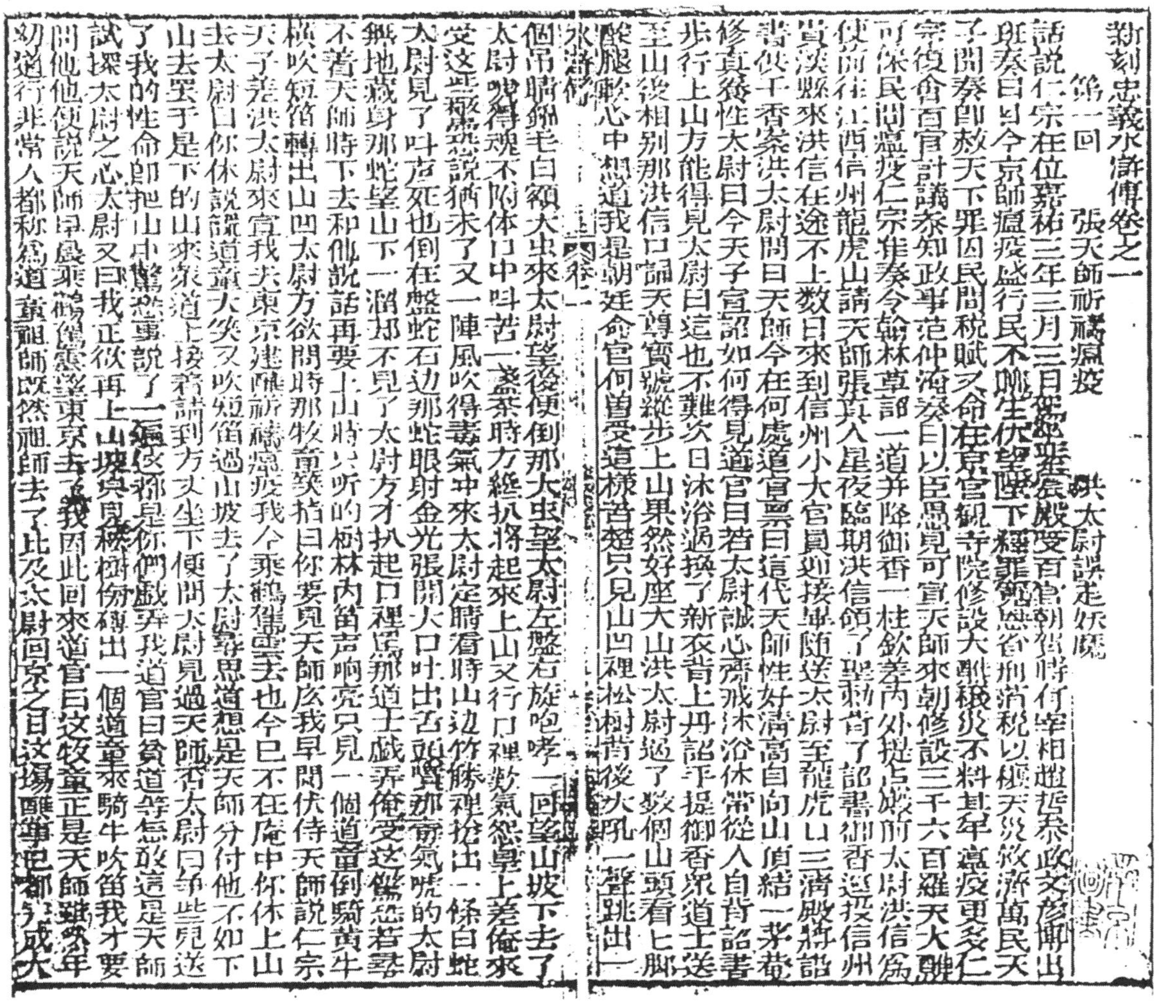

新刻忠義水滸傳卷之一

第一回　張天師祈禳瘟疫　洪太尉誤走妖魔

話說仁宗在位嘉祐三年三月三日五更三點天子駕坐紫宸殿受百官朝賀時有宰相趙哲參政文彥博出班奏曰目今京師瘟疫盛行民不聊生伏望陛下釋罪寬恩省刑薄稅以禳天災救濟萬民天子聞奏即敕天下罪囚民間稅賦又命在京宮觀寺院修設大醮禳災不料其年瘟疫更多仁宗復會百官計議參知政事范仲淹奏曰以臣愚見可宣天師來朝修設三千六百羅天大醮可保民間瘟疫仁宗准奏令翰林草詔一道并降御香一炷欽差內外提点殿前太尉洪信為使前往江西信州龍虎山請天師張真人星夜臨期洪信領了聖敕背了詔書御香選揀信州貴溪縣來洪信在途不上數日來到信州小大官員迎接畢隨送太尉至龍虎山三清殿將詔書供于香案洪太尉問曰天師今在何處道官禀曰這代天師性好清高自向山頂結一茅菴修真養性太尉曰今天子宣詔如何得見道官曰若太尉誠心齋戒沐浴休帶從人自背詔書步行上山方能得見太尉曰這也不難次日沐浴過換了新衣背上丹詔手提御香衆道士送至山後相別那洪信口誦天尊寶號縱步上山果然好座大山洪太尉過了數個山頭看ヒ脚酸腿軟心中想道我是朝廷命官何曾受這樣苦楚只見山凹裡松樹背後火孔一聲跳出一

水滸傳卷一

個吊睛錦毛白額大虫來太尉望後便倒那大虫望太尉左盤右旋咆哮一回望山坡下去了太尉嚇得魂不附体口中叫苦一盞茶時方纔扒將起來上山又行了裡數氣喘息上差俺來受這些驚恐說猶未了又一陣風吹得毒氣中來太尉定睛看時山边竹藤裡搶出一條白蛇太尉見了叫苦死也倒在盤蛇石边那蛇眼射金光張開大口吐出舌頭噴那毒氣唬的太尉無地藏身那蛇望山下一溜却不見了太尉方才扒起口裡罵那道士戲弄俺受這驚恐若尋不着天師時下去和他說話再要上山時只聽的樹林內笛声响亮只見一個道童倒騎黃牛橫吹短笛轉出山凹太尉方欲問時那牧童笑指曰你要見天師麼我早間伏侍天師說仁宗天子差洪太尉來宣我去東京建醮祈禳瘟疫我今乘鶴駕雲去也今已不在庵中你休上山去太尉曰你休說謊道童大笑又吹短笛過山坡去了太尉尋思道想是天師分付他不如下山去罷于是下的山來衆道接着請到方丈坐下便問太尉見過天師否太尉曰險些兒送了我的性命郎把山中驚恐事說了一遍這都是你們戲弄我道官曰貧道等怎敢這是天師試探太尉之心太尉又曰我正欲再上山坡只見松樹傍轉出一個道童騎牛吹笛我才要問他他便說天師早晨乘鶴駕雲望東京去了我因此回來道官曰這牧童正是天師雖然年幼道行非常人都稱為道童祖師既然祖師去了比及太尉回京之日這場醮事也都了成大

新刻出像京本忠義水滸傳卷

插圖五
李玄伯原藏百回本《忠義水滸傳》（見本集頁22）

忠義水滸傳

第十一回

朱貴水亭施號箭　林冲雪夜上梁山

話說豹子頭林冲當夜醉倒在雪裏地上掙扎不起被衆
莊客向前綁縛了解送來一箇莊院只見一箇莊客從院
裏出來說道大官人未起衆人且把這厮高吊起在門樓
下看看天色曉來林冲酒醒打一看時果然好箇大莊院
林冲大叫道甚麽人敢吊我在這裏那莊客聽得叫手拿
柴棍從門房裏走出來喝道你這厮還自好口那箇被燒
了髭鬚的老莊客說道休要問他只顧打等大官人起來

水滸傳　第十一回　一

好生推問衆莊客一齊上林冲被打掙扎不得只叫道不
妨事我有分辯處只見一箇莊客來叫道大官人來了林
冲朦朧地見箇官人背叉著手行將出來至廊下問道你
等衆人打甚麽人衆莊客答道昨夜捉得箇偷米賊人那
官人向前來看時認得是林冲慌忙喝退莊客親自解下
問道教頭緣何被吊在這裏衆莊客看見一齊走了林冲
看時不是別人却是小旋風柴進連忙叫道大官人救我
柴進道教頭爲何到此被村夫耻辱林冲道一言難盡兩
箇且到裏面坐下把這火燒草料場一事備細告訴柴進
聽罷道兄長如此命蹇今日天假其便但請放心這裏是

插圖六
日本多久市多久歷史民俗資料館藏遺香堂百回本《水滸傳》
（見本書頁 22）

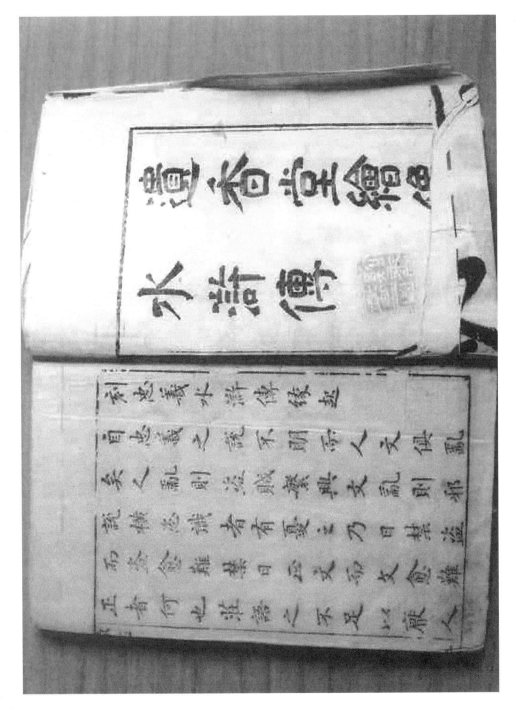

插圖七
黃丕烈原藏《新編宣和遺事》（見本集頁 33）

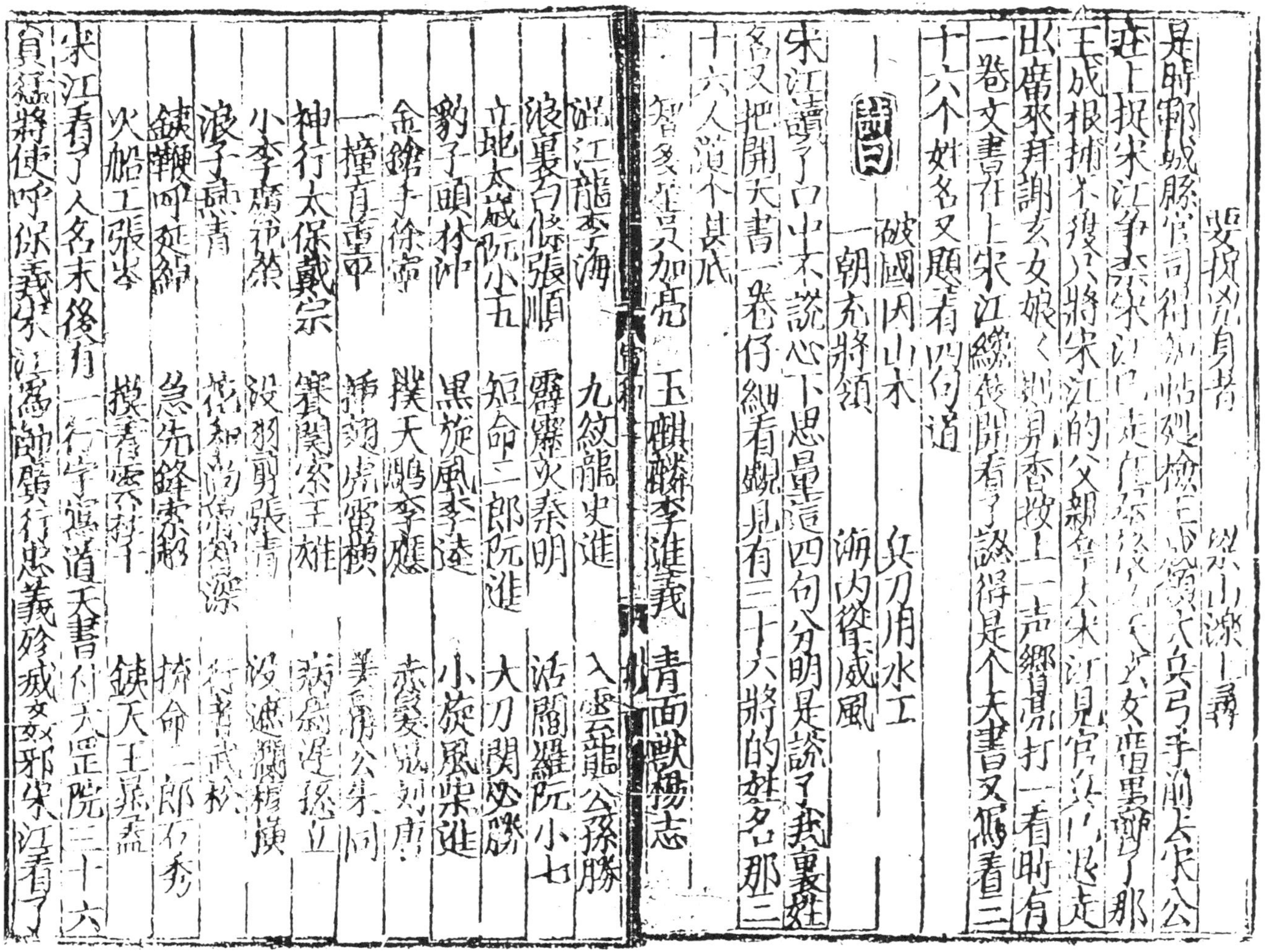

插圖八

中央研究院歷史語言研究所藏《古本宣和遺事》（見本集頁 33）

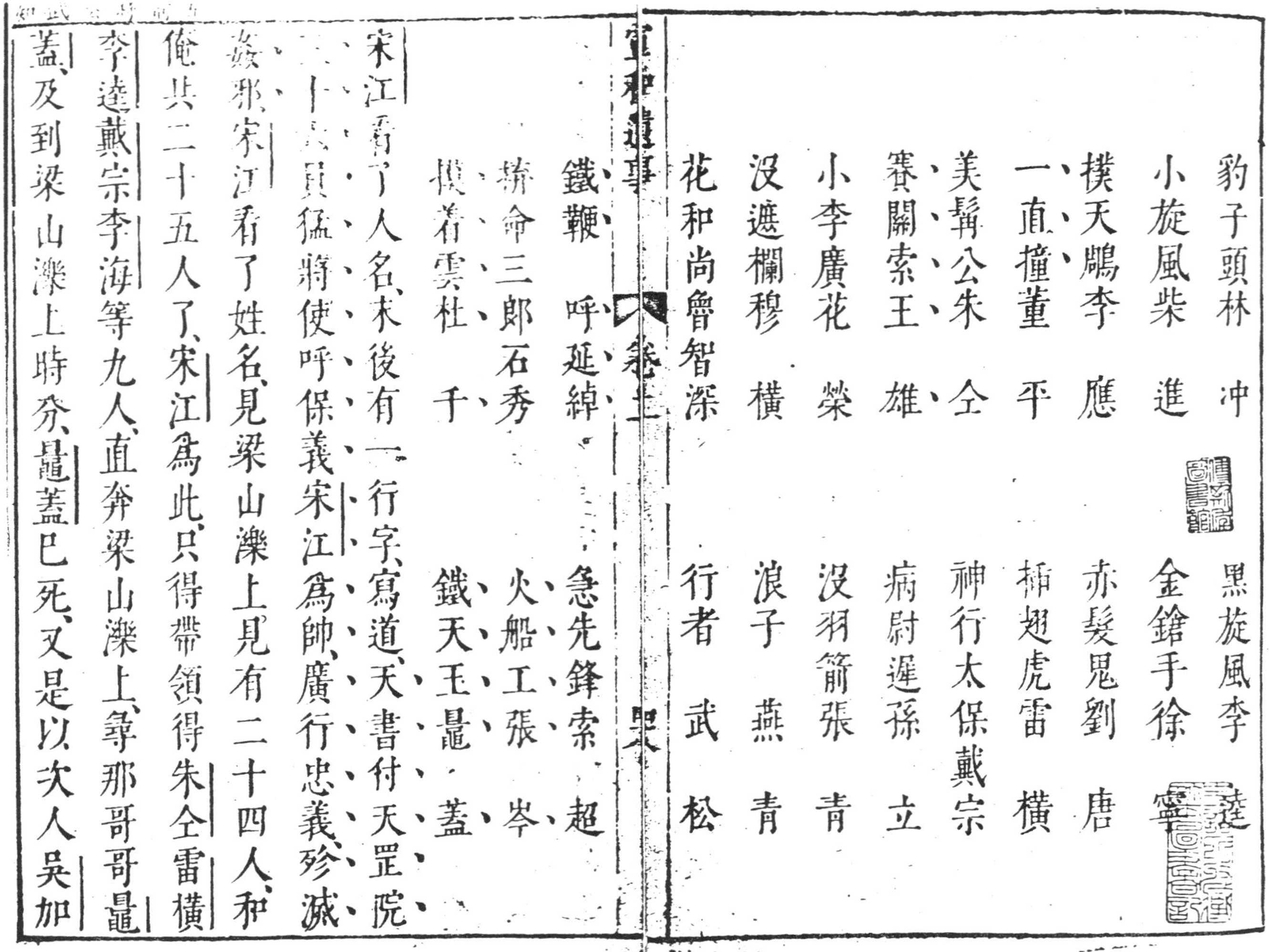

豹子頭林沖　　　　黑旋風李逵
小旋風柴進　　　　金鎗手徐寧
撲天鵰李應　　　　赤髮鬼劉唐
一直撞董平　　　　插翅虎雷橫
美髯公朱同　　　　神行太保戴宗
賽關索王雄　　　　病尉遲孫立
小李廣花榮　　　　沒羽箭張青
沒遮攔穆橫　　　　浪子燕青
花和尚魯智深　　　行者武松

鐵鞭呼延綽
急先鋒索超
拼命三郎石秀
火船工張岑
摸着雲杜千
鐵天王晁蓋

宋江為帥，廣行忠義，殄滅奸邪。……宋江等三十六人……往來於太行山樑山濼上……及到樑山濼上……

梁山濼上宋江手下那三十六人姓名——

上尋去宋公明那裏走，手下有兵士譚稹已譚退有那迸走。宋江見官兵打著，看見三箇大天王立著賣弄兵書，宋江見了見，那官兵已在屋後去了，宋江認得是箇天書，寫著文字；宋江細細看了，卷一卷天書，把開放天書，那天書卷上寫著三十六箇將的姓名。宋江看了一卷天書名姓，那三十六人自早先有那名字道：

智多星吳加亮　玉麒麟盧進義　青面獸楊志
混江龍李海　九紋龍史進　入雲龍公孫勝
浪裏白條張順　霹靂火秦明　小旋風柴進
豹子頭林沖　病尉遲孫立　大刀關勝
小李廣花榮　插翅虎雷橫　美髯公朱同
神行太保戴宗　急先鋒索超　花和尚魯智深
鐵鞭呼延綽　金鎗手徐寧　行者武松
混江龍李海　鐵天王晁蓋……

（右）宋江看了天書三十六人名姓，宋江與那三十六箇猛將使那天書為帥，替天行道為忠義，宋江替天書修減姦邪……

智多星吳加亮　混江龍李海　九紋龍史進　入雲龍公孫勝
玉麒麟盧俊義　青面獸楊志　浪裏白條張順　霹靂火秦明
小旋風柴進　大刀關必勝　豹子頭林沖　黑旋風李逵
小李廣花榮　花和尚魯智深

九紋龍史進	入雲龍公孫勝
浪裡白跳張順	霹靂火秦明
活閻羅阮小七	立地太歲阮小五
短命二郎阮進	大刀關必勝
豹子頭林冲	黑旋風李逵
小旋風柴進	金鎗手徐寧
撲天鵰李應	赤髮鬼劉唐
一撞直董平	插翅虎雷橫
美髯公朱仝	神行太保戴宗
賽關索王雄	病尉遲孫立
小李廣花榮	没羽箭張青
没遮攔穆橫	浪子燕青
花和尚魯智深	行者武松
鐵鞭呼延綽	急先鋒索超
命三郎石秀	火舡工張岑
撲青雲杜千	鐵天王晁蓋

三十六員猛將名姓將使呼保義宋江為帥廣行忠義善惡罪滅
天書付天罡院

說這四句分明是記了三十六人的姓名。宋江看了，口中不說，心下思量：這四句分明是記三十六將的姓名。那三十六人道個甚的？

智多星吳加亮　　玉麒麟李進義
青面獸楊志　　　混江龍李海
九紋龍史進　　　入雲龍公孫勝
浪裏白條張順　　霹靂火秦明
短命二郎阮進　　大刀關必勝
活閻羅阮小七　　立地太歲阮小五
豹子頭林冲　　　黑旋風李逵
小旋風柴進　　　金鎗手徐寧
撲天雕李應　　　赤髮鬼劉唐
一直撞董平　　　插翅虎雷横
美髯公朱仝　　　神行太保戴宗
賽關索王雄　　　病尉遲孫立
小李廣花榮
没羽箭張青
没遮攔穆横
浪子燕青
花和尚魯智深
鐵鞭呼延綽
拼命三郎石秀
急先鋒索超
火船工張岑
摸着雲杜千
鐵天王晁蓋

閱宣和遺事

宣和遺事，故宋野史氏所述也。
國史揚芬而譏麗，故二帝蒙塵，
謂之壯，桮臨安偷逸，修爲中典曰，
文，蓋其所貴，餞餘傳信，玆編肇自，

宣和迄乎建炎，其所載，遺君荒
淫不道，上下相蒙，財匱民怨，盜溢羅
鋒四起如李師師，宋江等事，雖
貫中略採入水滸小說，大同，眞
膺餼然至于傳疇馮城將相束

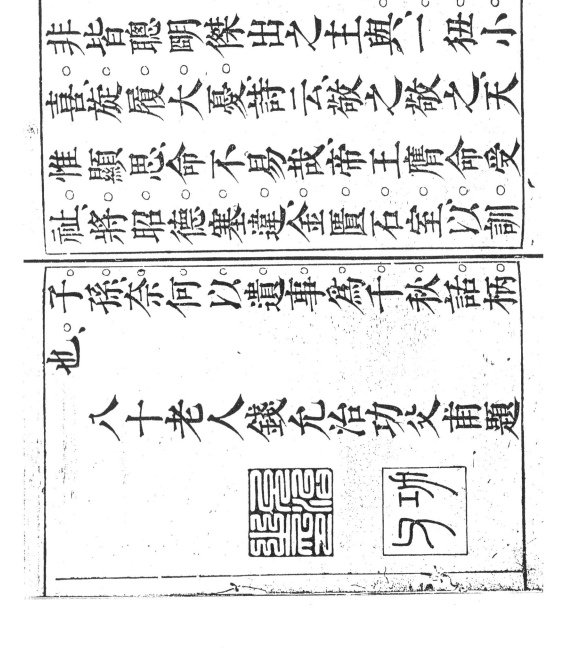

插圖十四
《古本三國和遺事》序文的錢允治題署（見本集頁 55）

插圖十五
嘉靖殘本《水滸傳》的「嫡派」二字（葉上第四行）（見本集頁84）

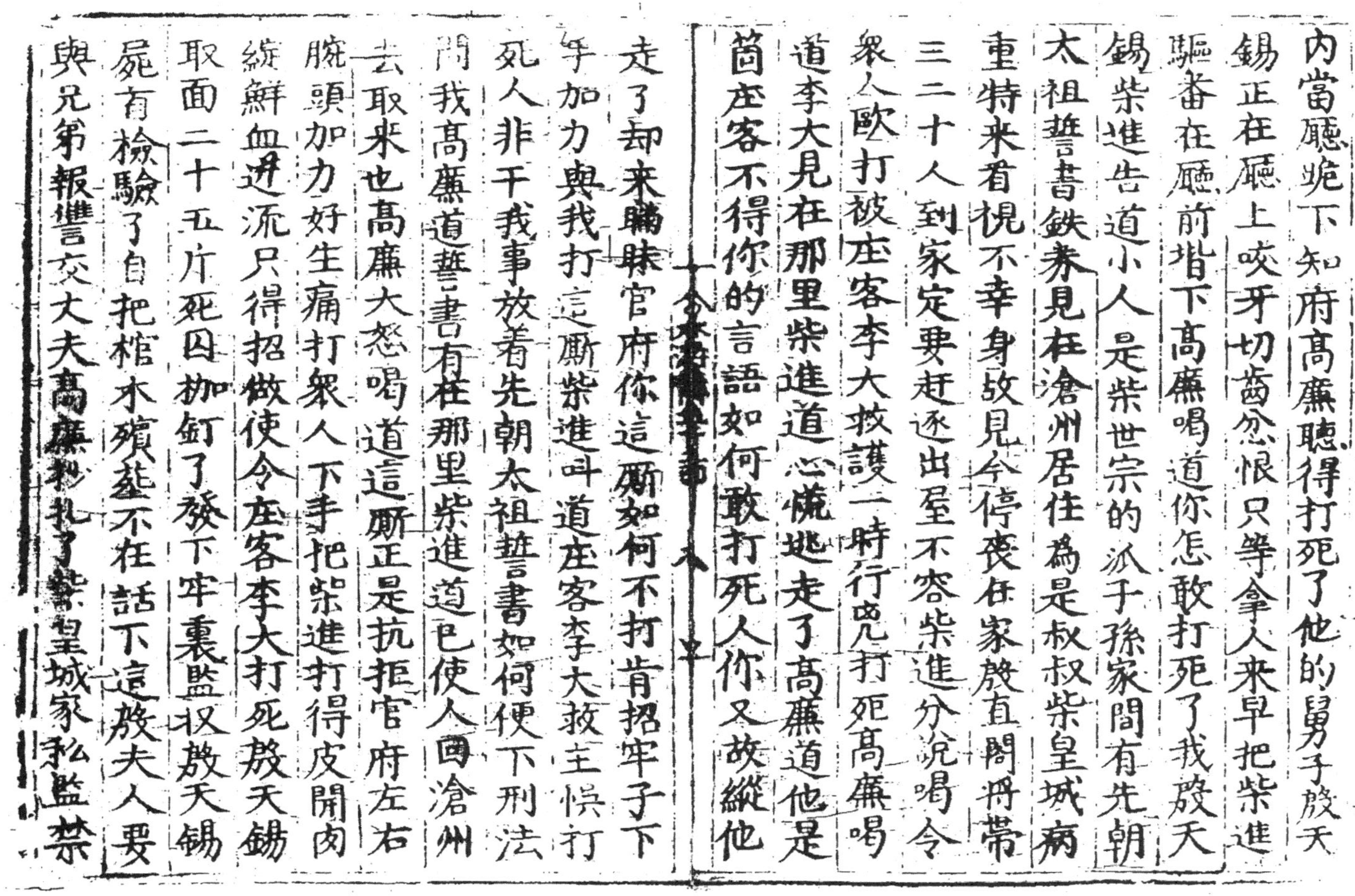

內當廳跪下知府高廉聽得打死了他的舅子殷天
錫正在廳上咬牙切齒忿恨只等拿人来早把柴進
驅番在廳前指下高廉喝道你怎敢打死了我殷天
錫柴進告道小人是柴世宗的派子孫家間有先朝
太祖誓書鉄券見在滄州居住為是叔叔柴皇城病
重特来看視不幸身故見今停喪在家殷直閣將帶
三二十人到家定要赶逐出屋不容柴進分說喝令
衆人毆打被庄客李大救護一時行兇打死高廉喝
道李大見在那里柴進道心慌逃走了高廉道他是
箇庄客不得你的言語如何敢打死人你又故縱他
走了却来瞞昧官府你這廝如何不打肯招牢子下
手加力與我打這廝柴進叫道庄客李大救主悞打
死人非干我事放着先朝太祖誓書如何便下刑法
門我高廉道誓書有在那里柴進道已使人回滄州
去取来也高廉大怒喝道這廝正是抗拒官府左右
腕頭加力好生痛打衆人下手把柴進打得皮開肉
綻鮮血迸流只得招做使令庄客李大打死殷天錫
取面二十五斤死囚枷釘了發下牢裏監收殷天錫
屍首檢驗了自把棺木殯埋不在話下這殷夫人要
與兄弟報讐交丈夫高廉抄扎了柴皇城家私監禁

藝風老人遺像

楊天驥敬題

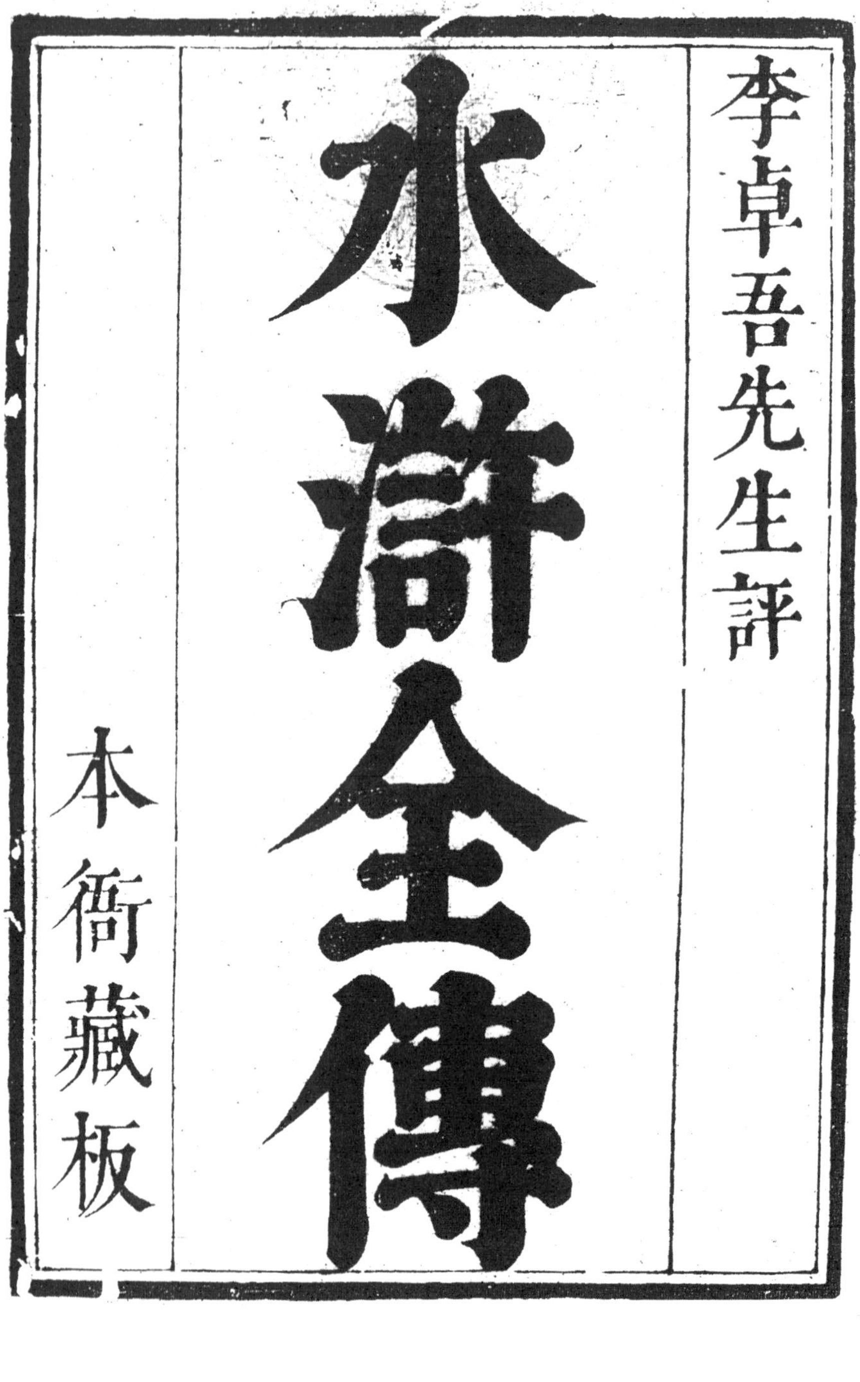

水滸全傳

李卓吾先生評

本衙藏板

插圖十八

所謂天都外臣序本《水滸傳》的扉葉（見本集頁 111）

此入有三逐乎妖傳亦皆鱗風捕影之讖
莖荒野鬼惜子倘作此伎倆也三世子孫俱上
痘當亦定口業報馬之庭潤色鴻業下之不
膿不非若報金言乃折而作此不為
猁起名之卓戎氏者可鑒也錢唐仁寶林
迂儒馬端若羅氏非李應有孫立無筆
試三十六人有李英出宋人筆
沖田叔禾同邑人別有所據今併及之以俟

公羅氏同邑人別有所據今併及之以俟
再考

所謂天都外臣序本的補刊葉子有版框明顯小得多，連字體亦異者（見本集頁123）

二十簡玄女娘娘與宋江曰吾傳天書與汝知不覺又早數年矣

是宇雲霞珍珠優手執無瑕白玉珪璋兩邊侍從女仙約有三

汝能忠義堅守未嘗少怠今宋天子令汝破在陣負如兀朮江

俯伏在地拜奏曰臣自游蒙娘娘賜與天書未嘗輕慢泄漏於

人今奉天子勅命破兀顏統軍簇此昆天象陣累敗

數次臣無計可施正在危急之際玄女娘娘曰汝知兀朮天象陣

法否宋江再拜奏道臣乃下士愚人不曉其法望乞娘娘賜教

玄女娘娘曰此陣之法聚陽象也只此改打永不能破若欲要

破須取相生相尅之理且如前面皂旗軍馬內放水星於上界

比方五燕辰星你宋兵中可選大將七員黃旗黃甲黃衣黃馬

撞破遼兵皂旗一門續後命猛將一員身披黃袍直取水星此

乃上尅水之義也卻以白袍軍馬選將八員打透他左邊青旗

軍陣此乃金尅木之義也卻以紅袍軍馬選將八員打透他右

遂白旗軍陣此乃火尅金之義也卻以皂旗軍馬選將八員打

忠義水滸傳引首

施耐庵集撰
羅貫中篡修
李卓吾評閱

詞曰：

試看書林隱處，幾多俊逸儒流。虛名薄利不關愁，裁冰及翦雪，談笑看吳鈎。評議前王並後帝，分真偽占據中州，七雄擾擾亂春秋。興亡如脆柳，身世類虛舟。見成名無數，圖名無數，更有那逃名無數。霎時新月下長川，江湖變桑田古路。

詩曰：

紛紛五代亂離間，一旦雲開復見天。
草木百年新雨露，車書萬里舊江山。
尋常巷陌陳羅綺，幾處樓臺奏管絃。
天下太平無事日，鶯花無限日高眠。

水滸傳引首

話說這八句詩，乃是故宋神宗天子朝中一個名儒，姓邵，諱堯夫，道號康節先生所作。為嘆五代殘唐，天下干戈不息。那時朝屬亂，卻是朱、李、石、劉、郭，梁、唐、晉、漢、周，都來十五帝，播亂五十秋，後來感得天道循環，向甲馬營中，生出這朝聖人來。出世，紅光滿天，異香經宿不散。乃是上界霹靂大仙下降。英雄勇猛，智量寬洪，自古帝王，都不及這朝天子。姓趙，名匡胤，便是那上界霹靂大仙降世。那時西岳華山有個陳摶處士，號圖南，那一日騎驢下山，向那華山道中，正行之間，聞得路上客人傳說，如今東京柴世宗讓位與趙檢點登基。陳摶聽得，心中歡喜，以手加額，在驢背上大笑，攧下驢來。人問其故，那先生道：「天下從此定矣！」正應上合天心，下合地理，中合人和。

心中也自歡喜，帶了老母回還梁山泊，在鄉村依舊打魚為活。

老母以終天年，後來壽至六十而亡。且說阮小旋風柴進在京師

宗納還官誥求閒去了。又見說阮延追奏了阮小七，官誥不令戴了。

方臘處做駙馬，倘或日後奸臣們知得，於天子前說，佞見責起不退，

方臘的平天冠龍衣玉帶，意在學他造反，罪為戲民。尋思我亦曾在

蹊難以任用，不堪為官，情願繳還官誥，求閒為農，辭別眾官，再回滄

州橫海郡為民，自在過活。忽然一日無疾而終。李應授中山府都統

制，赴任半年，聞知柴進求閒去了，自思也推稱風癱，不能為官，申達

省院，繳納官誥，復還故鄉，獨龍岡村中過活，後與杜興一處作富豪，

俱得善終。關勝在北京大名府總管兵馬，甚得軍心，眾皆欽伏。後來

劉豫欲降元朮，關勝執義不從，竟為所害。呼延灼受御營指揮使，每

映雪草堂本（簡本）記關勝為劉豫所殺（見本集頁305）

插圖廿七

描寫梁山諸人在石碣名單找尋自己名字時神態的容與堂本插圖（見本集頁360）

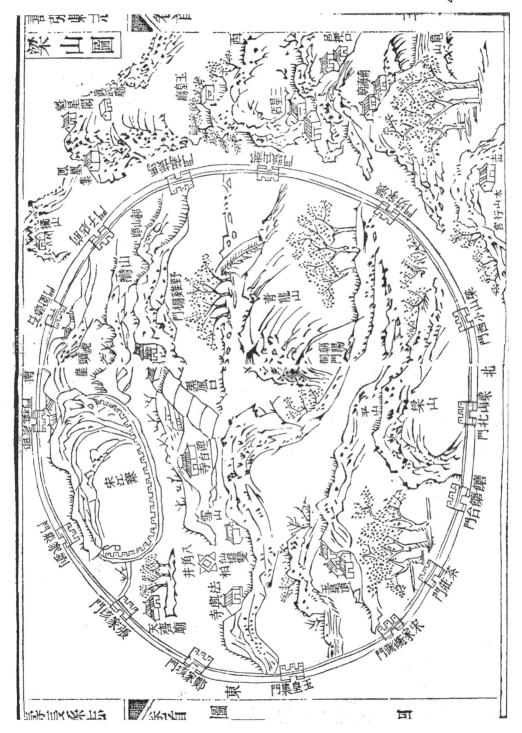

揭陽嶺宋江逢李俊後

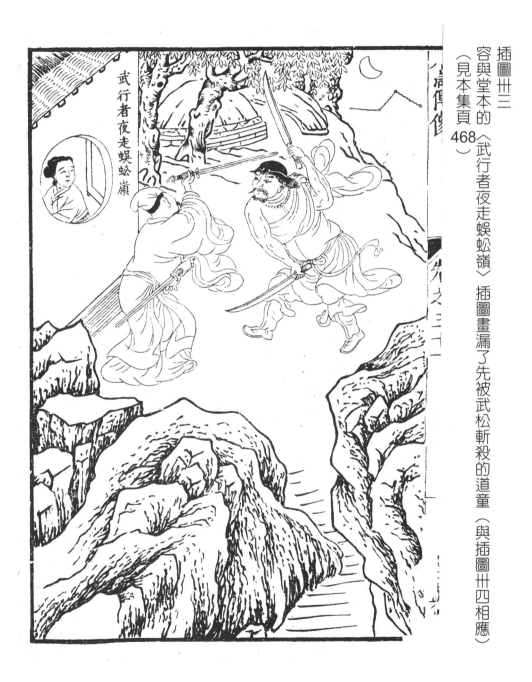

插圖卅三

容與堂本的《武行者夜走蜈蚣嶺》插圖畫漏了先被武松斬殺的道童（與插圖卅四相應）

（見本集頁468）

武行者夜走蜈蚣嶺

武行者夜走蜈蚣嶺

插圖卅四

所謂天都外臣序本的《武行者夜走蜈蚣嶺》插圖畫了先被武松斬殺的道童（與插圖卅三相應）（見本集頁468）

插圖卅五

在容與堂本的《柴進簪花入禁院》插圖中，屏風上全沒有四大寇之名（與插圖卅六、卅七相應）（見本集頁468）

柴進簪花入禁院

水滸傳像

三四

插圖卅六

在所謂天都外臣序本的《柴進簪花入禁院》插圖中，屏風上四大寇之名全備（與插圖

卅五、卅七相應）（見本集頁468）

插圖卅七

評林本的《柴進簪花私入內庭》插圖面積雖小，屏風上四大寇之名皆備（與插圖卅五、卅六相應）（見本集頁 468）

柴進看了忖曰國家被我們擾害記寫在此便把山東
宋江四字刻將下來出離內苑回到酒樓那王班直尚
未醒依舊換了衣服叫燕青計算酒錢分付酒保回我
和王觀察是兄弟他酒醉了我替他去內裏點名柴進離店去
他的服色號都在這裏酒保花帽領諾諾酒保說與王班直似醉
了王班直醒來見了服色花帽酒保說不見山東宋江四字分
如痴呆回去次日人說讓思殿上那里敢說柴進回到店
中對宋江取紙書大慰山東宋江四字看罷嘆息不已
十四日晚宋江引教人入城看燈單道東京勝槩
一自梁王初分晉地雙與正邪夷門卧牛城潤相接
四邊村多少金明陳跡上秣苑花柳三春綠楊外溶
溶汴水千里接有津潘樓桅上酒九重宮殿鳳闕天

插圖卅八

在容與堂本的《呼延灼月夜賺關勝》插圖中，雙鞭呼延灼竟手執長鎗（與插圖卅九相應）

（見本集頁468）

插圖卅九

在所謂天都外臣序本的《呼延灼月夜賺關勝》插圖中，呼延灼拿硬鞭（與插圖卅八相應）

（見本集頁468）

張順魂殺方天定

插圖四十

在容與堂本的《張順魂殺方天定》插圖中，應手執方天定頭的張順卻是空手的（與插圖四十一相應）（見本集頁468）

張順魂殺方天定

插圖四十一
在所謂天都外臣序本的〈張順魂殺方天定〉插圖中，張順確手拿方天定頭（與插圖四十相應）（見本集頁468）

拚命三火
燒祝家庄

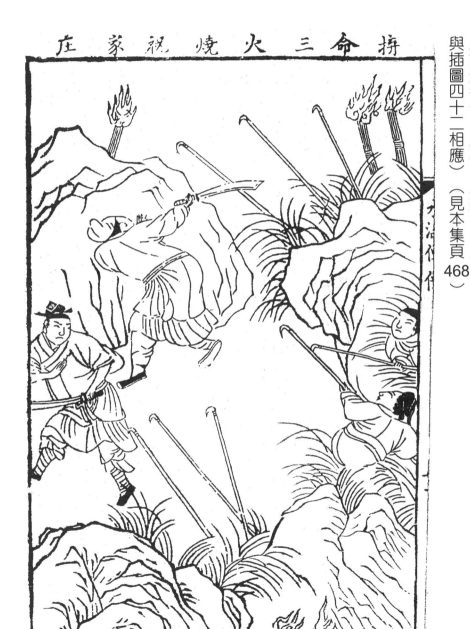

拚命三火燒祝家庄

插圖四十三

所謂天都外臣序本的《拚命三火燒祝家莊》插圖不僅整體簡略了，連時遷也不翼而飛（

與插圖四十二相應）（見本集頁468）

插圖四十五

所謂天都外臣序本的〈一丈青單捉王矮虎〉插圖添上背景（與插圖四十四相應）（見本集頁469）

一丈青單捉王矮虎

水滸傳象

十三

梁山泊雙獻頭

梁山泊雙獻頭

插圖四十七

所謂天都外臣序本的《梁山泊雙獻頭》插圖添上背景（與插圖四十六相應）（見本集頁469）

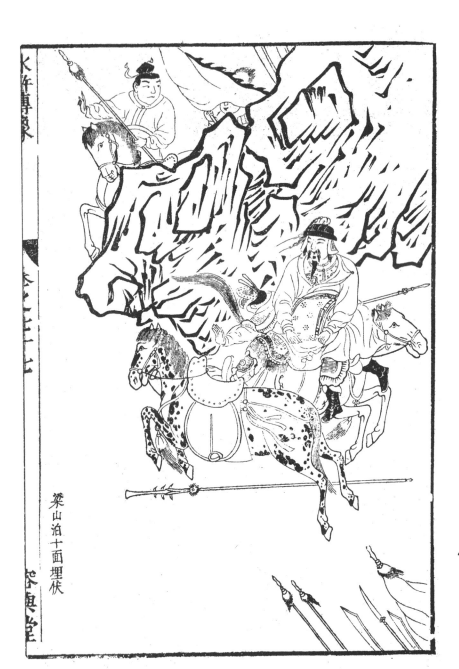

容與堂本的《梁山泊十面埋伏》插圖（與插圖四十九相應）（見本集頁469）

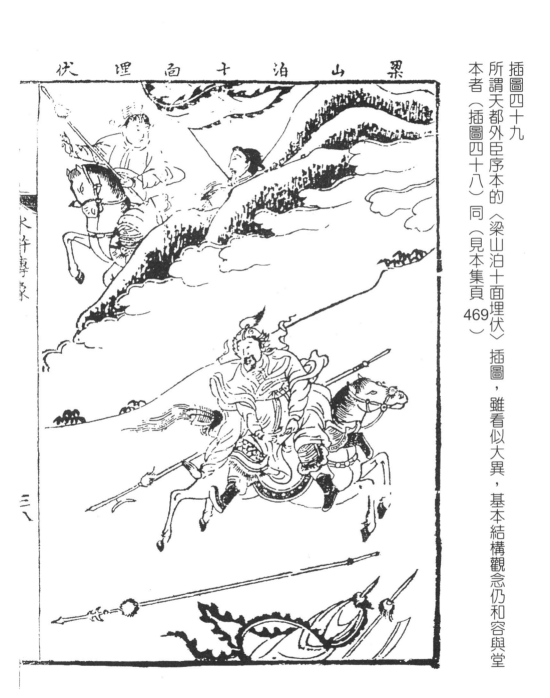

插圖四十九 梁山泊十面埋伏

插圖四十九
所謂天都外臣序本的《梁山泊十面埋伏》插圖，雖看似大異，基本結構觀念仍和容與堂本者（插圖四十八）同（見本集頁469）

民國十四年得於南海故家　舟虛誌

此書為長樂謝氏藏本清光緒丙申南海李宗顥

袁石又曰麥曲聘自闓中民國第乙丑秋端余矣煢書中

禍誤奪漏別以黃氏士禮居重槧采本校正之黃本有

疑義處則曰黃本作某字與之訛誤奪漏錄之鈙

元集三十七頁八行今詖之今字與三十九頁一行形下勢字誤

作辭四十六頁六行滿下滿字誤作可　貞集十三頁後二

行春風春誤作春　十四頁後五行貌起付二字誤作官佛三十

六頁二行十五目目字黃本無三十頁後九行光祿寺誤作光

祿司　利集七頁四行州縣奪枝併二字又呈補黃本三調訛

黃本為二卷此為四卷述古堂目宋人詞話行有宣和遺事

四卷豈此本另宋板歟　丙寅三月校讀既竟書此誌之

插圖五十一
美國國會圖書館藏《古今奇文品勝》書影（見本集頁508）

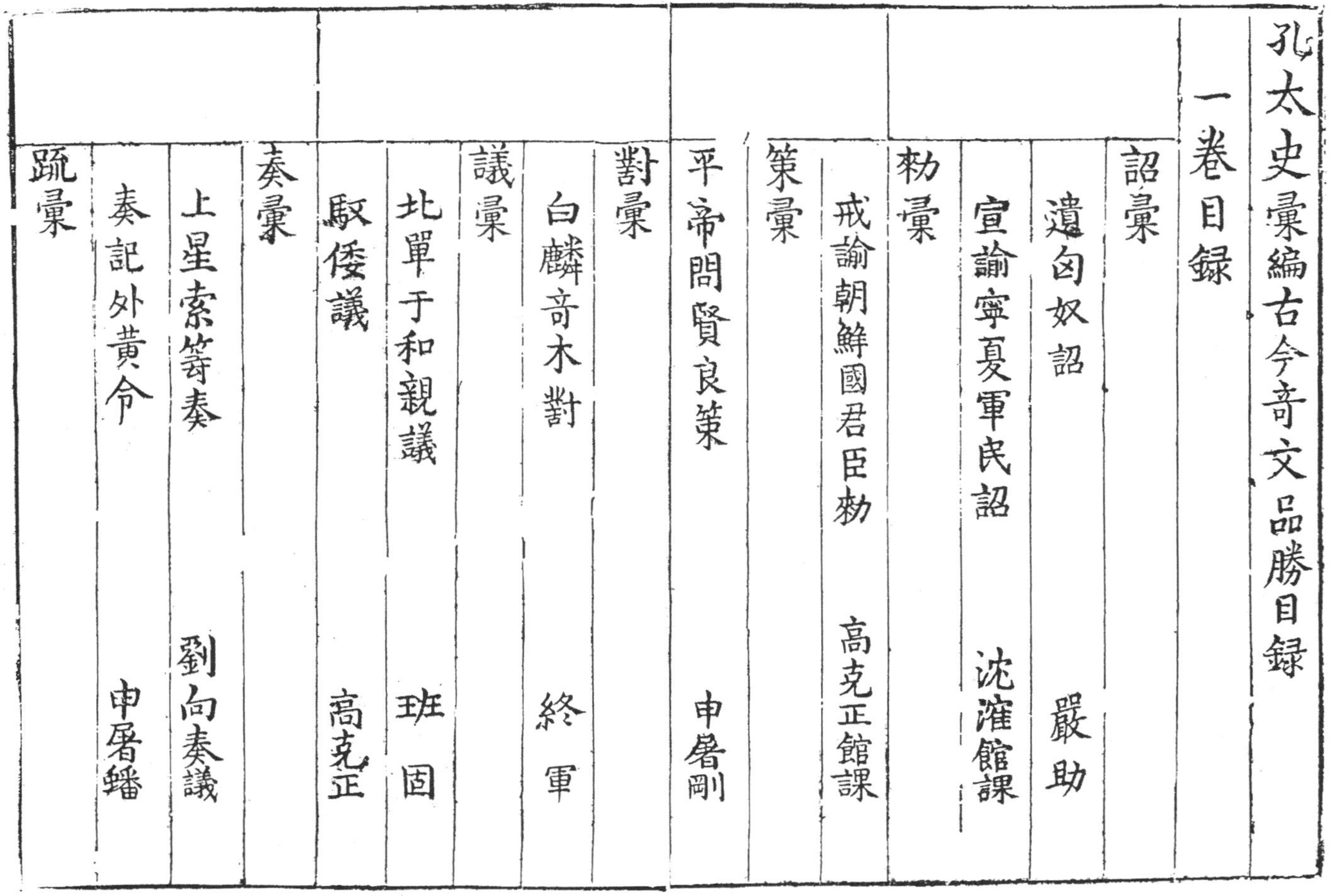

孔太史彙編古今奇文品勝目録

一卷目録

詔彙

遺匈奴詔　嚴助

宣諭寧夏軍民詔　沈灌館課

勑彙

戒諭朝鮮國君臣勑　高克正館課

策彙

平帝問賢良策　申屠剛

對彙

白麟奇木對　終軍

議彙

北單于和親議　班固

駁倭議　高克正

奏彙

上星索籌奏　劉向奏議

奏記外黃令　申屠蟠

疏彙

宋江飲酒作詞示眾

此評水滸傳

《卷之二十七》

心在馬上只占一首詩道

山嶺崎嶇水渺茫、　横空鵰陣兩三行、　忽然失却雙飛伴、

冷風清也斷腸

宋江吟詩罷不覺自已心中裝像祝物傷情當睌屯兵於雙林渡口

宋江在帳中因復感嘆燕青射鵰之事心中納閲叫取過紙筆作詞

一首、

楚天空濶鵰離群、萬里恍然驚散自顧影欲下寒塘、正草枯沙淨、

水平天遠寫不成書只寄的相思一點暮日空濠曉煙古壟訴不

盡苦多哀怨揀盡蘆花無處宿、嘆何特、玉關重見嘹嚦憂愁嗚咽、

恨江者難留戀請觀他春畫歸來畫梁雙燕

宋江寫畢遞與吳用公孫勝看詞中之意甚是有悲哀憂戚之思宋

江心中欝欝不樂當夜吳用等設酒備肴飲酌盡醉方休次早天明、

自序

　　《水滸論衡》出版至今，踏入第十三個年頭了。這段時間，任教的大學轉換了兩次，寫作倒是日勤，祇是花在海軍史的精神也愈多，《水滸》研究遂有段時間進展得很慢。最近四五年，終讓我找到平衡分配研究時間的方策，《水滸》與海軍的稿件也就都累積得頗快，終可實踐在《論衡》自序末尾所說，待稿有所積便續刊為《水滸二論》的話。

　　這次結集，處理方法基本如前。祇是因為稿件性質有點不同，以前的「考據」和「論析」兩大類，就改為現在的「專論」和「簡研」兩大組。我前幾年寫了好些論析《水滸》人物的文章，且結集為《水滸人物之最》（聯經，2003年），再沒有這類文章放入《二論》了。另一方面，前幾年編《嶺南學報》的經驗使我明白小題目用不加注釋，不嚴拘長度的方式去寫可以有效地解決能夠直進地處理，本身又較單純的問題。隨後又發現《水滸》研究範圍內確頗有這類題目待探討，遂寫了若干可統稱為「簡研」的文章。這些簡研多數未曾刊登過，就在這裏首次發表。

　　長度祇是分別專論和簡研的依據之一。過萬字的文章都應列為專論，較短的如何劃分，就要看其他因素了。集中收了兩篇講那本所謂天都外臣序本，長度也相若的文章，正好用作說明之例。那篇有注釋的編入「專論」，因為涉及的論點很多，又寫得濃縮，加注復等於字多了。沒有注的一篇，由於考察的角度和所用的方法都

簡單，故列歸「簡研」。這就是說，專論必專，而未必長；簡研雖簡，卻不一定短。

按理《二論》所收諸文都是寫於《論衡》結集之後的。例外的有一篇。〈梁山聚寶記〉是《論衡》出版以前的舊文。這篇講我搜集《水滸》罕本經過之文所說的話多散見收入《論衡》各文之內，故不放入該集。現在情形不同了，收此文入本集好處倒會有不少。一則該文寫了差不多二十年，在這段時間內罕本續有所增（時至今日，天下寶物盡悉在我手矣），應把故事講完，替這歷時逾二十年的窮搜網羅工作留一完整紀錄。二則不少觀點和研究計畫已作了調整，得解釋清楚。那篇原沒有注的舊文列為前篇，文字除修飾外，不作大改動，而加注來容納需做的修補工作。後篇是新寫的，用來交代舊文寫完後的新發展。兩者合起來，就成了收入集中的新版〈梁山聚寶記〉。

除了這篇新版〈梁山聚寶記〉的前半外，其餘都是《論衡》結集後的新作。這些新作包括收為附錄的亡友曾瑞龍（1960-2003）的未刊稿〈宋公明排九宮八卦陣——《水滸傳》對陣法的描寫〉。瑞龍兄是精研戰術，且自幼熟讀《水滸》的宋史專家。他配合中外古今的戰術思想去研究北宋時期的邊境戰役，成績斐然。有個由我主持的明清小說戲曲研討會，原訂前年四月杪舉行。籌備之初，我本想寫一篇關於《水滸傳》的火砲和投射武器的文章以應此會之需，遂約瑞龍兄撰文講《水滸》中的戰陣來配合。他的文章很快就寄來，圖文並茂，把一般讀者以為是胡說八道的佈陣講解得一清二楚，十分精采。慚愧，我的火砲文怎也寫不出來，唯有換題目。未幾，「沙士」肆虐，會議延期半載。就在原訂會期的後數日，瑞龍兄突罹急疾而辭世。他這篇排陣文絕非一般治文史者所能出之，應替其安排出版，遂徵得曾夫人胡美玲女士的同意，用附錄形式收入本集，使本集多談一個我沒有資格討論的課題。為了保持此文的獨立性，文內引用的《水滸傳》不圖與本集各文所用者統一，它的三張插圖也

放在文後，而不像其他插圖的彙置書首。另外，選用容與堂本的〈宋公明排九宮八卦陣〉插圖來設計封面，藉以給這篇得來不易的文章多一重照料。

前幾天方留意到明代某無名氏曾作《宋公明排九宮八卦陣》雜劇，且尙有萬曆後期脈望館鈔校內府本存世。雖然此劇與《水滸》的關係尙待考明，納之入討論範圍必有增益。可惜已不及與瑞龍兄言之矣，而我又沒有從陣法角度去談論此劇的本領。唯有先記於此，以俟日後得遇高明。

前面說過，簡研部分所收諸文大率是在這裏首次發表的。收爲專論的文章也和一般結集的情形不一樣，不全是已刊的。以下幾篇均首見於此：〈問題重重的所謂天都外臣序本《水滸傳》〉、〈兩種插增本《水滸傳》探索〉（雖然它是《插增本簡本水滸傳存文輯校》書中的研究報告的改寫本）、〈評林本《水滸傳》如何處理引頭詩的問題〉、〈從評林本《水滸傳》加插的詩句式評語看余象斗的文抄公本色〉、〈南京圖書館藏《新刻出像京本忠義水滸傳》考釋〉、〈梁山頭目排座次名位問題發微〉。

治學以求真爲貴，不應把自己以前所說的視作不移之論，經年累月不謀自進，祇圖自辯，變成愈纏愈糊塗。這種因頑固而自限之事，紅學圈子裏屢見不鮮。我沒有這種心理束縛，一旦有力的新證據出現，任何得意的前說都樂意修訂，甚至放棄。治《水滸》二十多年，許多地方都不可能一步到位地甫開始便看得清清楚楚。凡是本集所說與見於《論衡》的看法有出入之處，均以本集者代表我最近的立場。有機會修訂自然是十分幸運的事。交代起來按常規處理，本不必另加說明，其中一例還是應請讀者特別留意。指余象斗因宗族觀念而大肆更動余呈故事是我在八十年代初的得意發明。此說現在倒大有修訂的必要，真相究竟如何，〈兩種插增本《水滸傳》探索〉一文的後段有解釋。

這些說過，就得交代凡例之事了。

文章怎也不可能寫得十全十美。《論衡》要是在今日出版，會有幾事不同。這些本集另法處理之事包括：

《水滸》用「冲」不用「沖」，故有林冲而沒有林沖。整理諸文，刊為《論衡》時，察覺不到這特徵。這次自然倍加小心了。另外，《水滸》用「勦」，不用「剿」，今亦從之。

簡體字、繁體字之別不易混淆。但大陸書籍看多了，往往對彼等廢某字不用，變成合法寫誤字的情形，不夠察覺能力。舉一明顯之例。大陸廢「遊」字，把《西遊記》寫作《西游記》（即等於說這是記錄游泳往西方之書，荒謬得可怕）。有一關涉《水滸》的恒見相類情形，在前後撰寫和整理《論衡》諸文的整個過程中竟終未發覺出來。那就是隨彼等之慣習，把金聖歎寫為「金聖嘆」。今次自不容再有這種慘痛之失。

各種《水滸》本子的全名幾乎都冗長，而這些長名卻未必有足夠的識別性。除特別情形外，本集所收各文均採用簡名。簡名的辨認和各本的基本書誌資料，分見《論衡》書中諸文，讀者可用書後的索引去查檢。

文章自初成至收入集子總會經過一段時間，續有所得，或其他學者對相關問題有新發現，都是很常見之事。整理《論衡》時，文章儘量保持原貌，而用「後記」、「補記」來交代各種新資料。現在看來，此法有疊床架屋之弊。今次遇到有修訂之需時，便逕改。確有特別需要時才加「後記」或「補記」，這種情形就不多了。遇到原文本已有「附語」、「後記」之類的劃分時，則仍舊。

正因今次結集時，要修訂之處都逕改，故《論衡》對文章脫稿後方逝世的學者不書其卒年之法已不合用。祇要有夠準確的消息，凡是文章寫出後才辭世的學者都生卒年並列。

說完有別的凡例後，還得講明前後兩集均用同樣辦法去處理的情形。首次引用古今著述時，出版資料必定落齊。以後引用，一般僅列書名和篇名（或還會稍簡化），而不重述其出版資料。書後的索

引可助串連前後出現的資料。但若遇刪簡會影響論述的效果和行文時，出版資料仍會不厭其煩地分別列全。

插圖的處理辦法也是兩集一樣的，都編號置於書首。這法子方便不同的文章用同樣的插圖來作說明。今次在每張插圖的標題下注明該圖與書中何頁相配，希望藉此可使正文和插圖串連得密切點。前後兩集之間沒有重見的插圖，合起來提供的插圖的總數也就的確不少。

至於所用的《水滸》本子，尚得加一句老生常談的話。除了因爲特殊的需要，聲明用某個本子外，容與堂本是研究《水滸》時所用本子的不二之選。我從來都是這法則的忠誠信徒。

這些都說了，仍有一項特殊的凡例要講。

集中所收各文不時涉及海峽兩岸兩所最大圖書館之藏品，即北京圖書館（1949年以前稱北平圖書館）及中央圖書館。近年二館先後悉易作同樣的新名。中央圖書館於1996年1月31日改以國家圖書館爲名；整整三年以後（1999年2月10日），北京圖書館亦換新名作國家圖書館。此舉殊不安，既不尊重傳統，復把學術政治化，且有失之於泛的語病。其尤甚者爲無端製造雙包案，弄到以後凡提及「國家圖書館」時便增加不必要的行文困難，非得注明指臺北的一間，還是北京的一間不可。集中各文所談涉及二館者俱爲1996年以前之事，若用國家圖書館之稱既顛倒歷史，又平添行文之難，殊屬不必要。因此提及二館時，悉從本名，作北京圖書館（簡稱北圖）和中央圖書館（簡稱中圖）。唯一例外爲引用彼等採「國家圖書館」名義出版的書籍時，則依「名從主人」的規矩。

得交代的技術性之事大概如此，再講幾句閒話才收筆。

自八十年代初決意專治《水滸》以來，蒐集資料與分題探討相輔進行。在這段稍過二十年的日子裏，各式各樣的課題都試過不少。想知道答案的問題自然尚有，也會繼續寫下去，但可再配足爲《水滸三論》可能性已不大。爲出版這集子整理稿件時，也有工作

終到了結束階段的感覺。我是個雜家，同時分神給互不相關的領域是時有之事，以後仍會如此。研究《水滸》，拿得出四本書來：《水滸論衡》、《水滸人物之最》、《插增本簡本水滸傳存文輯校》、《水滸二論》，同時還寫了數量相當的海軍史和其他雜題（如金庸小說、陳寅恪、廣州嶺南大學校史）的研究文字，這成績該足自豪和自慰。

　　我任教過的大學，若不計時間長短，共七間。以在嶺南這段不長不短的時間最愜意，最見成績。這本集子的產生過程複雜異常，由手寫稿至電子稿，更動頻仍，每次增資料，改觀點，都得易稿，以致經常一文數易。到最後合集，復需做各種整體統一協調的手續。這一切全由系秘書李穎芝小姐照料。這項積日累久，繁瑣得無以復加的工作正是嶺南同事們長期無私助我之一例。送這本集子給這夥十分難得的同事是為這段愉快日子留紀錄的好辦法。此外，一個月前才知道我剛決定專治《水滸傳》時，聞得我有此動向，便無私地把他歷年在歐陸訪尋插增本《水滸》殘卷所得的消息詳細告訴我的荷蘭籍資深漢學家龍彼得教授（退休前為牛津大學教授）謝世已兩年多了。用這本書來紀念他是最適合不過的。

馬幼垣

2005年1月14日於宛珍館

目次

簡研

專　　論

梁山聚寶記

一、前篇

十多年前，剛到夏威夷任教後不久，有一同事在閒談中對我說：「你治小說的功力，有目共睹，祇是你研究的盡是六大小說以外之物，免不了給人在邊緣兜圈子的感覺。爲何不選一部名著來試試？」他的話未嘗沒有道理。到那時爲止，我留心過的小說，主要是兩類，一類是和包公傳統有關的，如《平妖傳》、《萬花樓》、《三俠五義》等，論長度，論複雜性，都是二三流的小說；另一類是話本小說，著名的自然不少，但怎樣說祇是短篇作品。我當時向他解釋，前者決定於學位論文，後者是多年的興趣所在。

這當然不是說我不能放，而是不敢放。無他，我治學有一固執之處，就是在運用資料方面，不論是史料性質的原始資料，還是近人著述的參考資料，都希望能夠看盡天下書。辦不到，寧可換題目。在這個知識爆發的時代，要將近人論著（包括用中日英法各種主要研究文字發表的），不管在世界那一個角落出版，悉數羅致，是永遠辦不到的事。但起碼得做到確盡一己之力，無愧於心。最近十年來，我有系統地把十九世紀末期以來和中國研究有關的各國期刊學報逐種逐期翻查，所檢期刊已數近三千，每種少者全套不過一兩期（如廣州聖心中學出版，內有史地學家岑仲勉〔1885-1961〕早期學術

報告的《聖心》），多者近千期（如仍在出版的《東方雜誌》[1]），在不靠各種現成的論文索引，不僱研究助手，事事親爲的原則下，重新搜集近人對中國古典小說的研究成果。在這過程當中，所影印的論文和專書，早已以百萬頁計。時下出版的期刊，我仍設法不斷的按期追檢下去。本來憑此積聚研究任何一部古典小說，總可以得心應手。

事情沒有這樣簡單。讀盡近人論著，祇不過提供一個能夠做到融會貫通的機會。真的講求創獲，無論如何要在原始資料上求突破。這也是我以前不敢碰《三國》、《水滸》、《西遊》、《金瓶梅》、《紅樓》、《儒林外史》那六大小說的原因。

先說《紅樓》吧，這書看來極便研究，多少種早期鈔本已經影印出來，不少人憑這些影印本便興高采烈地去搞紅學。但問題不是在有多少種本子影印出來，而是在有多少種未印出來，這些未印的，又有多少是我們這一輩子絕不可能見到的！這些本子雖絕大部分在北京，因各種制度和人事關係，即使在北京的紅學家也無法盡看，更不要說把甲館的一本和乙館的一本同時合讀來作比勘[2]。在這情況下，自問沒有加入紅學隊伍的勇氣。

《三國》和《水滸》的情形近似，同樣版本多而分散很廣。不過，我對《三國》興趣不濃，縱使重要的版本可以囊括，大概也不會視之爲研究主線。

《西遊》和《金瓶梅》的重要本子，找齊不難，早幾年的《西遊》研究和近年的《金瓶梅》研究，同是蔚然可觀的「顯學」。這兩部書，我祇是走馬看花的看過，從未細讀，不可能貢獻出有意義的新見，對它們也就提不起勁。

《儒林外史》是幾乎沒有版本問題的書，成書素材一類題目也

1　1904年1月創刊的《東方雜誌》終在1990年6月結束其悠長歷史。
2　這是就八十年代中期的情形而說的話。現在能看得到的《紅樓》孤本已增多不少。

解決得差不多了，況且就內容而言，它並不是我愛讀的那種高潮迭起，峰迴路轉，目不暇給的書。在最優越的條件下，也不會視這部書為主要研究對象。

如此剩下來的大書便僅得《水滸》。這是我啟蒙後所接觸的第一部古典小說，小學時期一百零八個梁山頭目的名字和綽號可以隨時背誦出來。可是讀小說和研究小說是截然不同的兩回事，一直到四年前，我始終未考慮過以《水滸》為研究範圍。理由很簡單。《紅樓》和《水滸》同樣是版本繁雜，問題錯綜，故事的背景和來源、成書的過程、全書的性質和意義、作者的指認，對這兩部書應有的基本認識幾乎沒有一樣不是和版本問題纏在一起的。

治《紅樓》，難題在版本太集中一地，頗有「不足為外人道」的意味。講《水滸》，困難在版本太分散，中國（主要是北京），日本（東京、日光、京都），和歐洲（東西南北分散好幾處）所有的，往往是倖存一二本的秘籍。中國學者僅能用到少數日本藏本，反之亦然。歐洲的，他們本地尚無專人研究，東亞學者能用得到的，祇限於鄭振鐸（1898-1958）、劉修業（1910-1993）半世紀前所介紹的兩三種，其他就鮮有人知道；況且鄭振鐸諸人所做的工作長時期停留在介紹的層次，具深度的研究遲遲未見開始[3]。美國和臺灣也有若干次要的本子，要利用起來均不簡單。由此種種，雖既勤且博如胡適（1891-1962）、孫楷第（1898-1986）、鄭振鐸、劉修業、嚴敦易（1903-1962）、何心（陸衍文，號澹安，1894-1980）、艾熙亭（Richard G. Irwin，1909-1968）、白木直也（1909-1996）、大內田三郎（1934- ）等，數十年間，無一人接觸過半數以上的現存本子，多半還在不同時地看的，談不上治版本的理想條件——把各種版本排列在一起，逐行校讀。困難如此，那敢以突圍之責自任。

3　就各種《水滸》本子分別深入做版本研究者，在中國迄今仍僅得劉世德（1932- ）一人。他開始陸續發表研究報告是八十年代中期之事，即此文初稿執筆之時。

　　在未講我如何參與以前，先簡述一下《水滸》版本的特殊情形。
在中國長篇小說當中，《紅樓》和《水滸》的版本問題最嚴重。《紅
樓》的困難在字句上的分別，和脂硯齋評語的此有彼無，以及因評
語的不同位置而影響到各本傳鈔的次序（這次序與曹雪芹不斷修改
稿本的過程息息相關）。《水滸》各本之間的分別，在字句上不知要
比《紅樓》嚴重多少倍。就回數而言，小的可以小到七十一回，多
的可以多至百二十四回，有些甚至不分回，僅分卷。在字數上，《水
滸》分爲簡本和繁本兩大組，除了征田虎，征王慶兩部分僅見簡本
外，其他故事都是並見簡繁各本，但在處理同樣一段情節時，繁本
所用字數往往比簡本多出好幾倍。自清初以來，大家讀的多是繁本
（絕大多數用金聖歎〔1608-1661〕的腰斬本），專家用的也是繁本，連
語言學家想通過《水滸》去研究明代通俗文字，分析的同樣是繁本。

　　另外還有一套晚明袁無涯（袁叔度）、楊定見編刊的百二十回
本，簡繁都有的情節，用繁本，再把田虎、王慶故事就文字和内容大
幅度改寫，以繁體文字出之，所以這個本子仍是徹頭徹尾的繁本[4]。
因爲這是最全的《水滸傳》，甚麼故事都包括在内，五十年代鄭振鐸
率王利器（1912-1998）、吳曉鈴（1914-1995）等編校三冊本的《水滸全
傳》（北京：人民文學出版社，1954年），雖然聲稱用了多種繁本做校
勘，其實用的則是袁無涯本的規模，完全沒有照顧到種類繁多的簡
本，校勘也做得差勁，不合法度，但因不斷的被翻印和盜版，早成了
大家心目中的定本，實際上此書講材料，講方法，毛病不少[5]。

　　金聖歎本以前的繁本均有百回，各本之間文字分別固然有，尚
不致太嚴重。簡本之間卻不同，回數卷數文字，甚至連情節，分別

4　此文原說袁無涯本是繁簡合併本，錯了。見本集簡研部分所收的〈袁無
　　涯、楊定見本《水滸傳》的類別問題〉。
5　此文脫稿至今快二十年了，其間有機會寫了幾篇長短不一之文直接間接
　　指出鄭振鐸領銜編校的《水滸全傳》是金玉其外，遺害不淺的貨色。此
　　數文都收入本集之内，包括〈嘉靖殘本《水滸傳》非郭武定刻本辨〉、
　　〈關勝的死之謎〉、〈問題重重的所謂天都外臣序本《水滸傳》〉、〈各
　　種《水滸》詞典的通病〉、〈如何編校全傳式的《水滸傳》〉。

都很大。各種繁本勉強可以說是一個單位，簡本則絕不可以這樣說，必須要每本分開來處理。找齊各種繁本固然重要，彙齊各種簡本看來同樣重要。

今人講《水滸》演變，不是說繁先簡後（簡本自繁本刪節而來），便是說簡先繁後（繁本自簡本擴充而來），好像各款簡本之間沒有多大分別似的。這種觀念離事實太遠了，歸根究柢還是因爲研究諸家沒有看過多少種簡本。至今大家多以爲繁先簡後，主張簡本在前的，除了發表印象式的觀感外（如魯迅）；能從版本上找物證的，不過何心、聶紺弩（1903-1986）、柳存仁（1917- ）幾人，他們所根據的祇是簡本系統末期的《英雄譜》或《漢宋奇書》（兩者均是用上下層分排的辦法，同時刊載《三國》和《水滸》），資料本身欠足夠的說服力。聶紺弩多用了一本較早期的北圖本，整個陣容便顯得堅強多了，祇是離開真正稱得上充實的境界，還有很遠距離。難怪繁先簡後說始終保持一面倒之勢。

歐洲所有的罕本《水滸》，大家以前所知道的主要是法國國立圖書館（Bibliothèque Nationale）的四知館鍾批本（繁本）、文杏堂本（簡本，書首僅存五回多），和插增甲本（簡本）殘存的五回半，因爲鄭振鐸和劉修業早有簡單報導。知道存在是一回事，利用又是另一回事。一直到最近，能夠真正運用這三份資料的，恐怕祇有白木直也一人。

在過去十一年，我有三次去巴黎的機會，每次都在國立圖書館消磨一週左右，首兩次還拍了不少顯微膠卷。那三本《水滸》名字太響亮，也就順手拍了。

1977年夏天我在日本訪書三月，主要目的是搜集日文期刊內的小說論文，偶然遇到稀見的資料也選影多少。那時我早知道王古魯（王鍾麟，1901-1958）在四十年代初在日本日光輪王寺攝影得的建陽書商余象斗（約1560-1637以前）刊於萬曆二十二年（1594）的評林本（簡本），在五十年代捐公後曾影印行世。但因爲這是內部發行物，

印行數目又少，在香港、美國、歐洲均未見，而東京大學和京都大學各有一套，書相當厚，我也影印了。

複製這四個本子，在我來說是不大經意的事，這些年來實在也搜集了不少這類稀見而不一定用得到的資料。現在看來，這四個本子倒成了我治《水滸》的基石。真正定下整理《水滸》的志願是晚至1980年之事。

1980年初春，因整理已集得的近人小說研究成果，在牛津大學卜德林圖書館（Bodleian Library, Oxford University）1949年所出的一份館務期刊內，讀到荷蘭漢學家兌文達（J. J. L. Duyvendak, 1889-1954）所寫的一篇短訊，說牛津大學有一張很特別的《水滸》殘葉，是十七世紀初年荷蘭人贈送的。當時依稀記得在五十年代的一期 *T'oung Pao*（《通報》）內，法國漢學泰斗戴密微（Paul Demiéville, 1894-1979）有一篇評論艾熙亭《水滸》研究的文字，所附插圖，好像有一張和兌文達所講的相同，立刻取出核對，果然正是。可惜圖片太小，看不清楚。隨後寫信給友人牛津大學教授杜德橋（Glen Dudbridge, 1938- ），請他代我弄一張該殘葉的照片。杜德橋很快便把照片寄來，又大又清楚。

高興之餘，就牛津殘葉寫了一篇萬餘言的報告，以前影得的巴黎插增本殘冊和評林本也派了用場。鄭振鐸說插增本和評林本均出自明萬曆福建建陽書商余象斗之手，孫楷第則說插增本和評林本基本相同，皆是附會揣測之談。評林本是余象斗的刊物，書中清楚注明，自無問題，但和插增本分別很大，余象斗在出版此書時顯然做了不少手腳。寫那篇報告時最大的發現是，牛津殘葉和巴黎有的五回半插增本應屬同一系統，很可能還是現存最早的簡本。

這些發現令我覺得有點使命感。中國大陸、日本，和歐洲的學者要集齊其他兩地區的本子是極困難之事。這是客觀條件使然。所謂集齊，泰半祇是白底黑字的膠卷正片，因為圖書館代複製善本書公例是製好黑底白字的負片後，留在館內，以後不必再用原書拍

攝，僅給請求者一套翻製出來的正片，而請求者得付前後兩份膠卷的費用。一本本書分別去看，正片不成問題；要做逐行比勘，非全部複製爲普通影印件不可。但膠卷正片不能直接複製爲影件的（技術名稱爲copyflow），得先翻一份負片。最後得到的影印本，離開原書已是第五代了。重重手續，費用自然可觀。每弄一個本子，平均要花千多二千元美金。費用雖鉅，使命感的號召更大。自杜德橋給我弄來牛津殘葉照片至現在，前後四年，天下間有紀錄和前無紀錄而我知其存在的《水滸》本子，未到手者，僅兩種而已。其間聚寶的經過，可摘要分述於後。

爲了善用時間，我採分頭進行的辦法。在美國各圖書館有的本子，祇要循手續訂購，耐心等候，除了費用必昂外，一般來說不會出意外（不會像海峽兩岸若干圖書館掛出善本書不複製，親友莫問的免戰牌）。通過芝加哥大學的幫忙，我複製了哈佛大學哈佛燕京圖書館（Harvard-Yenching Library, Harvard University）的袁無涯本和《漢宋奇書》。最近芝大復向加州大學柏克萊校本部訂了他們的芥子園本和一套所謂刪簡郁郁堂本（都是繁本），將來自此複製，費用可省若干。自哥倫比亞大學，我取得另外一個《漢宋奇書》的版本。

爲甚麼一本要找兩個版本？舊版小說一般版邊空間不多，拍攝起來，書心往往左右各失了一兩行，再加上這類書籍常見得很的缺葉，崩版，和墨丁，待補的地方很多。方法是找同本（version）異版（editon）的本子，行的位置不一樣，有問題的葉數亦不易盡同。爲了併全一套《漢宋奇書》，我一共找了三個不同版本，除哈佛和哥大者外，另加上京都大學的。其他本子，如芥子園本，袁無涯本，《英雄譜》，都有這種毛病。

自京都大學，我另得了郁郁堂本。在大家的觀念裏，這是從袁無涯本衍變出來的本子，價值不大。是否如此，待比勘始知。故雖看來是次要的本子，仍得弄全一套。單是彙齊版本這基本步驟，就

真像是永無止境的工作。

七十年代，芝加哥大學和北京圖書館交換了相當多的善本書膠卷，其中包括兩種繁本《水滸》：天都外臣序本和王望如評本。我自此複製，簡易多了。清初王望如(仕雲)是金聖歎的後輩，找他的評本，不過爲了搜查資料求其全而已。天都外臣序本則是鼎鼎大名的本子。

我們知道在《水滸》成書過程中，有一個很重要的關鍵性人物，就是武定侯郭勛(1475-1542)。憑他是明朝開國元勳郭英(1335-1403)之後的特殊地位，郭勛在嘉靖一朝權勢極隆，左右朝政。這位叱吒風雲的權臣，卻是通俗文學的愛好者，又熱心出版精刻書籍。他所刊行的《雍熙樂府》是印刷至爲精美的散曲集。明代紀錄說他出版過《水滸》，詳情不得而知。但在《水滸》成書的過程中，郭勛以前和以後確有很大的分別，甚至可以有保留地說，郭勛以前有水滸故事，而不一定有《水滸傳》這部書。凡是研究《水滸》的，莫不希望一睹郭武定本，這是很易理解的事。可是郭本不可得(如果繆荃孫〔1844-1919〕的話可信，他是最後一個見過和藏有郭本的人，那是清末的事)[6]，祇好退而求其次。在一般研究者的心目中，那本被美其名爲天都外臣序本的本子就是一部很忠於郭本之物。這是受鄭振鐸及其助手盲目吹捧的影響。鄭振鐸在編校《水滸全傳》時鄭重聲明，他的校勘工作是用天都外臣序本爲底本(工作過程是否如此，倒是疑問)。不過那本所謂天都外臣序本僅存一份孤本，這孤本又非完璧，相當多的葉數是晚至康熙時候才補刊的。郭本不在，又無詳細引文，如何能證明它忠於郭本？補葉又是根據甚麼補的？要理解此本的真正價值還得待這些問題的澄清[7]。

罕本繁本《水滸》大量影印行世的，除貫華堂的金聖歎本外，

---

6 此事已證明絕不可信，見馬幼垣，〈繆荃孫未嘗購藏郭武定本《水滸傳》辨〉，《九州學林》，1卷1期(2003年秋季)，頁147-162(此文收入本集)。

7 這個本子的種種情形，見本集所收〈問題重重的所謂天都外臣序本《水滸傳》〉一文。

僅容與堂本一種。從這裏可以看出國人辦事的心態，別的《水滸》不見影印出來公開發售，此本竟影了又影，愈弄愈豪華。容與堂本首次影印是七十年代中期的事，平裝，一套不過賣人民幣幾元，可惜不發行海外，中國大陸以外僅三數間有特別關係的圖書館有，如東洋文庫、倫敦大學，和芝加哥大學。我和舍弟泰來則用稿費，各取得一套。前三年左右，此書始以線裝本形式公開在海外發售，定價每套美金三百元！這還不算，同時發行的，還有豪華線裝本，分一百冊（每回一冊），索價美金一千元！簡直把影印本當作古董賣。如有人力物力，爲何不選印別的本子，譬如說，袁無涯本雖較易見，整個中國大陸也不可能多過十來套[8]，儘管多是公藏之物，仍是不夠滿足需要的。再如芥子園本，存本數目或者比容與堂本還要少，況且幾乎所有存本都是不完整的，爲何不配全一套，影印流通？

現存繁本《水滸》，大體無缺的，當以容與堂本爲最早。但不管此本來源如何，它和滿滿是補葉的所謂天都外臣序本均不可能百分之百代表郭本。這就更增加郭本的身價和神秘性，以及大家對它的幻覺。1931年，鄭振鐸在寧波購得一套殘本《水滸》，祇有五回（第五十一至五十五回），他在1941年一文中提過此事，判斷爲嘉靖殘本。嘉靖這年代或可暫不論。當時和鄭振鐸一同訪書，以後又有機會詳細觀摩這個本子的趙萬里（1905-1980）也同意這年代。本來嘉靖已經夠早的了，不一定要把此本和郭勛拉在一起，始能顯出它的重要性。現存各本，不論簡繁，不論完整與否，尚未見早過萬曆的（指出版日期，不是指成書日期），嘉靖和萬曆都各長達數十年，中間又有隆慶，此本顯然在年代上別屬一組。（文革時期，上海圖書館發現書名《京本忠義傳》的嘉靖《水滸》殘葉兩張〔見本集插圖一〕，也是繁本，版式卻與此本大異，可見早在嘉靖期間，繁本數

8　說這話時，大陸尚未刊行全國善本目。待全國善本目出來了，原來一百二十回的本子，中國大陸僅得五套，內包括兩套郁郁堂本；見中國古籍善本書目編輯委員會，《中國古籍善本書目——子部》（上海：上海古籍出版社，1994年線裝本），冊5，卷19，葉21下。

目已不少，不能一遇到嘉靖繁本，便指之爲郭本）。

在編校《水滸全傳》時，鄭振鐸對這五回的看法已有修改，斬釘截鐵地說這就是郭本的殘存部分，他的校本這五回即聲稱以此爲準。鄭振鐸沒有解釋他的新看法，以後竟有不少研究者引用校本這五回，就說是用了郭本，引用校本其他部分（不計田虎、王慶部分），就說是用了天都外臣序本，同樣武斷苟且，自欺欺人。

鄭振鐸1958年逝世後，他的藏書，連同這五回《水滸》，俱歸北京圖書館所有。在這段時期（也是1958年之事），北圖又多找到三回（第四十七至四十九回），合共八回。這八回不論是否與郭勛有關，總是現存最早的繁本（也是指出版日期），雖殘，八回也不算少了，兼且是前後兩組，中間僅差一回。若要決心研究《水滸》，這八回是不能沒有的。對於我這種治學先講資料的人，幾乎有如果缺這八回便等於前功盡廢之感。爲了取得這八回，前後三年不知拜託過多少朋友和圖書館，甚至希望請人把這八回校在排印本上便算了，終還是不得要領。失望之餘，試直接和北圖館方商量，竟水到渠成，這八回的膠卷終爲我所得。我隨後把巴黎那五回半插增本的膠卷送給北圖，算是交換之意[9]。

皇天厚我，尚不止於此。這八回中間缺了第五十回，原來這一回仍有一葉存在，爲吳曉鈴所珍藏，是趙萬里送給他的。1982年初，吳先生訪美，在夏威夷和芝加哥兩地分由我兄弟倆做東道，他知道我手上《水滸》資料之齊備，便說他有不同版式的殘葉兩張。待我在那年秋天訪燕京，那兩葉都讓我副錄了。一葉尚待考定，另一葉則和那八回同出一轍，行款、大小、字體全同，正是那失落的第五十回的一葉。如此一來，這份寶物，我手上有的還比北圖多了一葉。

以上所說，爲繁本和已上紀錄的簡本。簡本其實還有不少紀錄

9　文內所說嘉靖殘本的情形已不準確，眞相可謂達到驚人的程度，見馬幼垣，〈嘉靖殘本《水滸傳》非郭武定刻本辨〉，收入辜美高、黃霖主編，《明代小說面面觀──明代小說國際學術研討會論文集》（上海：學林出版社，2002年），頁183-214（此文收入本集）。

不明甚至全無紀錄的散存在歐洲和日本，這些皆先後盡為我所有。

讓我先說歐洲的。杜德橋送我牛津殘葉後，知我誠心誠意地要全盤整理《水滸》，閒談中和他們系內的資深教授龍彼得（Piet van der Loon, 1920-2002）說了。龍彼得是漢學界奇人，家藏講唱文學之富，海外不作第二人想。平素不大寫信的他，竟惠我長函，毫無保留地告訴我三項他多年在歐陸訪書所得的《水滸》消息：（一）哥本哈根（Copenhagen）丹麥皇家圖書館（Det Kongelige Bibliotek）有插增本，與巴黎者同，回數則比巴黎者多出幾倍。（二）維也納（Wien）奧地利國立圖書館（Osterreichische Nationalbibliothek）有簡本殘本，可能為評林本（龍彼得未見過評林本）。（三）梵帝崗教廷圖書館（Biblioteca Apostolica Vaticana）有兩種《水滸》殘本，該查明究竟。首兩項的書，龍彼得親眼見過，梵帝崗的則是根據伯希和（Paul Pelliot, 1878-1945）的紀錄。這些線索，我自然逐一追查下去。維也納的確是評林本殘本，可以不管。王古魯的影本，因丟了一張照片，損失了兩個相對的半葉，此本沒有那部分，補不了（後來我用內閣文庫的殘本補了半葉，還差半葉）[10]。哥本哈根的和梵帝崗兩款之中的一種，則非同小可。

把問題簡化地說，哥本哈根、巴黎，和牛津的原來是一套書中拆散出來的部分，其間不單毫無重疊之處，哥本哈根的和巴黎的還連接在一起，一回不失。大家數十年來引用鄭振鐸的話以為插增本僅得巴黎的五回半，幸然沒有給他說對。梵帝崗的也屬同一系統，成書期（不是刊印期）則會有先後之別，回數有和上面一組重出的，可資校勘，有上面一組所無的，可補前者之不足。為了處理上的方

10　餘下那半葉也得日本友人之助終順利到手，見馬幼垣，〈影印評林本缺葉再補〉，《湖北大學學報》（哲學社會科學），1992年1期（1992年1月），頁51-55；此文原於1986年春夏之間，交《水滸爭鳴》，作為第6期的稿件。後該刊以脫期殆甚，轉交《湖北大學學報》。豈料彼輩不尊重學術，不先徵我同意便大加刪改，以致成了篇廢文，故此文以見於馬幼垣，《水滸論衡》（臺北：聯經出版事業公司，1992年），頁105-110者為準。

便，哥本哈根、巴黎、牛津的我稱之爲插增甲本，梵帝崗的我別之
爲插增乙本。（梵帝崗的另一個殘本爲評林本開始的部分）。

我的運氣並不止於此。正在忙於應付這些滾滾而來的資料時，
西德友人魏漢茂（Hartmut Walravens, 1944- ）函告，他在斯圖加特市
（Stuttgart）邦立瓦敦堡圖書館（Württembergische Landsbibliothek）得
到另一部分插增甲本，長度和哥本哈根者差不多，同時同地並得到
一部分余象斗所刊的《三國評林》。後來他把這兩份資料影印，由
我寫序，在西德公開發售，限印五十冊。這是歐洲私家刊書的習慣，
我笑謂之「即席罕本」（Instant rare book）。幸好我事先通知了幾位
研究小說的同道和幾間向來注意中國通俗文學的圖書館，他們都順
利地購得這本珍籍。

稍後，我自東德德勒斯頓市（Dresden）邦立薩克森圖書館
（Sächsische Landsbibliothek）找到另一部分插增乙本。把這六處的插增
甲本和插增乙本合起來，共六十多回，十倍於當年鄭振鐸在巴黎所看
到的。從插增乙本最後一回，得知這部書是原有一百二十回的[11]。以
後，我用了大半年時間去向歐洲兩百多間大小公眾圖書館查詢，再
沒有發現這兩款插增本其他部分的蹤影，而這兩部書在中國和日本
連一張殘葉也沒有[12]。

找尋德勒斯頓的資料，還有一段小插曲。這部書頗殘破，好多
葉紙在版心裂開，館中因沒有人懂中文，攝影師翻一葉，影一葉，
結果影了不少紙背，我祇好朝光處反過來看。後來和莫斯科蘇聯科
學院教授李福清（Boris Riftin, 1932- ）聯絡上，原來他也得了德勒斯
頓的膠卷，剛剛比我早一年，他的也影了不少紙背。幸運的是，這
間圖書館不按常規辦事，給李福清影，爲我影，都是重新拍攝，前

---

[11] 當時所作的這個結論，我現在看法改變了，而認爲兩種插增本原書都應
有一百十五回，見本集所收的兩篇新文：〈兩種插增本《水滸傳》探索〉，
和〈評林本《水滸傳》處理引頭詩的問題〉。

[12] 這話也說錯了。中國大陸插增甲本和插增乙本都有，雖或祇是相當殘的
本子。這點此文的後篇會講清楚。

後出毛病的地方不盡同。我和李福清後來互補有無，挽救了一部分。剩下來尚有問題的幾葉，就再託該館替我重弄。

說到這裏，還得講僅見於日本的三套簡本：映雪草堂本、藜光堂本，和劉興我本。第一種見孫楷第《中國通俗小說書目》[13]，是不分回的三十卷本。第二種孫楷第說失佚。第三種孫楷第不收。其實三本全在東京大學(分在三間不同的圖書館)，第三種更是日本一代漢學大師長澤規矩也(1902-1980)的舊物。通過時自東京大學畢業不久的友人大塚秀高(1949-)的幫忙，三書副本皆為我所得。

這三部東大本子到手後不久，西德杜平根大學(Universität Tubingen)教授傅克樂(Flessel Klaus)代我覓得東柏林德國國立圖書館(Deutsche Staatsbibliothek)的兩套簡本，一為親賢堂翻藜光堂本，一為李漁序本，後者從未見著錄。無巧不成書，原來這些都是李福清多年前發現的。他通過所屬研究機構去請求複製，結果拖了幾年，讓我遲來先上岸，大家差不多同時候得到膠卷。

至此，天下間的《水滸》罕本未聚於寒齋者僅兩種[14]。(因為這些寶物，前年顏寒齋為「宛珍館」，承饒宗頤(1917-)師賜書橫匾；宛指梁山泊中宛子城)。一種是百十五回出像本。我所見的百十五回簡本《水滸》，若非全是用上下層辦法和《三國》合刻的，便是用上圖下文(如插增甲本)或其變式(如插增乙本以半葉上圖下文和半葉全文字相互隔開)來單刊《水滸》，僅收《水滸》，且全以文字出之者(即使有插圖，也悉數放在書首，變成如附錄一般)，當以此本為較早。就算此本刊印後於與《三國》合刻之本和加插圖畫入文中之本，它的文字所代表的演化階段卻未必晚於該等本子，起碼它不必因與另外一書合刻，或因要配合插入文中的圖畫，而引致在

13　此書有年代相隔很遠的三版：初刊本(北平：北平圖書館中國大辭典編纂處，1933年)；修訂本(北京：作家出版社，1957年)；重訂本(北京：人民文學出版社，1982年)。三者所記《水滸》版本諸事並無重要的分別。

14　實則那時應有而尚未有的《水滸》罕本倍出於兩種之數，這點本文後篇有說明。

文字選用上受到限制。這本書我在北京圖書館見過，做了點筆記，還未複製[15]。

另外未見的一種就是神秘兮兮的李玄伯(李宗侗，1895-1974)藏百回繁本。二十年代中期，李玄伯說他的從姪發現了一套明新安本百回《水滸》，他宣稱這就是郭本。這自然不對。至今仍有不少人(如白木直也)相信此本頗近郭本，在《水滸》成書過程中佔很早的地位。起碼這是個舊本。孫楷第見過原物，行款、刻工等資料在孫的書目有紀錄[16]。但何心早已認爲這部由李玄伯公諸於世的本子是僞書[17]。最近如范寧(1916-1997)也懷疑李玄伯印出來的本子祇是拼湊而成的東西[18]。問題在孫楷第以後，好像無人見過原書[19]。大

---

15 北京圖書館的出像本終到我手時，還早已找到草此文時尚不知道的南京圖書館所藏的另一本出像本，見此文的後篇和收入本集的〈南京圖書館藏《新刻出像京本忠義水滸傳》考釋〉。

16 孫楷第於「民國二十年項」在李玄伯處得見此書，「雕刻甚精」、「為之動心駭目」；見孫楷第，〈《水滸傳》舊本考——由高陽李氏藏本百回本《水滸傳》推測舊本《水滸傳》〉，《圖書季刊》，新3卷3、4合期(1941年12月)，頁193；修訂本，收入孫楷第，《滄州集》(北京：中華書局，1965年)，上冊，頁121，那句記時的約略話卻改為確指的「一九三一年」(該文的副題也易作〈由明新安刊大滌餘人序本百回本《水滸傳》推測舊本《水滸傳》〉)。有此目睹的機緣就是孫楷第能說出該本的版式和行款的原因。除了上述一文外，孫楷第另曾多次講及此本的版式和行款，如《中國通俗小說書目》，重訂本，頁211-212，以及他應日儒橋川時雄(1894-1982)主持的《續修四庫全書總目提要》計畫之請，撰寫小說和戲曲提要時，為李藏本所寫的提要，見其遺著《戲曲小說書錄解題》(北京：人民文學出版社，1990年)，頁106-108。

17 何心，《水滸研究》(上海：上海文藝聯合出版社，1954年)，頁87-88。何心這本具劃時代貢獻的書以後三十年間另有兩個不同程度補訂的改版，即1957年古典文學出版社(上海)的修訂本和1985年上海古籍出版社的增訂本(增訂本更添一新章，〈《水滸》人物與歷史人物〉)。其後兩版談版本的幾章都作了很大程度的改寫，何心對李玄伯印本的不信任則始終一樣。在1985年的增訂本中，有關討論見頁33、49-51、92。

18 范寧，〈《水滸傳》版本源流考〉，《中華文史論叢》，1982年4期(1982年11月)，頁70-72。

19 原文此處謂胡適也曾見李玄伯藏本原物，錯了。直至1929年6月，胡適僅見過李玄伯印售的鉛印本，其後他對《水滸》的興趣就大減了。此事見胡適，〈《百二十回本忠義水滸傳》序〉，收入胡適，《中國章回小說

家用的都是李玄伯的私家鉛印本，分平裝和線裝兩種（線裝的大概僅製二十五部，也就成了奇罕之物。我在吳曉鈴處看過），現在事隔大半世紀，鉛印本也極難一見。就算李玄伯本果爲僞書，何時作僞也是很重要的消息。要判斷其是否僞書，光靠那排印得並不高明的鉛印本是不夠的，應以原書爲據。可惜原書下落不明。李氏藏書以此最著名，四十年代末李氏赴臺時，所攜珍本極多，這部書按理是不會留在大陸的，也從未有這種說法。李逝世整整十年，生前最後幾年，藏書大批出售，有賣給中央研究院的，有賣到美國各館的。我見過他在六十年代末向芝加哥大學兜售珍本的單子，明版書達百種，但沒有這部《水滸》。這三四年來，託了不少朋友四出打聽，在美國和臺灣始終找不到此書半點兒影子，祇有繼續追查下去 [20]。

　　朋友們得知我不惜工本去找《水滸》本子，都想知道我打算怎樣去處理。我的計畫有兩個。一是利用版本和其他史料，設法弄清楚《水滸》是怎樣成書的。近人主張繁先也好，簡先也罷，絕大多數是一廂情願的說法，誰也沒有真真正正搞過版本比勘。

　　二是計畫整理出兩套詳盡的校本，繁本一套，簡本一套，簡繁兩系統文字相差太遠，無可能合校的。在校記內盡注各本之間的異同，使讀者可以通過校記，逐本還原（鄭振鐸諸人編刊出來的《水滸全傳》遠遠未達到這層次）。我現在能夠看到的本子，二三百年後是沒有可能毫無損失的。這樣的校勘工作，自然不簡單，用傳統方法去做，非數十年不爲功。現在電腦技術名副其實的日新月異，這些新科技一定能夠幫我極大的忙 [21]。

（續）————

　　考證》（大連：實業印書館，1942年），頁103-104。胡適論古典小說諸作有多種合集，此本較早且因近年屢爲人影印重刊（頁碼遂不變），檢讀容易，故本集引用胡適的有關文章均以此本爲據。

20 這部李玄伯二十年代拿出來的本子終知道下落了，原來現在祇有殘本存世。這殘本我也取得副本，見本文的後篇。

21 最近花了三年時間做兩種插增本的編校工作（把評林本的相應部分也收進去），做得十分辛苦，加上已年過花甲，健康大不如前，事事做來力不

——《明報月刊》，19卷5期（1984年5月）；《中外
文學》，13卷9期（1985年2月）；2003年夏秋兩
季間修改，加注釋。惟正文所説與年數有關之
處不動，因時間定位在1984年春屬稿之時。其
後的發展在注或後篇內交代。

二、後篇

前篇脱稿至今，轉瞬二十年了。這段日子的情形和前篇所講的
時段，有同有異。

前篇講從零開始的點滴積聚，每有所獲總是新鮮的，進益的。
那時候教人鼓舞之事接踵而來，迅速湧至，恒有應接不暇之感。在
蠻短的時間內，兩種插增本都分別集得相當的數量，便是很特別，
不能期望可再有此經歷的例子。近二十年也有好數次奇遇，但分隔
得遠，效應也沒有插增本的發現來得強烈。所得與前此的收穫倒十
分配合，使我終能達到知存的罕本再無遺漏的地步。

先講比較容易交代的事情吧，即尚有多少重要本子待訪，以及
如何逐一納為寒齋藏品。

寫完前篇以後，我希望增添得到的第一個本子是日本東京無窮
會（已遷往東京遠郊的町田市）所藏的百回本《全像忠義水滸傳》（見
本集插圖二）。這個習稱為無窮會本的本子在八十年代中期以前雖
已有好些簡單介紹文字[22]，但專題討論或僅得一篇[23]，故這個本子

（續）————————————————

從心。這裏所説的兩套會校本，其繁難程度復必較處理插增本超越幾倍，
恐祇有留待接班的學者來做了。況且近年我對如何探討《水滸》的演化
過程，看法有了基本的改變，有生之年餘力的運用和分配也得作調整。
相關的事容待在此文的後篇裏交代。

22 工藤篁，〈織田確齋氏舊藏支那小説の二三——特に《樵史演義》に就
いて〉，《漢學會雜誌》，6卷2期（1938年7月），頁119-120；長澤規矩也，
〈續校勘絮談（七）〉，《書誌學》，12卷1期（1939年1月），頁20；Richard
G. Irwin, "Water Margin Revisited," *T'oung Pao*, 48 (1960), pp. 395, 408-410,

十分值得找來看看。時在普林斯頓大學葛思德東方圖書館（Gest Oriental Library, Princeton University）任職的友人王秋桂（1943- ）通過館方的安排，很快就替我攝得膠卷。時至今日，雖已有好位研究者詳論此本，但因為他們的意見頗有分歧[24]，似還有再來細讀的必要。這就要期諸異日了。

第二個目標物是南京圖書館所藏的八卷本《新刻出像京本忠義水滸傳》（見本集插圖三）。這是前未見紀錄，連全國善本目也不收的孤本。遲至九十年代初，看了蕭相愷（1942- ）的報導方知有此書。這是一本別具特色的簡本，可惜蕭相愷的報導不詳不實[25]，那就有非找來此本不可的必要了。在朋友託朋友，花費亦不少的情形下，不算太久此本便到手。可惜拍攝者採用每卷祇有三十多格的一般攝影膠卷，弄到斷斷續續，還有漏拍的地方。後來在韓國遇到南京大學教授胡有清，一見如故，他十分樂意幫我做補遺。很快他就代我抄寄了漏攝的部分。我對這個本子沒有商業企圖，配合兩種形式的資料才組成全本並不礙事。這個本子雖然沒有插圖，但既以「出像」為名，加上北京圖書館又有部名同而卷數不同（十卷），卻有插圖的本子，故稱此本為「南圖出像本」，以別於北京圖書館之本。

南圖出像本到了手，當然沒有理由不設法取得北京圖書館那部我稱之為「北圖出像本」的名同卷異之物了（見本集插圖四）。北京

（續）————————

415；白木直也，《和刻本忠義水滸傳の研究》（廣島：自印本，1970年），頁68-74；范寧，〈東京所見兩部《水滸傳》〉，《明清小說研究》，1期（1985年8月），頁73。

23　佐藤鍊太郎，〈無窮會圖書館所藏、織田覺齋舊藏李卓吾評《忠義水滸傳》一百回〉，《汲古》，8期（1985年12月），頁26-32。

24　這些包括見解頗不同的王利器，〈李卓吾評郭勛本《忠義水滸傳》之發現〉，《河北師院學報》（社會科學），1994年3期（1994年7月），頁103-110；劉世德，〈《水滸傳》無窮會藏本初論〉，《文學遺產》，2000年1期（2000年），頁106-119；談蓓芳，〈也談無窮會藏本《水滸傳》〉，《中國文學研究》（上海），2期（2000年2月），頁234-293。

25　這個本子的各種情形，以及蕭相愷的介紹之不濟，見收入本集的〈南京圖書館所藏《新刻出像京本忠義水滸傳》考釋〉一文。

圖書館向來就是極不易打通關節的大衙門,凡特別要求例須個案處理,且索價必昂外,還有種種非靠門徑不能通過的關卡。近年該館如走馬燈般頻頻更換善本部的主管,尤令情形變得更複雜。泰來專業圖書館這行頭已二三十寒暑,人脈足,面子夠,這件事就託他全權代理。前後經過多久早無法記憶了,總之無十年也有八載,接觸過的那些五日京兆般的主管更不用問究有幾人。其間的困難和變動,即一波三折亦不足以形容。幸皇天不負有心人,三年前終獲得他們用專人免費送來膠卷!

這三個罕本先後到手,更使我覺得弄不清楚李玄伯本的來龍去脈始終是美中不足的大遺憾。但這是急不來,更無法操縱的事。可查的門徑,應問的人士全早試過了 [26],根本已再沒有尚值得一碰運氣的法子。皇天希望我把事情徹徹底底地做好並非一廂情願的夢話,終還是找到了答案。

2002年初是轉運的時刻。在隨意檢讀學報時,看到笠井直美,〈李宗侗(玄伯)舊藏《忠義水滸傳》〉,《(東京大學)東洋文化研究所紀要》,131期(1996年11月),頁27-104。這篇長文把李玄伯本的始末情形說得夠詳細,是從版本研究《水滸》演變者所不可不讀的佳作。此文最重要的貢獻在揭示此本尚存於世,為北京圖書館的藏品;未入館以前,曾為鄭振鐸收藏過一段不會太長的時間。該本既有一段時間在名家手中,後又收入大館庫內,怎會產生神秘兮兮的格局?關鍵當在消息不夠詳確。

知道了本子的所在,要找紀錄就不難了。鄭振鐸逝世後,趙萬里用北京圖書館的名義代他編刊藏書目:《西諦書目》(北京:文物出版社,1963年)。書中卷4,葉64下,所記僅存第一至第四十四回之明刊本《忠義水滸傳》即此本。鄭振鐸辭世後,藏書捐公,此

---

26 應問的人士包括李玄伯居臺期間過從甚密的毛子水(1893-1988)和臺靜農(1902-1990),前者託時為臺灣大學外文系教授的王秋桂代問,後者由政治大學中文系教授陳錦釗帶我專程去拜訪。毛臺二人都一無所知,全沒有在李玄伯處看過那個本子的印象。

本在新主手上的紀錄見北京圖書館編，《北京圖書館古籍善本書目》
（北京：書目文獻出版社，1987年序），冊5，頁2909（編號16733）。
紀錄同樣是僅存書首四十四回的百回本《忠義水滸傳》，出版日期
則講得清楚點，作「明末刻本」。爲何指此本即李玄伯本？一因書
中有李玄伯的藏書印，而李氏僅有藏得一部明版《水滸》的紀錄，
二因此本的行款與孫楷第所記者同。

此本所以長期隱形，是因爲雖於六十年代初已公佈其由鄭振鐸
私藏轉爲公物，但紀錄簡單得不能再簡單，完全不提其與李玄伯的
關係。遲至八十年代末，讀者憑上述那兩種紀錄尚僅知道這是部殘
存不到半數章回的明版繁本《水滸》。《西諦書目》刊行時，整部
基本齊全的明版繁本《水滸》已知存不算少，若沒有特別理由，很
難會起爲這樣的一部殘本費神的動機。假如不是笠井直美細心翻
及，兼詳作報導，這啞謎還不知要拖到甚麼時候才揭曉[27]。

至於此本何時歸鄭振鐸所有，也可說出大概年代來。鄭氏藏書
之珍貴者，他每有解釋收藏經過和版本特徵的介紹，集爲〈劫中得
書記〉及其續編，先後在開明書店印行的《文學集林》2期（1939年
12月）和5期（1941年6月）內發表，後來又在1956年由古典文學出版
社（上海）以《劫中得書記》之名刊爲單行本時加添若干附錄。直至
單行本出來，他仍沒有說擁有李玄伯本的任何部分。

更前一點時間，他爲編好的《水滸全傳》寫序時（1953年11月9
日），僅說編校過程中用了李玄伯的排印本。顯然那時間他尚未是
那個本子的藏主。待1958年他輯刊的《中國版畫叢刊初編》出版，
李玄伯藏本的插圖全都收進去。他遠在保加利亞爲此組插圖所寫的
跋文之日期爲1957年9月23日。把這幾點合起來看，此本到他手大

27　後來又讀到李金松，〈《水滸傳》大滌餘人序本之刊刻年代辨〉，《文
　　獻季刊》，2001年2期（2001年4月），頁142-145。這篇短文雖交代了李
　　玄伯原藏本現度藏何處，卻沒有指出現在看得到的本子所存部分連原書
　　半部都不到的實況（他有否親檢原物？），更看不出這位李先生知道早
　　四五年前笠井直美在國際上主要漢學學報發表的長文。

概是1956年至1957年年初之事吧。

李玄伯雖然帶了很多珍籍赴臺，但其篋中並無這部《水滸》，這是很明顯之事。書早不在他手中是最好的解釋。李鄭兩主之間，此本經歷一段時日不短的飄流日子。爲何鄭振鐸有者僅有四十四回？可以有二解釋。一爲書到鄭振鐸手時，已僅剩下不足半部。二爲李玄伯原先擁有者亦祇有這四十四回。這也就是說，他公佈的鉛印本是湊入別本的配成品。真相究竟如何，未平情比勘前，不宜匆匆下斷語。

起碼本子下落的真相已明。友人京都大學教授金文京（1952- ）旋替我穿針引線，李玄伯本現存的四十四回的影件很快便到我手（見本集插圖五）。

同時更有一額外收穫。日本佐賀縣多久市多久歷史民俗資料館庋藏的百回遺香堂本（見本集插圖六）與李玄伯本酷似[28]。此書副本，現職名古屋大學教授的笠井直美亦送了給我。

自杜德橋惠我牛津殘葉，至此已超過二十年了。寰宇訪尋《水滸》罕本這使命終有了完滿的句號。在我的學術生涯中，這無疑是很有意思的一段長途歷程。沒有親友的長期無私支持，這旅程是絕對無法成功走完的。（讀者切勿以爲稱得上罕本的《水滸傳》本子本文前後篇兩部分都列齊了。有些重要性較低的本子因行文關係並不覺得有機械地全列出來的必要）。

宣佈有了句號，一定有人會問：難道自八十年代初以來，兩種插增本合起來都沒有再增一葉嗎？實情確如此，也是無法強求之事，且到了今日仍看不出甚麼地方有帶來新發現的希望。

當我在八十年代初，很幸運能迅速集齊散存歐洲的兩種插增本殘冊和零葉時，因從未見足令人相信中國和日本可能會有此二書尚

---

28 此本參考資料很少，可用者有：高山節也，〈佐賀鍋島諸文庫藏漢籍明版について──遺香堂繪像本《忠義水滸傳》〉，《汲古》，13期（1988年6月），頁45-54。

存的線索，遂逕謂僅在歐洲有存。到了九十年代中期，偶檢及大型開本，四厚冊的吳希賢編，《所見中國古代小說戲曲版本圖錄》（北京：中華全國圖書館文獻縮微複製中心，1995年），見兩種插增本均有書影（冊3，頁2517-2524），既驚異復興奮。但所收書影全在我用作《水滸論衡》插圖者之內，難免教人失望。那時《水滸論衡》已刊行有年，而吳編的那幾張書影又製得不佳，初時還以爲是襲用《水滸論衡》而來。及後留意到書中所收插增乙本末葉牌記的書影沒有蓋上梵帝崗教廷圖書館的藏書印（我用作插圖那張有該館的藏書印），始知果真是依據實物的。可惜吳編有很多自訂的限制，使書的用途大減。此書基本上祇是一堆來歷不明，附釋聊勝於無的書影。有關採用版本的說明簡單到不能再簡單，從不替任何一本書提供存況如何，是全是缺的最基本信息。不僅如此，讀此書後還會令人感到作者故意語焉不詳，左掩右瞞。書名本身就不合文法，語義不全。「所見」——誰所見？何處所見？何時所見？連同所收的書今在何處，這類非提供消息不可的要點，書中也全都不管。除了讓人看看印製得不佳，無法複製作別的用途的書影外，真難說這本特厚的大書究竟有甚麼實際功能[29]。

　　書首史樹青（1922- ）的序說吳希賢是長期在北京琉璃廠工作的書業界人士，此外就甚麼可用消息也沒有。

　　後來風聞吳編所收各書均大有來歷，原來盡是四人幫大惡煞康生（1898-1975）在文革時期用抄家等法網羅私佔的。大陸上老一輩的文化界人士對文革仍如驚弓之鳥，避之則吉。這大概就是吳希賢甚麼都不肯說，書名定得異常含糊的原因。得聞的消息還說，此批書籍文革後曾一度寄存於北京故宮博物院內不對外開放的圖書館（故宮的遊覽圖中不指出圖書館在何處）；這點館內人士不承認。同一

29　姜亞沙，《影印珍本古籍文獻舉要》（北京：北京圖書館出版社，2002年），頁254-258，有此書的提要。惜這所謂舉要全指不出此書種種故意搬弄的自訂局限，僅替這套大而不切實用的書說些隔靴搔癢，瞎捧一頓的介紹語。

來源的消息復指出，其後那批數量不少的珍籍都爲公安單位所接收，那就一入侯門深似海，更難追查下去。

既然毫無打破僵局的辦法，祇有把吳編有關的幾頁慢慢細繹，終給我找到開門的鑰匙。吳編所收兩種插增本的書影局限在一部分：插甲的取自卷二十一、插乙的選自卷二十二和卷二十五（即書末的牌記）。除牌記有特別意義外，假如扉葉、目錄、首卷首葉等部分有存，選用書影一般不會這樣從書末去揀，除非兩書僅存後面的部分。此其一。如果看不到兩種插增本的扉葉、目錄，和首卷首葉，就根本無法說得出兩書的正確書名是甚麼（我至今仍攻不破這一關），因爲這兩個本子各部分所用的名稱隨卷而易，教人難於選擇。吳編指插甲名《新刻京本全像插增田虎王慶忠義水滸全傳》，在我手上有的資料中，此名僅一見，就在卷二十一的首葉，而吳編所採此本的書影亦剛從該卷出。吳編列插乙的書名作《新刻全本插增田虎王慶水滸志傳》，在我集得的各卷當中，此名僅見卷二十二的首葉，而吳編自卷二十二及卷二十五選出此本的書影。吳編兩書的書影顯然是從有限（甚至很有限）的資料中選出來的。此其二。

至此，情形已夠明顯了。我在歐洲所集得者很可能較吳希賢見到的還要多。

要知道究竟，吳希賢當然是關鍵。尋根究柢是我治學的本色，至此還有一根可尋。我和史樹青在八十年代初有一面之雅。夏威夷大學圖書館有一本莫友芝（1811-1871）《郘亭知見傳本書目》，上有某不署名藏書家寫得密密麻麻的眉批，徵引宋元珍本，右添左補，若不經意，十分可貴。但那藏書家是誰毫無追查的線索。我和晚年以治文物見稱的沈從文（1902-1988）談及此事，他介紹我向中國歷史博物館的史樹青請教。史先生一看便能指出那藏書家是誰，並說在那裏可找到參考資料（此事不必在此說下去，關於那本眉批書目我會另爲文交代的）。既有此門徑，我早就應通過史樹青去問吳希賢了。豈料賤務纏身，遲至前年年底才寄出此信。史先生回信說，吳

希賢已於前一年辭世。最後線索也斷了。

至此豈料又有變化。偶然翻及周心慧編，《古本小說四大名著版畫全編──水滸傳卷》（北京：線裝書局，1996年），內於頁19-24收了六幅顯屬插增本的書影，並於頁17有解題：

> 《新刊通俗增演忠義出像水滸傳》，殘卷，存十八回。元施耐庵著。明刊本。上圖下文。圖兩則有標題，各四字。版式與常見的上圖下文一面一圖不同，為二面一圖。圖或在前半頁，或在後半頁。各卷卷端書名所署不一，卷十八末題「新鍥滸傳十八卷終」，顯係漏刻「水」字。此本未見小說書目著錄，梓行牌記已佚，何家坊肆所刊難以確認。考其版式、版畫風格，當為明萬曆至崇禎間閩建書林刊本。茲選六幅。（周心慧）

那六張書影極為面善，一檢即知全在德勒斯頓本（插增乙本）。中華書局（北京）1991年收此本入《古本小說叢刊》的第十九輯。此即周心慧之所據。他在解題提及的數據全來自《叢刊》該輯的前言，連人家錯的也照搬過去。德勒斯頓本現存十九回。前言的作者（劉世德）沒有留意到該本有兩回均作第八十七回，故誤以為僅得十八回存世。周心慧沒有注明資料來源，大概是怕惹版權麻煩。結果連孤本在德勒斯頓這句話也不敢說出來。因為這套由周心慧主編的版畫集（另外還有其他小說的三冊）是中國大陸的刊物，收錄不公佈庋藏地點的書籍，就會令人以為書在大陸而因某種關係不便說出收藏者來（在大陸這個投鼠忌器習以為常的社會裏，這種事不算特別。剛剛說過的吳希賢所編書正是這種左恐右懼，既要出版，又要裝成神秘兮兮，故佈疑陣，徒煩後人考證之物）。既然貪多地增收一書，卻不肯／不敢坦白說出實情，這是不負責任至極的態度。

最麻煩之處尚不在隨便抄襲人家的東西和該說的不說，而是在

胡亂發明。插增甲本和插增乙本最大的區別，在甲本每葉有二圖，葉上半面和葉下半面各一，而乙本每葉僅得必在葉上半的一圖，即葉下半一定全是文字。周心慧卻創言此本雖每葉僅得一圖，圖的位置卻無定規，或在葉上，或在葉下。要是真如此，豈非該稱德勒斯頓本為插增丙本！其實德勒斯頓本插圖的位置，和目前所知的另外一本插增乙本殘冊（梵帝崗本）並無兩樣，插圖必然放在葉的上半面！《叢刊》收入德勒斯頓本時所用的影件不夠理想，有很多缺葉，遂致周心慧看得眼都亂了，以為插圖是毫無秩序地安放的。

按現有的資料去看，很難期望會有插增丙本（即每葉僅得一幅不依定規安放的插圖）的出現。歐洲方面再有插增本（不論甲本乙本）新殘冊出現的可能性不高。日本的可能性更低。中國大陸的情形則尚難斷言。一度出現，卻未經學界人士研究便不知去向的甲本和乙本，看來是頗殘缺之物，但總不能不考慮其他部分仍會有出現的可能。對此確有一特別的期待。我集得的資料有一缺憾，就是除了斯圖加特插增甲本外，全講大聚義以後的事。那些四出征討的故事，佈局低能，手法重複，研究時逼得重複細讀是苦事。大聚義以前的部分，雖文句同樣討厭，起碼故事可讀，況且集得者實在不多（插甲在大聚義以前基本上僅集得智取生辰綱至秦明攻青山被擒一段，插乙更晚至奉詔征遼才開始有集得者，以前的連一葉也沒有），假如大陸上尚有大聚義以前的部分，不論是插甲還是插乙，是值得期待的。

期待歸期待，蒐集插增本的工作顯然已告一段落。下一步當是如何處理的問題。

要利用插增本去探討《水滸》的演化過程，捨細讀比勘別無他法。此事如何進行，我早有整套計畫，即以平衡相對的形式把插甲和插乙的全部文字分兩欄表列出來，再另欄抄錄評林本的相應文字，簡要的校勘亦分附各欄之內。1990-1991年的學年，我利用在臺灣客座的機會，試圖為之。既因一學年祇有九個月，時間太短了，更因那兩個助手懶惰復胡來，又互相吵架，本來初稿僅放了兩種插

增本約四份之一入電腦，已少得不能再少，弄出來的打字稿復草亂不堪。可是連這樣的成績都被她們在電腦中洗掉，結果弄到一無所獲！近三年，汲取上次的教訓，重新再來一次，涉及的三本的文字用分細段的辦法處理。（譬如說，二人對話一來一往，每一對應都分作兩小段）。三本合排起來做成一個長達八百多頁的大表格。這個大表格配上相輔的研究報告，近已完成，取名《插增本簡本水滸傳存文輯校》，並已用非賣品的方式分贈圖書館和同行。

前篇結束時說，擬就繁本、簡本各整理出一套，儘量投入手上有的本子去做，且要求可以通過詳盡的校記讓讀者把用過的本子逐一還原的會校本。這兩項工作現在既做不了，也再沒有做的必要。編校插增本的經驗清楚指出（那項工作尚不足稱為會校），這兩個計畫都較之繁雜不知多少倍，明夏退休後的我絕無單鎗匹馬地去處理的可能。這是做不了的客觀情形。不必做的理由較此尤更重要。

花上幾年時間去做繁瑣且必枯燥的會校工作，如果沒有通過這工作而能得到重大發現的可能，這種工作未免殊欠吸引力。繁本與繁本之間文字之別很少涉及內容之異。把閻婆惜故事移前置後已經是很極端之例 [30]，這種例子要多找一個殊不易。會校繁本幾乎可以斷言絕難導致重大的發現。簡本與簡本之間，因為互有簡繁之別，文字之異非常厲害，會校的難度當與之成正比例。但輯校完插增本

---

30 早期的版本說劉唐走訪後，宋江置梁山的信和留下來的那條金條入招文袋裏，然後始認識閻婆惜，發展成金屋藏嬌，繼而且有張文遠的介入。宋江雖續支付藏嬌處的費用，卻避而不往，致令閻婆找到宋江後，務要他留宿。這才導出閻婆惜發現招文袋內的書信和金條。雙方討價還價中，各不相讓，終以殺惜收場。現得見的繁本僅容與堂本、鍾批本，和那本所謂天都外臣序本（三本這樣開列，求行文之便而已，並無定先後次序之意）按此層次述事，可稱為「置後」組。然而此組述事邏輯大成問題，那封宋江總應明白危險至極的信，怎樣留在其幾乎日日使用的招文袋內起碼達數月之久？其他的繁本都屬述事較合邏輯的「移前」組。屬該組的本子說金屋納惜，以致感情弄僵，全是劉唐來訪以前之事。劉唐走後，宋江即被閻婆強拉回去，故書信和金條仍在招文袋內，無機會先處理好。按這情節的處理，簡本也分為置後和移前兩組。此事分析起來頗複雜，得另文為之。

後，能有發現之處都找出來了，繁本簡本之間的主要關係也弄清楚了，再把各種後期簡本放入編校之列，祇會平添工作的困難度，收益卻僅可能是很有限的。這做起來必大費周章之事就變成很不值得去做的工作了。倘有所需，選擇地處理若干個別簡本就夠了；映雪草堂本和劉興我本接近插增乙本的程度似較其他簡本為高，值得詳細查看，便是個別簡本仍需認真處理的一例。

會校現存諸繁本簡本的重要性所以減少，因為我對《水滸》如何演進，觀念有了基本的改變。比勘現存諸本看來祇能提供今本出現以後，本與本之間如何傳遞的信息，而不能期望其能助理解自《水滸》成書至今本出現這段時期內的種種巨大改變。移置閻婆惜故事這類改動和這段時期內的劇變相較無異小巫大巫之別 [31]。要明白今

---

31 這樣的劇變我已找到好些例子，見馬幼垣，〈從招安部分看《水滸傳》的成書過程〉，《中央研究院第二屆國際漢學會議論文集》（臺北：中央研究院，1989年），「文學」，下冊，頁633-658，修訂本見馬幼垣，《水滸論衡》，見141-176；馬幼垣，〈從朱武的武功問題和芒碭山在書中的位置看《水滸傳》的成書過程〉，《慶祝饒宗頤教授七十五歲論文集》（香港：香港中文大學中國文化研究所，1993年），頁127-134（此文收入本集）；馬幼垣，〈三論穆弘〉，《人文中國學報》，1期（1995年4月），頁125-136（此文首刊該期刊時，文後所附，亂七八糟的英文提要是編者所加的；此文收入本集）。另外，陳益源（1963- ）在其〈在《水滸傳》與《金瓶梅》之間〉一文的前半，收入黎活仁（1950- ）等主編，《方法論與中國小說研究》（香港：香港大學亞洲研究中心，2000年），頁126-132（亦收入陳益源，《小說與艷情》〔上海：學林出版社，2000年〕，頁1-6），指出《水滸傳》有「鄆哥大鬧授官廳」的回目，卻沒有相應的故事，並以為此事不可解。其實此事與無事功可言的穆弘竟居天星組的中間位置之例案，性質一樣同為成書初期之本殘留在今本的蛛絲馬跡。用解釋穆弘為何會在今本中無端居高位之法，應可解通今本回目聲稱鄆哥「大鬧」而他在回內卻絲毫不鬧之謎。不過鄆哥鬧與不鬧祇是情節上的小異，關係不大，並不屬於劇變的層次。見於《方法論》的陳文之末尾，附印該文原先開會發表時負責評論的劉靖之（1935- ）的話，說的盡是隔靴搔癢的敷衍語，全抓不到問題的關鍵所在。這種廢話是不必印出來的。開會和出版時把凡有人用過的形式，甚麼中英文提要、關鍵詞、作者／評者履歷和照片、日人姓名讀音，一切套齊，把格局弄到較李鴻章雜碎還要雜碎。採用這種亂堆沙石的形式，仿似中邪，極胡鬧透頂之能事，變成沒有靈魂的copycat。這樣做徒亂人耳目，無端浪費資源。此風決不可長。

本是怎樣從初成書之本演變出來的，細讀現存本子中的較早者(如容與堂本)，尋找蛛絲馬跡的內證，較通體互勘諸本有用得多。這就是說，會校的工作不是絕不可做，而是不必做，或僅選擇地做若干即已足。有了這觀念上的基本轉易，對改變初衷，不再以分別會校繁本簡本爲首務，並不覺得是憾事。

《宣和遺事》中水滸故事考釋

一、引言

　　有系統的水滸故事之見於文字，以《宣和遺事》的有關章節爲最早。追溯水滸傳統源流者幾莫不引錄以爲研討之基。然而這段文字頗有混淆矛盾之處，版本的辨識顯屬首要之務。

　　理想程序雖如此，客觀因素卻使一般研究者僅能利用坊間排印本。其中尤以1954年（上海）古典文學出版社（即上海古籍出版社的前身）用1915年商務印書館據館藏（涵芬樓）清宗室盛意園（盛昱，1859-1899）郁華閣之明金陵王洛川本重排的線裝活字本去印行的通行本[1]，以及此通行本的各種翻印本和盜印本最爲流通[2]。根本談不

1　商務活字本後附該館編輯孫毓修（1871-1923）的跋文，對盛藏本的特徵頗
　　有説明。孫毓修師事繆荃孫，亦爲藏書家，版本判斷眼力不淺。盛藏本
　　固爲稀見之物，傅增湘（1872-1949）曾有題識，見其孫傅熹年（1933- ）編，
　　《藏園群書經眼錄》（北京：中華書局，1983年），冊5，頁1592。此本幸
　　逃涵芬樓1932年一二八淞滬事變之劫，見張元濟（1866-1959），《涵芬樓
　　燼餘書錄》（上海：商務印書館，1951年），冊3，葉87下，而涵芬樓劫餘
　　之書張元濟後讓售給北京圖書館，故此本現爲該館所有，見北京圖書館
　　編，《北京圖書館古籍善本書目》，冊4，頁2908（編號7584）。此外，商
　　務刊行之本還有一事亟待澄清。直接引用此本者和藏有此本的圖書館在
　　編目時，所用名稱原已有分歧，有指其爲商務本（或商務活字本），有説
　　其爲涵芬樓本，及至現在原版固已不易一見，研究者更有貪多務得地去
　　抄集各館書目，不查核原物，便羅列諸項以爲獨立之本。商務用線裝活
　　字本形式刊行該書，曾一版而印售過兩次。一次在封底裏用整頁注明「乙

上照料版本。慎重者因黃丕烈(1763-1825)說有家藏宋本而採用士禮
居本。始終是信手檢來，未先甄別材料，便遽然引用，不能說是正
確的研究步驟。

二、現存的舊本《宣和遺事》

舊本《宣和遺事》當然沒有悉尚存世的可能，起碼首見著錄的
朱有燉(1379-1439)藏本[3]、以及嘉靖藏書家高儒的本子早就下落不
明[4]。但這不該成為漠視版本的理由。倘試彙集現存之早期版本，

(續)————————————————————

    卯冬月上海商務印書館活字版精印」，乙卯即民國四年(1915)。哈佛大
    學哈佛燕京圖書館有此本。另一次該頁是空白的，日本東洋文庫有藏。
    除此以外，兩者無絲毫之別，故僅能說是一版的兩次印刷，而不能視為
    兩版或兩本。但若僅見封後頁空白的一種，著錄便無所依據。要替稱此
    種為涵芬樓本者尋解釋，恐怕祇有說他們憑孫毓修作跋於涵芬樓(這是書
    中涵芬樓字樣唯一出現之處)這句話來作命名之據。這樣指鹿為馬當與今
    人已多不明涵芬樓並非獨立機構而是商務印書館在上海的善本藏書處有
    關。即如江蘇省社會科學院明清小說研究中心編，《中國通俗小說總目
    提要》(北京：中國文聯出版社，1990年)，雖被譽為轟動一時的鉅製，
    其〈《宣和遺事》〉條(頁16)實足顯示今日治學基礎之弱。該條除分列
    商務本和涵芬樓本為二物外，還說兩者同刊於1915年，復指涵芬樓本為
    翻刻本。封後頁空白的一種根本沒有交代出版日期，說它是1915年跋本
    可以，但何由斷言其確實刊於1915年？兩次印刷必有先後之分，何者為
    先雖難確定，但明書出版日期者既是「冬月」所刊，按常理，無說明的
    一種便當是次年或更後再印售時，因日期已不符，而刪去該項聲明的。
    涵芬樓本這名稱儘管可用，也不能確指其刊於1915年。說涵芬樓本為翻
    刻之物更是離譜。該條的撰稿者顯然不辨線裝書在昔在今都有刻版與排
    版之別，而以為凡是線裝者總是刻出來的。最莫名其妙的是，在連商務
    替自己編的出版總目裏，《商務印書館圖書目錄(1897-1949)》(北京：商
    務印書館，1981年)，這部曾兩度印售，為大半世紀以來各種排印本最終
    依據之線裝活字本的《宣和遺事》，竟全無蹤影。

 2 早在1924年商務印書館已刊行黎烈民(1904-1972)據活字整理出來的標
    點本，以後重印者屢(包括該館遷臺以後)。源出商務活字本的各種通行
    本幾盡保留孫毓修的跋文，很易辨認。

 3 朱有燉在《仗義疏財》雜劇的自序說，《宣和遺事》記宋江一夥之事甚
    詳(不提《水滸傳》，可見尚未成書)。此序僅見該劇的宣德八年(1433)
    周藩原刊本(北京圖書館有藏)。

 4 高儒的《百川書志》有嘉靖十九年(1540)序。他所著錄的《宣和遺事》

就會發現數量還算可觀。

各本之間也確有不少分歧，不管校勘是否會帶來研究上的實質效果，遲至現在才做此工作，總算彌補了一項忽略已久的研究步驟。

為了期收相應之效，這段水滸文字與校勘有關的若干問題亦一併討論。至於各項情節與水滸傳統演易的關係，研究文字早已不少[5]，暫不用多說。

《宣和遺事》分二卷本和四卷本。兩者主要的現存之本分列如下：

1. 二卷本

（一）《新編宣和遺事》（下簡稱黃藏本；見本集插圖七）：

黃丕烈原藏本，現歸臺北中央圖書館所有。館方隨黃氏之見，定為宋本[6]。書首有前集和後集分則目錄；正文僅按集分為前後二半，不復分則列明。前集目錄列故事一百四十九則，後集者列一百四十四則，其中前集〈楊志等押花石綱違限配衛州〉、〈孫立等奪楊志往太行山落草〉、〈宋江因殺閻婆惜往尋晁蓋〉、〈宋江得天書三十六將名〉、〈宋江三十六將共反〉、〈張叔夜招宋江三十六將降〉連貫不斷的六則即水滸故事部分（正文在該卷葉27上至32上）。

（二）《古本宣和遺事》（下簡稱批乙本；見本集插圖八）[7]：

（續）————————————————

　　為四卷本，見高儒、周弘祖，《百川書志、古今書刻》，合訂本（上海：古典文學出版社，1957年），頁66-67。

5　最近且較詳細的研論為大塚秀高，〈水滸説話について——《宣和遺事》を端緒としてつ〉，《中國古典小説研究動態》，2期（1986年10月），頁29-47；岡村眞壽美，〈《宣和遺事》の成立過程に關する一討論——その歷史書引用部分をめぐつて〉，《文學研究》（福岡），94期（1997年3月），頁22-44。

6　國立中央圖書館編，《國立中央圖書館善本書目（增訂本）》（臺北：國立中央圖書館，1967年），冊2，頁675。

7　這個特別杜撰的名稱有解釋的必要。此本與別不同之處有三：有序文、有插圖、有批語（全為眉批）。三者之中，批語最不起眼。在一般情形之下，稱之為錢序本或插圖本，總比按批語立名為妥。但此本異常，不能循常規去處理。它有一個內容與版式全同，卻無序文，無插圖，而僅有

書首有明季名士錢允治（1541-1623以後）序文。每卷前有插圖，刻工爲名家郭卓然[8]。有眉批約三十條。無目錄。水滸故事部分見卷上葉42下至50下。此本現藏臺北中央研究院歷史語言研究所傅斯年圖書館[9]。

（三）《新編宣和遺事》（下簡稱士禮居本；見本集插圖九）：

黃丕烈士禮居刊本，叢書本及單行本均習見（現用日本內閣文庫所藏單行本）。書首目錄與黃藏本同。

2. 四卷本

（一）《新編（刊）宣和遺事》（下簡稱修綆本；見本集插圖十）：

（續）───────

批語的別本。這別本尚存兩套，一全一殘。全者在南京圖書館，雖未親睹，然按蕭相愷，《珍本禁毀小說大觀──稗海訪書錄》（鄭州：中州古籍出版社，1992年），頁598-603，〈明刊古本《宣和遺事》〉條的報導，應與本文所用之中央研究院歷史語言研究所傅斯年圖書館藏本，除序文和插圖並缺外，一切全同。蕭相愷所錄的二十八條批語，與史語所本有者毫無分別。別有一殘本在北京圖書館，即《北京圖書館古籍善本書目》，冊5，頁2908（編號17648），著錄為《宣和遺事》二卷之物（未注明是殘本）。1982年11月曾在北圖見之，因缺書首，無法知道此部分究竟有無序文和插圖，而第二卷全齊，卷首卻無插圖，當時亦不知如何去解釋。及見蕭相愷對南圖本的介紹，始知北圖本和南圖本同屬一版。此本之出現帶來兩個不易解決的問題：（一）有序有圖有批之本，和無序無圖有批之本，如何定先後？（二）在既不能依據序文和插圖命名，卻又得標明兩本異同的先決條件下，如何選定合用兩本的相應名稱？第一個問題可從兩個角度去解釋：（甲）有序有圖有批文之本在先，再版時，去序和圖，僅留批語。這等於說史語所之本早於北圖和南圖之本。（乙）初版時僅有批語，再版時添序和圖。這就是說北圖本和南圖本先於史語所之本。第一個解釋很難自圓其說。初版既有出自名家之序和圖，要說再版時把它們都刪掉，實在難找有說服力的理由。定有序有圖有批之本為再版之物合理多了。再援用兩本批語全同之特徵，就不妨稱無序無圖有批者為批甲本，有序有圖有批者為批乙本。錢序本、插圖本之類僅能代表一本，而不能反映另一本的名稱便不能用了。

8　此本的出版背景，見馬幼垣，〈錢允治《宣和遺事》序與《水滸傳》首次著錄的問題〉，《中國小說研究會報》（漢城），15期（1993年9月），頁21-27（此文收入本集）。

9　中央研究院歷史語言研究所編，《中央研究院歷史語言研究所善本書目》（臺北：中央研究院歷史語言研究所，1968年），頁146。

　　清道光吳郡修綆山房刊本，扉葉謂「悉照宋本重刊」，書末題「新鐫平話《宣和遺事》終」。每卷前有目錄：卷一（九十二則）、卷二（五十三則）、卷三（八十七則）、卷四（五十六則），合共二百八十八則，比黃藏本和士禮居本少五則。水滸故事部分爲卷二的〈楊志等押花石綱違限配衛州〉、〈孫立等奪楊志往太行山落草〉、〈宋江因殺閻婆惜往尋晁蓋〉、〈宋江得天書三十六將名〉、〈張叔夜招宋江三十六將名〉連續五則（比黃藏本和士禮居本少一則，正文在該卷葉5上至13上）。此本罕見，現用日本京都大學藏本[10]。

　　（二）《新刊大宋宣和遺事》（下簡稱王本；見本集插圖十一）：

　　明王洛川刊本。書分元、亨、利、貞四卷，無目錄。現代排印本習見，明版則罕見。現用中央圖書館藏的民初文素松（1890-1941）手校明刊本[11]；書爲明謝肇淛（1567-1634）舊物。水滸故事部分在該本元集葉41下至亨集葉4下。

3. 袁錄本（見本集插圖十二）

　　明本袁無涯刊行百二十回繁本《水滸傳》時，書首附錄《宣和遺事》水滸故事部分。袁氏所錄文字最晚亦得出自明刊之書，《宣和遺事》這部分又得一可資校勘的早期本子。明版袁無涯本《水滸》頗有存世者，茲用哈佛大學哈佛燕京圖書館藏本[12]。

　　以上諸本雖有出版先後、完整程度、承傳關係等分別，然不必先品評次第，以免影響分析的客觀性。《宣和遺事》存世罕本當然

10　《京都大學文學部支那哲學史中國語中國文學研究室藏書目錄》（1952年油印本），頁93。

11　同注6。此本傅增湘亦有題識，見《藏園群書經眼錄》，冊5，頁1592。至於文素松的傳奇性生平，見本集所收的簡研〈手校王洛川本《宣和遺事》的文素松〉。除文素松手校本外，另知存的王本僅得一本，即本文開始時所說現藏北京圖書館的盛意園舊物。

12　Harvard-Yenching Library, Harvard University, *Catalogues of the Harvard-Yenching Library: Chinese Catalogue* (New York: Garland Publishing, 1986), XXII, p. 96.

不止這些 [13]，若論代表性，諒還算夠用。

三、與校釋工作有關的版本認識

版本資料的利用雖然決定於對版本的認識，說來卻十分瑣碎，容易轉移討論焦點，而且這些與成書年代的判斷關係更爲密切，可待以後有機會再詳述。對現在進行的校釋工作而言，講明三事，或者已足：（一）從內證立論，今本《宣和遺事》絕無可能爲宋人之作。宋本云云，是書商自我吹捧的噱頭，和藏書家迷信避諱之類的外證，不管內容，所導致的錯覺。（二）黃丕烈訪得者雖不可能爲宋版書，它仍是現存最古之本。黃丕烈刊行的士禮居本是參考過其他版本後校勘出來之物，二者頗有分別；近人恒簡稱士禮居本爲黃本也就不夠準確。（三）四卷本（不論是否用元、亨、利、貞爲標記）爲強拆二卷本而成者 [14]。但這不足爲否決四卷本校對功能的理由。

純就文字異同而言，各本之間分別確不少。惟多屬繁簡正俗之殊，並不影響內容。齊全的紀錄可俟校注《宣和遺事》全書時才做，

13　知而未見者，尚有路工，《訪書見聞錄》（上海：上海古籍出版社，1985年）頁145-146，所記的龔文照（道光時人）手校士禮居本。大塚秀高，《增補中國通俗小說書目》（東京：汲古書院，1987年），頁175，所說現藏日本天理圖書館（屬天理大學）的錢曾（1629-1701）述古堂原校本（四卷本），亦未見。大塚好像說該館有者為錢曾的手校本。但按天理圖書館編，《天理圖書館稀書目錄──和漢之部》（天理：天理時報社，1960年），冊3，頁436，該館所藏者為兩套清版《新刊宣和遺事》。大塚或誤記「原刊本」為「原校本」。大塚又說這是「宋本重刊」。四字當見書中，這也不大可能是出現於原校本的字樣。看來這是與士禮居本和王本性質相同的本子。多添此本而討論結果會有相當改變之可能性是不會高的。

14　參考周紹良，〈修綆山房本《宣和遺事》跋〉，《水滸爭鳴》，1期（1982年4月），頁20；後收入氏著，《紹良叢稿》（濟南：齊魯書社，1984年），頁191；William O. Hennessey（韓諾季），"Classical Sources and Vernacular Resources in *Xuanhe Yishi*: The Presence of Priority and the Priority of Presence," *Chinese Literature: Essays, Articles, and Reviews*, 6:1.2（July 1984), p. 34; 王曉家，《水滸瑣議》（濟南：山東文藝出版社，1990年），頁209。

暫不必管。

真正影響內容者不過三處。其一說晁蓋救父時「手內使柄撥鑕鐵大刀」，句顯有誤。惟黃藏本、修緁本、士禮居本、王本均如此。批乙本和袁錄本謂晁蓋「手內使柄撥風鑕鐵大刀」，一字之增，頓解其困。文字優劣雖然不一定和版本先後有關，此例起碼可以證明網羅版本不是僅求滿足研究程式而已。

其他兩處，見下節所作專題討論的第二和第六項。

四、宋江三十六人的名單及有關問題的討論

因以下的各項討論悉以宋江三十六人的名單為中心，而這張名單確實雜亂，得先用簡明的辦法排列出來，討論始易進行。此名單固早不乏研究文字，但多以之和龔聖與（龔開，1222-1304以後）〈宋江三十六人贊〉、朱有燉雜劇等資料互勘，冀求考出三十六人的正確姓名，不無企圖整合不同性質材料的意味。本文注意的是《宣和遺事》這張名單的內在矛盾，以及用版本資料去解決難題的可能性。

要明瞭《宣和遺事》的名單，不妨依該書六梯次公佈太行山梁山濼組織成員的過程去表列出來。為免因版本差別而導致旁支性的討論，各人姓名綽號悉據黃藏本（包括異體字）：

<table>
<tr><td align="center">梯次</td><td align="center">附釋</td></tr>
</table>

1. 花石綱指使：
   。楊　志、。李俊義、。林　冲、　　救楊志後，十二人同往
   。王　雄、。花　榮、。柴　進、　　太行山梁山濼落草；見
   。張　青、。徐　寧、。李　應、　　於天書者，加。號。
   。穆　橫、。關　勝、。孫　立

2. 劫奪生辰綱者：

。晁　蓋、。吳加亮、。劉　唐、
。秦　明、阮　進、阮　通、
。阮小七、。燕　青

奪取生辰綱後，八人往
太行山落草；合前已落
草者，共計二十人；見
於天書者，加。號。

3. 持宋江介紹信入夥者：

。杜　千、。張　岑、。索　超、
。董　平

合前已落草者，共計二
十四人；見於天書者，
加。號。

4. 列名天書的三十六人及其綽號：

。智多星吳加亮、。玉麒麟李進義、
。青面獸楊志、。混江龍李海、
＊（？）九紋龍史進、
＊（？）入雲龍公孫勝、
＊（？）浪裏白條張順、。霹靂火秦明、
。活閻羅阮小七、。短命二郎阮進、
。大刀關必勝、。豹子頭林冲、
＊黑旋風李逵、。小旋風柴進、
。金鎗手徐寧、。撲天鵰李應、
。赤髮鬼劉唐、。一撞直董平、
＊插翅虎雷橫、＊美髯公朱同、
＊神行太保戴宗、。賽關索王雄、
。病尉遲孫立、。小李廣花榮、
。沒羽箭張青、。沒遮欄穆橫、
。浪子燕青、＊花和尚魯智深、
＊（？）行者武松、＊鐵鞭呼延綽、

已見前三組者，加。
號；若同意阮小五即阮
通，新增者共十二人；
但此名單並不代表新
人入夥，在太行山落草
者至此仍為二十四
人；見後兩組者，加＊
號；後兩組中，不能確
定是否終落草太行山
者，復加（？）號。

。急先鋒索超、＊（？）拼命三郎石秀、

。火船工張岑、。摸着雲杜千、

。鐵天王晁蓋

5. 九人隨宋江入夥：

宋　江、＊朱全（天書作同）、　　　　　時晁蓋已死，原先入夥

＊雷　横、＊李　逵、＊戴　宗、　　　者剩下二十三人；宋江

＊李　海、　　　　　　　　　　　　帶來九人，落草者共計

＊史　進 ⎫　　　　　　　　　　　三十二人（宋江不

＊公孫勝 ｜　　　　　　　　　　　算）；見於天書者，加

＊張　順 ⎬ 五人中僅四人入夥　　　＊號。

＊武　松 ｜

＊石　秀 ⎭

6.最後入夥者：

＊魯智深、一丈青張橫（或海賊李橫）　　落草者共計三十五人

＊呼延綽　　　　　　　　　　　　（宋江不算）；見於天書

　　　　　　　　　　　　　　　　者，加＊號。

　　這是一張看似簡單，實則既複雜，又糊塗，無法點算清楚的單子。值得討論的問題最少有七個。

1. 宋江是否為三十六人之一？

　　這問題雖涉及好幾個不同的層次，需分開來說，關鍵卻顯然在宋江的入夥。在此之前，天書名單和落草人物相配無異；在此以後，則分歧疊出（故上表用兩種符號以資識別），難求完滿解釋。

　　問題本非複雜。撇開歷史不說，就書論書，到宋江主政，他已是第三任寨主。晁蓋開基（十二指使落草在前，但那時首領尚未選

出來），名列天書，為三十六人之一。晁蓋死後聯手接掌的吳加亮和李進義也一樣。成規早立，毫不含糊。宋江當首領是諸眾同意的長期性安排。他所繼承者，不該僅限於權勢，而應名實兼顧。宋江是否算在三十六人之內和其地位深有關係，該說得清清楚楚。書中道來卻是前後反覆。

宋江見到天書時，分明知道自己名不見數目預定的猛將榜（天書開首的詩句暗示他的姓名，和榜後注明他該當此組人馬的領袖，是另一回事），卻一廂情願地說：「梁山濼上見有二十四人，和俺共二十五人了」（引文據黃藏本，下同）。暫不管天書的作用如何，宋江以為自己無論如何該算在三十六人之內則很明顯。可是，待宋江帶九人入夥，時晁蓋已死，原先落草者便僅得二十三人，加上宋江帶來的九人，合計三十二人。等到舉行正式入夥儀式的，宋江拿出天書來點名，尚差四人才足三十六人之數。要討論這些互相扣連的數字，自然得先弄清楚版本的情況。黃藏本、批乙本、袁錄本、士禮居本，以及王本都用上述本身順序無誤的數字。唯一稍異者為修緓本，二十三人作二十二人。這是明顯的刊誤（二十四減一怎也不可能為二十二），可以不管。這就是說，《宣和遺事》的編者並不以為宋江應歸入三十六人之內。

然而到吳加亮向宋江解釋，晁蓋曾因朝東嶽燒香而夢得寨中應有三十六人，宋江便說：「今會中祇少三人」（此處亦無版本問題），等於聲明自己佔一名額（替代晁蓋）。書中隨即列出魯智深等三人的姓名和綽號，和講述他們如何果真來歸，並聲明「恰好是三十六人數足」（其實不然，詳後），又好像連編者也已贊成宋江的看法。

其後，宋江和吳加亮商量說：「俺三十六員猛將並已登數」（與前「和俺共二十五人了」句相應），要往東嶽還香願（代還晁蓋之願，這是身份的表示）。起程前，宋江在旗上題曰：「來時三十六，去後十八變；若還少一個，定是不歸鄉」。宋江堂堂皇皇首次領隊外出，人數又在旗幟上寫得夠招搖，要是不把自己算在內，無異自損

形象，成何體統？宋江的立場是前後一致的。

可是隨後在故事的結束部分又有「宋江統率三十六將」、「宋江和那三十六人歸順宋朝」等語意再清楚不過的句子。編書者在終結時還特別強調宋江並非三十六人之一，真怕讀者會把他算在其中似的。這其實和天書末尾所說「天書付天罡院三十六員猛將，使呼保義宋江爲帥」是一致的。

宋江屢次把自己算在三十六人之內（《水滸》排座次，處理手法一樣），實在是下策。他看不出，聲明自己是單外之人，不受名額規限，就等於強調高俅蓋輩一級，根本不能相提並論。宋江弄不清這玄機，他的才能就出現了問號。

對編者來說，這種安排顯屬矛盾，因按上表的梯次進積，如果不算宋江在內，根本弄不出三十六人之總數來。天書所列的三十六人（不包宋江），在魯智深、張（李）橫、呼延綽三人來歸前，落草太行山梁山濼者僅三十二人（晁蓋已死；史進、公孫勝、張順、武松、石秀五人當中僅來了四人）。其後魯智深和呼延綽都來了，本不在名單的張（李）橫又替代了那五人當中沒有落草的一個，總數仍不過是三十五人。不加上宋江（接替晁蓋原有的名額），就湊不足三十六人。除非不管是否已死，不計是否果真落草，佔據梁山濼者的人數從來沒有出現過三十六加一的情形[15]。

編者的立場和其提供之數字的不協調，與其說是出於湊合不同

15　事情所以如此，關鍵在史進、公孫勝、張順、武松、石秀五人當人必定有一人沒有去梁山濼。謂宋江應帶了十人落草（或謂連同宋江該共十一人），祇是一廂情願，圖求易於解決問題而已，並無內證可言；如高明閣，〈《水滸傳》與《宣和遺事》──口頭文學所奠定《水滸》基礎之一〉，《水滸爭鳴》，1期（1982年4月），頁39；修訂本見氏著，《水滸傳論稿》（瀋陽：遼寧大學出版社，1987年），頁8（全文作爲該書第一章上編的第一節）。《宣和遺事》明言：「宋江爲此，只得帶領得朱仝、雷橫、李逵、戴宗、李海等九人直奔梁山濼上，……見宋江帶得九人來，吳加亮等不勝歡喜。……又有宋江領至九人」，不單九人之數連說三次，各版又完全一致，而且正如上面正文已說過的，唯有九人之數才能與其他數字配合到底。就書論書，便祇有讓那五人中的一人成爲斷線風箏，歸不了隊。

素材，毋寧說是有計畫的所爲。這點下面另專題討論。現在該聲明的是，就《宣和遺事》而言，算不算宋江在三十六人之內都是對的，分別在於立場之異罷了。

無論如何，兩種相對立場的並存是不容否認的，卻從未經研論之事。編者在表達自己的觀點之餘，還在篇幅有限的情況下，通過宋江強調其爲三十六人之一員去描述其自抬身價的傾向。這手法的處理成功使宋江刻意營謀的性格早在《水滸》成書以前已表露出來。

《宣和遺事》提供給水滸傳統的不限於故事素材，連主角的心態也代爲定型。

2. 楊志販刀殺人之地是否爲潁州？

楊志賣刀求盤纏，致誤殺無賴之地，黃藏本作潁州。批乙本和修綆本亦同。潁州一名確有足夠的版本支援。

說得嚴格點，潁是俗字，潁才是正寫。該地作潁州者，祇有王本。因爲近世通行的本子都是王本的排印本，近人研究文字遂相當統一地說楊志在潁州殺人。假如不拘正俗，並無強分潁州和潁州的必要，王本和上述三本也就同屬一組。

另外，袁錄本和士禮居本作潁州[16]。論數量和權威性，這組顯難和上一組比較。

這樣下斷語太機械化。史無潁州，僅有潁州，但也不能據此取捨。祇要不違反內在邏輯，小說家絕對有創造地名的自由。杜撰地名，起碼比胡亂處理真實地名，把方位和距離弄得亂七八糟（《水滸》所犯這種毛病，不勝枚舉），可取得多。

16　《宣和遺事》的水滸故事部分不長，此地名僅一見。一時雖難數清楚此地名在《水滸》書中究竟共出現過多少次，在講述該地團練使彭玘時（第五十五回），此地名重複出現，應足爲論據。袁本《水滸》處理這前後兩處，所用地名竟不同。引錄《宣和遺事》時，該地作潁州；講述彭玘時，卻再三說是潁州。這顯然是各依來源的結果。袁無涯引錄《宣和遺事》時，看來頗忠於所據的本子。

《宣和遺事》說楊志在該地犯法後，充軍衛州，快到開封時爲孫立等兄弟所救。潁州既屬虛構，談不上方位和自此出發後的路程；潁州則不同，方位、路程整套齊全。

潁州即今阜陽，在安徽西北；其地依淮河，正配合楊志押運花石綱的情節。衛州即今汲縣，在河南北部，東南距開封不遠。潁州、開封、衛州連起來幾乎成一直線；自潁州西北往衛州確要經過開封。

潁州和潁州，一虛一實，前者於情節無補，後者與述事結聯，取捨不成問題。潁州用俗字，更不用多說。

對崇尚版本純真者而言，此事誠足爲訓。在引用的六種版中當中，士禮居本和袁錄本無疑是最不起眼的。士禮居本爲黃丕烈編校出來之本，他用的底本既尙存，難免給人彼貴此輕的感覺。嚴格地說，袁錄本祇屬補充之物，並不真能算作一個本子。然而事實證明，預設觀念式的版本研究是相當危險的。

3. 李進義、李俊義、盧義俊的分別代表甚麼？

在《宣和遺事》的水滸故事裏，玉麒麟李進義之名出現凡六次之多。李進義就是《水滸》書中的盧俊義，綽號同，曾協同掌理山寨亦同，行事卻大異。《水滸》中盧俊義的姓名、綽號及其經歷是借用《宣和遺事》中李進義的姓名和綽號去和元明間（？）《梁山五虎大劫牢》雜劇中的韓伯龍故事合併出來的。串聯韓伯龍這一點已有交代[17]，不必再說。姓名的連繫則可以從《宣和遺事》諸本的分歧看得出來。

黃藏本、批乙本、袁錄本，和士禮居本，各本六處俱作李進義。王本五處作李進義，天書的名單卻列出玉麒麟盧俊義！修綆本也有類似的情形；他首次出現時，姓名是李俊義，其後五處倒全作李進

---

17 有關討論見馬幼垣，〈從招安部分看《水滸傳》的成書過程〉，頁643，修訂本收入馬幼垣，《水滸論衡》，頁155；馬幼垣，〈梁山好漢一百零九人〉，《明報月刊》，20卷11期（1985年11月），頁86-87（〈《水滸》劄記三題〉的一部分），修訂本收入馬幼垣，《水滸論衡》，頁281-283。

義。

《宣和遺事》在不算長的水滸故事裏介紹了三十八個和太行山梁山濼有關的人物（天書名單上的三十六人加宋江和張〔李〕橫）。其中姓李的竟多達五人：李進義、李海、李逵、李應，和李橫（假如他不姓張）。他們全無血緣關係，比例未免過高。到水滸傳統發展爲正式長篇說部時，李進義變成了盧俊義，是合理的處理手法。

《水滸》所寫梁山一百零八人仍有無血緣關係的李姓人物共七個之多（李應、李逵、李俊、李袞、李忠、李立、李雲），且全用單名，實難辭變化不足之咎。這是其他姓氏都沒有的極端情形。倘若這個給安排在梁山坐第二把交椅的大名府員外仍沿傳統姓李，總不會有利於讀者的辨認和建立這個頭目的形象的。

李俊義和盧俊義兩名之見於某些《宣和遺事》本子代表的是另一種情形。它反映出在《水滸》成書以後才刻印的《宣和遺事》頗受《水滸》影響的倒流現象。《水滸》一旦流行，就大有可能爲編校《宣和遺事》者所參考。李俊義、盧俊義異名的不期然出現正是編者所受影響的潛意識表現（這也說明《宣和遺事》諸本多不是精細的刊物）。就這兩例而言，王本雖爲明版書，卻無梓刊於《水滸》流通以前的可能。修緣本爲清道光之物，更不用多說。

4. 張順的綽號究竟是甚麼？

張順綽號的難於判斷可引何心的話來說明：

> 張順的綽號，在《宣和遺事》稱「浪裏白條」，在《癸辛雜識》（指龔聖與〈宋江三十六人贊〉）中稱「浪裏白跳」。《水滸傳》七十回本（即金聖歎本）與《宣和遺事》同，百十五回本（指《漢宋奇書》一類本子）及百二十回本（即袁無涯本）與《癸辛雜識》同。[18]

---

18 何心，《水滸研究》，增訂本，頁137。

當日何心所見得到的各書版本實在有限（引文中四個括號內的解釋都是我加的），這段話難免簡略，但仍足以說明「白條」與「白跳」之模稜兩可。何心自己則從語義去選擇「白條」。

真要解決這問題，《水滸》的查檢固然不能限於區區三種版本，《宣和遺事》和龔聖與的贊同樣得先做澄清版本的工作。最要緊的是，此等素材在未經個別整理以前不應混合來看，以致紊亂不堪，更難弄清楚演變的過程和材料之間的相互關係。

何心沒有講他用那種版本的《宣和遺事》，但他不明白該書版本的分歧程度，以一概全，則很明顯。即使單就張順的綽號而言，情形也較何心所說者為複雜。其實黃藏本、批乙本、修綆本、袁錄本，和士禮居本雖均作「白條」，王本卻作「百跳」。後者固僅得一種，復為後出的四卷本，不足影響決定，但仍不能說無差異，且研究者也有認為「百跳」並非不可解之詞[19]。

換言之，儘管問題簡單，答案明顯，研究程式還是不能減省的。

5. 石秀的綽號是拼命二郎還是拼命三郎？

用《宣和遺事》的天書名單和龔聖與〈宋江三十六人贊〉等名單去按人表列者，以余嘉錫（1883-1955）為最早[20]。他主要依據王本（商務印書館活字本）。在這項研究的單行本裏，他按王本列石秀的綽號為拼命二郎，並節錄活字本的夾注為旁注，謂「黃本作三郎」（黃本指士禮居本）[21]，其取捨自明。

曾撰文考釋石秀綽號的龔維英亦以王本為據，復同樣照錄活字

---

19 高島俊男，《水滸傳の世界》（東京：大修館書店，1987年），頁342，便是以為「百跳」尚可解之一例。另外，「白跳」更可找到教人驚異的版本支持。《三寶太監西洋記通俗演義》萬曆原刻本，第三十四回〈爪哇國負固不賓，咬海干恃強出陣〉，介紹爪哇滿者白夷的魚眼將軍時說「比着梁山泊浪裏白跳張順還高十分」（卷7，葉50下）。

20 余嘉錫這項研究原先於日治時間的北京在學報發表：〈宋江三十六人考實序錄〉，《輔仁學誌》，8卷2期（1939年12月），頁15-83。

21 余嘉錫，《宋江三十六人考實》（北京：作家出版社，1955年），頁12。

本關於士禮居本的注文[22]。

王本和士禮居本外，其他各本的情形為：黃藏本作「二郎」（此為黃藏本與士禮居本有別之一例），其餘批乙本、修綆本、袁錄本俱作「三郎」。單從版本去看，「二郎」和「三郎」之間確實聲勢均衡，難於分判。

龔維英覺得三郎與排行無關[23]，三郎一詞又難具特別意義，故以為典出二郎神的二郎才對，而後出的《水滸》於「二郎」、「三郎」之混亂之中誤選其錯者。儘管其二郎神說可取，二郎與三郎的抉擇仍得從別的角度去看。龔維英另有文考釋阮小五的短命二郎綽號，同樣以為出典於二郎神[24]。這樣去解釋，毛病很明顯。一個集團之內，來兩個同出一典的X命二郎，讀者當可斥「作者」江郎才盡。編寫《水滸》者以拼命三郎為石秀的綽號並非錯誤的選擇，此其一。《水滸》寫一百零八人，尚且不容弄出兩個含意極近的×命二郎，在《宣和遺事》那張短得多的單子裏，這種毛病祇會顯得更糟糕。石秀綽號之為拼命三郎是有滿足美學要求之需的，此其二。若按版本的純真度立論，現存諸本僅黃藏本有刊刻於《水滸》成書以前之可能，其他盡為《水滸》流行以後的印刷品。這些本子在編校過程當中參照過《水滸》的可能性是不能排除的。《宣和遺事》前後版本之由二郎改為三郎也符合後出轉精的慣常道理[25]，此其三。

---

22 龔維英，〈短命二郎考略〉，《社會科學戰線》，1985年3期（1985年），頁96。

23 一般解釋仍以為X郎代表排行，如曲家源，〈水滸一百單八將綽號考釋〉，《松遼學刊》（社會科學），1984年1期（1984年），頁66（此期登全文上半）；高島俊男，《水滸傳の世界》，頁337。

24 同注22。

25 說石秀的綽號是拼命二郎者僅黃藏本和王本兩種，一早一晚。早者已有解釋，晚還得略為申說。王本為明版書，起碼可與批乙本和袁錄本等齊量觀，故所謂晚並非指其在現存諸本中之刊行次第，而是指四卷本本身為強拆二卷而成之物。但這並不是說四卷本的文字不可以由來久遠。要判斷王本的性質，得先全書綜合比對各種版本。短期內無暇及此。惟按曾就批乙本、士禮居本，和王本去比較水滸故事部分的陳兆南，〈讀明刊古本《宣和遺事》〉，《書目季刊》，18卷3期（1984年12月），頁83-93，

6. 關勝還是關必勝？

習用的士禮居本和王本先介紹關勝為運送花石綱的十二指使之一，其後在天書名單內卻把他寫作關必勝。這分歧雖屢經指出，現在可用之本既增，自需重新檢對。除上述兩本外，黃藏本、批乙本、修綆本、袁錄本都是一樣，前一處作關勝，後一處作關必勝，而且兩名始終平分秋色，在各本同是各僅出現一次。多增版本雖無補於解決此問題，起碼可助說明，除非另得突破性新資料，處理《宣和遺事》時，關勝和關必勝二名應同等看待，不必強分區別。

7. 張橫與李橫如何抉擇？

黃藏本列未入夥的最後三人時，指其中一人為「一丈青張橫」，其後卻說「朝廷命呼延綽為將，統兵投降海賊李橫等，出師收捕宋江等」，尋且「呼延綽卻帶領得李橫反叛朝廷，亦來投宋江為寇」。從事情的發展過程去看，一丈青張橫即海賊李橫。但出現三次的姓名卻有一張二李之別。

張橫也好，李橫也罷，連同那一丈青綽號，全不見於天書名單。在《水滸》裏，一丈青是女將扈三娘的綽號，而《水滸》中的張橫就是《宣和遺事》裏的火船工張岑（綽號同）。張岑早在宋江入夥前已落草；這個最後才加盟的張橫不可能又是他。天書名單中的浪裏白條張順（正如上述，有可能根本從未入夥）更難和他劃上等號[26]。

至於海賊李橫，即使他不是一丈青張橫，同樣難填進單子裏

(續)────

對勘範圍和所用版本雖嫌有限，仍可看得出士禮居本和王本在文字上頗為接近。士禮居本固與黃藏本有別，後者畢竟是前者的主要底本，血緣清楚。祇要王本同屬此系統，其為強拆出來的四卷本便不足妨礙其文字可以因承自相當早的本子。

26 天書名單中的火船工張岑和浪裏白條張順，雖從綽號去看，顯熟水性，卻不一定如在《水滸》之為兄弟。《宣和遺事》不單沒有這樣說，還給他們不同的落草經歷（張順更難判斷其是否入夥），而且「岑」與「順」也沒有先後次序的意味。

去。《水滸》書中姓李的水軍頭目僅李俊一人；他就是《宣和遺事》中的混江龍李海(綽號同)，即隨宋江入夥的九人之一，這個姍姍來遲的海賊李橫怎也不會再是他。

要確辨這個人物，困難尚不止此。士禮居本和王本跟黃藏本一樣，三次提及此人時，其姓名作張、李、李。批乙本和袁錄本卻作李、李、李(疑為強求劃一)。修綆本又不同，作張、李、張。在別無佐證之下，教人如何取捨？

資料增加反帶來新問題。以前僅用士禮居本和王本的學者，祇知有「張、李、李」的困難，往往乾脆按取眾捨寡的原則，把這些本子上的「一丈青張橫」逕改為「一丈青李橫」便算了事[27]。現在仍採此立場的話，就祇有一個可用的理由——以批乙本和袁錄本為據。但這樣做得先否決其他本子的可用性，不然也無法站得住腳。

張橫和李橫的抉擇並不是目前能解決的問題。

8. 天書的作用何在？

動亂變革之世，英雄豪傑蒙啟召，受天書，承神助，以為統領群雄，扭轉乾坤，匡世創業的法據，是中國傳統小說(長短篇皆然)作者慣用的技倆[28]。《宣和遺事》亦搬出這一套，卻處理得兒戲十分，弄出反效果來。

上面的考察已證明，天書名單與敘述梁山濼集團成長過程時所講人名之不盡相符，以及宋江是否包括在三十六人之數的說法參差，不是單憑增加版本資料能解決的。面對這類難題，研究者恒指

---

27 如余嘉錫，《宋江三十六人考實》，頁2、12；何心，《水滸研究》，增訂本，頁122-126；嚴敦易，《水滸傳的演變》(北京：作家出版社，1957年)，頁95-96。

28 天漢秘機雖是中國小說常見的情節，研究文字卻很少，可讀者有胡萬川，〈玄理、天書、白猿〉，《中外文學》，12卷6期(1983年11月)，頁136-164；此文收入氏著《平妖傳研究》(臺北：華正書局，1984年)的有關章節，頁103-144。

爲抄湊不同材料的結果[29]。這是捨難取易，理所當然式的解答。宋江與三十六人之數，混亂之中仍可看出兩種平行並存的立場，上已言之。人名和人數的差異固然可以出自併合不同來源的資料[30]，藉以表示天書的作用亦未嘗不可以是理由。

　　神授天書就是向一個特選人物預露天機，讓他知道身負使命，與眾不同，而此人之公佈領受過程又等於宣稱自己樂承天旨，以率眾達成天意爲任。假如天書所說之事與以後的發展不相符（縱使僅部分不符合，反效果亦一樣，因天書之預事不靈是不可思議，無從解釋的事），接受者感到尷尬還是小事，他的擁護者如果以爲擁有天書不過是自我吹噓的騙術，後果就不堪設想。天書不準確，還不如沒有天書。《宣和遺事》所講的天書就是這樣不行，它說不出當時的首領晁蓋旋將身故[31]，預測不到史進、公孫勝、張順、武松、石秀當中會有一人沒有隨宋江落草，更無法點出此人的空缺要由張（李）橫來充數才有滿足定額的可能。拿出這樣正誤參半的天書來招搖豈不害事？

　　還有，天書希望「宋江爲帥，廣行忠義，殄滅姦邪」。豈料宋江率眾幹的卻是「略州劫縣，放火殺人，攻奪淮陽、京西、河北三路二十四州八十餘縣，劫掠子女玉帛，擄掠甚眾」，簡直故意和天書背道而馳！

　　《宣和遺事》一書的錯誤，比比皆是，固不必爲其辯護。但此等錯誤多出於不明歷史[32]，還不致於說編書者連加減數字，點算人

29　如嚴敦易，《水滸傳的演變》，頁96；高明閣，〈《水滸傳》與《宣和遺事》〉，頁39，修訂本見氏著《水滸傳論稿》，頁8。

30　《宣和遺事》的編者絕對是知識淺陋之人。其販抄資料不求甚解，生吞活剝，隨意捏造之例，比比皆是。這些以後當另文討論。按目前的理解程度來說，書中任何部分獨出一源與雜湊成章的兩種可能性，機會應是相等的。

31　情節若按天書所說的去發展，該是遲遲落草的宋江後來居上，統率包括晁蓋在內的三十六人。如何教晁蓋讓位，而不致發生內訌，眞是天曉得！《宣和遺事》有限得很的篇幅根本不容發展一山難藏二虎之類的情節。

32　《宣和遺事》編者歷史知識水準之差，單看其記靖康二年（1127）徽欽二

數，也辦不到。那一連串前後落草人數的數字本身順序完整，各種版本復全部一致，並無必要非把它們說成是問題數字不可。張（李）橫雖在版本上有姓氏之異，但其特徵如名不見天書名單，以及在編者強調宋江不算在三十六人之內的原則下，祇有加上他才有湊足預期總數之可能，也是各本統一的。

綜合以觀，天書與敘事之間所謂不可解的矛盾就大可視爲有計畫之所爲。

《水滸》書中的宋江，本領平平，既乏武功，復遜韜略，然精權術，善造勢，致令群雄歸心。《宣和遺事》敘事簡略，宋江無可能有同樣深度的描寫（篇幅仍足點出他夠義氣），但其受天書而僅得有限的象徵意義卻與《水滸》同 [33]。

《宣和遺事》給天書的效能掛上問題，等於規限了宋江自稱神助的程度。《水滸》沿用同樣的手法去處理天書，復因篇幅的增加使對宋江的描述可以盡情發揮，遂成功地繪畫出本領平庸的宋江如何因深謀遠慮，事事盤算而能在眾兄弟心服口服的情形下掌管天下第一大寨。

五、觀察

與三十六人名單有關的八個問題的討論說明《宣和遺事》水滸故事部分雖然各本之間分別有限，分析起來還是可以增加我們對水滸傳統演變過程的認識。經常與《宣和遺事》相提並論的龔聖與〈宋江三十六人贊〉賴周密（1232-1298）《癸辛雜識》（續集）而存。周書

（續）———

　　帝北狩後二十餘年之事時，胡說八道地搬出一大堆並不存在的金國年號
　　（如天輔十七年、天眷十六年；天輔祇有七年，更短的天眷祇有三年），
　　便可知究竟。當然這類糊塗帳可以是盲目抄來的，但其缺乏判斷能力仍
　　是知識程度的反映。

33　天書在《水滸》中對情節的支配，對宋江本領的提昇，作用都相當有限，
　　見胡萬川，〈玄理、天書、白猿〉，頁138-139。

存世善本雖不少（包括收入叢書者），研論龔贊者卻迄無人感到有網羅版本去做弄清資料背景的必要。這工作看來是沒有再拖延的藉口了。

——《漢學研究》，12卷1期（1994年6月）

錢允治〈《宣和遺事》序〉與
《水滸傳》首次著錄的問題

一、慣用的《水滸傳》成書期下限

　　相信《水滸傳》爲施耐庵或羅貫中手筆者不會強調此書之晚見著錄。這立場很易理解。除非確能證實《水滸》脫稿後好一段時間始首次刊行[1]，或雖及時梓印，卻久乏人問津，歷盡不知多少歲月才終大行其道[2]，要把它說成是元末明初之物，且面世後旋備受歡迎，卻又久久上不了紀錄，總難自圓其說。

　　站在相對立場者，視《水滸》爲多人多時一再增湊併改的產品，雖不用再強求指出著作權（編寫之責較妥）究屬何人，成書時期的上下限仍必須明確判定；不然整個演易過程的考論便缺乏時間觀念的支持。

　　除本文要討論的新說外，慣用的下限爲高儒《百川書志》的紀錄。高書有嘉靖十九年(1540)自序，年代夠清楚。那時與施耐庵的假定活動期已相去二百年之久。羅貫中確有其人，不像施耐庵之難

1　類似沈復(1763-1825以後)《浮生六記》的情形。
2　如成書並刊於乾隆年間，素屬冷品的《歧路燈》，晚至二十世紀八十年代中期才曇花一現地熱鬧了一陣子，終又沉寂下來。

於觸摸，其活動期雖或稍後，與高儒自序的時差還是大得難以解釋。

嘉靖十九年這下限，和通過周憲王朱有燉遲至宣德八年（1433）仍不知有《水滸》此書這觀察所推定出來的上限，二者相當配合[3]。就算另有新資料出現，可以把上限推後點，下限移前些，基本上還是沒有大分別。

二、《水滸傳》首次著錄的新説及其失誤

基於《水滸》層層演易的性質以及今本《水滸》與成書原貌分別殊大的發現，上下限的時差正好用來解釋自成書之初到今本出現之間的種種變化。倘新資料使這一對上下限線當中一項必得調整，進行起來還應慎重而為，特別注意是否會與另一限線相距過近，或者重疊，甚至超越，以致波及整個成書過程的考察。這是一個不容輕率處理的問題。

這裏要討論的新說，若能成立，下限便得往前推六十年。這異動雖不致影響宣德八年的上限，畢竟是幅度不少的調整，有明確審斷的必要。

民元以前刻刊的《宣和遺事》，除一種外，均缺插圖，乏序跋（藏書家的手書序跋不算），無批語。例外的一種則插圖、序文、眉批俱備。此即現藏臺北南港中央研究院歷史語言研究所傅斯年圖書館的明刊《古本宣和遺事》。即使僅據此書運臺以後的紀錄，其見於著錄已有一段相當時間。除該所刊於1968年之《中央研究院歷史語言研究所善本書目》注明其附圖外（頁146），較早更有喬衍琯（1929-　）在為中央圖書館之黃丕烈舊藏《宣和遺事》寫題識時旁及

3　利用博學多聞，交遊廣闊，復熱愛水滸故事的朱有燉遲至宣德八年仍不
　　知有《水滸傳》這事實去推斷《水滸》成書期的上限，說見馬幼垣，〈從
　　招安部分看《水滸傳》的成書過程〉，頁638-642；修訂本收入馬幼垣，
　　《水滸論衡》，頁148-153。

此插圖本的介紹[4]。紀錄雖早備，畢竟沒有人做超過登記目錄的層次，真正討論此本內容及其獨特之處者到目前祇有陳兆南一人。

陳兆南對此本的討論前後見兩處：（一）《水滸故事源流演變及其影響研究》（臺北：中國文化大學，碩士論文，1983年），插圖首頁，頁249、260、295、300。（二）〈讀明刊《古本宣和遺事》〉，《書目季刊》，18卷3期（1984年12月），頁83-93。後者對此本的討論較前者爲詳爲廣。談到此本序文與《水滸》著錄的關係，兩者均一致。

這部《古本宣和遺事》前有序文（見本集插圖十三），末署「八十老人錢允治功父甫題」（見本集插圖十四）。序文有云：

> 茲編肇自宣和，迄及建炎，其所載道君荒淫不道，上下相蒙，財匱民怨，盜鋒四起。如李師師、宋江等事，羅貫中略採入《水滸》，小異大同，眞贋較然。

陳君認爲這就是《水滸》的首次著錄，比高儒所記早逾半世紀。在評論這說法以前，應先明瞭陳君得此結論的過程。

錢序無日期（書的其他部分亦無日期），能確定者僅爲錢允治時年八十，或稍過八十（「八十老人」說的可以是約數）。陳君按姜亮夫（1902-1990）《歷代人物年里碑傳綜表》的最後一次（1963年？）修訂本[5]，頁442，得出錢允治卒於成化十七年（1481）的論據。然而姜書沒有說出錢的生年，享年一欄復留空。陳君另外用的《古今圖書集成》並沒有增新資料。在這基礎上，陳君前後提出兩個近而有別的說法：（一）陳君以錢序的首葉作爲碩士論文書首的第一張插圖，注謂其作於成化七年（1471）至十七年之間。（二）其《書目季刊》

---

4 見喬衍琯，〈《宣和遺事》〉，《中央圖書館館刊》，1卷1期（1967年7月），頁62。

5 此書前後數版，版版有別，翻版和盜印本亦甚多。正文部分計共749頁，間有用*號注明修改項目者，即是此修訂本。

文，頁85，謂該序作於成化八年（1472）至十七年之間。兩說均容許九至十年的可能差異，卻都沒有交代理由。就算姜書所舉卒年正確，既不知享壽年數，怎能說他不會逝於八十高齡？說此序有寫於成化七年或八年的可能，就等於說有理由相信他可能活到九十，甚至九十以外！對於這種互相關聯之事，每個層次的推斷都應持「有一分材料，說一分話」的原則去進行，以免產生連鎖錯誤。

隨意揣度錢允治享壽之數還是小事。更嚴重的是，姜書之說他卒於成化十七年根本就錯得離譜。其實很易便可以知道姜書此條之不能用。姜書在十頁之後，另有錢允治之父錢穀條（姜書是按年排次的，怎會弄到子前於父十頁？），謂其生於正德三年（1508），卒於隆慶六年（1572），享壽六十五歲（頁452）。假如允治死後達二十七年之久穀才出生，則父變成子的曾孫玄孫輩矣！

陳君也留意到這牴牾（《書目季刊》文，頁92），卻僅輕描淡寫地說「故知必有一誤」，不再追究，而逕採允治卒於成化十七年之說。這就等於說誤的該是錢穀條了，正犯了「順我者昌，逆我者亡」的考據大忌。為甚麼沒有兩條並誤的可能？錢允治條沒有錯得更莫名其妙的可能嗎？

姜書收錄廣，排次整齊，每條還附列主要參考資料，因而久為人手一冊，有口皆碑的工具書。可是這種書的主要作用僅在提供簡明的，易檢的基本資料而已，絕不能滿足考釋之所需。要證明錢序為現在所知著錄《水滸》之最早者，總得先利用較原始，更直接的史料去弄清楚錢允治的生卒年。姜書再準確也不足援為考據之資。這道理是不必解釋的。

利用姜書者恒依所列參考資料按圖索驥。很少人會放過這近乎不勞而獲的機會。姜書在錢允治條下列出萬斯同（1638-1702）《明史稿》，卷396、朱彝尊（1629-1709）《明詩綜》，卷65、朱彝尊《靜志居詩話》，卷18；在錢穀條下列出《明史》，卷287、王世貞（1526-1590）〈錢穀先生小傳〉（見世經堂本《弇州山人四部稿》，

卷84，葉9上至11上）。諸書當中，僅萬斯同書尚未刊（稿本藏北京圖書館），其餘四者均唾手可得。論性質，它們起碼較《古今圖書集成》為原始。陳君曾否利用這現成機會，不得而知，因為這些資料對錢氏父子的生卒年和享壽年數全無交代[6]。遇到這情形，誰都會問姜書中有關錢氏父子的數字究竟是怎樣得來的？

首先完整地排列這些數字的很可能就是始創名人生卒年表的錢大昕（1728-1804）。他的《疑年錄》（《粵雅堂叢書》本），卷3，葉7下，列錢穀生於正德三年，卒於隆慶六年，享壽六十五歲。該書沒有錢允治條。

配合西曆紀元的新式名人年表並不始自1937年上海商務印書館出版的姜書初版。前此就有1933年同為商務印書館所刊的梁廷燦《歷代名人生卒年表》。梁書和《疑年錄》一樣，不設參考資料欄。此書頁128說錢穀生於正德三年，卒於隆慶六年，得壽六十五歲，正與《疑年錄》同。梁書亦無錢允治條。有者雷同，無者並缺，梁書之因襲《疑年錄》不待說明。

既然姜書錢穀條所舉的參考資料沒有一款提供錢氏的生卒年和在世年數，而其所列的數字卻與《疑年錄》和梁書者全同，說姜亮夫販抄現成數字，然後隨意填充資料欄，諒不致冤枉他吧！

姜書的錢允治條更是這種工作態度的見證。《疑年錄》和梁書都沒有錢允治條，姜亮夫少了個移花接木的依據，處理起錢允治來竟弄到一塌糊塗。初版姜書的錢允治條（頁306）說他生於成化十七年，而留空卒年欄和資料欄。卒年無消息，不能強求。但既列出生年，資料欄就不該是空白的。在其後諸版中，這個來歷不明的年份

6　這就是說，姜書這兩條所開列的所謂參考資料根本就是胡弄一頓。此事誠足為訓。不少參考書都說《明史》卷287的〈文徵明傳〉內已明言錢穀年六十五卒於壬申（1572），如俞劍華（1859-1979），《中國美術家人名辭典》（上海：上海人民出版社，1981年），頁1436。其實該傳並無此語，而《明史》又基本上祇有一種版本。轉述資料，無論所用書刊如何權威，不先複檢原物，便遽然引用，是危險和不負責任之舉。

竟搖身一變而成為錢允治的卒年。這個像是放諸四海而準的年份其實和錢允治一點關係也沒有。

錢穀父子並為一代高士，均以藏書豐富見稱，且勤於著述，鈔校罕籍，終生不倦，而父因師事文徵明（1470-1559），卓然成家，今尚有不少書畫存世，享譽更勝於子，是故傳統典籍如徐沁（1677年在世）《明畫錄》（《讀畫齋叢書》本），卷4，葉1下、葉昌熾（1847-1917）《藏書紀事詩》（文學山房本），卷3，葉4上至5下，近人著述如楊立誠、金步瀛（1898-1966）（俞遠之校補），《中國藏書家考略》（上海：上海古籍出版社，1987年），頁318（書原刊於1927年）、Victoria Contag孔達and Wang Chi-ch'ien王季遷, *Seals of Chinese Painters and Collectors of the Ming and Ch'ing Periods*明清畫家印鑑, Revised Edition with Supplement（Hong Kong: Hong Kong University Press, 1966）, pp.470-474, 717-718（此書1940年上海印書館初版名為 *Maler-und Sammler-Stempel der Ming and Ch'ing Zeit*）、Thomas Lawton, "Ch'ien Ku," in L. Carrington Goodrich富路特（1894-1986）and Chaoying Fang房兆楹（1908-1985）, ed., *Dictionary of Ming Biography, 1368-1644*（New York: Columbia University Press, 1976）, Vol. 1, pp.236-237, 錢穀均有傳或個別章節，其子允治亦間有附述。談到錢穀的生卒年，這些論著大率從錢大昕；其間也有修訂者，如Lawton之定其卒年為1578年前後，就進步多了。總之，錢穀之子絕無卒於成化年間之理（姜亮夫的最終看法）。

三、錢穀、錢允治父子的生卒年

錢穀父子的生卒年其實都可以弄得相當準確。

北京故宮博物院所藏錢穀諸作中有其在萬曆六年（1578）客金陵王氏修竹館時所作的《蘭竹圖》，署時年七十一。這消息早見郭味蕖（1908-1971），《宋元明書畫家年表》（北京：中國古典藝術出

版社，1958年），頁175。後來張慧劍，《明清江蘇文人年表》（上海：上海古籍出版社，1986年），頁315，又引錄郭書。正如上述，工具書再佳，若徵引爲證時，用者覆檢資料仍是絕對不能省略的步驟。這機會是有的，由中國古代書畫鑑定組編輯（每冊負責專家可以有別），文物出版社（北京）分冊刊行的《中國古代書畫目錄》是去僞和鑑選並重，作品收至二十世紀二十年代的大陸區全國性彙目（不是全目）。第二冊（1985年）整本記北京故宮藏品（第一冊也部分收故宮之物）；頁41列錢穀作品十七件，《蘭竹圖》（郭味蕖作《蘭竹卷》）就在其中（其他或成於萬曆六年以前或日期不詳）。

專收上海博物館藏品的《中國古代書畫目錄》第三冊（1987年），頁28-29，列出錢穀之作共二十二件。其中注明成於萬曆六年者有三件：《剪燭夜話圖》（扇面）、《溪山策騎圖》、《停舟閒眺圖》。

要知道真相，也不必一定要靠這些較新的書刊。清初卞永譽（1645-1712）《式古堂書畫彙考》，畫卷7，（臺北：正中書局，1958年），冊3，頁337，就有錢穀在萬曆六年五月七日寫《攝山圖》以贈慧空上人的紀錄。

錢穀作於萬曆六年之畫，知存者起碼有五幅，數目真不少。萬曆七年及以後者則尙無聞。他也許謝世於六年末或七年初。

總而言之，錢穀生於正德三年（用寫《蘭竹圖》時的年歲倒數），卒於萬曆六年或以後，歲逾古稀。這點最近根據書畫資料編成的工具書已有若干能作準確的報導，如上海博物館編，《中國書畫家印鑑款識》（北京：文物出版社，1987年），下冊，頁1502-1504。

考求錢允治的卒年，情形亦類似。民國庚申《江陰縣續志》，卷23，葉72上至73上所載之錢允治〈改造贍族莊成送神主入祠祭文〉，末署「天啓三年夏六月廿日吳郡八十三翁錢允治書」。職是之故，錢允治的生卒年應作嘉靖二十年（1541）至天啓三年（1623）或以後。換言之，錢穀三十七歲時生允治；錢穀逝世時，允治約三十八歲。

四、環繞錢允治〈《宣和遺事》序〉的其他問題

那篇題爲〈閱《宣和遺事》〉的序文所說的「八十老人」若爲實數，該文即寫於泰昌元年（1620）。如果是約數，還得拖後兩三年。那時現在知道的各種具代表性的《水滸》版本幾已全面世了，其他有關《水滸》的文獻也早不勝枚舉。這篇序文可以有別的文獻價值，但絕不能說它是《水滸傳》的首次著錄。

刻工的辨認同樣有助於判斷此本的出版日期。這本《宣和遺事》的刻工郭卓然正是葉敬池序刊於天啓七年（1627）的《醒世恆言》的刻工。這點陳君已指出，況因《恆言》爲熱鬧的研究課題，討論其版本情形的論著數量多而習見，可以不贅。應補充的有兩點：（一）郭卓然以版畫著稱，他負責的部分可能僅限於插圖。（二）與郭卓然有關而尚存世的類似刊物，除《宣和遺事》和《醒世恆言》外，還有《李卓吾先生批評西遊記》和袁于令（1592-1674）《劍嘯閣自訂西樓夢傳奇》兩種[7]。《李卓吾先生批評西遊記》的刻工包括劉君裕和郭卓然。論者久以爲此書中土缺藏，遂均引孫楷第談日本內閣文庫本之話爲據。孫楷第僅說刻工爲聲名甚著的劉君裕，不提郭卓然[8]。這未必是孫先生的疏忽，他所見者也許是異版。知道另一刻工爲郭卓然是頗近期的事。1983年中州書畫社（鄭州）利用中國歷史博物館（北京）和河南圖書館（鄭州）的藏本全書影印流通，還把每回的插圖按原物大小，合刊爲一冊，大家因第二回下圖有卓然兩字和第一百回上圖注明旌德郭卓然鑴才得悉郭卓然也參加梓刻的工作。專治

7　袁于令生卒年，見鄧長風，〈袁于令、袁廷檮與《吳門袁氏家譜》〉，收入氏著《明清戲曲家考略續編》（上海：上海古籍出版社，1997年），頁100。

8　見孫楷第，《日本東京所見中國小說書目》（北京：人民文學出版社，1958年），頁77；孫楷第，《中國通俗小說書目》，重訂本，1982年，頁189-190。

《西遊記》的蘇興（1923-1994）以爲此本刊於萬曆末至崇禎末[9]。

　　《劍嘯閣自訂西樓夢傳奇》的影本見1954-1955年商務印書館（上海）刊行的《古本戲曲叢刊二集》。影本所據者是該劇的初刻本，以後的版本稱爲《西樓記》。此本的年代主要有三說：（一）周蕪，《徽派版畫史論集》（合肥：安徽人民出版社，1982年），頁71，謂其刊於萬曆（崇禎約1621-1644年）。所說實在含糊。萬曆和崇禎並不相接，中隔七年，因何後者可以通過括號的安排去解釋前者？那兩個西曆年份更不限於崇禎，而是天啓和崇禎兩朝的總和！因此僅能約略地說，周蕪主張此劇成於明亡之前，最早可以在萬曆年間。（二）對袁于令研究甚深的何理谷（Robert E. Hegel, 1943- ）以爲袁氏諸傳奇多半成於明末出仕前，並引《隋唐演義》作者褚人穫（約1630-1705）《堅瓠集》（柏香書屋本），續集卷2，葉15上的一段話，去說明袁于令成此劇後，曾以之就正於馮夢龍（1574-1646），馮且欣然爲其補入一齣[10]。此說泛指此劇成於明末，並以馮夢龍之卒年爲下限。（三）以爲此劇是清代作品者有，傅惜華（1907-1970），《明代傳奇全目》（北京：人民文學出版社，1959年），頁302，謂此劇歸入清代傳奇目內處理（傅著《中國戲曲史資料叢刊》第七冊《清代傳奇全目》迄仍未刊），和莊一拂（1907- ），《古典戲曲存目彙考》（上海：上海古籍出版社，1982年），中冊，頁648-1139。傅莊二氏對此決定均無解釋。然而，傅惜華在其《中國古典文學版畫選集》（上海：上海人民美術出版社，1981年），上冊，頁492，卻稱此劇之郭卓然本爲萬曆本。

　　要把此劇說成是入清以後之作，恐非有強力證據，難以服人。

9　見蘇興，〈談《李卓吾先生批評西遊記》的板刻〉，《文獻》，1986年1
　　期（1986年1月），頁35-37。

10　說見何理谷，〈《隋史遺文》考略〉，收入袁于令（邱成章：董挽華校訂）
　　《隋史遺文》（臺北：幼獅月刊社，1975年），頁2-4（諸書那條掌故並見雷
　　琳等輯〔乾隆五十九年序〕，《漁磯漫鈔》〔掃葉山房民國十三年本〕，卷
　　10，葉1下至2上，文字全同）。

此劇也不可能作於萬曆年間。縱然不信此劇爲作者自況的傳統看法，以與名妓纏綿傾訴爲題材一般並非少年所易爲。袁于令生於萬曆二十七年[11]，到了萬曆最後一年，他才二十一歲。此劇斷無既成且刊於萬曆年間之理。

雖然袁于令有整整三十年的成熟歲月是在清朝過的，此劇寫於入清以後的可能性既不高，又非成於萬曆年間，就該視爲自天啓至明亡那二十餘年間的作品。

這年代與上舉《李卓吾先生批評西遊記》和葉敬池刊本《醒世恒言》的年代，以及上面所考得錢允治《宣和遺事》序文作於泰昌元年或稍後的結論，是完全一致的，萬曆末至崇禎末也就可視爲郭卓然的主要活動時間，四書亦可互引爲審斷年代之佐證。

很明顯，郭卓然和錢允治是同時代人。這觀察帶來其他連鎖性的問題。郭卓然和錢允治是否相識？這本《宣和遺事》是否兩人的合作出版物？答案不妨從錢穀父子的出版紀錄和郭卓然刻書的性質去找。

錢穀父子撰編校之書得刊者數目相當，即使僅以傅增湘《藏園群書經眼錄》所收者爲限已不易點算清楚。錢氏父子與書業關係之密切十分明顯。傅書第二冊，頁392，所記錢穀刊於萬曆二年（1574）的宋朱長文（1041-1100）《吳郡圖經續記》且爲家刻本。從這角度去看，不難使人覺得這本錢允治序本《宣和遺事》很可能也是家刻本。況且，袁于令劍嘯閣刻的《西樓夢》，從其全名去看，正是家刻本。葉敬池所刊的《醒世恒言》，按沈燮元（1924- ）的看法，也是家刻本[12]。如果說這本《宣和遺事》是錢允治聘請郭卓然幫助鐫行的家刻本，理由應不算弱。

---

11 見上注所引何理谷，〈《隋史遺文》考略〉，頁1，及其 *The Novel in Seventeenth-Century China*（New York: Columbia University Press, 1981），p.112。

12 見沈燮元，〈明代江蘇刻書事業概況〉，《學術月刊》，1957年9期（1957年9月），頁81。

　　事實卻非如此。原來這本《宣和遺事》有兩版：無序無圖有批者（存南京圖書館和北京圖書館）在先，有序有圖有批者（即史語所之本）在後。理由我在另一文，已有說明，茲不贅[13]。錢序僅見後出之版，當是應別人之請而寫的。此本非其家刻之書。

　　郭卓然同樣是再版時始參加梓刻事宜的，因為他的工作僅限於插圖部分。在上舉與郭卓然有關的四本之中，他的名字全局限於插圖（《恒言》、《西遊記》、《宣和遺事》），和書首寫刻序文（《西樓夢》），而從未在正文部分（版心之類地方）出現。再看四本的插圖，風格一致，有相當的共通性。正文部分卻不同，版式、字體均殊，很難說是同出一人之手。倘無有效反證，就祇能說郭卓然通常僅負責刻插圖。這樣說來，郭卓然和錢允治是否相識便無關宏旨了，因為他們都是應邀來參加部分後期工作而已。

　　無論如何，錢允治寫那篇《宣和遺事》序文時，《水滸》流行已久。此書絕對稱不上是研究《水滸》的早期文獻，更不能說是《水滸》的最早著錄。《水滸》書名的首次出現，目前仍僅能以高儒《百川書志》為最早。

　　在臺灣專治《水滸》者素來人數有限，像陳兆南之從版本入手，不迴避繁雜的演變問題，和毅然肯接受研究環境局限的挑戰，更屬難得。我在1985年4月與陳君有一面之雅，承貽贈其碩士論文。後又見其屢在學報刊文考論《水滸》，時有過人之見，確是後生可畏。

　　初見陳君列明錢允治卒年時，甚喜其為大家解決了問題，而不覺得有查核的必要。至於他說《水滸》書名首見錢序，當時未留下印象，旋不復記憶。其後數年間談及《水滸》之首見著錄，仍採高儒說。及至修訂諸舊文，刊為《水滸論衡》一書，依舊如此。

　　去歲初冬，赴開封之第六屆全國《水滸》研討會。當時以各版《宣和遺事》中的水滸故事之異同為講題，祇是約略說說。回來後

───────────

13　馬幼垣，〈《宣和遺事》中水滸故事考釋〉，《漢學研究》，12卷1期（1994年6月），頁317-332（此文收入本集）。

始有機會把歷年影得的各種《宣和遺事》版本都找出來（我第一次讀史語所本是1977年初之事，祇是草草翻檢，遲至1984年冬始影得全書），詳勘水滸故事部分，因而細讀以前有關《宣和遺事》諸論著。當看到陳君言之鑿鑿地說錢序講《水滸》比高儒早多了，不覺大吃一驚，難免自責，何以為出版《水滸論衡》去整理舊稿時竟想不起陳君諸作，以致錯失了修正的機會？幸而一經分析，真相根本不是他說的那樣子。

或者有人會說，錢允治卒年祇是《水滸》研究的注腳式小問題，何用特為撰文？問題雖小，但有機會讀到這本史語所孤本者不可能多，陳君之文又刊於聲名早著，流通頗廣的學報，加上《水滸》何時首見著錄向為否決施羅著作權者所關心的問題，而陳說復源出於久享盛譽的姜亮夫書，所言可以成為定論。考慮再三，始草此文，費辭之譏恐難免，還望陳君與諸位讀者勿斥為小題大做。

1993年7月4日於宛珍館

後記

文章抄竣，適值美國國慶日，不能投郵，遂乘假期稍暇，清理最近十年從各地得來，隨處放置，堆積如山的複印件（八十年代初以前所得者已歸檔）。原來早影得一篇論錢穀父子生卒年的精采短文：丁志安，〈明代吳中藏書家錢允治生卒考〉，《文獻》，21期（1984年6月），頁255-257。此文引陸心源（1834-1894）《穰梨館過眼錄》（光緒十七年陸氏家塾本《潛園總集》），卷21，葉10上下所記錢穀萬曆六年補題□文徵畫的山水冊之事，使我們於已知錢氏該年諸作之外復添一種，又引陸時化（1714-1779）《吳越所見書畫錄》（懷煙閣本），卷4，葉80上至81下，〈錢叔寶水墨山水樹石冊〉條所載王穉登（1535-1612）在萬曆十二年（1584）時謂錢穀已卒的話，以證其逝於萬曆十二年以前。至於其子允治的生卒年，此文用張金吾

（1789-1829）《愛日精廬藏書志》（光緒十三年靈芬閣本），卷36，葉1上下所記萬曆四十二年（1614）錢允治七十四歲時爲弘治本《文心雕龍》寫的跋，去倒數其生於嘉靖二十年，復據丁丙（1832-1899）《善本書室藏書志》（光緒二十七年本），卷19，葉8上下所錄錢允治於天啓三年爲明刊本陸游（1125-1210）《老學庵筆記》寫的序，來判斷其卒年。此四款資料幸均能逐一檢對，補上版本和葉數，以完手續。更足慰的是，此文所引資料雖與拙文用者不同，結論還是一樣的。異途同歸，錢穀父子的生卒年問題應算已經解決。

1993年7月26日

——《中國小說研究會報》（漢城），15期（1993年9月）

補記

這篇文章的性質與別不同，記錄進展階段要做到層次清楚。這就是原文刊登時不把僅寫於文章脫稿後二十餘日的後記所說的話混入文內的道理。現在文章登出已過十年，刊後的發展更應記錄得涇渭分明。

需續作紀錄之事基本上是兩項，即錢穀父子的生卒年和袁于令《西樓夢》傳奇的初刻年份。

先看看討論錢穀、錢允治父子的生卒年有甚麼新資料可用。

徐朔方（1923- ），《晚明曲家年譜》（杭州：浙江古籍出版社，1993年），三冊，體大思精，包羅廣，考證密，可以試查。錢穀父子均非曲家，書中自無彼等之年譜。但書中所記晚明文人實在多，談及錢氏父子之處果不少。所記錢穀之事最早在嘉靖四十三年（1564），最晚在萬曆十五年（1587）（見上冊，頁190、194、204、597-598、629、639；中冊，頁258-259）。錢允治事之得記者，則以

萬曆十二年(1584)和三十八年(1610)為最早和最晚(見下冊，頁
144、465、468、476)。二人活動的年份與上文考出的生卒年並無
衝突，但書中畢竟沒有明列出二人的生卒年。

趙國璋、潘樹廣主編的《文獻學辭典》(南昌：江西教育出版
社，1991年)，頁684，有謝秉洪撰寫的〈錢允治〉條，謂允治生於
1541年，卒於1625年。1541年無問題，與本文考出者同。1625年即
天啓五年，較本文考得者晚了兩年。自愧孤聞，這是從未見任何文
獻紀錄的兩年，而辭典又不交代消息來源，無法查證。

該辭典沒有錢穀條，但〈錢允治〉條內說錢穀生於1508年，卒
於1572年。這樣記錢穀的生卒年，分明就是沿用錢大昕、梁廷燦、
姜亮夫一脈相承的錯誤。這本書刊行於丁志安文在治文獻者必讀的
學報內發表討論錢穀父子生卒年專文長達七年之後，撰者與編者的
孤陋寡聞誠均難以代辯。

范鳳書(1931-)，《中國私家藏書史》(鄭州：大象出版社，2001
年)，頁337，仍說錢穀的生卒年為「1508-1572」。時上距丁志安文
之發表已十七年矣，可謂後知且終尚不覺。其列錢允治的生卒年為
「1541-?」同樣足為其學養的指標。

任繼愈(1916-)主編，《中國藏書樓》(瀋陽：遼寧人民出版社，
2001年)，中冊，頁1027，在不列證的情形下，謂錢穀生於1508年，
卒於1578年。除非確有實證，指錢穀有活動紀錄的最後一年即為其
卒年未免武斷。

該書頁1030說錢允治生於1541年，卒年不詳，毛病與范鳳書同。

林申清，《明清著名藏書家藏書印》(北京：北京圖書館出版
社，2000年)，頁16，列錢穀生卒年為「1508-1578？」；卒年未算
能確定，加問號是對的。同頁列錢允治生卒年作「1541-?」，同樣
犯了未能利用丁志安研究成果之失。

林申清、范鳳書、任繼愈均漏檢了較前出版，頗有突破的劉九
庵，《宋元明清書畫家傳世作品年表》(上海：上海書畫出版社，

1997年)。該書頁173引汪世清,〈藝苑疑年偶得——錢穀〉,《大公報》(香港),1996年7月26日(「藝林」,1234期),謂錢穀雖生於正德三年,其誕生日(十二月三十日)則已是西曆1509年1月20日了,故其生卒應列作1509,而非1508。錢穀之卒年,劉九庵則不從汪世清定爲萬曆六年以後,而依謝巍,《中國歷代人物年譜考錄》(北京:中華書局,1992年),頁291,用謝巍按其所藏的丁步坤撰錢穀年譜稿本,定穀逝世於萬曆十年(1582)。這部稿本年譜別處無紀錄,更不要說供人檢對,故無從議定。按常理,萬曆六年是錢穀活動有紀錄的最後一年,倘謂其活至萬曆十年,實非有充份證據不可。

錢允治的生卒年,劉九庵作1541-1623以後,應符事實。

經過前後幾番徵引,我們起碼可以說生於嘉靖二十年的錢允治絕無可能早在成化年間已以八十老翁之齡替《宣和遺事》寫序之理。

第二個得補述的問題是袁于令《西樓夢》傳奇的初刊期。這年份涉及替這本《宣和遺事》繪圖的郭卓然的活動時間。

馮夢龍改編《西樓夢》爲《楚江情》,且收入其《墨憨齋改刻傳奇定本》。這是眾所周知之事。配上馮夢龍的卒年,本來這已是很好的劇作下限期。徐朔方有〈馮夢龍年譜〉,收入其《晚明曲家年譜》,上冊,內頁427謂《墨憨齋改刻傳奇定本》書成於天啓七年(1627)以前。這就較以馮夢龍卒年爲《西樓夢》初刻年份之下限尤接近一步。

此外,還有兩新著述可用。

徐扶明,〈袁于令與《西樓記》〉,《中國文學研究》(長沙),1996年2期(1996年),頁54-59,定此傳奇作於萬曆三十八年至四十八年之間。其說或嫌過早,起碼尚視此劇爲明代作品。

凌左義,〈《西樓記》〉,收入李修生主編,《古本戲曲劇目提要》(北京:文化藝術出版社,1997年),頁389-390,引祁彪佳(1602-1645)在日記中三次看此劇的紀錄,第一次在崇禎五年

（1632）。這與《墨憨齋改刻傳奇定本》的成書期合觀就給此劇記上
一個很好的寫作下限。這下限與本文定錢允治爲這本亦由郭卓然配
製繪圖的《宣和遺事》寫序於泰昌元年或稍後的看法並無矛盾。

　　寫這篇糾纏至極的文章殆因陳兆南亂引版本資料，製造可以散
播開去的假象而起。後來發覺此君有隨意堆砌抄襲而來，自己多未
接觸的版本資料，以圖虛張聲勢的習慣。這是破壞大於建設之舉。
近見其〈俗行小說的雅與俗——以《水滸傳》小說簡本爲例〉一文，
收入中興大學中文系主編，《通俗文學與雅正文學——第一屆全國
學術研討會論文集》（臺北：新文豐出版社，2001年），頁413-435，
仍玩這種把戲，以爲版本研究不過是天下文章一大抄。該文更毫不
理會學術演進的層次，首頁用了河洛圖書出版社（臺北）1987年版的
何心《水滸研究》，而不聲明這是海盜版，更不交代這是何心書頗
有分別的三版中的哪一版，豈非害得不知究竟的讀者誤以爲逝世於
1980年的何心到了1987年仍有學術活動，且在臺灣出書！文中引用
孫楷第諸書的八十年代海盜版，情形還更糟，因爲孫楷第在1986年
謝世時已交白卷三四十年了！引用此等著述者，務必要找來原版。
要求嚴重缺乏學術進展次第觀念，海盜版作原版用的研究者能清楚
分辨事情的真相與演易先後，無疑是苛求的。又該文頁424-425所列
的簡本《水滸》資料全是抄湊貨色，其中竟謂牛津殘葉庋藏於英國
劍橋牛津大學，連牛津大學就在牛津這點小學程度的常識也沒有！
還有，誰都不知道插增甲本和插增乙本的名稱是甚麼，他卻有本領
搬出兩個煞有介事的書名來！

2003年12月9日

嘉靖殘本《水滸傳》非郭武定刻本辨

一、一部具神話意味的本子

研究《水滸傳》成書過程和《水滸》版本的圈子裏長期流傳一個具神話力量的說法，以爲明嘉靖年間權重朝野，烜赫一時的武定侯郭勛所刻的《水滸傳》縱使不是現存諸本之祖，也必是關係莫大，價值超越現存諸本之物。喜愛通俗文學，且熱心出版精刻書籍的郭勛確曾出版百回本《水滸傳》[1]，但郭本《水滸》存世與否，疑真疑假，是個長期無法論定的問題。可資考慮爲郭本的本子確實有一個。這個本子的發現與公佈的經過本身也夠撲朔迷離。

1　郭勛確曾刻刊《水滸傳》，嘉靖藏書家晁瑮（？-1560）、晁東吳（1532-1554）父子，在其《寶文堂書目》，中卷，「子雜」類有紀錄，注明其家藏之《水滸傳》爲「武定板」；見晁瑮、徐燉，《晁氏寶文堂書目、徐氏紅雨樓書目》（上海：古典文學出版社，1957年），頁108。至於郭勛與《水滸》的各種問題，可參看袁世碩，〈郭勛與《水滸傳》〉，《水滸爭鳴》，4期（1985年7月），頁90-105；此文並收入袁世碩，《文學史學的明清小說研究》（濟南：齊魯書社，1999年），頁17-34。

二、發現與公佈的經過

這個可資考慮為郭本的本子祇有若干部分殘存。這個殘本在三十年代分兩次（中隔數年）被發現。首次出現的是由第四十六至五十回組成的一冊。此冊的第一個收藏者為鄞縣大西山房主人林集虛[2]。其友人聞訊，零星索取，終至僅餘兩零葉。那餘下的兩葉後亦歸馬廉（1893-1935）所有。鄭振鐸向馬廉借此兩葉來影洗數份（按當時可用的技術，或為攝影或為晒藍）[3]。馬廉更選其中屬第五十回的一葉（他擁有的另一葉不知屬何回，為上連或下續的一葉是有可能的），以照片形式在《國立北平圖書館館刊》8卷2期（1934年3、4月）之首頁刊佈。稱其出自嘉靖刊本之外，並無其他說明。次年，馬廉去世。

從日後的發展得知，此冊有三回（第四十七至四十九回）曾一度在四明某朱姓藏書家之手。

過了一段時間後，書賈朱某（與上述朱姓藏書家未知是否同人）自冷攤找到第五十一至五十五回組成的一冊。此冊輾轉數手後，在上海中國書店高價出售，購得者正是鄭振鐸。時馬廉已去世多年矣（鄭稱其墓木已拱）。鄭振鐸旋撰解題以紀其事[4]。

2　林集虛本名林昌清，其生平大略見鄭偉章，《文獻家通考》（北京：中華書局，1999年），下冊，頁1531。

3　以上據鄭振鐸的〈《忠義水滸傳》解題〉。該解題收入鄭之〈劫中得書續記〉，《文集集林》，5期（1941年6月），頁176-177。這篇續記後收入為鄭振鐸，《劫中得書記》書中的第二部分（該解題在頁114-115）；鄭逝世多年後出版之《西諦書話》（北京：三聯書店，1983年），下冊，亦收入這篇續記（該解題在頁405-407）。此解題復見於吳曉鈴整理，《西諦書跋》（北京：文物出版社，1998年），下冊，頁428-430；隨後頁430-431之吳曉鈴〈謹案〉和〈又案〉則枝蔓無章，所言幾悉為與此本無關之事。

4　此即注3所說的解題。此段所述同以此解題為據。路工亦嘗在其〈《忠義水滸傳》〉解題述此殘本發現的經過；該解題見其〈古本小說新記〉，收入氏著《訪書聞見錄》，頁153。惟其所講錯得一塌糊塗。他說該殘本現存的各部分是1949年以後同時在寧波發現的。又說發現殘本之書賈直接把第五十一至五十五回的一冊賣給鄭振鐸（鄭何以能夠早在1941年刊

　　馬廉在逝世前，把已刊佈的那張殘葉送給趙萬里。趙後以之轉贈吳曉鈴[5]。吳歸道山後，此殘葉不知何去矣（吳所遺藏品，聞多歸首都圖書館所有，此殘葉或在其中）。幸早已刊佈，未致消失無痕。

　　鄭振鐸逝世後，所藏《水滸》零冊及其所藏其他珍籍歸北京圖書館所有。前為朱姓藏書家所有的第四十七至四十九回差不多同時亦入藏北圖[6]。至是，此殘本的知存部分僅吳曉鈴手上的一葉不集中於北圖矣[7]。

　　我在八十年代初已得北圖所藏八回之顯微膠卷。惟因膠卷製作不佳，本子本身又刻印不精（詳後）和年久磨損，很多地方要比對原物才有讀得通的可能。我去北圖做過兩次校勘，一次在1982年11月，另一次在1992年11月。加上吳曉鈴手上的一葉有影件可用，條件遂容我就此殘本進行較前人深入的探討。

三、此本的年代和其是否郭本的問題

　　參與此本發現和早期庋藏的馬廉、鄭振鐸、趙萬里、吳曉鈴，

（續）

　　該書之解題？），把第四十七至四十九回賣給上海朱某（按鄭所說，那三回最遲在1941年已到朱手）。全是遠離事實之言，更全不理會馬廉所扮演的角色，且晚至八十年代仍未看過鄭振鐸早四十年代已發表，後又不止重印一次的解題。這種往後倒退，徒增亂象的「研究」，十分可怕。路工所說的話當中，僅二事可信：（一）第四十六、五十兩回遭拆散為零葉（他誤指此兩回為「其餘兩卷」，或為手民之失）。（二）他看過屬於第四十六回的一張零葉。

5　此殘葉輾轉授受的經過聞自吳曉鈴。1982年11月，我初遊燕京，吳以此殘葉出示，狀態已不佳。

6　此三回入藏北圖的時間諒與鄭振鐸逝世後藏品捐公的時間差不多，因馬蹄疾於1960年冬去北圖看書時那三回已經上了目錄。那時北圖視那三回為獨立的一項藏品。把那三回與鄭振鐸的五回合為一項當是館員聽從馬蹄疾的解釋的結果。有關各事，參看馬蹄疾，〈關於西諦殘藏嘉靖郭勛刻本《水滸》〉，《文匯報》（上海），1961年10月12日。

7　路工遲至八十年代仍不知朱姓藏書的三回亦已早歸北圖所有，因而有「四十六回至五十回不知下落，遍訪不見」之嘆；見注4所引《《忠義水滸傳》》解題。

和路工（葉楓，1920-1996；他見過殘葉一張）都是經驗豐富的版本學家。他們都認為這是嘉靖刊本。這點或可不辯。這是否即眾望已久的郭武定刻本則不是容易解答的問題。

馬廉除指出他刊佈的殘葉是嘉靖之物外，並未發表其他意見，故無從知曉他是否相信此即郭本。

鄭振鐸在首次介紹此本的解題內，全不提郭勛和郭本，顯然那時候他並沒有視之為郭本。豈料十來年後，當他領導王利器、吳曉鈴編校《水滸全傳》時（還有一批北京大學中文系的學生幫忙），卻在該書序文毫不舉證便斬釘截鐵地指此本即郭本。前後意見迥異，而從不開列理由，實在是不足為訓的治學態度。若謂後說既出就等於發言者自動取消前說，鄭振鐸的最終意見就是此為郭本。

趙萬里同意這是嘉靖刊本，卻不贊成直指之為郭本[8]。

吳曉鈴的意見雖不詳，且他對當年編校《水滸全傳》時所用的方法頗為不滿，但他仍傾向相信殘本即郭本[9]。

換言之，參與發現、庋藏，和早期運用此殘本者對其是否為郭本，意見雖不統一，但起碼一半相信此即郭本，或與郭本甚近之物。

以鄭振鐸聲譽之隆，中外《水滸》研究者欣然接受他不加解釋的看法者自不乏人，可引為例者有艾熙亭[10]、初時的馬蹄疾（陳宗棠，1936-1996）[11]、白木直也[12]，和徐朔方[13]。不贊成者當然亦有；

8　說見鄭振鐸逝世後，趙萬里用北京圖書館名義為其出版《西諦書目》時所寫的序言。

9　我和吳曉鈴有不少詳談的機會。1982年初他第一次訪美時，以夏威夷為首站，便在舍下住了旬日。該年底，我首次去北京時又和他暢談數日。當他出示那張《水滸》殘葉時，我竟沒有直接問他是否視之為郭本。雖然數次提及《水滸全傳》時，他都強烈表示不滿當時所用的編校法，但細翫他在注3所引之〈又案〉中所說的話，「其書（李玄伯本）雖本郭武定刊本，然盡削引詩，去先生所藏此嘉靖本殘帙遠甚」（頁430），則其傾向相信此殘本即使不是郭本，也必與郭本甚近，可謂相當明顯。

10　Richard G. Irwin, "Water Margin Revisited," p. 404, 說就算此嘉靖本不是郭本，也必定是現存諸本當中最接近郭本的了。換言之，艾熙亭之見解與吳曉鈴者頗近（見注9）。

11　單看注6所引馬蹄疾文的標題便知其原先的立場了。

例如嚴敦易[14]，范寧[15]，和後來的馬蹄疾（詳後）。不贊成者所採的
是暫時性的觀望態度，僅指出支持此本爲郭本者未開列理由，而他
們本身並沒有提供此本不可能是郭本的正面論證。

　　尋求這問題的答案祇有一條可走之路，即直接從這殘本本身入
手。憑排比二手資料去試圖解決此問題，儘管配上理論性的解說（如
白木直也），必徒勞無功。

　　循此路走的第一人是馬蹄疾。正如上述，馬蹄疾初依鄭振鐸之
說，定殘本爲郭本。待其二十多年後出版《水滸書錄》（上海：上
海古籍出版社，1986年），態度就變得謹慎多了（諒他去北圖看此本
不會祇有1960年冬的一次）。在此書中，他把傳聞中的郭本和此本
分列爲兩個不同的版本，並謂鄭振鐸指此本爲郭本之不足信（頁
54-55）。可惜他並沒有作較深入的考察，僅抄錄那八回的回目便算
完了責任。

　　從《水滸書錄》的出版日期去看，馬蹄疾在此書定稿時未必看
過易名（金德門），〈談《水滸》的武定板〉，《水滸爭鳴》，4期
（1985年7月），頁122-128。易名此文開啓一新的研究程序——版式
比勘。他去北圖取閱嘉靖殘本（不知何故，他僅說用了第五十一至
五十五回，而北圖最遲在1960年已擁有八回，旋且把那八回合作一

（續）————————————

12　白木直也，《郭武定本私考》（廣島：自印本，1968年）是一本在資料不
　　足和審訂資料不愼情況下寫出來的書。僅憑鄭校本《水滸全傳》所提供
　　殘本第五十一至五十五回的校勘資料，便試圖考釋該殘本無論如何是方
　　法不容之事。他把鄭校本《水滸全傳》和天都外臣序本劃上等號，更是
　　不可理喩，因爲在他眼中的鄭校本《水滸全傳》根本不是善美之書；見
　　白木直也，〈排印本《水滸全傳》への批判と提言——諸本研究の文學
　　よりすろ〉，《東方學》，45期（1973年1月），頁57-73。至於該如何標記
　　天都外臣序本的問題，見注17。
13　徐朔方，〈從宋江起義到《水滸傳》成書〉，《中華文史論叢》，1982
　　年4期（1982年11月），頁60；修訂本收入《徐朔方集》（杭州：浙江古籍
　　出版社，1993年），冊1，頁609-610。
14　嚴敦易，《水滸傳的演變》，頁160。
15　范寧，〈《水滸傳》版本源流考〉，頁70-72。

書，編號也祇有一個〔12433〕[16]）、郭勛正德十四年(1519)刻《白
樂天文集》、所謂天都外臣序本《水滸》[17]，加上商務印書館《四
部叢刊續編》(1934年)所收的《雍熙樂府》(另外，他說嘉靖元年
〔壬午〕本《三國志通俗演義》也是郭勛刻的，但沒有說也用作比
勘)，互勘所得的結論是，殘本《水滸》、《白樂天文集》、《雍
熙樂府》除行款有小別外，版式基本上統一(字體更尤如此)，而天
都外臣序本則截然不同，故殘本即郭本。

因為這是得自版式比勘的結論，而重做此實驗必須先配備版本
條件，況且《水滸爭鳴》是《水滸》研究者人手一冊之物，不會出
現意見不為眾所知的情形，故遲至九十年代末始有人再作嘗試。那
就是竺青、李永祜，〈《水滸傳》祖本及郭武定本問題新議〉，《文
學遺產》，1997年5期(1997年)，頁81-92。除了一些輔助性資料外，
他們據以作版式比勘之書全是易名用過和提及過的。分別有三：
(一)殘本北圖有之八回他們全用了。(二)嘉靖元年本《三國志通俗
演義》易名提過，卻未必用過，他們用了。(三)他們沒有把天都外
臣序本牽涉入內。結論也是一樣的：殘本即郭本。

不管考察者判定版本的經驗如何豐富，這樣去圖證殘本是否郭
本，方法基本上是不足的，且犯了一個原可避免的毛病。

先說那原可避免的毛病。《三國演義》的版本和演化過程問題
絕不比《水滸》者簡單。既然嘉靖元年本《三國志通俗演義》上並
無郭勛刻刊字樣，其刊行者是誰又未經過詳密考證來判定，指其為

16　《北京圖書館古籍善本書目》，冊5，頁2908-2909。
17　鄭振鐸諸人給此本發明這個莫名其妙的標記，以致謬種流傳，為眾所誤
　　襲用。此標記之不妥，見高島俊男，〈《水滸傳》石渠閣補刊本研究序
　　說〉，收入《伊藤漱平教授退官記念中國學論集》(東京：汲古書院，1986
　　年)，頁551-589；馬幼垣，《水滸論衡》，頁52(這是此書收入〈呼籲研
　　究簡本《水滸傳》意見書〉一文時所增的補記)。高島俊男建議改用「石
　　渠閣補刊本」之名，可以採納。另外，路工亦獨立標記此本為「石渠閣
　　補刊本」，見《訪書見聞錄》，頁153-154，可謂真理所在，異途同歸。
　　為免讀者參閱所引諸文時增加應付名詞參差之難，本文仍用天都外臣序
　　本之稱。並看注29。

郭勛所刻以求增一可資比勘之本未免一廂情願。結果反弄出以未知數證未知數的考證危機。

至於方法上的不足，隨後有解釋。

四、《雍熙樂府》版本的選擇問題

確知存世的郭勛刻書僅一種（且祇得一版），即正德十四年本《白樂天文集》。現存的各版嘉靖刊本《雍熙樂府》，沒有一種是真正的郭武定刻本，甚至連郭家刊本也不是（詳後）。企圖從版式比勘的角度去審定殘本《水滸》是否為郭本，非先弄清楚據以比勘的材料不可。

郭刻《白樂天文集》僅得一孤本存世，即北圖所有者[18]，並無選擇可言。

《雍熙樂府》的情形則相當複雜。這本郭勛編的曲文總集在嘉靖年間共刊行過三次（十年、十九年、四十五年）。這點王國維（1877-1927）早已考明[19]。郭勛嘉靖二十年入獄，次年九月死獄中（不是《明史》原誤記的二十八年，中華書局標點本已更正），晚至四十五年始刊行之本自然非郭勛安排出版者，且因時差頗大，即連是否其後人用舊版重印也成了應考慮的問題。當年商務印書館收《雍熙樂府》入《四部叢刊續編》時，說「上海涵芬樓借北平圖書館藏明嘉靖刊本景印」（涵芬樓為商務機構的一部分）。平館善本六十年代初自美運臺後，曾藏於臺北的中央圖書館。當時的中圖藏書目記來自平館之《雍熙樂府》為嘉靖四十五年本[20]。視《四部叢刊續編》本《雍熙樂府》為郭本顯屬不妥。據全國善目總目所載，中國大陸

18　《北京圖書館古籍善本書目》，冊5，頁2057；《中國古籍善本書目——集部》（上海：上海古籍出版社，1996年線裝本），冊1，卷23，葉52下。

19　王國維，〈《雍熙樂府》跋〉，收入《王國維戲曲論文集》（北京：中國戲劇出版社，1957年），頁366-367。此跋作於庚辛之間。

20　《國立中央圖書館善本書目（增訂本）》，冊3，頁1383。

起碼有十套四十五年本，總目均列為「荆聚刻本」[21]。荆聚是人名，別署春山居士，安肅（今河北保定）人。此事王國維也早有考釋[22]。目前對荆聚所知不多，但知道他是太監[23]。郭家則祖籍濠州（安徽），而武定府在北京。怎也不能把荆聚刻本說成是郭家刻本。

另外，中圖指其所藏之四十五年本為「以嘉靖十年原刊本覆刻」，「字體稍不同」[24]。《四部叢刊續編》據以影印的嘉靖四十五年本《雍熙樂府》充其量僅能算是郭刻本的覆刻本。

嘉靖十九年本《雍熙樂府》同樣是問題。此本中國大陸尚存兩套，一在北京大學、一在群眾出版社[25]，看來都是全本。但此本的出版情況尚未知道得夠清楚；雖然其出版時郭勛尚在世（入獄前一年），全國善本總目卻說它是楚藩刻本，而不說它是郭刻本[26]。此本

---

21 《中國古籍善本書目——集部》，冊12，卷31，葉82下。

22 見注19所引王著〈《雍熙樂府》跋〉。最近瞿冕良，《中國古籍版刻辭典》（濟南：齊魯書社，1999年），頁416，亦有〈荆聚〉條。

23 見嘉靖四十五年本《雍熙樂府》（《四部叢刊續編》本）所收安肅春山識語。荆聚之為太監，王重民（1903-1975）早已留意到，見其《中國善本書提要》（上海：上海古籍出版社，1983年），頁700，〈《雍熙樂府》國會本〉條；惟Wang Chung-min, comp., *A Descriptive Catalog of Rare Chinese Books in the Library of Congress* 國會圖書館藏中國善本書錄（Washington, D.C.: Library of Congress, 1957), Vol. 2, p.1127，該條則較略，且不提荆聚為太監。《提要》所見該條或為王氏返國後所修訂者（美國國會圖書館刊行王重民留下的書稿時有改動的可能性雖不高，但這可能性仍是不能排除的）。另外，張秀民（1908-），《中國印刷史》（上海：上海人民出版社，1989年），頁447，亦有「嘉靖四十五年太監春山翻印《雍熙樂府》」之語。

24 《國家圖書館善本書志初稿——集部》（臺北：國家圖書館，1999年），冊4，頁343。隋樹森（1906-1989）則以為荆聚「做過校勘修訂的工作」；見氏著《雍熙樂府曲文作者考》（北京：書目文獻出版社，1985年），〈序言〉，頁1。

25 《北京大學圖書館古籍善本書目》（北京：北京大學出版社，1999年），頁520；《中國古籍善本書目——集部》，冊12，葉82下。

26 《中國古籍善本書目——集部》，冊12，卷31，葉82下。前此楊繩信，《中國版刻綜錄》（西安：陝西人民出版社，1986年），頁40，已指此嘉靖十九年本為楚藩刻本矣。至於楚藩及其刻書情形，可約述如下：楚藩始王朱楨（1364-1424）為太祖第六子，國武昌，傳七世至朱華奎（?-1643），崇禎十六年死於民變。楚藩刻本今存者起碼尚有二十八種，包括《雍熙

日本也有兩套，分別庋藏於宮內廳書陵部和東洋文庫，傳田章有紀錄，說都是楚愍王朱顯榕重刊本[27]。

甚至連在郭勛去世前十、十一年刊行的嘉靖十年本也不是他刻的。此本有三（或四）本存世。北京大學的一本和中圖的兩本都有抄配（連後出的春山識語也收入內）[28]。這事本身並不一定會帶來比勘上的嚴重問題。但按王重民前在北圖讀到另一本（全國善本總目無此本今何在的紀錄）時所寫的題記，則刻於嘉靖十年之《雍熙樂府》實爲內府刻本[29]。

這樣一來，嘉靖十九年和四十五年刊行的《雍熙樂府》固然與郭勛無關，連嘉靖十年本是否可用也得看如何推測此內府刻本與郭勛有無關係了（若有關係，又是何種關係）。不過，按隨後對殘本特徵的解釋，《雍熙樂府》這類印得整整齊齊之物，不管是否和郭勛有關，根本不合與此《水滸》殘本作比勘。

易名諸人用《雍熙樂府》時何曾想過這一連串的問題，信手拿起《四部叢刊續編》本《雍熙樂府》就當郭刻本來用，方法怎能算健全？彼等復以爲祇要有郭刻之物在手，拿來和殘本比對一下，問題即可迎刃而解，把事情看得過簡了。

五、比勘版式的技術要求

易名、竺青（1962- ）、李永祜（1935- ）所用的方法基本上是目

（續）————————————————
　　樂府》；參見昌彼得，〈明藩刻書考〉，《學術季刊》（臺北），3卷3期（1955年3月），頁146-162；3卷4期（1955年6月），頁139-147；張秀民，《中國印刷史》，頁421-423；李致忠，《歷代刻書考述》（成都：巴蜀書社，1990年），頁231、236。楚藩刻本不能算作郭勛或郭家刻本，彰彰明矣。

27　傳田章，《明刊本雜劇西廂記目錄》（東京：東京大學東洋文化研究所，1971年），頁10-13。

28　《北京大學圖書館古籍善本書目》，頁520；《國家圖書館善本書志初稿——集部》，冊4，頁342-343。

29　王重民，《中國善本書提要》，頁700。

驗。即使每種版本都拿到幾張書影，離館後可慢慢看，代表性仍是很有限，始終是印象式的目驗。假如諸本版式迥異，目驗當然就夠了。愈是驟看近似的本子，目驗愈是不足。簡言之，易名諸人既國學修養不足，所做的工作復不夠徹底，不夠客觀，不夠科學化。

這裏帶出一個有趣的問題。易名住在蘇州，長途跋涉往北圖，看書時間難免有限，深入程度未必如其所願。竺青、李永祜均居北京，近水樓臺，北圖多去幾次也易安排。但最易做比勘工作的莫如在北圖管善本的趙萬里，且不說趙辨認版本的本領應比易名諸人高明得多。趙在六十年代初否認此殘本即郭本會否是做了二三十年後易名諸人仍不做之功夫後才說的話？易名、竺青諸人的文章都不提趙萬里的意見。

要方法健全就得走一段很艱辛之路：

（一）複製殘本現存的八回零一葉。複製之法是先製成膠卷（圖書館不會容許直接電子複印善本的），再自膠卷印出一般影件。然後把個別單字剪下來（重出的單字，選用佳者，因為此本先天和後天的情況使其相當損壞），分作三組（理由詳後），逐字分行貼在紙上，一字一行：（1）僅見於第四十七至五十回者（第五十回僅得殘葉一紙）。（2）僅見於第五十一至五十五回者。（3）並見於前兩組者。

（二）複製郭勛刻本《白樂天文集》全書。剪下見於殘本《水滸》的單字，分別貼在郭刻《白樂天文集》該字之下。

現在有了電腦，固然不必真的出動剪刀、漿糊地去剪配，但將單字分別按字配搭，手續仍是一樣的。

倘相信各版嘉靖刊本《雍熙樂府》當中確包括郭刻本在內，則那個版本還得加入逐字配搭的行列。

做完此功夫，殘本《水滸》與郭勛刻本字體相同與否，以及（可能最重要）殘本是否僅出自一個刻工之手，必一目瞭然。判斷完全基於科學數據，而不是靠印象和目視感受了。

我尚未做此功夫，也僅認為用稍改形式的辦法，進行上述逐字

配搭工作中的第一項即足（這點隨後再解釋）。

此等工作既工程浩大（找足所需的膠卷尚不是最難的一步），卻無助於解決問題。各本之間版式雷同與否意義均不大。郭勛刻書的實際時段可能不短（郭勛嘉靖二十年下獄時，印書活動當告終，但正德十四年刻刊《白樂天文集》時他已四十五歲，諒早已刻書了）。在這漫長的時間裏，他不可能僅採用一種版式，更不會祇聘用一個刻工。難道書的性質與版式的選擇毫無關係嗎？各書各有版式特徵才是合理的現象。況且這種逐字排比法用於寫刻本（這裏涉及的全是寫刻本），字體的大小會影響書法，時間更會改變筆跡。若各本各有特徵又何能據以確指待證之物為郭本？如個別特徵不彰，且與同時期別的刊物差可比擬（此正竺青、李永祜二人企圖說明的現象），則祇能說某種版式（包括字體）是一時流行者而已。

圖用版式來證明殘本《水滸》是否即郭本既需要浩大工程始能滿足研究程序，得到的答案卻又不切所用，這種勞而無功之事根本就不必做了。但單靠目驗，又不顧及所涉各書的版本複雜性，便逕提出結論，則絕對草率之極。

六、殘本的版式

外圍事物的話講畢，可以看看此殘本的版式了。

殘本是白綿紙趙體大字寫刻本。半葉十行，行二十字。四周雙邊，白口，雙魚尾。上魚尾下書「水滸傳×回」，下魚尾上記葉數。五回為一卷。倘書為百回本，全書便共有二十卷。每卷前題「忠義水滸傳卷之×」，次二行分記「施耐庵集撰，羅貫中纂修」。

上開數據早有紀錄，綜述以便於討論。我自己的考察另帶來新認識。

分兩次，中隔幾年發現的殘本或出自兩套不同雕版，而不是同一套書的兩個不同殘存部分；或者是兩個不同刻工，分前後兩半合

作刻出此書（後說可能性較大，因前說很難用來解釋出自不同雕版之物，印行時間當亦不同，怎會殘存成自第四十七回〔發現時且尚有第四十六回〕至第五十五回連續不斷的情形）。這樣說有兩個理由：

（一）第四十七、四十八、四十九回，和第五十回的殘葉雖葉與葉之間版框大小有小異，寬度都是12.5公厘，高度則為17.2至17.7公厘，而以17.5和17.7公厘為主。自第五十一至五十五回，分歧較大：寬度12.5、12.6、12.7公厘都有，高度更有16.7、16.8、17、17.2、17.3、17.4、17.5公厘之多種分別。版框分歧程度之不統一，我在未往京察看此殘本前，曾託時在北京工作，對古典小說甚有研究的友人馬力（1952-；後任香港基本法諮詢委員會副秘書長，現為香港人大代表及民建聯黨主席）試代做校勘，他已看出這一點。

（二）負責的刻工雖均技巧不高，錯字漏字比比皆是，但因為常重複地錯成規律，便反映出特徵來。如第五十一回以前，凡提到病尉遲孫立、小尉遲孫新，「尉遲」一定作「蔚遲」，沒有一次例外。自第五十一回始，就全作「尉遲」了。這類例子代表性的強烈和簽名無異。

按目前的讀後印象，此殘本用得觸目盡是的俗字和異體字好像亦顯出有前後兩部分之別來。這種事不能靠印象和選例來判斷的。為了確查真相，還得覓空做詳細逐字配搭的功夫。把所有不損破的單字及其每個異體字按上述所說的三組（僅見於第四十七至五十回者；僅見於第五十一至五十五回者；並見前後各回者），按字配搭起來。因為不涉及不同的書寫時間和不同大小的字體，刻工的實況究竟如何，做過這笨功夫就不用猜笨謎了。惜現無暇顧及，唯有待異日。

殘本的前後兩部分另還有後天性的分別。第四十七至四十九回的磨損程度比鄭振鐸原藏的五回為烈，好些地方整塊沒有了。此其一。某人用毛筆改正第五十一至五十五回的錯字。第四十七至四十

九則沒有這種情形。此其二。第四十七至四十九回，每回回首都有
三枚白文圖章：「四明朱氏敝帚齋」（「四明」，不是馬蹄疾在《水
滸書錄》，頁54，所說的「四川」）、「海內孤本」、「仰周所寶」。
三個圖章風格一樣，可知是同時鈐印的（以前研究此殘本者均沒有
提到這三個圖章）。這三個圖章的存在可以證明朱姓藏書家曾擁有
此三回一說之不虛，但其名尚未能查出。鄭振鐸曾藏的五回，僅最
後一葉有「長樂鄭氏藏書之印」白文圖章一枚。此其三。

那張第五十回獨存的殘葉，按內容的位置去看，應是該回的第
二葉。

有了這些新認識，考察這個殘本的真相就會容易些。

七、選用的方法

既然連詳勘版式都幫不了忙，問題該如何解決？我原先的計畫
是撥開是否郭本的問題不談，把殘本看成是一個僅知刊行年代，而
尚不知在《水滸》演化過程中曾扮演何角色的嘉靖刊本，因而以之
與兩種現存年代最早的繁本（容與堂本和鍾伯敬批本）作詳細校
勘，以期找出它們之間的相互關係。換言之，原先的計畫是一個很
傳統的方案。

在這校勘過程中，如何處理所謂天都外臣序本也頗簡單。這是
一個滿滿是清初（甚至更後）補葉的本子，究竟用何物來補？補時有
無更動（甚至隨意更動）？在未能解答這些直接影響此本的可用性
的問題前（誰也沒有真正研究過這個複雜的本子），這個本子是不能
據以進行任何考研工作的。盲目用之就會變成以未知數證未知數，
方法頓成嚴重問題。至於根本不是直接引用該本，而僅是手執鄭編
本《水滸全傳》便不分青紅皂白地聲稱用的是天都外臣序本，更是
不可理喻 30。因此，即使是原先的計畫也沒有把這本不少學者依從

---

30 把《水滸全傳》的正文當作天都外臣序本用者，或會說鄭編本老老實實

鄭振鐸之見，視為忠於郭本的所謂天都外臣序本納入其中。

　　豈料一旦細讀殘本，觀念完全改變。它不僅不足稱為善本，簡直就是劣極的垃圾本。明白了這一點，使命也就簡單明確多了。經過鄭振鐸諸人大半世紀對此殘本的胡吹瞎捧，肆力製造神話，現在最關要的任務莫如公佈此本劣拙的程度，以正視聽。

　　情形既如此，找一本年代夠早，文字夠完整的本子來與殘本勘讀便足矣。這個本子該為容與堂本是不必爭辯的 [31]。代表更後演化層次的鍾批本也就不必牽涉入這程序了 [32]。

　　殘本與容與堂本勘讀的工作並不複雜，凡遇有顯示價值的分歧處，便把兩本的有關句子抄下來。勘讀完後，再抽出足援為例證者按回依先後抄列出來，各條編號，作為文後的附錄。引用何條，注明編號即可。因為其間涉及不少不常用的異字，甚至無中生有的字（如#5、21、29、30、41、60、67、80），都一一依樣葫蘆地錄存起

（續）——

　　地把天都外臣序本抄為編校本前七十回及招安征遼部分的正文，不作任何更動。對校記做得如此差勁者，我們能毫無保留地給予這份信心嗎？抄錄偌大的一部書，連手民之失也能沒有嗎？校對也能保證全無走眼之處嗎？天都外臣序本既有存本（在北京圖書館），為何不乾脆直接用原書，而要迂迴曲折地用作為另一本書出版的現代排印本？即使肯降低尺度去接納《水滸全傳》正文即天都外臣序本，湊成天都外臣序本的補葉的來歷問題，以及補刊過程中的改動問題，總不能置之不理吧！按目前對天都外臣序本極有限的理解，用之作考研不獨無補於事，反會擾亂陣腳。（此文發表以後，我陸續寫成〈問題重重的所謂天都外臣序本《水滸傳》〉、〈從掛名天都外臣序本《水滸傳》的插圖看該本的素質〉二文，均收入本集，作首次發表。對此本的認識現已增加了不少）。

31 或者有人會說日本東京無窮會所藏之本可能比容與堂本更早，更具權威，如王利器，〈李卓吾評郭勛本《忠義水滸傳》之發現〉，頁103-110、127，即採此說。儘管如此，無窮會本與容與堂本間的分別也不會嚴重到足以影響與此殘本校勘所得的結果。況且此殘本已非多數學者能檢讀之物，如果復用奇罕如無窮會本來作校勘，一般讀者豈非連重檢部分引例的機會也沒有了。沒有幾個學者手邊有無窮會本的整套影件（我有），更不必說一般讀者了；容與堂本則早已用各種形式複印過多次。

32 劉世德，〈鍾批本《水滸傳》的刊行年代和版本問題〉，《文獻》，1989年2期（1989年4月），頁32-49，定鍾批本的刊行年份在天啓四、五年之間（1624-1625）。

來。

八、勘讀的結果

八回零一葉的份量雖以百份比計並不高，除非有足夠理由相信此八回與該本其他部分大異，代表性應已足。兩本勘讀最明顯的結果是，除了錯字漏字之異外，兩本基本上無分別，而容與堂本和其他繁本（如芥子園本）是有分別的。遇到因錯字和漏字而導致之歧異，那些錯字和漏字絕大多數都出現於殘本，而不是在容與堂本。要理解此殘本的性質和價值，關鍵顯然就在這些錯字和漏字。

殘本中的錯字和漏字出現得很頻密。鄭振鐸等弄出來，大半世紀以來通過兩岸三地的各種重印本、盜印本、改裝本廣事流散，研究者奉為圭臬的《水滸全傳》，在一般回後校記之外，第五十一至五十五回另附嘉靖殘本校記。這五回的特別校記做得不全不實：（一）漏記者不少。這並不指編校者所謂重複出現者以一例或數例代表其餘的情形，而是指該記而不記之漏列。（二）校勘不精[33]。（三）殘本不誤而指其為誤者[34]。（四）遇到殘本出現字不是字的字時，不採用造字的辦法來反映實情，卻僅用一般的正體字來排印。好些重要的消息就此不翼而飛了。（五）第四十七至四十九回在該書出版後才歸公，自然不能要求編校者能預為照料，但鄭振鐸早在三十年代已自馬廉借來影得的兩張零葉（其中一張理應就是早已刊佈，且當時若不是還在鄭振鐸諸人的友好趙萬里之手，便是已在編委吳曉鈴之手者），為何不納入其中？基於這五種不足之情形，若單靠《水滸全傳》附於第五十一至五十五回的嘉靖殘本校記，便企圖考究此

---

33 譬如，殘本55.2b有「前來汝寧合」句，即漏了「會」字。鄭校本校記卻說該句漏了「合」字；即以為殘本該句作「前來汝寧會」。

34 譬如，殘本55.10b的「救得宋江」句並沒有錯。鄭校本校記竟說殘本誤「救」為「故」，即以為殘本該句作「故得宋江」。這條校記根本就是無中生有，強入人以罪。

五回，成績怎能理想？

研究者對殘本第四十七至四十九回的理解尚不到這層次。這三回歸公已悠悠四十多年，尚未見未聞任何人做過校勘工作。這缺憾雖應彌補，但本文並非爲進行全面校勘而作，故僅就殘本得見部分（按殘本發現的經過，第四十六回和第五十回可能尚有零葉存世）錯字漏字具代表性之例，分兩組選列出來。職是之故，殘本雖和容與堂本有別而文理各自通者，不入討論範圍。兩本所用異體字／俗字，或同或不同，亦不討論。

1. 殘本文句有錯字之例

附錄中之#1-7、9、10、12、15、16、18-24、26、27、29-35、37-43、46-49、51-57、59-64、66-68、70-73、76-78、80-82均爲錯字之例。這些例求其代表性，故避免列舉相同者。其實經常有同樣的毛病在同樣的句法內重複出現的情形。例如柴進在#41說出自己是柴世宗嫡派子孫時，此本把「嫡派」二字弄錯到難以入信的程度（見本集插圖十五）。假若視之爲手民之失，就得看看此本54.15b和55.3b兩處講呼延灼是宋朝開國名將呼延贊（？-1000）嫡派子孫時，如何把「嫡派」二字再兩次弄錯成如出一轍，便知此本的錯字往往錯得成了規律！八回殘存，篇幅頗有限，這怪句竟重複出現三次之多！責此本之奇劣，理由絕對充份。

第五十一至五十五回的若干錯字，有人用毛筆填改。有些看得出原來的錯字是甚麼，大多數都看不出來。那些看不出原來如何錯的字，《水滸全傳》的校記偶有交代，因而得知用毛筆改正者如非鄭振鐸，就是王利器或吳曉鈴（可惜我沒有及時留意到這情形，今已無從詢問矣）。這就是說，鄭振鐸及其助手們早就知道此本錯得一塌糊塗了，怎還長期把它宣揚爲甲級寶物！迷信善本，主觀地和狹隘地選擇觀點的心態十分明顯，以致弄出摒絕不利證據，自欺欺

人的結果[35]。況且連這五回也不是全部已改正的字校記都有交代（沒
有更改的錯字且還比已改正者多）。遇到原來的錯字筆劃繁，改字
筆劃亦不少時，很易就幾乎成了墨丁，甚麼都看不出來；那些校記
不作交代的改字就成了千古懸案。這也是《水滸全傳》編校工作做
得差勁的明證。

正如前述，附錄所舉諸例力求不重複，故上面所說「尉遲」屢
屢被弄成「蔚遲」就一條也不列入附錄內。因此，附錄所列並不反
映錯字頻現的密度。但祇要從在八回零一葉這不算長的篇幅裏，竟
能在避免重複的原則下，檢出八十多個例來這角度去看，便不難明
白錯字出現的驚人密度了。

2. 殘本文句有漏字之例

附錄中之#8、11、13、14、25、28、44、50、79悉為漏字之例。
字漏了，句子就不通，故漏字也是錯字的一類。

殘本錯字漏字的情形如此普遍，如此嚴重的一個解釋是刻工低
能（不管刻工究竟有幾個）。這點從此本隨處都是缺筆字和缺破筆劃
可以得見。殘本有磨損是事實（尤其是第四十七至四十九回），但筆
劃不全是另一回事。特別是在印得還算清楚的葉上頻頻出現筆劃不
全的情形時，就不能用磨損來解釋。這情形，隨便舉四例就夠。47.2ab
說祝朝奉「有二個兒子」（「三」字缺中間一劃）。此本解珍、解寶
的「解」字作「鮮」。起碼有一處「鮮」的角字下半印不出來，驟

---

35 殘本的特徵是錯字漏字盈篇遍紙，這是任何細讀過者都不可能不會得到
的印象。不管天都外臣序本素質如何，它起碼沒有錯字漏字觸目皆是的
毛病。天都外臣序本絕不可能是按那個垃圾本覆刻出來的。拿殘本第五
十一至五十五回和天都外臣序本做過校勘，且編出校記的鄭振鐸（就算
功夫是助手們做的，他起碼也該讀過校記）竟在《水滸全傳》的序言中
宣稱「經我們拿它（天都外臣序本）來和郭勛本殘卷對照（寫此序時，鄭
振鐸已把殘本和郭本劃上等號），證明它是郭勛本的一個很忠實的覆刻
本。」如果不是故意摒絕不利證據，怎會說出這種遠離事實，企圖瞞天
過海的話？

眼看去，竟像是鮮珍（49.7a）！54.13a-14b連續幾次把「再」字弄成
再和再（見本集插圖十六）！54.11a的孫立變成孫二！這類筆劃不全
的字，就算不細檢，也可輕易掃得一籮筐。這情形之所以出現是因
為某些筆劃刻得較版面低，故某字的若干劃或某劃的若干部分刷印
不出來。如果把這種出現得滿紙通篇的情形說成是避諱，就莫名其
妙之極了。

其實錯字、漏字，和缺劃字出現得如此頻密並非全是刻工之
失。刊行者若非全無責任感，雕版到手，不細讀一過便逕交刷印，
便是低能之極，檢讀雕版也看不出毛病的嚴重程度。

既然此本的錯字漏字俯拾皆是，又刻得亂七八糟，再加上與容
與堂本基本上沒有分別[36]，它究竟有沒有價值？嘉靖時代的《水滸
傳》，現僅知存兩個樣本：一為此殘本，一為上海圖書館所藏的《京
本忠義傳》零葉兩紙（見本集插圖一）。此殘本無論如何是稀罕之
物。但罕本不一定善。從內容去看，此本祇配稱為垃圾本。世人多
責閩刻簡本《水滸》為粗拙之物，其實此本的印刷品質較不少閩本
還要劣！

九、此本與容與堂本的關係

本文雖不擬解決版本因承的問題，但此本（指殘本完整時的樣
子）與容與堂本的關係還是夠明顯的。此本殘存的八回，份量雖不
算多，卻有不少例子和容與堂本錯得一模一樣（如#15、65、70、74、
75）。解釋可以有兩個：（一）後出的容與堂本在此嘉靖刊本上做改
良的功夫。但做得不夠徹底，故有共同的錯誤存在。（二）二本同出
一源，而刻刊此嘉靖本者粗工濫製，致弄出本垃圾本來。容與堂本

---

36 難道殘本絕無較容與堂本高明之處嗎？容與堂本誤而殘本對之例是有的
（如#17、45、58、69），但少得全不成比例。用此本來校正容與堂本收效
甚微。

則相當忠於原本，但未及悉數更正原本的刊誤，因此出現原有的錯誤並見於殘本和容與堂本的情形。第二個解釋似較可能。

十、結語

容與堂本刊於萬曆後期，而此嘉靖本與之內容基本相同。此事可援以證明《水滸傳》在嘉靖年間已成今形。成今形與初成書可以是兩回事。且不說可能曾有一本與今本《水滸傳》內容大異的吳從先（約1580-？）讀本存在過[37]，單從今本《水滸》也可找到成書之初的《水滸》與今本情節大異，甚至自成書之初至今本成形之間尚可能有其他演變階段的內證[38]。有一本和容與堂本內容相同的嘉靖刊本存在對考究《水滸》何時初成應有幫助。這也等於說，容與堂本雖是萬曆後期的刊物，其文字最晚也是嘉靖時期的。

本文對殘本的考察帶出新方法的指向。既然知道了此本錯字連篇的特徵，這就等於找到了這刻工（或這組刻工）的簽名式。頻頻寫錯字豈是容易克服的習慣，版面往往刻得不平以致筆劃恆有缺破這功夫不足之弊亦不易改進。用此特徵為衡量依據較書法、字體那類尺度準確多了。要用嘉靖時期刊物來比勘此殘本的話，就需找不僅錯字連篇者，而且錯字還得錯成和見於殘本者差可比擬的，始算足用。這是以簽名勘簽名的客觀比對法。祇要符合這些條件，用作比勘之物是否郭刻反而不是關鍵之處。刻意找所謂郭刻來作比勘更是

---

37 關於吳讀本的問題，可參看黃霖，〈一種值得注目的《水滸》古本〉，《復旦學報》（社會科學），1980年4期（1980年7月），頁86-89；歐陽健，〈吳從先〈讀《水滸傳》〉評析〉，收入歐陽健、蕭相愷，《水滸新議》（重慶：重慶出版社，1983年），頁288-304；侯會，〈再論吳讀本《水滸傳》〉，《文學遺產》，1988年3期（1988年6月），頁37-44。但考慮吳讀本時，不應忘記吳從先是偽造李卓吾著作之人。

38 說見馬幼垣，〈從招安部分看《水滸傳》的成書過程〉。後就此問題另有個案探討，見馬幼垣，〈從朱武的武功問題和芒碭山事件在書中的位置看《水滸傳》的成書過程〉（此文收入本集），及馬幼垣，〈三論穆弘〉（此文亦收入本集）。

犯了先有假設，後有考證之失。

若要回答此嘉靖刊本是否郭武定所刻的問題，不妨從如下的角度去看：除非我們不相信郭勛刻書以精美準確見稱，一部筆劃屢屢刻得不顯，錯字漏字卻弄到滿紙連篇的本子沒有多大可能是郭刻本。除非我們相信郭本《水滸》和今本毫無文字之別（錯字漏字不算），此本也沒有多少可能是郭本。

但若認為郭勛刻書不一定本本精美準確，而郭本《水滸》又不見得非與今本殊異不可，則此本為郭刻的可能性仍是不能完全否定的。

古典小說研究有今日的成績，鄭振鐸蓽路藍縷之功，王利器、吳曉鈴宏揚推拓之力，均關係殊鉅。然彼等（特別是鄭振鐸）於此殘本，未先平心靜氣細讀理解，便標出驚人的結論，以致誤導《水滸》研究行頭大半個世紀，則是必須嚴正澄清的 [39]。

---

39 或謂王利器以後發表《水滸》研究文字甚富，而從未明言其對此殘本的看法，未必宜視王與鄭、吳意見相同。《水滸全傳》既是鄭、王、吳三人合作出版之書，書之序言雖僅由鄭一人簽署，仍起碼可以說王、吳並不反對序文的內容。況且倘王不同意序文的內容，日後表明立場的機會多的是；他始終不提出異議，說其同意序文的內容不能說是言過其實。

附錄：嘉靖殘本和容與堂本異文選例

凡例：各句按回依次排列

殘本句前冠以●

容與堂本句前冠以○

注位置法：50.3b＝第五十回，葉三下

關鍵字下加橫線

1. ● 楊雄付耳低言道(47.1b)
   ○ 楊雄附耳低言道(47.1b)
2. ● 不想悟燒了官人店(47.6a)
   ○ 不想誤燒了官人店(47.5a)
3. ● 頭上胎髮由存(47.7b)
   ○ 頭上胎髮猶存(47.6a)
4. ● 那馬負疼，畢直立起來(47.8a)
   ○ 那馬負疼，壁直立起來(47.7a)
5. ● 倒來吹也求疵(47.11a)
   ○ 倒來吹毛求疵(47.9ab)
6. ● 路徑曲拆多雜(47.14a)
   ○ 路徑曲折多雜(47.11b)
7. ● 莊上並不見人馬，並無動靖(47.18a)
   ○ 莊上並不見人馬，並無動靜(47.15b)
8. ● 李大官人前日已被祝那廝射了一箭(48.3a)
   ○ 李大官人前日已被祝彪那廝射了一箭(48.2b)
9. ● ……楊雄石秀李椎……(48.5b)
   ○ ……楊雄石秀李俊……(48.5a)
10. ● 對敵盡皆椎壯士(48.6b)
    ○ 對敵盡皆雄壯士(48.5b)

11. ● 莊客便將鐵來敲開了鎖(49.4b)

　　○ 莊客便將鐵鎚來敲開了鎖(49.3b-4a)

12. ● 我好義請你吃酒飯(49.5a)

　　○ 我好意請你吃酒飯(49.4a)

13. ● 包節級喝……(49.7a)

　　○ 包節級喝道……(49.6a)

14. ● 包節級正在亭公着(49.16b)

　　○ 包節級正在亭公坐着(49.14a)

15. ● 我們今日祇做登州對調來鄆州守把徑過，來此相望(49.19a)

　　○ 容與堂本同錯(49.15b)

16. ● 若是他莊上果有人來投我時，定獻來奉獻將軍麾下(50.2b)

　　○ 若是他莊上果有人來投我時，定縛來奉獻將軍麾下(50.2a)

17. ● 嘁嘁朝陽集鳳凰(51.1a)

　　○ 歲歲朝陽集鳳凰(51.1a)

18. ● 朱富朱清提調筵宴(51.4a)

　　○ 朱富宋清提調筵宴(51.3b)

19. ● 蕭讓金大監掌管一應賓客書信(51.4a)

　　○ 蕭讓金大堅掌管一應賓客書信(51.3b)

20. ● 楊椎石秀守護聚義廳兩側(51.4b)

　　○ 楊雄石秀守護聚義廳兩側(51.3b)

21. ● 近日有個東京新來打甏的行衒(51.5a)

　　○ 近日有個東京新來打甏的行院(51.4a)

22. ● 風流韞籍(51.5b)

　　○ 風流韞藉(51.4b)

23. ● 沒奈何且胡亂繃一繃，把雷橫捆扎在街上。……看見兒子吃
　　　他捆扎在那里(51.8ab)

　　○ 沒奈何且胡亂捆一捆，把雷橫捆扎在街上。……看見兒子吃
　　　他捆扎在那里(51.7a)

24. ● <u>若</u>害我們（51.8b）
   ○ <u>苦</u>害我們（51.7a）

25. ● 你這千人騎，萬人壓，<u>亂人</u>的賤母狗（51.9a）
   ○ 你這千人騎，萬人壓，<u>亂人入</u>的賤母狗（51.7b）

26. ● 眾人<u>着</u>時（51.9b）
   ○ 眾人<u>看</u>時（51.7b）

27. ● 知縣怪他打死了<u>也</u>表子（51.11a）
   ○ 知縣怪他打死了<u>他</u>表子（51.9a）

28. ● 你<u>如</u>得此重罪（51.12b）
   ○ 你<u>如何</u>得此重罪（51.10a）

29. ● 那小衙內見了朱仝，<u>迸</u>走過來（51.12b）
   ○ 那小衙內見了朱仝，<u>逕</u>走過來（51.10b）

30. ● 那小衙內雙手<u>扯</u>住朱仝美髯（51.12b）
   ○ 那小衙內雙手<u>扯</u>住朱仝美髯（51.10b）

31. ● <u>鍾</u>聲查靄（51.14a）
   ○ <u>鐘</u>聲查靄（51.11b）

32. ● 遠寺<u>裝</u>嚴（51.14a）
   ○ 遠寺<u>莊</u>嚴（51.11b）

33. ● 我要去<u>撟</u>上看河燈（51.14b）
   ○ 我要去<u>橋</u>上看河燈（51.12a）

34. ● 雷橫扯朱仝到<u>淨</u>處（51.14b）
   ○ 雷橫扯朱仝到<u>靜</u>處（51.12a）

35. ●（朱仝）起身搶近前來，要和李逵性命相<u>傅</u>（51.19a）
   ○（朱仝）起身搶近前來，要和李逵性命相<u>博</u>（51.15b）

36. ● <u>却</u>說滄州知府至晚不見朱仝抱<u>小衙</u>回來（52.2b）
   ○ <u>却</u>說滄州知府至晚不見朱仝抱<u>小衙內</u>回來（52.2b）

37. ● 一靈漂<u>渺</u>（52.4a）
   ○ 一靈<u>縹緲</u>（52.3b）

38. ● 反被這厮推搶毆打（52.4b）
　　○ 反被這厮推搶敺打（52.4a）

39. ● 佯醉假顛（52.6b）
　　○ 佯醉假顛（52.5b）

40. ● 伏維尙嚮（52.7a）
　　○ 伏維尙饗（52.6a）

41. ● 小人是柴世宗的派子孫（52.8a）
　　○ 小人是柴世宗嫡派子孫（52.7a）

42. ● 鮮血近流（52.8b）
　　○ 鮮血迸流（52.7b）

43. ● 宋江與宋全陪話道（52.9a）
　　○ 宋江與朱全陪話道（52.7b）

44. ● 我也多曾在山寨出氣力，又不曾有半點之功（52.9ab）
　　○ 我也多曾在山寨出氣力，他又不曾有半點之功（52.8a）

45. ● 我却自拜你便是了（52.9b）
　　○ 我却是拜你便是了（52.8a）

46. ● 山寨裏晁頭領且交安排筵席與他兩箇賀（52.9b）
　　○ 山寨裏晁頭領且教安排筵席與他兩箇和（52.8a）

47. ● 柴大官人因去高唐州看親叔叔柴皇城病証（52.9b）
　　○ 柴大官人因去高唐州看親叔叔柴皇城病症（52.8a）

48. ● 須連紫柴大官人吃官司（52.9b-10a）
　　○ 須連累柴大官人吃官司（52.8b）

49. ● 說宮未絕，祇見小校来報（52.10a）
　　○ 說言未絕，祇見小校來報（52.8b）

50. ● 柴大官人自來與山寨有恩（52.10b）
　　○ 晁蓋道：柴大官人自來與山寨有恩（52.9a）

51. ● 中軍主師宋公明吳用（52.10b）
　　○ 中軍主帥宋公明吳用（52.9a）

52. ● 文武兩<u>金</u>(52.11b)
　　○ 文武兩<u>全</u>(52.9b)

53. ● 掩心<u>凱</u>甲(52.12a)
　　○ 掩心<u>鎧</u>甲(52.10a)

54. ● 把你那廝欺<u>軍</u>賊臣高俅(52.12b)
　　○ 把你那廝欺<u>君</u>賊臣高俅(52.10b)

55. ● 林冲勒住馬，收了點<u>銅</u>矛(52.13a)
　　○ 林冲勒住馬，收了點<u>鋼</u>矛(52.11a)

56. ● 高廉馬鞍<u>橋</u>上掛着那兩面聚獸銅牌(52.14b)
　　○ 高廉馬鞍<u>轎</u>上掛着那兩面聚獸銅牌(52.12a)

57. ● 捲毛惡<u>大</u>撞人來(52.15a)
　　○ 捲毛惡<u>犬</u>撞人來(52.12b)

58. ● 楊林白勝引着三<u>百</u>餘人(52.16a)
　　○ 楊林白勝引着三<u>伯</u>餘人(52.13b)

59. ● 戴宗走了幾時，全然打聽不<u>看</u>(53.1a)
　　○ 戴宗走了幾時，全然打聽不<u>着</u>(53.1a)

60. ● 我昨夜不合<u>賺</u>着哥哥(53.4b)
　　○ 我昨夜不合<u>瞞</u>着哥哥(53.4a)

61. ● 去腿上都<u>啣</u>下甲馬來，取出幾<u>百</u>錢紙燒送了(53.5b)
　　○ 去腿上都<u>卸</u>下甲馬來，取出幾<u>陌</u>錢紙燒送了(53.5a)

62. ● 老漢是本處<u>蘚</u>州管下九宮縣二仙山下人氏(53.8b)
　　○ 老漢是本處<u>薊</u>州管下九宮縣二仙山下人氏(53.7a)

63. ● 兩箇<u>乂</u>離了縣治(53.9a)
　　○ 兩箇<u>又</u>離了縣治(53.7b)

64. ● 便從林下覓形<u>縱</u>(53.10a)
　　○ 便從林下覓形<u>蹤</u>(53.8b)

65. ● 鶴髮<u>駝</u>顏(53.10b)
　　○ 容與堂本同錯(53.8b)

66. ● 從山東<u>米</u>(来字缺一劃)(53.8b)
　　○ 從山東<u>到此</u>(53.9a)

67. ● 戴宗之名在 53.10b 出現六次，其中兩次作戴<u>宗</u>

68. ● 因去高<u>堂</u>州救柴大官人(53.12a)
　　○ 因去高<u>唐</u>州救柴大官人(53.10a)

69. ● 白雪黃<u>茅</u>(53.13b)
　　○ 白雪黃<u>芽</u>(53.11a)

70. ● 兩箇睡到三更<u>佐側</u>(53.15a)
　　○ 容與堂本同錯(53.12b)

71. ● 李逵<u>扒</u>上来(53.15b)
　　○ 李逵<u>爬</u>上來(53.13a)

72. ● 因此<u>上</u>公明甚是愛他(53.20b-21a)
　　○ 因此<u>宋</u>公明甚是愛他(53.17b)

73. ● 箭瘡已<u>疴</u>(54.5b)
　　○ 箭瘡已<u>痊</u>(54.5a)

74. ● 鴈翅般擺開在<u>西邊</u>(54.6a)
　　○ 容與堂本同錯(54.5a)

75. ● <u>德勝</u>回梁山(54.14a)
　　○ 容與堂本同錯(54.12a)

76. ● 景陽鍾<u>響</u>(54.14b)
　　○ 景陽<u>鐘</u>響(54.12b)

77. ● 若是誤舉<u>王</u>當重罪(54.17a)
　　○ 若是誤舉<u>甘</u>當重罪(54.14a)

78. ● <u>是轉</u>彭二員將爲先鋒(55.1b)
　　○ 若<u>是韓</u>彭二員將爲先鋒(55.1b)

79. ● 揀選精銳馬兵三千，步軍五千<u>約</u>起程(55.2a)
　　○ 揀選精銳馬兵三千，步軍五千<u>約會</u>起程(55.1b-2a)

80. ● 不必殿帥憂惠，<u>怛</u>恐衣甲未全(55.2a)

　　○ 不必殿帥憂慮，但恐衣甲未全(55.2a)

81.● 一丈青便拍馬來迎與(55.7a)

　　○ 一丈青便拍馬來迎敵(55.6a)

82.● 却把雙便祇一盖將下來(55.7a)

　　○ 却把雙鞭祇一盖將下來(55.6a)

　　　　　　——韋美高、黃霖主編，《明代小說面面觀》(上
　　　　　海：學林出版社，2002年)

後記

　　此文在《明代小說面面觀》刊登時，因沒有機會看校樣，弄到附錄所記殘本與容與堂本異文之例編號有重出，本文所列的號碼也就出現錯配的情形。這些錯誤在此都更正了。

　　直接研究此殘本的文章向來不多，自應悉數列入討論範圍。豈料待文章已刊出，才發覺竟漏了一篇影備多年的專論：佐藤晴彦，〈《水滸傳》嘉靖殘卷について〉，《神戶外大論叢》，42卷3期(1991年9月)，頁23-47。自責之餘，細讀佐藤文一過，發覺其文雖長，所說幾盡是空言和談外圍事物之語，真正講及此本內容的部分加起來也不滿三頁，且全是搔不到癢處的話。在他眼裏，這當是個十分重要的本子。還有，文末附有十一張「書影」，其實確是書影者祇有第一張，其餘盡是佐藤的摹抄品。

　　這裏還要交代一件十分重要的事。馬廉、鄭振鐸、趙萬里、吳曉鈴、路工全都認為殘本是嘉靖年代之物。這點我沒有資格和他們辯，故本文標題始終用「嘉靖殘本」字樣。但自從拿兩種插增本和評林本仔細勘讀過之後，對馬廉等人的看法未免信心動搖。兩種插增本和評林本雖是現存簡本最早的三種，它們都是萬曆後半期的刊物。勘讀殘本時，見其在極有限的篇幅裏三次把「派」字刻為「泒」，十分驚異。及見其屢屢不能把「再」字完整地印出來，始信這代表

負責刻版者的風格。待細讀兩種插增本和評林本時,又再度驚異起來。原來這些現存最早期的簡本幾乎把所有的「派」字一律刻為「泒」!「再」字出現缺筆和漏刻的情形更是俯拾皆是!難道這是萬曆後半刊刻這類通俗讀物者的常見特徵?能否單憑這些特徵便指殘本為萬曆後半期的刊物(這樣說,當然還可加上殘本內容與刊於萬曆後期的容與堂本無別這點觀察),我不敢武斷地說。起碼沿傳統說法,仍稱其為嘉靖殘本之餘,尚應保留存疑的空間。

2003年12月11日

繆荃孫未嘗購藏郭武定本《水滸傳》辨

一、問題的所在

在《水滸傳》的演易史中,明嘉靖年間武定侯郭勛所刻刊的《水滸》地位異常重要。但長久以來,此本是否尚存世實甚撲朔迷離。最近這大半世紀被鄭振鐸諸人盲目吹捧爲郭武定本的嘉靖殘本經已證實是一本文辭與萬曆後期刻刊的容與堂本無別,錯字漏字卻滿紙盈葉的垃圾本[1]。這就不期然使人想起已存在一段日子,不少研究者都曾引用的繆荃孫嘗得郭本的傳聞。嘉靖殘本既已真相大白,繆藏本之謎也到揭曉的時分了[2]。

二、繆荃孫曾藏郭武定本《水滸傳》之說

繆荃孫沒有直言他擁有郭武定本《水滸傳》。消息是他的姻親

---

1 說見馬幼垣,〈嘉靖殘本《水滸傳》非郭武定刻本辨〉(此文收入本集)。
2 舍弟泰來和我一樣,自六十年代初以來,便以調正繆荃孫的虛譽至符合實情的層次為己任。此文撰寫期間,他不斷提供各種資料和論點,特此聲明。

鄧之誠(1887-1960)傳出來的[3]：

> 聞繆藝風丈云：光緒初葉，曾以白金八兩得郭本於廠肆。
> 書本闊大至一尺五六寸。內赤髮鬼尚作尺八腿，雙鎗將作
> 一直撞云。[4]

　　繆荃孫是清末民初首屈一指的版本學家(見本集插圖十七)，鄧
之誠是同時代而稍晚，以博學多聞見稱的學者，二人又是姻親，故
沒有理由懷疑鄧借繆之名僞託。這消息傳出後頗受《水滸》研究者
所重視是很易理解之事。

　　胡適在第四次討論《水滸》演化過程時(1929年爲商務印書館
出版《百二十回本忠義水滸傳》所寫的序)，不止一次提到繆荃孫
購得郭本《水滸傳》。鄧之誠所記錄的話他全視爲真，並引以爲考
研所據[5]。這傳聞廣被接受的程度由是可見。

三、繆荃孫曾藏珍本《水滸》說之不可靠

　　從董平綽號一直撞，劉唐綽號尺八腿去看，此本與今本內容大
異。鄭振鐸等推崇的那部嘉靖殘本雖然沒有保留講述劉唐和董平故
事的部分，但現存部分既與容與堂本無異，則其所講劉唐、董平故
事必同於容與堂本。這是否足證繆藏本是內容特異，且代表早期演
易階段的版本？

3　鄧瑞(鄧之誠子)，〈鄧之誠〉，謂「先父與江陰繆筱珊(荃孫)先生同婚
　　於成都莊氏，爲姑任筆」，收入燕京研究院編，《燕京大學人物選》，
　　第一輯(北京：北京大學出版社，2001年)，頁140。莊氏爲繆荃孫的元配，
　　見繆荃孫，《藝風老人年譜》(民國丙子〔二十五年〕文祿堂本)，葉6上下。
4　鄧之誠(鄧珂增訂點校)，《骨董瑣記》(北京：中國書店，1991年)，卷3，
　　〈《水滸傳》〉，頁99-100。
5　此文題作〈《百二十回本忠義水滸傳》序〉，見胡適，《中國章回小說
　　考證》，頁101-149。

　　答案是否定的，因爲繆荃孫手上不可能有任何珍貴版本的《水滸傳》。首先，鄧之誠記錄的那段話疑點甚多：

(一)光緒初年的繆荃孫出道不久，經濟尚未有基礎，會花上白金八兩去買一本與自己治學範圍無關的通俗小說嗎？更何況就其畢生事功而言，繆荃孫的學術工作基本上不出編目、編校、刻刊三範圍。除此以外便很難說他究竟是甚麼研究領域的專家[6]。

(二)按上所言，繆荃孫早歲投重金購善本，祇可能爲了版本，而非爲了內容。這樣得來的善本自會畢生寶之，使之登上完整紀錄。光緒二十七年(1901)，年屆五十八年的繆荃孫編刊《藝風藏書記》八卷。這是他編家藏書目的第一次。他購入郭本《水滸》再遲也是二十年前之事了。但目內無《水滸》的蹤影。十一年後，他另編印《藝風藏書續記》(民國元年)八卷；其後復有迄其逝世時仍未刊行的《藝風藏書再續記》(民國二十九年燕京大學圖書館)之編，亦均無《水滸》[7]。三目合計，共收書1,457種，遍及四部各類書籍[8]，但全不列任何通俗小說。就算涉及者是信息可得自別處的一般四部書籍的特殊版本，收藏者這樣不存紀錄本已十分難理解。遇上有關本子是資料往往無處可尋的(清末民初尤更如此)通俗小說者，這情形的出現就更匪夷所思。

　　繆荃孫開始編家藏書目時，他毅然宣稱：

　　他日書去而目或存，掛一名于藝文志，庶不負好書若渴之

6　這是閱讀目前唯一繆荃孫研究專書，張碧惠，《晚清藏書家繆荃孫研究》（臺北：漢美圖書有限公司，1991年)，所易得到的印象。

7　繆荃孫這三本藏書目的編刊過程和性質，可參考嚴佐之(1949-)，《近三百年古籍目錄舉要》(上海：華東師範大學出版社，1994年)，頁148-151。

8　蕭東發、李雲，〈試析繆荃孫藏書〉，收入江陰市人民政府等編，《繆荃孫學術研討會論文集》(南京：江蘇省圖書館學會，1998年)，頁80-81，有繆氏所藏書籍年代和四部分類的統計表。

苦心耳。[9]

　　繆荃孫既長期本此意旨去搜集珍籍和替這些得來不易的稀見書編目，若謂他雖擁有珍本《水滸》多時，那個本子卻連續三目均不收，這矛盾現象該如何解釋？

　　對於利用通俗小說善本的進展過程，我們得有一明確觀念：晚至二十世紀二十年代，眾多現在唾手可得的通俗小說善本，當時連專家都毫無尋找的門徑。以胡適地位之隆，覓書之便，他首次撰寫《水滸》研究文字時（1920年7月寫就的〈《水滸傳》考證〉[10]），能用得到的本子祇有金聖歎七十回本和自簡本《水滸》拆出來的《征四寇傳》，用的也不過是一般的坊本。

　　倘繆荃孫確擁有至目前研究者仍視為最珍貴，且按他自己對鄧之誠所說內容與今本大異的《水滸》本子，他能在這種大環境下數十年密緘其口嗎？這也與繆荃孫重公關，善宣傳的性格不合。繆荃孫晚年經常替人編藏書目，怎會連自己早歲所得的超級《水滸》善本都始終不肯留下像個樣子的紀錄？

　　鄧之誠筆下所記的畢竟講得夠逼真，連聰明縝思如胡適也深信不疑，引用後還惋惜地說「繆先生死後，他的藏書多流傳在外。但這部郭本《水滸傳》至今無人提及，不知流落在何方了」[11]。其實從繆荃孫自稱得此書的光緒初年算起，迄今（且不說胡適寫那篇百二十回本序的時候）總有一百二十年了，除自稱購藏者外，在這漫長的日子裏任誰都沒有看過這個本子，更不要說正式記之入書目。

（三）繆荃孫大部分的日記（光緒十四年〔1888〕至民國己未〔1919〕）保存得很好，且由北京大學出版社於1986年用《藝風老人日記》

　9　見《藝風藏書記》書首的〈藏書記緣起〉，葉1下。

　10　該文見胡適，《中國章回小說考證》，頁1-63。

　11　胡適，〈《百二十回本水滸傳》序〉，頁121。

的名稱景印刊行。光緒十四年已不是光緒初年，故日記中不提購《水滸》事並不為奇。奇的是在悠長三十年的日記內，《水滸》之名從未出現過一次。很難想像一本超級善本的主人會這樣長期漠視自己的珍藏！這點與繆的三本藏書目不收任何《水滸》本子一事合起來看，繆之不可能擁有任何珍本《水滸》便更明顯了。

（四）表面看來，能夠指出董平綽號一直撞，劉唐綽號尺八腿此等與今本大異之處者（不僅綽號不同而已，還涉及內容之別，如尺八腿指短腿，今本的劉唐的特徵與此全異），必有實物在手。其實這些消息抄來不難。「一直撞」和「尺八腿」兩綽號悉見周密《癸辛雜識》（續集）所收的龔聖與〈宋江三十六人贊〉；「一直撞」亦見《宣和遺事》。明人郎瑛（1487-約1566）《七修類稿》據《癸辛雜識》所載，得出今本《水滸傳》「易尺八腿為赤髮鬼，一直撞為雙鎗將」的結論[12]。《癸辛雜識》、《宣和遺事》，和《七修類稿》都不是僻書。僅列這兩個一檢即有的綽號證明不了甚麼。

（五）假如在水滸故事的演化過程中確曾出現過一本包括尺八腿劉唐和一直撞董平故事的長篇小說（按紀錄，郭武定本是百回本），而不是由戲劇或其他文體的作品來承擔這個演易階段的話，這個本子不獨價值連城，還可用來代表今本《水滸》尚未出現前的故事狀態。但那本觸目魯魚的嘉靖殘本除特別多錯字和漏字外，與萬曆後期才刻刊的容與堂本並無分別，可見嘉靖年間不僅已有今本《水滸》，且當時流傳的水滸故事（以百回本的故事範圍為限）亦已定型。難道我們要相信郭勛大耗精力去刻刊一本已被取代的本子嗎？

---

12 郎瑛，《七修類稿》（上海：上海書店出版社，2001年），卷25，頁271，〈宋江原數〉條。

四、繆荃孫的學德問題

　　這樣列證本已足指繆荃孫從未嘗購藏一本具備他所說的特徵的《水滸》本子，更莫說此本與郭武定有關了。但不相信繆荃孫學德有問題（其實甚爲嚴重）者大有人在。一代版本學祭酒，近代圖書館的奠基人竟會僞造古籍消息，當然難以置信。況且繆荃孫並沒有留下擁有此本的親筆紀錄，研究者（包括我在內）重複引用的始終限於鄧之誠的話。支持繆荃孫者或會用質疑鄧之誠所言的可靠性作爲辯護。雖然尚未見這樣的辯難，若找不到鄧之誠所言以外的紀錄，始終難入繆荃孫以罪。

　　我最近無意中發現一個這樣的另外紀錄。周越然（1885-1962）在三十年代初購得莫友芝從子莫棠（?-1929）死後散出的康熙本《新鐫繡像麵頭陀濟全傳》[13]。他隨後寫了一篇題爲〈濟公〉的短文來介紹這個本子[14]。周越然在文內抄錄了此本中的莫棠手跋，中有云：

　　　昔繆藝風語余有明刊《水滸傳》，惜未及持此相與賞異矣。
　　　癸亥冬十一月，心發主人記。[15]

13　莫棠藏書的基本情形，見譚卓垣（徐雁譯），《清代藏書樓發展史》，收入譚卓垣等，《清代藏書樓發展史、續補藏書紀事詩傳》（瀋陽：遼寧人民出版社，1988年），頁342；周金冠，《近現代書齋室名趣錄》（石家莊：河北教育出版社，1998年），頁250；鄭振章，《文獻家通考》，中冊，頁1098-1099；任繼愈主編，《中國藏書樓》，上冊，頁256、314，下冊，頁1712；范鳳書，《中國私家藏書史》，頁305、390、452。

14　此文收入周越然，《書書書》（上海：中華日報社，1944年），頁93-97；近復收入譚華軍編，《言言齋書話》（西安：陝西師範大學出版社，1998年），頁182-185。

15　周越然藏書散出後，此本歸北京圖書館所有；見《北京圖書館古籍善本書目》，冊4，頁2918；並見《中國古籍善本書目——子部》，冊5，卷19，葉27下。書名兩目均作《新鐫繡像濟顛大師全傳》。周越然所錄莫棠跋已託友人查對無誤。

「心發主人」就是莫棠。癸亥是1923年，時繆荃孫已卒三四年，故莫棠在字裏行間有可惜不能索觀之意。如此繆荃孫向莫棠炫耀有明本《水滸》當是繆去世前不太久之事，致莫沒有頻索的機會。

不管繆荃孫何時和莫棠談及此本，他一生分三段時期記錄家藏珍品，而最後一次是入民國後好幾年之事，那麼家藏目之所不載及其與鄧之誠、莫棠談話之大同小異，正好證明他的所謂家藏郭本或明本《水滸》祇是拿不出來給人家看的烏有物品。莫棠雖然是繆荃孫過從頗密的朋友（繆荃孫日記中與莫棠有關的條項並不少），尚可用不及持帶之類砌辭瞞過去。但鄧之誠是姻親，總不能說始終無機會拿出來共賞。然而鄧僅得聞此本而不得見！除了此物根本不存在外，還有甚麼更好的解釋？

或問繆荃孫為何不做假到底，乾脆在家藏目內偽立一書？答案很簡單：他有自知之明。他不是《水滸》專家，就算那時世上尚沒有《水滸》專家，但話講多了，早晚還是會露出馬腳的。

本來說到這裏大可收筆了。但推崇繆荃孫為忠誠偉大學者的人一定不服氣，要看「鐵證」（如繆荃孫自打嘴巴的話）。繆荃孫不可能笨到公然留下自暴其罪的物證。那麼他的支持者就以為永遠可以用不屑一辯的態度來應付揭發繆荃孫罪行的論證了。「鐵證」雖不可強求，通過圍攻之法去指控還是辦得到的。

環繞繆荃孫有一個重複出現，深與其性格有關的現象。不妨暫放下郭本《水滸》的問題，先看看兩椿相似得很的公案。

《京本通俗小說》是繆荃孫自《警世通言》和《醒世恒言》中抽選幾篇故事來湊成的偽書。過去近四十年，我和舍弟泰來 [16]，以及蘇興 [17]、胡萬川（1947-）[18]，先後力證此書之偽，但相信其為原裝

---

16 馬幼垣、馬泰來，〈《京本通俗小說》各篇的年代及其真偽問題〉，《清華學報》（新竹），新5卷1期（1965年7月），頁14-32，修訂本收入馬幼垣，《中國小說史集稿》，修訂本（臺北：時報文化出版公司，1987年），頁19-44。

17 蘇興，〈《京本通俗小說》辨疑〉，《文物》，1978年3期（1978年3月），頁71-74，後收入蘇興，《西遊記及明清小說研究》（上海：上海古籍出版

貨者仍有人在。彼輩既沒有見招拆招的本領，便搬出自以爲聰明的
駝鳥埋首沙堆戰術，強調要看「鐵證」。「鐵證」一天不出現，任
何對繆荃孫不利的論證都可以一筆勾銷。他們還有一個視爲萬應擋
箭牌的法寶，用彼輩假設爲無法回答的問題來摒絕控方提出的疑
問：聲譽特隆的繆荃孫那有作僞製假的必要？要不然就搬出謹愼的
僞裝，力言此事尙未有結論，仍須繼續研究。但此輩從來不試圖推
出一套確可達到彼等會認爲足稱結論的方案，分明在玩拖字訣的虛
招。在目前這種僅有控方陳證，而辯方一股腦兒不理的情況下，《京
本通俗小說》的真僞問題不必在此深談。僅須指出繆荃孫搬出來的
《京本通俗小說》是部真僞大成問題的書就夠了。

　　雖則如此，有一新觀察還是不妨在此提出來。辛亥革命一旦爆
發，以爲自己命運與滿淸不可分割的繆荃孫旋即舉家避居滬上 [19]。
他宣稱在旃蒙單閼之歲（乙卯，1915年，即民國四年〔入民國後，繆
遺老始終不用民國紀年〕）在親戚家中發現《京本通俗小說》殘冊（見
他附在該書的跋文）。自該歲至己未年十月二十一日（1919年12月12
日）日記停筆處，兩點之間，日記俱在，而停寫日記後旬日（12月22
日）繆荃孫便逝世了 [20]。按常理，繆荃孫既覺得這次發現所得之物値

（續）──────────────

　　　社，1989年），頁142-149；蘇興，〈《京本通俗小說》外志〉，《吉林師
　　　大學報》（哲學社會科學），1979年4期（1979年），頁102-108，後收入蘇興，
　　　《西遊記及明淸小說研究》，頁150-160；蘇興，〈再談《京本通俗小說》
　　　的問題〉，《社會科學戰線》，1983年4期（1983年10月），頁268-274，後
　　　收入蘇興，《西遊記及明淸小說研究》，頁161-174。

18　胡萬川，〈《京本通俗小說》的新發現〉，《中華文化復興月刊》，10
　　　卷10期（1977年10月），頁37-43；後改題作〈有關《京本通俗小說》問題
　　　的新發現〉，收入胡萬川，《話本與才子佳人小說之研究》（臺北：大安
　　　出版社，1999年），頁1-24；胡萬川，〈再談《京本通俗小說》──那宗
　　　訓先生〈《京本通俗小說》的新評價〉一文讀後〉，《中華文化復興月
　　　刊》，18卷9期（1985年9月），頁49-60；後收入胡萬川，《話本與才子佳
　　　人小說之研究》，頁26-60。

19　見繆荃孫〈辛亥日記〉卷末，收入《藝風老人日記》，冊6，頁2449。此
　　　事並見《藝風老人年譜》，葉33下。

20　繆荃孫逝於己未年十一月初一日；見《藝風老人年譜》卷末其兩子所書
　　　識語（葉39上）及夏孫桐（1857-1941）所撰行狀（葉44上）。

得隆隆重重地公諸於世[21]，那麼發現的經過總會高高興興地在日記內暢書幾筆吧。爲何日記內絲毫沒有這「發現」的紀錄？真相不難明白。日記一天天地寫了，記事已畢，如何插入後來才想得到的「發現」進去？這點接近鐵證了吧！

郭本《水滸》和《京本通俗小說》兩事的近似，不必費辭多說。不過近似之事尚不止此兩樁。

---

21 近人治學恒一抄了之，不肯查對資料原件，苟有錯誤便播散開去。眾以爲《京本通俗小說》首刊於《煙畫東堂小品》，又以爲這部叢書刊行於1919年便是這樣的例子。這部叢書雖不易得見，尚不致無從尋覓。惟藏有此書的圖書館，有訂此書刊於1920年者(如芝加哥大學東亞圖書館、哈佛大學哈佛燕京學社圖書館、加州大學柏克萊校本部東亞圖書館、香港中文大學總圖書館)，亦有訂其刊於1919年者(如中央研究院歷史語言研究所傅斯年圖書館)。其實這部叢書絕不可能在1921年年中以前出版。此書由徐乃昌(1866-1946)署嵓於庚申十二月，即1921年1-2月。待印刷裝訂等手續都完成，怎也不可能早過該年年中。這就是說，《煙畫東堂小品》出版時，繆荃孫逝世起碼已一年半矣。真相尚不是這樣簡單。繆荃孫把《京本通俗小說》公諸於世時，說殘冊中的〈金主亮荒淫〉過於穢褻，抽出不刊行。藏書家葉德輝(1864-1927)爲求補闕，竟自《醒世恒言》中抽出〈金海陵縱慾亡身〉一篇，用《金虜海陵王荒淫》之名獨立刊行，僞託爲《京本通俗小說》的第廿一卷。葉刊的封面和葉所書的兩跋有如下幾個日期：「時在丁巳閏二春分郁園記」、「丁巳夏五月再記」、「己未孟冬照宋本刊」。丁巳即1917年，而己未正文已交代是1919年。這些日子全在《煙畫東堂小品》出版前好一段時間。(這本葉刊僞書罕見，承康乃爾大學〔Cornell University〕的葉幗雄女士就該校「華氏文庫」〔Wason Collection〕所藏之本代景副)。事情的複雜性尚不止此。原來葉德輝相信《京本通俗小說》殘冊之真有，曾向繆索借〈金主亮荒淫〉，開口還不祇一次；涉及的函件，一封收入顧廷龍(1904-1998)校閱，《藝風堂友朋書札》(上海：上海古籍出版社，1980年)，下冊，頁559-560(日期爲丙辰〔1916〕九月)。索借祇可能是繆拿《京本通俗小說》出來後之事。把這些事情串連起來看，真相便大白：繆荃孫「發現」《京本通俗小說》後不久，便在不會遲過1916年年中的時間印備若干分發書林如同好。色膽包天的葉德輝見繆說有〈金主亮荒淫〉而不收入書內，便向繆函借。繆手上根本沒有甚麼《京本通俗小說》殘冊，自無以應。葉興致未遂，乃自《恒言》抽取一篇，僞託出版。葉刊出版是1919年孟冬之事，時繆尚在世。繆作僞在先，那有資格指斥以「門下晚生」自稱的葉德輝胡作非爲，祇好視而不見，默不作聲！繆不指出葉的罪行就是他自己犯規在先之證。正是：卑鄙有侶，作僞成雙。又過了兩年，時繆已辛，所謂宋人話本集的《京本通俗小說》才通過《煙畫東堂小品》的出版廣泛傳播。

　　世人視爲入學津筏的《書目答問》的著作權何嘗不亦是這樣子。繆荃孫出道之初，充張之洞(1837-1909)的助手(不是張的唯一助手)，並尊僅較其大七歲的張爲恩師，工作之一就是參加編寫《書目答問》。《書目答問》一經刊行，洛陽紙貴。張之洞在世時，並未出現著作權的問題。待張已去世，繆荃孫亦屆高齡時，繆竟在其自撰年譜內聲稱《書目答問》出自他手(意指張盜名)[22]。繆代盛宣懷(1844-1916)編家藏書目時(時張之洞已逝)，曾就此事函告盛，說得更極端。他聲言《書目答問》的編撰由其「一手經理」，過程中「無一書不過目，無一字不自撰」(若謂該書百分之百是他的，難道整本書沒有一個字出自張之洞手？難道全無張的任何其他助手參役其事？)[23]。繆既挾其晚年之威信如此四出隆重宣佈，此書著作權的歸屬遂紛爭至今，尙無統一結論。

　　在討論《書目答問》著作權諸報告中，梁子涵(1924-?)之見最爲中肯[24]。梁以爲《書目答問》非一人所能撰，而張之洞主持計畫，門生部屬分任彙集資料，編寫等務，繆荃孫即助手之一。換言之，此書的編著過程與現代的大型學術計畫無異。主持者固不該標榜書爲一己所獨有，助手更不應待主持死後不能對質時始遲遲宣稱成果被奪。這兩種情形的出現都反映宣稱者的學德有問題。

　　《書目答問》一例其實並不複雜。此書優勝之處在簡明扼要地辨章學術，考鏡源流，而非在排列版本資料。繆荃孫治學，管木不觀林(晚年替人編書目尤極機械化之能事[25])，綜析學術淵源絕非他

22　繆荃孫直指《書目答問》的著作權該歸他所有，見《藝風老人年譜》，葉11下。

23　那封信收入柳曾符整理，〈繆荃孫致柳翼謀書〉，《學術集林》，7期(1996年4月)，頁7-9。

24　梁子涵，〈《書目答問》著者的推測〉，《中國圖書館學會會報》，8期(1957年10月)，頁26-28。

25　陳乃乾，〈上海書林夢憶錄(中)〉，《古今》，27-28合期(1943年8月)，頁23；後收入張靜廬編，《中國現代出版史料(甲編)》(北京：中華書局，1954年)，頁425。

所能。在編寫《書目答問》的過程中，可讓繆荃孫發揮才能者祇有填充版本資料的邊緣性工作。這也是原本《書目答問》做得最差的部分。試看《書目答問》面世後，圖改善者好一段時間絡繹不絕：周星詒(1833-1904)[26]、江人度(1904年在世)[27]、趙祖銘(約1926年在世)[28]、王秉恩(約1842-1929)[29]、葉德輝 [30]、梁啓超(1873-1929)[31]、倫明(1875-1944)[32]、莫伯驥(1878-1958)[33]、蒙文通(1894-1968)[34]、范希曾(1899-1930)[35]、柴德賡(1908-1970)[36]、王緜 [37]、喬衍琯 [38]。彼等所

26 周星詒曾批注《書目答問》；說見范希曾，《書目答問補正》(北京：中華書局，1963年)，卷首所收柴德賡，〈重印《書目答問補正》序〉，頁5。

27 江人度有《書目答問箋補》(光緒三十年〔1904〕漢川江氏家刊本)；見梁容若，〈《書目答問》的編訂與索引〉，《書和人》，114期(1969年7月12日)，頁3；喬衍琯，〈《書目答問》概述〉，《圖書與圖書館》，2期(1976年12月)，頁24；朱維錚編校，《書目答問二種》(香港：三聯書店，1998 年),〈導言〉，頁20。

28 《愼始基齋叢書》(民國十二年)所收沔陽盧靖刊本《書目答問》附趙祖銘校勘記一卷。

29 王秉恩曾在貴陽本《書目答問》的編刊過程中改正近三百處；說見柴德賡，〈重印《書目答問補正》序〉，頁5；梁容若〈《書目答問》的編訂與索引〉，頁2；徐鵬導讀，《書目答問補正》(上海：上海古籍出版社，2001年)，〈導讀〉，頁10。

30 葉德輝，〈《書目答問》斠補〉，《江蘇省立蘇州圖書館館刊》，3期(1932年4月)，頁1-92；葉德輝，〈校正《書目答問》序〉，《國學論衡》，3期(1934年6月)，頁1-6。葉書雖前有江蘇省立蘇州圖書館1932年之鉛印本，現以收入《書目答問二種》，頁343-452者為最精。

31 北平圖書館藏梁啓超手批光緒間貴竹陳文珊刊本；說見喬衍琯，〈《書目答問》概述〉，頁24。此手批本未知是否尚存於該館後身之機構。

32 倫明曾批《書目答問》之說，見柴德賡，〈重印《書目答問補正》序〉，頁5。

33 莫伯驥曾批《書目答問》之說，見梁子涵，〈《書目答問》著者的推測〉，頁28。

34 蒙文通曾就經部所收諸籍作補正之補正；說見柴德賡，〈重印《書目答問補正》序〉，頁5。

35 范希曾，〈《書目答問》補正〉，《江蘇省立國學圖書館年刊》，2期(1929年10月)，頁1-56；3期(1930年11月)，頁1-52；范希曾，〈《書目答問》史部目補正〉，《史學雜志》，1卷5期(1929年11月)，頁1-16；1卷6期(1929年12月)，頁1-16；2卷1期(1930年3月)，頁1-21。范書之版本，現以注26所列之1963年中華書局(北京)所刊者及注29所列之徐鵬導讀本為最精。

究心者幾悉爲版本上的修苴正誤補闕問題。繆荃孫承認他治目學始自參與《書目答問》的編寫工作（即事前於此學並無出眾的學養），故他對該書版本方面的貢獻充其量祇屬少作的層次。

晚年的繆荃孫執版本學界牛耳，爲何仍希罕此書的著作權，以致不惜指已逝的「恩師」掠美？難道他不明白，此書的優點與他關係甚微，而此書的缺點則和他息息相關？

此事要串連《京本通俗小說》和郭本《水滸傳》兩事來看，更要從繆荃孫的性格和晚年心境求解答。

現雖尙不能（極可能永不能）就此三事提供可直判繆荃孫罪的「鐵證」，三者共通之處則多至難以置信的程度：（一）三者均疑涉冒名、僞託。（二）繆荃孫宣揚擁有郭本《水滸》的時間雖尙不夠明確，但公佈《京本通俗小說》的存在和爭取《書目答問》的著作權都是其晚歲居滬，自視爲落難時之事。他告訴鄧之誠和莫棠藏有郭本／明本《水滸傳》也以發生在這一時段可能性爲最高。（三）經繆荃孫介紹出來的稀見小說（《京本通俗小說》）和珍版小說（郭本／明本《水滸》），公佈前，宣揚後，不管前後經過了多久的時間，除繆荃孫自己外始終無一人得見原物！世間那易有如此神秘莫測，卻又極端巧合在一人身上的事？（四）三者對繆荃孫的聲譽悉起

（續）————————————————————————
《書目答問二種》所刊《書目答問》則以范書分列各條項之下。

36 柴德賡除撰文〈記貴陽本《書目答問》兼論《答問補正》〉，《輔仁學誌》，15卷1-2合期（1947年12月），頁177-192，並曾校正《書目答問》，有稿本嘗爲臺靜農所有；說見梁容若，〈《書目答問》的編訂與索引〉，頁2，及喬衍琯，〈《書目答問》概述〉，頁24。其爲1963年中華書局版《書目答問補正》所寫之序文亦爲一篇很重要的研究報告。

37 王緜有《書目答問補正索引》（香港：崇基書店，1969年），並擬作《書目答問補正續編》；《索引》的1969年2月〈自序〉云：「（計畫）將歷年所得資料迻述爲《書目答問補正續編》」，可知王氏此稿早有所積。梁容若，〈《書目答問》的編訂與索引〉，頁1-5，及喬衍琯，〈《書目答問補正索引》評介〉，《中央圖書館館刊》，新3卷3-4合期（1970年10月），頁78-83，亦把這話傳開去。可惜王氏之續編迄未見刊。

38 喬衍琯除有《增訂書目答問補正史部》（臺灣師範大學國文研究所1960年碩士論文）外，還曾就《書目答問》諸問題撰文多篇（見注27、36）。

錦上添花的作用。

一件這樣的事發生在繆荃孫身上不足奇。兩件就要靠巧合去解釋了。三件則非出於自導自演不可。

就算撥開這三事不說，繆荃孫編家藏書目，因圖招徠顧客，高價售書，以致佈置假數據，隨意抬高書價，種種劣行，版本學界已不無認識[39]。

繆荃孫是一個爲了達到所求，做事會不擇手段的污點學者。陳乃乾（1896-1971）評其於書林「功過參半」[40]，確是的論。

五、結論──繆荃孫的性格

最終的理解還是要回到那老問題：爲何大名鼎鼎的繆荃孫覺得（特別在其晚年）有頻出下策以彰聲譽的必要？我的解釋是繆荃孫患上自卑感、佔有慾、搗蛋狂、自我中心膨脹的綜合病。晚歲避居上海時，遺老心態作祟（稱辛亥革命爲「國變」，視居滬爲避難），生活迫人（靠賣書和替人編書目來維生。宣稱《書目答問》「無一字不自撰」那種極端之言正是廣告術，希望多接些替人編書目的訂單也），病徵尤顯。年紀愈增，愈需要不時製造些事件來自慰，來證明自己在行頭內有呼風喚雨的本領（那三事確均收呼風喚雨之效）。另還有時間上的關鍵。曹元忠（1865-1927）、董康（1867-1947）於清鼎遭革之際刊行《新編五代史平話》，激起發掘前所未聞的通俗文學作品的風尚，不甘寂寞的繆荃孫圖分一羹，卻苦手中沒有這類玩意（他的三本藏書目就全沒有這類書籍），遂用無中生有之法來製造假象，尋求滿足。解釋這種事是不能企求硬生生的「鐵證」的，

---

39 這種指斥可以下引二例為代表：黃永年（1925- ），《古籍整理概論》（西安：陝西人民出版社，1985年），頁23；林申清，《明清著名藏書家藏書印》，頁3-4。

40 陳乃乾，〈上海書林夢憶錄（下）〉，《古今》，30期（1943年9月），頁14；後收入《中國現代出版史料（甲編）》，頁427。

祇能綜合情況去平情分析。

　　追尋真相，若視「名牌威信」為不容置疑，並引擁有該名牌威信的學者之言為衡量準則，能找出真相的機會就必受影響[41]。

　　無論如何，繆荃孫購藏郭本《水滸傳》是經不起考驗的自編神話，應從《水滸》研究領域中剷除。

　　　　　　　　　　　　　——《九州學林》，1卷1期（2003年秋季）

---

[41] 在外國治漢學者沒有中國本土學者覺得盛名學者（特別是已逝者）威信不可疑，評檢祇容隔靴搔癢般略說一下，而不宜就事情直接無忌地盡言，否則便會被視為對尊者大不敬，這種自我思想束縛的文化包袱。對繆荃孫購藏郭本《水滸》一說質疑，且以文字發表意見者，蒲安迪（Andrew Plaks, 1945- ）大概是第一人。他雖未對此事做過研究，但已直覺地看出有問題。他以為繆既推出問題書《京本通俗小說》，聲稱得郭本《水滸》的可信性也就得打折扣。說見所著 The Four Masterworks of the Ming Novel (Princeton: Princeton University Press, 1987), pp. 284-285。這是不自甘震伏於「名牌威信」才說得出來的話。然而蒲安迪書的中譯本（沈亨泰譯），《明代小說四大奇書》（北京：中國和平出版社，1993年），頁241、296，譯蒲的話為「（繆藏郭本《水滸》之事）可能也是繆荃孫假冒刻印《京本通俗小說》之類的把戲」，意譯得太隨便了，且把蒲的語義提高到與原文脫節的程度。閱讀外國漢學家的研究報告必須看原文，這道理簡單不過。

問題重重的所謂天都外臣序本《水滸傳》

一、引言

　　鄭振鐸推出他編校的一百二十回本《水滸全傳》時，羅列版本，陣容的強勁至今一般學者仍難以超越。其中他用作百回本部分（即除去田虎、王慶的章回）底本的兩個本子，如果他說的話夠準確，就真是價值連城之物。他說這一百回用與武定侯郭勛所刻之本十分接近的天都外臣序本為底本，其中第五十一至五十五回更輔以他認為是郭勛刻本的殘冊。這些話絕大部分都站不住腳。

　　那五回的殘冊確是奇罕之物。罕本是稀見古董，但不一定足稱善本。那個本子不要說一點都不善，簡直就是一無是處的垃圾本[1]。用看待古董的態度去處理版本，立場、方法，和目標難免都出毛病。

　　至於那本封面題作《李卓吾先生評水滸全傳》的所謂天都外臣序本（扉葉見本集插圖十八），情形複雜得幾乎難以形容。幸而問題何在尚算明確，且還可以分項歸納起來討論[2]。

1　詳見本集所收〈嘉靖殘本《水滸傳》非郭武定刻本辨〉一文。連那個殘本是否嘉靖之物也不無問題，見上述一文的後記。

2　很不客氣地批評鄭振鐸過份誇張所謂天都外臣序本的價值的文章早就有了，見王古魯，〈讀《水滸全傳》鄭序及談《水滸傳》〉，《北京師範

二、序文的日期和作者

那個本子書首有篇題作〈《水滸傳》敘〉的序文。鄭編本移之為書後的附錄（這點不必拘泥），文之最後一行鄭編本印作「萬曆己丑孟冬天都外臣撰」。一般讀者都相信本子上的確清清楚楚地印有這些字。這就是稱此本為天都外臣序本的唯一依據，因為這個日期和天都外臣之名不在這本子的其他任何地方出現。

這十一個字是如何得來的卻極匪夷所思之能事。看看那篇序文的最後一葉（見本集插圖十九）便知此事處理得如何胡鬧。那行字僅存右端連十份一都不到的丁點兒，更因為那個本子是孤本，根本沒有另外的樣本可供比勘，怎能讀出「萬曆己丑孟冬天都外臣撰」來？

原來這是鄭振鐸當時的助手吳曉鈴和吳的好友戴望舒（1905-1950）「籀讀」出來的。這是吳曉鈴引以為榮之事。1982年初，他在舍下小住旬日時告訴我的，說時還異常意氣揚揚。後來他在一篇在報紙副刊發表的短文內也正式公佈了此事[3]。

他們這樣「籀讀」不是全無憑藉。線索來自沈德符（1578-1642）《萬曆野獲編》，卷5，〈武定侯進公〉條：

> 武定侯郭勳[4]，在世宗朝，號好文多藝能計數。今新安所
> 刻《水滸傳》善本，即其家所傳。前有汪太函序，託名天

（續）————————————

大學學報》（社會科學），1957年1期（1957年5月），頁145-174（特別是該文的前半）。王古魯是一代大師，說話有份量，但他這篇文章雖刊登了快半世紀，卻鮮有人提及。相信鄭振鐸之言者仍毫不懷疑地把那本所謂天都外臣序本捧到半天高。本文討論那個本子所採的角度與王古魯用者不盡同，讀者可兩文並觀，並兼讀本集簡研部分的〈從掛名天都外臣序本《水滸傳》的插圖看該本的素質〉，就會明白那個本子的真相。

3　吳曉鈴，〈漫談天都外臣序本《忠義水滸傳》〉，《光明日報》，1983年8月2日（「文學遺產」，597期）。

4　郭之名，《明史》作郭勳，宜從《明史》。

都外臣者。[5]

　有了「天都外臣」這四個字，其他的字推算起來多少總難免有心意支配測求的成份。

　鄭振鐸接受了這個讀法，就把那十一個字印出來，而不告訴讀者那些字在本子裏的狀況是如何飄渺的，和是怎樣猜出來的。這樣去處理，態度絕對稱不上忠誠。

　鄭振鐸、吳曉鈴諸人都相信沈德符的話：（一）天都外臣就是抗倭名將和戲曲家汪道昆（1525-1593）。（二）這本《水滸傳》前有天都外臣所寫的序。依據這兩點，一切都像迎刃而解了。鄭振鐸既認爲他擁有的殘冊就是郭本，而殘本與此本版式不同（殘本半葉十行，行二十字；此本半葉十二行，行二十四字），自然不能亦指此本爲郭本。但這個本子的序文既由他們判斷署名天都外臣，就順理成章地說這是十分接近郭本的本子。這種連鎖考證法有先天弱點，就是如果一個環節錯了，隨後的都會連環錯下去。

　沈德符短短的幾句話，頗不乏可疑點：（一）沈德符雖是汪道昆的後輩時人，但汪逝世時沈祇有十四五歲，沈之言未必可靠。記述汪道昆生平的明代文獻頗不少，中央圖書館1965年編印的《明人傳記資料索引》就列出十多種（上冊，頁166）。除沈德符外，尚未另見有何人說天都外臣即汪道昆。如果《萬曆野獲編》所言是孤文寡證（這點吳曉鈴也同意），是否應引爲鐵據？（二）那篇序文寫得個人意味很濃，「余」字用了五次。汪道昆諸集存世頗齊：《太函集》一百二十卷、《副墨》八卷、《玄扈樓集》不分卷（稿本有四十八冊）、《玄扈樓續集》不分卷，卷帙總數相當浩繁，內裏卻不收那篇序文！這是悉數查檢過後才敢說的話。鄭振鐸及其諸助手曾否做過這笨而必須的步驟？（三）爲何這篇序文所表達的見解和已知的汪道昆的思想格格不相入？這疑問聶紺弩提出好一段時間了，尚未

5　中華書局（北京）1959年，謝興堯斷句本，上冊，頁139。

聞有正面反應[6]。(四)翻刻書籍並無不許改動或規定改動程度的限制,若非祖本和翻刻之本並存,何由判斷翻刻之本確忠於祖本?容與堂本和鍾批本雖同屬一系統(都後置閻婆惜故事),不就分別不少嗎?本子與本子之間,不是可以隨便劃上等號的。即使僅看鄭編本不完整的校勘記,也不難看出這本所謂天都外臣序本和鄭振鐸指為郭本的殘冊之間文字頗有差別。說一本忠於某本總不是指這麼低的層次吧。(五)假如沈德符指天都外臣即汪道昆之言不可信,為何他說某本翻刻(就時間而言,可能僅是輾轉翻刻)郭本前有天都外臣序的話倒可信嗎?其實此序的作者並不標榜此本是郭本的翻刻品(詳後)。

自從鄭編本《水滸全傳》公佈那篇序文,並指為出自汪道昆之手後,眾皆毫不置疑(聶紺弩可能是唯一的例外)。馬蹄疾編,《水滸資料彙編》,修訂本(北京:中華書局,1980年),頁1-3;朱一玄(1912-)、劉毓忱編,《水滸傳資料匯編》,修訂本(天津:南開大學出版社,2002年),頁167-167,收入那篇所謂天都外臣序時,均說是汪道昆作於萬曆十七年者。有時真不敢相信,顧頡剛(1893-1980)、錢玄同(1887-1939)在民初大聲疾呼創議的疑古精神好像早就失傳了。代之而興的是盲從「名牌」威信。

6　說見聶紺弩,〈論《水滸》的繁本和簡本〉,收入氏著《中國古典小說論集》(上海:上海古籍出版社,1981年),頁146-147;此文原刊《中華文史論叢》,1980年2期(1980年5月),收入其論文集時改為〈《水滸》五論〉一文的第五部分。據所知,聶文雖曾兩度發表,其指天都外臣不可能為汪道昆並未引起反應。徐朔方,〈關於張鳳翼和天都外臣的《水滸傳》序〉,《光明日報》,1983年5月10日(「文學遺產」,586期);修訂本收入《徐朔方集》,冊1,頁614-620,即始終置聶紺弩的意見於不顧,毫不猶豫地說天都外臣就是汪道昆。此外徐朔方在〈論汪道昆——湯顯祖同時代的曲家論之一〉,《杭州大學學報》(哲學社會科學),1988年1期(1988年3月),頁63,仍以為指天都外史為汪道昆夠妥帖,還說那篇所謂天都外臣序並沒有描述田虎、王慶故事;此文後收入為其〈汪道昆年譜〉的引論,見氏著《晚明曲家年譜》,下冊,頁8-9。其實那篇序文破口大罵村學究插增田王故事入《水滸傳》中(隨後正文有解釋)。那就起碼可說已提及田王故事了。

　　那篇序文的作者不是郭勛的時人，故有「嘉靖時，郭武定重刻其書」之語。寫作日期也不可能太早。序中有言：

> 自此版者漸多，復為村學究所損益。蓋損其科諢形容之妙，而益以淮西、河北二事。赭豹之文，而畫蛇之足，豈非此書之再厄乎？

這些抨擊田虎、王慶二傳的話有很明顯的時間指認作用。田王二傳與《水滸》的其他部分互不串連，正如含此二傳的閩本所恒用的廣告語，是「插增」進去的。此君寫此序時，這些插增本子已廣銷成患，故稱之為厄。所說的不該是此等本子剛面世時的情況。說此序寫於萬曆十七年有過早之嫌。若說萬曆中期或以後較易和已知的簡本流行情形配合。

　　另外還有一件從未見有人提及，自己看出來時也大吃一驚的事。該序作者痛罵村學究莽自加插入田虎、王慶故事時，序文才開始不久，直接涉及《水滸》之事僅講過兩件：（一）越人羅氏為此書，共一百回，每回前有「妖異之語引其首，以為艷。」（二）嘉靖時，郭勛重刻此書，削去致語，獨存本傳。隨即講的第三件事就是斥村學究之多事，狠批之為「再厄」。那麼「首厄」是甚麼？捨郭勛之削致語還有別的可能嗎？不管後人如何評論郭勛的抉擇在《水滸》演化的整體過程中孰功孰過，起碼在該序作者眼中郭勛刪致語之失與村學究插增田王故事之莽，罪惡同樣嚴重！因此對自己尚能讀到若干被刪的致語，引為莫大的幸事。無論他寫序文的本子是否屬於郭本系統，他並未以此為標榜。

　　至此不妨來一小結：（一）指天都外臣即汪道昆祇是沈德符的亂點鴛鴦譜。（二）那篇序個人意識很重，在汪道昆龐大的各種文集內卻無其絲毫蹤影。序中顯示的思想也與汪道昆的見解不合。（三）那篇序寫於插增田虎、王慶故事的閩本簡本《水滸》流行以後。寫序

者對郭本並不欣賞。（四）序後那行字殘破得很厲害，不論如何嘗試，籀讀總是難有十分把握的事。況且若先看了沈德符的話才去籀讀，就任誰也免不了預設結果的心理影響。

如此一來，某本《水滸》果有天都外臣序、鄭振鐸等拿出來的那篇序文正是天都外臣序、那篇序確寫於萬曆十七年、天都外臣即汪道昆，此等互相連繫的宣稱全都難以證實。處理那篇序文的正確方法其實簡單得很，不難做到既保存文獻，又不誤導用者。公佈該序文時，說明最後一行大概是標明日期和作者的字樣，因版面損破過甚，無法卒讀就夠了。不必來甚麼籀讀，以免有導致謬種流傳的可能。更不應把籀讀出來，無從肯定的讀法當作本子上印得清清楚楚的樣子來公佈。隨後的半世紀間，沒有幾人有機會看到原本，那個總括各種誤解的天都外臣序本之名遂以訛傳訛地成爲定稱。

待吳曉鈴公開講出籀讀的真相，誤稱已根深蒂固地廣用了三十年。他的公佈又發表在實際上祇有一天壽命的報紙副刊，後又沒有收入集子的機會，結果全無影響可言。

其間不是沒有頭腦較清醒者，建議換用就事論事，涉連較少的新名，如高島俊男（1937- ）在〈《水滸傳》石渠閣補刊本研究序說〉主張改用石渠閣補刊本之名；馬蹄疾，《水滸書錄》，頁70，亦同時獨立地換用石渠閣補修本之稱；我呼籲採用高島俊男的建議也有十餘年了[7]。行頭內研究版本者，至今仍幾乎沒有人肯正視這個問題，還是我行我素地沿用誤稱。

說到這裏，得補述一件掌故舊事。此本未歸鄭振鐸所有前，物主曾讓王古魯看過。王古魯判斷那篇序文是清初刻的[8]。後來王古魯曾就此事和參與鄭編本工作的王利器談過。按王古魯的紀錄，

---

7 見我在寫於1983年那篇〈呼籲研究簡本《水滸》意見書〉收入《水滸論衡》時所加的補記，頁52。

8 不管王古魯有沒有說對了此序的刻印期，寫作期和刻印期是要分開來講的。此序祇可能寫於明代，入清以後已再沒有插增了田虎、王慶故事的簡本《水滸》流行的背景。

王利器也同意序文是補刊的[9]。引述此事的目的不僅在多舉一意見而已，而是希望藉此指出籠讀整行幾乎全印不出來的文字是何等冒險的事。

三、補刊的程度

以上所說的全是外圍的事。再看圍內之事，嚴重程度更不知高出多少倍。

高島俊男和馬蹄疾所以建議替這個本子換新名是因為它滿滿是補刊部分。要想知道究竟補刊至何程度就沒有現成答案了。鄭振鐸等確在每回最後一條校記內詳細交代該回的兩種補刊情形：（一）版心有注明何葉為補刊者。（二）版心雖不注明，卻整葉或一葉的若干部分是補刊者。第一種尚易利用鄭等提供的資料試作統計。第二種若不拿提供的資料和原本合讀，就很難明白實際情形究竟是怎樣子。迄今仍無人既有此機會，又肯花功夫去做此工作。

這工作，馬蹄疾做過一部分。他不理會鄭編本每回的最後一條校記，拿原書來重新點算。但他祇管在版心注明為補刊的葉數，而沒有留意到雖不注明卻曾補刊的地方。他的報告如下：

> 書口底間刻有「康熙五年石渠閣補」八字者共二十五頁，
> 祇存「石渠閣補」四字（「康熙五年」挖出者）二百三十七
> 頁（後括號原誤植，代改正）。全書共計補刻者二百六十二
> 頁。[10]

這報告不僅不全（沒有照料不注明而實際曾補刊的地方），還平添錯

9　見王古魯，〈讀《水滸全傳》鄭序及談《水滸傳》〉，頁149。王利器也
　　同意序文是補刻的這一點不是沒有疑問的，因王利器以後在數量甚富的
　　《水滸》著述中始終稱那個本子為天都外臣序本。

10　馬蹄疾，《水滸書錄》，頁71。

誤。

這些錯誤有二。

其一為在大陸上治版本者恆犯的「葉」、「頁」不分，以「頁」代「葉」的通病。他們不明白一葉（one folio sheet）等於二頁（two pages）的道理。線裝書把葉對摺起來才裝訂，每兩面（即兩頁）僅有一個葉碼，故記線裝書的葉碼要用「葉五上」、「葉五下」、「葉5a」、「葉5b」之類法子。用「頁」就等於數字差了一半！大陸學者集體犯此毛病與簡繁字體無關，因為明白道理的大可用簡體字「叶」。鄭編本的校記用「葉」。

其二為馬蹄疾不知何故，把版心下部記補刊的兩款題識的關係全看錯了。他誤以為「石渠閣補」是從「康熙五年石渠閣補」挖改而成的。「石渠閣補」這題識全書出現二百多次，沒有一處有挖改之跡！參見本集插圖廿和廿一，便知「石渠閣補」這四個兩款題識共有的字在兩款題識中位置全異：題識用四字時，「石渠」二字在版心前半，「閣補」二字在版心後半；題識用八字時，「石渠閣補」四字全在版心後半。版心沿中對摺，故長短題識的字數平均分佈在版心的前半和後半。如果「石渠閣補」這四字題識是從八字題識中挖改出來的，那麼這四個字就該以一行的形式在版心後半出現，怎會是現在分兩行在版心前半和後半平均排刊的樣子？本中確實有八字題識被挖去的例。卷六十二首兩葉的版心原有的八字題識被挖去後，僅剩下「石渠閣補」四字的左端一點點留在版心後半的左邊。這也證明倘「石渠閣補」四字是八字題識經挖改後餘留的，那四字該在版心甚麼位置了。馬蹄疾遠道自東北去北京圖書館看書，時間不足，匆匆做的筆記顯然不夠準確。事前事後又不參考鄭編本的校記，才弄出這遠離事實的紀錄來。

那麼實際情形是怎樣的？我利用該本的膠卷（我有兩套不同來源，但最終仍出於同一次用原書拍攝的母卷的膠卷）沖出來的印件，配合鄭編本的校記（北圖的膠卷製作不佳，上半部尤其如此，

版框邊旁部分經常看不清楚），保守地重新統計這兩款題識的數目，膠卷看不清楚，而鄭編本校記也說得不夠明白者便不收：四字題識二百三十九次、八字題識十七次（包括上面所說被挖去題識的兩葉）。前者較馬蹄疾提出之數多兩次，後者則相去頗遠，不知他是怎樣點算出來的？以下的討論用我自己的統計作基礎，即這個本子在版心注明為補刊的葉子共二百五十四葉。這絕對不是個小數目。

這數目尚不能確實反映補刊的程度，因為還有未加題識而實際上是補刊的葉子。為了避免日後需要澄清，這些葉子開列如下（前一數字是卷數，亦即回數，因該本以一百回分作一百卷；括號內的數字是該卷中無題識的補刊葉子之數。遇到補刊部分在一卷／回之末，而自此至該葉之末為空白時，作整葉計算。其後點算全書總葉數時亦用此法，故不會單方面把某一數字誇大）：3(2)；4(2)；5(2)；8(2)；12(1〔兩個半葉〕)；14(2)；15(3〔包括兩個半葉〕)；17(2)；19(2)；20(4)；21(4)；23(2)；24(1〔兩個半葉〕)；25(1)；29(2)；32(2)；35(2)；37(2)；39(1)；43(2)；49(2)；53(2)；54(2)；61(1)；82(1)；85(1)；88(2)；99(2)。這類無題識的補刊葉子共五十五葉。

這樣統計起來仍未足反映補刊的實況。以上統計者全是整葉和整個半葉的補刊，另外還得算入僅部分補刊的葉子。記錄這情形時，方法如前，首列卷／回數，括號內記該卷／回中零星補刊的行數：10(16)；16(10)；27(16)；30(16)；42(16)；51(12)；52(6)；55(9)；64(8)；65(20)；67(16)；71(12)；72(6)；82(18)；89(20)；92(3)；99(8)。零星補刊共涉及二百零二行。按一葉前後兩面共有二十四行計算，這些行數等於差不多八葉半的篇幅。這雖然不是個大數目，但加上講過的兩組補刊，便等於說各種補刊合共三百一十九葉半。

要明白這個數字的涵義，得先數清楚這個本子整體有幾葉。除去序文和插圖部分（因刻刊法不同）外，這個本子共有1,300葉。換言

之，補刊之處佔了全書目錄和正文部分百分之二十四點五強。這是不容視爲無關痛癢的比例。

就算指出此本有接近四分之一的篇幅出自補刊，卻仍未足反映此本如何不可靠。

這個本子滿滿是模糊的字跡和有缺字之處，稱此毛病星羅密佈並不算誇張。字跡模糊和有缺字之處，未補刊前的原本已有；補刊的部分則僅見到有字跡印得模糊，而未見有缺字。字跡模糊和缺字這兩種情形在全本中的分佈統計如下（首列卷／回數，次於括號內先列原本部分有模糊字跡的行數，繼列補刊部分有同樣現象的行數；若某卷／回祇有一個這樣的數字，另一個用0代替）：3（30；0）；4（84；3）；5（21；0）；6（20；0）；8（1；0）；10（16；0）；11（4；0）；12（7；0）；14（48；0）；15（5；0）；17（6；0）；19（2；0）；24（11；0）；26（4；0）；28（40；0）；30（1；0）；33（1；0）；34（2；0）；36（24；0）；38（48；0）；39（1；0）；42（1；0）；43（40；0）；44（1；0）；45（1；0）；49（17；0）；50（2；0）；51（41；0）；52（1；0）；53（6；0）；55（3；0）；60（2；0）；61（3；0）；62（6；0）；63（1；0）；64（28；0）；67（2；0）；71（11；0）；72（12；0）；73（15；0）；74（23；0）；76（1；0）；79（4；0）；80（2；0）；81（31；0）；82（91；0）；84（2；0）；85（15；0）；87（9；0）；88（5；0）；89（16；0）；90（56；24）；93（6；0）；94（7；0）；95（5；0）；97（16；0）；98（13；0）；99（31；0）；100（2；0）。有模糊字跡或有缺字之處涉及914行。一葉印滿是二十四行，這些行數可整整填滿三十八葉！這又是一個不容漠視的數目。

補刊是清康熙年間書商石渠閣做的工作。補刊後的本子隨處可見模糊字跡外，間亦有缺字需要修補。鄭振鐸等編校《水滸全傳》時，用採「各本訂正」之法來處理缺字和模糊的字跡，可說替這個本子作第二次補刊。

不管石渠閣和鄭振鐸等先後用何法去處理那些問題部分，此等部分在現存的這個本子裏，合計共三百五十五葉半，佔全書百分之

二十七點五強，仍是可以辨識的事實。這就是說，這個本子不可用的部分超過四分之一。為何說凡是涉及這些毛病的部分均不可用，隨後有解釋。

四、補刊的真義

剛說過這個本子曾經補刊兩次。清初的一次留下那個石渠閣本子。二十世紀五十年代的一次，結果散見鄭編本各回（紀錄見書中校記）。本節談補刊，說的是廣義，前後兩次都講。

先看看石渠閣所做的補刊工作。

繁本之間字句差異有限，但分別還是有的。一本某處缺了若干葉或若干行，擬從另外一個本子移用相應部分以供補刊時，得面對兩個難題：（一）那段既缺了，根本就不知道何謂原貌，工作起來，除了確知要填補多少個字和可按文理判斷外，就難得另有法則可循。（二）自別本移用的段落未必字數相同。遇到這種情形，除了逐作增刪，務求填滿那空隙外，還有甚麼可用之策？

要將繁本《水滸》按年代分組，有一法可用，就是利用宋江與閻婆惜同居事的移前置後來定組別[11]。今所見「置後」組三繁本講閻婆惜故事文字及字數不無小別。假如一本缺了其中一段落，從其他兩本中任何一本移用相應部分過去作填充之料，需得增刪一番始能剛好填滿那空隙。結果補刊出來的一段，固然不可能回復缺漏前的原貌，也不再是被借用的文字的原有樣子。這就是說，縱使那個本子確是天都外臣序本，凡是補刊過的地方都應視作別本。涉及的篇幅所佔的比例可真不少！

字跡模糊和有缺字之處鄭振鐸諸人用依「各本訂正」之法處理過後，文理可以弄通了，卻何能保證回復原貌？他們根本不知道涉

11　如何按宋江認識閻婆惜時間的早晚，分繁本為「移前」和「置後」兩組，見本集所收〈梁山聚寶記〉一文之「後篇」的注30。

及的字原來是甚麼，訂正起來也不留下何處依何本的紀錄[12]。經他們這樣處理過的文字壓根兒就成了「雞尾貨」，祇求文字通順可讀而已，與那本所謂天都外臣序本如何扯得上邊？

爲何石渠閣要花這樣大的勁去補刊這個本子？覺得其有價值可以是部分原因。但爲何補刊的部分牽涉這麼大的範圍？容易想得的解釋是那個本子失落了許多葉子。這樣僅足解釋整葉或半葉的補刊[13]，卻解釋不了密密麻麻地左補一行，右補兩行的情形。

統計那些有模糊字跡和缺字的行數時，無意發現了一把可用的鑰匙。這等毛病幾乎盡數出現在未補刊的地方，即本子原有的葉數。補刊部分基本上都是乾乾淨淨，沒有缺字的，模糊的字跡也僅局限在遠遠相隔的兩回（第四和第九十回）。這與未補刊部分之遍佈此等毛病不可同日而語。

還有一個與此相應的情形。在接連補刊部分的幾行裏不時出現一種截然對立的情形：補刊部分或前或後的幾行多的是模糊的字跡。行次一變，補刊部分卻是印得清晰乾淨的（第七十一、七十二、八十二回都有這種例子）。

這就不難明白個中道理。石渠閣爲這個本子作大幅度的補刊，主要目的不會是爲了填補失落的葉子（雖然不能排除確有些零星的葉子失去了），而是在替換模糊字跡多到難以卒讀的部分。問題嚴重者整葉或半葉換去；問題集中在幾行，而葉的其他部分還可保留者，便僅換幾行。剩下來雖仍有模糊字跡和缺字，尚不致太礙眼的，就不動了。

上面說過，補刊所用的形式有三種：（一）整葉補刊後在版心加題識，（二）整葉成半葉補刊後，不在版心加題識。（三）零星行數的補刊，自然沒有加題識的空位。加題識者爲何會出現二百三十多次

---

12 留下紀錄者僅一處，在第八十七回，說是據容與堂本訂正。
13 失落半葉的情形或者需要點想像力去理解，但現存的幾份插增本殘冊中確有好些這樣的例子。

用四字題識而祇有十多次用八字題識的極端分別？我有一或者可用的推測：最先補刊時用四字題識。待工作做得差不多了，才發現還有些地方需要補刊，爲了注明這是隨後才做的工作，故用加上年份的八字題識。但後來又覺得此舉不妥，遂試挖掉若干八字題識。至於那些不加題識的整葉補刊，時間可能還要後一點[14]。如果這觀察夠準確，這本石渠閣補刊本便要過了康熙五年才能出版了[15]。

所以說那些不加題識的整葉補刊是最後才弄的，因爲此等葉數有些出現素質不如加題識者的現象。卷八十八最後兩葉（見本集插圖廿二）就是特別值得一提的例子。這兩張不加題識的補刊葉子較其他葉子版框明顯小得多，連字體亦異。

那些雖有模糊字跡和缺字，而石渠閣決定不動便留下來的部分還另有顯示作用。從石渠閣的角度去看這是問題不算嚴重，不補刊也無所謂的部分。但今人看來仍是模糊字跡充斥，相當不順眼，故鄭振鐸諸人覺得有用採「各本訂正」法來處理的必要。以此類推，石渠閣認爲非換不可的部分，其模糊程度之烈便可想而知。

爲何會有那麼多模糊不清的地方？答案在刻工之不濟。版面高度刻得不平均，低下來之處便會印不清楚，做成字跡模糊。（鄭振

14　王古魯在這方面意見頗不同。他認為有「康熙五年石渠閣補」八字題識的十來葉補刊最早，負責的書商也沒有冒充明版的企圖。後來另一書商因圖冒古，自兩葉中挖去「康熙五年」字樣，而由他經手的二百多張補葉就僅用不注明時間的「石渠閣補」四字題識。說見其〈讀《水滸全傳》鄭序及談《水滸傳》〉，頁150。這樣講帶出很多不易解釋的難題：為何八字題識與四字題識數目如此懸殊？為何僅挖出兩處的「康熙五年」字樣就罷手？為何會有那麼多補葉不加題識？如何解釋隨處廣散的零星補行？如何解釋印得模糊的地方基本上局限於未補刊的部分？如果王古魯的評論不是僅以鄭編本為據，而能直接參考那個所謂天都外臣序本，他的意見必不會全是這樣子的。

15　按王清原、牟仁隆、韓錫鐸，《小說書坊錄》，修訂本（北京：北京圖書館出版社，2002年），頁22，石渠閣所刊小說祇有這一種，故不能用此書肆出版同類書籍的紀錄來把此本的出版日期推算得準確一點。我雖然找到一本前無紀錄的《石渠閣精訂皇明英型傳》（見本集簡研部分所收〈所謂天都外臣序本《水滸傳》尚未發現第二套存本〉一文），但因該本也沒有明確出版日期，幫不了忙。

鐸諸人推譽爲甲級寶物的「嘉靖」殘本何嘗不是這種貨色）。

此本共有一百零一回（第一回前的引首其實是一回）。沒有補刊者共二十三回（引首、第一、九、十三、二十二、四十四、五十、五十七、五十九、六十三、七十、七十四、七十七、七十八、八十一、八十三、八十七、九十一、九十三、九十四、九十六、九十七、九十八回），還不到全書四分之一，而上面說過補刊部分加上有模糊字跡和缺字的行數，所佔的比例就較這數字大得多。這還不算。那二十三回雖都無補刊，卻不是全然乾淨的。其中十一回有模糊字跡（第四十四、五十、五十七、六十三、七十四、八十一、八十七、九十三、九十四、九十七、九十八回）。這等於說在原書現存部分中，真正乾淨的章回祇有寥寥十二回（本集插圖廿三可作爲這些乾淨章回中模範葉子的代表）！

另一方向的極端更不乏令人心驚膽顫的例子。卷十五有十二葉，其中祇有分佈在兩個半葉的二十四行（即一葉的篇幅）是原本有的，其餘盡來自補刊！鼓吹這種貨色爲絕佳善本，肇因於以玩古董的心態去治學。

五、結論

如果不再迷信鄭振鐸諸人創造出來的神話，通過指那篇序文出自天都外臣之手，從而使這個石渠閣刊本與郭本掛鉤，這個千瘡百孔的本子根本就不值我們理會。除非能確證印刷精美，字句清楚的容與堂本確不及此本，現存最早，且最完整的繁本的殊榮就該由容與堂本來享有。在研究過程中添入這個不知據何修補而成，通體各款補刊部分的「百衲本」，並極力吹捧之，何異愚己愚人！硬仍要用此本的話，就祇有一個選擇：僅用確實爲原本所有（廢掉所有補刊部分），且看得清楚（撥開鄭振鐸諸人依「各本訂正」之處）的部分。這樣層層過濾，還會剩下多少可用之物，甘心被鄭振鐸諸人牽

引者不妨用本文提供的線索去找吧。

今後最應避免的前失，就是勿再不問青紅皂白地拿起鄭編本（除去田王二傳）便充作完整無缺的天都外臣序本來用。這是自欺欺人至極的把戲。

兩種插增本《水滸傳》探索
——兼論若干相關問題

一、前言

　　兩種插增本是現存各種簡本《水滸傳》中之最早者。這價值並不因兩者現在僅能看到殘本而減少。爭議了七八十年繁本和簡本在《水滸》演化過程中孰先孰後的問題，或終可藉這些新增的資料得以解決。但在此等斷斷續續，互有異同的資料可供分析之前，得先做一番整理功夫。

　　兩種插增本現在廣散歐洲的殘冊和零葉所由出的本子如何經由澳門遠赴歐洲，怎樣因拆開分售／分贈而散佈各地，以及我搜集的經過，和因何指此等資料出自近而有別，可稱爲甲本及乙本的兩個本子等等細節在我寫於八十年初的〈現存最早的簡本《水滸傳》——插增本的發現及其概況〉一文內早已有交代[1]。但該文基本上衹是概況的介紹，並未作任何具深度的分析，連甲本乙本名稱也是隨意分配，僅按發現先後指派的。不先就那些資料整理出眉目，分

1　馬幼垣，〈現存最早的簡本《水滸傳》——插增本的發現及其概況〉，
　　《中華文史論叢》，1985年3期（1985年9月），頁78-121，修訂本見馬幼垣，
　　《水滸論衡》，頁55-96。

析便難突破表面的層次。

　　把插增甲本和插增乙本用小段落爲單位平行排印出來，再配上另一個比勘大有帶出新發現的可能的本子亦同樣平行列出，以供參考和比對，這項成果稱爲《插增本簡本水滸傳存文輯校》（香港：嶺南大學中文系，2004年）（以下該書在本文簡稱爲《輯校》）的工作正是得儘先完成的整理階段。

二、兩種插增本散存歐洲的情形

　　兩種插增本散存歐洲的情形，〈現存最早的簡本《水滸傳》〉本已有說明，現除因行文之便有重述之需外（補入《輯校》的頁碼當增使用之便），還因前次處理時有說不清楚的地方，更有疏忽之失，應利用這次機會諟正。凡遇前後所說有分歧之處，均以這裏開列者爲確。

　　歐洲究竟兩種插增本各知存多少，可用下列兩法歸納起來（這些本子的回碼都很亂，悉按原物抄出）：

　　其一爲用統計法處理：

A. 插增甲本

A1．德國斯圖加特市邦立瓦敦堡圖書館有下列諸回（本首有不詳回碼的零葉，不算）：

$$14-16，18，18-33$$

無缺

A2．哥本哈根丹麥皇家圖書館有（本首有不詳回碼的零葉，不算）：

中缺

74－87，87，88，89，91，91；97(?)，98

無缺　　　　　　　無缺

A3·巴黎法國國立圖書館有：

99，100，99，100，101，102

無　　　　缺

A4·牛津大學卜德林圖書館有：零葉一張：卷 22，葉 14

B. 插增乙本

B1·德國德勒斯頓市邦立薩克森圖書館有：

83－87，87，88，89，91，91－94，90，95，96，97，96，98

無　　　　缺　　　　無　　　　　　缺

B2·梵帝崗教廷圖書館有：

99，100，99，100，101，102－110，(一回不標回碼)，111，112，112，114，115，120

無　　　缺　　　　無　　　　　　　　缺

以上各本所說的「無缺」以回爲單位，回中有缺葉不算。

　　其二爲藉詳列回目來反映保存部分的內容以及兩本的平行程度：

A・插增甲本	B・插增乙本	《輯校》本頁碼
上冊		
A1・斯圖加特本		
該卷首葉所記書名不詳　卷二		
葉17a（回碼不詳，缺回目；柴進書		
薦林冲）		1
葉18b（回碼不詳，缺回目；店小二		
通知林冲陸虞候奸計）		3
該卷首葉所記書名不詳　卷三		
葉12b-19a		
第十三回（?）（缺回首部分；梁中書		
與夫人慶賀，晁蓋諸		
人出場）		4
第十四回　　吳用道說三阮撞籌		
公孫勝七星聚義		12
京本全像插增田虎王慶忠義水滸全傳		
三卷終		
京本全像插增田虎王慶忠義水滸全傳		
卷之四		
葉1a-23a		
第十五回　楊志押送金銀擔		
吳用智取生辰槓		21
第十六回　花和尚單打二龍（山）		
青面獸雙趕奪寶珠寺		32
第十八回　美髯公智賺插翅虎		
宋公明私放晁天王		42
第十八回　林冲山寨大併火		
晁蓋梁山尊為王		53
第十九回　梁山泊義士尊晁蓋		
鄆城縣月夜走劉唐		62
京本全像插增田虎王慶忠義水滸全傳		

四卷終		
京本全像插增田虎王慶忠義水滸全傳 卷之五		
葉1a-8b、10a-25a		
第二十回　虔婆醉打唐牛兒 　　　　　宋江怒殺閻婆惜		72
第廿一回　閻婆大鬧鄆城縣　朱 　　　　　仝義釋宋公明（缺一葉）		84
第廿二回　橫海郡柴進留賓 　　　　　景陽崗武松打虎		90
第廿三回　王婆貪賄說風情 　　　　　鄆哥不忿鬧茶肆		98
第廿四回　王婆計啜西門慶 　　　　　淫婦藥鴆武大郎		118
京本全像插增田虎王慶忠義水滸全傳 五卷終		
京本全像插增田虎王慶忠義水滸全傳 卷之六		
葉1a-5b、7a-11a、12a-21a		
第廿五回　鄆歌（哥）報知武大冤 　　　　　武松鬧殺西門慶		126
第廿六回　母夜叉坡前賣淋酒 　　　　　武松遇救得張清（青） 　　　　　（缺一葉）		137
第廿七回　武松威鎮安平寨　施 　　　　　恩義奪快活林（缺半葉）		143
第廿八回　施恩重霸孟州道 　　　　　武松醉打蔣門神		150
第廿九回　施恩三進死囚牢 　　　　　武松大鬧飛雲浦		156
京本全像插增田虎王慶忠義水滸全傳 六卷終		

第七十八回　宋公明大勝高太尉 　　　　　十節度議收梁山泊			243
新刊京本全像插增田虎王慶忠義水滸 傳十五卷終			
京本全像插增田虎王慶忠義水滸全傳 卷十六 　葉1a-16b、18a-24b			
第七十九回　劉唐放火燒戰船 　　　　　宋江兩敗高太尉			253
第八十回　　張順鑿漏海鰍舡 　　　　　宋江三敗高太尉			262
第八十一回　燕青月夜遇道君　戴 　　　　　宗定計賺簫讓(回末缺 　　　　　半葉或半葉有奇)			274
第八十二回　(回首缺半葉或半葉 　　　　　有奇，並缺回末；梁 　　　　　山泊全夥受招安)			287
	B1·德勒斯頓本		
新刊京本全像插增田虎王慶忠義水滸 傳卷之十七 　葉1a-13b	新刊通俗增演忠義出像水滸傳卷之 十七 　葉1a-4b、6a-27a		
第八十三回　宋公明奉詔大破遼 　　　　　陳橋驛淚滴斬小卒	第八十三回　宋公明奉詔大破遼 　　　　　陳橋驛淚滴斬小卒 　　　　　(缺一葉)		303
第八十四回　宋江兵打蘇(薊)州城 　　　　　盧俊義大戰玉田	第八十四回　宋江兵打蘇(薊)州城 　　　　　盧俊義大戰玉田縣		318
第八十五回　(回目漏刻；宋江參 　　　　　見真人，詐降佔取遼 　　　　　國霸州)	第八十五回　(回目漏刻，情節與 　　　　　哥本哈根本同)		333
第八十六回　宋公明大戰獨鹿山 　　　　　盧俊義兵陷青石峪	第八十六回　宋公明大戰獨鹿 　　　　　盧俊義兵陷青石峪		349

第八十七回　宋公明大戰遼兵	第八十七回　宋公明大戰幽州　胡	
胡(呼)延灼力擒番將	(呼)延灼力擒番將	
	(回末有缺葉)	361
新刻水滸傳十七卷終		
下冊		
新刻全像插增田虎王慶忠義水滸全傳	新刻京本全像忠義水滸傳卷之十八	
卷之十八		
葉1a-7a、9a-23b	葉1a-21a	
第八十七回　顏統軍列混天像	第八十七回　顏統軍陳列混天像	
宋公明夢授玄女法	宋公明夢授玄女法	372
第八十八回　宋公明破陣成功　宿	第八十八回　宋公明破陣成功	
太尉頒恩降詔(缺一葉)	宿太尉頒恩降詔	384
第八十九回　五臺山宋江參禪	第八十九回　五臺山宋江參禪	
雙林渡燕青射雁	雙林渡燕青射雁	398
第九十一回　宿太尉保舉宋江	第九十一回　宿太尉保舉宋江	
盧俊義分兵征討	盧俊義分兵征討	407
	新鍥滸傳十八卷終	
	新刊全相忠義水滸傳卷之十九	
	葉1a-21b	
第九十一回　盛提轄舉義投降　元	第九十一回　盛提轄舉義投降	
仲良憤激出家(僅得	元仲良憤激出家	
回首一葉半，餘缺，		
此卷或未完)		422
	第九十二回　不(眾)英雄大會唐斌	
	瓊郡主配合張清	437
	第九十三回　公孫勝再訪羅真人	
	沒羽箭智伏喬道清	448
	第九十四回　宋江兵會蘇林鎮	
	孫安大戰白虎關	463
	新刊全相忠義水滸傳卷之二十	
	葉1a-20b	

	第九十回	魏州城宋江祭諸將 石羊關孫安擒勇士	474
	第九十五回	盧俊義計攻獅子關 段景住暗認玉欄樓	483
	第九十六回	及時雨夢中朝大聖 黑旋風異境遇仙翁	493
該卷首葉所記書名不詳　卷十九 　葉27a			
第九十七回(?)　(僅得回末最後半 　　　　　　　　葉；卞祥致書宋江) 　葉27b	第九十七回	喬道清法迷五千兵 宋公明義釋十八將	503
第九十八回　下(卞)祥賣陣平河北 　　　　　　宋江得勝轉東京(僅 　　　　　　得回首半葉，餘缺) 　葉33a	第九十六回	卞祥賣陣平河北 宋江得勝轉東京	510
第九十八回(?)　(僅得半葉，缺回 　　　　　　　目；徽宗降勅安河 　　　　　　　北)	第九十八回	徽宗降勅安河北 宋江承命討淮西	518
A3·巴黎本	B2·梵帝崗本		
新刊京本全像插增田虎王慶忠義水滸 傳卷之二十 　葉1a-29b	新刊全相增淮西王慶出身水滸傳卷 之二十一 　葉1a-28b		
第九十九回　高俅恩報柳世雄 　　　　　　王慶被陷配淮西	第九十九回　高俅恩報柳世雄 　　　　　　王慶被陷配淮西		524
第一百回　王慶遇冀十五郎 　　　　　滿村嫌黃達鬧場	第一百回　王慶遇冀十五郎 　　　　　滿村嫌黃達鬧場		535
第九十九回　王慶打死張太尉 　　　　　　夜走永州遇李杰	第九十九回　王慶打死張太尉 　　　　　　夜走永州遇李杰		546
第一百回　快活林王慶使鎗棒 　　　　　三娘子招王慶入贅	第一百回　快活林王慶使鎗棒 　　　　　三娘子招王慶入贅		562

第一百一回　宋公明兵度呂梁關 　　　　　公孫勝法取石祁城	第一百一回　宋公明兵度呂梁關 　　　　　公孫勝法取石(祁)城	582
新刊京本全像插增田虎王慶忠義水滸 傳卷二十終		
新刻京本全像插增田虎王慶忠義水滸 傳卷之廿一 　葉1a-4b	新刻全本插增田虎王慶忠義水滸志 傳卷之廿二 　葉1a-21b	
第一百二回　李逵受困於駱谷　宋 　　　　　江智取洮陽城（僅得 　　　　　回首四葉，餘缺，此 　　　　　卷亦未完）	第一百二回　（回目漏刻，當與巴 　　　　　黎本同）	
		595
	第一百三回　宋公明遊江翫景 　　　　　吳學究帳幄談兵	608
	第一百四回　燕青潛入越江城 　　　　　卞祥智取白牛鎮	618
	第一百五回　孫安病死九灣河 　　　　　李俊雪天渡越水	631
	新刻水滸傳二十二卷終	
	新刻京本全像忠義水滸傳卷之廿三 　葉1a-23b	
	第一百六回　公孫（勝）馬耳山請神 　　　　　宋公明東鷟嶺滅妖	646
	第一百七回　宋江火攻秦州城 　　　　　王慶戰敗走胡朔	657
A4 · 牛津殘葉 該卷首葉所記書名不詳　卷二十二 　葉14ab（回碼不詳，缺回目；押王 　　　慶回京，宋江受賞；相應部 　　　分見梵帝崗本第一百八回）	第一百八回　公孫勝辭別歸鄉　宋 　　　　　江領勅征方臘(牛津殘 　　　　　葉的相應部分在此回)	671
	第一百九回　張順夜伏金山寺 　　　　　宋江智取潤州城	687

	新刊全相忠義水滸傳卷之二十四	
	葉1a-20b	
	第一百一十回　　盧俊義分兵宜	
	（宣）州道　宋公	
	明大戰毗陵郡	701
	不標回碼　　　混江龍大（太）	
	湖小結義　宋公	
	明蘇州大會垓	710
	第一百一十一回　寧海軍宋江吊	
	（弔）孝　　湧金	
	門張順歸神	723
	第一百一十二回　張順魂捉方天定	
	宋江智取寧海軍	737
	新刊全相忠義水滸傳二十四卷	
	新刻全本忠義水滸傳卷之二十五	
	葉1a-24b	
	第一百十二回　　盧俊義分兵歙州	
	道　宋公明大戰	
	烏龍嶺	752
	第一百十四回　　睦州城箭射鄧元	
	覺　烏龍嶺神功	
	宋公明	763
	第一百十五回　　魯智深杭州坐化	
	宋公明衣錦還鄉	781
	第一百廿回　　　宋公明神聚蓼兒	
	洼　徽宗帝夢遊	
	梁山泊	795

解釋：

（一）插增甲本和插增乙本平行排列，以助比勘。

（二）各本每卷首葉悉有書名及卷數，均照錄；卷尾間亦列書名及卷數，亦照錄。

（三）每卷注明該卷所存葉數；若僅存若干零葉，亦分別注明。

（四）分記每回回首所書回目。殘缺不知回碼及回目者，回碼按先後次序推算，並加（？）號以
　　資識別，回目則代以內容提要，用括號注明。零丁殘葉亦用同樣辦法處理。

正如在收入本集的〈梁山聚寶記〉的「後篇」已經講清楚的，除非確知大陸或其他地方還有未見得到的兩種插增本大聚義以前的部分存在，我不打算再追尋這兩個本子了。

三、配列本子的選擇

期望平行排列兩種插增本能產生最大效果，篇幅容許下應起碼多附列一個足資比勘的簡本。按工作未進行前有的認識，可供選擇的助勘本子不過兩本：評林本和劉興我本。

在現存整本無缺的簡本當中，以刊行於萬曆二十二年的評林本為最早。較後出版的劉興我本同樣完整無缺，印刷亦佳。單以刊印先後為據未必是很好的衡量法則。

初步約略比勘顯示，劉興我本和插增乙本相近的程度遠高出評林本和插增乙本之間的距離。換言之，以收集相同之處為重點的話，當選劉興我本；若以集異為務，評林本就更適當了。作為探討各本之間關係的資料，找出分歧之處顯然較列舉相同的地方重要，故選用評林本為配列之本。

另外還有一值得考慮的地方。余象斗刊《水滸》，恒把自己的觀感插入文中，而不用眉批、夾注之類干擾性較少的形式，甚至連內容也逕改。因為評林本是現存整本齊全的簡本中之刊行最早者，要知道余象斗改動的程度和其後諸本所受的影響，捨與插增本比較，別無他法。這也是在整理插增本的時候，應把評林本包括入考察之列的理由。

應並觀的本子尚有一部。那是整理工作進行了一段時間以後，才漸漸明白之事。不論插增甲本、插增乙本、評林本，以及現存本子雖刊印後於評林本而所代表的演化階段倒未必在其後的其他簡本，互異至何程度，那些此有彼無的情節全皆見容與堂本。這些簡本因文字脫落致文理不通，文法失調是時有之事。要知道原句可能

是怎樣子的，容與堂本往往能提供可用的線索。然而兼錄容與堂本爲第四欄是絕對無法辦得到的事，一因容與堂本是繁本，字數與簡本者比例相差太遠，即使僅抄錄與插增本相應的部分，容與堂本的一欄也會較最繁的簡本的一欄字數起碼多五六倍，做成不少頁數僅容與堂本的一欄有文字可供抄錄的極端情況。單錄兩種插增本的全文，配上評林本的相應部分，橫排以便盡用每頁的空間，也用了八百多頁！倘再添容與堂本一欄（每欄的寬度也隨而變得很窄，縱使用很小的字號，排起詩句和引文時都會難度大增，連閱讀也大成問題），恐非三千頁不成。精神和時間均絕無法應付；二因容與堂本的排印本和景印本近年印過不知多少次了，說研究者人手一冊並不算誇張。情形既如此，自無必要大耗資源去增設容與堂本一欄。

四、藉整理插增本去探討的問題

把兩種插增本存世之文整理爲可讀（且可兩本勘讀）之本，本身雖已是有意義的事，但若不能藉此解答問題，特別是長久困擾研究者的問題，則未免教人有獲償與所耗之力不成比例之感，因爲輯校這個本子的工作異常繁瑣，做起來格外費時，十分辛苦。幸好這個輯校出來的本子確能助解決好些久未得答的問題和既有了插增本便會隨而出現的新問題。

此等問題包括：（一）插增甲本和插增乙本之異同及此二本所由出的問題。（二）《水滸傳》繁本簡本孰先孰後的問題。（三）評林本與何種插增本較近和其本身所由出的問題。（四）評林本與刊於其後諸簡本的關係。

這些問題新舊都有，而且都是各含若干較小問題的大問題。以下利用從整理插增本所得的資料逐一試作解答。討論項目的劃分和處理的先後按思維進展的次第來決定。

五、引用資料的規則

我用得到的插增本全是分散歐洲各地的殘冊和零葉,而《輯校》目前又僅用試行本的方式印出分贈同行和各地圖書館的一百二十套(每套上下兩冊),讀者或不易查對我引用的例證。此事有三個解決的法子:

1. 列明兩種插增本近年複製刊行的情形

A. 插增甲本

A1. 斯圖加特本

在 Hartmut Walravens, ed., *Two Recently Discovered Fragments of the Chinese Novels San-kuo-chih yen-i and Shui-hu-chuan*(Hamburg: C. Bell Verlag, 1982)的後半。

A2. 哥本哈根本

《古本小說叢刊》第二十五輯(1991 年)

《古本小說集成》(上海:上海古籍出版社)

A3. 巴黎本

《明清善本小說叢刊初編》(臺北:天一出版社,1985 年)

《古本小說叢刊》第二輯(1990 年)

A4. 牛津殘葉

照片:馬幼垣,〈牛津大學所藏明代簡本《水滸》殘葉書後〉,《中華文史論叢》,1981 年 4 期(1981 年 11 月),頁 48-49,並收入馬幼垣,《水滸論衡》為插圖一。

文字:馬幼垣,〈呼籲研究簡本《水滸》意見書〉,《水滸爭鳴》,3期(1984年1月),頁199-200;修訂本收入馬幼垣,《水滸論衡》,頁47。另見馬蹄疾,

《水滸書錄》，頁4-5。

B. 插增乙本

　　B1. 德勒斯頓本

　　　　《古本小說叢刊》第十九輯（1991年）

　　B2. 梵帝崗本

　　自從我在1985年秋間公佈插增本散存歐洲的情形後，學界與出版界迅即配合行動，按圖索驥，插增本不少部分很快就有複製品公開發售。時至今日，要找散存歐洲的插增本來看，大部分已不再是難事。對一般研究者而言，要自己動手腳去配齊者祇有兩部分：（一）複印出來的德勒斯頓本有瑕疵，不夠完善，得想辦法。（二）梵帝崗本尚無公開發售的複製品。不過，這兩部分的庋藏地點既都知道了，配齊資料僅是循步驟去辦手續而已，並不致真考功夫。無論如何，散存歐洲的插增本各部分多數已沒有找不到來看的問題。

2. 用簡明的辦法交代引文的所在

　　兩種插增本怎也不能說是印刷精美，編次明確之品，二者之間又頗有差異，注明引文所在本已非易事，這困難還得加上另一意想不到的難處。《水滸》讀者（包括專家）一般都不熟悉大聚義以後的情節，而散存歐洲的插增本，除了斯圖加特本外，全是大聚義以後的部分。困難尚不止此。讀者對田虎、王慶部分即使有認識，所知也是得自一百二十回本中被肆意改寫的田王情節，對重新理解真的田王故事反構成障礙。如果不能通過簡明的法則讓讀者確知引文的所在，錄用那些引文的意義就會打折扣。

　　注明引文所在的法子該是可以兼用於插增本原件和這本《輯校》。這樣才能照顧較多擁有不同資料形式和數量的讀者。

　　注明起來，依版本定格式：

　　甲. 5.10a/ 90=插增甲本，第五卷，葉10a/《輯校》，頁90

乙. 17.11b/ 327＝插增乙本，第十七卷，葉11b/《輯校》，頁327

評. 7.6b/ 183＝評林本，第七卷，葉6b/《輯校》，頁183

即使特別項目，僅用三本中之一本時，「甲」、「乙」、「評」字樣照用，以清眉目。引錄此三本以外的其他本子時，用兩種方式：（一）本子（卷數.回數.葉數），如劉興我本（20.89.1b），（二）本子（卷/回數.葉數），如容與堂本（87.7b）。爲求與《輯校》的體制配合，本文記葉的前後面用ab而不如本集所收其他諸文之用「上下」。

3. 列明贈予《輯校》的各地圖書館和研究機構

《輯校》是厚八百多頁，說不上有商業市場，工作的進行和成品的出版都全仗基金會資助始能完成，祇可印備很小數目（一百二十套）以供特殊讀者使用的書。除了寄給行內專家外，更應送往世界各地與中國古典小說研究有關的圖書館和研究機構。在此列明那些單位，將來的研究者便可按圖索驥。

這樣去處理，史有前例。荷蘭漢學家高羅佩（Robert H. van Gulik, 1910-1967）在四十年代搜集得《花營錦陣》等明代套色秘戲圖冊，既覺得有保存之責，也知道不應讓此等讀物隨便橫流，遂於1951年以《秘戲圖考》（*Erotic Colour Paints of the Ming Period*）之名，自印五十套，分贈各地圖書館，隨後毀版。十年後，他刊佈對中國古代性行爲的研究心得爲*Sexual Life in Ancient China*（Leiden: E. J. Brill, 1961）時，就在書末列出獲贈《秘戲圖考》的機構的名單。《輯校》雖然不是禁書，但能印備的數量委實太少了，仿效高羅佩之法可以使這些有限得很的冊數發揮最大的效用。擬定贈予《輯校》的各地機構包括：

香港（七處）：

　　嶺南大學、香港大學、香港中文大學、香港科技大學、香港浸
　　會大學、香港城市大學、香港理工大學

澳門（一處）：

澳門大學

中國大陸(十一處)：

北京：國家圖書館(前北京圖書館)、北京大學、中國社會科學
院(文學研究所)、清華大學

上海：復旦大學(中國古代文學研究中心)、上海圖書館

天津：南開大學

南京：南京大學

廣州：中山大學(古文獻研究所)

成都：四川大學、四川師範大學

濟南：山東大學

臺灣(七處)：

臺北：臺灣大學、國家圖書館(前中央圖書館)漢學研究中心、
中央研究院(歷史語言研究所、中國文哲研究所)

新竹：清華大學

臺中：東海大學

臺南：成功大學

日本(五處)：

東京：東京大學(東洋文化研究所)、東洋文庫、早稻田大學

京都：京都大學(人文科學研究所)

天理：天理大學

韓國(一處)：

漢城：高麗大學校

新加坡(兩處)：

新加坡國立大學、南洋理工大學

澳洲(一處)：

坎培拉：澳洲國立大學(Australian National University, Canberra)

美國(十四處)：

波士頓：哈佛大學(Harvard University, Boston)

新港：耶魯大學（Yale University, New Haven）

紐約市：哥倫比亞大學（Columbia University, New York）

普林斯頓：普林斯頓大學（Princeton University）

綺色佳：康乃爾大學（Cornell University, Ithaca）

華盛頓：美國國會圖書館（Library of Congress, Washington, D. C.）

安亞堡：密西根大學（University of Michigan, Ann Arbor）

芝加哥：芝加哥大學（University of Chicago）

麥迪遜：威斯康辛大學（University of Wisconsin at Madison）

布明頓：印地安那大學（Indiana University, Bloomington）

西雅圖：華盛頓大學（University of Washington, Seattle）

伯克萊：加州大學柏克萊校本部（University of California at Berkeley）

史丹福：史丹福大學（Stanford University）

檀香山：夏威夷大學（University of Hawaii, Honolulu）

加拿大（兩處）：

多倫多：多倫多大學（University of Toronto）

溫哥華：英屬哥倫比亞大學（University of British Columbia, Vancouver）

英國（四處）：

倫敦：大英圖書館（British Library）、倫敦大學（London University）

劍橋：劍橋大學（Cambridge University）

牛津：牛津大學

法國（兩處）：

巴黎：法蘭西學院高級漢學研究所（L'Institut des Hautes Études Chinoises, Collége de France）

遠東文獻中心（Centre du Documentation sur l'Extrême Orient, École Pratique des Hautes Études VIe Section）

德國（五處）：

　　柏林：國立柏林圖書館（Staatsbibliothek zu Berlin – Preussischer
　　　　Kulturbesitz）

　　格廷根：格廷根大學（Staats- und Universitätsbibliothek
　　　　　　Göttingen）

　　慕尼黑：國立巴威略圖書館（Bayerische Staatsbibliothek,
　　　　　　München）

　　漢堡：漢堡大學（Staats- und Universitätsbibliothek Hamburg）

　　波恩：波恩大學（Universitätsbibliothek Bonn）

荷蘭（一處）：

　　萊頓：萊頓大學（Rijksuniversiteit te Leiden）

　　這是初擬的名單，倘有餘冊會多分贈幾處。

六、兩種插增本甲乙簡名的界定

　　插增本的殘冊和零葉因版式之殊（半葉一圖和隔半葉一圖之
別），分屬兩本；前者的整體字數也明顯較後者少。可是兩本現在
看得到的部分，扉葉、目錄，和首卷全缺，加上得見的部分名從卷
易，無從知道此二本分別以何名爲正。處理起來，簡稱是可用之法。
但因殘存部分分散見多處，不能用地名作簡稱。甲乙定名史有前例
（如《紅樓夢》的程甲本和程乙本），但用起來易生誤解，即以爲甲
本當在乙本之前。

　　採用甲乙之初，依據有二。其一爲發現的先後有很大的時差。
每半葉一圖之本中的巴黎本早在1902年已上了明確紀錄；屬於此本
的牛津殘葉也在1949年已有報導。反觀隔半葉一圖之本遲至八十年
代初方爲小說研究者所知悉。定前者爲甲本，後者爲乙本並不違反
版本學界定簡稱的常用法則。其二爲直至《輯校》的工作快要做完
了，我一向以爲插增乙本是插增甲本的擴充版（最終意見如何，看
下去自有分曉）。

　　或者這樣聲明最切實際：甲乙祇是按發現先後，採用來辨別版本的記號，不必套上演化過程的含意，以免預設觀念影響分析的客觀性。

　　基本的話說過了，就試從不同角度去考察兩種插增本和評林本的性質，以及它們之間的相互關係，希望從而得到超過這個層次，且可助理解《水滸》演化過程的認識。

　　隨後舉例說明時，與討論無關的錯誤，逕改正，以免節外生枝；涉及討論的錯誤則注明。漏字或需加上引文才看得明白的字，用圓括號補上。

七、《輯校》所錄三本間接而密切的關係

1. 插增甲本和插增乙本同出一源

　　插增乙本用字較插增甲本繁，這一點似可支持插乙自插甲擴充出來之說。然而插乙情節不僅較插甲多，兩者互有的情節插乙更往往較繁。單憑這一點已足證插乙不可能自插甲擴充而來。還有更重要的一點。要從插乙找出插甲沒有的東西，唾手可得。反過來試圖自插甲找點插乙沒有的事物，小如一兩句無關重要的話也幾乎不可能。但二本確有密切的關係，即同出一源，刪得少者成了插增乙本，刪得多者就變成插增甲本。錯的漏的，俯拾即有，是簡本《水滸》的通病。但錯與漏都是無心之失，本與本之間不該雷同。苟有雷同，就是同出一源之證。錯誤愈是荒謬，指證之力就愈強，所以找起來，不必管「折」、「拆」不分、「厲害」作「利害」之類慣常之誤。

例1：　　魯智深和武松闖文安縣關卡時，扮作百姓的其他梁山頭目中，有插增甲本和插增乙本俱作李豆者（甲. 17.19b/ 346；乙. 17.17b/ 346）。評林本作李立，對（評. 17.20a/ 346）。

例2：　　宋江攻幽州時，撥呼延灼帶單廷珪和魏定國在右邊埋伏。插增甲本和插增乙本均誤書魏定國爲「媿定國」（甲. 17.25b/

359；乙.17.23a/359）。

例3： 宋軍即要抵玉門關時，插增甲本和插增乙本均說：「探了來報軍到，田實急令⋯⋯」（甲. 18.23a/ 423；乙. 19.1b/423），同誤「探子」爲「探了」。

例4： 樂女翠英向王慶自我介紹時，插增甲本和插增乙本俱說：「妾乃杭州教坊詞之樂女，⋯⋯」（甲. 20.28b/ 591；乙. 21.27b/ 591），同誤「司」爲「詞」。評林本不誤（評.21.28a/ 591）。

例5： 望洮陽進發時，李逵問宋江爲何沒有安排他任務。插增甲本和插增乙本記李逵所問同作：「這番行兵如何不與我們出戰？」（甲. 21.1a/ 595；乙. 22.1a/ 595），皆誤「我」爲「我們」。評林本沒有「們」字（評. 22.1a/ 595）。

2. 插增甲本和評林本有同源的關係

插增甲本和評林本在情節的有無和用字的多寡上分別很大，這是稍檢讀《輯校》即可得到的印象，故很易便排除了它們之間有直接關係的可能。間接的關係則應有，即同出一源。荒謬的錯誤出現得一模一樣便是證明。

例6： 插增甲本和評林本形容陸虞候時，齊把「紫棠面皮」錯寫爲「紫糖面皮」（甲. 2.18b/ 3；評. 2.18a/ 3）。

例7： 晁蓋等七人聚義後，吳用說：「保正夢見北斗七星墜在梁脊」（甲. 4.1a/ 22；評. 4.1a/ 22）。插增甲本和評林本此句一樣，均同誤「樑脊」爲「梁脊」；前一字尚可說是別體，後一字則絕對是形似之誤。

例8： 晁蓋等七人在黃泥岡買酒吃時，插增甲本和評林本並誤作「那二個客人」（甲. 4.4b/ 29；評. 4.5a/ 29）。

例9： 魯智深和楊志說及張青、孫二娘夫婦時，插增甲本和評林本均作「他夫婦亦是江湖上（漏字），叫做菜園子張清、（漏

字）」（甲.4.7b/ 37；評.4.8b/ 37），都漏了同樣的字，以致弄到句不成句。兩本還都把「張青」錯寫爲「張清」。

例 10： 武松邀請四鄰四人作證，數目有特別含意，但插增甲本和評林本僅列出同樣的三人：姚二郎姚文卿、胡正卿、張公（甲.6.4a、5b/ 133、136；評.6.4a、5b/ 133、136），皆漏了容與堂本列明的趙四郎趙仲銘(26.12b)。

例 11： 武松殺死潘金蓮和西門慶後，插增甲本說他「即帶婆子並兩顆投縣首明」（甲.6.5b/ 137），評林本雖作「即帶婆子並兩顆到縣裏來」（評.6.6b/ 137），用字稍異，同樣在「兩顆」後漏了「人頭」二字。

例 12： 武松在孫二娘的黑店伴中了蒙汗藥昏倒，當孫二娘要扛他進去時，插增甲本和評林本都說「武松就勢抱住婦人，兩手攏來當胸前摟住，卻把兩隻手挾那婦人下半截」（甲.6.8a/ 140；評.6.7b/ 140）。兩本用字相同不足奇，奇在同樣錯把武松弄作四手怪物，「兩隻手」該是「兩隻腿」才對；容與堂本即如此(27.8b)。

例 13： 武松遭張都監等人陷害後，插增甲本和評林本均謂施恩對其父說，管監牢的康節級「與小兒最好」（甲.6.18b/ 163；評.6.17a/ 163）。插增甲本和評林本同樣錯得荒唐，施恩口中的「小兒」該是他自己的兒子！容與堂本作「孩兒」就對了(30.9b)。

例 14： 武松正裝扮作行者時，孫二娘說「前路去誰敢盤結」（甲.7.4b/ 176；評.7.4a/ 176），插增甲本和評林本皆誤「盤詰」爲「盤結」。

例 15： 宋江等訪李師師時，插增甲本和評林本並謂「宋江口滑，蝩拳裸袖，把出梁山泊手段來」（甲.15.5b/ 209；評.15.5a/ 209），均誤「揎」作「蝩」。

例 16： 李師師接待宋江等時，插增甲本和評林本均說她「低唱蘇

東坡『大江西水』調詞」（甲.15.5b/210；評.15.5b/210），
同樣弄不準「大江東去」詞。

例17： 燕青正要和任原比賽相撲前，他宣稱：「利物不打緊，祇
要攧翻他」，插增甲本和評林本均如此（甲.15.15a/222；
評.15.14a/222）。兩種插增本以及評林本幾乎所有的「翻」
字都作「番」，例外極少見。這裏兩本同用「翻」字，是
很好的同源證據。

例18： 介紹高俅所率往勦梁山的十節度使後，插增甲本和評林本
同說「這十節（插增甲本漏「節」字）度使舊日是六林叢中
出身」（甲.15.27b/246；評.15.26a/246），悉誤「綠」爲
「六」。

例19： 吳用知道高俅建造大批海鰍舡，用來攻梁山後，派張青、
孫二娘、孫新、顧大嫂、時遷、段景住混入船廠去放火。
這樣安排人選的道理很明顯：這種雜務由石碣排名壓尾的
頭目去負責應綽綽有餘了，入選的也就包括兩對祇配當雜
務的夫婦。容與堂本列出的陣容即如此（80.7b）。在插增甲
本和評林本中入選的竟是沒羽箭張清，而非菜園子張青
（甲.16.6ab/266-267；評.16.6b-7a/266-267）。張清是梁山
的主要戰將，那會浪費至遣他去幹這種近乎無聊的差事的
程度！預先在附近埋伏，準備與政府援兵交手的戰將才是
張清。容與堂本先說張青，次述張清，層次分明。待插甲
和評林本講埋伏的戰將時，那人又是張清，變成把兩個不
同的人合爲一人了。插增乙本這部分雖未見，諒也是二人
混合，一個張清就算了事。

例20： 梁山諸人受招安後，入京見駕時，有一段對偶的描寫，其
中插增甲本有云：「黃信左朝孫立，鄧飛、歐鵬並擔玉斧
石亮」（甲.16.23a/298）。評林本此句僅有一字之別，用「回」
字而不用「亮」字（評.16.22b/298）。兩本同樣不通之極，

根本無法句讀。下半句，容與堂本作「歐鵬右向鄧飛」
（82.12b），是。

3. 插增乙本和評林本亦同源

　　用荒謬的錯誤，若非同源，就不會在不同本子上出現為衡量的
工具，字數和情節均較插增乙本少得多的評林本竟也是同出一源。

例 21：　大軍出發征遼前，講中書省所差廂官尅扣朝廷所賜酒肉，
　　　　和梁山隊伍如何反應一段，插增甲本屢有誤致不能卒讀之
　　　　句，且整段頗簡（甲. 17.3a/ 307）。插增乙本此段則既整齊
　　　　且夠詳細（乙. 17.3a/ 307-308），而評林本此段與插乙全同
　　　　（評. 17.2b-3a/ 307-308）。

例 22：　快要和遼兵初戰時，插增甲本有「（宋江）與盧俊義俱各戎
　　　　裝領兵來迎」句（甲. 17.4b/ 311）。插增乙本和評林本同作
　　　　「（宋江）與盧俊義俱各戎裝擐帶，……」（乙. 17.4a/ 311；
　　　　評. 17.4b/ 311），均誤「擐」為「擐」。

例 23：　玉田縣一戰，盧俊義走散後復遇呼延灼，後又與關勝會
　　　　合，插增乙本記關勝問道：「來者莫非胡將軍否？」（乙.
　　　　17.9b/ 324）。評林本有同樣的句子（評. 17.10a/ 324），但插
　　　　增甲本沒有相應之句。插乙和評林之句是糊塗至極的例
　　　　子。早期的簡本經常把呼延灼寫作「胡延灼」，還可以勉
　　　　強解釋為誤「胡延」為姓氏。這裏竟把他說成姓胡了！

例 24：　宋江往攻遼國幽州時，插增甲本說其「往薊州與盧俊義約
　　　　日進兵」（甲. 17.21b/ 350）。插增乙本和評林本都有同樣的
　　　　衍字作「往薊州與盧俊義兵約日進兵」（乙. 17.19b/ 350；
　　　　評. 17.21b/ 350）。同在「義」字後多了個「兵」字。

例 25：　宋田兩軍在玉門關接戰時，插增乙本和評林本有一段並無
　　　　實質分別的敘述：「張清勒馬再出。雲（評林本無「雲」
　　　　字）宗善大怒，輪斧砍來。張青那石子飛起，把雲宗善打

下馬來」(乙.19.2b/ 426；評.19.2b-3a/ 426)。張清之名第二次出現時，二本都誤爲不懂飛石的菜園子張青。張清／張青的隨意亂用，還有前述 9 和 19 兩例。

例 26： 宋田雙方一輪接戰後，插增乙本和評林本記宋方戰績，兩本俱謂：「……，不知去向。瓊、盛本、褚大亨、赫連仁引三五百敗(評林本無「敗」字)兵走投金烏嶺」(乙.19.3a/ 427；評.19.3a/ 427)。兩本都把方瓊的「方」字漏了。

例 27： 宋方和田虎在金烏嶺交戰時，插增乙本和評林本皆有句謂：「桑英慌忙上馬，掉鎗迎敵，……」(乙.19.5a/ 433；評.19.6a/ 433)。同把「提」字誤作「掉」字。

例 28： 宋方和田虎兵戰於蘇林嶺時，插增乙本和評林本都說：「穆橫、穆椿死救楊林回陣」(乙.19.7b/ 439；評.19.8b/ 439)。同樣誤穆弘、穆春爲穆橫、穆椿。

例 29： 烏利國舅死後，插增乙本和評林本俱說：「張清即備棺槨收歛」(乙.19.16a/ 459；評.19.16b/ 459)。兩本都誤「殮」作「歛」。

例 30： 孫安歸順後，向眾人解釋要回白虎嶺處理公私事宜。插增乙本和評林本都隨即講張清的反應：「張清道(評林本作「曰」)：『將軍高見。』言訖去了」(乙.19.18b/ 465；評.19.19a/ 465)。按文法而言，「言訖去了」者就是張清，但從上下文去看，那人祇該是孫安。兩本齊漏了孫安之名。

例 31： 魏州之戰，田方在城門掘好陷阱後，插增乙本有一段五十五個字的記述：「葛延開門，引馮大本、袁恭、沙仲義出城。兩軍對陣，眾將廝殺，不分勝敗。金真、梅玉見關勝戰葛延不下，馬麟便出，夾攻馮大本。沙仲義接住廝殺。沙仲義回馬便走」(乙.20.1b/ 475-476)。這段文字看似完整，實則相當糊塗(特別是後半)。「金真、梅玉見關勝戰葛延不下」句根本未完。馬麟和誰「夾攻」馮大本？沙仲

義跟誰「廝殺」？最後兩句同用沙仲義爲主詞，但看不出究竟兩句之間有何連繫。評林本相應的一段漏了很多字，僅得更不成句的「葛延開門，引馮大本。沙仲義接住廝殺。沙仲義回馬便走」（評. 20.1a/ 475-476）。文字雖疏落得難成句，插乙最後的兩個怪句卻都見於此。這是二本有關係之證。要想知道這段原先會是怎樣子，劉興我本和北圖出像本都提供若干消息。劉興我本作：「葛延開門，引馮大本、沙仲義接住廝殺。沙仲義回馬便走」（20.89.1b），簡單明確。北圖出像本文字較繁而更有顯示力：「葛延開門，引馮大本、袁恭、沙仲義出城。兩軍對陣，眾將廝殺，不分勝負。金真、梅玉見關勝戰葛延不下，便出馬相助。馮大本、沙仲義撥馬便走」（8.89.34a）。此段與插乙者頗近而沒有其毛病。這裏的資料不足支持進行各本間相互關係的探討，但起碼足以顯示評林本的來源。

例32： 李逵在懸纏井內鬥雞村時，老丈對他說的話，有「不知經已多年了數」句（乙. 20.11b/ 501；評. 20.12a/ 501）。插增乙本和評林本均把「已多年數了」弄成「已多年了數」。

例33： 介紹小華光馬靈時，插增乙本和評林本都有「其物須各法寶，祇可邪行」句（乙. 20.13a/ 505；評. 20.14a/ 505）。句不通之極。原來都誤「雖名」爲「須各」了。劉興我本即作「其物雖名法寶，祇可邪行」（20.92.11a）。

例34： 宋江處理田虎官員時，插增乙本和評林本俱有「爲設官員赦免其罪」句（乙. 20.18a/ 517；評. 20.19b/ 517）。很明顯，「爲」字是「僞」字之誤。

例35： 徽宗聞宋江平田虎後班師，即擬出城迎接，戴宗解釋大隊要過好一段時間才能抵京，中有云：「魯城到東京三萬餘里程途」（乙. 20.19a/ 520；評. 20.20b/ 520）。插增乙本和評林本同誤沁城（田虎政權的首府）作魯城。

例 36： 宋江平田虎後抵京時，徽宗往迎，宋江說了些感恩的話，內有云：「特勞車駕驅馳曠野」（乙.20.19b/ 521；評.20.21a/ 521）。插增乙本與評林本並誤「聖駕」為「車駕」。

例 37： 王慶在土地廟被識破後，執朴刀跳出來，村民拿來和他對打的武器，插增乙本和評林本都說是「匾擔、鋤頭、竹竿」（乙.21.21a/ 574；評.21.20b/ 574），均用「匾」作「扁」。插增甲本用「扁擔」（甲.20.21a/ 574）。

例 38： 李俊率船隊往攻越江城時，插增乙本和評林本均有一段祇有一字之異的插詞：「艨艟連列，……猶如赤壁拒曹公」（乙.22.12a/ 622；評.22.12b/ 622）。這首不短的插詞的兩個版本都錯字連篇，但竟錯成一模一樣，分別僅在評林本還多錯了一個字。這些錯誤之出於漫不經意，看看劉興我本(22.102.9a)那首插詞字字準確，全沒有這一大堆錯誤中任何一個便可知矣。如果不是盲目抄錄又怎能解釋兩本錯得如同出一轍？

例 39： 李俊和危昭德在越江城江面相遇時，插增乙本和評林本同謂：「李俊恨怒，激率戰船順水勢殺過去」（乙.22.12b/ 623；評.22.12b/ 623）。「激率」必誤，劉興我本(22.102.9b)作「便率」，是。

例 40： 破潤州後，宋江打算和盧俊義兵分兩路，插增乙本記謂：「宋江道：『目今宣胡二州，我與你寫下兩鬮，對天拈取，若拈得所征地方，便引兵去』」（乙.24.1a/ 701）。評林本相應的部分作：「（宋江）與盧俊義曰：『今宣胡二州，對天拈鬮。若拈得所征地方，便引兵去征』」（評.24.1a/ 701）。正因兩者之間雖有詳略之別，竟都作「宣胡二州」。再看劉興我本(24.108.1a)也同樣是「宣胡二州」，這雙重錯誤就祇有用同源去解釋了。兩本下文皆說宋江拈得常蘇二州，盧俊義拈到宣湖二處，而「湖州」之「湖」更訛

爲「胡」。這就是說，該作「常蘇宣湖四州」。很幸運，
這不獨可作同源之證，連這個源也可追溯出來。原來整件
事情講得精詳多了的容與堂本早誤作「宣湖二州」
（92.1b），到作爲各種簡本所據的簡本出來，復誤上添誤
地搬出「宣胡二州」來。錯誤實在明顯，不可能從沒有人
作出修正的企圖。二刻《英雄譜》用「宣湖四州」（19.103.1a）
便是這樣的企圖。修正還未算完滿。北圖出像本
（10.108.10b）和《征四寇傳》（9.108.9b）作「宣胡蘇常四
州」（「湖」作「胡」是另一回事）[2]，始算終完成了修正。
話說齊了，也扯遠了，此例起碼足證插增乙本和評林本
出一源。

例 41： 掉轉鎗頭的方臘降將金節歸劉光世所用，插增乙本和評林
本均記其終結爲：「後金節破木金元木四大子，多立功
勞，……」（乙.24.3b-4a/ 709；評.24.4a/ 709）。這句兩本
共有的天書般句子原來意圖寫作「後金節破大金兀朮四太
子」！容與堂本即如此（92.12a）。

例 42： 吳用對宋江說，誰能利用水道往杭州探路後，插增乙本記
謂：「張橫、二阮道：『我門都去』」（乙.24.11a/ 727）。
評林本除了用「曰」不用「道」外，毫無分別（評.24.11b/
727）。「三阮」誤爲「二阮」、「我們」錯成「我門」，
兩本全同。

例 43： 宋江正計畫進攻杭州時，有天使來到，插增乙本和評林本

2　《征四寇傳》看似普通，舊版卻不易一見。孫楷第，《中國通俗小說書
目》，重訂本，頁216-217，即不列此書任何舊版。茲用法國國立圖書館
所藏振賢堂本。按王清原等，《小說書坊錄》，修訂本，頁42-43的紀錄，
振賢堂是乾隆後期的書肆。此本並不隱瞞其剖割百十五回本，僅取其後
半以成書的實情，首回〈柴進簪花入禁苑、李逵元夜鬧東京〉即標明爲
第六十七回。亞東圖書館（上海）於1924年合此書及陳忱《水滸後傳》爲
《水滸續集》時，此書的回碼從頭算起，即列原來的第六十七回爲第一
回。本集各文引用《征四寇傳》時，回碼從振賢堂本。

此處有句怎樣標點也讀不通的話：「宋江迎接入城，謝恩凡能天使又將出太醫院奏准，……」（乙.24.11a/727；評.24.11b/727）。不管標點為「謝恩。凡能天使……」，或「謝恩凡能，天使……」都不通。這種情形，倘非同源，無法解釋。原句諒為「謝恩已罷，天使……」，形似之誤。劉興我本作「宋江等迎接入城。謝恩畢，天使又將太醫院奏准，……」（24.109.8b），通，可見「凡能」二字必誤。

例44： 阮小二之遇害，插增乙本和評林本講得完全一樣：「阮小二急下水時，被一撓鈎搭住。阮小二知難脫走，扯住腰刀，自刎而亡」（乙.25.4a/759-760；評.25.4b/759-760）。「扯住腰刀」是「扯出腰刀」之誤。

例45： 歙州之戰時，朱武看出方臘軍隊會來劫寨，遂設伏以待，並發出指引。這指引插增乙本和評林本均謂：「看見宋軍火起，四下各殺出來」（乙.25.10a/776；評.25.11b/776）。「宋軍」必誤。容與堂本作「中軍」（98.10a），是；隨後插乙和評林本均有「中軍火起」之語，可見前此之句也當作「中軍」。

例46： 宋江和李逵以死訊報夢給吳用後，插增乙本和評林本均續說：「吳用淚如雨下，坐到天明，逕往楚州來，如果宋江已死」（乙.25.21a/803；評.25.24b/803）。「如果宋江已死」，顯誤。劉興我本作「宋江果已死」（25.115.19a），是。

4. 兩種插增本和評林本並皆同源

　　兩種插增本既同出一源，而插增甲本和插增乙本復分別與評林本又是同源，那麼是否三者皆同源？理論上雖應如此，還是不能想當然就算，要看實證的。這樣做也可以彌補前三組例子的先天性局限，即那些段落往往僅一種插增本有存文。合用的證據也是出於荒謬錯誤的雷同。

例 47：　梁山集團奉詔征遼，尚未出發時，宋江求宿太尉道：「煩
　　　　　恩相題奏，乞降聖旨寬限，容還山二事。」此處插增甲本、
　　　　　插增乙本、評林本全同（甲. 17.2a/ 305；乙. 17.2a/ 305；評.
　　　　　17.1b/ 305）。「容還山二事」句不通，在「山」字後漏了
　　　　　「了此」二字。容與堂本作「還山了此數事」（83.3b），當
　　　　　是正確模式的樣子。

例 48：　攻陷遼國密雲縣後，有詩作插詞，內「累縱狼孤寇宋江」
　　　　　句（甲. 17.5a/ 313；乙. 17.5a/ 313；評. 17.5a/ 313），插增甲
　　　　　本、插增乙本、評林本齊誤「宋疆」爲「宋江」。

例 49：　朱武擺出鯤化爲鵬陣後，自加解釋，內有云「祇是個水
　　　　　陣」，插增甲本、插增乙本、評林本皆如此（甲. 17.9a/ 322；
　　　　　乙. 17.8b/ 322；評. 17.9a/ 322）。「水」爲「小」之誤。容
　　　　　與堂本此處正是作「祇是個小陣」（84.4a）。

例 50：　盧俊義領兵與遼軍會戰玉田縣後，點計「不見解珍、……，
　　　　　步軍五千餘人」。插增甲本、插增乙本、評林本均無別（甲.
　　　　　17.10b/ 325；乙. 17.9b/ 325；評. 17.10a/ 325）。其實「步」
　　　　　皆應是「少」字。容與堂本作「不見了五千餘人」（84.7a），
　　　　　正是此義。

例 51：　宋江攻遼國薊州城時，插增甲本、插增乙本、評林本均有
　　　　　「索超提擔出陣」句（甲. 17.12b/ 330；乙. 17.11b/ 330；評.
　　　　　17.12b/ 330），好像「擔」是甚麼武器似的。「擔」字之後
　　　　　全都漏了「大斧」。容與堂本作「索超橫擔大斧，出馬陣
　　　　　前」（84.11b），足示正確的模樣。

例 52：　宋兵攻陷遼國霸州時，插增甲本、插增乙本、評林本俱說
　　　　　守城的國舅及侍郎「束首被擒」（甲. 17.20b/ 347；乙. 17.18a/
　　　　　347；評. 17.20a/ 347），錯得一模一樣。宋江正要和遼方交
　　　　　換俘虜時（以兀顏延壽換回李逵），三本又同來一次「束首
　　　　　來降」（甲. 18.5a/ 380；乙. 18.4b/ 380；評. 18.4b/ 380）。

例 53： 兀顏延壽要從宋方所佈九宮八卦陣衝出去時，插增甲本、
插增乙本、評林本悉謂「齊聲吶喊殺出」（甲.17.28a/365；
乙.17.25a/365；評.17.28a/365），全誤「吶」為「納」。

例 54： 兀顏光統領的二十八宿將軍內有壁水㺄成珠那海（容與堂
本87.7b）。插增甲本、插增乙本、評林本俱把「壁水㺄」
寫作難說有甚麼意義可言的「壁水偷」（甲.17.29ab/368；
乙.17.26a/368；評.17.29b/368）。

例 55： 那張所謂二十八宿將軍的單子，插增甲本、插增乙本、評
林本均祇列出二十七人，其中「參水猿童里合」一人（甲.
17.29b/368；乙.17.26a/368；評.17.29b/368），其實是二
人因漏了字而變成為一個人。容與堂本作「參水猿周豹、
井木犴童里合」（87.7b）就對了。

例 56： 得九天玄女授法後，宋江調撥兵將準備進攻遼方的混天
陣，提到穆春，插增甲本、插增乙本、評林本全誤作碧春
（甲.18.7b/385；乙.18.7a/385；評.18.7b/385）。此三本每
次提及呼延灼時幾乎一定錯作胡延灼，說對之例少得甚至
用絕無僅有來形容也誇張了。在這張遣將名單裏，三本竟
然都把呼延灼之名弄對了。此例與三本同錯得一模一樣諸
例同樣具指證源流的功能。

例 57： 宋江往征河北田虎時，童貫領兵去勦江南方臘，但插增甲
本、插增乙本、評林本齊誤作淮西方臘（甲.18.17a/408；
乙.18.16a/408；評.18.16b/408）。

例 58： 宋江答應徽宗往討田虎後，插增乙本記云：「天子大悅，
親賜宋江、盧俊義各御酒三盃、金花兩朵。回營速整軍伍，
隨即起程。宋江、盧俊義回營開帳，會集眾兄弟，依次坐
于左右」（乙.18.17a/410）。插增甲本（甲.18.18a/410）和評
林本（評.18.17a/410）雖用字均稍簡，文意則無殊。最重要
的剛用黑點注明的十個字，三本全同。就文法而言，說到

這裏，主詞仍是宋徽宗。但按邏輯，回營的祇可能是宋江和盧俊義。三本在「回」字前似都漏了注明行動者為宋江和盧俊義。把征遼至征方臘故事抽刊為《征四寇傳》者也看出這一點。他改寫此段為：「天子大悅，親賜御酒三杯、金花兩朵。宋江、盧俊義再拜謝恩，回營速整軍伍，隨即起程。宋江、盧俊義會集眾兄弟，……」（4.84.15b）。從這個角度去看，那十個字（不管前面是否補上宋江和盧俊義之名）根本就是衍詞。既已「速整軍伍，隨即起程」，隨後的情節又怎會是宋江和盧俊義集合眾兄弟，慢條斯理地解說一番呢？不管如何處理這段文字，三本一致是同源的表徵[3]。

例 59： 關勝設伏以候田虎人馬來攻後，插增甲本、插增乙本、評林本都有同樣一段記述：「鈕文忠、沈安、張文禮向前。秦昇、馬異赦先合後。董澄為左右羽翼。祇留耿恭、孔成守寨，引一萬餘兵直至關勝大寨」（甲. 18.20b/ 416；乙. 18.19b/ 416；評. 18.19b/ 416）。分別祇有小小的一處，即秦昇評林本作秦升。連續幾處竟都錯得毫無分別：「赦先合後」無從解釋，必誤。僅得董證一人，如何分左右羽翼？故亦必誤。三本都漏說誰引兵至關勝大寨，文法則祇容一個解釋，即守寨二將引兵前往關勝駐紮之處。除同源外是無法解釋為何會連續同樣錯成那樣子。那段怎樣子才算是正確，劉興我本所說的該相當接近：「鈕文忠、沈安、張文禮向前。秦升（當以「昇」為正）、馬異二人為合後。董

3　在此引述這段文字，目的在說明三本同源，不宜在上面的討論別開枝節，故另有一看法就僅在此注交代一下便算了。如果把那段話（用插乙者）標點為：「天子大悅，親賜宋江、盧俊義各御酒三盃、金花兩朵：『回營速整軍伍，隨即起程』」，即徽宗命令宋江等之語，那十個字便不是衍詞了。我在《輯校》中不採此說，因覺得難脫勉強的成份，而仍視那十字為衍詞，故宜在此補說一下。

澄、耿恭爲左右翼。祇留孔成守寨。紐文忠引一萬餘兵直
至關勝大寨」(18.84.15a)。

例 60： 宋兵攻玉門關時，田方先遣五將迎戰；插增甲本、插增乙
本、評林本俱誤寫爲七將(甲.18.23ab/ 423；乙.19.1b/ 423；
評.19.1b/ 423)。

例 61： 王慶之妻勸他在比試時讓柳世雄贏了，插增甲本、插增乙
本、評林本都記她說：「省得日後結仇」(甲.20.2a/ 527；
乙.21.2a/ 527；評.21.2a/ 527)。全都把「仇」字弄成「仇」。

例 62： 王慶的形貌，插增甲本、插增乙本、評林本都說是：「頭
雌馬腹，猿臂豹身」(甲.20.3a/ 528；乙.21.2b/ 528；評.21.2b/
528)。這裏顯用四個某種獸類的身體某部分來作組合單
位，但「頭」與隨後的馬、猿、豹不配，「雌」也和腹、
臂、身不類，而且「頭雌」之義也無從解釋。劉興我本作
「熊頭馬腹，猿臂豹身」(21.95.2a)，通。

例 63： 王慶第一天開賭檔後，范全妻問他收穫如何，插增甲本、
插增乙本、評林本都說王慶「掙着雙眼看嫂子」(甲.20.15a/
559；乙.21.15a/ 559；評.21.14a/ 559)，均誤「睜」爲「掙」。

5. 同源的三本有互異之處

在重複說明插增甲本、插增乙本，和評林本同源後，也得留意
三本亦有互異的地方。

例 64： 遼國爲宋江所征服後，要派左丞相褚堅往宋京乞降。三本
均有褚堅先參見宋江和趙樞密，然後才上京的一段。三本
的文字和詳細程度頗有別。插增乙本的一段最完整：「(褚
堅)先到宋江寨內，參見宋江。宋江引褚堅來見趙樞密，
說知：『遼國今差丞相褚堅親往京師，朝見告罪投降。』
趙樞密以禮相待了，自來與宋先鋒商議，亦動文書申達天
子。就差柴進、蕭讓賚奏，一同褚堅前往東京」(乙.18.9a/

391）。這段文字除了用字稍省外，和容與堂本的相應部分（89.7a）並無大別。插增甲本和評林本刪節起來則各自發展。插增甲本那段說：「（褚堅）先到宋江寨內，參見宋江。引褚堅來見趙樞密，說知根由。趙樞密以禮相待，與宋江商議，動文書申達天子。即差柴進、蕭讓賫奏，一同褚堅前往東京」（甲.18.10a/391）。字數雖較插乙少了，且在「引」字前削去宋江之名，文理尚算可以，並不致引起誤讀。雖然容與堂本、插甲、插乙均不說誰差柴進和蕭讓往東京，此人之為趙樞密仍算夠清楚。評林本則大刀闊斧地刪為：「（褚堅）先拜見宋江。宋江亦動文書申達天子。就差柴進、蕭讓賫奏，一同褚堅前往東京」（評.18.10a/391）。刪得趙樞密不翼而飛，一切行動也就全撥歸宋江了。但宋江那有直接行文申達天子的職權！一個「亦」字更顯露出句子確有問題。如果不是行事者另有行動，或旁人別有行動，這個「亦」字便無從說起。

例65：　征遼成功，返京朝見天子後，插增乙本說云：「宋江與眾將謝恩。出宮禁，都到西華門外上馬，至行營裏候朝廷委用，不在話下」（乙.18.15a/405），記事清楚明確。此段評林本作：「宋江等謝恩，出宮禁，至行營候朝廷委用，不在話下」（評.18.15b/405），字用少了，情節也簡了，但不能說其因而犯錯。大錯特錯的倒是插增甲本。該本說：「宋江與眾將謝（恩），出到西華門外行營，候朝廷委用」（甲.18.16a/405）。胡刪之下，「到西華門外上馬，至行營裏候朝廷委用」句（這是見於插乙的句子，原始簡本這句或有出入）變成了「出到西華門外行營」的荒謬句子。說其荒謬，因為西華門外上馬並不表示行營就在西華門外。事實上，行營竟在反方向。不久前，插甲不就說宋江等「回到東京，屯駐東華門，等候聖旨」（甲.18.15b/404）。前後兩

句不過相隔十三行，連自己說過甚麼也忘了，致弄出宋江
行營時在東華門外，時在西華門外！

例 66： 宋江等征遼後，在接受其他任務前，先介紹那時天下安寧
與否的情況。插增乙本謂：「卻說當時有四處賊寇作亂，
各霸一方，連年用兵，不得休息」（乙.18.15a/ 405），文意
文法都可以。插增甲本少了「卻說」、「時」三字（甲.18.16ab/
405），並沒有帶來實質的分別。評林本那句爲「卻說當時
四處賊寇作亂，各霸一方，不得休息」（評.18.15b/ 405）。
不講「連年用兵」，「不得休息」便無從說起，因爲賊寇
各霸一方此事本身不一定導致人民不得休息。這種祇留半
截的話是刪節所做成的。

例 67： 宋江人馬征王慶，首戰呂梁關時，插增乙本記守將魯成出
馬，前投奔宋江的田虎降將余呈亦出陣：「兩馬相交，戰
到十合，余呈敗走。魯成趕來，孫安便出馬敵住魯成。劉
敏見之，亦殺下來大戰二十合。孫安一劍把魯成斬於馬
下，被余呈一刀殺了」（乙.21.24b/ 584）。寫得實在亂。劉
敏（另一守將）與誰戰二十合？孫安？孫安和余呈？孫安
既斬魯成落馬下，還用畫蛇添足地由余呈結果他嗎？即使
果如此，余呈豈非有奪功之嫌？插增甲本述事簡單了很
多，不提劉敏，並由孫安一人結果魯成（甲. 20.24b-25a/
584）。評林本更簡單，根本不提孫安，自始至終由余呈一
人應付和了結魯成，故上引插增乙的一大段，評林本僅用「兩
馬相交，戰十合，被余呈一刀殺了」（評.21.24b/ 584）。這
樣刪簡反顯得乾淨俐落。如此安排也可說是別有原因的，
即爲其後拖延誇張余呈的故事鋪路。因此，破呂梁關後記
功，兩種插增本都僅說「即寫孫安爲首功」，這句在評林
本就成了「即寫余呈爲首功。」

6. 小結

插增甲本、插增乙本、評林本同出一源。這個源祇可能是簡本。現在見得到的簡本都不是這個本子。這樣說並不是因爲現存的簡本都刊印於這三本之後(刊印日期的先後和本子所代表的演化次序未必相等),而是因爲尙無法證明現存的其他簡本當中有任何一本在演化的次第中較兩種插增本爲早(特別是插增乙本;插乙尤在插甲之前,下文自有交代)。

這個三本所由出的本子雖未得見,此本的若干特徵還是可以測知一二的。這點隨後再說。

現在應先說的是三本沿用那個共同的本子後各自發展,文字的疏密程度和情節的多寡或大致保留,或續作刪簡,遂出現各有不同,互見優劣的情形。這些容分項析述。

八、《輯校》所錄三本互異和優劣的比較

1. 兩種插增本之間的關係密於二本各自和評林本的關係

雖同源而各自發展使插增甲本、插增乙本、評林本各具特色,連帶彼此之間的相互關係也有疏與密的分別。兩種插增本之間的關係較此兩本與評林本的個別關係密切多了。

例 68: 柳世雄在比試中敗於王慶之手後,插增甲本、插增乙本、評林本記高俅的反應,內容基本上一樣,文辭的異同則可顯示各本間關係的密與疏。插增甲本這段作:「高俅道:『恩人不妨。我做殿前太殿,這總管也在我手裏。』便叫殿司前十個帶牌的,分付道:『去雄武營前巡視王慶。若與鄰人爭或自家裏鬧,與我便申來』」(甲. 20.2b/ 527)。插增乙本相應的一段雖然多了若干細節:「高俅道:『恩人不妨。我做着殿前太尉,這廝做總管也在我手裏。我直

滅那不見星火。』便叫殿司前十個帶牌的,分付道:『去雄武營前巡殺着王慶。若與鄰人爭也得,自家裏鬧也得,與我便申來』」(乙.21.2b/ 527),還是和插甲很接近的。評林本的一段文字則頗有分別:「高俅曰:『恩人不妨。我做殿前太尉,這總管在我手裏。』便喚殿前十個帶牌的,分付曰:『去雄武營前巡殺王慶』」(評.21.2a/ 527)。

例 69: 王慶送了紫羅給張世開的小夫人後,插增甲本和插增乙本齊說:「院子告道:『夫人得知:小人不知有甚觸突太尉,不時祇是打着小的。……』」(甲.20.10a/ 546;乙.21.10a/ 546)。二本都錯了。這樣寫就變成院子講自己的麻煩,而不是替王慶找解決之法了。因爲兩本俱誤,此錯失當是依據之本原已有者。評林本作:「院子告曰:『不知此人有甚觸突太尉,不時祇管打他。……』」(評.21.9b/ 546),顯作了改良。

2. 評林本與插增乙本的關係較其與插增甲本之關係近

雖然講關係的密切程度,評林本與任何一種插增本的關係均較兩種插增本之間的關係疏,它與插增乙本的距離還是較其與插增甲本的距離近。

例 70: 宋江自獨鹿山峪救出盧俊義後,插增甲本說:「次日,吳用道:『可乘此機會取幽州,唾手可得』」(甲.17.25a/ 358)。插增乙本則作:「次日,吳用道:『可乘此機,好取幽州,唾手可得』」(乙.17.22ab/ 358)。評林本除了用「曰」不用「道」外(評.17.25a/ 358),與插乙無異。

例 71: 介紹往援幽州的李集,插增甲本說他「見在雄州屯(紮)。聽得遼主折了城子,因此調兵前來助戰」(甲.17.25a/ 358)。插增乙本和評林本則多了一項李集背景的說明,且文字全同:「見在雄州屯紮。往常侵犯大宋邊界,正是此

輩。聽得遼主折了城子，因此調兵前來助戰」（乙.17.22b/
358；評.17.25a/358）。

例72： 徽宗批准遼國投降後，宿太尉與柴進等準備返回遼國。插
增甲本述次簡單，僅說：「宿太尉領旨，同柴進等望陳橋
驛進發」（甲.18.11b/394）。插增乙本和評林本均稍繁，同
作「再說宿太尉領了聖旨，準備轎馬，僦同柴進等出京師，
望陳橋驛進發」（乙.18.10b/394；評.18.11a/394）。「就」
字同錯作「僦」；僦，賃也，意義全異。

例73： 關勝與田虎人馬初接觸時，插增甲本僅得「關勝提刀出馬」
簡單一句（甲.18.20a/415）。插增乙本和評林本繁了些，同
作「關勝提刀出馬，厲聲高叫：『小賊到來，由自抗拒！』」
（乙.18.19a/415；評.18.19a/415）。二本之同，真是同得妙
絕。「由自抗拒」若是同音字之錯，就該是「猶自抗拒」；
要是同形字之誤，則當作「尙自抗拒」。此錯還不及自呼
爲小賊的離譜。原句有漏字，應是「小賊！天兵到來，尙
（或猶）自抗拒！」才對。

例74： 接連上例一句之後，插增甲本有「河北陣上，田彪舞刀出
馬。戰五十合，不分勝敗」（甲.18.20ab/415）句。插增乙
本和評林本此處全同，皆作：「河北陣上，田虎舞刀出馬。
鬥到五十合，不分勝敗」（乙.18.19a/415；評.18.19a/415）。
此例可證二事：（一）插乙和評林本同源。此事太明顯了。
田彪同誤作田虎。（二）推溯下去，始終是三本同源。此處
三本都祇是說田彪（虎）出馬，戰五十合，不分勝敗，悉不
說田彪和誰交手。看來大家所依據之本（評林本大有可能
是起碼再隔一個演化層次的產品）根本就沒有交代誰和
「田虎」交手。編刊《征四寇傳》者也看出這點，改寫此
部分爲「河北陣內，田彪持刀出馬，直取關勝，戰至五十
合，不分勝敗」（4.84.18b）。

例75： 關勝與田彪人馬接戰後，聽從朱武之言，設伏以備對方來劫寨。插增甲本僅說「關勝傳令交眾將四下埋伏，寨內發砲為號」（甲.18.20b/ 416），便算交代已畢。插增乙本則通過列出十九名頭目，詳說關勝如何設伏（乙．18.19ab/ 416）。評林本（評.18.19b/ 416）僅與插乙有少了幾個無關重要之字的分別。

例76： 介紹田實時，插增乙本和評林本都說：「卻說山士奇引敗軍回到玉門關來見田實。田實乃田虎族弟，……」（乙.19.1a/ 423；評. 19.1a/ 423）。插增甲本則有明顯漏字：「卻說山士奇引敗兵回到玉門關見田實，乃田虎族弟，……」（甲.18.23a/ 423）；「乃」字前應另有「田實」二字。

例77：宋軍和田軍即要在玉門關接戰前，插增甲本說：「端統軍等引軍擺開隊伍。莫真出馬。宋陣上，馬麟出陣高叫：……」（甲.18.23b/ 423-424）。此句插增乙本作：「且說端統軍等引軍離關三十里下寨，擺開隊伍。莫真出馬大叫：『宋兵出來打話。』盧俊義道：『誰人出馬迎敵？』馬麟出陣高叫：……」（乙. 19.1b/ 423-424）。評林本則顯與插乙近：「且說端統軍等引軍離開三十里下寨，擺開隊伍。莫真出馬大叫：『宋兵打話。』盧俊義曰：『誰人去敵？』馬麟出陣高叫：……」（評. 19.1b/ 423-424）。兩組之間，涇渭分明。

3. 評林本述事每較插增甲本為繁為正

插增甲本不是評林本所據之本。這樣說的一明顯原因是評林本述事每較插甲詳繁，且可以有較佳的表現。

例78： 插增甲本講述酒保李小二向林冲報告東京來客如何和差撥等設計謀害時，並無交代細節（甲. 2.18b/ 2），評林本則講出應說的細節（評. 2.18a/ 2）。

例79： 插增甲本講劉唐被雷橫扣留時，晁蓋教他認作自己的外甥

（姐姐的兒子），故要劉唐稱他為外舅（甲. 3.13a/ 6）。錯了，「外舅」是妻子的父親！評林本作「娘舅」（評. 3.13b/ 6），對。

例80： 吳用隔開相鬥的劉唐和雷橫後，插增甲本一句「問知二人前由」，便草草帶過（甲. 3.14b/ 9），評林本則有雷橫的解釋（評. 3.15a/ 9-10）。

例81： 公孫勝出現後，與吳用、劉唐、三阮諸人相見和定名位的過程，評林本所言較插增甲本繁雜得多（甲. 4.1a/ 21；評. 4.1a/ 21）。

例82： 何濤妻向小叔解釋丈夫遭遇的困難時，插增甲本僅得「與何清說知府着令捉賊情事由」一句籠統的話（甲. 4.9b/ 41），評林本則有整套齊全的叔嫂對話（評. 4.11a/ 41）。

例83： 何濤帶官兵去追勦晁蓋諸人，在水泊遇到阮小七時，插增甲本說「何濤認是阮小七」（甲. 4.15b/ 55）。何濤從未見過阮小七，怎能認得出來？評林本說「認得道是阮小七」（評. 4.18a/ 55），這才對。

例84： 武松自孟州充軍往恩州，起程時施恩掛兩隻熟鵝在他的枷上。武松很快就吃光了。這是《水滸》書中一幕頗有視覺效果的景致。這小情節，評林本講得夠詳細（評. 6.18b-19a/ 166-167），插增甲本則隻字不提（甲. 6.20b/ 166-167）。

例85： 張叔夜往梁山報告朝廷誠意招安的消息，宋江厚贈之。插增甲本說：「宋江令托出金銀相送，張太守下山」（甲. 16.19b/ 290），即指張叔夜毫不推搪就接受了。評林本則有一段兩人的對話，張終僅說：「深感義士厚意，且留大寨，事定之後，卻來請領」（評. 16.19a/ 290），明確指出張叔夜並無接受。

以上諸例見於尚未見插增乙本有存世的部分，待有插乙可用，也有同樣的例子出現。

例 86： 宿太尉見遼主時，插增甲本說得簡單到幾乎難成句子：「郎
主請宿太尉，大設筵。宴罷，送太尉於驛內安下」（甲.18.12b/
396）。插增乙本則夠齊整：「行君臣禮畢，郎主與宿太尉
相見。敘禮畢，請入便殿，大設華筵。宴罷，送太尉與眾
將於館驛內安歇」（乙.18.11a/396）。評林本祇是少了「敘
禮畢」三字（評.18.12a/396），其他全同插乙；前既說了行
君臣禮畢，此三字意義重複，故可省，即評林本作了改良。

　　從同樣性質的例，加上三本同源的認識，也可看得出插增甲本
不如插乙和評林本之處是刪改的結果。

例 87： 遼主投降後，插增甲本說：「第三日，遼主會集文武，送
太尉、樞密出城回京。再命褚堅將牛羊馬疋、金銀綵緞至
宋先鋒軍中，犒賞三軍。交取天壽公主一千人口放回本國」
（甲.18.12b/396），集好幾種錯誤於一處。「緞」、「至」
二字之間有漏字，並不算重要，可以不管。出問題的是文
法，因為主詞始終祇有一個，就是遼主，交取公主放還回
國者非他莫屬。但捉得遼國公主的是宋江！插增乙本一切
處理得清楚多了。該本這段作：「第三日，大遼國主會集
文武，送太尉、樞密出城。再命褚堅持將牛羊馬疋、金銀
綵段，直至宋先鋒軍前，大設廣會，犒軍賞將。宋江交取
天壽公主一千人口，放回本國」（乙.18.11b/396）。評林本
用字較少，誤「出城」為「送城」（評.18.12a/396），其他
就無分別。插甲文字脫落至文意大變，不可能是直接寫出
來的結果，祇會是不經意地刪削所做成的局面。通過此
例，還可看到另一重要信息。三本俱把「一千人口」誤作
「一千人口」，分明是同出一源。

4. 插增甲本有詳於評林本的部分

　　與上項相反的情形，即插增甲本詳而評林本略，甚至根本沒有

相應的部分，也是不難找出來的。不過這現象的考證功能不強，因可以解釋為評林本疏忽之所致，甚或故意省略。

例88： 朱全在晁蓋莊後門候得晁蓋後，晁蓋是否真的走了，朱全如何應付趕來的雷橫，以及朱全和縣尉的對話，插增甲本均有（甲.4.13b-14a/ 51），評林本卻全無（評.4.16a/ 51）。

例89： 殺死來勤的黃安後，插增甲本有一段三阮和劉唐帶領三百嘍囉下山去搶劫過路商人，以及如何分配劫得之物的小故事（甲.4.21a/ 66-67）。這故事在評林本不見隻字（評.4.23b/ 66-67）。

例90： 插增甲本講西門慶向王婆打聽潘金蓮的背景和王婆合作的意願（甲.5.18b-19a/ 109-110），細節多不見評林本（評.5.17b/ 109-110）。

例91： 武松舉石墩，顯神力，插增甲本講得夠詳細（甲.6.12ab/ 149）。評林本沒有這小故事（評.6.11a/ 149）。

例92： 劉高知妻被擄，點兵去救，以及劉高妻回來後如何解說遇事經過，插增甲本有（甲.7.11b/ 190），而評林本沒有（評.7.11b/ 190）。

例93： 燕青扮作山東貨郎下山去參加相撲比賽，起行前宋江要他當眾表演山東貨郎轉調歌。插增甲本有此情節（甲.15.12b/ 217），評林本沒有（評.15.12b/ 217）。

例94： 李逵隨燕青去參加相撲，入住客店後，插增甲本有一大段燕青和店主交談，市井閒漢來店中打聽虛實，任原知道今年有人來劈牌後的反應，以及李逵如何屈在店中，等等情節（甲.15.13a-14a/ 218-220）。評林本全無這一連串情節（評.15.13a/ 218-220）。

例95： 李逵在壽張縣衙玩了一頓後，走入學堂，把學生都嚇跑了。事見插增甲本（甲.15.16ab/ 225）。這情節不見評林本（評.15.15b/ 225）。

5. 插增乙本勝評林本之例

　　插增乙本和評林本之間也是互有優劣的。先看插乙較優的例子吧。因爲自征遼故事開始處才有插乙的知存部分，引例自然受此局限。

例 96：　遼國左丞相褚堅赴東京乞降，抵埗時，評林本謂：「卻說褚堅早到蔡京，道將軍休人馬於館驛內安歇」（評.18.10b/391）。誰能讀得通這句話？原來若依插增乙本此句該作「卻說褚堅早到京師，便將軍仗人馬於館驛內安歇」（乙.18.9b/391）！短短一句，評林本竟在三處錯了四個字。插增甲本作「褚堅到京師，人馬館驛中安下」（甲.18.10b/391），是另一種刪法。

例 97：　在征田虎之役中，關勝知道唐斌及其手足是破河北的關鍵人物後，插增乙本記關勝對戴宗說：「此人鬧了蒲東，殺了知府逃走。其人與我最好。若得哥哥將令，我去說他來降。我若自去，恐招擅離之罪」（乙.19.6b/436）。文辭文意均順。評林本記關勝對戴宗所說的話卻是：「此人鬧了蒲東，殺死知府逃走。其人與吾最好。未得將令，我去恐招擅離之罪」（評.19.7b/436）。「未得將令」前顯有漏句，且當是刪得不善的結果。

例 98：　王慶與黃達交手的結果，插增乙本說：「王慶將棒頭點些尿水，在黃達口上一抹。黃達一口尿，吐不迭，祇得當輸，走去河邊洗，自歸去」（乙.21.6ab/537）。插增甲本僅少了「吐不迭」三字（甲.20.6b/537）。評林本的一段則僅得一個主詞：「王慶（將）棒頭點些尿水，抹黃達一口，祇得當輸，走往河邊洗口自去」（評.21.6a/537）。因爲不注明誰走往河邊，行動上屬，就變成全是王慶的動作了。

例 99：　講張世開要尋打王慶的藉口，插增乙本說：「王慶轉傘低

了過去，張世開就把頭巾挺沽了去傘裙下蹴一蹴，那頭巾落在地下」（乙. 21.9a/ 543），並無問題。插增甲本記謂：「王慶轉傘低了，張世開把頭巾挺沽，被傘裙掀落地下」（甲. 20.9a/ 543），用字較少，但不足指爲刪節的結果。評林本作：「王慶轉傘底過，世開挺起頭巾，被傘裙撥落下地」（評. 21.8b/ 543）。「轉傘底過」固然無從解釋，就算說「底」是「低」之誤，「轉傘低過」句仍未完，當是自「轉傘低了過去」誤刪出來的。

例 100： 李俊向宋江報告收復江陰、太倉等地後，宋江允許他前往太湖查察，插增乙本續記隨後的發展：「即撥柴官人，帶孔明、孔亮、施恩、杜興去江陰、太倉、崑山、常熟、嘉定等處協助水軍，替回童威、童猛，幫助李俊行事。李應引偏將投江陰，來替換童威、童猛回見宋江，就隨李俊乘駕漁船前去探聽消息」（乙. 24.6a/ 714-715）。字數雖較容與堂本相應的一段（93.6b）少，尚能亦步亦趨地把事情說得夠清楚。評林本用字的密度與插乙相若，但因跳過一事不講，變成「即撥柴進帶孔明、孔亮、施恩、杜興去江陰、太倉、崑山、常熟、嘉定等處協取。李應引偏將投江陰，換童威、童猛回見宋江，就隨李俊乘駕漁船探聽消息」（評. 24.6b/ 714-715）。這是一段糊塗話。「協取」要有受詞才能成句。江陰、太倉等地已經收復，又有何可供協取？大概以爲童氏兄弟之名連續在結構近似的句子內出現就是無謂重複，便刪去其前見者。豈料替換童氏兄弟出來和另給他們新責任的述事因承層次，便因而斷了節。評林本這段給人爲刪而刪的感覺。

這層層演化還提供一個可以看清楚插增乙本（或其所據之本）和評林本的關連程度的機會。插乙本謂宋江命「柴官人」帶孔明等人去江陰諸地負責幾項任務。隨即卻說李應帶這批人員去那數地做

這工作。涉及的問題很明顯：爲何命一人帶隊，真正執行任務者卻是另一人？柴官人當即柴進，但柴進向非擔任這類工作的人，這次爲何特意選他？評林本乾脆把事情寫實，用「柴進」而不用「柴官人」，反更顯露出問題來。容與堂本先說宋江命「李大官人」出差，繼述李應帶同諸人前往，一點矛盾也沒有(93.6b)。李應本爲莊主，當然堪稱大官人。誤「李」爲「柴」之失當是插乙所據之本已有，評林本自作聰明，愈塗愈墨。

6. 評林本勝插增乙本之例

評林本優於插增乙本之例並不難找。

例 101： 征田虎戰役，講到關勝一支的行動時，插增乙本說：「宋江命戴宗投西凌州來。接入帳中。關勝問道：『近日哥哥勝負如何？』」(乙.19.6a/ 436)。「接」字前漏了該句的主詞。評林本優勝多了：「宋江命戴宗投西凌州。人報關勝，接入帳問曰：『近日哥哥勝負如何？』」(評.19.7a/ 436)。

例 102： 唐斌聽從關勝之言，同意歸順後，插增乙本有一段這樣的記述：「是日寨中歡飲相勸，盡醉方歇，連飲四日。次早，關勝道：『先請仁兄同行，不知尊意肯否？』唐斌道：『既蒙故人提挈，有何不從？』唐斌再設筵席送行，盡醉方休。天明收拾寨中積下糧草，都裝上車，金銀賞撈三軍，把山寨火焚起，……」(乙.19.9b/ 442)。這段話亂極了。既「連飲四日」，又怎會「次早」如何如何(次早包在四日之內)。講過「次早」，才說「天明」，但天明在次早之前。既然立意燒了山寨隨關勝去投誠，又怎樣給關勝送行？這些毛病評林本都沒有。該本相應的一段說：「是日寨中歡飲相勸，盡醉方歇。次早，唐斌收拾了寨中積下糧草，都裝上車，金銀賞撈三軍，把山寨火焚起，……」(評.19.10b/

442），簡單明確。

例 103： 在〈魏州城宋江祭諸將、石羊關孫安擒勇士〉一回之末，插增乙本有「孫安等眾人要去取獅子嶺」句（乙. 20.4ab/ 483）。評林本無此句。遣何人往攻獅子嶺到了下一回之首才有決定（乙. 20.4b/ 484；評. 20.4b/ 484）。插乙述事的次序亂了，評林本沒有此失。

例 104： 宿太尉奏知徽宗宋江已平伏田虎後，徽宗問宿太尉此事該如何定奪。插增乙本隨後說：「宿太尉啓奏道：『宋江等建此大事，願我主親排御駕出城百里遠接，慰勞眾心。』道君曰：『卿言最是。』即令安排鸞駕，迎接征戰功臣」（乙. 20.19a/ 519-520）。說得重複，出城百里遠接更屬無謂誇張。評林本的相應部分作：「宿太尉啓奏曰：『宋江建此大事，願我主親排鑾駕迎接征戰功臣』」（評. 20.20b/ 519），簡明多了。可惜到宋江果真抵京時，評林本仍和插增乙本一樣說徽宗「出城百里迎接」（乙. 20.19b/ 520；評. 20.21a/ 520）。插增乙本與評林本同源，這點始終是夠清楚的。

例 105： 院子分付王慶去市場買食糧，插增乙本記其事云：「王慶來到市上，件件都買了，歸到堂內交了。王慶自上帳，具個單子來見張世開關錢。張世開道：『十日一次來支給。』王慶祇得將自己的錢買辦。這張世開要尋他罪過，與龐元報仇，祇是打着王慶。等到十日，王慶具個單子來見張世開，（張世開）看了單子道：『那日祇買豆腐、鯽魚，……』」（乙. 21.9a/ 544）。評林本的一段（評. 21.8b-9a/ 544）分別有限，但沒有和「與龐元報仇，祇是打着王慶」的相應字句。那是對的，因為張世開並沒有在那十日之內打王慶。這是改良的結果。插增甲本用字少了很多：「王慶來到市上，件件都買去交了。王慶具個單子來見張世開，（張世開）看了道：『那日祇買豆腐、鯽魚，……』」（甲. 20.9a/ 544）。

事情交代得並不清楚。「那日」當然指另外一日，中間發生的事既不說，爲何王慶購物當天不索回開支就沒有了照料。不周到的刪節是最好的解釋。

例106： 在危昭德率隊夜襲李俊船隊的接戰中，插增乙本記謂：「葉清迎住危昭德，不防矢射中危昭德左臂，負痛退走。三阮並孟康、侯健等戰船四下殺來救應。這邊韓凱見宋軍眾船相逼，恐有疎失，救了危昭德撥轉船。……葉清箭鏃（拔）不出而死」（乙.22.13b-14a/ 626）。這段糊塗之極，文法、文意均不通。既謂危昭德中箭退走，復記韓凱救了他，卻又指三阮等趕來救應，更說葉清中箭身亡。評林本直指葉清左臂中箭，三阮等往救，終還是因箭拔不出而死，而不提韓凱救危昭德（評.22.14a/ 625），毛病都解除了。

例107： 宋江攻打紅桃山時，插增乙本記守將雷應春如何與林冲交手：「宋軍中豹子頭林冲縱馬，舞丈八蛇矛來戰，雷應春舞刀迎敵。兩員戰到二十餘合，忽然兩軍吶喊一聲，番身落馬」（乙.23.5b/ 657）。究竟誰「番身落馬」？句子既沒有主詞，林冲和雷應春均可以。原來是故弄玄虛，隨即搬出「畢竟是誰，且聽下回分解」的法寶來。下一回先以引頭詩開始，才慢條斯理地，重複前文說：「話說雷應春和林冲戰二十餘合，被林冲手起一矛，刺於馬下」（乙.23.6a/ 657）。一件事情分拆在回末回首如此處理，在明清章回小說並不算特別。這裏的例所以特別是拿文法來開玩笑。評林本把兩回併合起來，此事一口氣寫下去：「宋軍中豹子頭林冲縱馬，舞丈八蛇矛來戰，雷應春舞刀（迎）敵。戰到二十餘合，忽然兩軍吶喊一聲，雷應春被林冲手起一矛，刺於馬下」（評.23.6a/ 657），反顯得乾淨。這樣說來，連余象斗併合章回之舉有時也可以找到說得過去的理由。

7. 小結

插增甲本、插增乙本、評林本既同出一源，卻又互有優劣，最好的解釋是各自發展。要特別說明的是，指評林本某處勝插甲，某處勝插乙，密度的顯示有局限性。評林本現有者為全本，可足比對的部分俱在，但插甲和插乙僅得見殘本（插乙尚未知有無征遼以前的部分存世，自然對研究頗具影響），兩者共有的部分復不出征遼和討田虎、王慶故事，用途也有限制，故說插甲某處不如評林本，如果插乙有這部分，情形可能也是這樣子；反過來說，插乙某處不及評林本，插甲這部分若有存，情形也可能一樣。因此評林本優於插甲／插乙的比例有可能高於得自上述諸例的印象。

要是這樣講會帶出評林本是優質本子的結論來，這觀察祇可能是偏頗的，遠離整體真相的。

九、《輯校》所錄三本同為質劣之物

這三個本子，正如一般自萬曆至清初刊行的簡本一樣，錯字漏字星羅棋布，俯拾即有。零丁的錯字漏字，就算很密集地出現，通常並不致做成閱讀障礙。但若此等錯字漏字是罔顧文意，顛倒文法所做成的，連勉強的句讀也經常無法辦得到。縱使句讀不成問題，文意也會大不同。這樣的所謂作品，本身就根本不可能是寫出來的，而祇配是胡亂刪節所產生的怪胎。這點觀察不難從兩個角度的分析去求證。

1. 漏字致句不成句或文意大異

例 108： 黃安率隊往攻梁山時，插增甲本說「濟州團練使黃安帶領一千餘人，拘刷本處船隻，分作兩路，殺奔金沙灘。每船四人搖櫓，船頭立個頭（領），戴紅巾，身穿紅羅襖，手裏

各挈軍器」（甲. 4.20a/ 64-65）。評林本相應的一段祇有小異（評. 4.23a/ 64-65）。從文理上看，每船如何如何，說的是黃安率領的陣容。其實不然。那些是梁山人馬的船隻！看看容與堂本這段文字便清楚了：「且說濟州府尹貼差團練使黃安，並本府捕盜官一員，帶領一千餘人，拘刷本處船隻，就石碣村湖蕩調撥，分開船隻，作兩路來取泊子。且說團練使黃安帶領人馬上船，搖旗吶喊，殺奔金沙灘來。看看漸近灘頭，……，且把船來分作兩路，去那蘆花蕩中灣住。看時，祇見水面上遠遠地三隻船來。看那船時，每隻船祇有五個人，四個人搖着雙櫓，船頭上立着一個人，頭帶絳紅巾，都一樣身穿紅羅繡襖，手裏各拿著留客住，……」（20.4b-5a）。層次分明，一先一後地描述雙方的行動，竟因魯莽的刪簡而成了僅講一方似的。

例 109： 濟州新太守上任後，插增甲本說他「一面行牌仰州縣，知會本州公文，行下所屬鄆城縣，交守禦本境，守備梁山泊賊」（甲.4.22b/ 68）。評林本則說他「一面行牌仰所屬州縣，知會本州公文，行下所屬鄆城縣，交守禦本境，守備梁山泊賊人」（評.4.24b/ 68）。這兩段十分相似的文字，無論怎樣標點，讀來總是似通不通（特別是開始的部分）。從文法去看，既有「一面」，就必得另有「一面」。真相不難明白，二者同出一源，而該源本身脫文極嚴重。插增甲本和評林本都跳不出這個原先已有的窠臼。那段文字本該如何，看看容與堂本便知端倪：「一面申呈中書省，轉行牌仰附近州郡併力勤捕；一面自行下文書所屬州縣，知會收勤，及仰屬縣着令守禦本境。這個都不在話下。且說本州孔目差人賫一紙公文，行下所屬鄆城縣，教守禦本境，防備梁山泊賊人」（20.10a）。祇要在插增甲本保留的文字下加黑點（近而有別者，用小圓圈），和在僅見評林本者之下加⊗號，便不難看出刪減程

度的厲害，和爲何見於簡本的這段文字無論如何標點，充
其量僅能使其讀得似通不通。如果說可以從如此破碎不通
的文字擴充爲文理暢順的繁本文字，本領恐非天授不可。

例110： 遼國犯邊之訊傳達京師後，評林本說童貫、蔡京、高俅、
楊戩「四個賊臣定計，奏將歸降，百單八人恩同手足，死
不相離」（評.7.1a/ 304），簡直語無倫次！插增乙本作：「四
個賊臣定計，奏將宋江等眾陷害。殿前太尉宿元景向前奏
道：『宋江方始歸降，百單八人恩同手足，死不相離。……』」
（乙. 17.1b/ 304），才是正確的陳述。插增甲本的一段（甲.
17.1b/ 304)較插乙稍簡，同樣正確。見於評林本者是胡亂
刪節才會出現的情形。

例111： 宋江聽從呼延灼之言，殺入遼方混天陣時，插增甲本說：
「聽得裏面二十八門一齊分開，變作一字長蛇之陣」（甲.
18.5b/ 380）。如何聽得裏面二十八門一齊分開？充其量僅
能說此句似通不通。插增乙本和評林本均作「聽得裏面軍
聲高舉，二十八門一齊分開，變作一字長蛇之陣」（乙.18.5a/
380；評. 18.5a/ 380），此處的插乙和評林本才是文意正確
的句子。這情形是漏字弄出來的。

例112： 上開一例之後數行，插增甲本有「趙安撫累次申達，王文
斌押送衣襖到營」（甲.18.5b/ 381），不成句之句。「申達」
後分明少了受詞，「王文斌」前所缺的必更多。在此首次
出場的王文斌竟毫無介紹。插增乙本和評林本糟的程度尚
不止此，連「王」字也沒有（乙. 18.5a/ 381；評. 18.5a/ 381）。
容與堂本此處作：「……趙安撫累次申達文書赴京，奏請
索取衣襖等件。因此朝廷特差御前八十萬禁軍鎗棒教頭，
正受鄭州團練使，姓王雙名文斌，此人文武雙全，智勇足
備，將帶京師一萬餘人，起差民夫車輛，押運衣襖五十萬
領，前赴宋先鋒軍前交割」（88.10b-11a），該是正確的模

樣。

三本和容與堂本之間，此處詳簡之分或可不管，文意和文法缺與全之別則不能不理。

例113： 宋江分配人馬進攻杭州時，插增乙本和評林本均說：「東門寨內幫助。李應、孔明、楊林、杜興、童威、童猛、王英、扈三娘各處接應」（乙.24.17b/ 744；評.24.19b/ 744）。「東門寨內幫助」漏字太多，並不成句。二刻《英雄譜》（19.105.28a）和北圖出像本（10.110.24a）字句和插乙跟評林本一樣。劉興我本（24.110.14a）雖亦一樣，還另多了錯字，把杜興寫作杜其。有斷句的北圖出像本更把上文一連串人名的最後一個剪下來，充作這段之首，以便讀之為「乜恭東門寨內幫助李應。孔明、……扈三娘各處接應」，不通之極。追源究始，當因刪削過甚和不善處理的改寫，弄得漏字多到使剩下來的字無法組成一句。容與堂本作：「東門寨內取回偏將八員，兼同李應等管領各寨探事，各處策應：李應、孔明、楊林、杜興、童猛、童威、王英、扈三娘」（95.9b-10a），整齊清楚，完整時的樣子起碼與此接近。

2. 刪去作為主詞或受詞的人名的習慣

不顧一切地刪去作為主詞或受詞的人名涉及好幾種類似的情形。最易找到例子的一種是遇到一句以人名或人數結束，下句再用該人之名或該人數開始時，在沒有標點的情況下，該人之名頗似無故重列。此等本子處理起來，每每僅列該名一次，變成無論如何標貼，上下句之中，必有一句不全，文意難免大受影響。

例114： 雁門節度使韓存保回京後，跟尚書余深同往見蔡京，插增甲本說：「二人來見蔡京道……」（甲. 16.3a/ 257）。評林本僅有用「曰」代「道」的分別（評. 16.2b/ 257）。其實隨後說的話是蔡京講的。省了重寫「蔡京」二字之害也。這

還不算。隨後發言者，插增甲本又不書其姓名（評林本則有注明）。層層如此，文理怎會清楚！

例115： 「查昇、曹洪雙敵盧俊義，力鬥二將」（乙.19.4a/ 429；評. 19.3b/ 429）。此句實在不通。按文法，力鬥二將者僅可能為查曹兩人。但此二人既雙敵盧俊義，那麼與他們交手的另一人是誰？此句應作「查昇、曹洪雙敵盧俊義。盧俊義力鬥二將。」

例116： 記獅子嶺戰役時，講及孫安的一項戰功，插增乙本和評林本均說：「孫安道（評林本作「曰」）：『重賞之下，必有勇夫。』手提雙劍直取。安仁美回馬便走，被孫安一劍砍番戰馬，……」（乙.20.5b/ 486；評.20.5b-6a/ 486）。兩本的共同毛病很明顯。「雙劍直取」連受詞都沒有，必誤；如標點為「雙劍直取安仁美」，那麼「回馬便走」就沒有了主詞，毛病同樣嚴重。正確的情況不難想見。「直取」後漏了安仁美之名，即此名在沒有標點的情形下該連續不斷地出現兩次。

例117： 當田虎中了卞祥之計，安排將領以便親征時，插增乙本和評林本同樣作：「田虎依奏，隨即差人去召李薛二人。入朝見郎主，山呼已畢，……」（乙.20.16a/ 513；評.20.17a/ 513）。沒有了主詞的「入朝」句應作「二人入朝見郎主」才對，即「二人」兩字連印兩次。如果不添「二人」兩字而把句子標點為「田虎依奏，隨即差人去召李薛二人入朝。見郎主，山呼已畢，……」，情形還會更糟。

例118： 王慶抵達充軍的李州後，插增乙本說：「王慶將五百貫錢拜見了上下，來見管營司公道：『太祖留下一百殺威棒。我見他臉上黃，想是在路上受病』」（乙.21.7a/ 538）。很明顯，應作「來見管營司公。管營司公道：……」才對。評林本這一段（評.21.6b/ 538）與插乙同，而插增甲本的一

段（甲. 20.7a/ 538）除了沒有「太祖留下一百殺威棒」外也同。三本全都省去第二個「管營司公」。

例 119： 評林本記王慶在永鎮城重遇李杰的經過說：「王慶走入飯店買酒，忽見金劍先生李杰，便曰：『王丈休買酒食，且到敝莊。』」（評. 21.10b/ 549）。「便」字前顯然漏了「李杰」，即兩個相連的「李杰」僅用一個。插增甲本和插增乙本這段（甲. 20.11a/ 549；乙. 21.11ab/ 549）都稍長，也都沒有這毛病，因為兩個「李杰」之間有別的字，不易導致誤刪。

例 120： 九灣河之役，插增乙本和評林本均記其中一項接戰為「祖虺點次炬部軍殺出，迎着柏森，手起一鎗，刺下馬來」（乙. 22.17a/ 634；評. 22.17a/ 634）。按下文，死的是祖虺，故句該作「祖虺點火炬部軍殺出，迎看柏森。柏森手起一鎗，刺下馬來。」

前述例76、100、105也屬此類。漏掉人名主詞／受詞以致文意大異也不局限於同名重疊出現之處，不連接的相同人名也可以照漏一頓：

例 121： 宋江允許燕青下山去參加相撲比賽後，插增甲本說：「宋江置酒與燕青送行，扮佐山東貨兒，挑了貨往」（甲. 15.12b/ 217）。評林本僅有並無實質分別的小異，且「貨郎」兩本皆誤作「貨兒」（評. 15.12b/ 217）。兩者都在「扮」字前省去燕青不提，連串讀來，豈非變成扮佐山東貨郎的是宋江！

例 122： 宋江隨公孫勝往二仙山參拜羅真人。抵埗時，評林本說：「小校托着信香禮物，迤到鶴軒前。一里之間，但見荊（棘）為籬，……」（評. 17.16a/ 338）。「鶴軒前」和「一里之間」，中間分明有斷層現象，連主詞都變了，「但見」之人怎也不可能仍是小校。插增乙本在這兩者之間多了許多細節

（乙.17.14b/338）。原來「但見」前列出的主詞是公孫勝和宋江；地點也換了，是紫虛觀後的山嶺。插增甲本文字雖較插乙稍簡（甲.17.16ab/338），說的話倒是一樣的。

例123： 池方投誠後，脫元帥遣往追捕者和宋軍交手，插增乙本和評林本講述此事時都云：「花榮和姬宗器鬥二十合，被張清一石子打着左眼而死」（乙.19.10a/443；評.19.11a/443）。若依文法，此句僅能解釋為張清飛石打死花榮！這句作「花榮和姬宗器鬥二十合。姬宗器被張清一石子打着左眼而死」才對。

例124： 越江城破之際，插增乙本和評林本記載一樣：「危昭德急披掛上馬，引七百護從軍殺出東門，迎著張順登岸，一刀斫斷馬腳，危昭德跌番地下」（乙.22.20b/643；評.22.21b/643）。就文法來說，主詞始終是危昭德，那就變成他斫得自己跌番了。正確的記述該是「張順一刀斫斷馬腳，……」，兩個張順並不重疊排列。

例125： 插增乙本和評林本記宋江往西湖邊追薦張順，字句全同：「次日，宋江交小軍去湖邊建一白旗，……。西陵橋上排下祭禮，分付李逵埋伏在北山路口，樊瑞、馬麟、石秀左右埋伏了。白袍，同戴宗並僧人到西陵橋上。宋江當中證盟，朝薦湧金門下」（乙.24.14a/736；評.24.16a/736）。「西陵橋上排下祭禮」前不書主詞，文法上說得過去，文意亦不成問題。「白袍」前不獨缺主詞，連動詞也沒有，變成無頭怪句。一連串宋江如何如何之下，此處不僅漏了宋江，還連別的重要詞語也漏了。無論如何，這樣的句子是寫不出來的，祇可能是某代簡本胡刪和下一代簡本盲從才會出現的怪胎。不過簡本與簡本之間關係複雜錯綜，個別的毛病也就不一定是共有的。不少其他簡本這裏倒是沒有毛病的。劉興我本（24.110.11b）、二刻《英雄譜》

（19.104.22b）、北圖出像本（10.109.21b）均作「宋江穿了白
袍」。容與堂本作「宋江掛了白袍」（94.16b）。

例 126： 烏龍嶺之役，插增乙本及評林本記呂方、郭盛之參戰：「呂
方、郭盛殺上嶺來，被石頭打死」（乙.25.9a/ 772；評.25.9b/
772）。文法僅容許一個解釋，即呂方和郭盛都同時被石頭
打死。但下文隨即又說呂方如何如何，那麼被石頭打死者
當是郭盛。但為何郭盛為石頭所斃？就算對方有個像張清
般的戰將，武器也是石子而非石頭。答案就在容與堂本：
「自此呂方、郭盛首先奔上山來奪嶺。未及到嶺邊，山頭
上早飛下一塊大石頭，將郭盛和人連馬打死在嶺邊」
（98.1a）。要把這情形說成是簡擴為繁是不通的。

例 127： 宋江衣錦還鄉，安葬老父和重建九天玄女廟後，插增乙本
和評林本悉謂其「將莊院交割與弟宋清受管，納還官誥，
……」（乙.25.17b/ 794；評.25.20a/ 794）。因為句的
主詞始終是宋江，故就文法而言，「納還官誥」者當是宋
江。但接內容來說，應是宋清「納還官誥」。宋清之名雖
不重疊連見，也遭漏去。

甚至連不同的人名亦免不了被遺漏，以致文意大殊：

例 128： 潘迅解釋如何可以自駱谷救李逵等人後，插增甲本說：「吳
用曰：『汝言極妙。』隨交潘迅去村中」（甲.21.3a/ 601）。
插增乙本謂：「吳用道：『汝言極妙。』隨交潘迅引數個
軍士去村落中」（乙.22.3a/ 601）。評林本用字最省：「吳
用曰：『善。』隨交潘迅去問」（評.22.3a/ 601）。不管簡
繁分別如何，全都因漏字而錯了。吳用說出他的看法後，
派潘迅去照計進行的祇可能是當時在場的主帥宋江。漏了
宋江之名，文意也就大變。其後例 143 說的也是這情形。

例 129： 攻破歙州時，插增乙本和評林本俱有這樣一段話：「孫立、
黃信、林冲三將一齊趕來，戰了十合，被林冲殺死，取了

首級來見盧先鋒」(乙.25.11a/ 777；評.25.12a/ 777)。孫立、黃信、林冲跟誰拚殺？雖然被林冲殺死者應爲此人，但因漏了他的姓名，致使句子變成神秘怪句。追上去前面的一段，才知道此人是尚書王寅。

前述的例30、98、107也屬此類。

3. 小結

倘說漠視文意，謀殺文法，隨意漏字的句子是獨立而直接地寫出來的，是無法取信的。充滿這種句子的作品也就祇可能是刪出來的。

刪簡本身不是毛病，刪出一塌糊塗結果來的行動則絕對是嚴重的毛病。這種毛病在現存最早的幾種簡本中都是隨檢隨有的。

十、《輯校》所錄三本都不是首次出現的簡本

插增甲本、插增乙本、評林本三者的成書期（不是出版日期）必有先後之分。評林本當是三者之中的最後者。它的情節雖較插乙少了很多，「改良」的地方倒不算少，便是後出之一證。

評林本書首首葉上層署名雙峰堂的〈《水滸》辨〉有「《水滸》一書，坊間梓者紛紛，偏像者十餘副，全像者止一家。前像板字中差訛，其板蒙舊。惟三槐堂一副省去詩詞，不便觀誦」(上層1ab)之語，足證評林本刊印前簡本《水滸》已有不少。這就是說，評林本的較其他簡本(如插乙)情節少，就是刪上刪的結果。

儘管兩種插增本在評林本之前，且爲現存簡本之最早者(即使僅得見殘本也應算爲兩種存世的本子)，它們之中還是不可能包括首次出現的簡本，而都是從同源的本子各自發展而來的。

1. 評林本是從先前的簡本刪出來的

　　雖然我們自前述例64、66、100等例證已知評林本是刪上刪之物，例證還是不妨多看一些。

例130：　王慶重遇龐元，要殺之。龐求饒後，插增甲本和插增乙本均說：「王慶道：『饒你不得。』便把龐元殺死（插甲有「了」字）」（甲.20.20a/ 572；乙.21.20a/ 572）。評林本祇說：「王慶便把龐元殺死」（評.21.19ab/ 572）。因爲評林本沒有「饒你不得」字樣，「便」字乃無所依從。這是刪節不小心才弄出來的句子。

例131：　公孫勝和馬靈去馬耳山請神後，插增乙本續記其事：「公孫勝把廟中參見，焚符命，及雲中顯現之言訴說一遍，宋江等眾人俱名駭馬。馬靈道：『據神靈顯，實表仁兄忠義之故也，今可連進兵。』宋江隨即傳令仍將軍馬分三隊，望秦州進發」（乙.23.4b-5a/ 655）。評林本僅有簡單的「公孫勝把廟中參見，焚符命，及雲中顯現之言（句未完）。宋江聽說，即傳令軍馬分三隊，望秦州進發」（評.23.5a/ 655）。插乙的「俱名駭馬」、「據神靈顯」根本就不通，復連串在一起，弄到好一段文字難於處理。跳開不管，文意反而通順，變成刪節有理了。檢之劉興我本（23.104.3b）、二刻《英雄譜》（18.100.6b-7a）、北圖出像本（9.104.45b），全都沒有和插乙那些問題句語相應的文字。刪節有時是因爲原文含糊，不得不刪的。

例132：　宋江與紅桃山守將雷應春之妻白氏對陣，推出那些特製獅子時，插增乙本曰：「那淮西兵見了，先吃一驚。白夫人坐那一匹獅子獸倒冲回陣。白夫人遂棄了其獸，換了一匹紅焰馬，騎出迎敵」（乙.23.8a/ 662）。劉興我本（23.104.5b）和北圖出像本（9.105.47b）相應的一段，連「衝」字寫作「冲」

也同。但二刻《英雄譜》（18.100.10b）和評林本(評.23.7b/ 662)的「那淮西兵見其獸，換了一匹紅焰馬，騎出迎敵」，僅得東留丁點兒，西存少許，分明是刪得句不成句了。

例133： 插增乙本第一百一十回〈盧俊義分兵宣州道、宋公明大戰 毗陵郡〉回末記該回所失將領：「此回折將六員：楊志患 病寄留丹陽縣死。韓滔、彭玘、鄭天壽、王定六、林旺」 （乙.24.4b/ 710）。評林本把這一回和下一回合併爲一回， 這部分就出現在新一回的中央了，自然放不入這類話。插 乙到下一回終結時，仍按已定的形式列出在該回陣亡的將 領：「此回折將三員：宣贊、施恩、孔亮。河北降將戎江」 （乙.24.9a/ 723）。這裏也是評林本併合出現的新回的終結 處，遂按例列說：「此回折將四員：宣贊、施恩、孔亮、 河北降將戎江」（評.24.10a/ 723）。這樣安排卻忘記了「此 回」已併入原來的上一回和楊志等人得照料。就算不管那 些誰也不會關心的河北降將，梁山基本成員的存亡仍得有 明確的紀錄。評林本要清楚地處理此事，毫無技術困難， 在這新一回之末說此回折將十員，楊志、……戎江，不就 功德完滿了嗎？即使辯說不給韓滔、彭玘、鄭天壽、王定 六諸人之死來句總括的話，儘管不合形式，問題尙不算嚴 重，因爲他們的陣亡書中均分別有交代。楊志的情形則不 可以這樣說。沒有了那句說明，他就始終留在丹陽養病！ 評林本的併刪功夫做得真疏忽。

例134： 記征方臘烏龍嶺之役，插增乙本有這樣的話：「刺斜裏又 撞出指揮白欽、景德，呂方便迎住白欽，郭盛便迎住景德」 （乙.25.5a/ 762）。比對容與堂本，便知頗有刪削：「刺斜 裏又撞出兩陣軍來，一隊是指揮白欽，一隊是指揮景德。 這裏宋江陣中，二將齊出，呂方便迎住白欽交戰，郭盛便 與景德相持」（97.1b）。插乙已經刪到再多削一點就文意和

文法均難保的程度。豈料評林本用字更省：「指揮白欽、景德又撞出，呂方、郭盛迎住」（評.25.5b/ 762）。這是刪上再刪，挑戰削簡技術上限的舉動。一執筆就此直接寫成這種枯骨般的句子是匪夷所思的事。

2. 插增甲本也是自較早的簡本刪出來的

這前面已說過的認識，還是可以通過多看些例子，講得更清楚。

例 135： 宋方和遼國鬥陣，捉了兀顏延壽後，插增乙本說：「宋江出到陣前道：『你那兩軍早降，延壽被擒在此。』令群刀手簇出陣前。李金吾見了，一鎗殺來」（乙.17.25/ 365）。評林本除了沒有「到」字和「道」字作「曰」外（評.17.28b/ 365），和插乙無異。插增甲本這段卻有一處很大的分別。「延壽被擒在此」句後，便是「李金吾見了，一鎗殺來」（甲.17.28a/ 365）。既然沒有「令群刀手簇出陣前」，李金吾「見了」甚麼就無所憑藉，句子有如空降了。

例 136： 宋江與兀顏光接戰，遼方擺好陣勢後，插增甲本說：「宋江令中軍豎起雲梯，引吳用、朱武上臺觀望。朱武認得，對宋江曰：『此是太乙混天象陣也。……』」（甲.18.4a/ 377）。插增乙本這段則作：「宋江便交射住陣腳，就中軍豎起雲梯，引吳用、朱武上臺觀望。宋江與吳用看了也不識。朱武認得，對宋江道：『此乃是太乙混天象陣也。……』」（乙.18.3b/ 377）。評林本者僅和見於插乙的有小別（評.18.3b/ 377）。插甲的一段雖稍簡，甫講宋江等三人上臺觀望，便說朱武認得對方擺出來的是甚麼陣法，驟看似尚可通，其實不然。插甲沒有射住陣腳一句並不打緊，不交代宋江和吳用看不懂對方佈何陣則與整體文意不配合。宋遼兩方主力相碰主要在鬥陣法。在整個事件當中，宋江表現出的陣法知識幾近零，吳用的表現也好不了多少，故朱武

處處出盡風頭。這次宋遼相拚是殊死戰,更應強調朱武陣法知識的高超,遠非宋吳二人所可比擬,故在讓朱武說出這是甚麼陣以前得先注明宋江和吳用都看不明白。插乙和評林有此交代不是就所據本子有所加添的結果,而插甲沒有此項說明倒是出於刪削。

例 137： 遼主決定投降後,插增乙本說:「郎主遂從眾議,城上早豎起降旗,差人前來宋營報知。宋江引着來人,直到後營拜見趙樞密,通說投降一節」(乙.18.8b/ 390),細節齊,進度清楚。評林本雖少用了字,細節和進度並無差別(評.18.9b/ 390)。插增甲本可不同了,僅得:「郎主遂從眾議,差人前來宋營報知。宋江拜趙樞密,說投降」(甲.18.9b/ 390),過簡了,沒有城上豎起降旗那類細節關係尚算不大,但不提來人,宋江去見趙樞密就成了憑空說話的局面。

例 138： 王慶在吳家莊,合棒贏了吳太公後,插增乙本說「次日飯罷」如何如何(乙.21.12a/ 552)。評林本也說「次日」如何如何(評.21.12a/ 552)。兩處都文從意順,指隨後要說之事發生在合棒的次日。插增甲本不提合棒,僅講王慶教莊客習武熟練了,那是持續一段時期,並不局限於一天之事,但隨即便說「次日」如何如何(甲.20.12a/ 552)。分明是刪去合棒事而忘記調整隨後的文字。

例 139： 蕭引鳳兄弟詐逃歸梁州城,兵士報告守將上官義時,插增乙本和評林本均說:「上官義道:『快開門,着他進來。』不多時,蕭引鳳兄弟引着百姓來見上官義。上官義道:『你兄弟今日如何得回?』」(乙.21.27a/ 590;評.21.27a/ 590,「道」作「曰」)。插增甲本僅有不連貫,全是由上官義說的話:「上官義道:『快開門,着他進來。』上官義道:『你兄弟今日如何得回?』」(甲.20.27b/ 590)。若非不經意地刪,怎會出現這種句語不連貫,且由一人獨白的情

形？

3. 插增乙本亦刪自較早的簡本

　　插增乙本雖然是《輯校》所錄三本中文字最繁，情節最多的，這特徵並不改變其亦是刪自較早的簡本的事實。

例 140： 記宋江出動假獅子來對付紅桃山白夫人時，插增乙本說：「白夫人……騎出迎敵。宋軍後隊火砲、火箭亂放來。這裏張應高舞刀縱馬，跟著白夫人殺去。鬥不數合，手起棍落，將張應高打落下馬。景臣豹見張應高落馬，急來救時，又遇關勝飛到面前，舞起偃月刀，攔腰斬下。景臣豹死於馬下」（乙. 23.8a/ 662-663）。這段錄得齊全點，用以說明「手起棍落」句既無主詞，上下文又不交代誰和張應高廝殺，隨後講的用大刀的關勝也顯然不是那個使棍的宋方將領，這種述事斷層的情形必是刪節的結果，而絕無可能是直接寫出來的樣子。評林本的一段（評. 23.7b/ 662-663），除開始部分漏得厲害外（見例 132），餘與插乙並無大別，即上述插乙的毛病全都有，也就幫不了忙。真相倒可從後刊的簡本得出來。劉興我本在張應高隨白夫人出陣後，有「正迎着秦明。鬥不數合，秦明手起棍落，將張應高打于馬下」（23.105.5b)的句語，一切說得清清楚楚。插增乙本不獨前不交代「正迎着秦明」，後面「手起棍落」又再把秦明漏去，遂造成嚴重述事斷層兼配上無頭怪句的現象。誰也寫不出這種左斷右缺的句子來，祇可能是刪削不慎的產品。再看北圖出像本（9.105.47b)，所說和劉興我本全同，僅「將應高打于馬下」部分少了「張」字而已。二刻《英雄譜》的有關部分，「後面張應高舞刀縱馬，跟着白夫人殺出。秦明迎往，鬥不數合，手起棍落，將張應高打落馬下」（18.100.10b-11a)，文字雖稍異，內容則無別，同

樣能夠把事情說得清楚。

4. 小結

插增甲本、插增乙本、評林本同出一源,而頗有文字簡繁,情節多寡,細節各呈優劣之別,乃因各自發展之故。它們都不可能是首次出現的簡本。評林本所代表的演化階段更應晚於兩種插增本所代表者,承接下來的多次刪節使其所講情節最少,而改良之處倒有不容忽視的數量。

十一、最接近原始簡本的插增本

兩種插增本是知存的簡本中之最早者,但因都不是首次出現的簡本,而且兩種之間又必有時差,也就得找出何者最接近首次出現而已佚的簡本。至於何者較早倒是次要的問題,因兩者各自發展也。

首先要決定這個首次出現的簡本是寫出來的,還是刪出來的。前面已舉過不少例子證明充塞不合邏輯,違背文理,漠視文法句子的本子是寫不出來的,而祇可能是胡刪一頓的產品。現在見得到的簡本全是這樣子的,彼此間的所謂優劣祇是用來區分程度上的不同,且都是局限於個別段落的情形。我們沒有理由相信此等毛病不見於原先面世的簡本而在自此各自發展出來的後出簡本中卻普遍,且恒重複地出現。首次面世時的簡本因此也祇可能是刪出來的。

刪節經由兩種途徑進行。

一種是據簡本再刪節。這就是為何簡本與簡本之間有簡繁之別,和評林本所述情節特別少,以及南圖出像本字數格外有限,種種奇怪情形會出現的原因。初面世的簡本(也有不止一種的可能)沒有更早的簡本可供據以刪節,顯然不屬此類。它(們)又不可能是直接寫出來的。如此就祇會是另一途徑的產品了。

那另一途徑就是依繁本進行刪節。原存的繁本以容與堂本最為

純正完整，以之和插增本相較，就不難發現，兩種插增本據以各自發展的原始簡本即使不正是從容與堂本刪出來的，那刪削所依的本子也必定和容與堂本十分相近。

例 141： 宋江攻佔遼國幽州後，請趙樞密移守薊州，令盧俊義守霸州。隨後評林本說：「見來文大喜，一面申奏朝廷」（評.17.26a/ 360）。插增乙本文句（乙.17.23a/ 360）與評林本同而有誤字。插增甲本文字雖較簡（甲.17.26a/ 360），如無「一面」二字，基本文意並無大異。三本皆於宋江令盧俊義守霸州後，便立刻說「見來文大喜」；按文法而言，主詞始終是宋江。但就邏輯而言，見來文大喜者僅可能是趙樞密。這種無頭句子是不理後果地胡亂刪削出來的。通過這例要說明的重點尚不在此。插甲因爲刪多了，所以沒有保留「一面」二字。保留「一面」二字的插乙和評林本則特具顯示作用。「一面……，一面……」的句子結構要求任誰都懂，如果不是隨意亂刪，最低能的作家也不易寫出祇有「一面」而無另「一面」的句子。一查容與堂本真相即大白。該本說：「趙安撫見了來文大喜，一面申奏朝廷，一面行移薊霸二州」（86.12b）。遇到繁本簡本之間在句子結構和文法上出現如此優劣兩極化的情形，要辯說健全的句子是從不成章法的句子擴充出來的委實難了。

例 142： 遼方擺出太乙混天象陣後，插增甲本不先交代背景，便直說朱武認得，是刪削的結果。這點例 136 已言之。插增乙本作了應有交代，那句解釋的話「宋江與吳用看了也不識」卻有文法問題，無端端多了個「也」字。看看容與堂本便知究竟了。容本相應的那段作：「再說宋江便教強弓硬弩射住陣腳，壓陣輕騎，就中軍豎起雲梯將臺，引吳用、朱武上臺觀望。宋江看了，驚訝不已；吳用看了，也不識的。朱武看了，認的是天陣，便對宋江、吳用道：『此乃是

太乙混天象陣也。』」（88.7a）。就句子的結構而言，「宋江看了，WX；吳用看了，也 YZ」，「也」字才用得準。插乙無端端多了個「也」字是刪併得不小心之所致。

例 143： 費保等來投誠後，插增乙本說：「吳用大喜道：『若是如此，蘇州唾手可得。』就差李逵、鮑旭、項充、李袞帶領牌手二百手，跟隨李俊回太湖與費保等行計，約在第二日進發」（乙. 24.8a/ 719）。「唾手可得」之後者顯然是發佈命令之語，而非敘事文字。若令出吳用，則自「若是如此」至「第二日進發」全是吳用之言。但宋江既在，吳用不該是發令之人。然則從「就差李逵」至「第二日進發」是否出自宋江之口？從語文角度去看，這假設似嫌牽強。評林本（評. 24.8ab/ 719）文字雖有小異，但含糊不清之處全同。劉興我本（24.108.6a）、二刻《英雄譜》（19.103.11b）、北圖出像本（10.108.15b）此處也同樣含糊。看看容與堂本便知真相該是怎樣子的：「吳用聽了，大喜道：『若是如此，蘇州唾手可得。便請主將傳令，就差李逵、……，約在第二日進發』」（93.11b）。毛病源出於刪去「便請主將傳令」字樣。前述例 128 也是說同樣的情形。

例 144： 宋江委李俊和他新結義的費保諸人出擊任務後，插增乙本續說：「李俊領一行人都在榆柳莊上和費保等相見。置酒相待。到，眾人依計而行」（乙. 24.8a/ 719）。毛病很明顯。誰置酒相待？「到」字之後必有漏字。評林本作：「李俊領一行人都在榆柳莊上和費保等說知，依計而行」（評. 24.8b/ 719），似乎並沒有毛病。再看劉興我本（24.108.6a）、二刻《英雄譜》（19.103.11b）、北圖出像本（10.108.15b）均和評林本同屬一組，也都不可以說是因看不通插乙所代表的模式而作的改良。要解決的問題是，為何插乙出現那些毛病？另還有一次要些的問題：插乙說李俊等「和費保

等相見」，評林本則作「和費保等說知」，這分別有無顯示作用？答案可自容與堂本求得：「李俊領了軍令，帶同一行人直到太湖邊來。三箇（指李俊和兩個漁人）先過湖去，卻把船隻接取李逵等一干人，都到榆柳莊上。李俊引着李逵、鮑旭、項充、李袞四個和費保等相見了。費保看見李逵這般相貌，都皆駭然。邀取二百餘人在莊上致備酒食相待。到第三日，眾人商議定了，……」（93.11b）。除了若干無大關係的個別字外，插乙所用的字都有了下落，涉及的分明是刪節過程。自插乙這類本子再演變下去的簡本，因不知道到誰和費信等相見，就改「相見」為雖較含糊，卻能收模稜兩可之效的「說知」。其他的字也儘量減省，反而收得較簡明的效果。

除了此等個別例證外，整體的觀察亦足證明容與堂本或和它十分近似的繁本是日後出現的簡本的祖本。簡本與簡本之間，情節的此有彼無是普遍的現象。連情節最多的插增乙本也缺少若干見於其他簡本的情節（為免在此另開枝節，有關例子隨後才討論）。但不同簡本間的此有彼無情節悉數見於容與堂本。例外僅限於在田虎、王慶部分出現的這類情節。百回繁本既沒有田王二傳，這情形就不能視為例外。簡本間情節的出現此有彼無很易解釋，這是不同簡本在自繁本祖本直接或間接地發展下去的過程中，情節各有取捨的結果。插增甲本和插增乙本間字數和情節的數目俱呈現殊大的距離，便是這種情形的很好說明。產生簡本的整體過程是不加思索地盲刪瞎削。所有簡本合起來竟沒有在田王故事以外替百回繁本添加了甚麼，反映的正是這種工作態度。

說到這裏，兩種插增本中何者較近以容與堂本為代表的繁本祖本已相當明顯了。上舉例也足說明二者近的程度。要續證這一點，還可以多看兩個例證。

例 145： 遼國檀州城守將洞仙侍郎之名插甲、插乙、評林三本皆

異：孛童（甲. 17.4b/ 311）、孛菫（乙. 17.4a/ 311）、孛謹（評. 17.4a/ 311）。容與堂本亦作孛菫，故可以說此事插乙最近容與堂本。

例146： 燕青偶捕獲揚州城外陳將士家幹人，遂假裝呂樞密的虞候，混進陳家大開殺戒，繼由穆弘和李俊扮作陳之二子，因而得破潤州城。插增乙本（乙. 23.20a-21b/ 690-696）記此事的詳細程度和評林本（評. 23.21a-23a/ 690-696）差不多。插乙首記陳將士的第二子爲陳恭，以後就說他是陳泰或陳秦；「秦」爲「泰」之訛，故可說插乙除首次外均記他爲陳泰。評林本則很統一地說他是陳恭。劉興我本、北圖出像本、二刻《英雄譜》亦全部說他是陳恭，看似以陳恭爲正佔了上峰。可是容與堂本記此事，始終都用陳泰（91.5b-10a），故仍當以陳泰爲主。插乙（或其所據之本）首記此人時，誤作陳恭。後出的簡本以陳恭爲正，遂造成集體錯得整整齊齊的情形。

儘管插增甲本的相應部分尚未知存佚，而插增乙本又是字數遠較繁本爲少的簡本，插乙和容與堂本的高度近似還是夠明顯的。

　　講明插增乙本是現存各種簡本中最接近簡本初面世時的面貌之餘，還得指出其他簡本偶然也有些情節是插乙所沒有的。至於那些情節是否重要，就要看其他簡本此等情節的有與無廣泛至何程度，才能決定。如果僅見於一本，自然值得注意。

例147： 征王慶梁州戰事結束時，插增甲本有詩記蕭引鳳兄弟之死（甲. 20.20b/ 593-594）。插增乙本和評林本沒有，再查劉興我本、二刻《英雄譜》，和北圖出像本也都沒有。

　　如果某些情節插增乙本雖然沒有，但散見於不少其他本子，重要性自作別論，且可證明各自發展是刪簡過程的通常運作形式。

例148： 王慶離開龔正家後，知道有名范全者可保他過橋，評林本多了句兩種插增本都沒有的話：「忖曰：『莫非是吾姨

兄？』」(評.21.13a/ 557)。但劉興我本(21.97.10a)、二刻
《英雄譜》(19.94.46b)、北圖出像本(9.97.15a)全都有評林
本那句話。

例149： 張青戰歿後，插增乙本說：「孫二娘令人尋丈夫屍首埋葬
了」(乙.25.10b/ 776)。評林本則作：「孫二娘大哭，令人
尋丈夫屍首埋葬訖」(評.25.11b/ 776)。這場大哭頓使麻木
不仁，有如兇殘禽獸的孫二娘終還有點女性氣質[4]。容與
堂本也有痛哭的鏡頭，次序則是先埋葬，後痛哭(98.9b-10a)
因為劉興我本(25.113.10a)、二刻《英雄譜》(20.108.12a)、
北圖出像本(10.113.38a)全都如評林本作「孫二娘大哭，令
人尋丈夫屍首埋葬訖」，故此處評林本之獨有僅是對插乙
而言。

別的本子(包括插增甲本)出現插增乙本沒有的情節是很偶然
才一見之事，不足影響現存各種簡本當中插增乙本價值最高的結
論。

十二、兩種插增本的先後問題

有了插增乙本較插增甲本接近繁本祖本的認識，還得看看兩
種插增本在各自發展之餘，是否互有無因承關係，從而解答兩者
之間孰先孰後的問題。不管這問題算不算重要，兩者之間的先後
總是得有認識的。況且這樣的考察對理解評林本的性質亦當有幫
助。

例150： 龔端助王慶路費後，插增乙本記王慶的反應：「王慶道：
『多感都頭此恩，異曰決然相報！』」(乙.21.5a/ 533)。

---

4 孫二娘異常兇殘的性格，見馬幼垣，〈最兇殘的禽獸──孫二娘〉，收
入馬幼垣，《水滸人物之最》(臺北：聯經出版事業公司，2003年)，頁
111-116。

評林本相應的部分作：「王慶曰：『多感此恩，他日決相報！』」（評. 21.4b/ 533）。這是刪簡的結果。插增甲本用字更少：「王慶道：『多感此恩難報！』」（甲. 20.5a/ 533）。

例 151： 王慶在攝子鎮重遇金劍先生李杰後，二人往喝酒。隨後的事，插增乙本說：「李杰道：『二次遇尊官。今睹閣下氣色，還有是非。再與閣下卜一課。』王慶道：『正待拜問。』李杰（漏字）了年月，排一卦象。李杰道：『王丈莫怪。我說這卦象與先前之象一般，喚做蒿艾爻。那蒿草是春末夏初之時便硬，可爲箭桿着身伏。今春首採，箭嫩必折。此事也不妨，但莫管閑非。留四句卦象，閣下收之，後必應驗。……』」（乙. 21.5a/ 534）。評林本的一段僅有小異，連意義含糊的「着身伏」三字也有（評. 21.5a/ 534）。插增甲本這段雖意義都在，字數卻少多了，僅得：「李杰道：『今睹閣下氣色，還有是非。再與閣下卜一課。』排下卦象道：『王丈莫怪我說。這卦象與前象一般，喚做蒿艾爻。那蒿草是春末夏初之時便硬，可爲箭桿。今春首採，箭嫩必折。此事也不妨，但莫管閑非。留四句卦象應驗。……』」（甲. 20.5ab/ 534）。

例 152： 李逵問宋江爲何安排攻洮陽的任務沒有他的份兒，插增乙本記宋江的回覆作：「宋江道：『此去須用你。祇是淮西路徑叢雜，恐你殺入重地，怕有踈失，因此不令你行。今既要攻取洮陽，也得須個幫護之人，我纔放心。』祇見項充、李袞、鮑旭三個回前道：『我等同去帳前轉過』」（乙. 22.1a/ 595）。指若有人肯和李逵結伴爲一單位，宋江會給他任務的意義雖明顯，文句倒有問題。謂「今既要攻取洮陽」句指大隊的行動，而非指李逵個人的意欲較說得過去，如此項充等人的反應便接連不上去。插增甲本把那句話寫作「須得幫護之人，我纔放心」（甲. 21.1a/ 595），雖

嫌含糊，還是較易說得上是指李逵而言。這可以視為後出轉精之例。評林本刪改湊合得更明顯（評. 22.1a/ 594）。宋江不說有人幫護始放心的話，隨後項充等人的自動請纓便成了無端而發。兩種插增本在項充等三人自薦後，說潘迅等六個田虎降將亦要參加，評林本乾脆把這九人合起來一次自薦，當然又是刪湊之跡。

從這些例證不難看出插增甲本後於插增乙本，且在自求發展之餘仍擺脫不了前本的影響。倘亦說評林本又沿插甲再發展下去，則言過其實。此事之不可能，前已言之，不必重述。

容在此重複一句上面說過的話。以甲乙劃分兩種插增本時，因工作的進行得先把二本明確分開，遂按發現的先後和當時的認識定甲乙。假如現在因真相既明而把甲本乙本之稱重新掉換來用，一定會導致很多不必要的紛亂，故二本的簡稱不宜更動，說明僅用作符號便夠了。

十三、插增本的總回數

插增乙本是僅得自征遼開始處才有知存部分的殘本。插增甲本更是首尾皆缺。這殘缺的情形加上兩本所用回碼的愈往後愈凌亂（重號、跳號、不一而足），誠難確指這些本子有多少回。我在〈現存最早的簡本《水滸傳》〉文內（《水滸論衡》，頁75），根據插增乙本標記最後一回為第一百二十回，估計為在不調整屢見不鮮的回碼重號和跳號之餘，僅點清總回數，記為最後一回便算了事。現在看來，實情不會如此。

兩種插增本雖殘，且均未見目錄，倖存部分仍數量可觀，二者相應的回數也不算少，追查總回數，資料應夠用。重檢這問題，不妨按部就班地看。

兩種插增本之間雖然在字數和情節上有簡繁之別，二者還是相

當平衡相應的。兩本都有的十九回，每回起迄全同，回碼僅一回有別（此處涉及刊誤，作不得準），回目可作比較者亦互同，遇到漏刻回目時（第八十五回）也都沒有回目。雖然分卷的小異使插增乙本多分出一卷來（插增甲本的第十八、十九卷等於插增乙本的第十八、十九、二十卷），總回數還是兩本該一樣的。

現存簡本當中，完整程度高，分卷分回復與兩種插增本十分相似者，當推劉興我本（藜光堂本很似劉興我本[5]，選用劉興我本，因其較齊整）。用它來作比勘，十分理想。這樣講當然得說明一下。

劉興我本把標列至第一百十五回的一百十四回分配爲二十五卷。由原先兩回併合成的第八回之後便是第十回，而最終一回是第一百十五回，但第八、九兩回在目錄上是分列的，且各有回目，這兩回該如何分割復可利用北圖出像本和南圖出像本來判斷[6]，故說劉興我本有一百十四回（表面回數）或一百十五回（還原回數），都是對的。

兩種插本標回碼的特徵是，書首部分的回碼尙處理得規規矩矩，愈往後就愈是重號跳號疊見。劉興我本正文部分編印回碼時雖偶有小誤，謬正不難，加上有目錄可資比勘，每一回的正確回碼都很易判定。

大聚義以前的部分僅插增甲本尙存不足五卷。這幾卷章回的分配、回碼的編次、回目的措辭，凡可互勘者，都和劉興我本相同。這種情形大聚義以後基本上仍是一樣，祇是插增本的回碼已出現亂象，且愈來愈嚴重，但第十五、十六、十七卷（大聚義以後最早的得存部分）的分卷分回以及回目的用詞仍和劉興我本無顯明分別，自第

5 兩本的近似，見丸山浩明，〈《水滸傳》簡本淺探——劉興我本藜光堂本をめぐって〉，《日本中國學會報》，40期（1988年10月），頁136-152；修訂本見氏著，《明清章回小説研究》（東京：汲古書院，2003年），頁215-243。
6 見收入本集簡研部分的〈簡本《水滸傳》第九回的問題〉。

十八卷開始(即包括兩本分卷有別的部分)至書的終結處,插增乙本
和劉興我本在分卷分回上更達到完全相應的地步。在各回起迄相同
的情形下,插增乙本的回數就應和劉興我本一樣排至第一百十五回。

這裏有一小變異的可能。我們不知道插增本的第九回是怎樣子
的(合併入第八回而跳開第九回的回碼,或第八、第九回清清楚楚
分爲兩回)。換言之,插增本的總回數祇有兩個可能:(一)回碼排
列到第一百十五回,而僅得一百十四回。(二)確實有一百十五回。
以前提出一百二十回之數則無論如何是錯的。

十四、簡本的奧秘——田王故事也經過刪削

明白了插增本的來歷、性質,和發展的途徑和模式,便可以討
論若干旁涉卻深具意義的問題。其一爲沒有繁本淵源的田虎、王慶
二傳的由來問題。

原始的簡本是從百回繁本刪出來的。按道理,百回繁本提供不
了刪節依據的田虎、王慶故事該是寫出來的,而不可能是刪出來
的。寫出來的東西怎也不可能隨處是視文意和文法爲無物的怪句,
以及漏字漏得不成句的所謂句子。這也等於說,簡本的這類怪句理
應僅見於田王故事以外的部分而田王二傳中則不會有。事實卻不
然。此等毛病在田王二傳中照樣頻密出現,有關例證上面已開列了
不少。

指出此等毛病的存在容易,解釋它們爲何存在則甚難,除非我
們認爲原先的繁本也有田虎、王慶故事。謂田王二傳早有,說法並
不新鮮。早在袁無涯和楊定見搬出百二十回本時,已在〈發凡〉中
強調郭勛整理《水滸》時去田王而加遼國。連聰明如胡適也相信這
種說法。此說與《水滸》發展的文獻紀錄不符,講的不可能是事實[7]。

---

7 見馬幼垣,〈眞假王慶——兼論《水滸傳》田虎王慶故事的來歷〉,《九
   州學林》,2卷2期(2004年夏季),頁257-273(此文收入本集)。

王慶故事的前段確有所本，田虎故事也大有可能有來歷，祇是這些本源和水滸傳統原無瓜葛，併入《水滸》是移花接木的技倆。過程中，刪削繁本的手法照搬不誤。沒有繁本作為刪節依據，本該是直接寫出來的田王故事由是也隨處出現曾遭刪節的痕跡。

十五、破讀評林本與後刊諸簡本關係的辦法

在現存的簡本《水滸》當中，評林本刊行年份之早僅次於兩種插增本。認識插增本的存在及其價值是很近期的事，而將插增本納入研究範疇之內並未改變整本完整尚存的簡本以評林本梓印最早這事實，故視評林本為其後刊售諸簡本所由出是很易被接納的看法。

自從我公佈余象斗因宗族觀念大肆改寫余呈的故事，以及其後刊行的簡本悉襲用這個新故事以來[8]，更會使人相信後刊於評林本的各種簡本直接間接悉以評林本為祖本。要是採此看法，還可多看一個類似的例證。

武松栽在張都監手時，當案的孔目忠直仗義，不肯加害。容與堂本說這個孔目姓葉而不書其名（30.12ab）。收入大肆改動的田虎、王慶故事的袁無涯百二十回繁本（即年代頗晚）也稱武松此恩人為葉孔目。這個連名字都不用交代之人，姓甚麼僅是方便述事的記號，祇要避開在此情節容易引起誤會的幾個姓氏（如武、張、施、蔣諸姓），說他姓何、姓趙，姓包，均無關係。安排他姓葉確是很好的選擇，因《水滸》書中並無其他值得一提的人姓葉。更換這個不提名字的人的姓氏是絕無必要之舉。余象斗在評林本中還是從光宗耀祖的角度去看，改易這個善良孔目的姓氏為余（評.

---

8 馬幼垣，〈牛津大學所藏明代簡本《水滸傳》殘葉書後〉，頁52-56；修訂本收入馬幼垣，《水滸論衡》，頁9-12。

26.17a-18a/ 163-165）！後來才印出來的簡本又如何？劉興我本
（6.29.12ab）、北圖出像本（3.29.27ab）、藜光堂本（6.29.12ab）、映
雪草堂本（8.不分回.15b-16a）、李漁序本（6.29.9b-10a）、《漢宋奇
書》本（14.29.6a-7b；用京都大學藏本，版心所記卷數葉數按下層
《三國演義》而定）均作葉孔目（以上諸本隨便排列，不指出版次
序果如此）。作余孔目的，除評林本外，就祇得二刻《英雄譜》
（4.29.37b-38b）[9]。

　　上述的情形雖不易解釋，有兩點倒是夠清楚的：（一）改寫的余
呈故事指出刊行後於評林本的簡本都受到它的影響。（二）葉孔目在
絕多數這些簡本當中依舊是葉孔目則表示評林本並沒有成為所有
後出的簡本的祖本。兩點間的矛盾十分明顯。要追查下去，辦法仍
是有的。

　　插增甲本可不必考慮了，評林本尚且與之無直接或接近直接的
關係，更遑論後出於評林本的本子。雖然插增乙本與評林本也沒有
直接關係，但評林本所據之本既與插增乙本頗接近，插增乙本與評
林本之間的特殊分別就可以用作考察的資料。

　　插增乙本有不少評林本沒有的段落。這不是指兩本簡繁之別所
引起的此有彼無，而是指確關係情節進展的段落僅見於插增乙
本，故一般插入文中，與情節進展關係不大的詩句均不管。知道
此等評林本沒有的段落是否見於較評林本後刊的簡本自然是很重
要的消息。後於評林本的簡本頗多，但不必盡檢，抽選四種當已
足——劉興我本（在隨後的表中，簡作劉本）、映雪草堂本（映本）、
北圖出像本（北本）、二刻《英雄譜》本（英本）。「有」、「無」
指段落的有無，有者之間通常會有簡繁之別。誤字漏字的處理，
辦法如前。

9　此本收入《古本小說集成》時，所附袁世碩〈前言〉謂收入此本之《水
　　滸》以容與堂本和鍾伯敬批本為底本，至田虎、王慶部分才改依評林本，
　　說得不夠準確。早在武松部分，所受評林本之影響已甚明顯。

	插增乙本	劉本	映本	北本	英本
1	小校托着信香禮物，逕到鶴軒前。觀裏道眾同來見。 宋江等禮罷，公孫勝便問：「吾師何在？」 道眾說：「師父近日倦於迎送，少曾到觀。」公孫勝聽了，便和宋公明逕投後山來。崎嶇徑路，曲折堦衢，行不到一里之間，但見……（17.14b/ 338）	無	有	無	無
2	李逵接着說道：「哥哥去望真人，怎不帶弟同去？」戴宗道：「真人說你要殺他，好生怪你。」李逵道：「他也奈何的我勾了。」眾人都笑（17.16a/ 342）。	無	有	無	無
3	……宋江亦取金銀綵段上獻，智真長老堅執不受。 宋江再三稟說：「我師不納，可令庫司辦齋，供獻本寺僧眾。」 當日就寺中宿歇（18.13a/ 399-400）。	無	有	無	無
4	童貫領旨，自去整點軍馬。 是日朝散，百官回府。 宿太尉回府，門吏來報：「宋先鋒與盧先鋒伺候多時。」 太尉忙交喚入。宋江、盧俊義入到堦前，宿太尉接入後堂坐定。 宋江起身拜謝：「日前重蒙厚賜，銘懷盛德，無地可報。」 宿元景（道）：「辛納微物，有勞掛齒，設席管待執盃，恭喜將軍又有一場立大功之處，曾知否？」 宋江起身答道：「何處建功？」 宿元景道：「今早趨朝，司天監奏妖星現於東北，主有力兵之厄。蔡太師奏說，目今田虎占據河北，攻打休寧縣甚急。聖上憂甚，下官保奏足下征討。天子准奏，宣取公等面君。明日觀見之時，必有委用之職。」	無	無	無	無

	宋江大喜拜謝：「若得太尉俺保宋某，兄弟當竭力報國。敢過望，祇願千戴之下，兄弟略有微名，死生不忘德。」太尉大喜。宋江與盧俊義辭別，送出府門，上馬回營。吳用、公孫勝接着宋江問道：「今日太尉府中拜謝，有甚事？」宋江道：「目今河北田虎占據沁州，聲勢正盛。宿太尉保俺等前去征勦，今上勅下省院官，要宣我等面君，聞此消息。」眾人聽罷，各摩拳拍掌，都要出力，祇等朝廷賜旨（18.16ab/ 408-409）。				
5	宋江大笑道：「事已成矣！」盛本道：「那裏去有六七百里路。」關勝道：「若是足下與小弟同行亦好。」盛本道：「小人當往，祇我曾與他戰過，怕見了我，連將軍大事也不成。」關勝道：「你祇引我去路，我自上山見他」（19.7a/ 438）。	無	無	無	無
6	花榮道：「我們六個去，留戴宗、盛本、索超、張清四個守寨。倘有奸害，你們急回報知來救。」花榮、胡（誤：呼）延灼、單廷珪、魏定國、雷橫、朱全六個隨崔埜上山來。唐斌等出接。關勝問道：「張清等如何不來？」花榮低言妨奸之事。關勝大笑道：「唐仁兄弟待我實是真情，不須見疑，快令人請來。」隨令小校去，復請戴宗等四個逕到寨中（19.9b 441-442）。	無	無	無 .	無
7	郡主道：「丈夫差矣。父親安葬未久，便要歸降宋朝，豈不被人談笑？」張清道：「我今棄暗投明，乃是美事，那個談笑？」（19.16b/ 460）。	無	無	無	無

8	郡主問：「喬法師如何不來？」 眾將道：「法師領兵守把關前。」 郡主與副將朱達得、懷英、貢土隆、申屠禮、于放、洪資、司存孝、吉麟、山士奇、陸祥、宗得真共十二員將（句未完）(19.17a/ 460)。	無	無	無	無
9	次日，張清交喬道清救了迷魂洞四人同去。 喬道清取水一碗，念了呪，與葉清到洞裏用水一洒。四人如醉方醒，起身問道：「你是何人？」 葉清道：「我是宋元帥部下新降，待等特來救你四人。」 得出洞門，與張清、魯智深等相見了(19.17b/ 462-463)。	無	無	無	無
10	卻說城中沙仲義對良仁道：「若得一人殺出，投石羊山求救，方可解圍。」 正說之間，忽報道南門搦戰。 沙仲義道：「可開門迎敵，交一人捨命，乘勢出去求救。」 葛延親身出陣，差尤孟、恭時鳳出城求救。葛延正遞着關勝，戰三十合，不分勝敗。 文仲容輪大斧砍將去，時鳳使雙刀接住。戰不數合，文仲容一斧砍死時鳳。 葛延見殺了時鳳，便走入城，閉門不出。關勝收兵回寨。 且說宋江在白虎嶺寨中，祇見小校引魏州軍士來見宋江，報說孫將軍自引十員將打魏州城被陷死事說一遍(20.2a/ 477)。	有	有	有	有
11	唐斌道：「日前葛延出戰，意若令人去求救兵，被我這裏殺了時鳳，乃回走入城，堅守不出。雖則四面攻打，其實沒奈他何」(20.2b/ 478)。	無	有	無	無
12	智深不信，殺入去時，都是空寨。魯深方知是計，急令後軍退後，祇見四面伏兵皆起，圍□將來(120.9a/ 494)。	無	有	無	無

13	……，分作三路前去跟尋魯智深下落，第一路東行，史進、劉唐、孔明、孔亮；第二路西行，石秀、蔡福、蔡慶；第三路北行，李逵、白勝、鄭天壽。宋江逕自往懸纏井去。……（20.9b/ 496）。	有	無	有	有
14	沈安仁領了軍旨來見卞祥道：「告元帥得知，今有宋兵勢大，不能抵敵。前者余先鋒贏了兩陣，夜去劫寨，又中了他計。今宋江親領兵到懸纏井。余先鋒與他交戰拒住，交小人來討救兵」（20.12b/ 502-503）。	有	有	有	有
15	卻說卞祥和李勝等逕到沁州來見樞密范世權。范世權便問道：「招討鎮守龍蟠州，如何回朝？」 卞祥道：「告樞密，今被宋江統兵三十萬、大將二百員席捲而來。白虎嶺、魏州城、石羊山、獅子嶺、蘇林嶺盡行收伏了。如今圍住龍蟠州。小人殺開一條大路，帶李勝等回來，欲請郎主親征。」 范樞密有兒子范簡同守蟠州，聽得此語，天明同卞祥入內見田虎（20.16a/ 512）。	有	有	有	有
16	宿元景認得是戴宗，便問宋元帥軍情事節如何。戴宗逐一將平伏河北擒了田虎、田彪班師之事說了一遍（20.19a/ 519）。	有	有	有	有
17	道君曰：「卿言最是，即令安排鑾駕，迎接征戰功臣」（20.19a/ 520）。	有	有	有	有
18	渾家道：「丈夫你當初胡亂讓他便無事，如今正是官報私仇。」 王慶道：「如今祇在家裏坐便了。」 正是閉門屋裏坐，禍從天上來（21.2b/ 527-528）。	無	無	無	無
19	司使問道：「王官人，你無甚罪過，祇是一項不是，觸突了主帥。多祇得吃十來棒了，早出去，等月分到，依舊做官，你胡亂認一件來」（21.4a/ 530）。	有	無	有	無

20	王慶就在腰裏取出一錠銀子重十兩，撒在地上道：「龐巡檢，你把去，不要在此生事」（21.8a/541）。	無	無	無	無
21	范小娘子去點茶，口裏說道：「有許多兄（弟）來尋，前後何止有百十個兄弟來投奔。」 王慶吃了茶，范小娘子道：「叔叔高姓？」 王慶道：「姓李名德」（21.14b/557）。	無	無	無	無
22	于立認是本處人，即下來，果見李逵等都被縛下。 柯求細問道：「緣何被你們捉住？」 葉光孫道：「初來莊上掠食，日前知駱谷中困了宋兵。今夜走來，被眾莊客即時發喊。賊兵餓軟，腳走不動，祇有十數個在樹林裏尋不見，其餘都被擒捉在此。小人誠恐走的人去報，宋兵來到不便，以此連夜解來。」 于立道：「既然如此，就夜送入城斬首。」號令柯求、于立(有誤)即部軍卒隨帶葉光孫眾人把李逵驅到城下，(漏字)大叫道：「今捉得宋將李逵到來，可速開門」（22.5a/605-606）。	無	無	無	無
23	李俊道：「不想渡江以來與賊相持，連折幾將，損軍極多。正在無計之際，今得諸位來助，實乃大幸。祇是賊人依城而守，不能取勝，因此日夕憂慮。」 燕青道：「勝敗兵家之常，何必憂慮。小弟臨行，哥哥分付(令)兄長須防賊計。小弟明日哨探一遭，自有計議」（22.13a/625）。	無	無	無	無
24	宋江、吳用等議道：「公孫勝、馬靈至今未回，這妖不知那方神道勦滅了？」（23.4b/654）。	有	有	有	有
25	（宋江）……，忽報中路捉得淮西四個哨馬軍人來到。 宋江令入帳中，盡皆綁縛。宋江悉令解去問道：「你們不要吃驚，問你是甚哨軍？」 那四個道：「小人是關上白夫人差探軍情，	無	無	無	無

	望乞饒命。」 　宋江道：「你說關中怎的準備，我饒你們。」 　那四個道：「白夫人見這裏不出兵，恨殺了丈夫，每日練兵調將，等待秦州救兵來到，兩下夾攻。」 　宋江道：「你們那裏人投他做軍？」 　四個人道：「小人都是本處莊客，被他拿去充軍。」 　宋江道：「既然如此，何不與我獻場大功，破了紅桃山，多多賞你，任爲良民，豈不好乎？」 　四個人拜道：「若主將有用，萬死不辭。」 　宋江道：「（漏字）們祇等關上人馬出戰。若是殺了，（漏字），輸了走回。你就關上放起火來，聲張宋兵入城，便是你功。」 　四個道：「人當獻此計，以報不殺之恩。」 　宋江賞了四個酒食，銀四兩。（漏字）感淚不盡，拜謝而去。 　宋江與吳用道：「此計如何？」 　吳用道：「仁兄以德感人，而用此計，實乃鬼神不測之機。破紅桃山在此四個人身上。」宋江大喜(23.7ab/ 660-662)。				
26	……李俊爲兄。七人在榆柳莊上議說宋公明要取蘇州一事(24.7ab/ 718)。	無	無	無	無
27	宋江怒道：「深恨那賊把我兄弟風化在嶺上，今夜必須提兵去奪死骸回來埋葬。」 吳用諫道：「誠恐賊兵有計」(25.4b/ 761)。	有	有	有	無
28	鄧元覺依允，即（上）馬來到清溪大內，見了左丞相婁敏中，說奏請添調軍馬。 　次日早朝，二丞相（偕）鄧元覺奏道：「宋江兵強將勇，席捲而來，被袁評事引誘入城，以致失陷杭州，太子出奔而亡。元覺與元帥石寶退守烏龍嶺關隘，近日連斬宋江四將，聲勢頗振，誠恐賊兵早晚私越小路透過關來，嶺隘難保，請陛下早選軍馬同保烏龍嶺關隘，以圖	有	無	有	有

恢復。」 　　方臘道：「近日歙州昱嶺關甚急，分去數萬軍兵，止有御林軍馬，寡人要護禦大內。」 　　婁敏中奏道：「這烏龍嶺關隘亦是要緊要處，御林軍兵總有三萬，可分一萬去保守關隘。」 　　方臘不聽(25.5b/ 763-764)。				

　　這些資料可以另用表格歸納起來：

段落的有無	劉本	映本	北本	英本
有	10	12	10	8
無	18	16	18	20

　　這些插增乙本全有，而評林本全無，若干且頗長的段落在各種刊行後於評林本的簡本的有無情形應夠顯示作用：雖然「有」的比例各本不同，比例最低的英本也達28.57%，最高的映本更至42.85%。如果這些本子源出評林本，那麼評林本沒有的段落，它們一段也不該有。加上前述絕大多數簡本用葉孔目而不採余孔目，便不難達到結論：後刊於評林本的簡本都不可能用評林本為依據之本。

　　評林本的漏字情形亦可用作同樣的考證。任何本子一旦出現嚴重漏字，文句便不通，以之為底本者便難於處理。遇到評林本有嚴重漏字之處，那些段落在後出的簡本裏是怎樣子的自然有顯示作用。例110列舉的那段評林本無法句讀。劉興我本作：「四個賊臣定計，教樞密童貫啟奏，將宋江等眾要行陷害。不期御屏後太尉宿元景喝住，便向殿前啟奏道：『陛下，宋江這夥好漢方始歸降，百單八人，恩同手足，死不相離。今又要害他，倘或泄漏反變，將何解救？』」(17.78.1b)，細節較插增乙本還要多。在上舉「有」的段落最少，且又用余孔目的二刻《英雄譜》裏，這段文字(13.73.13b-14a)亦與劉興我本者同。

　　評林本隨意併合章回，而後刊的簡本都沒有這毛病。倘彼此有因承關係（即使不是直接的），後刊的本子又憑甚麼能夠還原？

　　既然無法證明後刊於評林本的簡本以評林本爲據，且還得出相反的結論，那麼除了插增本外，知存的簡本悉數講那胡亂誇大拖延的余呈故事當如何解釋？那種不知何所止的瞎吹祇有肆意光宗耀祖的心態才足以解釋。現在看來，那個胡謅之人雖必是建陽余氏家族成員，卻不是余象斗。在他據以刊行我們稱爲評林本的本子裏，余呈的故事已被處理過[10]。那個本子雖然也是簡本，但較評林本繁，有不少見於插增乙本而評林本沒有的段落，卻沒有隨意併合章回（偶然的併合則諒有）。後刊於評林本的各種簡本直接間接均源出於那個本子。這樣就解釋了爲何後刊的簡本雖有變種的余呈故事，卻沒有更動葉孔目，且還保存不少評林本沒有的段落，章回也大致分劃得夠乾淨。至於光宗耀祖，余象斗確曾加油添醬，易葉孔目爲余孔目，但這點對後刊的簡本影響並不大。

　　就算用簡本水準不高的尺度去衡量，評林本怎也是一部十分怪異，代表性很低的本子。我們不要因爲在整部不缺的現存諸簡本中它刊印得最早，便以爲它是最值得引用的簡本。縱然把刪削得不能再簡的南圖出像本也算入比較之列[11]，簡本之最不可靠者仍當推評林本。後刊的簡本不以之爲據，說來也是幸事。

10　這樣講難免有揣測成份，因爲迄未發現余氏家族在余象斗刊行評林本以前有曾梓刊《水滸》的紀錄。不過我們不應忘記三個因素：（一）余氏家族長期刊行通俗讀物，到了余象斗的一輩已不是第一代了。（二）雖然彙集余氏家族所刊書籍的目錄資料至今已頗有所積，但距離全目的境界必然尚差很遠。（三）余象斗在評林本書首已明說，前此刊行的《水滸》已有多種，雖然他並無指出其中有余氏家族的刊品。基於此等因素，我們起碼不能否認余象斗刊行評林本之前余氏家族成員梓印過簡本《水滸》。

11　見收入本集的〈南京圖書館藏《新刻出像京本忠義水滸傳》考釋〉。

十六、結語

文章寫得實在長了，那些林林總總的例證，以及隨討論進展時做的各種觀察大多不必重述。需特別說清楚的是此文最大的發現：說繁本《水滸》是從簡本擴充而來的，根本就不合邏輯。

至目前，簡繁先後的討論基本上是各講各話地搬出些僅能說服自己的「證據」來。本文除了羅列爲數不少的例證外 [12]，還提出一個總括的論據：各種簡本都是漏字盈篇，文意文法不斷遭踐踏的所謂作品。任誰也寫不出那些亂七八糟，句不成句的句子。要是說有能耐組織出一部複雜如《水滸》的長篇小說者，處理個別句子卻僅有頻頻寫出那些廢句的本領是匪夷所思之事。那些糟透的所謂句子祇會是盲目亂刪一頓的產品，而絕不可能是直接寫出來的。

刪簡和擴充是兩種不同的工作；後者比前者難多了。這樣說，還祇是就一般情形而言。百回繁本文從意順，絕大多數的句子都是平平穩穩的。把廢句充塞的簡本字數放大數倍爲斐然成章的繁本，技術上困難之極，目標上費解之至。真有此本領者，爲何不直接創作？爲何甘心在廢句堆內折磨自己？

簡本擴爲繁本說極度違反邏輯。

我以前曾竭力勸治《水滸》如何演化的學者忍忍口，未平心靜氣詳究各種存世簡本繁本以前，不要僅按讀書感受或單憑得自檢讀有限版本的資料便奢言立說，宣稱簡先繁後或繁先簡後中之一端爲確鑿不移的定論。書未讀全，便急下斷語，是十分不負責任，自欺欺人的研究態度。諸存世版本當中，簡本除了版式介紹外，從未有

---

12 不管我在此文列出多少例證，它們都是爲圖證繁先簡後而開列的，尚未做否定主張簡先繁後者所列證據的功夫。贊成簡先繁後者以魯迅、何心、柳存仁、聶紺弩（1903-1986）四人爲主。異日當另爲一文，就他們提出的證據逐一做拆招的工作。

人做過深入分析，故尤應對簡本先下足功夫，讓證據齊全的資料去
進行的研究終帶出結論來[13]。豈料這番苦口婆心的話竟遭誤解，被
人指為替簡先繁後說張目[14]。走完不預設結論，細心看齊資料，歷
時漫漫的路程後，真相果終呈現眼前。希望這憑重新考證得出來的
繁先簡後答案在說服自己之餘，還能說服其他研究者。

　　雖然這篇長文解決了這大問題，文章的重點始終在探討幾種早
期簡本的實質。這過程帶出若干新問題來：（一）簡本初自繁本刪出
來時，是否僅得一種？（二）簡本與簡本之間如何各自因承？（三）後
刊於評林本的簡本呈現與插增本系統有別時該如何解釋？

　　因為我近年已改變研究重點，把精神集中在探求自《水滸》初
成書至今本《水滸》出現這時段間的變化，未必能夠顧及此等才留
意到的新問題，希望藉在此提出來可以呼籲志同道合者分工去解
決。

13　見馬幼垣，〈呼籲研究簡本《水滸》意見書〉，《水滸爭鳴》，3期（1984
　　年1月），頁183-204；修訂本收入馬幼垣，《水滸論衡》，頁29-53。
14　見張國光（1923-　　），〈評《忠義傳》殘頁發現意義非常重大論〉，《武
　　漢師範學院學報》（哲學社會科學），1984年1期（1984年1月），頁109。

評林本《水滸傳》如何處理引頭詩的問題

一、引言

余象斗雙峰堂刊於萬曆二十二年之《京本增補校正全像水滸志傳評林》（簡稱評林本）是簡本《水滸》中的異品。沒有了它幾乎任何有深度的簡本研究均難於進行，因爲它雖不是現存最早的簡本，整本齊全的簡本當中則以它爲最早。余象斗刊行此本時所採的特殊處理法卻又使它與其他簡本每有大異。這些分歧都要通過詳細分析，始易明白其何以如此和背後是否別有涵義。編排得異常不規則的回首引頭詩（包括詞、賦等文體）正是這種可供考察的素材。適當的分析除了可以解釋上情況外，或者還能助理解版本之間的因承關係。

在繁雜的《水滸》版本問題中，評林本引頭詩的處理按常理並不是需要重複討論的問題。更何況曾悉心研究此問題者是行內的超級高手劉世德 [1]。然而所得結論：評林本刪節自所謂天都外臣序本之繁本，節工省料的企圖是決定如何處理引頭詩的關要因素，與管

---

[1] 劉世德，〈談《水滸傳》雙峰堂刊本的引頭詩問題〉，《文獻》，1993年3期（1993年7月），頁34-53。

見分別頗大，故敢冒見笑方家之譏，試重新討論此問題。

二、評林本的特徵和書中引頭詩的分佈情形

談論評林本的引頭詩及其有關諸問題前，得先說明此本之一大特徵以及書中的引頭詩是怎樣分佈的。

評林本最奇異的特徵在其隨意併合兩回（甚至三回）為一回[2]。併合章回之舉雖主要出自余象斗之手，但他並非始作俑者（詳後）。每次併合難免帶來兩個不合邏輯的結果：其一為僅保留該組首回的原有回目，以致回目無法反映出新的一回的後半情節[3]。其二為併出來的新回都過長，與未併合的章回長度不成比例。

還有較此一事尤更嚴重的整體性效應。併合章回並不像是先議好計畫才按步進行的。這無端而發的招數把全書的總回數弄到怪異非常——一百零三回（不是該本的標點本和某些報告所說的一百零四回[4]），復因大多數的回目不附編號，致令引錄時難以適從。除依

---

2 評林本併合章回以及其回目一塌糊塗的情形，見馬幼垣，〈影印評林本缺葉補遺〉，《水滸爭鳴》，5期（1987年8月），頁101-108，修訂本見馬幼垣，《水滸論衡》，頁97-104；馬幼垣，〈影印評林本缺葉再補〉。

3 舉個荒謬的例。梁山與曾頭市勢不兩立，但政治形勢使宋江等山寨籌策人物遲遲不敢動手反攻。因此，終於攻破曾頭市，且能按計畫由不致令形勢失控的盧俊義來捉拿史文恭是何等至要的大事！可是在胡亂湊合章回下，這些情節剛巧全在一新併出來的章回（第五十六回）的後半內出現。倘單靠評林本的回目來理解內容，這些大事就算不變成全失蹤，也起碼等於被貶為不值得在回目反映出來的次要雜事了。余象斗所為的胡鬧透頂由此可見。許多章回的併合既出意於這個搗蛋出版人，他實應負責到底，給那些新章回配上能夠反映實際內容的新回目。他沒有這樣做，就產生很多不必要的麻煩。

4 評林本有新式標點本，即盛瑞裕點注，《日本輪王寺秘藏水滸》（武漢：武漢出版社，1994年）。盛書按卷按回排列，每回依次編號，排出全書共一百零四回來。第一次讀該書，頗斥自己寫〈影印評林本缺葉再補〉時，竟疏忽至點算出評林本僅得一百零三回。待細檢盛書，始知那多出來的一回為其發明。評林本沒有目錄，正文處理卷回復十分缺乏規則（每卷回數有三至七回之別，章回長度同樣極參差，僅首三十回標注回碼，全書遍佈併合出來，以致回目不反映內容的章回）。要知道這樣異常的一個本

實際次序替各回編號外，並無更簡明之法[5]。

引頭詩是放在回首的，兩回（甚或三回）併爲一回時，回碼的數目隨減，次回的形式既不復存在，其原有的引頭詩就變成無所依附，難在新的章回內保留下來（但也有用別法保留下來的）。併合章回之舉使評林本的總回數大減，引頭詩的數目隨亦減少。兩者如何刪減，結果如何，就要看細節了。

引頭詩還受另一種編輯手法所影響。評林本的版面分爲三層（現見得到的簡本《水滸》，僅這一種是這樣子的）：上層評語（評人物、評事件）、中層插圖、下層原文。有不少引頭詩被余象斗自回首抽出來，移置上層，變成附錄性質之物。

談論評林本的引頭詩，開宗明義得先弄清楚此等詩句是怎樣分佈的。現按有無和位置，分列它們爲六組（正如上述，各回按次序編號，並附列容與堂本和劉興我本的相應情形〔二本回數按正文所列，誤者照錄〕，可收一石數鳥之效。評林本回目的誤字照錄，後用括號更正。在下列一表中，提到容與堂本和劉興我本而不作特別聲明時，均指涉及的章回有引頭詩）：

（一）引頭詩在回首原有的位置，視爲正文的一部分

第一回　　張天師祈禳瘟疫、洪太尉誤走妖魔
　　　　　容與堂本（此表下作容本）第一回；劉興我本（此表下作劉本）第一回

第二回　　王教頭私走延安府、九紋龍大鬧史家村
　　　　　容本第二回；劉本第二回

（續）

子究竟有幾回，除了依書直說，按回點算外，別無他法。〈再補〉就是用這辦法去做點算的工作。盛書卻不然，強拆第八回爲第八、第九兩回，並且隨意替第九回搬來一個回目。但評林本多的是併合而成的章回，爲何其他的不拆開來算？要是這樣做，評林本就何止僅得一百零四回，而會有一百十四、五回了。我們既不需要這種不反映實情的報導，更不需要僅抽其中一個併合的章回來拆開的怪異行動。

5　見馬幼垣，〈影印評林本缺葉再補〉。

第四回　趙員外重脩文殊院、魯智深大鬧五臺山
　　　　容本第四回；劉本第四回

第五回　小霸王醉入銷金帳、花和尚大鬧桃花村
　　　　容本第五回；劉本第五回

第六回　九紋龍剪徑赤松林、魯智深火燒瓦礫(罐)寺
　　　　容本第六回；劉本第六回

第八回　柴進門招天下客、林冲棒打洪教頭
　　　　容本第九、十回（兩回之首俱各有引頭詩）；劉本第八回
　　　　（此回起迄與評林本無異。回首有引頭詩，而回內與容本
　　　　第十回回首相應之處無引頭詩，情形皆與評林本同。下
　　　　一回卻列為第十回，而目錄內又有正文不標出的第九回
　　　　〈豹子頭刺陸謙富安、林冲投五莊客向火〉）。

第九回　　朱貴水亭施號箭、林冲雪夜上梁山
　　　　　容本第十一回；劉本第十回

第十回　　梁山林冲落草、汴梁城楊志賣刀
　　　　　容本第十二回；劉本第十一回

第十一回　急先鋒東廓爭功、青面獸北京鬥武
　　　　　容本第十三回；劉本第十二回

第十二回　赤髮鬼醉臥靈官殿、晁天王舉義東溪村
　　　　　容本第十四回；劉本第十四回

第十三回　吳學究說三阮撞籌、公孫勝應七星聚義
　　　　　容本第十五回；劉本第十四回

第十四回　楊志押送金銀擔、吳用智取生辰槓
　　　　　容本第十六回；劉本第五十(十五)回

第十五回　花和尚單打二龍山、青面獸雙奪寶珠寺
　　　　　容本第十七回；劉本第十六回

第十六回　美髯公智賺插翅虎、宋公明私放晁天王

第一百三回 宋公明神聚蓼兒洼、徽宗帝夢遊梁山泊

　　　　　容本第一百回；劉本第百十五回

(二)回首沒有引頭詩，亦不加解釋

第三回　　　大郎走華陰縣、智深打鎮關西

　　　　　容本第三回（有引頭詩）；劉本第三回（無引頭詩）

第三十七回 錦豹子徑逢戴宗、病關索街遇石秀

　　　　　容本第四十四回（有引頭詩）；劉本第四十一回（有引頭
　　　　　詩）

第四十一回 吳用雙用連環計、宋江三打祝家莊

　　　　　容本第五十回（有引頭詩）；劉本第四十六回（有引頭詩）

第五十六回 宋江賞馬步三軍、關勝降水火二將

　　　　　容本第六十七、六十八回（兩回之首俱各有引頭詩）；劉
　　　　　本第六十二、六十三回（兩回之首俱無引頭詩）。評林本
　　　　　除回首無引頭詩外，與二本次回回首相應之處亦沒有用
　　　　　任何形式保留引頭詩。

第六十三回 小七倒船偷御酒、李逵扯詔謗朝廷

　　　　　容本第七十五回（有引頭詩）；劉本第七十回（無引頭詩）

第六十四回 吳加亮布五方旗、宋公明排八卦陣

　　　　　容本第七十六回（有引頭詩）；劉本第七十一回（無引頭
　　　　　詩）

第六十五回 梁山泊十面埋伏、宋公明贏（赢）童貫

　　　　　容本第七十七回（有引頭詩）；劉本第七十二回（無引頭
　　　　　詩）

第六十七回 劉唐放火燒戰舡、宋江兩敗高太尉

　　　　　容本第七十九回（有引頭詩）；劉本第七十四回（有引頭
　　　　　詩）

第六十九回 燕青月夜遇道君、戴宗定計賺蕭讓

容本第八十一回（有引頭詩）；劉本第七十六回（有引頭
詩）

第八十九回 快活林王慶使鎗棒、段三娘招贅王慶
劉本第九十八回（有引頭詩）

第九十四回 公孫勝馬耳山請神、宋公明東鷲嶺滅妖
劉本第一百四（無引頭詩）、一百五回（有引頭詩）。評林
本沒有保留與劉本第一百五回相應的形式，並刪去該回
原有的引頭詩。

（三）刪去引頭詩，上層亦不錄，但上層有解釋

第七回　　　花和尚倒拔垂楊柳、豹子頭悞入白虎堂
容本第七、八回（兩回之首俱各有引頭詩）、劉本第七回
（此回之首及回內與容本第八回回首相應之處均無引頭
詩。評林本情形亦然）

第二十八回 施恩三進死囚牢、武松大鬧飛雲浦
容本第三十回；劉本第二十九回

（四）引頭詩移往上層，回目下不附說明，但上層有解釋移錄的
###　　　理由

第二十四回 郓歌（哥）報知武松、武松殺西門慶
容本第二十六回；劉本第二十五回

第二十五回 母夜叉坡前賣淋酒、武松遇救得張青
容本第二十七回（有引頭詩）；劉本第二十六回（無引頭
詩）

第三十回　　宋江夜看小鰲山、花榮大鬧清風寨
容本第三十三回；劉本第三十二回

第三十一回 鎮三山鬧青州道、霹靂火走瓦礫場
容本第三十四、三十五回（兩回之首俱各有引頭詩）；劉

本第三十三回（此回起迄與評林本無異。回首有引頭詩，而回內與容本第三十五回回首相應之處無引頭詩）。評林本雖沒有保留與容本第三十五相應的形式，但並沒有刪去那次回原有的引頭詩，而是移之往上層。

第三十二回 梁山泊吳用舉戴宗、揭陽嶺宋江逢李俊

容本第三十六、三十七回（兩回之首俱各有引頭詩）；劉本第三十四回（此回起迄與評林本無異。回首有引頭詩，而回內與容本第三十七回回首相應之處無引頭詩）。評林本雖沒有保留與容本第三十七回相應的形式，但並沒有刪去那次回原有的引頭詩，而是移之往上層。

第三十三回 及時雨會神行太保、黑旋風鬥浪裏白跳

容本第三十八回；劉本第三十五回

第三十四回 潯陽樓宋江吟反詩、梁山泊戴宗傳假信

容本第三十九、四十回（兩回之首俱各有引頭詩）；劉本第三十六回、三十七回（首回有引頭詩，次回沒有）。評林本沒有保留與二本次回相應的形式，並刪去次回原有的引頭詩。

第三十六回 假李達剪徑劫單人、黑旋風沂嶺殺四虎

容本第四十三回；劉本第四十回

第三十八回 楊雄醉罵潘巧雲、石秀智殺裴如海

容本第四十五回；劉本第四十二回

第三十九回 楊雄大鬧翠屏山、石秀火燒祝家莊

容本第四十六、四十七、四十八回（三回之首俱各有引頭詩）；劉本四十三、四十四回（首回有引頭詩，次回沒有）。評林本雖然是一整回，但在與容本次回回首相應之處，於上層注明刪去該回原有引頭詩的理由，並於與容本第三回回首相應之處，移該回原有的引頭詩往上

層。

第四十回　　解珍解寶雙越獄、孫立孫新大劫牢
　　　　　　容本第四十九回；劉本第四十五回

第四十二回　插翅虎枷打白秀英、美髯公悞失小衙內
　　　　　　容本第五十一、五十二回（兩回之首俱各有引頭詩）；劉
　　　　　　本第四十七、四十八回（首回有引頭詩，次回沒有）。評
　　　　　　林本沒有保留與二本次回相應的形式，並刪去那次回原
　　　　　　有的引頭詩。

第四十三回　戴宗智取公孫勝、李逵斧劈羅真人
　　　　　　容本第五十三回；劉本第四十九回

第四十四回　入雲龍法破高廉、黑旋風探救柴進
　　　　　　容本第五十四回；劉本第五十回

第四十五回　高太尉興三路兵、呼延灼擺連環馬
　　　　　　容本第五十五回；劉本第五十（五十一）回

第四十六回　吳用使時遷盜甲、湯隆賺徐寧上山
　　　　　　容本第五十六、五十七回（兩回之首俱各有引頭詩）；劉
　　　　　　本第五十二回（此回起迄與評林本無異。回首有引頭
　　　　　　詩，而回內與容本第五十七回回首相應之處無引頭
　　　　　　詩）。評林本沒有保留與容本次回相應的形式，並刪去
　　　　　　那次回原有的引頭詩。

第四十七回　三山聚義打青州、眾虎同心歸水泊
　　　　　　容本第五十八回；劉本第五十三回

第四十八回　吳用賺金鈴吊掛、宋江鬧西岳華山
　　　　　　容本第五十九回；劉本第五十四回

第四十九回　公孫勝芒碭降魔、晁天王曾頭中箭
　　　　　　容本第六十回；劉本第五十五回

第五十回　　吳用智賺玉麒麟、張順夜鬧金沙渡
　　　　　　容本第六十一回；劉本第五十六回

第五十一回 放冷箭燕青救主、劫法場石秀跳樓
　　　　　容本第六十二回；劉本第五十七回
第五十二回 宋江兵打北京城、關勝議取梁山泊
　　　　　容本第六十三回；劉本第五十八回
第五十三回 胡(呼)延灼計賺關勝、宋公明智擒索超
　　　　　容本第六十四回；劉本第五十九回
第五十四回 晁天王夢中顯聖、浪裏白跳水報冤
　　　　　容本第六十五回；劉本第六十回
第五十七回 東平悞陷九紋龍、宋江義釋雙鎗將
　　　　　容本第六十九回(有引頭詩)；劉本第六十四回(無引頭
　　　　　詩)
第五十八回 羽箭飛石打英雄、宋江棄良(糧)擒壯士
　　　　　容本第七十回；劉本第六十五回
第五十九回 忠義堂石碣受天文、梁山泊英雄排座次
　　　　　容本第七十一回；劉本第六十六回
第六十回　 柴進簪花入禁院、李逵元夜鬧東京
　　　　　容本第七十二回；劉本第六十七回
第六十一回 黑旋風殺死王小二、四柳村除奸斬淫婦
　　　　　容本第七十三回；劉本第六十八回
第六十二回 燕青智撲擎天柱、李逵壽張喬坐衙
　　　　　容本第七十四回；劉本第六十九回
第六十六回 宋公明一敗高太尉、十節度議收梁山泊
　　　　　容本第七十八回；劉本第七十三回(無引頭詩)。容本在
　　　　　引頭詩前有講水泊自然環境和若干梁山人物的特徵的
　　　　　長賦，評林本僅得短詩。
第六十八回 張順鑿漏海鰍舡、宋江三敗高太尉
　　　　　容本第八十回；劉本第七十五回
第七十回　 梁山泊分金大買市、宋公明全夥受招安

    容本第八十二回；劉本第七十七回

第七十一回 宋公明奉詔破大遼、陳橋驛淚滴斬小卒

    容本第八十三回；劉本第七十八回

第七十二回 宋江兵打薊州城、盧俊義大戰玉田縣

    容本第八十四、八十五回（兩回之首俱各有引頭詩）；劉本第七十九回（此回起迄與評林本無異。回首有引頭詩，而回內與容本第八十五回回首相應之處無引頭詩）。評林本沒有保留與容本次回相應的形式，並刪去該回原有的引頭詩。

第七十三回 宋公明大戰獨鹿山、盧俊義兵陷青石峪

    容本第八十六、八十七回（兩回之首俱各有引頭詩）；劉本第八十四回（八十）回（此回起迄與評林本無異。回首有引頭詩，而回內與容本第八十七回回首相應之處無引頭詩）。評林本沒有保留與容本次回相應的形式，並刪去那次回原有的引頭詩。

（五）引頭詩移往上層，回目下不附說明，上層亦不解釋移錄的理由

第二十九回 都監血濺鴛鴦樓、武行者夜走蜈蚣嶺

    容本第三十一、三十二回（兩回之首俱各有引頭詩）；劉本第三十、三十一回（兩回之首俱各有引頭詩）。評林本雖沒有保留二本次回的形式，但並沒有刪去那回原有的引頭詩，而是移之往上層。

第七十四回 顏統軍陣列混天像（象）、宋公明夢授玄女法

    容本第八十八回；劉本第八十一回

第七十六回 五臺山宋江參禪、雙林渡燕青射雁

    容本第八十九回；劉本第八十三回

（六）引頭詩移往上層，回目下附說明，上層則沒有解釋移錄的理由

第七十七回 宿太尉保舉宋江、盧俊義分兵征討
　　　　　劉本第八十四回

第七十八回 盛提轄舉義投降、元仲良憤激出家
　　　　　劉本第八十五回

第七十九回 眾英雄大會唐斌、瓊郡主配合張清
　　　　　劉本第八十六回

第八十回　　公孫勝再訪羅真人、沒羽箭智伏喬道清
　　　　　劉本第八十七回

第八十一回 宋江兵會蘇林嶺、孫安大戰白虎關
　　　　　劉本第八十八回

第八十二回 魏州城宋江祭諸將、石羊關孫安擒勇士
　　　　　劉本第八十九回

第八十三回 盧俊義計破獅子關、段景住暗認玉欄樓
　　　　　劉本第九十回

第八十四回 及時雨夢中朝大聖、黑旋風異境遇仙翁
　　　　　劉本第九十一、九十二回（兩回之首俱各有引頭詩）。評
　　　　　林本沒有保留與劉本第九十二回相應的形式，並刪去該
　　　　　回原有的引頭詩。

第八十五回 卞祥賣陣平河北、宋江得勝轉東京
　　　　　劉本第九十五（九十三）回

第八十六回 徽宗降勅安河北、宋江承命討淮西
　　　　　劉本第九十三（九十四）回

第八十七回 高俅恩報柳世雄、王慶被陷配淮西
　　　　　劉本第九十五、九十六回（兩回之首俱各有引頭詩）。評
　　　　　林本沒有保留與劉本第九十六回相應的形式，並刪去該

回原有的引頭詩。

第八十八回 王慶打死張太慰（尉）、夜走永州遇李杰
　　　　　劉本第九十七回

第九十回　　宋公明兵度呂梁關、公孫勝法取石祁城
　　　　　劉本第九十九回

第九十一回 李逵受困于駱谷、宋江智取洮陽城
　　　　　劉本第一百回

第九十二回 宋公明遊夜觀景、吳學究帳幄談兵
　　　　　劉本第一百一、一百二回（兩回之首俱各有引頭詩）。評
　　　　　林本沒有保留與劉本第一百二回相應的形式，並刪去該
　　　　　回原有的引頭詩。

第九十三回 孫安病死九灣河、李俊雪天渡越水
　　　　　劉本第一百三回

第九十五回 公孫勝辭別歸鄉、宋江領勅征方臘
　　　　　劉本第一百六回

第九十六回 張順夜服金山寺、宋江智取潤州城
　　　　　容本第九十一回；劉本第一百七回

第九十七回 盧俊義分兵宣州道、宋公明大戰毗陵郡
　　　　　容本第九十二、九十三回（兩回之首俱各有引頭詩）；劉
　　　　　本第一百八回（此回起迄與評林本無異。回首有引頭
　　　　　詩，而回內與容本第九十三回首相應之處無引頭詩）。
　　　　　評林本沒有保留與容本次回相應的形式，並刪去該回原
　　　　　有的引頭詩。

第九十八回 寧海軍宋江弔孝、湧金門張順歸神
　　　　　容本第九十四回；劉本第一百九回

第九十九回 張順魂捉方天定、宋江智取寧海軍
　　　　　容本第九十五回；劉本第一百十回

第一百回　　盧俊義分兵歙州道、宋公明大戰烏龍嶺

　　　　　　容本第九十六回；劉本第一百十一回

第一百一回　睦州城箭射鄧元覺、烏龍嶺神助宋公明

　　　　　　容本第九十七、九十八回（兩回之首俱各有引頭詩）；劉
　　　　　　本第一百十二、一百十三回（兩回之首俱各有引頭詩）。
　　　　　　評林本沒有保留與二本次回相應的形式，並刪去該回原
　　　　　　有的引頭詩。

第一百二回　魯智深杭州坐化、宋公明衣錦還鄉

　　　　　　容本第九十九回；劉本第一百一十四回

　　從這六組的分佈情形去看，余象斗對引頭詩的處理毫無計畫可
言。開始的二十多回基本都讓引頭詩留在回首。但一過了這一部分
就祇有互相分隔得很遠的四回作這樣的安排。直至第七十六回，凡
遇引頭詩移往上層時，回目下都不附說明。但自第七十七回起，每
次移引頭詩赴上層，回目下必有「詩錄上」一類說明。余象斗處理
引頭詩的手法，隨編輯工作的進行屢作改變；一有改變則祇會影響
隨後的章回，而不會回頭去調整以前的章回。整體來說就是沒有計
畫，一想到甚麼，就手法隨變。

　　討論下去之前，不妨先歸納一下上列頗為雜亂的數據：

(一)代表百回繁本的容與堂本，每回之首俱有引頭詩，形式十分整
　　齊。

(二)評林本的一百零三回中，有九十二回回首有引頭詩，絕大多數
　　都移置上層。另併合章回組成第二十九、三十一、三十二、三
　　十九回時移被併入的次回原有的引頭詩往新回中間的上層，故
　　全書引頭詩的總數為九十六。

(三)後於評林本的劉興我本有一百十四回 [6]，絕大部分回首都有引

_____

6　劉興我本的基本情形，見劉世德，〈談《水滸傳》劉興我本刊本〉，《中
　　華文史論叢》，1986年4期（1986年12月），頁255-271。該文謂劉興我本有
　　一百十五回，不夠準確。該本實際祇有一百十四回。目錄列最後兩回為
　　第一百十三回和第一百十四回，卻漏了倒數的第三回（應即第一百十三
　　回）。日本某藏書家（長澤規矩也？）用筆加上那漏列的一回，並調整最後

頭詩。但第三、二十六、三十七、四十四、四十八、六十二、六十三、六十四、七十、七十一、七十二、七十三、百十四回（共十三回）沒有引頭詩，故全書引頭詩的總數爲一百零一。

(四)評林本有十七回是併合出來的：第八、二十九、三十一、三十二、三十四、三十五、三十九、四十二、四十六、五十六、七十二、七十三、八十四、八十七、九十二、九十七、一百一回。除了第八十四和八十七兩回在容與堂本無相應情節外，其他在容與堂本的相應部分都是兩回（一例爲三回）的。劉興我本的相應部分則分爲兩類：其一爲評林本的一回和劉興我本的二回相應，這種例共十個。其二爲評林本的一回和劉興我本的一回相應，這種例共七個。劉興我本絕非以評林本爲主要底本（詳後），遇到評林本中併合出來的章回在劉興我本也是併合出來的單回時，最好的解釋就是併合的現象在余象斗未整理評林本出版前已存在，而余象斗把這玩意弄得變本加厲。

三、余象斗眼中的引頭詩

在余象斗眼中，引頭詩無疑是雞肋。首二十餘回的引頭詩尚不太惹他討厭，可讓它們留在原位。其後得此優待的引頭詩就鳳毛麟角了。不加解釋便刪去者固屬不少，說出刪去理由的，那些理由亦多千篇一律，少見分別，舉如：

> 「參透」詩一首，不干《水滸》內事。其詩入是勸人善事，

(續)────────────

兩回的編號作第一百十四回和第一百十五回。如此全書的實際回數就好像該爲一百十五回了。其實不然。書內並沒有目錄所列的第九回〈豹子頭刺陸謙富安、林冲投五莊客向火〉；那回併爲第八回的後半。這就是說，目錄上的第十回應改爲第九回，以後各回的編號均減一，至漏列的那回則應是第一百十二回，而最後的兩回則爲第一百十三回及第一百十四回。正文的章回編號亦得作同樣調整，第十回改爲第九回，其餘各回依次調整至最後一回爲第一百十四回。

故以寫放上層（第二十四回）

各傳皆無引頭之詩，惟《水滸》中添此引頭詩，未見可取。
觀傳者無非覽看詞語，觀（?）其事實。豈徒看引頭詩者矣。
放此引頭詩反撼人耳目，故記上層，隨人覽看（第三十九回）

上一首詩未見好處，卻去之不錄，恐他人不知者言此處落
矣，故以只得錄于上層，隨爰便覽（第四十三回）

一首詞中句句有味，奈不該放下層，無掩人耳目，故錄于
上（第五十二回）

一首中見遼主志倒兵衰，削之不可，放下層不干正意，錄
上隨看（第七十三回）

這類話，無論說時怎樣求變化，講多了終難免重複得連寫的人自己
也生厭。自第七十四回開始，余象斗再不解釋他爲何將某回的引頭
詩移往上層了。

　　既然在他眼中引頭詩份量如此，難怪余象斗處理起來莫不經
意。那些不加解釋便刪去引頭詩的例（即上面分類的第二組）也可從
這角度去理解。在絕大多數這些例子裏，在上層可用來抄錄引頭詩
的空間被評某人、評某事的條項佔了。余象斗並沒有把引頭詩看成
是整體組織裏不可或缺的一部分。當他就某人或某事有話要說時，
上層的空間自然留給自己了[7]。

四、從引頭詩看評林本和劉興我本的關係

　　正因爲評林本中引頭詩出現的形式是不經意地弄出來的，而三
層的版式又給予余象斗較大的安排自由，故通過引頭詩的分析大有

7　余象斗根本不明瞭引頭詩的功能。按北村真由美，〈《水滸傳》の入回
　　詩について〉，《中國文學研究》（東京），24期（1998年12月），頁65-78，
　　據容與堂本所作的分析（該本每回都有引頭詩，即除田王二傳外全無缺
　　漏），絕大部分的引頭詩都起輔助闡明內容的作用。

顯示本子之間相互關係的可能。這樣講因爲劉興我本採用我稱爲嵌圖本的版式[8]，根本沒有上層容安置那些既不願保留在正文，又不打算乾脆刪掉的部分，處理起來就祇有留其在原位和刪去兩選擇。加上劉興我本不胡亂併合章回（起碼回目和內容大多配合），故可視之爲較依準則。

我以前用余象斗爲了愛護宗族，改寫河北降將余呈的事至幾乎不知如何收場的程度，便用所見後出的簡本盡皆依從一事爲例來說明評林本對後出簡本的操制力[9]。這見解近已作修正：負責改寫余呈故事的是余氏家族另一成員，他出版的本子刊行於評林本之前，且爲多數後出於評林本的簡本所依據[10]。引頭詩正是可以利用來證明這一點。

從評林本和劉興我本引頭詩的彼有此無，可以觀察到幾項信息：
(一)評林本和劉興我本共有的引頭詩，不論評林本放它們在回首還是上層，都與見於容與堂本者相同（文字稍異或故意減省之別不算），而容與堂本每回均有整齊的引頭詩，故容與堂本有而不見於評林本和／或劉興我本的引頭詩就是被刪去了。

8　所以稱這些本子爲嵌圖本，因爲它們的插圖每張四周都是文字，圖看似嵌在文字之中。解釋見馬幼垣，〈嵌圖本《水滸傳》四種簡介〉，《漢學研究》，6卷1期（1988年6月），頁1-16；修訂本見馬幼垣，《水滸論衡》，頁127-140。但陳兆明，〈俗行小說的雅與俗〉，頁426，不贊成用嵌圖本之稱，而標奇立異地叫此等本子做「縮圖本」。他不明白古書的插圖是刻在木版上的，印出來的圖就和刻在版上的大小相同，根本談不上縮小或放大。絕不能說圖佔版面面積小者就是縮小了，佔版面面積大者就是放大了。況且一般簡本《水滸》的插圖多是獨立製作，並沒有這本據那本的插圖縮小來用，或此本採彼本的插圖放大重用的現象。儘管果有此現象，要是排不出各本之間的準確因承次第，又怎能指出何本給放大，那本被縮小？至於陳君之文列出三個本子的版框尺寸，我無從置言，因那些簡本除兩種有機會親檢原物外，我多數用顯微膠卷、日製hishi copies，和商業複製品，沒有陳兆南能量出的出版框大小的本領。

9　馬幼垣，〈牛津大學所藏明代簡本《水滸》殘葉書後〉，及〈現存最早的簡本《水滸傳》〉。

10　見本集所收〈兩種插增本《水滸傳》探索——兼論若干相關問題〉一文的第十五節。

(二)不可以用僅見評林本而不見於劉興我本的引頭詩來證明二本
　　的關係，因為就算後出的劉興我本果真以評林本為底本，編者
　　也可以選擇放棄若干首不用。

(三)評林本沒有而劉興我本有的引頭詩則意義不同了——劉興我本
　　雖後出，它絕不可能用評林本為底本。那些劉興我本獨有的引
　　頭詩，見該本的第二十九、三十一、四十一、四十六、七十四、
　　七十六、九十二、九十六、九十八、一百二、一百五、一百十
　　三回，數量不算少。此外還得加上在劉興我本仍是原有的兩
　　回，評林本已併為一回之例。在評林本中，這種章回包括第二
　　十九、三十四、三十五、三十九、四十二、五十六、八十四、
　　八十七、九十二、一百一回。容與堂本和劉興我本相應此十回
　　的部分除一個三回的例子（在容與堂本）全是兩回的 [11]。這就是
　　說，劉興我本雖然是簡本，它的章回分割近容與堂本，而與評
　　林本分別頗大。

　　劉興我本的文字雖與評林本者近，評林本卻不是它的底本，這
認識帶來一成效。由於劉興我本不是直接因承評林本而來，遇到評
林本太熱衷刪簡句語致令句子無法卒讀時，每可從劉興我本的相應
部分查出原句可能是怎樣子的。

　　評林本和劉興我本間的有同有異可以這樣解釋：兩者的底本十
分相近（但不會正恰用同一個底本，除已說過的論點外，還要再看
下去）。兩者用起底本來，態度不同，劉興我本守成，改動之處有
限，評林本則隨意更易，遂令評林本與劉興我本間出現頗大的差異。

五、從引頭詩看評林本的底本問題

　　做過兩種插增本和評林本互勘的工作以後，評林本以怎樣的本

11　評林本這些章回中，有三回（第八十四、八十七、九十二回）因為講的是
　　田虎、王慶故事，容與堂本沒有相應的部分。

子爲底本已不成問題。它的底本是一種與插增乙本相當近似的簡本，而不是任何繁本。但既有其以那本所謂天都外臣序本爲底本之說，還得不嫌其煩地多說幾句澄清的話。

就算尚不能指出評林本以何本（或何種本子）爲底本，起碼尚能確言它不會是直接（或近乎直接）演自任何繁本。能夠這樣說，關鍵在田虎、王慶兩部分。除了袁無涯、楊定見推出來的那本一百二十回怪胎本外，任何繁本都沒有田虎、王慶故事。如果說一本有田王故事的簡本出自某繁本，那麼該簡本的田王故事從何而來就不易解釋。

這裏談引頭詩，就更涉及這問題。如說評林本演自某繁本，而不是用較早的簡本爲底本，田王部分的引頭詩就會出現兩種可能的情形：（一）原沒有引頭詩時，既無從抄錄，余象斗又不重視引頭詩（見前），不可能爲滿足這形式而去另作出整系列的詩詞來。（二）爲圖滿足形式，另爲田王部分的章回配作一系列不能求諸繁本的引頭詩。實情究竟如何，稍稍翻檢就一目瞭然。

田王故事在評林本佔了差不多十九回（即第七十七至九十五回，首尾兩回還另說些別事），但由於各種因素祇有十七首引頭詩（各回詳情見上第二節）。劉興我本的相應部分共二十三回，引頭詩的數目則是二十二（細節也見前）。這些引頭詩全不見沒有田王故事的百回繁本，而評林本和劉興我本共有的十七首基本相同。如果說評林本以百回繁本（不管那一本）爲底本，此情形該作何解釋？

插增乙本這部分保存得完整無缺（雖然插增甲本這部分頗有缺漏，但與評林本及其後各種簡本接近的是插乙，而非插甲，故資料的保存情形正配合此項研究之需）。儘管插增乙本的文字與後出的劉興我本分別很大，章回編號也不同（那是因爲插增乙本所用回碼不斷出現重號和跳號，根本不能作準），其分卷辦法、卷的編號、分回辦法、章回次序，以及引頭詩的情形還是與劉興我本完全脗合。本來這已可用來考證兩本之間是否有版本因承的關係，實際情

形竟較此尤更理想。

因為兩種插增本僅有殘冊存世，我們無法得知引頭詩和章回在此兩本之中整體是怎樣配合的。從現在見得到保存回首部分的各回去看，情形倒夠清楚：除了三處例外，兩種插增本凡得見回首的地方都必有引頭詩，可說回首帶引頭詩的比例很高。那三處例外為（兩種插增本所標回數亂七八糟，都不可靠，這裏連誤字也照抄，僅作識別之用）：

A. 插甲第七十九回〈劉唐火燒戰船、宋江兩敗高太尉〉（插乙未見此回有存）

B. 插甲、插乙第八十七回〈宋公明大戰遼兵、胡延灼力擒番將〉（「遼兵」，插乙作「幽州」）

C. 插乙第一百六回〈公孫騰馬耳山請神、宋公明東鶩嶺滅妖〉（插甲未見此回有存）

A的相應章回所涉各本都有：容與堂本第七十九回（有引頭詩）、評林本第六十七回（無引頭詩）、劉興我本第七十四回（有引頭詩）。此回有引頭詩者，其詩亦同。據此可以說劉興我本和評林本分別用近而有異的底本。

B與容與堂本第八十七回相應。在評林本和劉興我本，此回都在併合過程中消失，變成了評林本第七十三回的後半和劉興我本第八十回的後半，兩處的引頭詩都沒有保存下來。兩種插增本雖仍保留此回獨立的形式，引頭詩已不見了，可說是該回終被合併的過渡階段。

C說的是征王慶故事，故容與堂本無相應部分。評林本和它相應的是第九十四回的前半；該回的後半是併入去的原有另一回。劉興我本的相應部分是第一百四回（無引頭詩）。與評林本第九十四回下半相應的第一百五回（有引頭詩）並未併入去。插乙隨後的一回（有引頭詩）就是與劉興我本第一百五回相應的一回。

從這三處插增本沒有引頭詩之例的分析，配上田王二傳部分的

考察，可以看得出插增乙本和劉興我本的接近程度以田王部分為最高，其他部分程度雖較低，也尚夠接近。評林本則整體的接近程度都較低。

簡本田王部分的引頭詩是編寫此二傳者弄出來，以便配合原先已有的百回繁本都有引頭詩這特色[12]。這些引頭詩的添寫與余象斗無關，因為早在其前的插增本基本上每回都有引頭詩。到了余象斗編刊評林本時反以併合、棄用等行動使該本中的引頭詩數目大減。

六、評林本移引頭詩往上層的原因

既然明白余象斗視引頭詩為雞肋，就不難明白移引頭詩往上層正是棄存之間的妥協措施。他選用的上中下三層版式也正好為移動位置的文字提供需要的空間。如果說他為了處理上移那些詩詞才選用三層的版式則言過其實。余象斗很喜歡發表意見，故在評林本中經常插入他讀到某情節有感而發的詩句。這還不夠令他滿足，他還要不時就某人某事發表感想。如果這些句語放在版框上面的「天」位便成為一般的眉批。但余象斗有太多的話要說，一般的天位不夠用，遂將版面劃為三層，上層佔了版面的若干通常空間，以容納他對人對事好像永說不完的話。引頭詩可以移往上層，而不必像其他本子的不是存便是棄，就是充分利用這安排帶來的方便。

余象斗好發議論至足稱為病態的程度，即使偷竊也不放過發表意見的機會，把已重見不少本子的詩句式評語，冠以自己的名字插入正文之內[13]。

這樣故弄玄虛有一明顯效應，就是多用了篇幅。省空間絕對不

---

12 在此以前是否另有未增入田虎、王慶故事的簡本不易決定。理論上或可指曾有此階段，但尚未見支持此說的資料。我目前以為刪繁為簡和增入田虎、王慶故事是同時(或差不多同時)進行的事。

13 本集隨後有一文專講此事（〈從評林本《水滸傳》加插的詩句式評語看余象斗的文抄公本色〉），不必在此先說。

是余象斗關心之事。

這也就是說，移引頭詩往上層絕非爲了圖省空間。做點實驗便可知究竟。評林本的底本是一種與插增乙本相近的本子。評林本的字數明顯比插增乙本少多了（知道此事是編校插增本時，把評林本加列入去的額外收穫），實驗因此頗易做。就用插增乙本卷二十一至二十三，共十三回（即王慶故事的全部加方臘故事開始的部分），因爲插乙這三卷完整無缺，份量也不少了。點算的結果是：

	插增乙本	評林本
卷21	28葉	29葉
卷22	21葉	22葉
卷23	23葉	25葉
	共72葉	共76葉

分別雖不算大，但字數少者反而多用了葉數，總得有原因。原因就在設立上層。引頭詩放在正文之前，詩刊完後即可印正文，兩者之間通常不會有空位。放在上層則便難避免和隨後的評人評事的句語之間有空際。各條評語之間也必有空位。解釋爲何要移引頭詩往上層（第二節內列出的第四組有三十六例之多）就更無端端增加了很多底本沒有的文字。這種解釋的長度還可以相當失比例。第三十九回移引頭詩往上層時，所加解釋佔用的空間竟和那首引頭詩本身差不多。把這些情形加起來就是頗浪費空間，難怪終弄到字數較少的評林本比插增乙本多耗篇幅。這樣看尚未夠徹底。刊在上層的文字全部都用較正文爲小的字體。這就是說，移往上層的引頭詩較留在正文的引頭詩，一字換一字，省了空間。結果正文字數較少的評林本仍是多用了篇幅。

移引頭詩往上層的決定絲毫沒有省空間的企圖在後面。

七、結論

版本比勘難免枯燥。祇要從大處看，靈活地多換分析的角度，避免作機械化的零碎比較，也可以把枯燥的工作弄活起來，從而達到較廣泛，較深入層次的理解。

引頭詩固然祇是有關本子的一個小結構成份，通過它作為考察的角度還是不單可以幫助找出有關諸本的相互關係，更可藉以闡發這些本子本身的性質。考察也就不會祇停留在追尋是否B本承A本、C本沿B本的表面層次而已。

本文除了增加我們對評林本、劉興我本、插增本（特別是插增乙本），和百回繁本的認識外，還有一項額外的收穫，就是顯露出余象斗進行編刊工作時的心態，以及此心態如何影響他刻印出來的成品。

從評林本《水滸傳》加插的詩句式評語看余象斗的文抄公本色

一、導論

　　現存整本齊全的簡本《水滸傳》的出版日期，以評林本者為最早。這簡單的事實卻容易導致誤會，因為這既不等於說此本代表的演化階段同樣早於其他現存簡本，更不可以說它是最接近簡本初出現時面貌的本子[1]。

　　在簡本演化的次第上，評林本不僅後於兩種插增本，它所代表的演化階段還要遲過不少現僅見於後刊版本的本子[2]。使其價值大減者尚有更重要的一端。余象斗隨意湊合章回，因而使評林本的回

1　研究《水滸》的學者，不管他們對簡本繁本的關係曾發表措辭如何強烈的意見，實則彼等絕大多數均在未肯平心靜氣細讀兩三種分別較大的簡本以前便急急發言。是故連在近年對《水滸》如何演化創獲最多的學者亦竟視評林本為現存簡本中最可靠，所代表的演化階段也最早的本子，見侯會，〈《水滸》簡本與張驥〉，《文藝研究》，2003年3期（2003年5月），頁156-158。

2　說見收入本集的〈兩種插增本《水滸傳》探索──兼論若干相關問題〉。

數特別少 [3]，早已是知道得很清楚之事。現在要講的較不尊重所據之本尤更嚴重——余象斗有可能是放膽明搶的文抄公！

二、余象斗在本中參入己見的特色

每葉或每半葉都有插圖的簡本《水滸》全採上圖下文的版式，唯獨評林本每半葉分爲上評中圖下文的三層。余象斗安排這最上的一層就是爲了替自己頻頻就人就事所加的評語提供空間。這佔去不少篇幅的空間尚不夠他發揮意見，還在正文好些地方加插用詩句形式表達出來的評語。

這類評語的首例見於第九回〈朱貴水亭施號箭，林冲雪夜上梁山〉。講完王倫對林冲求入夥的反應後，余象斗即添說：

後仰止余先生觀到，有詩爲證。詩曰：
可笑儒夫心不純，柴君書薦莫堪從。
若非朱貴忠言諫，後來何士殺王倫。
（卷3，葉4下）

「仰止余先生」即余象斗[4]。

隨後的一例相隔頗遠，但更能顯示出評語發言者所用的第一身特色。第三十八回〈楊雄醉罵潘巧雲，石秀殺裴加海〉在交代過潘巧雲如何和淫僧安排約會，並在正文插入一首標作「先人有詩爲證」的詩後，即云：

3　評林本併合章回及其回目一塌糊塗的情形，見馬幼垣，〈影印評林本缺葉補遺〉，《水滸論衡》，頁97-104；馬幼垣，〈影印評林本缺葉再補〉，《水滸論衡》，頁105-110。

4　謝水順、李珽，《福建古代刻書》（福州：福建人民出版社，1997年），頁241。此書講明代建陽余氏家族刊行通俗書籍的情形可說集近年研究所獲的大成。

後仰止余先生觀到此處，又有詩為證：

　　潑婦淫心不可提，自送溫存會賊黎。

　　光頭禿子何堪取，又約衷情在夜時。

　　若無石秀機關到，怎改楊雄這路迷。

　　碎骨分骸須多載，後君看罵割心遲。

（卷9，葉25上下）

上層題作〈評斷此婦〉的評語亦與此配合，謂：

　　余公此詩終不然，單言此婦淫慾，……不知那禿子有何取
　　乎。細觀巧雲不如武二(誤：武大)之妻略高些矣(卷9，葉
　　25上下之上層)

　　在大聚義以前的正文中插入標明出自余象斗之手的詩句式評
語雖僅此二例，大聚義以後還可以多找出六個類似的例子。

　　把上舉二例算作例1和例2，其後的六例便可依次列出：

例3：第七十二回〈宋江兵打薊州城，盧俊義大戰玉田縣〉宋江想
　　　出如何將計就計，善用遼國歐陽侍郎來招降，和先使延兵之
　　　策後，便加入一般詩句式的插詞。隨即便說：

　　後仰止余先生觀到，又有詩云：

　　委質為臣忘不移，宋江忠義亦堪奇。

　　遼人不識貞聖節，空把黃金事饋遺。

（葉17，葉15下）

例4：第七十三回〈宋公明大戰獨鹿山，盧俊義兵陷青石峪〉宋江
　　　打敗遼將兀顏延壽後，正文便說：

後仰止余先生觀到此，見兀顏延壽擺八陣圖，有嘆諸葛武
卿侯。有詩為證，詩曰：

延壽無謀擺陣圖，反收宋將捉身孤。

莫誇孔明困陸遜，死後猶能驚懿師。

（卷17，葉28下）

例5：第八十二回〈魏州城宋江祭諸將，石羊關孫安擒勇士〉新收
十河北降將死在陷坑後，正文隨即說：

後仰止余先生觀到此，有詩：

英雄到此實堪憐，不由孫子不傷情。

功勞未遂身先喪，鐵石人聞也淚漣。

（葉20，葉1下-2上）

例6：第八十六回〈徽宗降敕安河北，宋江承命詩淮西〉宋江平河
北後返抵京師，正文記謂：

後余宗先生有詩八句贊道，詩曰：

河北清寧偉績成，宋公忠義知最名。

胸中素蘊天人學，麾下分屯漢達（誤：楚）兵。

已伏天威平草寇，更施膏澤庇蒼生。

凱歌唱徹山城曉，老幼吹呼夾道迎。

（卷20，葉20下）

例7：第九十一回〈李逵受困于駱谷，宋江智取洮陽城〉余呈死後，
正文隨謂：

後仰止余先生觀到此處，有詩為證。詩曰：

一點忠貞死義心，余呈不跪實堪欽。

口罵不移甘受戮，萬載聞聲淚滿襟。

（卷22，葉1下）

例8：第九十八回〈寧海軍宋江弔孝，湧金門張順歸神〉張順命喪湧金門後，正文記謂：

後仰止余先生觀到此處，有詩為證。詩曰：

哀哉張順實可憐，捨死全名功未成。

奈數盡時難可救，湧金門外赴幽冥。

（卷24，葉15上）

　　雖然在偌大一部小說中僅得八例，數目並不算多，且不少相隔頗遠，但那些詩句式評語出自何人之手，每處均說得清楚。指斥余象斗為人妄自尊大和不尊重所據之本是可以的。但總不能據此便指他是明目張膽去偷的文抄公。

三、余象斗是否文抄公？

　　雖然整本無缺的評林本僅得日本日光輪王寺的藏本存世，但自從文學古籍刊行社（北京）於1956年用線裝本形式首次影印一千套行世，後又有多款據以複製發售之本以來，學者能利用這個本子已差不多五十年了。但僅用評林本，而參據不到較它早的本子（較早兼指演化階段和刊行日期），就祇能得到余象斗隨意增刪湊改所用之本的結論。

　　目前知存且符合上述兩個「較早」條件的簡本祇有插增本兩種。學界知道有插增甲本較知道有評林本還要早，但長期滯留在僅知道一小部分存本的簡單版本數據的階段。首先在六十年代取得巴黎所藏插增甲本的影件來研究的白木直也祇照料了統計異同的初

步工作[5]；其後更未聞有誰曾對該本做過深入研究。

問題的關鍵尚不在此。兩種插增本迄今能看得的祇有殘卷，甚至零葉。插增甲本的殘缺情形較插增乙本尤更嚴重；上舉八例的相關部分有的沒有存世，有的雖存世卻沒有相應的段落（整體而言，插增甲本比插增乙本簡得多），結果得見的插增甲本存文全幫不上理解評林本這八條詩句式評語的忙。

幸然插增乙本雖僅知有大聚義以後的部分存世，見於評林本大聚義以後部分的六條評語，插增乙本的相應段落全可讀得到。加上插增乙本文字夠繁詳（固然仍是簡本），資料足供比較。

作為鑰匙的插增乙本卻姍姍來遲。八十年代初學界才知道此本的存在，惟迄今有機會用到該本足夠殘卷者或尚僅得我一人。這就做成真相不可能早點知道以及我有責任找出真相的局面[6]。

現在就讓我們細看真相究竟是怎樣子的。

見於評林本大聚義以前的兩評語（例1和例2），因為兩種插增本均未見相應部分存世，故無從比勘。

大聚義以後的六條，插增乙本雖然都有相應的段落，但余象斗清清楚楚地說那些評語起碼有五條是他的手筆，類似的文字就不該在刊行較早或代表較早演化層次的本子內出現。因此合邏輯的情況該是：插增乙本雖有相應的落段而不會有相應的評語，或即使有相應的評語，評語的內容和文字也不會近似。實際情形卻非如此。

評林本那六條大聚義以後的評語，兩處插增乙本有相應的段落而沒有相應的評語（例3、7）。這是理所當然的情形。

另有一處（例4），兩本雖都有詩句式的評語，評語卻不同。這

5　白本直也，《巴黎本水滸全傳の研究》（廣島：自印本，1965年）。

6　現在情形當然有了基本改變。我已把手上有的兩種插增本存文全部通過《插增本簡本水滸傳存文輯校》的刊行，公諸於世。雖然這祇是以限量版的形式發表，但世界上與中國古典小說研究有關的重要機構和以《水滸》為研究重心的學者均已獲贈送，流通度諒已夠。

情形也是理所當然的。

看下去，就再不是那樣子了。

插增乙本與評林本例8相應之處作：

> 有詩說道：
>
> 　　潯陽江上英雄漢，水滸叢中義烈人。
>
> 　　天數盡時無可救 7，湧金門外已歸神。
>
> （卷24，葉14上）

既然插增乙本不論在出版日期，還是在演化的層次上都較評林本早，評林本例8最後兩句和插增乙本第三、四兩句的近似就祇能解釋為抄抄改改的結果。縱使插增乙本和評林本之間的因承不是直接的，例8此兩句的來源何自仍是夠明顯的。

要看更明顯之例就看例5吧。插增乙本在相應的地方插入詩句時，並沒有冠以「有詩為證」一類字樣，祇是述事一完即插入詩句：

> 　　竭力舒忠氣勢吞，英雄到此亦堪憐。
>
> 　　功勞未遂身先喪，千古英魂淚滿巾。
>
> （卷20，葉1下）

評林本標明出自「仰止余先生」手筆的詩句，這次達到四句有兩句來歷分明，一句相當近似的地步了！

若真要講求亦步亦趨的境界，在大聚義後注明作者的寥寥無幾詩句式評語中，竟可以找到如下的絕例。插增乙本與評林本例6相應之處是這樣寫的：

7　馬幼垣，《插增本簡本水滸傳存文輯校》，下冊，頁734，誤「盡時」為「盡事」。

後人有詩八句贊道：

> 河北清寧偉績成，宋公忠義取知名。
>
> 胸忠素蘊天人學，麾下分屯漢達（誤：楚）兵。
>
> 已仗天威平草寇，更施膏澤庇蒼生。
>
> 凱歌唱徹山城曉，老幼歡呼夾道迎。

（卷22，葉19上下）

它和例6究竟有甚麼分別？連「漢楚兵」也並錯作「漢達兵」！令人拍案叫絕，無過於此。

這不單是絕例，兩本合看簡直是絕配。此詩較其他各例的詩句長多了，但兩本之間僅差一字（故此不必亦用黑點來突顯）——評林本諟正了一誤字。

僅管沒有最後一例（例6），余象斗的文抄公本色已夠明顯。例6的情形則需要隨後另說明。

四、如何處理例1和例2？

整本評林本中注明作者的詩句式評語僅得八條，數目怎樣說也是有限的。大聚義前的兩條雖無法用插增本作比對，總還得想法子去查考。在知存的簡本當中，與插增乙本較近者為映雪草堂本和劉興我本[8]。但映雪草堂本全書不留插詞，幫不了這忙，就試看單靠劉興我本能否解決問題吧。

劉興我本和例1相應之處並無插詞，比較不成。

例2的情形則截然不同。劉興我本在相應的地方作出驚人語：

又李卓吾先生詩：

> 潑婦淫心不可提，自送溫存會賊黎。

8　見馬幼垣，〈兩種插增本《水滸傳》探索〉的第十五節。

光頭禿子何堪取，又約衷情在夜時。

若無石秀機關到，怎改楊雄這路迷。

碎骨分骸也不願，從君看罵割心剮。

（卷9，葉18上下）

　　兩本之間雖不算亦步亦趨，但異者不過五字，且評林本的「須多載」、「後君」，和「割心遲」分明不通。若非抄也抄不準，這便是不自量力地妄圖改良的結果。

　　這首詩當然與李卓吾無關，也不見於附有不同的李卓吾評語的容與堂本和袁無涯本。儘管劉興我本與插增乙本分別不少，它和插增乙本相近的程度還是遠高於評林本和插增乙本之間的近似程度。即使劉興我本和評林本之間沒有直接的因承關係，劉興我本亦必代表更早的演化階段。這就是說，無論插增乙本有沒有這首詩句式的評語，此詩的作者也絕不會是余象斗。

五、劉興我本和北圖出像本的考察

　　這樣一來，大聚義以後那六處在劉興我本是怎樣子的就很值得查看。

　　例3的相應部分在劉興我本第七十九回（回目與評林本同），但那首評林本標明出自余象斗手之詩劉興我本並無相應文字；即此處劉興我本與插增乙本同。

　　例4的相應部分在劉興我本第八十回〈宋公明大戰獨鹿山，盧俊義兵陷青石峪〉（評林本此回與上回合併，而成為新的一回的下截）。此處情形和插增乙本一樣，雖有詩句式評語，卻與評林本者全異，而跟插增乙本者同。

　　與例5、例6、例8相應的段落，分別在劉興我本第八十九回（回目與評林本第八十二回者同）、第九十四回（回目與評林本第八十六

回者同)、第一百九回(回目與評林本第九十八者同)。三處的詩句和插增乙本者無大別,與評林本稍稍改易的詩句的關係亦同。

例7的相應部分在劉興我本第一百回(回目與評林本第九十一回者同)。例中那首詩與劉興我本的詩無大異(後兩句文殊義同)[9],因為它們都是用作余呈故事放大拖延版的結束語。插增本所講的余呈故事是原始的,簡單的,故不可能有與此相應的詩句。

查檢劉興我本的結果夠明顯:插增乙本和劉興我本共有的詩句都很統一,重見於評林本者更從不言出自余象斗之手,連此例之詩因所說余呈故事版本之異而與插增本無涉,其出現在劉興我本時也不注明與余象斗有關。

祇要我們明白評林本在簡本的演化程序中早不到那裏去,而評林本又不可能與插增乙本及劉興我本有直接因承關係,便不難明白在插增本、劉興我本、評林本之間重見的詩句未在評林本中出現以前必已見於不少本子矣。說它們是公共財產或嫌誇張,指那些重見別本者絕非余象斗之作則應夠準確。

保證還可以弄得更準確些。與插增乙本相近程度或稍低點的北圖出像本不妨亦一併查檢。這次不必如報導劉興我本時的逐條處理,因為答案十分簡單:評林本那八條評語在北圖出像本相應地方出現得如劉興我本一樣,連把第二條寄在李卓吾名下也同。

現存的簡本祇可能是明末清初流行的簡本的一小部分而已。現在竟尚可以看到那些詩句在不少本子內重重複複地出現,那麼當日此等句子在數目相當的本子間重見的頻密程度就不難想像。一個後期的出版人竟敢在這些詩句前冠上自己的名字,此君斗膽得厲害可說罕見。

9　例7這首詩,除見於評林本外,起碼還見於劉興我本和北圖出像本(見隨後正文的解釋)。跌入余象斗所設陷阱的陳兆南卻謂:「這段詩文和編刻者評語當然就不見於任何(其他)版本了」;見其〈俗行小說的雅與俗——以《水滸傳》小說簡本為例〉,頁433。

六、余宗是誰？

　　自七十年代以來，余象斗研究屢見佳作外，進度可喜，積聚起來知道余象斗的事情（特別是他用過的眾多名號）確已不少，但尚未聞有人說他有余宗之名。

　　本文討論的八條詩句式評語，七處都很有規律地前冠以「後仰止余先生觀到此」字樣，何以唯獨例6用「後余宗先生有詩八句」？余宗這名字的不見別處更增加此事之怪異。

　　余宗固然可能也是余象斗的異名。但余宗是余象斗的家族前輩的可能性也應不低。在余象斗印售評林本以前，余氏家族不單已曾刊行《水滸傳》，且曾從余氏家族的觀點改寫余呈故事[10]。負責此事的前輩正可以是余宗。可是余氏族譜中並無余宗的紀錄，且在「象」字輩子弟之前，余氏族中從事通俗書籍刊行者人數亦不多[11]，指認並不容易。但內中一人是余宗仍不無可能。象斗父孟和創雙峰堂，此即象斗克紹箕裘的憑藉[12]。雖然余孟和有可能就是余宗，按目前有的資料，還是沒有勉強指認余宗的必要。

　　在討論余象斗的文抄公問題上，余宗是否余象斗無關宏旨。雖然例6抄襲得最離譜，沒有了它指控余象斗為文抄公的證據還是已經足夠。

10　同注8。

11　謝水順、李珽，《福建古代刻書》，頁237。

12　行頭內雖早慣稱余象斗所刊的《水滸傳》為評林本，但有人標奇立異地稱之為雙峰堂本。此本固然用雙峰堂名義印行，此簡稱卻殊不妥：一則雙峰堂起碼是父子兩代的產業，不能單與余象斗劃上等號。二則總不能排除在余象斗接管雙峰堂以前該書肆已曾刊印過《水滸》的可能。知道余象斗並不負責改寫余呈故事以後，此可能性就更增加。三則輕易忘記了「評林」二字根本就是這個本子的書名的一部分，不必捨近求遠地去找別的標誌。

七、結論

　　余象斗印行的通俗書刊種類繁，數目多，且每圖文並茂，設計特殊，很惹人好感。譽其爲明代後期推動通俗文化的關鍵人物不無道理。

　　然而研究余象斗者恒稱許其爲多姿多采的傳奇人物。這樣去看，很易便會忽略一重要環節：作爲出版人，他有沒有堅持最基本的行規，即尊重和維護所據原本的完整性。答案顯然是否定的。單看他刊行的評林本《水滸傳》，肆意妄爲弄出來的毛病就好一堆：胡亂併合章回，移置和刪削引頭詩，直插己見入正文之內。

　　這些都是已經知道的。現在還得添上更嚴重的一項：余象斗是明目張膽去偷，連早廣泛重見的詩句都敢強佔的文抄公。利用評林本《水滸傳》以及其他余象斗刊物者都得留意他的隨便改動和侵佔著作權對那些書籍可以帶來的損害。

南京圖書館所藏《新刻出像京本忠義水滸傳》考釋

一、引言

　　雖然經過孫楷第、石崎又造（1902-?）[1]、馬蹄疾諸賢大半世紀的努力，善本／罕本《水滸傳》已難找到紀錄嚴重不足者，這種本子仍是有的。南京圖書館所藏的《新刻出像京本忠義水滸傳》便是一例。有謂此本已列為國家級善本，但全國善本總目並沒有它的紀錄[2]。此本之見於學術報導亦僅知一次，即蕭相愷，〈《新刻出像京本忠義水滸傳》〉，收入氏著《珍本禁毀小說大觀——稗海訪書錄》，頁648-654（以下該文簡稱蕭文）。討論範圍的狹窄，選談項目的誤擇使蕭文難道出此本的特質。茲援手邊資料，就此本另作探討。

1　石崎又造，〈《水滸傳》の異本と其の國譯本〉，《圖書館雜誌》，27卷1期（1933年1月），頁7-12；27卷2期（1933年2月），頁34-38；27卷3期（1933年3月），頁61-64。

2　《中國古籍善本書目——子部》，冊5，卷19，葉21上至22上記現存中國大陸各地的《水滸》善本／罕本，但南圖此本不在收錄之列。

二、版式

藏於南京圖書館的這個本子是一百十五回的八卷本(不是蕭文所說的十卷本)簡本。無牌記及出版日期。書首有不著撰人及日期,且不見別處的〈敍〉;因蕭文已轉載,故不必重錄。目錄雖列《新刻出像京本忠義水滸傳》爲書名,每卷之首則作《新刻水滸傳》(八卷皆然);此實各種簡本《水滸》常見的現象。正文半葉十四行,行三十六字。白口單魚尾,魚尾下記卷數。書之印刷尚可,本子的存況亦佳。雖云「出像」,書中卻無任何插圖。書也很薄,連〈敍〉和目錄在內,祇有二百七十五葉。

這些都是記流水帳的事,要理解這本南圖出像本的價值就必須深入一層去看。

另外,北京圖書館藏有回數雖同(一百十五回)而卷數不同(十卷)的《新刻出像京本忠義水滸傳》。這是清初金陵德聚堂、文星堂的刻本[3]。此本宜稱爲北圖出像本,以別於南圖之本。

三、回目的比較

蕭文花了不少篇幅去比較此本和評林本的回目。此舉祇會做成不必要的誤導。這樣說的理由很多:(一)評林本雖是現存全本完整的簡本之最早者,但並不是存世最早的簡本。(二)評林本的回目本身是筆糊塗帳,絕大部分的章回連回碼都不寫出來。(三)評林本併合章回(兩回,甚至三回併合爲一回),而僅保留組合的首回的回目,弄到該回目反映不出那併出來的一回的內容。明白了評林本這些怪胎性的情況,就不難明白評林本的文字雖有校勘價值,其回目則絕不該用來做比勘。

3　《中國古籍善本書目——子部》,冊5,卷19,葉21下。

　　蕭文隨後拿此本的回目來和見於《漢宋奇書》者比較。此舉更不妥。《漢宋奇書》是後出得很的本子，拿它來作比勘要有足夠的理由才說得過去（如較早的本子全都比較過了，加它入去以求無漏），不然就變成隨便拿點東西來比較了。《漢宋奇書》就是《三國演義》和《水滸傳》用上下層之法合刊出來之物。援引前必須考慮篇幅的濃縮會否影響文字（包括回目）的取捨。就算確有引用《三國》、《水滸》合刊本的必要，二刻《英雄譜》本和《漢宋奇書》本之間也有取捨問題先得決定。

　　拿評林本和《漢宋奇書》的回目來和此本者比較，理論上都大成問題。

　　倘覺得回目比較可助理解此本，可供比較的資料其實現成得很。現存最早的簡本《水滸》是插增甲本和插增乙本[4]。兩者雖均爲殘本，存世的部分並不算少。兩種插增本尚存於正文部分的回目（兩種插增本書首目錄部分尚未見，或均已佚）和此本者（以見於目錄者爲據，附注出見於正文者的分別）比較起來，異同之處可表列如下（兩種插增本的回碼均甚亂，即使用作記號也會帶來行文之不便，故改用字母作記號）。因北京圖書館另有出像本，兩出像本之異同亦可藉此稍知端倪，故也列出其與此表有關之回目（見於目錄者和見於正文者主從之分，依行文之便）：

4　兩種插增本的情形，見馬幼垣，〈現存最早的簡本《水滸傳》〉，和收入本集的新文〈兩種插增本《水滸傳》探索〉。

插增甲本	插增乙本	南圖出像本	北圖出像本
A. 吳用道說三阮撞籌公孫聖應七星聚義		14. 吳學究說三阮撞籌 公孫聖應七（正文作「七」）星聚義	14. 與南圖本同，「罡」正文亦作「七」
B. 楊志押送金銀擔吳用智取生辰損		15. 楊志押送金銀擔取生辰綱	15. 楊志押送金銀擔（正文作「換」）吳用智取生辰綱
C. 花和尚單打二龍青面獸雙奪寶珠寺		16. 花和尚單打二龍山青面獸雙奪寶珠寺	16. 與南圖本同
D. 美髯公智賺插翅虎宋公明私放晁天王		17. 美髯公智賺插翅虎宋公明私放晁天王	17. 與南圖本同
E. 林冲山寨大併火晁蓋梁山尊為王		18. 林冲上（正文作「水」）寨大併夥晁蓋梁山私據尊（正文作「為主尊」）	18. 林冲水寨大併夥晁蓋梁山私據尊（「尊」正文作「為主王」）
F. 梁山泊義士尊晁蓋鄆城縣月夜走劉唐		19. 梁山泊義士尊晁蓋鄆城縣月夜走劉唐	19. 與南圖本同
G. 虔婆醉打唐牛兒宋江怒殺閻婆借		20. 虔婆醉打唐牛兒宋江怒殺閻婆惜	20. 與南圖本同，惟目錄「惜」字殘缺
H. 虔婆大鬧鄆城縣朱仝義釋宋公明		21. 閻婆大鬧鄆城縣朱仝義釋宋公明	21. 閻婆大鬧鄆城縣 朱（正文本作「朱」）全義釋宋公（目…

			錄「明」字殘缺）
I. 橫海郡柴進留賓 景陽岡武松打虎	橫海郡柴進留賓 景陽岡武松打虎	22.	與南圖本同
J. 王婆貪賄說風情 鄆哥不忿鬧茶肆	王婆貪賄說風情 鄆哥不忿鬧茶肆	23.	與南圖本同
K. 王婆計賺西門慶 淫婦藥鴆武大郎	王婆計賺西門慶　淫婦 藥酖（正文作「鴆」）武大郎	24.	「計賺」作「計賺」，餘與 南圖本同，惟正文回數誤 作「二十」
L. 鄆歌（哥）報知武松 武松鬧殺西門慶	鄆哥（哥）報知武松「知情」 二字）報武松　武松怒（正 文無「怒」）殺西門慶	25.	正文作「報知武松」，餘與 南圖本同
M. 母夜叉坡前賣藥酒 武松遇救得張青	母夜叉坡前賣藥酒（正文 作「夜叉坡前賣廠油」 〔油？〕）武都頭（正文作 「松」）遇救得張青	26.	與南圖本基本相同，惟正 文無「母」字，而「廠酒」 則無誤
N. 武松威鎮安平寨 施恩義奪快活林	武松威鎮安平寨 施恩義奪快活林	27.	與南圖本同
O. 施恩重霸孟州道 武松醉打蔣門神	施恩重霸孟州道 武松醉打蔣門神	28.	目錄所列回目與南圖本 同，惟正文此部分有缺葉
P. 施恩三進死囚牢	施恩三進死囚牢	29.	與南圖本同

武松大鬧飛雲浦		
Q. 武行者醉打孔亮 錦毛虎義釋宋江 武松大鬧飛雲浦 張都監血濺鴛鴦樓 武行者夜走蜈蚣嶺	30. 都監院(正文作「張都監」)血濺鴛鴦樓 武都頭(正文作「武行者」)夜走蜈蚣嶺	與南圖本同
R. 武行者醉打孔亮 錦毛虎義釋宋江	31. 孔家莊宋江救武松 山燕順釋義士(正文作「宋江」)	與南圖本同
S. 宋江夜看小鰲山 花榮大鬧清風寨	32. 宋江夜看(正文作「私看」)小鰲山 花榮大鬧清風寨	宋江夜看小鰲山 下句僅得「花」字，餘殘缺。惟正文者與南圖本正文者同
T. 鎮三山青州道 霹靂火走瓦礫	33. 鎮三關(正文作「山」)青州道 清(正文作「青」)州道 霹靂火走瓦礫場	目錄下句殘缺。惟正文者與南圖本正文者同
U. 燕青智撲擎天柱 李逵壽張喬坐衙	69. 燕青智撲擎天柱 張喬(正文作「橋」)坐衙	與南圖本目錄者同
V. 小七倒舡偷御酒 李逵扯詔謗朝廷	70. 小七倒舡偷御酒 李逵扯詔謗朝廷	正文回目磨損，僅餘「小」「七」二字(該回正文亦缺)。見於目錄者與南圖本者同，惟「倒舡」作「倒舡」，破

W.	吳加亮布五方旗 宋公明排八卦陣	71. 吳加亮佈五方旗 宋公明排八卦陣	71. 與南圖本同
X.	宋公明大勝高大尉 十節度議收梁山泊	73. 十節度議收梁山泊 宋公明一敗高太尉	73. 正文者與南圖本正文者同，惟目錄者作：宋江一敗高太尉 十節度議放水滸
Y.	劉唐火燒戰船 宋江兩敗高太尉	74. 秦明雙奪韓存保 宋江二敗高太尉（正文作「兩」）敗高太尉	74. 正文者南圖本正文者同，惟目錄者作：劉唐放火燒戰舡 宋江兩敗高太尉
Z.	張順鑿漏海鰍舡 宋江三敗高太尉	75. 張順鑿漏海鰍舡 宋江三敗高太尉	75. 與南圖本同
AA.	燕青月夜遇道君 戴宗定計賺肖（蕭）讓	76. 燕青月夜遇道君 戴宗定計賺蕭讓	76. 與南圖本同
AB.	宋公明奉詔大破遼 陳橋驛滴淚斬小卒	78. 宋公明奉詔大破遼 陳橋驛滴淚斬小卒	78. 與南圖本同，惟「驛」作「馹」（目錄）和「馹」（正文）
AC.	宋江兵打蘇州城 盧俊義大戰玉田	79. 宋江兵打薊州城 盧俊義大戰玉田縣	79. 與南圖本同
AD.	宋江大戰獨鹿山	80. 宋江大戰獨鹿山	80. 目錄者與南圖本同，正文

盧俊義兵陷青石峪	盧俊義兵陷青石峪	俊義兵陷青石峪	
AE. 宋公明大戰遼兵 胡(呼)延灼力擒番將	AE. 宋公明大戰幽州 胡(呼)延灼力擒番將		者「宋江」作「宋公明」， 「俊義」作「盧俊義」
AF. 顏統軍陣列混天像 宋公明夢授玄天法	AF. 顏統軍陳列混天像 宋公明夢授玄天法	81. 兀顏光陳列渾天象（正文作「像」） 宋公明夢授玄女法	81. 正文回目部分殘缺。目錄作：兀顏光陳列混天象 宋公明夢授□□
AG. 宋公明破陣成功 宿太尉頒恩降詔	AG. 宋公明破陣成功 宿太尉頒恩降詔	82. 宋公明破陣成功 宿太尉頒須降詔	82. 與南圖本同，惟目錄最後一字殘缺
AH. 五臺山宋江參禪 雙林渡燕青射雁	AH. 五臺山宋江參禪 雙林渡燕青射雁	83. 五臺山宋江參禪 雙林渡（正文作「波」）燕青射雁	83. 與南圖本同，惟目錄最後二字殘缺
AI. 宿太尉保舉宋江 盧俊義分兵征討	AI. 宿太尉保舉宋江 盧俊義分兵征討	84. 宿太尉保舉宋江 盧俊義分兵征討	84. 與南圖本同
AJ. 盛提轄舉義投降 元仲良憤激出家	AJ. 盛提轄舉義投降 元仲良憤激出家	85. 盛提轄舉義投降 元仲良憤激出家	85. 與南圖本同
	AK. 不(眾)英雄大會唐斌 瓊郡主配合張清	86. 眾英雄大會唐斌 議配（正文作「瓊郡主配合」）張清 瓊英大唐主	86. 正文者與南圖本正文者同，惟目錄者之後半作：瓊英郡主配張清
	AL. 公孫勝再訪羅真人	87. 公孫勝再訪（正文作「公孫再	87. 正文者作：公孫勝再訪羅

沒羽箭智伏高道清			沒羽箭前伏」道清 訪」羅真人（正文作「智伏」）道清		真人 沒羽箭前伏喬道清。目錄者無「再」，「喬」二字
	AM. 宋江兵會蘇林鎮 孫安大戰白虎關	88.	88. 宋江兵會蘇林鎮 孫安大戰白虎關	88.	與南圖本同
	AN. 魏州城宋江祭諸將 石羊關孫安擒勇士	89.	89. 魏州城宋江祭諸將 石羊關孫安擒勇士	89.	與南圖本同，惟正文「士」作「王」
	AO. 盧俊義計巧獅子關 段景住暗認玉欄樓	90.	90. （正文有「盧」字）（後義計「嶺」）攻獅子關（正文作「嶺」）段景住暗認玉欄樓	90.	與南圖本同，惟目錄者無「段」字
	AP. 及時雨夢中朝大聖 黑旋風境遇仙翁	91.	91. 宋江夢中朝大聖 李逵異境遇仙翁	91.	與南圖本同
	AQ. 喬道清法迷五千兵 宋公明義釋十八將	92.	92. （正文有「喬」字）道清法迷五千兵（正文作「宋公明」）義釋十八將	92.	正文著作：喬道清法迷五千兵 宋江釋十八將。目錄者無「喬」字，「宋公明」作「宋江」
AR. 卞祥賣陣平河北 宋江得勝轉東京	AR. 卞祥賣陣平河北 宋江得勝轉東京	93.	93. 卞祥賣陣平河北 宋江得勝轉東京（正文作「京城」）	93.	與南圖本目錄者同
	AS. 徽宗降勅安河北 宋江承命討准西	94.	94. 徽宗降詔（正文作「勅」）安河北 宋江承命討准西	94.	與南圖本目錄者同，惟「詔」作「勅」

AT.	高俅恩報柳世雄 王慶被陷配淮西	95.	高俅恩報柳世雄 王慶被陷配淮西	正文者與與南圖本同，惟目錄者之後半作：王慶仇配淮西地
AU.	王慶遇冀十五郎 滿村嫌黃達鬧場	96.	王慶遇冀十五郎 滿村嫌黃達鬧場	與南圖本同
AV.	王慶打死張太尉 夜走永州遇李杰	97.	王慶打死張太尉 夜走永州遇李杰（正文作「然」）	與南圖本目錄者同
AW.	快活林王慶使鎗棒 三娘子招贅王慶人贅	98.	快活林王慶使鎗棒 三娘子招贅王慶人贅	與南圖本同
AX.	宋公明度兵呂梁關 公孫勝法取石神（所）城	99.	宋公明度兵呂梁關街 公孫勝法取石神城（正文作「法」）	正文者：宋公明兵渡呂梁關，公孫勝法取石神城，惟目錄者「關」作「水」，「所」作「神」
AY.	李逵受困于駱合 宋江智取兆陽城	100.	李逵受困于駱合（正文作「受困駱合口」） 宋江智取兆陽城	
AZ.	宋公明遊江甑玩景 吳學究帳喉談兵	101.	宋公明夜遊玩景 吳學究帳喉談兵	與南圖本同
BA.	燕青潛入越江城 卞祥智取白牛鎮	102.	燕青潛入越江（正文作「汗」字）城 李戎智取	目錄者與與南圖本同，惟正文者「雄」作「戎」作「雄」

代號	回目	編號	校勘	備註
BB.	孫安病死九灣河 李俊雪天渡越水	103.	孫安病死九灣河 李俊雪天渡越水（正文作「冒雪渡越江」）（正文作「李殖敗死」）白牛鎮	與南團本同
BC.	公孫騰（勝）馬耳山請神 宋公明東鷲嶺滅妖	104.	公孫勝馬耳山請神 宋公明東鷲嶺滅怪（正文作「妖」）	與南團本同
BD.	宋江火攻秦州城 王慶戰敗走胡朔明	105.	宋江火攻（正文作「改打」）秦州城 王慶戰敗走胡朔明地（正文作「戰敗走胡朔」）	與南團本同
BE.	公孫勝辭別歸鄉 宋江領赦征方臘	106.	公孫勝辭別親闈 宋公明詔征方臘	正文者與南團本同，此部分殘缺
BF.	張順夜伏金山寺 宋江智取潤州城	107.	張順夜伏金山寺 宋江智取潤州城	正文者與南團本同，此部分殘缺
BG.	盧俊義分兵宣（宣）州道 宋公明大戰毗陵郡	108.	（正文有「盧」字）俊義分兵宣州 宋江（正文作「宋公明」）大戰毗陵郡	目錄首句與南團本目錄者同，下句殘缺。正文者與南團本正文者同
BH.	寧海軍宋江吊（弔）孝 湧金門張順歸神	109.	海寧（正文作「寧海」）軍 宋江吊孝 湧金門張	正文者與南團本正文者同，目錄與南團（南團）者「郡」作「軍」，

	順歸神	
		「弔」作「弔」，而下句殘缺
BI. 張順魂捉方天定 宋江智取寧海軍	110. 張順魂捉方天定 公明智取寧海軍（正文作「宋江」智取寧海軍）	110. 上句與南圖本同，下句目錄殘缺，而正文與南圖本正文同
BJ. 盧俊義分兵歙州道 宋公明大戰烏龍嶺	111. （正文有「盧」）俊義分兵歙州道 宋江（正文作「宋公明」）大戰烏龍嶺	111. 目錄上句與南圖本同，下句殘缺，而正文與南圖本正文同
BK. 睦州城箭射鄧元覺 烏龍嶺神助宋公明	112. 睦州城箭射鄧元覺 馬 烏龍嶺神助宋公明（正文作「烏」龍嶺神助宋公明）	112. 上句與南圖本同，下句目錄殘缺，而正文與南圖本正文同
	113. 盧俊義大戰昱嶺關 宋公明智取清溪洞	113. 與南圖本同，惟目錄下句殘缺
BL. 魯智深杭州坐化 宋公明衣錦還鄉	114. 魯智深杭州坐化 宋公明衣錦還鄉	114. 與南圖本同，惟目錄下句殘缺
BM. 宋公明神聚蓼兒洼 徽宗夢遊梁山泊	115. 宋江（正文作「宋公明」）神聚蓼兒洼 徽宗（正文有「帝」字）夢遊梁山泊	115. 目錄首句與南圖本同，下句殘缺，而正文者與南圖本正文同

在這張比勘表內，零零碎碎的用辭之別俯拾即是。一般來說，這些分別意義並不大。祇要看看南圖本目錄和正文所載回目歧異之絕不亞於南圖本與插增甲本或插增乙本回目之間的差異程度，便不難明白編刊者如何不經意地處理此等回目。最值得留意的是插增甲本、插增乙本、南圖本三者述事的統一。這說明起碼自兩種插增本始，簡本《水滸》在情節和章回劃分上已達到相當的共識（正因為簡本《水滸》在簡繁程度上起碼可分為五種〔下詳〕，情節和章回劃分的高度穩定就更值得留意）。小分別（如下文要說的余呈之死）也就可以用作識別版本的憑據。

這並不等於說南圖本的回目沒有需要詮釋的地方。以下二例就是需要解釋的：

1. 兩種插增本的 AC、AD 兩回與南圖本的第七十九、八十兩回相應。但 AC 和 AD 之間在兩種插增本中另有一回；該回說宋江參見羅真人，詐降佔取遼國霸州。南圖本這部分是怎樣子的？兩插增本這無回目的一回的情節在南圖本的第七十九回中說了。評林本在這裏也沒有獨立的一回，而是併有關情節入跟兩種插增本這部分相應的一回內。

2. AD、AE、AF 在兩種插增本都是連續，且兩本相應的三回，涉及的情節在南圖本卻祇有不斷的第八十、八十一兩回，沒有了與 AE 相應的回目和章回劃分。為何有此分別？在兩種插增本中，AE 一回都較 AD 和 AF 短。南圖本並沒有刪去與 AE 相應的情節，而是把有關述事併入第八十回內。評林本的情形亦如此，併與 AE 相應的情節入與 AD 相應的一回內。二者都是評林本合併章回，而南圖本並不還原（或無從還原）之例。但如果據此便說南圖本和評林本有相當直接的關係，那就不大可能說對了。蕭文留意到南圖本有不少回目（當然連同有關章回的劃分）是評林本所無的[5]，

5　有關章回即南圖本第三十一、三十七、三十九、四十四、四十八、六十三、九十二、九十六、一百二、一百五、一百一三回。其中第三十九回，

但對這現象並沒有提供解釋。要說明其實不難。涉及的地方都是評林本併合了章回，故回目少了。南圖本有評林本所無的回目，就等如說兩本之間並無直接（或相當直接）的關係。

較回目異同更重要者其實是另一事。兩種插增本每回通常都有引頭詩（有些且甚長）。評林本雖然把不少引頭詩或移往上層，或乾脆刪去，其所據之本則必有相當數目的引頭詩。南圖本的引頭詩卻全被刪掉，回中插詞保留的比例亦不高。它明顯是個濃縮本。

四、以牛津殘葉為基礎的比勘實驗

簡本《水滸》數目繁多，本與本之間分別亦大。研治一本固以取諸本分別與之詳勘最爲理想。但此程序非耗數年歲月不爲功。釜底抽薪之法是有的，即找一段各種現存簡本都有的文字來做代表性的比勘。因爲現存的簡本除了最早的插增甲本和插增乙本外都是全本，選擇的範圍也就祇有限於兩種插增本均有相應部分存世的章回。選擇雖有限，代表性則不成問題。

我以前做過一個實驗，用牛津殘葉（插增甲本）所保存的段落和其他簡本的相應部分比較，得出以下的觀察：牛津殘葉（插增甲

（續）————————————————

蕭文說「評林本有缺頁，疑有目」；復另指評林本沒有和南圖本第四十回相應之回目。這樣說有四個錯誤：（一）評林本確無和南圖本第三十九回〈還道村受三卷天書 宋公明遇九天玄女〉相應的回目；白紙黑字的事，有就是有，無就是無，怎致「疑有目」？（二）存世孤本藏於日本日光輪王寺的評林本除了序文部分有小瑕，差了幾個字外，全書完整無缺。有缺的是王古魯在五十年代捐公，後據以影印刊行的照片；缺的兩個半葉（一張照片）也與南圖本第39回的相應部分無關。（三）評林本有與南圖本第40回〈假李逵剪徑劫單人 黑旋風沂嶺殺四虎〉相應的回目。（四）蕭文的作者是行萬里讀萬卷古籍之人，竟連線裝書一葉等於兩頁（每半葉是一面／頁）的常識也沒有？蕭文刊於1992年，倘其作者見過我早在1987年發表於治《水滸》者人手一冊的《水滸爭鳴》之〈影印評林本缺葉補遺〉（該刊編輯也「葉」「頁」不分，把拙文此字正改爲誤），上述的錯誤起碼首兩個是可以避免的。祇有第三個錯誤，或因拙文〈影印評林本缺葉再補〉刊出較後而難以避免。

本)542字、《新刊全相增淮西王慶出身水滸傳》(插增乙本)592字(即較前者繁了十分之一)、三十卷本(映雪草堂本)382字、一百二十四回本(映雪堂本)388字(後二者僅及插增乙本相應文字的百分之六十五)。另外檢及的評林本、劉興我本、藜光堂本、北圖出像本(當時因不知道南圖有同名之本,故僅以出像本稱之)、二刻《英雄譜》、《漢宋奇書》,相應文字均與插增乙本者大致相同,因此作出簡本《水滸》起碼有四種不同簡繁程度的結論[6]。

南圖出像本應加入考察之列。此本的那段相應文字如下:

是日,張招討設宴賀功,盡醉而散。亭(停)了數日,忽有柏森、卞祥患病,不能起行。宋江遂留其子卞江看視醫治。又有鄂全忠不願朝京,卻來拜辭回家奉母。宋江苦留不住,多曾(贈)金帛而去。後來卞祥病死石祁城,其子卞江扶父靈歸葬。只有柏森未知所終。宋江收拾軍馬,離了石祁城,來到京師,屯軍于豐丘門外,聽候聖旨。即選宋江、盧俊義面君。天子曰:「卿等遠征苦勞,平復淮西賊寇,其功不小,寡人自當加封。」宋江奏曰:「臣托陛下洪福,擒捉王慶,現囚車中,聽候發落。臣此回出征,折將甚多,乞聖恩旌獎為國陣亡之將,不勝萬幸。」天子聞奏,傳旨陣亡之將僉錄其子孫,各受指揮之職。宋江、盧俊義受先鋒之職,統領部下,護衛京城。王慶造反,凌遲處死。傳旨已畢,設下御宴,賞賜宋江、盧俊義,並左右侍臣。宋江等謝恩出朝,回到行營安歇。次日,公孫勝、喬道清一齊來見宋江,曰:「向日本師羅真人分付,令小道送仁兄上京,便回山學道。今日功成名遂,小道就此拜別,從師侍奉老母,望仁兄休失前言」(卷8,葉11上)。

---

6 這實驗的細節,見馬幼垣,〈呼籲研究簡本《水滸》意見書〉,頁199-203(即該文後半);修訂本收入馬幼垣,《水滸論衡》,頁46-50。

此段僅得344字，較所見任何一種簡本《水滸》的相應文字都短。其文字似是一百二十四回本和三十卷本的綜合（前半近一百二十四回本，後半似三十卷本）。所以特別短，原因之一是情節簡了。任何簡本《水滸》都說太尉高俅向天子建議如何獎賜宋江諸人。此本根本不提高俅，變成天子按自己的想法賞賜了。

這發現頗具意義。它不僅指出簡本《水滸》若按簡繁程度來劃分，起碼有五種（較以前知道的多了一種），而這種更是簡本中之最簡者。南圖本異常薄正是這情形的反映。

五、余呈之死故事的判斷價值

縱使認為選用牛津殘葉涉及巧合的成份，不算理想，性質確夠特殊的段落還是有的。那就是見於王慶部分的余呈之死的故事。分析其處理手法可助理解簡本的類別。

二十多年前，我曾用比勘表的方式，詳列插增甲本（因當時尚未知另有插增乙本存世，故僅以插增本稱之）和評林本兩者所述余呈故事情節和文字之大異。在前者，田虎降將余呈是個投誠後不久便戰歿，談不上能起甚麼作用的填空隙人物；在後者，編者卻基於光耀宗族的心理，不僅胡亂拖延余呈之死，還加上宋江將殺余呈者施以挖心極刑，並寫篇讀來教人噴飯的祭余文等荒謬絕倫的情節，弄到幾乎無法收場[7]。這發現給分辨《水滸》簡本的工作添一利器。

隨後可用的簡本頗增，因而得知余呈之死有兩種處理模式。見於插增乙本者與插增甲本所載者相同，余呈祇是個無聲無色的小人物。其他得見的簡本（排列不分先後）——映雪草堂本（三十卷本）、藜光堂本、劉興我本、李漁序本、北圖出像本、二刻《英雄譜》、《漢宋奇書》、映雪堂本（一百二十四回本），則全用胡扯亂拖的余

7　馬幼垣，〈牛津大學所藏明代簡本《水滸》殘葉書後〉。

呈故事。這個變質的余呈故事雖前於評林本的出現已有，其來源仍必後於兩種插增本[8]。

這本南圖本又如何？它所講余呈之死的故事就是胡扯模式的縮小版，出版日期的上限由是很明顯。它和評林本有直接血緣關係的可能性幾近零。文字之極度濃縮也顯示它祇可能是一本相當晚出的本子。

六、南圖本與北圖本關係試釋

我第一次看北圖出像本是二十多年前的事了（1982年11月），時北圖尚在文津街舊館。旅中看書，匆忙間僅做了記版式，抄回目，錄下與牛津殘葉相應的一段，和查對余呈故事，幾件簡單工作而已。及知南圖另有出像本，且雖云「出像」，卻無插圖，一度疑兩處所有者為同物，而南京者沒有插圖而已。但上面開列的南北兩本的回目明分之為二本。再檢以前所做的筆記，北圖本半葉二十四行，行三十字，與南圖本行款殊異，遂知應定為兩本。及後兩本影件均先後到手，版式之異更無疑問矣（見本集插圖三、四）。

兩出像本雖為獨立之本，關係卻頗密切。二者目錄與正文部分回目之異遠少於兩插增本間回目之別，固是支持此說的一觀察。更重要的是兩出像本的回目之間有一特殊的關連。這類本子的編刊者處理回目一點都稱不上小心，絕不會求分見於目錄和正文的兩組回目的統一，以致不經意中產生各種奇奇怪怪的分別。這種偶然得很的分別，南北兩本竟不時出現亦步亦趨的情形（第30、100、103、105各回的回目就是這樣的例子）。上列一表的範圍以兩種插增本的尚存部分為限，若列出兩出像本的全部回目，這種例子的數目一定會增加不少。

8　我對改版余呈故事的新理解，見收入本集〈兩種插增本《水滸傳》一文的第十五節〉。

另外還有一種怪例，就是出像本用了不見別處，南北兩本卻相同的回目，如第106回的〈公孫勝歸省親闈〉。倘沒有很近的血緣關係，怎會有這種情形出現？

以上的考察僅以部分回目為限。待有機會比對兩本的文字，諒不會出現相反的情況。這樣講並不影響北圖本文字繁於南圖本的認識（知存的任何簡本文字都較南圖本繁）。要想知道兩本之間有無直接因承的關係，這是待做過詳細文字比勘後才能說的話，現無揣度的必要。

七、觀察

以上所言無疑欠深度。要確增深度，捨詳互校各簡本別無他法。目前我並沒有進行這種繁鉅至極的工程的條件。儘管如此，這次有限度的考察還是足證南圖出像本之別具特色。

繁本《水滸》之間分別殊微，尚不應一概而論地視為一組。別具特色正是大多數簡本的常見性質，更應分別處理。自《水滸》研究成為專學以來，學者每就簡擴為繁，繁刪為簡，兩極端中選取其一以充《水滸》如何演易的基本立場，因而恒犯一失：既不肯平心靜氣地詳讀幾種簡本，又視各種簡本為一整體，以致未做研究便逕發意見。試看本文所言，目前已知簡本《水滸》就簡繁程度來分起碼有五種。誰敢保證不會有第六種出現？繁本根本沒有稍近的現象。不先就現存諸簡本之相互關係尋得概念，誰都沒有資格就繁簡先後問題下斷語。勉強去做就犯了研究過程的嚴重錯失——未有研究，先有結論。

從這角度去看，先就南圖本這類簡本尋求個別認識，繼而進行諸本比讀的工作，應是理解《水滸》演易過程兩個不可或缺的步驟。這是群策群力的工作，筆者個人力薄，祇能為捐埃之舉而已。

三論穆弘

一、穆弘在今本《水滸》中的矛盾情況

　　《水滸傳》中的沒遮攔穆弘是個無事可述的人物。論析起來，除了指出其雖家有善父，且頗具家財，卻在鄉里爲非作歹，稱王稱霸，強充治安人員爪牙，視魚肉鄉民和過往旅客爲快事外，充其量僅能再點明此人的種種惡行既非逼於形勢，更非出於飢寒交加，而是源自其祇知有己，不知有人的性格，和罔視法紀的態度。這些討論，因爲無法談細節，也祇能約略講講。除外，就不易找到別的話題。

　　我前雖兩度析述這個在梁山集團裏稱不上有斤兩，在《水滸》的情節進展上起不了作用的人，不無賸義，試再討論一次。

　　以前的兩論穆弘，分見〈土豪惡霸穆弘穆春〉[1]，和〈從招安部分看《水滸傳》的成書過程〉（下簡稱〈招安〉文）[2] 兩文。第一篇是專講穆家兄弟在揭陽鎮的惡行的短文。第二篇，文雖長，談及穆弘的地方並不多。兩篇既零散，復有重點不同之別，不如按已發表的意見作擴充性的報告，然後再講最近的新得。

1　《中國時報》，1987年11月3日（「人間」）：修訂本見馬幼垣，《水滸論衡》，頁319-322。

2　《中央研究院第二屆國際漢學會議論文集》，「文學」下冊，頁656；修訂本見馬幼垣，《水滸論衡》，頁171-172。

　　穆弘除了土霸王式的可恥行徑外，最值得注意的是他在《水滸》書中名實不相符的可異情形。他是個名位崇高，卻近乎隱形的人物。其弟小遮攔穆春本已夠糟，行事僅限於以配角身分扮演一次橫行鄉里的土豪。穆弘連這層次都談不上。快要講完穆春當土霸王如何外強中乾時，這個也是土霸王的哥哥才露一下面，搖旗吶喊地助弟追殺無辜。這雖然是他在排座次前孤伶伶的極短特寫鏡頭，在整件事件中他僅是個份量很輕的配角的配角。穆弘的曝光程度低到不能再低。

　　這對活寶貝兄弟投靠梁山以後，公私全無足述之事。等到大聚義排座次，穆春落在地星組的後段，居第八十名，已經給他佔了不少便宜（身為梁山開基始祖，對梁山組織貢獻良多，又是讀者相當熟悉的朱貴就比他後了十三名）。穆弘卻列席天星，高踞第二十四名。換言之，雷橫、李俊、阮小二、張橫、阮小五、張順、阮小七、楊雄、石秀、解珍、解寶、燕青，樣樣條件比穆弘好不知多少倍的十二名天星全得跟在他後面！從今本《水滸》的內容去看，這是絕對無法解釋的怪現象。

　　穆弘、穆春背景、經歷，和心態全同，本領也不會有很大的分別，都沒有突出的可能（薛永不以武藝高強見稱，且僅能算是梁山集團中幫襯式的三四流人馬。他教訓起穆春來，還是輕而易舉）。但就曝光程度而言，穆春還是稍勝其兄一籌。穆弘能佔便宜的僅是哥哥的身份而已。憑此他最多能比穆春排次高一兩名（張橫本領不及張順，但名次高兩名，便是一例）。這對兄弟之間固無差上幾十名的理由，更沒有分屬地位懸殊的天地星組的道理。

　　根據第七十八回回首題詞中形容穆弘的部分（「官軍萬隊，出陣沒遮攔」），我提出一新解：在原本《水滸》裏，穆弘有一番作為，名次相應地排得很高。在原本被改編成今本的過程中，他的故事幾乎被全刪了，弄到他單靠姓名來維持生存。編寫今本者卻陰差陽錯地保留他在原本裏的崇高名位，以致產生極難解釋的矛盾。

　　沿此方向去看，新觀察有好幾個。

二、穆弘綽號與今本《水滸》情節的不相配

今人讀《水滸》恒爲預設的價值觀念所困。政治掛帥地強說前無計畫，後無步驟，因應行事，以中上層社會份子爲主幹的梁山聚義是農民起義，便是顯例。從字義去解釋穆弘的綽號，因而圖證其崇高名位的正確性，也是這種心態的表現。

試圖解釋梁山人物綽號之作近年有多種。其中以曲家源，〈《水滸》一百單八將綽號考釋〉，《松遼學刊》（社會科學），1984年1期（1984年），頁63-76；1984年2期（1984年），頁27-31，較具全面性和代表性，可引以爲例。

曲家源分《水滸》所見的綽號（包括非梁山人物者）爲八類，而歸穆弘的綽號入第一類，即「綽號的內容歸納了人物的某種品性、志向或遭際」（綽號祇可以有含意，而不可能有內容。用詞不當之失，不必在此討論）。立論根據第三十七回形容穆弘的插詞：「武藝高強心膽大，陣前不肯空還，攻城野戰奪旗旛」，並說這就是沒遮攔的注釋。

沒遮攔意謂號主勇猛得對手無法阻攔。這點眾無異辭。然而插詞所說的表現無法在今本《水滸》中求證。退一步說，即使這條插詞所講的確就是見於今本的穆弘，這條插詞跟他的品性、志向，和遭際也難說有甚麼關係。如果要用品性、志向、遭際去作爲區別綽號的尺度，這條插詞顯然不合用。

穆弘在今本《水滸》中雖乏可述之事，他的品性、志向，和遭際還是夠明顯的。簡言之，在鄉里胡作非爲，目無法紀，視慈父訓誨爲耳邊風，遇見宋江後卻對他佩服得五體投地，不惜毀家棄產去營救，終致落草梁山，這經歷才是他品性、志向，和遭際的表徵。這些與沒遮攔的涵義毫無瓜葛。

假如穆弘在今本《水滸》確有像插詞所講的事蹟，他自然夠資

格稱為沒遮攔。可惜曲家源捉鹿不會脫角，祇懂得搬字過紙，瞎抄一頓，而看不出插詞形容之人與今本《水滸》所描寫的穆弘格格不入，也沒有把這插詞和第七十八回的回首題詞連貫起來（以後轉引這條插詞去解釋穆弘的綽號者，祇是文抄公而已，無庸逐一記述）。

這條插詞其實特具佐證功能。它是證明原本《水滸》中穆弘的英勇故事被今本《水滸》的編寫人刪得一乾二淨的化石遺蹟。

這條與今本《水滸》的內容顯有嚴重牴觸的插詞能藉容與堂本得保存下來應算不容易（後出的袁無涯本也有這條插詞，但可以解釋為刪漏的結果）。金聖歎本就把它刪了（這也是金聖歎本不可能是古本之證）。

還有一點。「沒遮攔」的形容並不是穆弘所專有。容與堂本同一回回首用插詞介紹薛永時，就說他「花蓋膀雙龍鳳項，錦袍肚二鬼爭環。潯陽岸英雄豪傑，但到處便沒遮攔」。後出的袁無涯本和金聖歎本都沒有這條插詞。

大量插詞的機械化運用往往破壞文章的節奏感和流暢性，是版本尚在粗疏發展階段的表徵。在版本演易的過程當中，插詞的處理基本上是愈往後，愈是刪多增少的。倘遇足資考稽的插詞倖存下來，僅按字面意義去引用是多麼浪費珍貴資料之事。

無論如何，在相隔四十回，又分屬兩個絕不相類的故事環節的兩回裏，前一插詞和後一題詞同樣注明穆弘行事和貢獻的特色，是不能否認的事實。這些特色在今本《水滸》中的無影無蹤，如果不從今本已非原物的角度去看，試問又有甚麼更好的解釋？

三、穆弘職務的問題

今本《水滸》把毫無事功可言的穆弘說成是天星組的中等人馬，並不是孤立的現象。排座次後，梁山集團隨即處理職務的分配，

又是另一張名單。各人的名次和職務息息相關，所以這兩張名單往往互相闡明。

今本《水滸》從不明言穆弘有何特長，那麼他究竟可擔任甚麼職務該是很有趣的問題。

《水滸》品評梁山人物的高下，除了把他們分為天星地星外，在天地兩組內還有武將居前，和武將當中先馬將，後步將的明顯次第。馬將和步將復各自分組，馬將分為三組，步將分為兩組。在這層次分明的衡量制度中，穆弘的組屬不會沒有顯示作用的。

梁山諸武將以馬軍五虎將（關勝、林沖、秦明、呼延灼、董平）最威猛。其次為兼先鋒使的馬軍八驃騎；穆弘列名其間。他有何資格和花榮、徐寧、楊志、索超、張青、朱仝、史進七人平起平坐？穆弘的職務與今本《水滸》內容的矛盾，和上述綽號與名次跟情節不配合的情形是一樣的。然而，居高位和當要職這兩點倒是相配的。

在原本《水滸》裏，穆弘的武藝、事功，和出場機會一定和花榮等七人差可比擬。這樣他的名次和職務才可以解釋得過去（花榮等七人名次都比穆弘高，故說差可比擬）。今本《水滸》沒有支持這樣安排名次和職務的情節。

四、穆弘角色的傳統

除了從今本《水滸》的內容無法解釋穆弘的名次和職務這角度去考察外，要證明穆弘這角色在原本《水滸》的重要性還有別的辦法。

水滸故事有系統的文字紀錄首見《宣和遺事》。該書講述先後落草太行山梁山濼，後來《水滸》說成是入夥魯西梁山泊的人物共三十八名。其中的沒遮攔穆橫無疑就是《水滸》中的穆弘。

《水滸》把這三十八人分為天星三十六名（晁蓋雖死於排座次之前，也該算入天星組）、地星二名。不管他們的名次高低和角色

輕重在兩書之間有多少差別，其中三十七人在今本《水滸》中都有可述之事。唯一的例外就是穆弘。何以由穆橫變成的穆弘會這樣不濟？其他名字更易者，如李海易名李俊，李進義變成盧俊義，張岑換作張橫，都沒有因名字改變而事功被勾銷。

要理解這點，當然得看看《宣和遺事》中的穆橫是怎樣的人物。他是押運花石綱的十二指使之一。這十二人因公務而結義，後又因營救楊志而同往太行山落草，遂成為開創山寨的基本成員。儘管《宣和遺事》沒有講穆橫的個人行事（其他諸人亦多如此），在早期的水滸傳統中，他不該是個僅有姓名而無事可述的人。

《宣和遺事》處理這十二指使，有八人是和穆橫完全一樣待遇的（林冲、王雄、花榮、張青、徐寧、李應、關勝）。這八人全都在《水滸》裏成了獨當一面的人物。如果一切順應傳統去發展，而不讓今本《水滸》的編寫人對穆弘另眼相看，他總不致變成一個有名無實的空白人物。

南宋遺民龔聖與的〈宋江三十六人贊〉給我們同樣的信息。

龔聖與說穆橫「出沒太行，茫無畔岸。雖沒遮攔，難離火伴」[3]。此贊雖祇管玩文字遊戲，沒有提出事例（其他諸人的贊語亦多如此），但從龔聖與所說的其他三十五人在今本《水滸》中悉為重點人物這事實去看，唯一的例外就很可能不是例外。

連合《宣和遺事》和〈宋江三十六人贊〉去看，在宋元交替時（甚至更後）的水滸傳統裏，穆橫（兩文獻俱作橫，可見改為弘是後來之事）必然是頗有獨特故事的人物。

有了這認識，便可以看看我在〈招安〉文考定為今本《水滸》最接近原貌的招安部分（以容與堂本而言，是第七十二回至第八十二回的十一回）能否幫助解決這問題。

在這十一回書所講的好幾件大事出盡風頭者雖為李逵、燕青、

3　龔贊收入周密《癸辛雜識》（續集），上卷，見中華書局（北京）1988年所刊該書吳企明點校本，頁146。

柴進、宋江諸人，在穿插其間的兄弟當中，穆弘的出場機會還不算差。

一開始（第七十二回），宋江和柴進上京探尋招安門徑，計畫僅選六個兄弟以兩人一隊為輔助人員（史進和穆弘、魯智深和武松、朱仝和劉唐）。後來因李逵堅持一定要去，才加上監護他的燕青另成一隊。此外就是傳消息不可或缺的戴宗。

宋江配柴進是因時制宜之法。官場經驗僅限於小縣衙門作業的宋江要上京尋後門，搞活動，兄弟之中能幫他忙的祇有貴冑柴進。魯智深和武松早富合作經驗，無需說明。朱仝與劉唐合夥，也可以從生辰綱事件說起。戴宗是梁山組織通訊系統的化身，更不必交代。李逵由燕青看管就顯得突兀；其間奧妙，有助明瞭《水滸》演易的過程，〈招安〉文已講過了，可以不贅。史進配穆弘正屬此類。

今本《水滸》在排座次以前沒有把史進和穆弘拉在一起。穆弘本身當然也從未負責過重要差事。上京謀招安為山寨命運之所繫，何等重要，應精選本身資格和合作經驗都夠突出的數人出來承擔，而不是用來讓新手或新組配求經驗的訓練場面。在原本《水滸》裏，穆弘必早有支持入選的事功和跟史進成功搭檔的前例。

在招安部分的情節裏，這也不是史進和穆弘相提並論的孤例。李逵扯詔謗徽宗後（第七十五回），一齊手執兵器罵下關去的兄弟就是魯智深、劉唐、武松、穆弘，和史進。名單僅比往東京者稍短，而基本上是相同的。

講完穆弘和史進的關聯後，便可倒述一事。大鬧東京後，童心未泯的李逵跑去壽張縣充縣官，玩了好一會兒。奉命找他回山的就是穆弘（第七十四回）。

其後樞密使童貫領兵來攻（第七十六回），梁山的佈陣以九個天星主將各帶兩三個地星副將分作小組為實力主線。其中一組為史進

帶領陳達、楊春（三人的密切關係不始自今本《水滸》，原本已有[4]）。在形式重於一切的佈陣觀念下，不能單獨讓史進和穆弘兩個天星去組成一主要作戰單位。假如穆弘參加這一部分的戰務，他祇可能帶領兩個地星另成一組。宋江的選擇是把他安排在身邊。護衛中軍的，左是穆弘、穆春，右是劉唐、陶宗旺，各帶馬步軍一千五百人。這就是說，穆弘與劉唐地位相同（劉唐排名第二十一）。

隨後再賺童貫，三敗高俅的戰事都和穆弘無關了。

穆弘在招安部分固然祇是不起眼的閑角，出場的次數尚不算少，反映的重要性也不算差。有人還以爲史進和穆弘在東京酒樓酒醉作歌的片段情節爲可圈可點的細節描寫[5]。應強調的是，以穆弘在短短的招安部分的出場情形來和他自首次露面（第三十七回）至排座次的曝光程度比較，排座次前的數十回書就顯得格外空白。今本《水滸》最接近原貌的招安部分確能證明穆弘在原本中是個有相當表現的人。

一個在《水滸》演易過程中的早具可資辨認的傳統的人物竟在今本《水滸》編者大刀闊斧刪改下變成幾乎隱形，未嘗不是《水滸》成書歷程中的異數。

五、時遷名位的闡發意義

穆弘之幾近隱形而可享高職崇位應說得夠明白了。這奇怪的現象在《水滸》書中還有一看似剛剛相反，實則性質全同的例子。

就算僅粗粗一讀《水滸》者，都會對時遷留下深刻而好感的印象。時遷所扮演角色的與眾不同，以及他對梁山組織的特殊貢獻都是不必強調的。這個獨一無二的人物排起名次來竟是倒數第二名！

4　馬幼垣，〈從朱武的武功問題和芒碭山事件在書中的位置看《水滸傳》的作書過程〉（此本收入本集）。

5　吳士余，《水滸藝術探微》（重慶：重慶出版社，1985年），頁167-168。

多少面目模糊，僅靠些瑣事或公式化的程序來贏得梁山忠義堂一席位的閒角都騎在他頭上。排座次後定職務，時遷、樂和、段景住、白勝四人並爲軍中走報機密步軍頭領，看似不差，但那三個邊緣人物究竟何德何能配與舉足輕重的時遷等齊量觀？更何況此組四人竟囊括排座次的最後三人，又不管樂和、白勝輩根本不能勝任走報機密的工作，分明就是廢物組。時遷所遭受的蔑視可說到了無以復加的程度。讀者即使不替時遷叫屈，也總會覺得這是莫名其妙到極點的安排。

時遷爲何得到如此待遇，當然有人曾試圖解釋。但尚未見到說得合情合理的。這種解釋可以舉張恨水（張心遠，1895-1967）爲例來說明。

張恨水學養豐，才情茂，其評論《水滸》人物‧創意疊見，至今無出其右者。他在《水滸人物論贊》（上海：百新書店，1947年），頁63，除了替時遷喊不值，和罵金聖歎胡亂貶低時遷外，就祇能把時遷的得不到公平待遇歸咎於他原爲雞鳴狗盜的出身背景。在各人背景複雜的梁山組織裏，誰有膽量（且不說資格）怪時遷原爲小偷？與謀財害命，還把受害者剁爲包餡的孫二娘、謀算妓女皮肉錢的施恩之流相處，時遷亦不必感到自卑。張恨水之言顯然不足爲解釋[6]。

看過穆弘之例，就不難明白他和時遷兩人在今本《水滸》中名位和事蹟的不協調都出於同樣的理由，僅是變動的方向不同罷了。

今本《水滸》沒有保留穆弘在原本中的英勇故事，卻襲用其原

6　牧惠（林文山），《歪批水滸》（北京：群言出版社，1993年）是部時發獨得之見的精采之作。該書頁150雖沒有引述張恨水，也認爲時遷遭貶大概是因爲《水滸》作者看不起小偷小摸出身之徒。又說楊雄、石秀之幾乎因時遷偷雞而被被晁蓋砍頭或者也是時遷名次排得極低的原因。此說不能成立。宋江、戴宗因吳用粗疏之計而差點斷頭江州。這事對梁山組織的危害性遠超過處決兩個來歸而將來成不了山寨最高層成員之人，但吳用的名位並未因此而受到影響。況且時遷偷雞引起的祝家莊事件是宋江、晁蓋權勢升降的首要關鍵。宋江順勢發展下去，終於一腳踢開晁蓋，對時遷的替他製造機會應特別感激才對。

有名位，遂弄出方枘圓鑿的局面來。時遷的情形性質同，而處境剛相反。他在原本中是個等閒得很的角色，極少可述之事，故名壓榜尾。今本教他脫胎換骨，搶盡鏡頭，且屢次讓其替山寨解除危機，卻不調整其名位，於是又造成另一個格格不入的例案。

六、結語

今本《水滸》的編寫者不滿意原本《水滸》的情節，左刪右改，但沒有對原本中的梁山人物名次清單和職務清單作出徹底相應的調整，便把那兩單子部分移抄過去，述事與名位的不協調遂不可免。穆弘和時遷的情形就是兩個性質相同，而朝不同方向各走極端的例子。

附語

說部研究近年出現不少投機的衍義之作。流行小說如《三國演義》、《水滸傳》、《紅樓夢》都變成暗藏玄機，可以助人創業經營，舉人才，善處世，應付商戰的天書。玄機的揭露卻得賴有心人撰寫閱讀指南。趕時尚，應市場之物，正誤與否，原不必費辭置評。惟剛見一則談穆弘的文字頗足代表這類衍義之作的風格，不妨用附語的方式來討論。

孫步康、丁秋，《為人處世與水滸傳》（南寧：廣西民族出版社，1992年），〈背靠大樹好乘涼〉，頁32，說戴宗和穆弘同為宋江的心腹兼跑腿，並解釋穆弘之能夠居崇位，當要職，在其找對了靠山，因為「宋江失陷江州，穆弘前去救援，隨宋江上梁山落草。幾番周折，穆弘對宋江服服貼貼，赤膽忠心，宋江當然把他視為心腹了。縱然穆弘上梁山後沒甚麼驚天動地之舉，宋江也對他另眼相看，排座次時，把穆弘歸入馬軍八驃騎兼先鋒使之列，入了天罡星正將之數。有宋江這棵大樹遮蔭，穆弘當然風光舒坦，當然對宋江

感激不盡，更死心塌地了。宋江提攜穆弘，自有他的考慮。穆弘依附宋江，也有他的目標。這就是幫派的用處與好處」。簡直胡說八道！

穆弘當不了宋江的跑腿，更從來不是宋江的心腹。怎樣才配稱爲心腹，準則並不複雜，也沒有多大爭議空間。重要事情，尤其是不願公開之私務，祇放心交付某人或某些人去做，而不信任其他人，如此屢受所託者始算是心腹。宋江何曾這樣信賴過穆弘？跑腿雖不及心腹之深得主人信賴，也得經常擔起各種大小差事，才有當跑腿的基本資格。穆弘沒有這種紀錄。穆弘接近宋江的程度根本不能和戴宗的情形相比。

宋江有難，穆弘毀家往援。就穆弘而言，這固然是影響一生的決定。從整個梁山集團的成長過程去看，卻司空見慣，普通得很，作同樣甚至更大犧牲者大有人在。當日在江州救助宋江者，就不止穆弘一人。即使宋江真的十分欣賞穆弘，也不能在毫無事功可作藉口之下，抽他出來特別照顧。在梁山這種成員出身背景極端複雜的組織裏搞這一套，必會產生離心力，甚至引起內訌。善玩權術的宋江不會如此糊塗。更何況先在揭陽鎮害宋江，後又在江州救宋江的行動裏，穆弘、穆春兩兄弟絲毫無別，也沒有公然寵兄惡弟之必要。這種愚笨之舉，對宋江，對山寨，祇有害處，絕不會有好處，怎能說是宋江深思熟慮後的決策？

依據今本《水滸》的內容去解釋穆弘的享高職崇位和穆弘、穆春兩兄弟地位的天淵之別，大概就僅能搬出這類連基本邏輯要求都不能滿足的話。

——《人文中國學報》，1期（1995年4月）

囂很關勝

一、金聖歎評《水滸》人物所用尺度的問題

金聖歎對《水滸》的評論近年領盡風騷，享譽寰宇，令人產生金聖歎一言一語悉無懈可擊的錯覺。用大刀關勝爲討論之例，金批的毛病和《水滸》編者塑造人物的苟且疏忽都可以說得清楚。

金聖歎在《第五才子書施耐庵水滸傳》書首卷三〈讀《第五才子書》法〉文內 [1]，套用九品中正的框框，選評三十三個梁山人物，分配其中三十二人於「上上」、「上中」、「中上」、「中下」、「下下」五組 [2]。可商之處，俯拾皆是。整體討論相當複雜，得另文爲之。現在僅講關勝一人。

列名「上上」組者九人，數目不算少。此九人依評述先後爲武松、魯達（大概金聖歎較喜歡未出家以前的魯智深，故評語恒用其本名）、李逵、林冲、吳用、花榮、阮小七、楊志，和關勝。無論他們是如何被挑選出來的，既配稱上上，形象的塑造總應異常成

---

1 金批《水滸》以明末貫華堂刻本最精。此等舊刻固早爲罕品，即民初劉復（1891-1934）等影印之本亦久不易一見。幸舊本因近年多次影印流通，已屬唾手可得。其中以1975年北京中華書局據崇禎十四年（1641）貫華堂本影印爲八冊之本最佳。

2 換言之，「上下」、「中中」、「下上」、「下中」四組均沒有分配人物。

功。大刀關勝是否符合這標準,大成問題。

二、關勝在金聖歎眼中的優勝

　　關勝在梁山位列總名次之五,復為五虎將之首,身份特殊,地位崇高。但這是故事中的身份地位而已,品評人物不能單以此為準則。這點金聖歎明白,故名次比關勝高的四人,僅吳用一人歸「上上」組,而五虎將中亦僅關勝、林冲二人列席「上上」(劃分是否正確,不在本文討論的範圍)。故事中的身份地位既然關係不大,關勝又憑甚麼不僅足配與林冲平起平坐,還在總名次和五虎將的排列上都比林冲高一位?金聖歎在該文內給讀者的解釋僅得一句難以服人的話:「關勝寫來全是雲長變相」。難道臨畫般再來一個關雲長(關羽,?-219),就是成功的藝術表現?或者金聖歎覺得關雲長既是歷代推崇的好漢,摹得真似的樣本也該是個鐵錚漢子,堪稱上上人物。從這種角度去評論小說(戲曲亦然)人物,不一塌糊塗才怪。

　　說得公平點,金聖歎對其所以特別欣賞關勝,在有關章回的回首總評和正文中之夾注確另有解釋。其中以金本第六十三回的回首總評最重要:「寫大刀處處摹出雲長變相,可謂儒雅之甚,豁達之甚,忠誠之甚,英靈之甚。一百八人中,別有絕群超倫之格,又不得以讀他傳之眼讀之」。金聖歎標出儒雅、豁達、忠誠、英靈四優點作為關勝配稱絕群超倫的資格。正確與否,下文再說。

　　另外,金聖歎在第六十六回的回首說:「寫關勝全是雲長意思,不嫌於刻畫優孟者,泱泱大書,期於無美不備,固不得以群芳競吐,而獨廢牡丹,水陸畢陳,而反缺江瑤也」,則僅是鋪陳溢美之詞。此段雖未添新意,但和前兩引文及散見有關章回的夾注合觀,金聖歎再三強調者極為明顯。他認為關勝形象塑造得異常成功,就因為他是摹出來的,徹徹底底的「雲長變相」。

三、關勝的塑造是一大敗筆

　　《水滸》塑造人物頗受故事結構的局限。梁山諸人的依次介紹，從空白至一百單八人全齊，早出場必然在讀者印象中佔了先入為主的便宜。陳達、楊春、鮑旭、馬麟這類角色在書中的表現差可比擬，都缺乏獨當一面，留給讀者深刻印象的機會。但一般讀者對《水滸》用來開始敘事的陳達、楊春並不陌生，要記憶鮑旭、馬麟輩是怎樣首次露面卻不容易。關勝晚至第六十三回末才初次出場，不僅佔不了先入為主的便宜，而且讀者還會用已認識的人物去跟他比較。這樣的人物，故事中的身份地位再特殊，要刻劃得別具個性，還需大費心思。

　　《水滸》處理情節以祝家莊事件為分水嶺。前此是事附人，以個人行事去組織故事環節。有個人環節的主要人物（如宋江、武松、魯智深、楊志、林冲、李逵、楊雄）固然有充分時空去建立獨特的形象，連借別人環節初次露面者（如柴進、花榮、秦明、朱全、戴宗、張順、扈三娘、周通）也往往有足夠機會表現其個性。

　　祝家莊事件以後，事附人變成了人附事。尚未出場的準梁山人物在一連串的集體行動中挨次報到，完整的個人故事再難安排，新人的介紹多半成了公式化的急就章。盧俊義的故事雖算得上是例外，講述起來還是給人有匆匆帶過之感。以前楊雄的故事情節頗近似，節拍卻和緩多了。關勝出場的安排正是急就章。情節上雖然要求讀者相信關勝的出場威脅到梁山的安全，整個佈局的效果還不如盧俊義一例的夠說服力。

　　關勝甫出場，便奉命攻勦梁山，其間無個人行事可言，僅得幾句談談家世，講講容貌和本領的話。模式和介紹以前領兵征討梁山的將軍呼延灼和他的三個副韓滔、彭玘、凌振，以及後來奉命攻打梁山的單廷珪、魏定國，甚至關勝自己的副將宣贊、郝思文所用者

並無大別。章法缺乏變化，過於公式化了。

　　既先自陷窠臼，要把關勝塑造得突出，非大費心機不可。編寫《水滸》者採的卻是偷工減料的法子。

　　北京大名府(今河北省大名縣)被宋江圍攻得緊時，兵馬保義使宣贊向太師蔡京推薦蒲東巡檢關勝去解圍，並鄭重說明他是「漢末三分義勇武安王嫡派子孫，……生的規模與祖上雲長相似，使一口青龍偃月刀，……。此人幼讀兵書，深通武藝，有萬夫不當之勇」(容與堂本第六十三回)。哪個讀者會覺這些話新鮮？

　　隨後蔡京接見關勝時，但見：「端的好表人材，堂堂八尺五六身軀，細細三柳髭髯，兩眉入鬢，鳳眼朝天，面如重棗，脣若塗硃」(同上回)。如果說他是活關公，還不如視之爲泥神像[3]！

　　新鮮別致的味兒不要說一點也沒有，這樣搬弄實在兒戲至極。誰不知道遺傳的基本道理：子承父一半，然後每代除二。如此一來，下傳九代(雲孫)已祇得始祖五百一十二分之一了！以三十年爲一代去計算，那時還不過三百年左右。北宋末去漢末三國九百年，總有三十代。儘管關勝果真是關雲長之後，他承自雲長者怎樣也不會超過一億七千三百多萬分之一！能相像至何程度？怎會反成雙胞胎！這種不顧邏輯的做法簡直是對讀者的智慧莫大的侮辱。

　　況且那段所謂關勝容貌描寫不過是信手抄來之物。試看分節不分回的嘉靖本《三國志通俗演義》卷一，〈祭天地桃園結義〉節，介紹初出場的關羽時，說他「身長九尺三寸，髯長一尺八寸，面如重棗，脣若抹朱，丹鳳眼，臥蠶眉，相貌堂堂，威風凜凜」。這和上引《水滸》的一段話並沒有多少實質的差異。

　　編寫人恐這還不夠，硬要把絕無可能之事推到極點。容與堂本第六十四回說關勝的馬：「馬頭至尾長一丈，蹄至脊高八尺，渾身

3　作家孟超(孟憲榮，1902-1976)早在四十年代已看出這一點，見其《水泊梁山英雄譜》(上海：學習出版社，1949年)，頁29(書中各篇原於1948年11月至1949年1月間在香港《文匯報》連載)。

上下沒一根雜毛，純是火炭般赤」。這不正是關公的赤兔馬嗎？果然隨後描寫關勝的插詞就有「赤兔馬騰騰紫霧」句。這段形容也是瞎抄來的。嘉靖本《三國演義》說赤兔馬「渾身上下火炭般赤，無半根雜毛。從頭到尾長一丈，從蹄至頂鬃高八尺」。接連的插詞亦有「奔騰千里蕩塵埃，渡水爬山紫霧間」句（卷一，〈呂布刺殺丁建陽〉節）。《水滸》的一段根本就是搬字過紙，怎能說是創作[4]！

金聖歎搬出來的本子沒有寶馬的形容，害得若干評論者誤以爲關勝與關雲長最大的分別就在關勝沒有赤兔馬[5]。其實金聖歎把馬的形容從描寫關勝如何首次上陣段落中刪去（隨後的插詞更是整首全刪），卻仍說「（關勝）霍地立起身，綽青龍刀，騎火炭馬，門旗開處，直臨陣前」（金本第六十三回）。弄到赤兔馬好像從天而降似的。金聖歎的照料不周，說明赤兔馬正是《水滸》編寫人塑造關勝形象的重要環節（也證明金聖歎本是改本，而不是某些人仍強調的古本）。

這並不是說關勝該有赤兔馬[6]。

這樣的寶馬，百年未必一見。按《三國演義》所說的，赤兔馬未歸關公所有前，就經過董卓（?-192）、呂布（?-198）、曹操（155-220）三個叱吒風雲的名主。假如宋徽宗時期果有一匹這樣的寶馬，也不可能無端端爲一個職位低微的巡檢所擁有！《水滸》卻明言關勝出發去見蔡京時「收拾刀馬盔甲行李」（容與堂本第六十三回）[7]。此馬向來就是他的。豈非又一次低估讀者的智慧！

4　這種複印般的雷同祇能說是文抄公作孽的結果，而不能引爲兩書同出一手之證。自信能爲文，肯負文責的作家誰會以剪貼前書去填充後書爲滿足？況且這裏涉及的段落全該是針對特殊事物而寫的，不能解釋爲套用說話人習語。

5　如孟超，《水泊梁山英雄譜》，頁29。

6　連歷史上的關羽亦未必與赤兔馬有關；見蕭兵，〈赤兔馬小考〉，《社會科學輯刊》，1981年1期（1981年1月），頁157。

7　金本第六十二回也有這一句。此本下一回所說關勝首次上陣所騎的火炭馬祇可能是同一匹馬。

　　《水滸》的編寫人沒有說這匹馬也是漢壽亭侯的赤兔馬的嫡裔，大概覺得試圖解釋時隔九百年而人與馬竟能同樣搭配，祇會愈描愈墨，還是不說為佳[8]。

　　《水滸》所講的寶馬和值得一提的特殊馬匹並不算少。處理起來，手法竟與關勝的座騎大相徑庭。與關勝的赤兔馬差可比擬的寶馬有兩匹。呼延灼的踢雪烏騅馬是御賜的，宋江的照夜玉獅子馬（又作千里玉獅子馬）原是大金王子的坐騎，都來歷分明，說得過去。較次要的，如北京大名府留守梁中書的火塊赤千里嘶馬，和其手下主將李成的雪白馬，以及又次一級，點名即止的孫立座騎烏騅馬與彭玘所騎的五明千里黃花馬，仍均處理得馬和主人的身份配合。唯獨關勝的赤兔馬則絕對是無稽之物。

　　除了體貌、裝備這類實質特點之外，關勝連抽象的特徵，如言談、舉止，甚至讀書的姿態都酷似關公。如果不說這是編者刻意經營之所致，就祇有說這是故事情節的一部分，寫出關勝努力模仿先祖以求造勢了。結果都是一樣的。關勝之於關雲長，很多雙胞胎都沒有這樣相似。說得清楚點，關雲長指《三國演義》中所見的關雲長，而不是較早期關公傳統中所表現的形象[9]。

8　雖然《水滸》沒有明言關勝的馬也是關雲長的坐騎的後裔，但兩匹馬的外形和品質實在太相近了，還是會有讀者以為「關雲長的青龍偃刀和赤兔馬成了祖傳寶物，傳給了關勝」；見王珏、李殿元，《水滸傳中的懸案》（成都：四川人民出版社，1994年），頁176。這解釋不通之極。馬兒免不了生老病死，如何祖傳？況且馬的生命比人短多了，隔了九百年的時光，總會傳上百代。每代之間僅傳一半，關勝之馬即使果為關雲長的赤兔馬之後，其得自赤兔馬者究有幾分之幾，必定是天文數字。

9　元刊《三國志平話》中所見的關公就簡單多了。該書初次介紹他時，僅說：「生得神眉鳳目，虬髯，面如紫玉，身長九尺二寸，喜看《春秋左氏傳》」（卷上）。他雖有寶駒赤兔馬，此馬的來歷卻沒有《三國演義》所說的複雜；祇是說呂布為了此馬，家奴殺主（丁建陽，即丁原，?-189），後馬被盜，為關公截獲。這就是說，董卓和曹操均未嘗為赤兔馬的主人。平話中的關公用刀。雖然關公與青龍偃月刀結合是宋元之際的事，但平話並無說關公所用之刀有甚麼特別之處。關公容貌，以及青龍偃月刀和赤兔馬演變過程的一般討論，以洪淑苓，《關公民間造型之研究——以關公傳說為重心的考察》（臺北：臺灣大學文學院，1995年），頁228-241、

這個仿如關公再世的關勝出場後卻經常表現得一副窩囊相。表面看來雖已如此，倘能從不同角度去分析，結論可望更周詳公允。

蔡京賞識關勝，委以重任。對區區一介巡檢來說，真是千載一時的發跡機會，那有放過的道理。關勝立刻說些蔡京聽得高興的話，把梁山幫臭罵一頓，然後順勢獻圍魏救趙之策，請纓出兵。關勝分明是不願錯過良機的投機份子。

關勝的圍魏救趙之策說來不過爾爾，祇捉了魯莽行事的梁山水軍頭目張橫和阮小七，卻被吳用識破，順水推舟，安全自北京退師 [10]。

關勝捉得張橫時態度囂張，在金聖歎看來卻格外威武儒雅，值得表揚之極，因而不惜改動原文，以容發揮意見。

被俘的張橫和二三百嘍囉給推到關勝面前時，容與堂本第六十四回說：

> 關勝看了，笑罵：「無端草賊，小輩匹夫，安敢侮吾？」將張橫陷車盛了，其餘者盡數盛了。「直等捉了宋江，一併解上京師，不負宣贊舉薦之意。」

這幾句話，金本第六十三回作：

> 關勝看了，笑罵：「無端草賊，安敢張我？」喝把張橫陷車盛了，「其餘盡數監着，直等捉了宋江，一併解上京師。」

緊接「安敢張我」句後，金聖歎加夾注云：

(續)─────

252-256，為最佳。另外可參考丘振聲，《三國演義縱橫談》(南寧：漓江出版社，1983年)，頁47-48、293-296；劉逸生，《真假三國縱橫談》(香港：中華書局，1987年)，頁23-25；梅錚錚，《忠義春秋──關公崇拜與民族心理》(成都：四川人民出版社，1994年)，頁147-156；李福清，《關公傳說與三國演義》(臺北：漢忠文化事業公司，1997年)，頁44-55。

10 有關討論見姚有志，《說水滸話權謀》(北京：解放軍出版社，1994年)，頁159-167。

> 草賊罵曰無端，劫寨名為張我，真正英雄，真正闊大，真
> 正儒雅，真正風流。

隨後，關勝得訊，知道若干梁山水軍頭目（三阮和張順）率戰船
來攻。容與堂本說：

> 關勝笑道：「無見識奴，何足為慮？」

金本易作：

> 關勝笑道：「無見識奴！」

金聖歎並在此加夾注云：

> 罵得妙，儒雅人罵人亦罵得儒雅。真乃妙筆傳出。

原來罵人草賊，咒人為無見識奴，就是儒雅之致，風流十足的
表徵！

這裏所說的闊大與上文所標榜的豁達應有若干共通性。但不管
犯人是頭目（不久又捉了來攻的阮小七，同樣放入囚車），還是嘍
囉，準備全部解京領功，闊大二字從何說起？

至此《水滸》已講了六十多回的故事，梁山諸人給罵為草賊、
逆賊、草寇之類，早屢見不鮮。盧俊義在第六十一回（金本第六十
回）罵吳用等為「無端草賊，怎敢賺我？」，就和關勝後幾回所說
的沒有多大分別。出諸盧俊義之口時，金聖歎等閒視之，不加任何
說明。待關勝說出同樣的話，他卻大做文章，藉此向關勝送上一頂
又一頂的冠冕，甚至更動原文，好讓自己大發議論。這樣去評論文
學已不是正誤和功力深淺的問題，而是誠偽的問題了。

假如說關勝這些罵人話足示其高尚的品格，還不如說這些話替他的淺薄浮躁加注腳。

這種罵人的話在以前和關勝無關的各回出現時，絕大多數都是用來配合罵陣的場面。交戰前侮罵敵人，是傳統小說處理兩軍拚殺展開序幕的慣用手法。雙方都可以禮尚往來地罵幾句，故不能說罵陣的話反映發言者的性格[11]。

上舉關勝二例卻與罵陣無關。罵三阮等時，關勝祇知有敵人來襲，尚未和對方碰頭，更不知來攻者是誰，便大罵起來。這分明是輕敵自大的所為。痛罵已被俘的張橫，情形還要更糟。這分明是英雄所不齒的打落水狗行徑。金聖歎竟大聲喝采，把關勝的輕浮之舉說成是他確夠英雄、闊大、儒雅、風流的標記。

以上所講的情節祇是關勝表演真功夫以前的介紹而已，要證實原先宣贊推薦他的時候所說的話不是信口雌黃，他還得拿出夠水準的實質行動來。

當關勝終於面對梁山主力時，他大罵「水泊草寇」。雖然他要求宋江出來回答為何背叛朝廷，他的行動基本上仍是慣常的罵陣，並無特別之處。金聖歎卻照舊加注，讚美關勝夠儒雅。我們既已明白金聖歎心目中的儒雅是怎樣一回事，此例及其他類似的例就不必細說了。

罵陣後，關勝力戰林沖、秦明二人，旋告不支。如果不是宋江暗幫他忙，趕快收兵，他準會被當場擊敗，失盡顏面，甚至被俘或被殺。表面看來，關勝實在外強中乾，經不起考驗。但誰能期望關勝可以同時擊敗兩個像林沖和秦明這樣級數的高手？換言之，即使撥開正在討論的關勝不算，《水滸》在介紹林沖、秦明、呼延灼、董平，五虎將的其他四人時，所給他們的超級高手形象也絕對不容

11　罵陣並非中國傳統小說所獨有，荷馬史詩和中古時期的英雄敘事詩即常有此類場面，見 Ward Parks, *Verbal Duelling in Heroic Narrative: The Homeric and Old English Traditions* (Princeton: Princeton University Press, 1990).

其中一人可擊退任何其他二人的聯手攻擊的（董平祇該屬驃騎的等級。這點不在本文討論範圍，暫不多說）。倘關勝堅持力戰林冲、秦明二人，終爲他們所敗是必然的，合理的，故不能用來證明關勝武藝欠佳。值得林冲、秦明聯手去應付他已該是相當特別的資格了。話雖如此，關勝險些就將慘敗仍是不爭的事實。

宋江從未遇過他不喜歡的生力軍，再世關公可遇不可求，自然一見激賞，故略施小計，先在戰場上給關勝留面子，使他覺得自己仁厚，然後再派與他充其量僅稱得上是點頭朋友，現已投歸梁山的降將呼延灼去假裝求降。頭腦簡單的關勝竟無疑心，依計夜襲梁山軍營，遂中圈套而被擒。

宋江此策並不高明。呼延灼原爲汝寧郡都統制（北宋無汝寧州；汝寧府是元初至元三十年設立的，在今河南省汝南縣），而關勝在蒲東（今山西省蒲縣）供職。這兩個地方武官，工作單位相去既遠，復無任何關係（如師承、親屬），說不上先有互相明瞭的心理基礎。在梁山不乏心腹的宋江選派因戰敗才入夥不久，不易使人相信與宋江有深交的呼延灼去傳遞歸降密信，是極難教人相信之事。關勝卻深信不疑，他思考能力之差勁也就無需強調了。

金聖歎一開始就明言英靈是關勝的獨特優點之一。但他沒有指出那一件事是英靈的例子（關勝罵張橫爲草賊時，金聖歎說這是他夠英雄的表現。但英靈與英雄不盡同；前者重思巧，後者重行動）。無論如何，從關勝中計得笨頭笨腦去看，實在難說他英靈。

被俘後的關勝隨遇而安，宋江也肯走一段可助關勝好做過河卒子的路。等到宋江要完那套斥退部下，親解繩索，納頭便拜，叩首伏罪的例行表演後，「無面還京」的關勝便和他的副將順理成章地留下來當梁山頭目了。

以前聽命於蔡京時，甘爲鷹犬，乃美其名爲「用功報國」。現在依從宋江，棲身水泊，就成了「替天行道」。前後兩面招牌同樣堂皇，可謂適者生存。說句公道話，關勝對歸降梁山未嘗不感

到幾分無奈，所以求宋江收容時所說的話，「今日我等有家難奔，有國難投，願在帳下爲一小卒」（容與堂本第六十四回），倒顯得自然。

孰料在金聖歎的腰斬本裏，這幾句簡單話竟變得相當陳腐，以前的無奈意味也消失了：「人生世上，君知我報君，友知我報友。今日既已心動，願在部下爲一小卒」（金本第六十三回）。且不說酸得很，還在關勝已夠糟糕的形容上另加僞君子的面孔[12]。關勝真的要報知遇之恩，就應衷心感激蔡京才對。沒有蔡京賞識在先，關勝必仍在蒲東當個小小巡檢，還能報宋江甚麼呢？因處境之異，而前後說不同的話，豈不是對蔡京忘恩，對宋江奉承？關雲長華容道釋曹就是不忘恩。《水滸》中的關勝沒有這股豪勁，本已成了東施效顰，金本更變本加厲，替他代豪勁以虛僞！難道金聖歎心目中的上上人物就該是這樣子？假如金聖歎所以改動原文是爲使關勝具備他盛稱的「忠誠」美德，效果卻適得其反。

關勝和他的兩副將與其他一旦被俘便見風轉舵的政府將領一樣，本身並無強烈的信念，堅毅的操守，祇顧抓機會，謀發跡，到失敗了就求保頭顱。如果他們真的信服梁山飄渺虛無的替天行道論，誠意投奔，人各有志，未可厚非，就應早早表態，避免交鋒。遲遲到了作戰失利，甚至已被捉獲，才掉轉鎗頭，就分明是循私自營的無恥之徒。梁山稀罕這類人的投靠，依賴這類人的投靠去擴充勢力，集團的性質很難不成問題。

比起別的風派降將，關勝還要更差。他們起碼有自己的形象，而關勝一切與外型有關的條件全是抄來的。說到這裏，能讓關勝突破困局的憑藉就僅餘下投靠梁山後的事功了。

---

12 博聞聰銳如張恨水竟相信金聖歎這句胡謅之言足反映關勝的性格，見其《水滸人物論贊》，頁10。同樣跌進這陷阱的，還有孟超，《水泊梁山英雄譜》，頁31；雙翼（吳筠生，1929- ），《水滸新談》（香港：萬源圖書公司，1975年），頁138；牧惠，《歪批水滸》，頁148。要說明治小說應慎擇版本，這是最好的例證。

關勝掉轉鎗頭後，梁山立刻整師再攻北京大名府，並按關勝和他那兩副將的意願由他們當先鋒。隨後那場不能避免的雙方拚殺對理解關勝的武藝很重要。關勝和守將索超鬥不到十個回合，索超便斧怯，支撐不下去。另一守將李成見狀，舞雙刀出陣，夾攻關勝。宣贊、郝思文看見了，亦加入廝殺。五人攪作一團。直至宋江大軍捲殺過去，守城者才敗退回去。

這場看似是混戰的拚殺處理得還算井然，顯示作用隱約可見。最明顯的一點是索超決非關勝的對手。索超並不差，他前曾和楊志較量，鬥到五十餘合，仍不分勝負(第十三回)。楊志、索超相繼落草梁山後，均成為山寨的第二線主力戰將，大聚義排座次時並列為馬軍八驃騎兼先鋒使的成員。不僅如此，索超更有與秦明交手二十餘回，尚不分勝負的紀錄(第六十三回)。秦明後來排名梁山五虎將的第三名。假如僅以武藝為排名的準則，索超就算不能升為五虎將，也可居八驃騎之首(教他吃虧的是事蹟不彰而且公式化，來來去去都是在別人的故事裏以拚殺的方式客串一下)。

李成亦非等閒之輩。在梁山大聚義以前，《水滸》介紹的豪傑並非均以梁山為終結地。八十萬禁軍教頭王進去如黃鶴之例，大家都熟悉，不必多說。北京留守梁中書手下兩名猛將天王李成和大刀聞達，驍勇善戰，處事謹慎，忠心耿耿，梁山人物能夠在武藝和德行跟他倆比較者實在不多。現在不必另開話題，單從梁山攻破北京時，李成在關勝、宣贊、郝思文、孫立、花榮諸人衝殺當中，護衛梁中書平安出城後，復與聞達合力殺出樊瑞、李袞、項充、雷橫、施恩、穆春等人的圍攻，這勇猛絕倫的表現去看，便知此人的武藝必然達到相當高的水準。

關勝既可以同時合戰索超、李成二人，他的武藝就必在五虎將的一般水準以上。索超前後獨戰關勝和秦明所表現截然不同的戰果，亦足證實關勝的武藝確比秦明優越多了。這觀察與上面所講關勝應付不了林沖和秦明的合攻並不矛盾。

　　然而真相早給重疊且混亂的戰情所掩蓋，不推敲就看不出來。在一般讀者的心目中，關勝之力拒索超和李成僅成為一個平凡而混亂的場面的一小部分而已。大家看到的是宋江舉大軍壓過去才令守軍敗退，關勝也就顯得徒勞無功。這是負面的印象。

　　更嚴重的是，梁山軍師吳用不信任他。當朝廷續派聖水將單廷珪、神火將魏定國來攻梁山時，急功的關勝以此二人為其舊屬為由，再度要求與原先二副將領兵往迎。宋江允許。吳用卻對他生疑，隨即另派林冲、楊雄、孫立、黃信帶領與關勝一隊同樣數目的人馬前往。結果雖證明吳用過慮，關勝的本領倒成了問題。雖然關勝強調他熟悉單魏二人，實際卻連他們在未動用水火戰術前的一般作戰方法都不清楚，害得自己的兩名副將一出馬就被活捉過去，全軍因而大敗。

　　後來關勝雖把單廷珪和魏定國二人帶上梁山，卻不能說把事情辦得乾淨俐落。單廷珪未及使出他的看家本領水浸兵法已被關勝打落馬下（二人的武藝差距很大）。但當魏定國使出火器，關勝一軍便大敗，奔退四十餘里。最後關勝贏了，那是靠運氣（私自偷下山湊熱鬧的李逵，帶同新結識的朋友剛巧攻破凌州北門，入內放火，逼使魏定國倉皇退往別處，作戰意願大打折扣），和靠別人的遊說（單廷珪先說服魏定國，才安排關勝去招降）。關勝原先在宋江面前吹牛，說早識單魏二人的水火戰術，實則他根本不明白這些玩意，更談不上掌握攻破之法。倘若單魏二人的水火戰術好好配合運用，關勝早就變成泡水燒豬了。難怪容與堂本第六十七回回末所附總評說：「（李逵）此番又幹這件大功，幾曾如他人興兵動眾而來乎？關勝當無面目見李大哥矣！」

　　由此至大聚義排座次，短短幾回，可以讓關勝好好表現一番的機會本來就有限，有些機會還不是他可以利用的。剿平曾頭市之役便是一例。此役規模雖大，卻沒有關勝的份兒。機會最後來時，關勝和他原先的兩副將隨盧俊義去攻打東昌府，宣贊固然不堪一擊，

被張清的飛石打得翻身落馬，隨後出陣的關勝亦沒有更佳的表現。當關勝一見飛石打中自己的刀口，擊出火花，便無心拚殺，勒馬而回，結果跟張清連一個回合也沒有交過手。

自他首次出場至梁山大聚義，關勝最得意的事功就是把單廷珪打落馬下。別的演出說得再慷慨，也難免乏善足陳。

按常理，排列這類背景較單純的武將時，主要依據當爲上山前入夥後的表現以及所涉及事情的重要性和複雜性。如果就是這樣簡單，關勝不僅絕無可能排名在林冲之上，還應居呼延灼之後。

除了掛不出響亮的遠祖招牌外，林冲樣樣條件都比關勝好得多。這是不必申說的。要講明的是，關勝比起呼延灼尚差一大截。

大聚義前，宋廷三次派軍隊進攻梁山是每下愈況之局。

三次征討中，最強的是第一次。雖然呼延灼是宋朝開國名將呼延贊之後，但他並不多靠這面招牌（這招牌也遠不如關公者響亮），而依賴自己的力量。連環馬、火砲之類器械的厲害，對他來說，是如虎添翼而不掩蓋其本身超卓的武藝。他之來攻殺得梁山疲於奔命，一籌莫展，祇得採遠道偷甲，苦練鈎鐮鎗等暗渡陳倉之法才能自救。

關勝之攻梁山頗類兒戲，對梁山根本不構成實質威脅。宋江、吳用諸首腦人物應付起來也就好整以暇，從容部署。關勝理應排名後於呼延灼。

到了第三次的單廷珪、魏定國更是弱得教人難以相信這竟是中央政府寄以重望的征討軍。這兩個所謂水火二將武藝平庸，祇靠些用起來必受環境局限的水淹火燒玩意。排起名次來，單魏二人跟在呼延灼和關勝的兩對副將之後（單魏排名比凌振高，但凌的地位低於副將），是公道的。

呼延灼的總名次和在五虎將的排行上都被壓在關勝之後三個位，就不能說夠公道了。

梁山對新人來歸向採韓信點兵，多多益善之策，故設法收納關勝不足奇。奇的是，憑關勝在排座次前的有限時空裏，連個人武藝如何還得賴讀者推敲才能弄出端倪的幾次平凡演出，算他入五虎將之內已頗勉強，怎還能讓他在山寨總名次高列第五，復居五虎將之首？答案相當簡單。

關雲長是超越名將地位的神仙人物（戴宗在第六十四回就稱之為關菩薩而不名）。梁山務實，真像關雲長再世的關公嫡裔也落草，該是何等有效的號召！讓他冠諸武將，為五虎將之首，正是善用宣傳的威力[13]。金聖歎所以列關勝為上上人物，恐怕也有震於關公威名，以致有些誤彼為此的成份。

這樣講不過試替《水滸》之尊崇關勝和金聖歎之視其為上上人物找解釋。不能不指出的是，《水滸》安排這樣一個人物在書中充要角實在是徹底的錯誤。

這錯誤是《水滸》塑造人物技術的失控。《水滸》常用以古量今之法去替梁山人物作武藝定位。林冲頗似張飛這種暗喻的例子可以不管。明說的有三類：（一）泛喻武藝高強，如病關索楊雄在家族、體貌，和所用武器上都與關索無關。（二）因善用的較特別武器與古代某名將相同而得綽號，如小李廣花榮、小溫侯呂方、賽仁貴郭盛、病尉遲孫立、小尉遲孫新。他們在家族和體貌方面都與所比喻的名將無關。（三）確為名將之後，連所用武器亦約略相同者僅得雙鞭呼延灼一例（彭玘雖說是「累代將門之子」，但祖先名字交代不出來，自不能算），但其體貌並不與呼延贊近似。

三類當中，呼延灼之例已把可能性推到極限。徽宗朝離宋初尚不算太遠，將門延續數代，可能性畢竟是存在的。況且，呼延灼使兩條銅鞭，而歷史上的呼延贊用鐵鞭和棗槊（在《水滸》裏，用棗

---

13 這意見從吳士，《水滸人物論》（香港：上海書局，1967年），頁13，和王珏、李殿元，《水滸傳中的懸案》，頁176，發揮而來。孫寶義、勾聯璧，《讀水滸話人才》（北京：知識出版社，1994年），頁161-162，謂關勝佔了門第資格的便宜，所以排名在林冲之上，意見亦同。

槊者爲呼延灼的副將韓滔。這或許不純爲巧合,而是讓在呼延灼身上找不到的呼延贊特徵,通過這個子孫的副手去表示出來),同異兼備,分別明顯。說不說呼延灼在體貌上是呼延贊的翻版,更是人物塑造成敗的關鍵所在。

不屬這三類,而《水滸》明言是名將之後的還有楊志。書中說楊志是楊業(932-986)之孫,自然錯得離譜。呼延贊和楊業一樣,同爲五代宋初人,到了北宋末不該僅下傳至孫一代。然而故事要遵守內在邏輯;換言之,從呼延贊至呼延灼,從楊業到楊志,時間的距離應是差不多的。呼延灼不像呼延贊,楊志不像楊業,是正確的寫法。這本已夠切實,而楊志在形象上比呼延灼塑造得還要逼真。楊業和楊志用的都是一般武器,不必靠特種武器去建立形象,當是塑造成功的原因之一。

在今本《水滸》裏,花榮、呂方、郭盛、楊雄、孫立、孫新都出場得相當早(楊志不屬此類型,可以不算,雖然他比上述諸人出場還要早),呼延灼露面也不算遲。塑造他們的形象,成績雖有高低之別,主要原因在角色和情節的不同,而非在以古量今手法的運用。直至呼延灼露面爲止,這手法的運用合情合理。塑造比花榮等六人出場較後的呼延灼時,首次搬出家族淵源去作爲武藝超卓和選用特別武器的解釋,顯在求技術的突破。這次的成功卻使編寫者不知適可而止。再用這種手法來塑造關勝這角色時,竟走火入魔,越過合理性的極限,以致跌進無理取鬧的深淵。

四、足配關勝這角色的綽號

今人論關勝,以岳騫(何家驊,1922-)之評其爲「畫虎不成反類犬」最透徹[14]。其實畫此犬也不易,要盡情違反邏輯才能畫得出來。

---

14 見岳騫,《水滸人物散論》(香港:高原出版社,1969年),頁47。岳騫論關勝還有一可圈可點的觀察。他說(頁48),關羽入蜀,子孫隨之;蜀

金聖歎的本子動過手腳，連這點都辦不到。見於金本的關勝，形似不足(赤兔馬變成時隱時現)外，還去誠添偽，結果是「畫虎不成反類貓」。

犬雖猛於貓，也不能一概而論。犬如人，品別繁多。關勝不致於是搖尾乞憐的哈巴狗，但他絕非靈機兇猛，忠心護主的德國獵犬(Doberman pinscher)，也不是忠於職守，耐力驚人的德國牧羊狗(German shepherd)。按關勝的性格和本領而言，最相配的該是異常好鬥，難於馴練，經常反咬主人的囂狺(bull terrier，俗稱pit bull；亦有人稱之為鬥牛狺)。

梁山人物的綽號每具反諷意味，旱地忽律朱貴、白日鼠白勝、中箭虎丁得孫，鐵扇子宋清等都是例子。給關勝一個這類的綽號，最適合不過。「大刀」這綽號本來就乏深度，失於泛[15]，現在既明白這個人物的實質，還是用囂狺作為綽號去涵蓋他的性格和他所扮演的角色適當多了[16]。

(續)─────

漢亡後，已故魏將龐德(?-219)之子龐會入成都，誅滅關氏之後，即使未曾盡滅，關氏後人也不會重返山西。《水滸》的編寫人處理關勝，一開始就顯得笨拙。

15 關勝和關雲長年代相隔久遠，而關勝仍用同樣的特殊武器，合理的解釋祇有一個，就是世代相傳。綽號這玩意，人封者多，自取者少，本人鮮有選擇權。按武器來定綽號又是常見的情形，如此大刀這個識別性不高的綽號早該在這家族不知出現過多少次了！況且青龍偃月刀雖夠特別，一般的大刀卻常見，任何使用者都可以綽號大刀。即使僅以《水滸》為例，書中以大刀為綽號者，除關勝外，就還有北京大名府守將聞達。這是毫無必要的重複。說關勝之以大刀為綽號早見宋末龔聖與〈宋江三十六人贊〉，有明確的史源，並不足辯護採用此識別性不高的綽號之不智。承襲傳統不等於非盲從不可。龔贊所列的三十六人，就有四人的綽號以後為編寫《水滸》者所不採──尺八腿劉唐、一直撞董平、鐵鞭呼延綽(不作灼)、鐵天王晁蓋(小異者如賽關索楊雄、金鎗班徐寧，不算)。比例達百分之十一。《水滸》編寫者既不用識別性強的尺八腿、一直撞、鐵鞭(用鞭者比用大刀者少多了，況且還注明所用材料，識別性自然高；《水滸》中的呼延灼用銅鞭)，和鐵天王，復安排書中另一人綽號大刀，為何仍要關勝襲用識別性差的舊綽號？要說明關勝這人物是《水滸》編寫者如何粗工濫製地弄出來的，這又是一例。

16 或者有人會說，選用這綽號違反歷史原則，因為囂狺是十九世紀才配出

五、從史源解釋關勝這角色的錯誤

今人解釋關勝在《水滸》所扮演的角色，恒從史源的角度入手。結論卻是失之毫釐，謬以千里。

關勝與關雲長掛鈎得很早。宋末龔聖與的〈宋江三十六人贊〉就說過「大刀關勝，豈雲長孫；雲長義勇，汝其後昆」[17]。《水滸》把這關係說實了，本是順合情勢的發展。祇要不踰越塑造呼延灼的層次，說關勝為關雲長之後，且善用大刀，並無不可。但絕不容說甚麼禮貌、舉止，甚至連坐騎都悉數相符。這樣的一個泥塑關公充其量祇配當展覽會的陳列品。再加上《水滸》不給他確教人佩服的表現，卻在名次上把他排得高到不能再高，結果他就成了一個不僅名實不符，而且連外貌都是拾來的，沒有生命的複製品。然而在金聖歎眼中，這個泥塑關公卻是令他讚嘆不已的獨特藝術結晶！今人吹捧金聖歎為絕頂聰明，尤以文學理論立足寰宇的奇才，這種看法實在成問題。

可惜讀《水滸》者絕大多數都不敢對關勝的實質提出疑問，寧可希望通過似是而非的歷史關聯去證明關勝該是難得一見的蓋世英雄。他們每謂《水滸》中的關勝源出金人入侵時的濟南驍將關勝，然後按劉豫（1073-1143）殺關出降，因而當上偽齊的傀儡皇帝的史實，強把《水滸》的塑造關勝說成是將元末明初的中國民族意識注入書中，甚至說關勝在《水滸》書中隨宋江征遼反映的就是抗金[18]。穿鑿

(續)——
來的狗種。誰都無權改寫《水滸》，這是不必申明的。這裏僅希望通過貼切的比喻去闡明關勝這個《水滸》人物的特質而已。

17 見1988年中華書局(北京)所刊點校本《癸辛雜識》(續集)上卷，頁146。

18 孟超，《水泊梁山英雄譜》，頁32；高伯雨，《讀小說劄記》(香港：上海書局，1958年)，頁12-14(〈大刀關勝〉條)；吳士，《水滸人物論》，頁13；雙翼，《水滸新談》，頁139；孫述宇，《水滸傳的來歷、心態和藝術》(臺北：時報文化出版事業公司，1981年)，頁235-236，以及該書的補充版《水滸傳的來歷和藝術》(香港：明報出版部，1984年)，頁

附會無以復加。水滸傳統形成之初確實借用了不少兩宋交替之際的忠義人士之姓名。有關史料早經余嘉錫、何心、孫楷第、王利器、侯會（1949- ）等專家發掘出來[19]，再說已乏新鮮感。更何況水滸傳統並沒有按人繫事地吸納這些忠義人士的事蹟也是早已不成問題的。《水滸傳》中的關勝除了借用姓名外，其他一切與歷史人物風馬牛不相及。《水滸》所講的關勝故事亦毫無民族意識可言。我們不必替這個畫虎類犬（甚至畫虎類貓），塑造失敗的人物另套外裝。

六、結語──金批素質的大成問題

梁山一百零八人個個塑造得不一樣，是金聖歎胡亂替《水滸》吹噓的無據之言。《水滸》書中真正創造得獨具個性，因而識別性高的人物，其實少之又少[20]。大刀關勝就是以往大家很少注意的，塑造失敗得一塌糊塗的例子（雖然在視覺上，他的識別性並不算差）。金聖歎卻封他為上上人物。讀者不應忽略的是，在金本中所見的關勝，因金聖歎動錯手腳，比見於以前本子者還要糟。金聖歎這矛盾之舉是否僅出於疏忽，雖然需要連同他改寫的其他《水滸》

（續）────────────────
241-242；王曉家，《水滸瑣議》，頁194-197，均代表這種論調。

19 余嘉錫，〈宋江三十六人考實序錄〉，及該文的增訂單行本《宋江三十六人考實》；何心，《水滸研究》，增訂本，頁147-167；孫楷第，〈《水滸傳》人物考〉，《文學研究集刊》，新1期（1964年6月），頁281-310，並收入所著《滄州後集》（北京：中華書局，1985年），頁1-33；王利器，〈《水滸》的真人真事〉，《水滸爭鳴》，1期（1982年4月），頁1-18，2期（1983年8月），頁13-19，並收入其《耐雪堂集》（北京：中國社會科學出版社，1986年），頁163-218；侯會，〈也談《水滸》的真人真事〉，《水滸爭鳴》，4期（1985年7月），頁49-55。

20 見馬幼垣，〈面目模糊的梁山人物〉，《中國時報》，1987年8月12日（「人間」），修訂本見馬幼垣，《水滸論衡》，頁313-318。後來劉烈茂在《坐遊梁山泊》（香港：中華書局，1990年），頁195-198，也發表類似的意見。通過關勝等人之例，他歸納出《水滸》為何會把一大群梁山人物弄到缺乏獨立個性的三大主因：（一）以繼承和模仿代替人物個性的創造；（二）以外貌特徵代替人物內在性格的刻劃；（三）以武藝特長代替人物精神風貌的描寫。確是一針見血之論。

人物一併分析，才能找到合理解答，我們還是可以從關勝之例去了解金批的性質的。

從關勝之例去看，金批本身不夠系統化和前後不協調的缺點十分明顯。既然開始評論關勝時已列明他的四大優點爲儒雅、豁達、英靈，和忠誠，讀者自然期望金聖歎隨後會爲每一優點起碼提供一項說明的事例。讀者要是按款追查下去，祇會失望。他解釋對儒雅的認識，講得夠清楚。豁達之義則充其量僅能算作包括在闊大之一例內。剩下來的英靈和忠誠都沒有了影子。另外卻標出英雄和風流來。金聖歎以天縱之才自居，其不願受制於形式不難理解。但這並不是說可容他講到後面時，連前面談過甚麼也忘了，甚至隨便另起爐灶。還有，闊大、英雄，和風流均合見於儒雅諸例中的一條，並非各自獨立之例。金聖歎說來說去，所舉之例基本上僅局限於他所謂的儒雅。金批看來是即興而發，信手抄存，而不是經過深思熟慮，排比修訂，才有條不紊地講解出來的。

不算太久以前，今人因政治需要把金聖歎罵得狗彘不食[21]。近年吹捧他的文學理論的文章則過猶不及，變成循例的貼金活動。流於極端的罵與捧同樣不可能代表真理，重新公正評析金聖歎對文學的認識該是時候了。

> ——初稿刊《中國小說研究會報》（漢城），25 期
> （1996 年 3 月）；修訂本刊《嶺南大學中文系系
> 刊》，5 期（1998 年）

後記

此文發表後，見到一篇講赤兔馬在《三國演義》中所扮演的角色的新文，論見和深度均有可取之處，值得介紹：竹內真彥，

---

21 當時學術盲從政治，學者以寫循命文章為進身之階，何滿子（孫承勛，1919-）的《評金聖歎評改水滸傳》（上海：上海出版公司，1954年）可為代表。

〈關羽と呂布、そして赤兔馬――《三國志演義》にける傳說の受容〉，《東方學》，98期(1999年7月)，頁43-58。

關勝的死之謎

一、問題的出現

寫〈囂狠關勝〉一文時[1]，發覺《水滸》在最終回所講大刀關勝去世的情形竟可能有兩個截然不同的故事。關勝之死既與該文的討論範圍無關，不便兼談，且因此事解釋起來殊不簡單，還是獨立成篇，在此交代為妥。

孫述宇（1934- ）熟讀《水滸》，於1980年前後在臺北《中國時報》「人間」副刊等處發表一連串考論《水滸》之作，疊創新說，撼動一時；後合集成書，即其享譽遐邇的《水滸傳的來歷、心態與藝術》。此書後來又有書名稍異的補充版，《水滸傳的來歷與藝術》。可惜這本補充版因銷售不當，流通很有限。我雖經常留意《水滸》研究論著，竟在此書出版後整整十年才知道，且至今仍無法自備原書，祇好用複印品。

孫述宇認為水滸傳統肇始於兩宋之際的忠義軍故事。歷史上的濟南抗金驍將關勝起碼算得上是忠義軍的同路人。如果他就是小說中的關勝的原型，豈不是理論與資料的最佳配合，故孫述宇對余嘉錫串

1　馬幼垣，〈囂狠關勝〉，《中國小說研究會報》（漢城），25期（1996年3月），頁11-21；修訂本見《嶺南大學中文系系刊》，5期（1998年），頁17-23（此文收入本集）。

連歷史人物關勝和水滸人物關勝之舉，基本上是贊成的。自余氏在三十年代提出這見解後 [2]，從其說者頗不乏人。別人祇是甘拾牙慧，孫述宇則續有發明，在習用的史料上加引一條以前未曾有人用過的版本資料。

孫書初版，頁236，認爲容與堂本最後一回的話「後來劉豫欲降兀朮，關勝執義不從，竟爲所害」，替余氏之說提供些憑證。

孫述宇當時未見過容與堂本，故加注（頁240）說明消息來自鄭振鐸等人編校的《水滸全傳》中第一百二十回的注十。一檢鄭編本，該注果有關勝落馬句：「容與堂本作：『後來劉豫欲降兀朮，關勝執義不從，竟爲所害。』」

後三年出版的孫書補充版，頁242和頁245所列的注，所說全同。

自《水滸》問世以來，重要的版本自然不少。但會校多種主要版本，並附校記者，僅鄭振鐸諸人在五十年代初期整理出來的《水滸全傳》[3]。這是學者和一般讀者同樣放心使用的書。此書翻印本和盜印本不少，起碼晚至八十年代中期仍無供應的困難，遂使此書流播廣遠。

此書享譽的理由很簡單。主持編校事宜的鄭振鐸和他的主要助手王利器、吳曉鈴（他僅參加前半的編校工作）均爲精版本，善考稽，極一時之選的俗文學專家。他們合起來，擁有的知識，代表的智慧，家藏的資料，悉難超越。此其一。

他們採用的《水滸》版本包括北京圖書館和鄭振鐸藏書的極品。且不說五十年代初期僅少數專家有利用這些珍籍的機會，即使時至今日，罕本小說（不一定是優質品）的複製發售雖早屢以漁翁撒

2　余嘉錫的《宋江三十六人考實》單行本雖刊於1955年，且資料有所增，基本見解則與原先1939年在《輔仁學誌》發表者無殊。

3　陳曦鍾（陳熙中）、侯忠義、魯玉川輯校，《水滸傳會評本》（北京：北京大學出版社，1981年），提供的是不同本子的評語。前七十回的正文依金聖歎本直錄，其後的正文則按評語分繫某本正文。校勘正文並非此書要做的工作。恐有讀者誤指此書爲校勘之本，故略爲說明。

網的方式進行，昔年用來編校《水滸全傳》的本子仍有多種尚未公開複製流通。使用《水滸全傳》者既難做重新校勘的工作，又震於主事諸位的威名，遂安心信賴，繼續使用。此其二。

其實祇要看看《水滸全傳》各回所附校記的簡陋程度，便不難明白，這是一本品質很成問題的書，而絕非大家意想中的權威之作。此書甫出版，其編校方法即為人所詬病，出版社及編輯之一的王利器更立刻作出回應，坦然承認編校工作做得粗疏[4]。可惜，這種僅在報紙副刊出現一天的一評一應並未帶來廣泛讀者對該書的正確認識，也沒有影響此書廣散寰宇的聲勢。說到這裏，不妨附述一私事。另一編輯吳曉鈴1982年春間初次訪美，以夏威夷為首站，在寒舍居停旬日，給我這個後學很多請益問難的機會。談及《水滸全傳》的編校情形時，他直斥當時的工作法則全不按成規。我和王利器在八十年代也有來往，可惜沒有和他談過此事。

說句實在的話，以孫述宇的熱衷《水滸》研究，且為學院中人，晚至1983年6月（補充版序文的日期）仍未見過容與堂本是教人驚異之事，因為早在他動筆寫收入其書初版的各文前好幾年，容與堂已有兩種景本公開發售——中華書局上海編輯部所刊的線裝本（1966年，由於文革等因，實際發售於1973年）和上海人民出版社印行的平裝四冊本（1975年）；後者的印行量還高達三萬套。

假如他看過容與堂本，自然不必靠鄭編本的注，真相早就大白，怎會弄到一書兩版，中隔幾年，始終仍是盲人騎瞎馬！

孫述宇現在總會看過容與堂本，或者已自備了，因為除了上述

---

4 周定一，〈《水滸全傳》校勘質疑〉，《光明日報》，1955年9月4日（「文學遺產」，70期）。同時用〈對《水滸全傳》校勘工作的檢查〉為題，分別刊登人民文學出版社編輯部（日期作1955年8月17日）和王利器（1955年8月4日）的回應。在周定一未提出質疑以前，王利器曾在《文學書刊介紹》1954年3期發表〈關於《水滸全傳》的版本及校訂〉一文，盛揚據以校勘的版本的權威性，而未及校勘工作的素質，顯然尚未覺得工作做得差勁；該文後收入作家出版社編，《水滸研究論文集》（北京：作家出版社，1957年），頁398-402。

那些較早期的複製品外，上海古籍出版社還在1988年刊售標點排印本（此版除在上海發行外，同年另通過香港中華書局發行完全一樣的香港版），和把中華書局以前的景本編入廣事流通，收書數以百計的《古本小說集成》（此分期出版之叢書不列明出版所收各書時之日期。容與堂本約於1989年收入此大型叢書內）。到八十年代末，容與堂本連一般讀者也唾手可得了。但因迄仍未見他有談論關勝的修訂文字，且因此事正是說明治小說應先弄清楚版本情形的佳例，講述起來該把資料儘量列齊。以下的討論就是從這角度出發。

二、容與堂本和絕大多數本子所述關勝之死的情節

考察此事，容與堂本自然是最適合的出發點。該本第一百回講關勝之死僅寥寥數語：

> 關勝在北京大名府總管兵馬，甚得軍心，眾皆欽伏。一日，操練軍馬回來，因大醉失腳落馬，得病身亡（見本集插圖廿四）。

鄭編本的注說得言之鑿鑿，而孫述宇又信以為真的話一點蹤影也沒有！

在現存繁本《水滸》（除金聖歎本外，現存繁本都是百回本）當中，容與堂本是最早最全的（被鄭振鐸諸人捧得半天高的所謂天都外臣序本，就算其內容所反映的演易階段確比容與堂本所代表者為早，此本仍是處處是康熙年間配上去的補葉，完整程度甚不理想的本子）。有足夠特徵可稱為個別本子的繁本並不算多。鄭振鐸視為郭武定本，而並沒有保留征方臘部分的所謂嘉靖殘本，自然也幫不了忙。金聖歎推出來的七十回本因腰斬了大聚義後的情節，亦與要討論的問題無關。在剩下來的為數有限的繁本中，李玄伯印本（冊

5，頁242）[5]，以及芥子園本（第一百回，葉2下），講關勝之卒，和容與堂本無任何分別。

鄭振鐸等編校《水滸全傳》，聲稱以石渠閣補刊本（彼等稱之為天都外臣序本，不妥[6]）為底本。要談此本如何處理關勝之死，不能直錄鄭編本這段文字。因為此本的編校工作實在做得差勁，通過鄭編本的注去還原鄭等曾採用的任何本子是絕對辦不到的事。就算直接查對石渠閣補刊本（孤本在北京圖書館，迄今尚未有公開發售的影印本）也無濟於事。該本第一百回所講關勝的終結（卷100，葉2下〔見本集插圖二十〕），文字和內容與上述容與堂、李玄伯、芥子園諸本毫無分別，連「欽伏」二字也一模一樣。

改寫簡本獨有的故事入繁本而成的本子也是這樣子的，見郁郁堂本第一百二十回（葉2下）和袁無涯本第一百二十回（葉2下））。

經此一連串的刪除，鄭振鐸等選用來編校《水滸全傳》的本子便所餘無幾了。

雖然鄭振鐸等並沒有採用簡本去做編校工作，現在既已把他們用過的百回和一百二十回繁本查檢得差不多，而尚未找出劉豫殺關勝之說的來歷，簡本就不能不管了。

查檢後，原來簡本述關勝之死，文字或／及內容不同者竟有三款之多。

代表其中一款的評林本說：

> 關勝在北京大名府總管兵馬。一日，操練回來，因大醉墜馬，得病身亡（卷25，葉21上）。[7]

5　李玄伯原藏本（鄭振鐸等稱之為大滌餘人序本）現僅知存首四十四回，要看其他部分就祇有用李玄伯排印出來的百回本。

6　天都外臣序本名命之不妥及此本的各種繁難問題，見收入本集的新文〈問題重重的所謂天都外臣序本《水滸傳》〉。

7　評林本此回不記回數，實際回數是第一百零三回。

與此全同（異字、錯字不算），且在手邊，容易查檢的簡本有[8]：劉
興我本第一百十五回（卷25，葉16下）、黎光堂本第一百十五回（卷
25，葉16上））、插增乙本第一百二十回（卷25，葉18下）[9]、二刻《英
雄譜》第一百十回（卷20，葉25上〔上層〕）、《漢宋奇書》第一百十
五回（卷59，葉18下；卷數葉數均爲下層《三國演義》者）、南圖出
像本第一百十五回（卷8，葉27下）[10]、北圖出像本第一百十五回（卷
10，葉44上）[11]、李漁序本第一百十五回（卷25，葉13上）（以上各本
信手記錄，不按先後排次）。

甚至連自此簡本系統割裂成書的《征四寇傳》，於第一百十五
回講到關勝之死時（卷10，葉24上），文字（誤字不算）和內容也與此
全同。

另一款頗罕見，可引（姑蘇）映雪堂本第一百二十四回爲例：

　　關勝任（在？）大名府總管兵馬。一日，因大醉隊（墜）馬，
　　得病身亡（卷14，葉21上下）。[12]

文字雖較上款爲簡，意義則無不同。藉此不妨說句題外話。繁本《水
滸》之間，文字統一，分歧有限。簡本當中，則尚可分出較繁的簡
本和更簡的簡本。要研究《水滸》的成長過程，捨版本探討，別無

8　簡本的回數往往極凌亂，重號跳號，不一而足，而且目錄所列的回數也
　　可能和見於正文者不同。除評林本已經做過整本點算回數的工作外，其
　　他各本暫時僅能直錄本子正文上所寫的回數。

9　此本殘本散存兩處。這部分現藏梵帝崗教廷圖書館。

10　拙作《水滸論衡》出版後，始得見此現藏南京圖書館之本。此本之情形，
　　見收入本集之〈梁山聚寶記〉後篇部分和〈南京圖書館藏《新刻出像京
　　本忠義水滸傳》考釋〉一文。

11　此本爲北京圖書館之物，故依館定其簡名。其全名與南圖同，亦作《新
　　刻出像京本忠義水滸傳》。迄尚未有人曾此本作研究，其約略情形見收
　　入本集之〈梁山聚寶記〉後篇部分和〈南京圖書館藏《新刻本像京本忠
　　義水滸傳》考釋〉一文。

12　一百二十四回的簡本罕見。此處所引的映雪堂本夏威夷大學有藏。按王
　　清原等，《小說書坊錄》，修訂本，頁126所記，映雪堂是光緒中期的書肆。

他途，道理很明顯。

至於第三款，下文自有交代。

三、待白的真相

說到這裏，該是揭謎底的時候了。劉豫殺關勝的話原來僅見兩個本子，其一爲屬於繁本系列的鍾批本。該本第一百回說：

> 關勝在北京大名府總管兵馬，甚得軍心，眾皆欽伏。後來劉豫欲降兀朮，關勝執義不從，竟為所害（四知館刻本，卷100，葉2上；見本集插圖廿五）。

另一本爲屬於簡本系統，分卷而不分回的（金閶）映雪草堂本：此本講關勝之死（卷30，葉8下；見本集插圖廿六），與上引繁本系統的鍾批本毫無分別[13]。這就是前節尚未交代的簡本第三款述事。

劉豫云云之說，按現存的本子而言，僅見鍾批本和映雪草堂本。鄭編本那條注釋斬釘截鐵地說根據文字和內容均不同的容與堂本，自然是張冠李戴，以致害得數十年後仍有不知就裏的學者跌進陷阱。

首先得弄清楚，鄭編本這條注釋究竟源出鍾批本還是映雪草堂本。不分回的三十卷本簡本《水滸》今僅知存兩本，一全一缺。三十卷全齊的映雪草堂本爲東京大學之物[14]，鄭振鐸及其諸助手均無

---

13 這裏帶出一個很特別的情形。系統迥異的繁本和簡本竟出現文字與內容全同的段落。況且有研究者以為不分回的三十卷本是比一般「簡本更為簡陋」之本；見馬蹄疾，〈（五湖老人序文杏堂批評）《忠義水滸傳》〉，收入劉葉秋、朱一玄等主編，《中國古典小說大辭典》（石家莊：河北人民出版社，1998年），頁626。顯而易見，詳細互校鍾批本和映雪草堂本（處理書首部分時，殘缺的文杏堂本仍應有輔助作用）是一個值得探討的課題。

14 孫楷第，《日本東京所見中國小說書目》，頁109；孫楷第，《中國通俗小

緣得讀。另一本是現藏法國國立圖書館的文杏堂本[15]。鄭振鐸雖曾見此本[16]，但沒有理由相信他曾影攝下來（事實上，他在巴黎讀的罕本小說戲曲雖多，卻連有限度地選拍若干書影這起碼的存紀錄功夫也沒有做）。況且巴黎所藏的文杏堂本爲相當殘缺之物，僅得卷一至卷五和卷六若干葉，即使研究者肯花功夫做校勘，對研究關勝之死這書末情節也毫無關係。因此，那條移花接木的注祇可能源出於鍾批本。

其次該問，爲何鄭編本錯得如此離譜？這是嚴厲的指斥，因爲所犯的不是一般手民之失。鄭振鐸諸人根本沒有直接用過鍾批本。他們祇是利用劉修業寫在李玄伯印本上的校記[17]。表面看來，這不理想的工作程序是受制於客觀條件。但仍得問，爲何三十年代中晚期旅法的劉修業做了校勘，而早在1927年夏訪法的鄭振鐸卻沒有做這基本功夫[18]？爲何鄭劉二人均不就所讀的珍本小說戲曲進行全書或部分影攝的工作（劉弄了些書影，鄭連這點小照料也不管，祇做些並不詳盡的筆記便算了事），而於三四十年代交替時客日的王古魯卻有能耐全影和選影小說戲曲逾百種之多[19]？這些大小事情反映

（續）————

　　說書目》，重訂本，頁215；《東京大學文學部中國哲學中國文學室藏書目錄》（東京：東京大學文學部，1964年），頁69；《東京大學總合圖書館漢籍目錄》（東京：東京堂，1995年），頁593。

15　Maurice Courant, *Bibliothèque nationale, Departement des manuscrits：Catalogue des livres chinois, coreens, japonais, etc.*, Ⅲ（Paris：Ernest Leroux, 1902), p.396.

16　鄭振鐸，〈巴黎國家圖書館中之中國小說戲曲〉，《小說月報》，18卷11期（1927年11月），頁7，後收入鄭振鐸，《中國文學研究》（北京：作家出版社，1957年），下冊，頁1283。

17　有關背景，見劉修業，《古典小說戲曲叢考》（北京：作家出版社，1958年）的書首說明，和鄭校《水滸全傳》第一回的第一條注。

18　鄭振鐸的訪法活動見其《歐行日記》（上海：良友圖書公司，1934年），頁93-164。

19　王古魯訪稗東瀛，大量影攝珍籍的情形，他留下不少紀錄：〈攝取日本所藏中國舊刻小說書影經過誌略〉，《中日文化》，1卷5期（1941年9月），頁157-163；〈日本所藏中國舊刻小說戲曲〉，《華北作家月報》，8期（1943年8月），頁40-43；〈日光訪書記〉，《風雨談》，9期（1944年2月），頁88-98；

出的，就是鄭振鐸一副馬虎從事的樣子（劉修業則盡責得多，做了校記等工作）。

不直接參據原物，而僅利用劉修業的校記，並不等於說非弄到一塌糊塗不可。如果因為劉修業的筆記做得不夠詳確，轉引時出現錯字，甚至漏句，是常理之事，不該深責。因用劉的筆記而導致錯誤的嚴重程度也就不應超過這層次。

編校古籍，最忌亂記版本，致令用者無所適從，建設反成佈陷阱。鄭振鐸等引用劉修業記在李玄伯印本上的鍾批本句語時，苟有錯植，把帳誤歸於李玄伯本，尚可理解。怎會胡說八道地指該段見於容與堂本？容與堂本不正是負責鄭編本諸人手邊的基本用書嗎（他們用日本內閣文庫藏本的影件）？擺在眼前的是一個更重要，目前雖無法解答，卻不能不提出來的問題。鄭校本各回的校記還有沒有這種亂點鴛鴦譜的錯誤？大家應留意此問題的理由很簡單——確有專治版本的學者，如艾熙亭、白本直也，單憑鄭校本的校記便去做版本還原的工作[20]。這是因為震於鄭振鐸諸人的大名，甚至視懷疑彼等的工作態度和成績為後學絕不應有的想法，遂致不僅以盲從附和為滿足，更弄出放心使用可疑數據去做研究的可怕現象來。

盲從鄭編本的這二例所涉及的都是以版本研究鳴世的學者，而不治版本者喜引用鄭編本便算功德完滿之例更是不勝枚舉。以訛傳訛，連環散播的危險絕對存在。如果認為短期內不易有取材更廣，校勘做得更準確的會校本出現，徹底勘查鄭編本的準確性（或應說錯誤程度）即使祇是退而求其次的措施，也有儘快進行的必要了。

（續）————————
　　〈稗海一勺錄〉，《中央日報》（南京），1948年6月28日（「文史」，93期）；
　　《初刻拍案驚奇》（上海：古典文學出版社，1957年），下冊附錄〈稗海
　　一勺錄〉，頁739-756。
20 如Richard Irwin , "Water Margin Revisited," p.395, note 3；白木直也，《郭
　　武定本私考》，頁104-106。

四、處理關勝之死這情節的法子

論者或問，劉豫殺關勝之說不管出自容與堂本還是鍾批本，不正同樣可以為串聯歷史與小說兩關勝提供佐證嗎？解答起來並不複雜。

倘作為現存最早最全繁本的容與堂本果有劉豫殺關勝的故事，確值得特別注意。鍾批本是演衍自容與堂本的本子[21]，重要性截然不同。

不管謂關勝醉後墜馬而死，還是說他被劉豫殺害，這段文字所涉及的本子都很易分組，而且每組各有特徵。簡本與簡本之間，除了簡的程度可以不同外，還偶有個別的錯字和異字。各款百回和一百二十回繁本則十分統一，完全相同，連「欽伏」一詞也各本始終無異，分明是直接抄錄的結果。後出之鍾批本獨添劉豫云云之語，顯屬蛇足之舉。

歷史人物關勝的基本紀錄見於《宋史》和《金史》，均非罕籍，不必晚至二十世紀始為人所知。若謂《水滸》既定型，且廣事流傳後，才有好事之徒據史書加添一筆，這看法和現在見得到的資料是配合的。

陳忱（1614-1666以後）所著的《水滸後傳》便是很好的說明。陳忱晚年作此書時，《水滸》之演易過程雖早結束，但我們不能說他一定看過鍾批本，且留意到此本處理關勝的死之異於其他本子。

---

21 見劉世德，〈鍾批本《水滸傳》的刊行年代和版本問題〉一文。四知館據以刊行的積慶堂本當然是較早之物，但這並不改變鍾批本演衍自容與堂本的事實，見齋藤護一，〈百回《水滸傳》考〉，《漢學會雜誌》，6卷1期（1938年3月），頁22-40；Richard Irwin, "Water Margin Revisited," pp. 383-415；白木直也，《江戶時期佚名氏水滸刊本品類隨見抄之の研究》（廣島：自印本，1972年），頁22-100；大內田三郎，〈《水滸傳》版本考——《鍾伯敬先生批評水滸傳》について〉，《人文研究》，46卷9期（1994年12），頁1-25。

　　陳書自宋江、吳用歿後寫起，卻讓好幾個已死的重要梁山人物活下去。關勝就是其中一人(其他為戴宗、柴進、杜興、呼延灼)。因此關勝在《水滸》本書中如何死去與陳書無關。值得注意的是，陳忱安排關勝首次出場時(第二十五回)所用的情節正是其力勸上司劉豫勿背宋降金而幾乎被劉豫斬首示眾。到陳書終結時，關勝仍健在，且隨混江龍李俊創業暹羅。陳書所講關勝和劉豫的關係顯出自史書。

　　就算我們認為陳忱處理關勝之法異常成功，也不能據此便斷言鍾批本所講關勝之死的情形確比其他較早的本子所說的更能代表編寫《水滸》這部分者的原意。

五、結語

　　歷史歸歷史，小說歸小說，道理本來很簡單。我們還是讓關勝死於醉後墜馬吧。至於論析傳統小說而不顧及版本因素，祇引些專家報告來充場面之不可行，關勝之死一例應是很好的說明。

從朱武的武功問題和芒碭山事件在書中的位置看《水滸傳》的成書過程

一、考察的目標

　　《水滸》版本的繁雜使人產生可僅以繁本簡本孰先孰後的探究去明瞭這本書是怎樣來的錯覺。近年爭相出現的施耐庵文物和傳說更令人誤以為《水滸》的成書過程能從書外之物求得完滿答案。如果《水滸》是一人一時(甚至二人二時)之作，情節的前後不連貫，述事顛次，內容矛盾，這類毛病起碼是不會太多的。反過來說，假如《水滸》出於長期演易，參與者隨意增刪湊改，最後的編書人本領再高明，各種湊合的痕跡也還是無可能掩蓋乾淨的。本文考察兩件前後相隔數十回，看似不大相連的故事，去做一次這樣的實驗。加上我以前所做的類似工作[1]，對研究《水滸》成書過程時在討論上的紛亂希望能夠產生點澄清作用。

1　見馬幼垣，〈從招安部分看《水滸傳》的成書過程〉，頁633-658；修訂本收入馬幼垣，《水滸論衡》，頁141-176。

二、朱武在今本《水滸》首次出現時所帶出的問題

神機軍師朱武雖然祇是《水滸》的次要角色，但他畢竟是書中介紹的第二個梁山人物（第一個是史進），在少華山故事裏輕而易舉地把初出茅廬的史進擺弄一番。憑藉故事位置的特殊和先入為主的便宜，他和他那兩個以後出場機會都很有限的拍檔陳達、楊春同樣是讀者並不陌生的。

但是朱武、陳達、楊春這次的介紹遠非完整。《水滸》有一慣常的人物介紹方式，在彼等首次出場時往往通過出身、體貌、服飾等的描述去讓讀者認識他們。若干較重要的角色，以後再出現時，還會按時地之需復加介紹。這種處理手法並不限於梁山人物，也不限於正面人物；蔣門神、牛二、九天玄女娘娘、武大郎等都是這樣初次和讀者見面的。

按此準則，介紹佔領少華山不久的朱武三人時，那段形容確有問題。這段在容與堂本作：

> 為頭那個大王喚做神機軍師朱武，第二個喚做跳澗虎陳達，第三個喚做白花蛇楊春。……且說少華山寨中，三個頭領坐定商議。為頭的神機軍師朱武雖無本事，廣有謀略。

三人合併處理，寥寥數語，差不多甚麼也沒有交代，實在不算是介紹。

隨後陳達和史進交手，因為史進有一段如何武裝打扮的描寫，陳達也愛屋及烏地得到同樣的待遇。朱武和楊春沒有這運氣，介紹就止於上述那幾句籠統得很的話[2]。

2　這樣的討論要用對版本才行。現存繁本有可能早過容與堂本的僅石渠閣補刊本（即所謂天都外臣序本）一種。這幾句在石渠閣補刊本絲毫無別，

　　對朱武來說，麻煩尚不止此。特別奉送給他的那句話：「雖無本事，廣有謀略」，一褒一貶，確實耐人尋味。《水滸》介紹梁山人物，很少一開始就直揭其短的[3]。這裏一語道破，怎樣說也是不尋常。

　　朱武玩弄史進於掌上，操縱自如，謀略之佳不在話下。說他「雖無本事」，難免有蛇足之感。難度謀略不算是本事嗎？原來「本事」一詞在《水滸》中經常非廣義地泛指本領，而是狹義地專指武功。書中明顯的例子不少，如：

> 這位(林冲)又是有本事的人(第十一回)
>
> 俺(張青)這渾家，姓孫，全學得他父親本事，人都喚他做母夜叉孫二娘(第二十七回)
>
> 那廝(蔣門神)不說長大，原來有一身好本事，使得好鎗棒，拽拳飛腳，相撲為最(第二十九回)
>
> 我(武松)只道他(蔣門神)三頭六臂，有那吒的本事，我便怕他(第二十九回)
>
> 小人(薛永，正賣武糊口)……雖無驚人的本事，全靠恩官作成(第三十六回)
>
> 我(盧俊義)思量生平學的一身本事，不曾逢着買主(第六十一回)
>
> 原來呂方本事迭不得曾塗(第六十八回)

(續)————————————————————

　　加上兩本的先後仍未考定，而現僅存一套的石渠閣補刊本又滿滿是尚待審查的補葉，討論還是依據容與堂本為宜。至於簡本，因文字疏落，在未能絕對證明繁本脫胎於簡本以前，情節分析的考察仍當以繁本為據。(以上是此文初草於九十年代伊始時的看法，現已證明石渠閣補刊本價值遠遜於容與堂本，故討論以容與堂本為據是絕對正確的決定；見收入本集的新文〈問題重重的所謂天都外臣序本《水滸傳》〉和〈從掛名天都外臣序本《水滸傳》的插圖看該本的素質〉)。

3　如周通與王英的好色，和李忠的吝嗇。

沒有一處是指武功以外的本領的，所以書中形容蕭讓書法之妙、金大堅刻章之嫻、蔣敬會計之優、安道金醫術之聖、戴宗神行之巧、時遷偷竊之絕、吳用思巧之敏、都不稱爲「本事」。

我們知道了「本事」的涵義，便該明白編書人如何刻意去點出朱武之精於計謀而拙於武藝（即使懂得）。這樣卻給《水滸》帶來不必要的矛盾。

《水滸》前七十回總結於大聚義排座次，情節前後連貫與否是作品成敗關鍵之所繫，疏忽不得。強調朱武武藝低劣絕對是不智之舉（上引那句話甚至可以解釋爲他根本全無武功）。梁山人物的最終品評爲天地星的歸組，以及從而嚴定高低以排名次。排列起來，天地星兩組還謀求平行相對。但在人數一對二的比例下，少多了的天星組卻囊括所有籌策事宜的首腦人物（宋江、盧俊義、吳用、公孫勝、柴進、李應）。地星人物雖然沒有份兒擔當此等要職，相對排比的形式還是得照料的 [4]。高踞地星第一名的朱武是組內僅有的首腦人物。說得誇張些，他最好能夠以一抵六。要他總攬上述六天星的特點於一身自然不可能。但作爲地星組的唯一軍師，他最低限度不能在性質上和吳用差得太遠，否則安排他爲首席地星便多此一舉，連滿足形式的作用也難辦得到。

雖然吳用和朱武兩軍師分別在天地星組居上位，實際名次卻差了三十四名，加上朱武有限的出場次數又是遙遙相隔，自然看似兩人之間高低迥異，等級不同。就事論事，倒有可能該反過來說才對。

或者朱武佔了出場夠早的便宜，讀者清楚記得他拉史進下水時的上乘表現（力求自保，不管別人死活的立場，梁山人物多視爲金科玉律。若討厭這種唯我主義的行徑，《水滸》就難讀下去），印象已足，芒碭山一類場面之乏善可陳就無所謂了。相形之下，吳用

4　我另有一文〈梁山頭領排座位名位問題發微〉正在撰寫（此文已寫就，並收入本集）。簡言之，天地星組各按首腦人物、主力人物（先排馬軍將領，後列步將）、輔助人物排列，層次分明，平行性很強。

卻有不少難符讀者期望的紀錄。由他安排蕭讓、金大堅去偽造文件
不過是管一面忘一面，幾乎教宋江和戴宗送命的粗疏計謀。大家稱
頌已久的智取生辰綱，平情分析，何嘗不可以看出計策的庸拙[5]。
吳用智多星的美名是有問題的。這當然不是說吳用沒有漂亮的演
出，他的紀錄正負相混總是無法否認的事實。比較起來，朱武有正
無負的紀錄就特別顯得單純可貴。

　　然而，吳用的形象不全仗計謀，部分應與他善武有關。細讀《水
滸》者會留意到吳用武功不差。劉唐追上雷橫，要索回晁蓋給雷的
銀兩，兩人便在吳用的學塾前鬥上五十多個回合。打得難分難解之
際，吳用手執兩條銅鋼衝過來，把他們扯開（第十四回）。這件事殊
不簡單。兩高手正在酣鬥，沒有相當把握者誰敢貿然持兵器直接介
入？遇到這種突發之事，兵器祇能信手檢來。吳用的地方是學塾，
不是備齊兵器的武館，他的雙鋼自然是平素慣用，隨身攜帶之物。
正因為銅鋼並不習見，這件事就格外顯得非比尋常。一般練武者用
的是普通刀劍鎗棒，非達到相當水準以後是不會選用稀見兵器的。
試看梁山一百零八人所用的兵器，種類不算少，與鋼相近的唯有呼
延灼的雙銅鞭（硬鞭），便可知究竟[6]。兩人出身、職業，和形象的截
然不同正好說明要習武未成者選銅鋼為隨身兵器是不可能之事[7]。

5　見馬幼垣，〈生辰綱事件與《水滸》佈局的疏忽〉，《中國時報》，1988
　　年1月11日（「人間」）；修訂本收入馬幼垣，《水滸論衡》，頁323-327。

6　鋼和硬鞭形制與用法基本相似，同為無利刃，靠捶擊抽打來殺傷敵人的
　　近戰短兵器。鋼身無節，成稜形，末端無尖。硬鞭成節狀，末端有鈍尖。
　　參閱呂光明，《武術小辭典》（武漢：湖北教育出版社，1986年），頁219；
　　方金輝等，《中華武術辭典》（合肥：安徽人民出版社，1989年），頁130；
　　林伯原，〈淺談十八般武藝〉，見所著《中國古代武術論文集》（臺北：
　　華勝出版社，1989年），頁183-185；成東等，《中國古代兵器圖集》（北
　　京：解放軍出版社，1990年），頁206-207；中國武術大辭典編輯委員會，
　　《中國武術大辭典》（北京：人民體育出版社，1990年），頁114-115。

7　第十四回隨後說，吳用明白了劉唐的來歷和此行的目標後，對晁蓋和劉
　　唐笑道：「如今只有保正和劉兄小生三人，這件事如何圍弄？便是保正
　　與兄十分了得，也擔負不下這段事。」好像聲明動武不要把他算在內。
　　這句話和他之以銅鋼為兵器可以沒有衝突。練武可以是相當私人性之

　　點明吳用所用的兵器，這並非孤例。宋江到晁家莊報訊，說黃泥岡事遭偵破時，阮氏兄弟已分贓回去，留下來者祇好急忙應變。負起押運財物去石碣村這重任的是吳用和劉唐。出發時，「吳用袖了銅鍊，劉唐提了朴刀」（第十八回）。銅鍊二字沒有版本問題，袖了這動詞更指出這是可以袖藏起來的軟質兵器。除了慣使雙刀的一丈青扈三娘用過一次的紅綿套索外（五十五回），《水滸》沒有講過其他梁山人物用軟質兵器。況且套索祇是暗器，難與正規兵器相提並論。由此可見吳用對兵器的選擇別具品味，不然怎會前後兩例都是很少人使用的銅製品。吳用對自己的武功應是信心十足的[8]。

　　儘管宋江設法造勢，裝成懂武的樣子，還敢收門徒，究竟瞞不過在行的兄弟。在頻繁的征戰中，兄弟們經常留意宋江的安全，不讓他冒不必要的危險。其實誰不知道征討中出點子、應急變的往往是吳用，而不是宋江。吳用苟有意外，影響征戰隊伍的安危絕對比宋江遇事為嚴重。兄弟們從不為吳用安排特別保護可證明他們明白吳用有足夠的自衛能力。

　　兜了個大圈子，無非要說明吳用文武雙全。朱武作為地星組的唯一首腦人物，怎樣也得具備吳用能文能武的特長。文不成問題，

（續）────────────

　　事。習以書生姿態（有時道裝）出現的吳用或者不願隨便露一手。這樣說仍解決不了問題。管閒事都肯雙鋼齊出，為何到為自己設想，要搶劫發財，反啬嗇起來，聲明不動武？解釋祇有兩個。在《水滸》演易過程中，故事情節固然可以變，人物形象同樣可以改動。因此，吳用在此演化階段中懂武，在彼階段中不懂武，絕對可能。負責今本《水滸》者不明究竟，東挪西借，把不同演變次序的故事強拉在一起，致令懂武與不懂武的吳用在一回內同時出現。這樣解釋，要是有矛盾存在，便得承認使鋼是明寫，不懂武是暗示，而且以後在第十八回之末還有他用銅鍊的記述（見正文隨後的討論），不是獨例。權衡之下，本文就依其能武立論。

8　吳用對武器的選擇在通俗文學領域裏還有一層特別的意義。這點要從秦叔寶（秦瓊，?-638）和尉遲敬德（尉遲恭，585-658）極為豐富的通俗文學傳統去看才易說明。這兩個李唐開國名將所用的短兵器史無明文，但在通俗文學裏秦叔寶用鋼，尉遲敬德用硬鞭，卻由來久遠。其間的演變，固非三言兩語所能釋述，但仍可以看出，用鋼用鞭者頗易在普羅大眾心目中構成異常的形象。

正如上述，武一開始就給否決了，以致《水滸》蒙受種種不協調之害。

假如朱武僅在書首的故事有份量可言，以後的出場是掛個名字，跑龍套，情形會較易處理。不明白天地星之對比安排的讀者接受了朱武「雖無本事」的說法，就不會追究。可是，朱武不單再出現，出現的背景還真夠複雜。

三、朱武再出現所產生的問題和芒碭山事件在書中的合理位置

呼延灼攻梁山不果，反當了山寨的馬軍主將，還促成了幾個小山寨投歸水泊，連延好幾回書，是《水滸》的大節目（第五十四至五十九回）。其中少華山（史進早已加入）投效最遲，而且還是因剛入夥梁山的魯智深的推介才成事的。魯智深向宋江介紹他們時，史進說得夠詳細，朱武三人則輕輕帶過，道出綽號和姓名就算了事。宋江的回覆亦僅提史進，不管其他三人。對朱武三人，讀者還是沒有多增點認識。梁山頭目多的是首次露面後便僅存姓名，而鮮有事可述者。這種人物天地星都有（如石勇、穆弘）。朱武三人的被冷落不足為奇。

直到魯智深和武松奉宋江命去招募少華山諸人，始知史進被困華州，當家的依舊是朱武。這樣朱武便有機會和魯智深、宋江等平起平坐好一陣子。在這些情節裏，朱武表現平穩，但說不上特別。讀者對他的認識還是靠書首的一幕，印象倒是比對陳達、楊春二人深刻了些。

發展至此，朱武三人總算是讀者所熟悉的了，原來的介紹再不充分，作者（假如《水滸》是個人創作）也不用亡羊補牢，自暴其短，而應修訂原先之失。孰料《水滸》搬出來的卻是棄前管後的一套。

少華山諸人投靠梁山後，馬上發生由樊瑞、項充，和李袞佔領

的芒碭向梁山挑釁之事。史進等覺得這是立功以酬謝梁山愛護的機會，遂請纓出征，帶領原來的嘍囉殺往遠在徐州的芒碭山（第五十九回）。

無論怎樣去看，整個芒碭山事件都安排得幼稚無稽。然而對探討《水滸》的演易，它卻有莫大的功能。

史進等趕到芒碭山，雙方立刻對陣。史進四人與芒碭人三頭目各有一段白文與插詞兼備，格式統一的描寫。七段連起來既頗耗篇幅，讀來復難免令人感到機械化之極。

新人在雙方對陣交鋒時首次出現，自得介紹一番（特別是用插詞）。《水滸》述事至此，這種手法已司空見慣。讀者已認識的在同一場合出現時，雖然間或以形式需求等因，也配上類似的描寫，如本身故事早已講完的林沖在祝家莊戰役擒獲扈三娘前就有一段形容他的插詞。但這類形容基本上是補充性的，局限於個別場面，並不作整體的介紹；說這樣增述舊人為介紹新人的陪襯安排亦無不可。

即使沒有新人出現，宋江、李逵、李俊等也可以有不止一次的個別描寫。那是通過積聚性的處理去讓讀者對已認識的重要人物理解更多些，並不是重新再作基本介紹。

祇要安排得宜，作為梁山人物開宗明義第一個出場的史進，以及在地星中地位特殊的朱武，自然配用積聚式的描寫。缺乏個人特徵，事功又始終不彰的陳達、楊春就難這樣說了。如果為了陪襯三個新人的介紹，格外再描寫史進和朱武，五人緊湊排次，整個段落已不無累贅之嫌。再因史進和朱武而推及陳達、楊春的話，又把七人的描寫在毫無形式變化之下一口氣開列出來（樊瑞的部分雖在下回之首，敘述上仍是連貫不斷的），其生硬呆滯是不容辯護的。

內容的癥結比形式的毛病還要嚴重。史進四人在芒碭山事件中的個人描寫毫無疑問是按首次出場時，作基本介紹的原則來處理的。籍貫、出身、性格、才能、綽號等個人細節資料悉數逐一交代

清楚。若故事發展至此而讀者仍對史進四人缺乏基本認識，需要特意重新說明一番，則批貶《水滸》者自可振振有詞。

矛盾無論如何太明顯了，很早就被發現。袁無涯本（一百二十回繁本）和芥子園本（百回繁本）在明末已企圖修訂[9]。因為朱武、陳達、楊春三人在少華山故事裏無個別介紹可言，修訂者遂把他們在芒碭山事件中的白文和插詞描寫稍作改動，便一股腦兒地往前搬去書首。

豈料移置做得馬虎極了，反把事情弄得更糟。朱武三人既然在書首補上介紹，以後即使再需描寫，所講者應是增添性的話，而不是重複之語。誰知這些本子說到芒碭山事件時，三人的介紹卻基本仍舊，變成兩段前後相隔五十多回的描述雖有字句之分（主要在插詞部分），卻無本質之別。幸而那些不同之處正可資考稽。考論起來，袁無涯本和芥子園本前後兩回的有關段落沒有實質之異，可引袁無涯本者作為代表。先把容與堂本第五十九回形容朱武三人的文字和袁無涯本第二回及第五十九回的有關部分，按異同的距離表列如下，其間的演變是可以看得出來的。

袁無涯本第二回	容與堂本第五十九回	袁無涯本第五十九回
為頭那個大王喚做神機軍師朱武，第二個喚做跳澗虎陳達，第三個喚做白花蛇楊春。……且說少華山寨中，三個頭領坐定商議。為頭的神機軍師朱武，那人原是定遠人氏，能使兩口雙刀，雖無十分本事，卻精通陣法，廣有謀略。有八句詩，單道朱武好處：	當時史進首先出馬，手中橫着三尖兩刃刀。背後三個頭領，中間的便是神機軍師朱武。那人原是定遠縣人氏，平生足智多謀，亦能使兩口雙刀。出到陣前，亦有八句詞，單道朱武好處：	當時史進首先出馬，手中橫着三尖兩刃刀。背後三個頭領，中間的便是神機軍師朱武。那人原是定遠縣人氏，生平足智多謀，亦能使兩口雙刀。出到陣前，亦有八句詩，單道朱武好處：

9　袁無涯本和芥子園孰先孰後，以及它們之間的因承關係，雖尚待解決。這些問題幸而並不影響這裏的討論。兩本暫作此排次，純為行文方便罷了。

道服裁棕葉，雲冠剪鹿皮。 臉紅雙眼俊，面白細髯垂。 陣法方諸葛，陰謀勝范蠡。 華山誰第一，朱武號神機。	道服裁棕葉，雲冠剪鹿皮。 臉紅雙眼俊，面白細髯垂。 智可張良比，才將范蠡欺。 軍中人盡伏，朱武號神機。	道服裁棕葉，雲冠剪鹿皮。 臉紅雙眼俊，面白細髯垂。 智可張良比，才將范蠡欺。 今堪副吳用，朱武號神機。
第二個好漢姓陳名達，原是鄴城人氏，使一條出白點銅鎗，亦有詩讚道： 　力健聲雄性麤鹵， 　丈八長鎗撒如雨。 　鄴中豪傑霸華陰， 　陳達人稱跳澗虎。	上首馬上坐着一籌好漢，手中橫着一條白點銅鎗，綽號跳澗虎陳達。原是鄴城人氏。當時提鎗躍馬，出到陣前。也有一首詩，單道陳達好處： 　生居鄴郡上華胥， 　慣使長鎗伏眾威。 　跳澗虎稱多膂力， 　卻將陳達比姜維。	上首馬上坐着一籌好漢，手中橫着一條白點銅鎗，綽號跳澗虎陳達。原來是鄴城人氏。當時提鎗躍馬，出到陣前。也有一首詩，單道着陳達好處： 　每見力人能虎跳， 　亦知猛虎跳山谿。 　果然陳達人中虎， 　躍馬騰鎗奪鼓鼙。
第三個好漢姓楊名春，蒲州解良縣人氏，使一口大桿刀。亦有詩讚道： 　腰長臂瘦力堪誇， 　到處刀鋒亂撒花。 　鼎立華山真好漢， 　江湖名播白花蛇。	下首馬上坐着一籌好漢，手中使一口大桿刀，綽號白花蛇楊春。原是解良縣蒲城人氏。當下挺刀立馬，守住陣門。也有一詩，單道楊春的好處： 　蒲州生長最奢遮， 　會使鋼刀賽左車。 　瘦臂長腰真勇漢， 　楊春綽號白花蛇。	下首馬上坐着一籌好漢，手中使一口大桿刀，綽號白花蛇楊春。原是解良縣蒲城人氏。當下挺刀立馬，守住陣門。也有一首詩，單道楊春的好處： 　楊春名姓亦奢遮， 　劫客多年在少華。 　伸臂展腰長有力， 　能吞巨象白花蛇。

　　袁無涯本第二回對朱武三人的介紹出自容與堂本第五十九回，主要的分別在刪去與對陣有關的即景語而已，其中陳達、楊春的插詞尤易見演易之跡。形容陳達的「丈二長鎗撒如雨」、「鄴中豪傑霸華陰」兩句，在該本的第五十九回沒有近似的句子，接近的是容與堂本第五十九回的「生居鄴郡上華胥，慣使長鎗伏眾威」兩句。描寫楊春的「腰長臂瘦力堪誇」、「江湖名播白花蛇」兩句，也以容與堂本第五十九回的「瘦臂長腰真勇漢、楊春綽號白花蛇」

較該本第五十九回相應的「伸臂展腰長有力，能吞巨象白花蛇」爲近。其間的關係不難解釋。袁無涯本（芥子園本爲始作俑者也有可能）在補充第二回所缺朱武三人的介紹時，取材於容與堂本或類似的本子的第五十九回。到了處理自己的第五十九回時，覺得三人的白文部分可以保留，插詞則想賣弄一下，以圖有別，遂造成上述的情形。

替初出場時的朱武三人補上介紹是對的，但讓數十回以後弄出雙包案來卻足表示修訂者對原來的錯誤僅知其然，而不知其所以然。

袁無涯本和芥子園本的依據不外容與堂本一類的本子。這些本子與成書之初的《水滸》距離相當遠。在原本《水滸》裏，讓規模與成員均平凡得很的芒碭山向梁山挑釁，而梁山又視之爲嚴重威脅來處理，祇可能發生在梁山建寨不久，與一般山寨差別尚有限的時候[10]。史進、朱武四人首次在芒碭山之役出現，故都要慢慢介紹清楚。少華山的故事排在其後，沒有重複之需。今本《水滸》（用容與堂本爲代表）不獨倒置芒碭、少華兩事，還讓它們相距遠達五十餘回。這樣的移動自然影響到情節，使今本中這兩事件僅可能保存原來故事的輪廓而已。告訴我們曾經發生過這鉅大變化的正是今本中各人介紹之此有彼無得絕不合邏輯。編書者把少華山事件改寫爲書首的大節目，卻忘記將朱武三人的介紹搬過去。待把芒碭山故事拖後到違反情理的程度時，又忘記早已介紹過的史進就算再得補述，籍貫之類細節總可省免。更糟糕的是，對晚至此時此地才整套齊全地介紹朱武三人之突如其來與破壞全書結構竟全不察覺。袁無涯本和芥子園的編者不明白這背景，修訂起來遂正誤參半[11]。

---

10 我這意見已上紀錄，不必重述，見〈從招安部分看《水滸傳》的成書過程〉，頁635-636；修訂本，頁144-145。

11 袁無涯、芥子園兩本的編者雖然在處理朱武諸人的介紹上弄巧成拙，朱武該與吳用相應這點倒給他們看出來。兩本第五十九回朱武插詞中的第七句「今堪副吳用」較容與堂本那句泛泛的「軍中人盡伏」準確多了。

講到這裏，不妨附帶說句題外話。在原來後出的少華山事件中，除非今本的情節已被改到連原貌的影子也蕩然無存，史進在這故事裏總該是還未加盟梁山的，前此之芒碭山事件所講的就很可能為兩組準梁山人馬在投歸大寨前之互相火併。這觀察倘能成立，原本《水滸》與今本之間的差距必絕對驚人，憑今本去奢談施耐庵創作者根本連立足之地也沒有。

四、朱武的武功問題

剩下來還得交代的是朱武的武功問題。上面說過，朱武在地星中作用特殊，最低限度也該是與吳用相應的人物。吳用能武，朱武就不該沒有「本事」（除非吳用是無用的諧音，朱武就不會是朱文的反喻）。然而，今本《水滸》一開始就斬釘截鐵地說武功跟他無關，後來卻又使他全副武裝去上陣。既然無理由說編書者故弄玄虛，這就可用來說明負責今本者疏忽至何程度。

祇要我們相信今本第五十九回對史進四人的描介出自原本，便得承認朱武慣使雙刀（與吳用的使雙鐧不無對比之意），武功再差也不會遠遠落在陳達、楊春輩之後。有了這樣的資格，他才配在地星組內充當與吳用相應的角色。編寫今本者無端端贈送他一句「雖無本事」，便弄成現在的糊塗帳。

糊塗事還未說完。袁無涯本和芥子園本的編者雖然相信朱武能武，卻沒有進行徹底修訂的勇氣和本領，在把後面的介紹移往書首時，僅沖淡一下容與堂本的貶意，寫成能使兩口雙刀，雖無十分本事，便算大功告成。竟不知道這樣湊合，又聲明具本事而不算得十分，便成了半湯不水，等於說朱武僅勉強能算懂武而已，結果仍無法和他與吳用相應的身份配合。

五、金聖歎本以古本為基説之不確

以上的考察有一現成的收效，可以用來衡量金聖歎腰斬本和梅寄鶴(梅祖善，1891-1969)刊本「古」的程度。金聖歎本和原本《水滸》差不了多少之説，雖早遭否決，然今日仍有信者[12]，而梅刊本的真偽前些時候更是熱烘烘地爭論了好一陣子，否定者貶爲不值一文，贊成者則企圖把它和施耐庵拉在一起[13]。梅本雖始自第七十一回[14]，但因承認其前七十回即金本，故梅本不可能比金本更古。要知道金本古的程度，不妨抄出金本這兩段，讀者可和上引文字比較：

第一回(金本移首回爲楔子，故隨後各回回碼減一)：

> 為頭那個大王喚做神機軍師朱武，第二個喚做跳澗虎陳達，第三個喚做白花蛇楊春。……且説少華山寨中，三個頭領坐定商議，為頭的神機軍師朱武，那人原是定遠人氏，能使兩口雙刀，雖無十分本事，卻精通陣法，廣有謀略。第二個好漢姓陳名達，原是鄴城人氏，使一條出白點鋼鎗。第三個好漢姓楊名春，蒲州解良縣人氏，使一口大捍(桿)刀。

---

12 近年教金聖歎本即古本說還魂者以羅爾綱(1901-1997)為最著，說見其整理出來的《水滸傳原本》(貴陽：貴州人民出版社，1989年)的書首部分。

13 雙方在這場論戰所寫的文章相當多，不妨各舉一篇以例其餘。否決者如張國光，〈偽中之偽的一百二十回《古本水滸傳》剖析〉，《湖北大學學報》(哲學社會科學)，1992年1期(1992年1月)，頁45-50。贊成者如劉冬，〈草莽失身憐赤子──對《古本水滸傳》的一點看法〉，《明清小説研究》，1988年1期(1988年1月)，頁47-54。

14 梅本1933年首次由上海的中西書局印行時，祇有始自第七十一回的五十回。學界對它並無反應可言(僅印一千五百冊當是原因之一)。晚至1985年，此書才再度重印。該年，石家莊的河北人民出版社在北京某報編輯蔣祖鋼的慫恿下湊合金聖歎本和梅本為一物，用《古本水滸傳》為書名，以十三餘萬套的驚人數量重排發行。此事轟動一時，遂使不少讀者誤以為昔年梅寄鶴拿出來的是首尾齊全的一百二十回本子。

第五十八回：

> 史進……當先出陣，手中橫着三尖兩刃刀。背後三個頭
> 領，便是朱武、陳達、楊春。

金本書首少華山諸人的介紹顯然是刪去袁無涯本（或芥子園本）插詞後的移錄文字，古不到那裏去！金本在芒碭山故事裏不再介紹朱武三人，避免重蹈前人之失，足見金聖歎聰明。同時這也是後出轉精之證。因爲金本前後兩處都沒有朱武全副武裝的描寫，抄了人家糊裏糊塗湊合出來的「能使兩口雙刀，雖無十分本事」句子，讀來反覺比原版通順。這也是金聖歎幸運之處。至於少華山、芒碭山事件之被倒置，聰明如金聖歎也看不出來。

研究《水滸》的成書過程，利用朱武武功、芒碭山事件這類內在資料，比依據時人爭相引述的外在材料（如來歷不明的傳說以及隨人附會的出土文物），可靠多了。

——《慶祝饒宗頤教授七十五歲論文集》（香港：
香港中文大學中國文化研究所，1993 年）

梁山頭目排座次名位問題發微

一、引言

梁山頭目一百單八名齊會水泊後，書首誤走妖魔時預伏上應天文數目之事邃告完成，旋即排座次，分工作，和策劃整個梁山範圍的行政和防務部署。不管我們如何看待《水滸》以後的情節，書中故事至此已發展達頂點（不一定同時也是終點）。這是向無異議的共識。任何版本的《水滸》，不論簡繁，都有自誤走妖魔至大聚義的情節。各版之間祇有文字多寡和個別刊誤的一類問題（如評林本的一百單八人名單竟漏了幾人，疏忽得很），而沒有內容上的不同。排座次所定各人的名次，以及隨後分配的工作，和安排大部署，各本亦全同。

小學時初讀《水滸》，覺得這張排座次名單仿如天撰，無懈可擊。近年再讀《水滸》，大概孩童時代那份對書中人物認同的心理已減，漸漸覺得不僅各人名次的安排屢屢欠解，甚至有不少明顯不公道，與書中述事背道而馳的例子。倘讀者認為排座次定出來的名位理當如何，毫無疑問地悉數接受，然後按此觀念代其覓解，這種嚴重缺乏批判精神的分析對明瞭真相幫不了多少忙[1]。

---

[1] 排座次這問題八十年代曾引起一番熱烈的討論。此等文章的特色與本文所採的分析角度頗有大別：（一）孤立名次的排列，不考慮排名次和分配

　　在未討論排座次所產生的名位前，有一關鍵之處得先弄清楚。一百零八人是個大數目，逐一排次，各配職守，若干更注明其所屬工作單位以及工作單位的所在地，層層相配相承，絕不簡單，怎樣處理也無可能安排得天衣無縫，全無爭議。試圖改良《水滸》，重定名位，並無意義，但總得明白這一百零八人的名位是怎樣弄出來的，背後究竟有沒有作為依據的原則。以下的討論就是循此方向進行的。

（續）────────────────

工作以及部署行政與防務單位是三位一體的，以致排名次之舉變成好像純是為了要弄出一張在任何情形之下絕不可能令當事人（諸梁山頭目和讀者）都滿意的名單來。（二）強調排座次所關注的是總結梁山諸人過去的活動，因而忽略前瞻因素所佔的重要份量。（三）梁山集團不乏狗彘不食之輩，《水滸》說的也絕大多數不是「官逼民反」故事，「替天行道」更與書中述事不符。大陸上的學者奉行按現今政治需要解說古書那套法寶，視梁山諸人盡皆英雄，封《水滸》為英雄傳奇之書。從這角度去解說排座次無異乎添魔障。（四）僅從今本《水滸》求解答，而漠視名單可能反映今本出現以前的舊本的故事情節和人物事功。因此本文並不與此等文章作異同的比對，而僅在此列出該等文章讓讀者可自行查閱：曲家源，〈《水滸》一百單八將的座次是怎樣排定的？〉，《遼寧師範大學學報》（社會科學），1984年3期（1984年5月），頁83-85，修訂本收入曲家源，《水滸傳新論》（北京：中國和平出版社，1995年），頁83-87；汪遠平，〈且說梁山英雄排座次〉，《天津師大學報》（社會科學），1984年6期（1984年12月），頁75-80，修訂本收入汪遠平，《水滸拾趣》（太原：北岳文藝出版社，1987年），頁23-30；曲家源，〈再談梁山泊排座次問題〉，《遼寧師範大學學報》（社會科學），1985年3期（1985年5月），頁54-56，修訂本收入曲家源，《水滸傳新論》，頁88-92；沈家仁，〈梁山英雄排座次的原則是甚麼？——兼與曲家源同志商榷〉，《爭鳴》，1988年5期（1988年9月），頁62-65，並收入曲家源，《水滸傳新論》，頁102-109；曲家源，〈再談梁山泊排座次問題——兼答沈家仁同志〉，《爭鳴》，1989年6期（1989年11月），頁77-79,71，修訂本以〈三談梁山泊排座次問題——兼答沈家仁同志〉的標題收入曲家源，《水滸傳新論》，頁93-101；朱迪光，〈座次表與《水滸傳》中的人物塑造〉，《青海師範大學學報》（哲學社會科學），2000年1期（2000年），頁71-76；羅浩波，〈權術玄機——《水滸傳》英雄排座次索解〉，《新疆大學學報》（社會科學），2002年2期（2002年6月），頁104-108。其中羅浩波的一篇較具突破性。

二、時遷一例的顯示性

在梁山一百零八個頭目當中，鼓上蚤時遷知名度極高，排名卻屈居一百零七。打虎將李忠、石將軍石勇、白日鼠白勝那類本領低劣，對梁山貢獻微不足道的湊數人物統統騎在他頭上。假如時遷祇有一兩個偶然得很，眨眼即過的出場機會，並且在這些場合裏，僅做些無關痛癢之事，自然無法替他辯護。但時遷舉足輕重，入夥後對山寨貢獻之大有目共睹。東京盜甲、大名府放火、曾頭市探路，全是獨當一面，負起山寨安危與前途所繫的重責。到頭來時遷卻名列倒數第二名，在大部署中連影子也沒有。多少份量比他低，在讀者心目中幾乎無印象可言之輩盡在名位上比他超越。這怎會是公平合理的安排？

其實時遷和戴宗所份演的角色相近，均不以一般武藝見稱，而是憑所懷特種絕技，隨時候命，去做別人無法擔當的重任。可是戴宗位居第二十名，時遷則壓榜尾。時遷的委屈，傳統評論者鮮有道及[2]，難怪張恨水替他抱不平[3]。可惜連張恨水也看不透個中道理。

2　金聖歎在其〈讀《第五才子書》法〉文內，主要按描寫成功的程度，次按好惡，分三十二個《水滸》人物為五等：（一）上上：武松、魯智深、李逵、林冲、吳用、花榮、阮小七、楊志、關勝（九人）；（二）上中：秦明、索超、史進、呼延灼、盧俊義、柴進、雷橫、朱仝（八人）；（三）中上：石秀、公孫勝、李應、阮小二、阮小五、張橫、張順、燕青、劉唐、徐寧、董平（十一人）；（四）中下：楊雄、戴宗（二人）；（五）下下：時遷、宋江（二人）。這裏有四點值得注意：除時遷外，其餘三十一人，全是天罡星，此其一；天星餘下的五人（張清、穆弘、李俊、解珍、解寶）大有不值一評的意味，此其二；天星中特別挑出來，惡詆一番的，僅宋江一人，此其三；地煞星人數雖眾多，僅時遷一人歸入這些等別之內，怎樣說也是特別處理（其間雖提及焦挺，說其氣質不佳，但無歸組），此其四。金聖歎之攻宋江，今人有以為是暗用保護色。此說仍無結論，暫不必下判語。金聖歎論時遷，左一句偷兒，右一句偷兒（見金本第五十五回之回首總評）。在未有人指說這也是保護色之前，視金聖歎之以為時遷理居末席，與宋江首尾相應，應沒有歪曲他的見解。

3　張恨水，《水滸人物論贊》，頁63。我除在〈三論穆弘〉一文（此文收入

時遷一例清楚指出，理解《水滸》必須突破前此的種種思想束縛，力求客觀，以發掘真相為務，而非圖標新立異（祇知拾人牙慧者，和甘心奴從今人政治解說者，更不必提了）。本文探討梁山頭目的名位問題就是希望為這樣出發的研究做若干實驗。

三、定名位的性質和敲定名位的若干依據

大聚義以後，梁山諸頭目依石碣正背兩面所列的名單排座次，隨後復按山寨運作所需分配工作，於是又有另一張同樣列出一百零八人的名單。這兩張名單之間還有一張選擇性的行政和防務單位部署方案單。三張單子佔了該回（百回本的第七十一回，本文的討論以容與堂本為據）大部分的篇幅，內容更是相輔相承，可是說一分為三，三合為一。本文所談的名位就是名次和職位合起來看。為便討論，先列出石碣上所刻的名單，編上號碼（見於代表早期水滸故事傳統的《宣和遺事》者，加 * 號[4]）。石碣正面列天罡星（以下簡稱天星）三十六名：

1. 宋江*
2. 盧俊義*
3. 吳用*
4. 公孫勝*
5. 關勝*
6. 林冲*
7. 秦明*

（續）────────────

本集）之末談及時遷的名位問題，以及與此問題相關的版本和情節演化過程外，還另有一文試給時遷適當的定位，見馬幼垣，〈水滸人物之最：最不為人賞識的英雄──時遷〉，《中國時報》，2000年11月12日（「人間」）；修訂本見馬幼垣，《水滸人物之最》，頁123-133。

4　為免枝蔓，這裏不談《宣和遺事》名單的人數差異問題以及單內所錄姓名時有差異的問題。此等問題前已有討論，見馬幼垣，〈《宣和遺事》中水滸故事考釋〉（此文收入本集）。

8.　呼延灼*

9.　花榮*

10.柴進*

11.李應*

12.朱仝*

13.魯智深*

14.武松*

15.董平*

16.張清*

17.楊志*

18.徐寧*

19.索超*

20.戴宗*

21.劉唐*

22.李逵*

23.史進*

24.穆弘*

25.雷橫*

26.李俊*

27.阮小二*

28.張橫*

29.阮小五*

30.張順*

31.阮小七*

32.楊雄*

33.石秀*

34.解珍

35.解寶

36. 燕青*

石碣背面列地煞星（以下簡稱地星）七十二名（地星本身的次第附括號內）[5]：

37. 朱武（1）

38. 黃信（2）

39. 孫立（3）*

40. 宣贊（4）*

41. 郝思文（5）

42. 韓滔（6）

43. 彭玘（7）

44. 單廷珪（8）

45. 魏定國（9）

46. 蕭讓（10）

47. 裴宣（11）

48. 歐鵬（12）

49. 鄧飛（13）

50. 燕順（14）

51. 楊林（15）

52. 凌振（16）

53. 蔣敬（17）

54. 呂方（18）

55. 郭盛（19）

56. 安道全（20）

5　三十六和七十二這兩個數字的來歷，寧稼雨有解釋，見其《漫話水滸傳》（石家莊：河北人民出版社，2000年），頁144-146；李紹先、王曉林，〈梁山英雄為何要由一百零八人構成？〉，收入李紹先、王曉林，《明清小說話幽》（成都：四川教育出版社，2003年），頁96-98，亦另有解釋。至於天罡地煞的來歷，則可看王同舟（1969-），《地煞天罡──水滸傳與民俗文化》（哈爾濱：黑龍江人民出版社，2003年），頁276-282。

57. 皇甫端（21）

58. 王英（22）

59. 扈三娘（23）

60. 鮑旭（24）

61. 樊瑞（25）

62. 孔明（26）

63. 孔亮（27）

64. 項充（28）

65. 李袞（29）

66. 金大堅（30）

67. 馬麟（31）

68. 童威（32）

69. 童猛（33）

70. 孟康（34）

71. 侯健（35）

72. 陳達（36）

73. 楊春（37）

74. 鄭天壽（38）

75. 陶宗旺（39）

76. 宋清（40）

77. 樂和（41）

78. 龔旺（42）

79. 丁得孫（43）

80. 穆春（44）

81. 曹正（45）

82. 宋萬（46）

83. 杜遷（47）*

84. 薛永（48）

85. 施恩（47）

86. 李忠（50）

87. 周通（51）

88. 湯隆（52）

89. 杜興（53）

90. 鄒淵（54）

91. 鄒潤（55）

92. 朱貴（56）

93. 朱富（57）

94. 蔡福（58）

95. 蔡慶（59）

96. 李立（60）

97. 李雲（61）

98. 焦挺（64）

99. 石勇（63）

100. 孫新（64）

101. 顧大嫂（65）

102. 張青（66）

103. 孫二娘（67）

104. 王定六（68）

105. 郁保四（69）

106. 白勝（70）

107. 時遷（71）

108. 段景住（72）

梁山集團之以三十六人爲基本成員之數，固爲歷史事實，水滸故事傳統發展之初亦早已採入。這點《宣和遺事》的記載說得夠清楚。《水滸》的天星人物有不見於《宣和遺事》者（解珍、解寶），而《宣和遺事》所錄者有成爲《水滸》的地星人物的（孫立、杜遷）。

這兩種情況僅涉及四人，且從《水滸》保持三十六人之數，復盡量以《宣和遺事》所列諸人爲天星組的組合成員這角度去看，在水滸傳統的演易過程當中，調整性和保守性是相容並存的。

這點可以進一步解釋。

一百零八個頭目湊成一個龐大的組合。這些人所扮演的角色怎也得有輕重之分。天星組和地星組成員之別即在角色份量的輕重。理論起碼是這樣的。歸組前得先解決何人應屬何組的問題。就天星組而言，此事並不難處理。宋江、盧俊義、吳用、林冲、武松、魯智深、李逵、楊志等在《水滸》前四十回佔了不少篇幅，自然應屬天星。再用《宣和遺事》的名單爲依據，三十六人之數本可就此敲定。然而《宣和遺事》的名單有調整的必要：晁蓋半途而逝，活不到排座次，祇有被除名；孫立的重要性和形象模棱兩可，下屬地星，或較適宜[6]；杜遷爲王倫時期遺老，談不上特別事功，理應屬地星；《宣和遺事》列出名單時，宋江尚未加盟，原不算入三十六人之數，添他進去正好補上晁蓋失去的名額。換言之，在《宣和遺事》原有的名單上，加宋江，去晁蓋、孫立、杜遷，祇要補入兩人，便成排座次時的天星三十六人名單。那兩人就是新添的，通過他們帶出三打祝家莊這件改變梁山集團命運和行事方針的大事的解珍、解寶兄弟[7]。

地星中人，除孫立、杜遷少數有根可尋者外，絕大多數都是頗晚才在水滸故事傳統的演化過程中出現的[8]。

6　孫立雖是水滸傳統中最早出現的人物之一，在今本《水滸》中他的故事已顯與前大異（他原有的綽號「石頭」已和他扯不上邊；石頭倒成了楊志的專利品）。他在書中起作用的場合僅得助梁山破祝家莊的一次。這次卻大損其形象。他出賣同門師兄以圖投靠陌生人！這是卑鄙之極的行徑。

7　正如岳騫在《水滸人物散論》，頁197-202，所說的，這對本領平凡，可談的事復僅得一件的兄弟祇配居地星組的中層，但祝家莊事件對梁山集團帶來的種種特殊效應則可視為他們列席天星組的資格。這兩兄弟的差勁可從一事看得出來。這兩個職業獵人合力圖捉一隻老虎，竟弄到一籌莫展，陷入難以自救的困局，他們那有面目和資格跟單人赤手屠虎的武松同屬一組。

8　地星在水滸故事傳統演化過程中晚出的考察，見馬幼垣，〈從招安部分

　　水滸故事傳統的演化雖然經歷增刪湊改的不同步驟，總路線還是擴充性的。情節轉繁，人物隨增，角色自然得有主從之別。按理組分天地就是用來區釐主從的。

　　梁山頭目有分組的必要，可以從上述的角度去理解。要想明白每組如何定各人的先後，問題就複雜多了。

　　天星組的名單雖然主要沿襲《宣和遺事》，但因《水滸》在故事上的分別，以及各人所演角色不盡同，儘管《宣和遺事》的單子已有約略的排名次序，《水滸》還是要重整各人的名次。天星有舊例可援，尚且如此，地星人數倍出，又是新人新排次，其間的斟酌躊躇，移前推後，困難可以想見。最基本的問題仍是兩組的排次究竟有無法則可尋。近試歸納，得若干觀察，看來兩組排次的依據確有相當共通性，可逐一說明。

1. 人倫宗法的依據

　　梁山組織內有不少兄弟檔和夫婦檔。他們排次起來，往往相連，如王英（58）、扈三娘（59）；或間隔連接，如阮小二、張橫、阮小五、張順、阮小七（27-31，兩組兄弟混合排列）。每一單位內，總是兄前弟後，夫先婦隨。其他例子包括：孔明、孔亮（62-63）；童威、童猛（68-69）；朱貴、朱富（92-93）；蔡福、蔡慶（94-95）；孫新、顧大嫂（100-101）；張青、孫二娘（102-103）。

　　他們的特徵是，每組之內各人對山寨的貢獻和重要程度均大致相同。這點可從排座次後工作的分配看出來。王英、扈三娘夫婦編入同一單位，專掌軍中探事。三阮二張在水軍八頭領中佔了連續排次的五員。孔明、孔亮自成一工作單元，名為守護中軍步軍驍將。童威、童猛列為水軍頭領最後的兩名。蔡福、蔡慶仍當本行，專責行刑事宜。孫新、顧大嫂夫婦管東山酒店。張青、孫二娘夫婦掌西

山酒店。有待解釋的是朱貴、朱富兄弟工作單位的不同。

朱貴主持南山酒店，拍檔卻是杜遷，而朱富則歸入最後的雜牌軍，當管監造供應一切酒醋。朱貴管酒店，自是駕輕就熟；朱富在老家也是開酒店的，如由兄弟共管一店，該甚理想。關鍵在店數和有經驗者的人數。梁山四間具哨探作用的酒店需八人管理。各頭目中，有此營業經驗者計爲朱氏兄弟、張青夫婦、李立、王定六，和顧大嫂，共七人，分配四間酒店，本就不足[9]。現由朱富擔起酒醋的製造，以梁山人口之眾，豪飲者復多，這個經年屢月，永恆不息的差事，責任真不輕，讓有經驗的朱富去照料，理所當然。朱貴的夥伴就由向在大莊園當管家的杜興來充任，也是適當的分配。朱貴、朱富分擔他們本行的事，從大處看，仍是兄弟的搭檔[10]。

以上所舉的兄弟小組，組內成員的本領沒有顯著的差別，兄前弟後的秩序遂屬必然。

各夫婦小組的夫先婦隨則與本領無關。王英武藝遠不及扈三娘，交鋒時被扈三娘鷹擒弱兔般提過去，是《水滸》書中有名的一幕好戲。顧大嫂較孫新強，孫二娘技勝張青則不是讀者共有的印象。其實書中借解珍的介紹，說得清楚，孫新技不如妻（第四十九回）。孫二娘的武藝亦顯在張青之上；張青是孫二娘父親的徒弟，入贅娶師妹，在家中發言權極成問題。他勸妻子放過僧道、妓女、充軍犯人，不要把他們弄爲饅頭餡，妻子祇當作耳邊風（第二十七回）[11]。這就是說，梁山的三對夫婦檔有兩個共通點：妻比夫厲害，此其一。排起名次來則妻必隨夫，宗法秩序守得很嚴，此其二。

和兄弟、夫婦性質相同的還有叔姪搭檔。這類別，《水滸》僅得鄒淵、鄒潤一對（90-91），年紀聲明無大分別，這就更縮短他們的

9　顧大嫂在登州開酒店時，孫新免不了幫點忙。但他本身是駐登州的武官，自有職守，不能說他真的分擔酒店日常的經營事務。

10　餘下來的北山酒店由李立和王定六兩老手主持。如此一來，每家酒店的主持起碼有一具專業經驗。這是照應周詳的安排。

11　顧大嫂和孫二娘兩人的強勝其夫，見雙翼，《水滸新談》，頁153。

距離。排座次，配工作時（兩人並屬步軍頭目第二組），先叔後姪，天經地義也。

以上諸例，兄弟為數最多，夫婦次之，叔姪又次之，奇怪的是沒有父子搭檔。這大概因為梁山人物多屬盛年，無家眷者（如楊志、李逵）和晚娶者（如董平掉轉槍頭，殺了東平府太守，才把暗慕已久的太守女兒奪過來）復不少，沒有幾人有足齡的兒女[12]。

例外也是有的。最顯著的例子為宋江和宋清，一個坐第一把交椅，一個排名第七十六。穆弘（24）、穆春（80）也是一個天星，一個地星，相隔五十多名[13]。孫立（39）、孫新（100）雖然同是地星，卻差上六十多名，還是讓孫新與妻合為一單位較妥。這些例子說明倘兄弟之間成就有別，不能連排，《水滸》還是安排為兄者本領較強，地位較高，結果仍是不亂兄先弟後的原則[14]。

2. 上山背景共通性的依據

不少頭目入夥梁山前自成各款小組，上山後仍保留這種特徵。模式可分述如下：

（一）保留歸順前副將級身份的可認性

朝廷第一次征討梁山時的兩名副將韓滔（42）、彭玘（43），第二次的兩名副將宣贊（40）、郝思文（41），第三次的兩名主將單廷珪（44）、魏定國（45）[15]，排座次時此六人就這樣有條不紊地依次開列出來。隨後他們又全部分配在馬軍頭目的第三組（馬軍小彪將兼遠

---

12 陳忱《水滸後傳》開始替梁山人物添增下一代，那是另一回事。

13 穆弘、穆春排名呈天淵之別是《水滸》成書過程所產生的異數，正文後有交代。

14 張橫（28）、張順（30）是書中弟技勝於兄的唯一例子。但兩人的本領尚未差異到不容他們排得很接近；即使依兄先弟後的原則安排張橫位高兩名，還不致讓讀者感到不協調。

15 單廷珪、魏定國雖名為主將，實際僅是副將級的材料，見馬幼垣，〈《水滸傳》戰爭場面的類別和內涵〉，《聯合文學》，9期（1985年7月），頁20；修訂本見馬幼垣，《水滸論衡》，頁264。

探出哨頭領），次序仍是絲毫不變。

在排座次前夕的東平、東昌戰役中，董平沒有助手，張清則有龔旺、丁得孫爲助。龔丁兩人歸順梁山後的名次(78、79)正是依此安排的；分配工作時同列入步軍第三組，次第亦一樣。

(二)保留小山寨原有陣容的可認性

《水滸》自書首至曾頭市之役的前夕，講述了不少由一個至三個頭目組成的小山寨。這些小組織以後全部匯歸梁山；這背景不同程度地在排座次和分配工作的處理上反映出來。

《水滸》開始時的少華山三頭目，除軍師朱武(37)別屬一類外，陳達、楊春排座次時名位相連(72、73)；兩人同列馬軍頭目第三組時，排次亦相連。

桃花山的兩寨主，李忠列爲步軍，周通則屬馬軍，工作組別雖不同，名位仍是相連的(86、87)。

呂方、郭盛原各據一山頭，遇宋江時正展開爭奪戰。兩人的年紀、外型、武功，甚至是所用的兵器都是一致的，入夥梁山以後總是一對地出現，排座次(54、55)和分配工作自然也按此處理。

原先一人據一寨者有寇州枯樹山的鮑旭。鮑旭因焦挺的穿針引線而上梁山。兩人在未正式投靠梁山前，還以李逵左右手的姿態出現，因而在凌州一役救了宣贊和郝思文。上山後，鮑焦二人又同屬步將，均列入步將第二組。既有此背景，二人名位相連該是很自然的事。然而武功平平的鮑旭排名第六十，以相撲著稱的焦挺卻遠遠落在後面，屈居第九十八名[16]。在原當寨主諸地星中(做過小山寨寨

---

16 梁山頭目雖多會弄槍棒、朴刀等普通兵器，玩得毫不出色者卻頗不少。相撲固難用於大場戰役，總算是一種出奇制勝的異技。其不受重視反映出梁山崇馬軍輕步軍的心態(這點正文後有說明)。或者有人會指出，位居天星第三十六名的燕青不正是相撲的個中能手，不能說相撲受歧視。說燕青善相撲，因而得奪錦標是排座次以後才出現的情節。自燕青初出場至排座次，整整十回，他的好處全說了，就是不提他精相撲！在未查出燕青智撲擎天柱故事的來龍去脈前，這故事應屬存疑，要分開來處理。起碼我們可以說，焦挺是排座次以前唯一在相撲上有表現的梁山人物。

主的幾個天星，背景截然不同，沒有比較的必要），鮑旭本已排名不算低[17]，再讓他的名位較曾和他一度合作的焦挺高出相當，可說是太優待這個事功平平的人。所以如此，不能不說是階級觀念作祟。再小的山寨的寨主也是一山之主，從無人給他絲毫面子（綽號沒面目）的流浪漢焦挺怎能與之比擬！

不自量力去招惹梁山的芒碭山三頭目樊瑞（61）、項充（64）、李袞（65），排座次時雖按此次第，樊瑞之後卻插入孔明、孔亮；分配工作時，三人均屬步將第二組，樊瑞之後卻插入鮑旭。兩次如此，當非偶然。這安排一方面保留出身頭目人數較少的山寨這背景的可認性（孔氏兄弟背景複雜，不純是小山寨出身），一方面又強調法師型的樊瑞異於一般武夫，而自有其獨特之處[18]。

山寨出身者，大概以黃門山的四人出身背景的可認性最低：歐鵬（48）、蔣敬（53）、馬麟（67）、陶宗旺（75）。在名次上看不出他們曾是一夥和同時投效梁山。雖則如此，從工作的分配仍能看出若干原有的背景。蔣敬因通會計，遂由他管帳目；陶宗旺派去築城垣（詳後），歸雜家之屬，兩人的工作均和他們小山寨出身的背景談不上有甚麼關係。幸歐鵬和馬麟二人，名次雖相隔頗遠，歸屬馬軍第二組時，仍與鄧飛、燕順、陳達、楊春、楊林、周通排在一起，連他倆在內，一共包括五個小山寨的頭目。其中楊林好像和小山寨無關，但鄧飛未據飲馬川前曾和他合作多時，自是同路人。如此說來，小山寨出身這背景多少總在名位上反映出來。

討論至此的小山寨寨主基本都是小人物。如果把梁山一百零八人分爲首腦人物、主力人物，和輔助人物三級別（詳後），他們盡屬

---

17 原先當過小山寨寨主（不計涉及時間的長短）的地星，排名在鮑旭之前者有八人（裴宣、歐鵬、鄧飛、燕順、蔣敬、呂方、郭盛、王英），排名在其後者有十六人（樊瑞、孔明、孔亮、項充、李袞、馬麟、孟康、陳達、楊春、鄭天壽、陶宗旺、曹正、施恩、周通、張青、孫二娘）。論事功與讀者認識的程度，鮑旭絕對有排名過高之嫌。

18 這點與把少華山的朱武（軍師型人物）、陳達、楊春分列兩處，手法一樣。

第三級別。除李忠以跑江湖賣藝的身份曾與魯智深和史進有接觸外，其他各人一出場已是寨主，以後經過些不算複雜的事故便投靠梁山，上山後也沒有獨當一面的機會（或者說他們沒有承擔這種責任的本領）。經歷簡單，講及名位時即以此為據，自然也就簡單了。

但小山寨的情形不盡是這樣簡單的。遇到背景較特別的，處理起來辦法隨異，不大切合上述形式，比較費解的有兩例。

在排座次和分配工作上看不出清風山的燕順（50）、王英（58），和鄭天壽（74）這三個輔助人物曾經合夥過。所以如此的關鍵有二。其一為扈三娘的牽涉其間。整個梁山集團僅得三員女將。顧大嫂和孫二娘入夥後起不了多大作用。上山前，歸順後，始終保持相當高的視見度者祇有扈三娘。她的標致和武功（要勞駕林沖才能制服她），絕不是顧孫這兩個粗悍婦人可以比擬的，排名不能太低（59；已經低得不能再低的了，連她的手下敗將歐鵬都比她高出十一名）。好色低能的王英（58）遂佔了夫憑妻貴的便宜，在宗法觀念支配下名次起碼得較其妻高一位（另一好色低能的周通，無妻可憑，名次就排在王英之後近三十名）。其二為剩下來的燕順（50）和鄭天壽（74）與宋江各有不同的微妙關係（詳後），致使燕順列入馬軍第三組，鄭天壽則編歸步軍第二組，教兩個本來無大不同的頭目變成頗有分別。

另一例為飲馬川的的裴宣（47）、鄧飛（49），和孟康（70）。前兩人之間，排座次時插入來自另一小山寨的歐鵬（48），大有前述強調小山寨間存在共通性的意味。孟康的遠落在後是因為梁山並不重視技術人材（孟康的專長為製造戰船）。這點隨後再說。

至此，我們起碼可以說，小山寨背景愈是單純，排座次時那些前任寨主的名次和職守就愈是以此為據。反之，就要看其他因素的比重了。可以用來說明這些較複雜的情形的例子有兩個。

武松醉打孔亮這小插曲（第三十二回）早揭露孔氏兄弟本領低劣，卻橫行鄉里的醜面目。但這並不影響這兩兄弟的名次排得相當

高（62、63）。單論本領，他倆那有資格排名在地星組中間線之上和負起守護中軍之責？一度曾任白虎山寨主固然可以讓他們佔若干便宜，但尚不足解釋爲何他們可以壓倒不少其他武藝應較佳的小山寨寨主（如項充、李袞、陳達、楊春），甚至副將級武官（如龔旺、丁得孫）。真正帶給他們殊榮的應是貴爲宋江門生的特別身份（這點隨後再講）。魯智深和楊志的奪取二龍山，以及武松、施恩、曹正、張青，和孫二娘後來的加入該山寨，代表的是截然不同的情形。佔據二龍山對魯智深、楊志，和武松來說祇是幹了一番轟天動地大事後，找個短暫的棲宿處，並不如周通輩藉山寨起家，一露面就儼然爲職業強人。連魯智深等三人的副手施恩、張青，和孫二娘在上二龍山以前也早已有相當的作爲，在《水滸》書中佔過不少篇幅。就算曹正事功較簡單，屠宰爲生的標誌也夠鮮明。此七人的最終排名和二龍山的經歷沒有多少關係。這是理所當然的事。地星人物個別性較弱，共通性較強，且多祇有片段，甚至零碎的出場機會，上述的定位法基本上就是分配地星的專用法。

其他的名位敲定依據較繁雜，宜留待隨後分別立專節討論。這些包括：梁山主腦人物之居崇位，馬軍頭目之厚獲殊待，宋江關係之微妙效應。

四、可用而未用的依據原則

在討論上節末尾提及的諸課題前，不妨先把上述已講過的名位敲定原則反過來看，考察那些本來可用作依據卻沒有採用的原則：

1. 淡化師徒關係

《水滸》雖然特重兄弟、夫婦、叔姪的宗法關係，師徒關係卻顯得無關痛癢。梁山諸人有師徒名份者不少。但這在故事結構和名次排列上起不了多少作用。那些師徒結緣盡是上梁山前之事。入夥

後大我代替小我，師徒名份鮮再提及，感情更難再有發展[19]。大家既然在新環境內重生般再經歷一番，到排座次時自可不必多考慮從前的師徒關係，不須非師先徒後不可。

以林冲(6)、曹正(81)兩師徒而言，不管依據何種原則排名次，曹正總該遠落在後面。秦明(7)和黃信(38)的情形亦近似；兩人的相距較短，那是因為黃信武功尚不算差，足獨當一面，一人可抵住燕順、王英、鄭天壽三人的圍攻。史進(23)雖曾拜李忠(86)為師，但遇上八十萬禁軍教頭王進後，幾乎從頭學起，其武藝自與平庸的李忠無涉。同屬此類者尚有宋江和他的愛徒孔明、孔亮(宋江膽子真不少，憑他那點可憐得連生命受到威脅也不敢拿出來自衛的所謂武功，竟敢招生納徒)。孔氏兄弟排起名次來，怎也得和首腦人物有一段相當的距離，祇是他倆兄弟還是佔了貴為宋江門生的便宜，得到超過他們本領允許的名位(詳後)。

如果說上舉諸例個人因素太懸殊，不足講明為何當師父的沒有得到特別照料，我們不妨看看薛永(84)和侯健(71)這對師徒的情形。薛永在梁山集團裏等閒得很，他調教出來的門徒不必說了。侯健在名次上竟比師父高出十多名，這該如何解釋？或者侯健於武藝外，另有一長，衣服縫製精細，薛永則僅是個普通的江湖賣藝人，與李忠(86)沒有大分別，故兩人排名也差不多。但梁山集團諸人那有幾個一定要穿巧製錦衣？侯健的名位應與別的因素有關(下另有討論)。即使侯健有排得高些的理由，薛永仍絕對是被壓低了。薛永在眾目睽睽之下，輕而易舉地教訓穆春(80)一頓。排起名次來，土豪惡霸穆春卻比他高幾名，職位也同起同坐地並屬步軍第二組。師父身份很難說帶給薛永甚麼便宜。

至於朱富(93)之尊李雲(97)為師父，自稱徒弟，雖細玩文意，

---

19 曹正和楊志結識時，打起林冲徒弟的招牌，二人因而一見如故。待曹正與林冲重逢，同棲水泊，卻看不出他們之間有甚特別感情，和其他剛認識的新兄弟並無兩樣。秦明和黃信兩師徒在梁山上的關係何嘗不亦如此冷淡。

不似正式師徒，起碼也有口頭名份。兩人在梁山均屬羽量級人馬，名次職位都不會高到那裏去，就二人之間讓爲師者佔點小便宜，該無所謂。結果因爲與兄串連而得到較大視見度的朱富還是比師父名次稍高。還有，朱富分配得理想的監造酒醋工作；李雲卻要做全無經驗的修葺房舍事務，變成唯一沒有分得武職的前都頭。這個師父在徒弟面前真抬不起頭來（不要忘記，勸李雲上梁山之人正是朱富）。這裏還有一疑問。那些本來師徒相稱的，上山後難道改口稱兄道弟？當師父的可不必記懷，但一日爲師，終生爲父，做徒弟的怎能輕率改口（青出於藍者如史進更應有尊師重道的表現）？要是照舊稱謂，待排座次後，對那些屈居弟子之後者來說，簡直就是挖苦。看來《水滸》的編寫者對師徒名份的難題並沒有細心思慮過 [20]。

2. 大寨開山成員的遭漠視

協助組成大寨最後陣容的各處小山寨，《水滸》多保留它們的可認性。這點上面講過了。例外不是沒有，最容易忽略的例外正是梁山本身。王倫初據水泊時，頭目僅四人；後來王倫被殺，便剩下朱貴（92）、宋萬（82），和杜遷（83）。朱貴雖然因爲工作崗位的關係，給讀者留下相當鮮明的印象，實則三人都是同一等級，無大分別的，要保留他們的可認性並不難。可是負責今本《水滸》者未以此爲意，相反地卻有故意使他們以低姿態出現之嫌。三人全列在地星組的後三分之一，又僅串連最乏特色的宋萬、杜遷二人（均齊列入步軍第二組），卻將最起眼的朱貴壓後十名。儘量削減晁蓋投靠前

---

20 上山後始有師徒關係者，唯有公孫勝（4）和樊瑞（61）。宋江出主意，教公孫勝授樊瑞五雷天心正法，故有實質的師徒關係存在，非僅隨便說說。但《水滸》並沒有利用這脈胳去發展情節。自樊瑞歸降至排座次，甚至到公孫勝離隊他去，乃至最後宋江滅方臘，班師回朝（時樊瑞尚存），書中全無他們師徒二人直接對話的場面，遂使讀者無從明白究竟兄弟名義與師生名義孰重，和二者之間如何取捨。這裏顯然涉及不必在此深談的七十回以後的版本情節分歧以及作者問題，但仍得指出忽略師生關係這特徵始終貫徹全書。

山寨規模的可認性，以便誇張大夥入主後的建樹，看來是這樣處理的最主要原因。

3. 《宣和遺事》名單的不敷應用

天星三十六人多沿自《宣和遺事》，這點已說過了。《水滸》排次此等人物，除了吳用（《宣和遺事》作吳加亮）、盧俊義領先（《水滸》調換二人的次序，祇是小異），以魯智深與武松連排，和以三阮互連外，其他平行之處不多。《宣和遺事》串連雷橫和朱全（二人本來就是夥伴）、花榮和張清（神箭和飛石性質一樣）、王雄（《水滸》作楊雄）和孫立（綽號近似），看來均較《水滸》合理[21]。然而《水滸》排次天星地星涉及百餘人，早非如《宣和遺事》的簡單地開列三十餘人就可算了事，而必須有一處理的綱領和層次。儘管處理的結果有不少欠解和不通的地方，還是遠勝於《宣和遺事》所代表的，尚未管及細分職守的初型階段。即使僅以天星為限，直移《宣和遺事》的單子過來壓根兒就不敷用，乾脆另起爐灶豈不簡單點。

從這些已應用以及未使用的原則可以看出排座次名單內各種小單位是怎樣組合而成的，祇是還不能解釋個人的位置和單位與單位之間的先後是如何弄出來的。涉及的問題相當多。譬如，為何朱全排名比魯智深、武松高？為何李應高踞第十一名？為何燕順在地星中排名如此高？為何綽號鐵扇子（廢物也）的宋清在地星組中排名竟高出三十餘人之眾？為何各小山寨單位排成現在的次序？要解決此等問題可以從不同的角度入手。

---

21 《水滸》連排楊雄（32）、石秀（33）是合理的。但如果石秀、楊雄、孫立三人排在一起更理想。這樣排既可反映出石秀、楊雄是一對，和石秀比楊雄敏銳，該稍先排，還照顧到楊雄和孫立兩人綽號的相近，以及孫立實應如《宣和遺事》所代表的早期故事傳統屬於天星。當然這樣做便變成了改良《水滸》——無此必要的玩意。

五、天地星名號的胡鬧程度

解釋梁山諸人的名位問題不能要求每個人都能找到答案，因為許多個案根本不可能期望有解答（這點隨後再講）。《水滸》處理排座次時所犯疏忽粗拙之失亦不用代其辯護。其中最明顯的毛病就在那些天某星、地某星的名號。金聖歎評曰：「天罡地煞等名悉與本人不合，豈故為此不甚了了之文耶？」（金本第七十回回首總評）。這批評基本上是對的，不過說得不夠準確，不夠深入。

石碣名單上所用星名偶與所繫人物相配是有的，如柴進為天貴星、戴宗為天速星、燕青為天巧星、安道全為地靈星，祇可惜這種例子太有限了，不易察覺出來。最重要的還是得明白那些湊出來的星名究竟荒唐至何程度。這不是指個別星名的不知所云，甚至無理取鬧，而是指全盤性的缺系統，欠意識。

天星組的總名是天罡星，地星組的總名為地煞星。可是盧俊義的個人星名也是天罡星，黃信的個人星名復為地煞星。盧黃二人又分別是天星、地星組的第二人。這種無謂重複和故弄玄虛，一點意義也沒有（經常聰明反被聰明誤的金聖歎竟說這是「奇筆」！）。

星的命名，天星組用了三十六個單字，其中十九字（已過半數）重見於地星組。除非真的連一百零八個單字都想不出來（再差勁的作者也難想像辭彙如此貧乏），否則在這小小範圍大量採用重複的字祇有用來表達共通性才說得過去。天地組之間確有這種可相互比擬的人物（如吳用、朱武兩軍師；公孫勝、樊瑞兩法師；燕青、時遷二人的靈巧機智），值得用一字雙雕法來畫龍點睛。可惜《水滸》辦不到這種精緻含蓄的安排（上舉六人的星名全用不同的單字），天星組單字過半數的重用於地星組不過是信口雌黃式的亂點鴛鴦譜。

胡鬧的程度，看看那重用的十九個字把些甚麼天地星人物強拉在一起就夠清楚了：

魁（宋江、朱武）

勇（關勝、孫立）

雄（林冲、郝思文）

猛（秦明、魏定國）

威（呼延灼、韓滔）

英（花榮、彭玘）

滿（朱仝、孟康）

孤（魯智深、湯隆）

捷（張清、龔旺）

暗（楊志、楊林）

祐（徐寧、郭盛）

速（戴宗、丁得孫）

異（劉唐、鄭天壽）

微（史進、王英）

退（雷橫、童猛）

損（張順、蔡慶）

慧（石秀、扈三娘）

暴（解珍、鮑旭）

巧（燕青、金大堅）

看了這張單子，誰都不難提出一連串尷尬的問題：剛直的楊志何暗之有？與朱武對比的何以不是吳用？魯智深和湯隆之間究竟共通了甚麼？以平庸的郝思文和林冲相連豈非侮辱了這個武功絕世的八十萬禁軍教頭？如果說石秀和扈三娘有若干共通之處，為何不是個「忍」字（逆來順受也）？

這張單子的毛病可足教編寫《水滸》者和瞎捧《水滸》為無處不美之書者（這種人大陸近來盛產）尷尬不已，簡直就是自製矛盾。首先我們得明白《水滸》書中推出一大堆雙雙對對，面目模糊，令讀者無從分辨，在書中祇能整對地行動，不能單獨從事的人物：呂方和

郭盛、解珍和解寶、鄒淵和鄒潤、童威和童猛、蔡福和蔡慶、項充和李袞、龔旺和丁得孫、阮氏兄弟等等[22]。現從這張單子挑出龔旺、丁得孫、郭盛、童猛、蔡慶、解珍六人,去和張清、張順等性格夠突出者匹配,姑不論配得如何,他們那些攣生兒似的另一半怎辦?是否意味也該和張清諸人對稱?可是不僅那些另一半別有匹配,這六人當中竟還包括了僅在所用武器上有少許差別,其他方面連肌膚斑雜都相同,絕不可能和任何其他人對配的龔旺和丁得孫,卻分別匹搭他們給毫無共通性的張清和戴宗!結果自然是一塌糊塗。

編寫《水滸》者根本不明白在書中遍插那些僅能一對對地存在,而無法單獨行動的傢伙是一大敗筆。再把這些活寶貝牽涉到漫無目標的天地星對比遊戲更是唯恐天下不亂。難道連星名可以沒有含意,但字的重用則必須有所指的簡單道理也不明白嗎?

這觀察顯示排座次和隨後的分配工作不一定是深思熟慮地弄出來的。

六、梁山人事組織的層次

技術混淆既如此嚴重,考察全盤性的因素遂有所需。其間值得首先注意的是梁山在人事組織上的層次問題。

任何社會都有階級之分,貴賤之別,梁山組織自不能例外。梁山天地星頭目各分為首腦人物、主力人物,和輔助人物三級別,就是按階級和貴賤來劃分的。

就天星而言,自宋江至公孫勝(1-4),另加柴進(10)和李應(11),均屬籌策性的領導人物。他們的頭銜分別為「總兵部頭領」(宋江、盧俊義)、「掌管機密軍師」(吳用、公孫勝),和「掌管錢糧頭領」(柴進、李應)。他們用腦袋,不用拳頭。即使遇到諸戰將不能克服的困難,非公孫勝直接參與不可,他也祇是隔得老遠地念

---

22 馬幼垣,〈面目模糊的梁山人物〉。

動真言，祭起法寶。首腦人物的責任在出主意，定策略。他們是計畫者和總務執行者，不必直接負擔各種執行細節。排比首腦階層的名位並不難。祇要看看現在採總統制諸國當中，總統、副總統，國務卿（各國名稱與職責儘管不同）所扮演的角色，便不難明白宋江、盧俊義、吳用、公孫勝（諸人不懂法術，公孫勝是必要的補充）四人的次第沒有別的排法。繼列完幾名主要戰將後，復添上柴進和李應，使首腦圈子更形充實。這樣去安插柴進和李應正反映梁山集團濃厚的封建階級思想。這點隨後解釋。

戰事為梁山存亡所繫，五虎將中的四名，關勝（5）、林冲（6）、秦明（7）、呼延灼（8），加上善射的花榮（9），均高高在上，名位僅次於宋江、盧俊義、吳用、公孫勝四人。安插完柴進和李應之後（李應本身也是戰將），便是一連串的步將和較次一點的馬軍戰將，以及水軍頭目。其中小單位的組合往往決定於同胞兄弟、同時初出場，或具備相同特徵等因素。自關勝至解珍、解寶兄弟，戰將雖不到三十名，卻是梁山戰鬥實力之所在。自一打祝家莊至排座次前夕東平、東昌之役，沒有一次大場戰事梁山陣容不是由他們作主力的。如果他們初露面時站在和梁山對立的地位，他們也是以主將的姿態出現。

這群戰將因被柴進和李應隔開，遂成為兩環。前一環清一色是馬軍將領，更包括五虎將中四人，顯為主力的主力。後一環雖包括最佳的步將（如魯智深、武松、李逵）和最好的水軍將領（李俊、三阮、張順），排在組內的馬軍將領（朱仝、董平、張清、楊志、徐寧、索超、史進、穆弘）卻顯得較列在柴進之前的馬將差了一籌。這些較次要的馬將之後，又是一群較次的步將（楊雄、石秀、解珍、解寶、燕青），這批步將列名尤後於眾水軍，成為天星組的壓軸單位。

如此分明的層次標出梁山重馬將而輕步將的傾向。最佳的步將（魯智深、武松）落在屈居於二等馬將（馬軍八驃騎兼先鋒使）的花榮、朱仝之後（花榮確是天之驕子，位居第九，緊接五虎將首四名

之後，排名還高過首腦人物的柴進和李應。這點留待後面再談）。處處獨當一面的李逵名次不過第二十二，其他步將更不必提了。

天星馬將本身也另存偏好。五虎將以及八驃騎中名次較高者多是相當晚才因戰敗不得不歸順的俘擄，如關勝、呼延灼、索超、董平、張清皆是（秦明雖亦降將，但入夥比宋江正式加盟還早，以後與山寨一致行動，早爲梁山基本成員）。排座次時，董平、張清才剛入夥，功勞簿內還是空空的[23]。連居五虎將首席的關勝，排座次前也僅替山寨做過很有限的事。名次低的，如史進、楊志，卻不少是歷盡滄桑始投靠梁山的基本成員。厚彼薄此的情形十分明顯。

世事難兩存，既優待降將，而天星降將又盡是馬將（地星降將背景較複雜，還有些特技人員包括在內）。天星步將之被壓於後，乃不可免。然而步將之中不乏曾佔過相當篇幅，吃過不少苦頭才得上梁山的重要人物，如魯智深、武松、雷橫。他們所得到的待遇，祇及非降將的馬將的層次。論及名位，步將吃虧不少。

重馬軍輕步軍，厚降將而薄自己班底兄弟，這種立場根源於梁山的擴張主義和以戰爭爲擴張的手段[24]。在大型戰事中，馬軍擔當的任務比步軍重要得多。曾領政府大軍者，在梁山領導階層眼裏，比出身低等武職（如楊志），或城鎮警備（如雷橫），或向無一官半職者（如史進）強勝多了，因此出現上述的偏愛。可惜他們忘記了實際情形。那些統領大軍來攻梁山的原多爲都統制、都監、巡檢一類地方武官，部隊更是臨時組合的雜牌貨，本身條件並不比楊志輩強到那裏去。他們更忘記了，每次來攻的政府大軍總是被班底兄弟們殺得片甲不留，主將不是落荒逃命，就是束手被擒。梁山領導階層所

23 按何心爲《水滸》所做的編年，張清入夥是宣和二年四月上旬之事，四月廿一日石碣出土，中隔十來天；名次較張清高一位的董平，入夥日期爲四月初一日，也僅早幾天；見何心，《水滸研究》，增訂本，頁205（該書的1954年原版，和1957年的修訂本都有同樣的編年章節）。兩人都是連交椅尚無機會坐暖，還未弄清楚山寨的環境，不要說對山寨有建樹，便被安排得高高地坐在上面。

24 見注15所引馬幼垣，〈《水滸》戰爭場面的類別和內涵〉。

以看不出這一點，不無封建意味存在，以爲帶領御召大軍的（關勝、
呼延灼），和統率名都大府軍政的（索超、董平、張清）必與眾不同。
導致這種錯覺者還有此等將領往往具備特殊背景條件，如關勝和呼
延灼的享先人餘蔭，掛起關羽、呼延贊的金漆招牌（關勝甚至和關
雲長處處酷似，連臉也是棗紅的），怎不佔盡便宜！

馬軍步軍不同的待遇可以這樣理解，水軍又如何？梁山既以優
良的水師配合特殊的水泊環境，構成一道使不嫻水性的官軍無法應
付的防線，縱使日後的戰事不一定在這地域發生，天下水道湖澤何
其多，水軍始終是梁山特具的本錢。明白了這一點，水軍頭目的重
要自不待言。李俊（26）以外，他們都是一組組的親兄弟，排次起來
各成單位，本無需和馬軍作比較。可是名次排起來必有先後，況且
他們之間既無降將，又全是從無任何官職的基層班底人物，水戰在
大規模戰事中復難免其輔助性意味，名次（23-31）僅能整體地安置在
天星組最後的五分之一[25]。那時馬軍各員早已排次完畢，步軍亦僅
餘幾人可以安置在他們之後了。這一切，綜合來看，仍是證明馬軍
（特別是馬軍降將）地位之隆。

首腦人物和主力人物外，天星組尚有輔助人物。因爲天星組得
強調其領導性本質，難容太多輔助人物，故僅列戴宗（20）和燕青
（36）二人以作代表。他們都是獨一無二的，一個專責報訊採訪，一
個象徵忠僕義行，且兼善多種技藝。論名次，戴宗雖遠不到天星組
的中間點，已高過第二環的步將（如李逵、史進），並不算低。燕青
的包榜尾，除了角色的輔助性外，他之爲天星組中的唯一奴僕，且
爲仰宋江鼻息的盧俊義的奴僕，當亦有關係；這正符合下面要解釋
的梁山集團所存在的濃厚階級意識。

天星組排名的階級分明主要是因爲馬軍和降將得到特殊的優

25　首腦人物（1-4，10-11），和主力人物的馬軍（5-9，12，15-19）、步軍（13-14，
　　17-25，32-36）都有一等和二等的明顯組別，互相聯鎖。惟有水軍一組
　　（26-31）毫不混雜。這完整性説明水軍在名次上雖被壓下來，其重要性和
　　特質還是未被遺忘。

待，別的出身背景者便因而相形見拙。爲甚麼會出現這種偏愛？對
梁山這個現實社會而言，前瞻遠較後矚重要。大聚義後排座次分工
作是以前擴展收容時期的結束和整頓，更是尋求日後新方向的開始
和探索（所以隨後的大節目是招安），因此群體意識超越個人意念，
各人對山寨未來的貢獻也比過去的功勞重要。排座次主要是一項放
眼將來的工作（山寨倚靠爲主力的馬軍和降將能否勝任是另一回
事），酬答以往的功績祇能說是次要的考慮。

正因爲要放眼將來，重責自然落在具領導地位的天星。人數眾
多卻居下位的地星不免顯得軟弱。雖則如此，地星也如天星一樣，
分爲首腦、主力、輔助三級別，其間的比例則不同。

天星地星各人均有任務，一旦有事，差勁的也得盡其所能。任
務可以分擔，權力卻不是共享的，而是集中在少數天星之手。試看
地星之中究竟有幾人上山後有建言的機會，便可知了，更不要說發
表意見有人聽，有效果。然而地星的排次還是按首腦、主力、輔助
的次序。

天星組早有首腦人物六名（真正掌權的始終僅宋江、吳用二
人），不會不夠。地星要分配這種人物，既無權力，形同虛設，滿
足一下形式就算了，故名單上僅朱武一人屬此類，頭銜爲「同參贊
軍務頭領」。朱武有吳用的謀略，祇是不及他的水準。他可能還懂
法術 26，故或也可用他來兼與公孫勝對比 27。

---

26 《水滸》書中雖沒有朱武表演法術的情節，但梁山頭目道裝打扮者僅公孫
   勝、樊瑞，和朱武三人，而公孫勝和樊瑞二人的看家本領就是法術。朱
   武懂法術的可能性是值得考慮的。
27 假如不是因為涉及目前尚未能解決的故事演化問題，朱武的本領還應加
   上武功不錯這一項。此事涉及相當複雜的版本比對，說見馬幼垣，〈從
   朱武的武功問題和芒碭山事件在書中的位置看《水滸傳》成書的過程〉（此
   文收入本集）。至於朱武懂不懂陣法，則涉及《水滸》演化過程的問題和
   版本問題，且要把好幾件事串連起來看始有看得清楚的可能。容與堂本
   遲至第五十九回才首次介紹朱武時，並沒有說他懂陣法。袁無涯本在第
   二回介紹朱武時，則說他懂陣法。袁無涯本是從容與堂本一類本子演化
   出來的，這點可以斷言。此為一事。梁山在受招安過程中，兩贏童貫，

天星組的首腦人物分前後兩環，中插最重要的馬軍戰將。地星組模式一樣而分配稍異。朱武之後列八名地星中最主要的戰將（下一段有說明），然後安排兩名當政務的輔助人物，即管文書的蕭讓（46）和管賞罰的裴宣（47）。

地星戰將的分配亦依天星的模式。最主要的一環盡是馬軍戰將，他們和較次要的戰將被分隔開。第一環自黃信（38）至魏定國（45）八人，清一色是軍官出身，而且除孫立（39）是自動投效者外，全是活捉過來的降將。天星地星間平行相應之局明顯是有計畫的安排。

地星第二環戰將當中，馬軍戰將多排在前，步將每排在後，水軍頭目則排在中下的位置。這同樣是天星組模式的再次運用。梁山水師頭目僅八名，六人緊湊爲一組地列名天星，剩下童威、童猛兩兄弟落在地星組中下層。童氏兄弟與李俊、張橫出身相同，經歷也差不多，本領分別再大也不致和他們天地分立般遠距三十多名。這是受形式要求之累。地星也要有水軍頭目才能和天星組構成平行局面。天星組的水軍頭目既盡列在該組後五分之一，地星組者總也要放在中間點以後始能收相應之效。

地星既居下位，梁山集團的輔助人物遂集中在此組。自掌文書的蕭讓至管帥字旗的郁保四（105），散佈在地星組中層和下層。雖天地星兩組的輔助人物數目懸殊，分佈的形式還是一樣的。

輔助人物每可分爲識與技兩途。前者重學識：戴宗的神行、蕭讓的書法、金大堅的印章、蔣敬的會計、裴宣的刑務、安道全的醫

（續）——————
三敗高俅，吳用和宋江都連番表演佈陣本領；其間朱武連插嘴的機會也沒有。得強調的是，大聚義後至受招安的十一回是今本《水滸》中最古的部分。此爲第二件要串連起來看的事。征遼時，朱武不僅多的是表演排陣本領的機會，其本領還高明得幾近出神入化，吳用以及擁有九天玄女娘娘所賜天書的宋江均無法望其項背。這第三件得串連起來看的事明顯指出，征遼故事儘管是百回本的一部分，這些故事與前此的章回（特別是招安部分的章回）絕不會同出一人之手。這就是說，朱武懂不懂陣法，答案隨所說的部分和所用的版本而異。

術、皇甫端的治獸,都代表思智式的學識。後者重技能:侯健的縫紉、湯隆的製甲、孟康的造船、凌振的製砲、朱富的供酒、曹正的屠宰,都是從經驗積聚改良而得的技能。

識與技是有分別的,其間的分別在名次上反映。戴宗的情形不必重述。蕭讓和裴宣地位相當高,兩人的名次更有使地星的馬軍頭目截分前後環的作用;這和柴進、李應在天星組中所產生的作用平行相對[28]。其餘蔣敬、金大堅、安道全,和皇甫端,排名最後者亦居地星組中間點以上,與馬軍頭目第三環(地星馬將頭目最高的一環)和地星步將第一環諸人混次列出。那些憑技能獲擁忠義堂上交椅者則退居次要地位,散置於馬軍頭目最後二人(陳達、楊春)和地星步將第二環人物之間。這兩組輔助人物地位的不同反映出梁山集團重頭腦輕肢體的立場。

技能人員名次雖不算低,卻不受重視這一點還可再說明一下。梁山需要的技能不限於孟康、侯健、湯隆、凌振、朱富、曹正數人所能提供的(大夫和獸醫的服務亦該屬日常所必需)。甚具啓發性的例子有幾個。一為派李雲負責修造房舍。李雲本為李逵故鄉沂水縣的都頭(梁山諸人,除了武松客串式充當一陣子都頭外,真正都頭出身者僅三人。朱仝和雷橫均按本行,任為武將,不得不改行的祇有李雲一人)。李雲「一身好本事,有三五十人近他不得」(第四十

---

28 既然地星組的蕭讓、裴宣,和天星組的柴進、李應作用相同,又正巧分別為天星地星的第十和第十一名,為何不視蕭裴二人為地星的首腦人物?原因有數:(一)地星基本上為天星的附庸,有承擔特別任務之責,而沒有挑大樑機會的可能。唯一的例外是時遷;但這不是一般讀者所能理解的,見注3。朱武也可以是例外,但他的獨當一面涉及尚未解決的故事演化問題,見注27。不管如何,把朱武排在地星之首,象徵一下,即可滿足形式上的需求。除朱武外,地星組不需要別的有名無實的首腦人物。(二)蕭讓與金大堅並無實質之別,且本為一對,然而排起名次來,金大堅卻落後二十名(這也是排座次不公允之一例)。金大堅既不足當地星組的首腦人物,蕭讓也同樣不夠資格。(三)柴進、李應合掌錢糧,自成一單位,地位隆高。蕭讓、裴宣、金大堅等十六人一併歸入最後無法分類的「掌管監造諸事頭目」,名副其實之為雜牌軍。

三回）；中蒙汗藥後剛醒，便立刻和李逵鬥五七回合仍不分勝負（第四十四回）。列入步軍頭目者總該有若干人不及他，山寨竟派他去管營造，豈不浪費？豈非錯配？二為差遣陶宗旺去築城垣。陶原與歐鵬、蔣敬、馬麟共霸黃門山（第四十一回）。蔣敬文武兼通，因善會計，按此安排職責，合情合理；其餘三人俱為武將。陶宗旺「慣使一把鐵鍬，有的是氣力，亦能使鎗輪刀」；當然梁山不乏這等級的武將，分配其任非武職原不為過。問題並不在給李雲、陶宗旺不稱職的工作，而是在輕視建築業的專門性。房舍決定生活的安定和素質，城垣保障山寨的安全，以梁山的規模均涉及長遠的計畫和龐大的工程，非專門人才不能勝任，豈可兒戲如此？若謂梁山沒有這種專才，始出此下策，也是說不過去的。凡遇梁山需某種當時集團沒有的專門人才，慣例千方百計逼人落草。蕭讓、金大堅、徐寧等便是這樣上山的。宋江的入夥促成山寨食指日繁，加上自祝家莊之役開始，大型戰事成為常規活動，建屋築城早該刻不容緩，待排座次時，此等工程應大致已完成。絕不會晚至那時候才察覺有此需要，然後隨便找些本領較低的戰將負責，敷衍了事。歸根究柢，仍是因為編寫《水滸》者受階級觀念所支配，不把民間工匠的技能看作是一回事，安排某人負責此類工程不過求滿足述事形式而已。

七、階級觀念的支配程度

梁山一百單八人順序排名等於定尊卑，還不夠滿足階級意識的要求嗎？為甚麼還要再嚴分在上的天星和居下的地星？《宣和遺事》所代表的歷史因素固可用來解釋為何編寫《水滸》者得尊重三十六人這個有來歷的數字。但《宣和遺事》並沒有嚴分彼此地鐵定各人的名次，更沒有劃出天高地低的楚河漢界；《水滸》則不然，次第分明，天地嚴別，誰比誰高，誰較誰尊，一目瞭然。

天星地星的界定使他們在工作上也嚴分畛域。排座次後，梁山

上共有十八個工作單位，任務的尊卑與名次的高下互相扣連，毫不含糊（包括在各工作單位內諸人的名次往往是串連的，即使不串連也是相當接近的，故不該把排名次和分配工作看成是互不相關的兩件事）：

總兵部頭領：天星二人（1，2）

掌管機密軍師：天星二人（3，4）

掌管錢糧頭領：天星二人（10，11）

馬軍五虎將：天星五人（5-8，15）

馬軍八驃騎兼先鋒使：天星八人（9，18，17，19，16，12，23，24）

馬軍小彪將兼遠探出哨頭領：地星十六人（38-45，48-50，67，72，73，51，87）

步軍頭領：天星十人（13，14，21，25，22，36，32，33-35）

步軍將校：地星十七人（61，60，64，65，84，85，80，86，74，82，83，90，91，78，79，98，99）

四寨水軍頭領：天星六人（26，28，30，27，29，31）、地星二人（68，69）

打聽聲息邀接來賓頭目：地星八人（100，101，102，103，92，89，96，104）

總探聲息頭領：天星一人（20）

走報機密步軍頭領：地星四人（77，107，108，106）

守護中軍馬軍驍將：地星二人（54，55）

守護中軍步軍驍將：地星二人（62，63）

專掌行刑劊子：地星二人（94，95）

三軍內探事馬軍頭領：地星二人（58，59）

一同參贊軍務頭領：地星一人（37）

掌管監造諸事頭領：地星十六人（46，47，53，70，66，71，57，56，88，52，97，81，76，93，75，105）

天星要做的事，地星沒有插手的資格；地星該做的事（特別是那些日常作業的雜務），天星也不屑參與。唯一天星地星兼容的單位就是水軍，那是因為地星得有若干水軍頭目作代表；這點前面已說過。梁山是一個階級分明的三級制社會——天星、地星，加上完全沒有權力可言的嘍囉。天地星的名次和職守即按此觀念處理。把名次孤立起來看就必有嚴重偏缺。

階級觀念與出身背景深有關係。梁山一百零八名頭目的個別出身以前已有人做過統計，多數止於機械式地點算幾人為農民（大陸上為了標榜《水滸》為歌頌農民起義之書，往往不惜削足適履地把農民的定義說成廣義得不能再寬闊），幾人為奴僕等等[29]。惟尚未見有人進一步解釋出身與在山寨所享權力的關係，以及其間的階級因素。

不妨先看看各人背景相當一致的地星。他們多是下層社會人物，偶有可歸入中等階層的亦不過是秀才、舉子、地方軍官之類。天星人數少了一半，背景卻複雜得多了，上中下各社會階層均備；富者享特權（如柴進），貧者清淡度日（如三阮）。有一事最值得注意。地星組中除了幾個排在前面，因為職守而有若干勢力的地方武官外，其他多是市井細民，談不上具備地方性權勢（據地盤，做無本錢買賣者是地方公害，而不是地方性權勢）。

天星可不是這樣子。即使不算早死的晁蓋是個面子十足的鄉

---

29 這樣的分析，何心《水滸研究》各版都有專章去做（增訂本，頁238-254）。他把一百零八人以外的各式配角、閑人也包括在歸類之別。最近王北固，《水滸傳的組織謀略》（上海：上海書店出版社，2003年），頁47-54，按出身分梁山頭目為十一類型，並分析各型心志之不同，以及各型所反映的社會意義；王學泰、李新宇，《水滸傳與三國演義批判》（天津：天津古籍出版社，2004年），頁109-111、122-123、132-137，提出梁山頭目在數目上以數近五十人的遊民為主體的新觀點，並歸納出遊民的若干共通思想特徵；後一書作者之一的王學泰另外在其《水滸與江湖》（北京：中國工人出版社，2004年），頁84-99，也有類似的論析。這些例子均代表年青一輩的中國大陸學者開始突破硬套現代政治理論框框去解釋古典文學作品的可喜現象。

紳，衹要看看六名首腦人物的出身便不難窺見其中奧妙。宋江（胥吏）、吳用（塾師）、公孫勝（僧道）三人的出身和見於地星組無大分別，不足爲奇。特別之處在其餘三人。梁山一百零八個頭目當中，確是富豪和大地主者僅柴進、盧俊義，和李應。這三人全爲首腦人物，佔了這個尖頂極峰的百分之五十。這豈可能是偶然之事。

柴進貴爲後周世宗柴榮（921-959）之後。趙匡胤（927-976）之得國深與柴家的「合作」有關，故有丹書鐵券之賜，而柴家遂幾與宗室無異（起碼在小說如此）[30]。如果不是賊臣當道，縱容爪牙橫行，不管柴進如何寫意地和江湖人士來往也不致弄到走投無路上梁山。既落草，以柴進的地位，過去和梁山高層人物的友誼和給予他們的恩惠，以及將來對梁山所作貢獻的可能性（招安時期和李師師的接觸就非靠柴進雍容華貴的風姿，進退得體的談吐不可。這是梁山其他成員所難辦得到的事）[31]，總不能在名位上把他壓得太後。排名第十，列於首腦人物的第二環是合理的。

盧俊義是北京大名府的鉅富。這個本與梁山毫無瓜葛之人的被誘上山完全是爲了滿足宋江的政治需要。教他坐在名雖高，卻無實權的第二把交椅（這與現在政治體制的副總統太近似了），最適合梁

30　柴榮和趙宋開國的種種背景，可參閱韓國磐，《柴榮》（上海：上海人民出版社，1956年），和栗原益男，《亂世の皇帝──後周の世宗とその時代》（東京：桃源社，1968年）兩書，以及施正康、施惠康，《水滸縱橫談》（上海：學林出版社，1996年），頁72-75。至於丹書鐵券的賜授，宋朝確有此制度，但柴家是否擁有鐵券尚待證明。然而柴榮的後人在宋朝並不顯貴，史籍乏書，則是事實。至於歷朝賜授鐵券的情形，可參看王雪玲，〈鐵券制度考略〉，《中國典籍與文化》，2003年1期（2003年），頁96-100。

31　招安計畫由柴進擔起京師行動，理所當然。這次的成功卻帶來以後一次莫名其妙的敗筆。征方臘時，由柴進演出那場假意投降，眞當駙馬，享一番不必負責任的艷福（方女自盡，乾乾淨淨）。插入這場戲對方臘、對宋江兩集團的勝負並無實質意義可言，況且搭檔又是燕青，東施效顰，俗不可耐。這種狗尾續貂的勾當正可證明征方臘部分不可能爲原本《水滸》所有（鄭振鐸以爲原本當包括征遼和征方臘兩部分，從者甚眾）。

山的客觀情況[32]。

這樣去解釋柴盧二人之居崇位總不致遠離真相。這方法卻不適用來解釋李應這個高踞第十一把交椅的大財主的情形。

排座次要處理得公平，過程中不能不考慮兩個條件：（一）上山的主動性和誠意。（二）上山後的貢獻和按其本領預計其將來可能作出的貢獻。真有此兩關的話，李應絕對都通過不了。當然梁山不會強調來歸的主動性，否則那些降將就不能在天星和地星組內同樣被捧上半天高了。那些降將全無自動來歸的，但他們「從善如流」，一見宋江使出親解繩索，蜜語勸降，愈練愈熟的招數，便速下決定，馬上拍板，好戲一演即成，絕不用先排練。這樣入夥，主動性雖不足，起碼可用當機立斷的合作精神來彌補。

李應的情形剛相反，虎頭蛇尾。他原先之助楊雄、石秀出於好勝，愛面子，而不理會事件的嚴重程度，並沒有立意要和梁山打交道（楊石二人也沒有向他亮出梁山的幌子）。孰料估計錯誤，愈弄愈糟，以致不可收拾。等他中了祝彪一箭，也就順勢打退堂鼓，讓楊雄、石秀自己去處理殘局了。待宋江和祝扈兩莊開仗，他祇圖置身事外，以為這樣便可擺脫以前的瓜葛。這種行徑幼稚和膽怯兼而有之。他對祝扈兩莊，背盟在先，隔岸觀火在後。他又何嘗不視梁山如蛇蠍，隔離為要。他根本不明白這種笨政策絕不可能讓他獨善自存。結果還是宋江用計，害得他陷入絕境，祇好乖乖留在梁山。此人之上山不要說全無自動的成份，連一般降將那種見風使帆式的合作和果斷也沒有。

李應的悔約使祝扈兩莊力量大減，損失三莊互相援濟的地理優

---

32 參閱何思樵，〈盧俊義為甚麼會被誘迫上梁山〉，《東南風》，1卷6期（1974年7月），頁1-10；馬幼垣，〈架空晁蓋〉，《聯合報》，1989年8月25日-9月2、4、5日（「聯合副刊」）；修訂本見馬幼垣，《水滸論衡》，頁335-360；馬幼垣，〈最冤枉的政治犧牲品——盧俊義〉，收入馬幼垣，《水滸人物之最》，頁155-162。近見署名「十年砍柴」（李勇），《閑看水滸——字縫裏的梁山規則與江湖世界》（北京：同心出版社，2004年），頁37-38，也有類似的討論。

勢，他們自然恨之入骨。他之極力迴避投入任何一方亦大不利於梁山。縱使他不直接援助，祇要他跟宋江說些他知道的事亦必大增梁山操勝算的機會和縮短整個戰役的時間。譬如說，他當然知道祝家莊遇白楊樹即須轉彎的佈置，假如他有絲毫助梁山之意，何必要宋江在吃虧以後用碰運氣的盲目方法摸索出來。他的緘默增加宋江行軍的危險性和失敗率。按宋江心胸狹窄的本性，怎會不記在心裏？

對祝扈兩家，對梁山組織，李應同樣是立場不定，有始無終，作不得榜樣。爲了實際利益，宋江計陷李應，使之入夥，以求一舉盡除山寨門前的阻礙，那是一回事。讓李應居高位又是另一回事。單講李應上山時的扭扭捏捏，他上山後的前途就該難看好。

正如上述，梁山是個實事求事的社會，誰入夥後爲山寨做了甚麼事，誰將來能爲山寨做些甚麼事，比上山前的事功更重要。李應上山不可謂不早，自此至排座次，多少戰役，多少事故，究竟李應爲山寨出了甚麼力？一般讀者並無印象。

統計起來，自李應上山至排座次，他在六個場合出現過。涉及的全是陪襯式，幾乎誰都能做得來的小差事。如在破連環馬前的調動當中，李應與花榮、秦明、柴進、孫立、歐鵬的責任爲「乘馬引軍，只在山邊掩戰」（第五十七回）。這裏雖然包括不少健將，但應付連環馬的主力是配備鈎鐮鎗的十隊步軍，不再如開始時的用馬軍去和呼延灼硬碰。李應等究竟如何掩戰，下文提也不提。

鬧華山之役，李應名字數度出現，作用祇是佈景板而已。若非慢慢細算，誰會記得此役他也有份。

盧俊義中了吳用之計，走向梁山時，山寨命一連串頭目假意和他糾纏，引他經金沙渡走。李應參與其中一環。在這過程當中，免不了梁山人馬的調唆（李逵、魯智深、劉唐、朱仝、花榮等均如此）和盧俊義的謾罵，熱鬧一番。李應參加時，劉唐和穆弘已和盧俊義對扯過一頓，打了幾招。李應加入後，他和劉唐、穆弘旋即退出，

改由別人接上。李應一進一退之間連說句話的機會也沒有[33]。

梁山之初攻北京大名府(第六十三回),先鋒分爲四撥。其中第四撥由李應帶隊,副將爲史進和孫新,看似頗有份量。交戰時,真正出力的是李逵(第一撥領隊)、解珍和解寶(第二撥領隊)、扈三娘(第三撥領隊)、秦明(前軍)、林冲(後軍)、花榮(右軍)、呼延灼(左軍)諸將和他們的副手。李應的一隊後來竟下落不明,沒了蹤影。

梁山不能速破北京城,朝廷隨即派出關勝的征討軍,把戰場轉移到梁山水泊範圍。留守山寨的水軍頭急不及待,大軍未返先採行動,張橫和阮小七因而爲關勝擒獲。等到關勝和他的兩副將先後爲宋江所擄,才見李應引軍搶入政府軍營內,救出張橫諸人。諸如此類,片段得很的羽量級任務,讓薛永、周通輩去做也綽綽有餘。

梁山回頭再攻北京城時,點撥八路軍馬,單上沒有李應。城破之際,李應卻突然出現,與史進、杜遷、宋萬佔了東門。《水滸》處理李應,漫不經意如此。

這樣一個上山前乏誠意,上山後缺表現,在梁山集團中又無班底之人(他帶來的頭目僅杜興一人。這和盧俊義近似,但盧的忠僕燕青投靠前,入夥後,份量之重,杜興何能比擬),怎能高踞第十一名,位僅次於柴大官人?偌大一個莊園之主落草,財富和家丁隨之而來,聲勢均隆(這點連盧俊義也不如),怎能教他屈居下位?隨便說他和柴進共同管理山寨錢糧,就把他們安排在一起[34]。

---

33 在這場梁山穩操勝券,把盧俊義玩弄掌上的部署中,另一個不發一言,接過幾招便退出者爲武松(比起李應,武松尚勝一籌,一人擔起一環)。這不是偶然的事。武松加盟梁山後,出場機會的渺少,扮演角色的輕微,與他入夥前生龍活虎,搶盡鏡頭確是天淵之別。魯智深的情形亦如。他倆入夥梁山後,大批馬軍將領相繼出現,佔了中心地位,當是部分原因。這是重馬軍輕步軍的必然結果。晚至征方臘之役的尾聲,武松、魯智深二人始有復甦的機會,但整個征方臘部分祇是續作,並非原本《水滸》所有。

34 宋江陰計燒了李家莊,其安排李應居高位是否出於贖罪心理?答案該是否定的。在絕無啓示,毫無準備下,突中梁山圈套,被連根拔起,逼上梁山的(如徐寧、蕭讓、金大堅),甚至犧牲家人者(秦明之妻就是活生生的祭品),大有人在。宋江除了替秦明找個現成的新老婆外,又衷心做過

三心兩意，對梁山毫無貢獻的大財主可特享優待，和上面所講民間工匠技能的不獲重視是同一件事情的兩面觀。

梁山集團的嚴分階級還在一個意想不到的地方表現出來。提名的石碣，正面寫天星三十六人之名（包括綽號和所繫星名），背面寫地星七十二人之名（亦包括綽號和星名）。這塊石頭正背兩面的面積是一樣的，而背面所刻字數比正面多了一倍。這就是說天星各人名字所佔面積較地星者大一倍。石碣出土時，地星諸人看見自己的名字用了小一半的字體刻出來（縮小的程度甚至可以超過一半。地星人數倍出，行數隨增，行與行之間的空位也就佔用較多空間，縮小字體便成了騰出空間之法），心必也冷了一截！有插圖的明版《水滸傳》喜強調梁山諸人彎身仔細在石碣名單內找自己名字的神態（容與堂本即如此，見本集插圖廿七）。地星人數多，每個名字所佔面積卻僅及天星者之半，甚至還不到一半，要找自己排在那裏豈非較天星人物難多了！這種情況怎會不帶給地星人物負面的心理影響？這是階級觀念作祟最以視覺效應表達出來之例。

八、行政和防務單位的部署

那些林林總總的高低分明，尊卑有序之安排還可以從另一角度去看。排座次不是單純的斟酌名次，而是個一分為三的程序：定名次，分工作，和決定若干頭目在梁山水泊的實際駐紮地點。三者連貫互繫，企圖使梁山組織理想化。前兩項已講過不少，最後一項涉及地理方位（有關的單子排在名次單和分配工作單之間，但因其並不包括整夥一百零八人，故至此方處理），配合圖表較易說明：

（續）————————

　　甚麼補贖行動？李應的情形與此分別極大。事情一步步發展，加上他做事做人的三心兩意，面面不討好，不能說心理上全無準備。到頭來，莊園雖然被燒了，家人無恙，錢財和家丁大都保存下來，比起別的梁山犧牲品，他早已幸運多了。

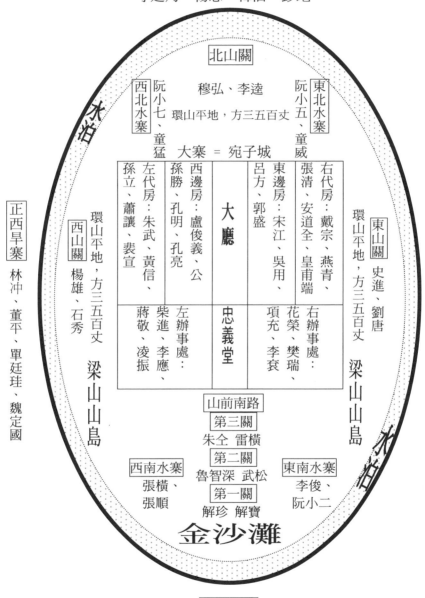

正北旱寨
呼延灼、楊志、韓滔、彭玘

北山關
穆弘、李逵
環山平地，方三五百丈

西北水寨
阮小七、童猛

東北水寨
阮小五、童威

大寨 ＝ 宛子城

西邊房：孫勝、孔明、孔亮

左代房：朱武、黃信、蔣敬、凌振

右代房：戴宗、燕青、孫立、蕭讓、裴宣

左辦事處：柴進、李應、蔣敬、凌振

大廳

忠義堂

東邊房：宋江、吳用、呂方、郭盛

張清、安道全、皇甫端

右辦事處：花榮、樊瑞、項充、李袞

右代房：戴宗、燕青

水泊

正西旱寨
林冲、董平、單廷珪、魏定國

西山關
楊雄、石秀

環山平地，方三五百丈

梁山山島

東山關
史進、劉唐

環山平地，方三五百丈

梁山山島

正東旱寨
關勝、徐寧、宣贊、郝思文

水泊

山前南路
第三關
朱全 雷橫
第二關
魯智深 武松
第一關
解珍 解寶

西南水寨
張橫、張順

東南水寨
李俊、阮小二

金沙灘

正南旱寨
秦明、索超、歐鵬、鄧飛

梁山部署行政防務單位示意圖

這是三環核心重疊式的部署，層層往外推展，也層層迭增這個團體的向心力：

（一）中樞——忠義堂及堂後雁臺的東西兩房爲眾頭目聚會議事，以及主要首腦人物籌策事宜之所。

（二）中樞屏藩——左右兩代房和忠義堂兩旁的辦事處，以及四周環山各關，分別執行輔政與保護中樞之責。

（三）外圍防衛網——四旱寨和四水寨代表梁山軍事實力的精華，團團鞏護水泊的大範圍。

姑勿論地理環境是否容許這樣整齊劃一的部署[35]，上榜的條件和分佈的依據，分析起來，啓示性還是相當清楚的。

部署列出頭目六十二人，稍過總數一半。天星三十六人全在，地星則僅收二十六人，落第的用「其餘各有執事」一句籠統的話概括。這樣一組盡收，一組精挑（地星榜上有名者爲該組百分之三十六），何嘗不是嚴分階級的表現。

地星上榜的比例如此低，入選不該毫無準則。不妨自中樞到外圍，逐層試析，天星的分佈亦可同時說明。

宋江、吳用、盧俊義、公孫勝主持中樞，分掌忠義堂後面雁臺的東西兩房。每一房分由兩天星主政，一正一輔；宋江、吳用主東房，盧俊義、公孫勝理西房。各房另配頗似現今政府首長的侍從副官的地星武將一對——呂方和郭盛（東房）、孔明和孔亮（西房）。

爲何選上這四名地星充副官？副官的作用，體面、排場，供實

---

35 這樣整齊的部署要有同樣整齊的地理環境配合才能實現的。天壤間何處有一塊如此隨心塑造的土地？梁山是湖中一個山島，島上的地形何處高，何處低，何處平，怎可能正是梁山諸人所需求的四方八面依樣製件式的平均分佈？現在梁山一帶，不管水位如何（湖水浩蕩連天時的地理情況可以用電腦模擬還原），果然根本就絲毫不像那樣子。強求小說等於歷史的人不計較這些。對他們來說，那邊是朱貴賣酒處，這兒是李逵守關處，指派起來永遠可以依賴故老相傳那面蠟製盾牌來掩護。《水滸》所寫梁山人事組織的看似周詳合度，實則相當簡陋，且處處暗藏鬼胎（正文隨即有解釋），以及水泊環境的嚴重違背地理原則，盲目吹捧此書者是無法看得出來的。

際使喚，兼而有之。副官不是保鑣，並不講究武功。呂方、郭盛美
姿容，一出場就給人呂布再世的鮮明印象。由他們充當東房宋江和
吳用的副官（守護中軍馬軍驍將），再理想不過。

在梁山集團裏一對對的頭目確不少，但既要外表出眾，又要當
了花瓶式的副官也不致浪費人才的，選擇便不多。貴爲宋江門徒的
孔明、孔亮正符合這些條件。這兩兄弟本領低劣（宋江教的，難怪），
但長得夠俊[36]，出任中樞副官之職自然適合。祇是他們既爲宋江門
生，分配東房太明顯了，所以用守護中軍步軍驍將的頭銜撥歸西房
盧俊義和公孫勝名下。這對兄弟也可充宋江在西房的耳目。盧俊義
若夠聰明，就不會輕舉妄動了。

東西房之旁各有一代房。右代房（東房之側）由三天星（戴宗、
燕青、張清）和兩地星（安道全、皇甫端）執掌。左代房（西房之側）
由五地星（朱武、黃信、孫立、蕭讓、裴宣）管理。東房之比西房重
要，一望而知。

左右兩代房的基本責任在執行不必中樞下決定的日常運行事
宜。因此，若論右代房五人職務的重要性，當以神行探子和山寨的
唯一大夫以及獨有的獸醫爲主。其餘二人並沒有如此明顯的專業因
素。其中把身懷諸多雜藝，卻是盧俊義唯一親信的燕青調派在右代
房會否有隔離與監視的成份在內，是值得思索的問題。至於張清，
身爲八名二等馬將之一，何以孤伶伶地置身於此？這點或可從隨後
要討論的宋江關係去解釋，暫時不談。

左代房的性質有同有異。蕭讓管文書，裴宣理刑務，和右代房
的戴宗、安道全、皇甫端一樣，在中樞之旁執行山寨的日常行業。
左代房的其他三人則顯然不屬此類。朱武是地星的唯一首腦人物，
安排在此正好完成其形象的象徵作用。黃信和孫立二人呢？他們是

---

36 按孔亮出場時（第三十三回）的描寫，他確是一表人才。雖然隨後孔明的
　　介紹祇略說他穿甚麼衣服，這對兄弟顯然不是武大郎、武松的一醜一俊。
　　兩人的風姿應是差不多的。

地星組的第二第三名，連同朱武，地星首三名全歸入此單位，豈會
是偶然之事？這安排的作用當在彌補左代房一個天星也沒有的不
平衡。

正如上述，代房是行政單位，責任在協助中樞（故曰代）維持山
寨規模不少的日常作業，在此安插比例不少的戰將（張清和孫立更
是梁山的主力作戰頭目），無疑誤用人力資源，浪費位置，甚至妨
礙別人工作。他們的位置應留給負責日常飲食，維修房舍、防禦工
事、船隻諸頭目才對。梁山把兩代房的性質弄得含糊不清，因為他
們最關切的並不是山寨日常運行的平穩和合理，而是象徵意義、表
面平衡，和權力分佈。

東西房及兩代房前面為忠義堂，堂兩旁另各有辦事處。右辦事
處名不符實，駐此者盡為武將。花榮這個和宋江私交特厚的天星配
帶三個既同出一小寨（芒碭山），復曾不自量力意圖吞併梁山的地星
——樊瑞、項充、李袞。在整個部署中找不到這樣組合的別例，怎
能說沒有監視曾為異己者的意圖存在？

忠義堂左邊的辦事處卻截然不同，由柴進和李應兩天星管財
政，加上會計師蔣敬和負責火器的凌振，是一個相當單純的行政單
位（如果把負責一般兵器和盔甲的湯隆也安置在此，自然更完善）。
為何不讓左代房和左辦事處的人選對換，使行政人員在左代房服
務，把黃信、孫立等武將調到辦事處？如此輔助中樞辦行政者便集
中在同一層次，可以增加工作效率和顯示左右兩組的平行性與相協
性。（祇是這仍在中樞範圍浪費武將人才）。現在這種安排大有可能
是為了要減低西房及其所屬單位的重要性。就算不管原意如何，正
副有別這一點確是因而彰顯出來。

以上是梁山集團中樞部分的部署。

忠義堂前面為山前南路三關，也就是自金沙灘到主寨間的連環
要隘，分別由解珍、解寶（第一關，最南）、魯智深、武松（第二關）、
朱仝、雷橫（第三關），六名天星把守。這個表面看似十分整齊的佈置

有一毛病。自金沙灘向主寨走，路程不長，三關該是相當緊接的[37]，加上這是山路，倘戰爭在此發生，應與一般臨城守衛戰無異，馬軍難派用場。何以在五個步軍將領之間夾雜馬將朱仝？這顯然是因為朱仝、雷橫在讀者心中始終是一對。形式決定內容之弊，這又是一例。

說到這裏，不妨先提一提一個下文才試解答的問題：為何討論至此，老指朱仝為馬軍將領？倘按負責地方治安的都頭一般不必騎馬作戰的常規，朱仝該是步將，那麼六個步將分守三個緊接把沿山建築的關隘就沒有問題了。

現在還是續看梁山其他的部署吧。

梁山主寨建築在四面環山，方三五百丈的一片平地上（像個火山口。現在看到的梁山絲毫不似那樣子），上山的主要通路在南面，朝北上山[38]，所以有上述山前三關的設立。這是林冲入夥前已有的規模。現說東山、西山、北山既亦各有一關，全由天星駐守，該為梁山日盛後，甚至晚至排座次前夕才添建的[39]。

---

37 自金沙灘至大寨，通過三關的情形，林冲投奔時描得很清楚（第十一回）。

38 談論梁山大寨的地形，當以林冲上山時，書中首次正式向讀者所作之介紹為依據。

39 這裏有一不大不少，卻是把《水滸》編寫成今本的樣子者未嘗注意到的問題。見於今本《水滸》的梁山主寨築在一盤地上。上山的主要通路在南面，自金沙灘朝北通過三關上去。這條主要通路自然是山路，其他三面雖不會絕無通路，總應是較南面為陡的山坡。這樣才能配合林冲初上梁山時所見到的四面高山。問題在東西北三山各關該設在何處？如築在面對中央平地的半山上，不單難收保護之效（外敵可以翻山而來，直攻各關之背，各關很易便反為敵所用），反成居高監視主寨之勢。倘設在山頂，或設在環山向外的一面（即面對水泊水面），則要東西北三方面的地環境都容許作相同的佈置才行。祇有在極端巧合的情形下才會出現相配的地理環境。怎能強求湖中一山島的地理情形恰正如此！重複一句，現在見到的梁山，地形與此全不合。譬如現在上梁山的主要通路在北面，朝南上山，與《水滸》所說的地形正正相反。梁山大寨地理環境之純出虛構，王珏、李殿元，《水滸傳中的懸案》，頁55，以為源自元高文秀的《黑旋風雙獻功》雜劇，而《水滸》復事鋪張，遂更成幻設之境。強把現在的梁山說成《水滸》書中的梁山自是水中撈月，自欺欺人之舉。

　　此三關既依山勢建築，自應由步將鎮守。這裏仍出現原可避免的不協調。僅西山一處，因由楊雄、石秀當關才出現既並爲步將又二人始終是一對的理想搭配。北山的穆弘和李逵，東山的史進和劉唐，不僅讓人有兩人之間欠缺關聯和不似拍檔之感，而且還都是馬將（穆弘、史進）搭步將的怪配。派馬將駐守建在陡坡上的關隘根本就是不求善用人才的錯失。

　　以上是爲保護中樞而設的屏障。餘下的就是外圍防衛網的各單位。

　　外圍防衛網亦是按四平八穩的原則部署。正東正南正西正北各設一旱寨，旱寨之間的水域設四水寨。從地理來看，旱寨祇可能建於水泊外緣的大陸上；水寨則應設在梁山水邊才可以，水寨築在大陸水邊會增加不必要的防衛負擔（各寨除了方位和水旱之分外，書中並沒有提供其他消息）。兩組俱由梁山的實力精華駐守。

　　旱寨是應付外敵的第一度防線，守將全是馬軍。這正是上面所講馬軍地位遠勝步軍的又一證明。

　　四旱寨守將十六人，天地星各半。天星八人，囊括五虎將，加上八驃騎中之徐寧、楊志、索超（其他五人已分配職務，見前）。地星歐鵬、鄧飛、宣贊、郝思文、單廷珪、魏定國、韓滔、彭玘八人全選自地星馬將最高的一組（馬軍小彪將）。這十六名天地星中，曾任政府將領者十四人（例外爲歐鵬、鄧飛），其中十一人復爲被俘後始歸順者（例外爲林冲、楊志，加上不能算因被擒而降的秦明）。梁山對前爲政府軍官的戰將的偏好，由是得見。

　　因爲所有天星在這三重核心的大部署中都有職守，故僅涉及分佈問題而與挑選無關。地星則不然，是挑選與分佈並重。這裏四旱寨的八名地星，軍官佔了六人，全是降將，連歸降的模式亦同，均爲奉旨攻勦梁山失敗被後才掉轉鎗頭的。韓滔和彭玘爲第一次征討軍主帥呼延灼的副將；他們隨呼延灼鎮守正北旱寨（另配楊志）。關勝率領第二次征討軍時的副將宣贊、郝思文亦隨關勝駐守正東旱寨

（另加徐寧）。第三次征討軍的雙主將單廷珪、魏定國祇是難勝重任的三流人馬[40]，雖尚被視為一對，卻沒有資格執掌一方，遂給分配到林冲、秦明兩大將鎮守的正西旱寨。

這東西北三旱寨之極力維持三次征討軍的原有陣容說明梁山對軍官，對降將，是如何推崇，如何偏愛，如何充滿信心，希望通過他們原來的合作模式去組織一度堅強的最外防線。可惜計畫此等部署者忘記了這些征討軍雖然不無個別高手，人員的組配實在沒有甚麼值得誇耀之處。

三次的征討，對梁山產生過真正威脅的僅呼延灼的一次。但呼延灼倚賴者不是將領的武功（呼延灼雖是高手，明鎗明刀，梁山仍有能應付他的，如名次並不高的扈三娘就和他打平手），更不是戰略，而僅是武器（火砲和連環馬）。一旦製砲的凌振被捉，連環馬又為鈎鐮鎗所破，呼延灼也就束手待擒了。關勝率領的一次，除了主帥的家世和外貌，也沒有甚麼特別的本錢。弄些水火玩意的單廷珪、魏定國更是等而下之；原先安排他們去攻勦梁山不過是應景罷了。

把這些征討軍原封不動地全搬出來，委以重任，讓他們去充梁山第一防線的主要實力（起碼在數目的比例上如此），豈非忘記了這三隊人馬全是早入夥的兄弟們之手下敗將？為何不乾脆讓擊敗他們的原班兄弟守衛最前線？無他，那些兄弟當中有不少被視為祇能居次位的步將，即使是馬將者也沒有幾人曾為軍官[41]，而這少數的軍官之中竟沒有一人有曾因被擒而降的「光榮紀錄」[42]。祇有這一

---

40 單廷珪、魏定國雖名為主將，實際僅是副將級的材料，見馬幼垣，〈《水滸傳》戰爭場面的類別和內涵〉，頁20；修訂本見馬幼垣，《水滸論衡》，頁264。

41 呼延灼領征討軍出發前，已入夥梁山的軍官計有：林冲、魯智深、楊志、秦明、花榮、黃信、孫立、孫新八人，佔最後合夥一百零八人之數很小的比例。

42 上注所列單中各人，祇有秦明曾經被擒。但他不肯歸降，遂引起宋設陷計，害得他一家大小無辜犧牲。走投無路時，秦明仍心有不甘，真想與

批相當晚才入夥的征討軍將領始全具馬將、軍官、降將三項「優秀」條件[43]。靠他們去防守最前線不免帶出濃厚諷刺意味的局面來。

解釋了上述六名分配在東西北三旱寨的地星後，還有撥歸秦明、索超鎮守的正南寨的地星歐鵬、鄧飛因屬另一背景，還得說明。他倆雖是馬將，卻非軍官，自然與歸降無關。他們的特見重用該如何理解？不妨把四旱寨的地星，連同左右代房和忠義堂旁兩辦事處的地星合起來看。地星組的首三名（朱武、黃信、孫立）給安置在左代房，這點上面講過了。現在要補充的是，東（宣贊、郝思文）北（韓滔、彭玘）西（單延珪、魏定國）三旱寨的地星武將正是地星組的第四至第九名。在左代房管文書和刑務的蕭讓、裴宣爲第十、十一名。隨後的第十二、十三名正是歐鵬、鄧飛，亦是魏定國以後名次最高的武將。大部署選用的二十六名地星，半數就是這樣整體從排座次的名單移植過來的。排座次、分工作，定部署分明是同一件事情的三面觀。

再看入圍的其他十三名地星，主要分佈在中樞和中樞屏障。他們的當選多數由於某種特色或特長，個別成份也就較顯著，在部署時的排列自然不能達到上述例子的劃一，其整齊程度仍是相當高的。這十三人在地星組的名次和組別如下：——凌振（16）、蔣敬（17）、呂方（18）、郭盛（19）、安道全（20）、皇甫端（21）；——樊端（25）、孔明（26）、孔亮（27）、項充（28）、李袞（29）；——童威（32）、童猛（33）。前面及中間的空隙共三處，涉及不錄用的地星僅七人（燕順、楊林、王英、扈三娘、鮑旭、金大堅、馬麟）。此七人落選之原因不難明白。

（續）────────────

宋江他們一拚。這和呼延灼被擒後，一見形勢不妙，便立刻向宋江表示心服口服，相逢恨晚，是不能相提並論的。因此不能說，呼延灼攻梁山以前曾有任何軍官因被擒而降順。

43 呼延灼之攻梁山確有分水嶺的作用。自此至排座次，所收各次征討軍的降將外，梁山還收了索超、張清、董平三人，全都具備馬將、軍官、降將這三元及第的條件。組織外圍第一防線時，董平被安排在西旱寨，索超給分配到正南旱寨，都是暗藏玄機的招數。

這七個落選的包括六個馬將，例外僅金大堅一人。在大部署的觀念當中，馬將的基本作用是以「明星戰將」的高姿態鎮守外圍防線。除「妻隨夫賤」，無法樹建應得獨立形象的扈三娘外，燕順等五人誰堪稱「明星」？讀者若撥開各人出場情況之異，實難辨認燕順、楊林、鮑旭、馬麟諸人特色何在？專長何在？本來歐鵬、鄧飛，和這幾人並無實質之別，祇是佔了排名早了的便宜，剛湊得上滿足前線名額的要求。

王英的知名度比這些人都高。那是因為好色使他與別不同，加上夫憑妻貴的殊遇，和他的本領無關。扈三娘的武功怎是這些泛泛之輩可以比擬。可惜她是女流，在梁山這個嚴守宗法秩序的大男人沙門主義社會裏，不管風頭如何勁，論及名位總是吃虧。從整個大部署的名單無任何女性去看，便不用多述矣。剩下來的金大堅是藝匠；刻印章之事（就算加上製兵符）絕非慣常所需，和蕭讓之為處理日常文件的文士不同。自鄧飛至童猛，這七個地星之不包入大部署內是可以理解的。大部署所收的地星因為被截然分為兩小組：第一小組機械化地全收用地星組的首十三名；第二小組亦收十三人，雖略有選擇，基本上仍是按排座次所列的名次而收錄的。在地星組中排名後過三十三名者就沒有資格列名這張行政和防務部署單了。梁山組織嚴分階級，排座次和定尊卑遂互為因果。名次一旦排出來，居下位的就事事被壓在下面。

九、若隱若現的宋江關係

除非相信石碣提名全出天意，不然要把一百零八人排次出來，而宋江關係全不牽涉其間是不可思議的事。宋江關係不是昭然若揭的，也不是奧晦莫測的，而是若隱若現，尚可以講得明白的。

最易說明之例是朱全。《水滸》同時介紹朱全和雷橫兩個鄆城縣都頭時，指朱全為馬兵都頭，雷橫為步兵都頭（第十三回）。這就

安下梁山集團視朱仝爲馬軍戰將的伏線和依據。這是莫名其妙的事。不是凡武功好的人都可以充馬軍戰將，也很難期望民間習武者和負責地方治安者會有機會練就馬上作戰的本領。朱仝和雷橫是共同負責鄆城治安的都頭。我們沒有理由相信他們之間，出身背景和習武的經過會有很大的分別。更何況生辰綱事件發生前的鄆城祇是個江湖人士少涉足的小碼頭，有把保安單位正式分爲馬兵和步兵的必要嗎？梁山安排雷橫當步軍頭目是對的。爲何他的老拍檔朱仝卻一早就注定屬馬軍？奧妙之處就在二人與宋江友情深度的不同。朱仝和宋江親近的程度，雷橫是無法比較的。朱仝知道宋家莊地窖的秘密，雷橫不知，就是友情深度不同的表徵。重馬軍，輕步將的傾向早已替朱仝在梁山的名位作了安排。不管朱仝、雷橫二人原先在鄆城的工作如何相同，以及以後的情節如何經常串連二人在一起，方便朱仝在梁山充馬軍頭目，而下撥雷橫爲步兵頭目的部署早就有了。其間的分野，宋江關係正是最有力的解釋。大部署安排朱仝與雷橫合守山前南路第三關。朱雷二人終合組一工作單位，顯示出來朱仝較老拍檔排名高了不少，又列爲崇高的馬將，確是因宋江關係而佔了不少便宜。

花榮和宋江的友情不在朱仝之下。花榮善射，武藝則充其量屬中中層次。在環境配合之下，善射可收奇效，但在持續的大廝殺場合，神箭手也得靠本身的武功。花榮排名第九，還在柴大官人之上，且居馬軍八驃騎之首席，工作地點更是中樞範圍的忠義堂右側辦事處，很可能還負起監視梁山不會信任的芒碭山舊人之責。要解釋其名位與本領之絕對不相符，宋江關係當是答案。

孔明、孔亮這對土豪惡霸兄弟，除了被武松教訓的窩囊事外，誰說得出他們有甚麼特別本領，做過甚麼值得稱頌之事，到頭來他們列席第六十二、第六十三名(即地星組剛過三分之一)，還以「守護中軍步軍驍將」的頭銜出任中樞副官式的優差。這種殊遇祇有用宋江關係才能找到合理解釋。

其他的例子沒有這樣明顯，解釋起來得多說幾句。

清風山的燕順(50)、鄭天壽(74)、王英(58)三頭目當中，王英武功差勁。這點讀者都清楚，不用多說。鄭天壽與王英之間半斤八兩。他們初遇時，鬥上五六十回合而尚不分勝負(第三十二回所記舊事)，便是很好的說明(二人鬥至五六十回這樣久而仍勝負不分的情形，在《水滸》中難找別例)。按此情形，除非有足夠證據(書中並無提供線索)，燕順雖是寨中的一哥，卻不大可能武功遠勝鄭王二人。為何他較鄭天壽排名高了那麼多？(王英僅後燕順八名，那是因為王英夫憑妻貴；若非娶了扈三娘，王英排名應還較鄭天壽後一點，因他在清風山是老三)。尊重燕順原在小山寨是一哥也不用給他如此殊榮。宋江關係可援作解釋。

宋江充軍江州途中，屢次遇難。危險程度和恐怖程度當以清風山的一次為最。尖刀、冷水盤都準備好了，嘍囉更已向宋江胸部潑了冷水。他們弄醒酒湯次數之多，連嘍囉做起來都工多藝熟[44]！宋江還有逃脫的可能嗎？孰料宋江喊出自己的姓名一聲，燕順便立刻放了他。此事還告訴他其姓名具備無比的價值。感激之情本已筆墨難以形容，更何況宋江欠燕順之情尚不止此。

清風山人馬下山救了押往青州的宋江和花榮後，王英當眾宣稱他要捉劉高妻來享用一番，眾人並無異議。當劉妻果真被帶上山來，宋江卻極力反對王英胡來(對經常享用醒酒湯的人來說，拿個賤婦人來玩玩算得上是甚麼罪行嗎？)，但王英真的要反面了。試想王英是主人，宋江不僅是客，還是剛蒙救上山來的客，他怎能反對到底。若反對不成又無法下臺，宋江會尷尬得無地自容。幸好燕順迅速行動，一刀當腰把劉妻斬為兩斷。燕順寧與自己兄弟交惡，甚至冒火併的危險，也毅然站在宋江的一邊(和王英一樣，燕順也

---

44 清風山的三頭目以及他們的嘍囉都是嗜愛和善製心肝醒酒湯的傢伙，見段德明，《水滸新鑑》(昆明：雲南民族出版社，2003年)，頁117。單是這點共同的特性本已教燕順、鄭天壽、王英三人在排名上不應有大分別。

是慣飲醒酒湯，善惡不辨的職業強徒，原怎也不會視兄弟玩個賤婦人為天地不容之事。何況自王英入夥清風山後，這絕不會是他首次拿捉上山的婦人來泄慾，而燕順竭力反對這卻必然是第一次。），宋江怎會不衷心感激至極。這份感激之情到排座次時就通過提拔燕順的行動表達出來。

侯健之例，亦可從同樣的角度去理解。論武藝，侯健根本不消提。講專長，侯健製巧衣的本領客氣地說在梁山是錯配。那麼他名列第七十一名（即地星組的中間位置），比陳達（72）、楊春（73）、鄭天壽、龔旺（78）、丁得孫（79）等讀者熟悉的戰將要高（師父薛永後他十三名，前說過了），該如何解釋？宋江關係正是事情關鍵的所在。涉及的事件也是侯健在書中唯一稱得上有表現的節目——助梁山諸人破無為軍。

晁蓋率領數目有限的兄弟往江州救宋江和戴宗是遠道打遊擊戰。人救了，就應見好即收，趕快收隊回去。這正是晁蓋的立場。宋江卻堅決不肯，定要兄弟們都留下來，過江捉黃文炳。眾兄弟竟都站在宋江的一邊，令晁蓋尷尬不已。與其說這是宋江反智的選擇，毋寧說他的自我中心觀念強烈到不理會眾兄弟的安全（包括他自己的安全）的程度。不管宋江如何決定，總不能說他不明白這抉擇所帶來的高度危險。無為軍的虛實梁山諸人一無所知。政府軍何時會結集來攻？數量會有多少？更是無從推測。弄得不好，梁山整夥可以搞到死無葬身之地。就在這緊張關頭，薛永帶來詳知無為軍內情的侯健，再通過侯健的幫忙，過江捉黃文炳才水到渠成。此事的成敗何止關係正法一個壞蛋而已，也不限於眾兄弟的安全，而是這是宋江、晁蓋二人在梁山集團內權力一升一降的轉捩點。在梁山這種以成敗衡量是非曲直的社會裏，順利捉獲黃文炳就等於說宋江的決定對，而晁蓋的看法錯。自此晁蓋便走上被架空的不歸路[45]。有此關係，宋江不衷心感謝侯健才怪，一個對梁山組織不可能慣常

---

45 參看注32所引馬幼垣，〈架空晁蓋〉（修訂本），頁343。

有貢獻的人遂騎在不少戰將的頭上。

張清之例何嘗不又是這樣子。晁蓋臨終時毒咒式的遺言帶給宋江極難解決的政治難題。誘逼與梁山毫無瓜葛的盧俊義上山正是爲了解決這難題。但等到盧俊義捉了史文恭，繼位問題仍然存在，遂搬出宋江和盧俊義分兵攻打東平、東昌，誰先攻破便任大寨之主的勾當。提出這人神共憤的方案者真該天誅[46]。這個不知天良爲何物的建議者正是宋江。

沒有人性是一回事，宋江能否如願則是另一回事。當然宋江可以做出種種假裝的行動，如把吳用和公孫勝這兩個能幫盧俊義大忙的實力派要員撥歸盧俊義一組（吳用和公孫勝確也合作之極。吳用沒有向盧俊義提供甚麼可速破城之法。公孫勝也沒有動用他的法術；不然，法術一出，任何靠正規武藝的戰將都招架不住）。但無論如何陰算都控制不了最後的結果，無法保證自己必先攻破東平。雖然事情果如願地發展，他總明白拖延盧俊義破東昌者不盡在吳用和公孫勝的不積極採取行動，而是派給盧的戰將應付不了張清的飛石。儘管張清沒有和宋江串通（彼此不認識），宋江總是滿意分攻兩城以定名位這荒謬之舉所帶來的結果。倘盧俊義捉了史文恭在前，又先破東昌在後，那麼宋江要名正言順地穩坐第一把交椅就真難了。可能還要搬出較分攻東平、東昌更荒謬的勾當來解決名位的問題。即使破釜沉舟地弄下去，仍無法排除動作愈多反成愈繪愈墨局面的危險。就算張清不知內情，宋江仍是感激。

報答之法就是安排張清深居中樞，不必他在第一防線（四旱寨）和第二防線（山前三關和環繞大寨的東北西三山關）捱更抵夜。張清

---

46 相信梁山集團致力於農民起義，掛出「替天行道」的招牌也確出於誠意的讀者難道真的看不出此事的慘絕人寰嗎？東平、東昌兩府與梁山從無過節，梁山為了消弭內部矛盾便隨意起兵攻打，不論城池被攻破與否，人民生命財產的遭嚴重損害勢不可免。為何此兩地的人民該充當解決宋江政治難題的犧牲品？這樣子就是替天行道嗎？可容別具用心，硬給《水滸》套上現代政治解說者不顧書中所說的事而盲目美其名為農民起義嗎？

所屬的八驃騎，除了花榮眷恩特濃，可居中樞外，其餘都派守第一
第二防線，連與宋江感情深厚的朱仝都不例外。張清是連呼延灼、
關勝、董平都應付不了的戰將，放他在中樞深處在一般情形之下是
無從解釋的浪費。與宋江私交情篤這類特別的理由也與他扯不上
邊，故得從另一角去看。晁蓋毒咒式的遺言帶給宋江長期夢魘；一
波三折之後，張清成了解除這夢魘的鑰匙。縱使張清無心插柳，報
答了他還是有助宋江最後放下名位問題帶來的陰影和壓力。

　　以上幾例共通之處很明顯。然而宋江關係並不一定帶來特別優
待。

　　讀《水滸》者經常說宋清貴為宋江胞弟，因而獲拔高，他這鐵
扇子廢物不該容列第七十六名（即地星組的中間稍後）。這裏涉及一
個很特別的情形──編寫《水滸》者根本不明白此書製造出一個意
想不到的超人來。宋清不單不是廢物，他還是超級的管理奇才！按
功能就位的話，讓他列席天星組絕對該是名實相符的事 [47]！

　　宋江關係當然也不能單從感恩的角度去看。大聚義以前，宋江
好幾次生命受威脅。給宋江帶來此威脅者，除趙能、趙得不是梁山
人物外（二人被梁山兄弟解決了，理所當然），其餘都是準梁山人
物。燕順得福之事講過了，其餘穆春（80；穆弘的情形特別，隨後
另有解說）、李立（96），和張橫（28）圖害宋江的三次顯然都沒有影
響三人的名次。按穆春的本領，排名第八十，不僅不欠公允，還有
過高之嫌（輕而易舉地打倒他的薛永竟後他數名）。李立祇是個本領
有限的邊緣人物，排在第九十六名有何不宜？張橫在水軍頭目當中
位僅次於李俊（26）和阮小二（27），且排在本領比他高的弟弟張順
（30）前兩名。沒有可能把他排得更高的了。在揭盡宋江偽君子的本
性之餘，我們起碼得承認宋江對曾加害他而終成為梁山一員者並不

47　解釋我已發表了，不必浪費篇幅重述。見馬幼垣，〈水滸人物之最：最
　　本領隱晦之人──宋清〉，《中國時報》，1999年5月31日（「人間」）；
　　修訂本見馬幼垣，《水滸人物之最》，頁63-67。

記仇。

十、故事演化的奧妙結果

　　每次更換考察角度確可以多增解釋若干頭目的名位情況。無奈人數太多，考察的角度終仍有限，單憑轉換角度還是無法盡釋各人的名位問題的。這是因爲排座次的名單有用一般方法無可能解決的癥結——今本《水滸》所說的故事（不論版本繁簡）和書中大聚義後開列出來的名單之間有嚴重的矛盾。不少讀者輕易忘記了《水滸》是長期演化的產品，不同階段的產品自然內容有別，而今本所代表者僅是一個階段而已。假如今本的排座次名單反映今本出現前的演化階段的（而不見於今本的）情節，僅靠今本去解釋此名單自然難免方柄圓鑿。如何突破此先天性的困局？

　　通過今本《水滸》中所出現的內容矛盾可以證明今本與以前的本子內容上確很有分別[48]。若干怪異的名位也可以利用這認識去解釋。呈兩極現象的例子有兩個。

　　穆弘（24）一例相當突出。高高的名次以及他首次出現的揭陽鎮事件又是三打祝家莊以前易記憶的情節使讀者對他並不陌生。但他在那事件中所扮演角色委實太輕微了，以後復祇有些偶然得很，且點名即止，可輕易由任何人替代的出現機會。他因何能夠高佔天星組的中央位置？讀者卻照單收下，不懷疑其資格問題。其實不論以本領，還是以事功，抑或以曝光程度爲依據，穆弘的資格都差到離譜。在揭陽鎮事件中，穆弘僅有跟在弟弟穆春背後幫襯一下的份兒，而穆春在事件也祇是個本領低劣的配角。如果那次事件對排名次起決定性作用的話，就難讓穆春排名高過第八十名了。絕無理由

48　芒碭山事件不該晚至第六十回才出現便是今本內容矛盾之一例；說見馬
　　幼垣，〈從朱武的武功問題和芒碭山事件在書中的位置看《水滸傳》的
　　成書過程〉。

讓穆弘居高位是很明顯的事。

《水滸》裏的兄弟檔和叔姪檔雖爲數不少,性質卻很統一。若非像書中特別聲明孫立和孫新,張橫和張順本領有別,兄弟和叔姪組的成員本領都無明顯分別。即使是張橫、張順的一對,分別還是頗有限的[49],兄先弟後地排列並不算不自然。我們沒有理由相信穆弘比穆春本領高強得多。單據本領去排次,再加上曝光程度的考慮,穆弘充其量祇能憑兄長之尊排名先穆春一兩位而已,怎會出現今本《水滸》所說的天淵之別的情形?

梁山諸人多在上山前僅得曇花一現式的個人描述,入夥後隨當家者的意旨行事(不少還是集體行動式的),更難有獨立表現的機會。地星人物多屬這種格局。穆弘就是屬於這種格局,且較不少地星尚不如。《水滸》要照料的人物委實太多,連入夥後大可保持相當個別性的李應和索超尚不免在加盟後變成幾乎隱形。穆弘卻連李應和索超的層次也不及,上山前,入夥後,始終是個徹徹底底的隱形人。不要說在天星組沒有另外一例,在地星組也難覓幾個如此糟糕的例子。今本《水滸》卻高列穆弘爲天星第二十四名,分配工作(馬軍頭目第二組)和部署工作位置(北山關)也都從這角度作安排。

《水滸》列穆弘爲馬將。那是無根之談。一個在小鎮橫行的土豪惡霸很難有機會練就馬上作戰的本領。

穆弘身份怪異這件莫名奇妙之極的事是可以解釋的。在今本出現以前的演化階段裏,穆弘舉足輕重,本領、事功、曝光程度都有特殊的表現,故足名列高位。今本差不多盡刪穆弘的故事,把他弄到幾乎隱形,排名次時卻仍沿前本之舊列之居崇位。僅憑今本的內

---

49 張順善水性的程度該在張橫之上,但也不致相差太遠。張橫在宋江面前吹噓弟弟的本領,隨後讀者又看到張順好整以暇地在水中戲弄李逵,形象自然彰顯了。沒有得到同樣優待的張橫不免顯得差了。書中既然沒有把張橫寫得格外不中用,這兩兄弟本領的差距就不該大。岳駑,《水滸人物散論》,頁178-184,認爲張順之勝張橫何止水性之善,其於耿直、義氣、機智的表現更非張橫所可及。但梁山排座次根本不理會此等高超且抽象的準則。

容絕不可能解釋此穆弘非彼穆弘這怪現象，更無法說明爲何穆弘、穆春這對分別極微的窩囊廢兄弟排起名次來竟呈天淵之別[50]。

時遷之例是穆弘一的反面觀。按時遷建功之隆，不管梁山集團如何看不起非正規武功人士，和鄙視小偷，總不能力壓屢立奇功的時遷至倒數第二名的極端程度。在今本《水滸》未出現以前的演化階段裏，時遷論本領、事功，和曝光程度都微不足道，故壓榜尾。今本重寫他的故事，增加他的曝光程度，強化他的功勞，到排名次時卻仍襲舊單，送他往榜尾去。

今本處理穆弘和時遷是同一情況的表現[51]。石碣名單內必還有其他類似而待我們發掘出來的例子。不考慮《水滸》的演化過程，視《水滸》爲一人一時之作（視之爲二人二時之作並無大分別），就無法揭破此奧秘。

十一、結語

分析古典小說，甘從政治指引之背離學術求真精神固不必費辭解說，亂套西方文學理論也會使所謂研究淪爲鎖定架構，早具目標，甚至連結論也可預見，才慢慢找合用的東西配上去的填字遊戲。決定了找甚麼，證明甚麼，始去讀書，很容易便形成「順我者昌，逆我者亡」的自我思維過濾。這樣做研究能找到真理的機會必大減，到頭來祇是誇耀當前政治思想的正確或宣揚西方文學理論之放諸四海而準。遇到梁山頭目名位這類問題，政治思想與西方文學理論全部絕對幫不了忙。

---

50 穆弘、穆春二人名次遠隔數十名這一點，自然早有讀者看得出來。但如何解釋卻丈八金剛，祇好用穆弘蒙破格高拔這類遁辭；如梅漸農，《細說水滸》（臺北：黎明文化事業公司，1997年），頁233-234。總之若不從故事演化這角度去探討，穆弘這怪現象就絕不可能自今本《水滸》中尋得合理解釋。

51 如何從穆弘和隨後一段所講的時遷名位的特異去探討《水滸》的演化過程，見馬幼垣，〈三論穆弘〉（此文收入本集）。

這篇文章從空白出發，既不先立架構，也不預設結論，純從領會逐漸積聚起來，想通一點寫一點。其間自然也有因新得而重寫的；今本《水滸》非成書之初的舊觀（這不是優劣的判詞）便是稿已頗積時才發現的。待眉目漸顯，架構和目標也就不謀而備了。如是寫寫停停，邊寫邊改，終脫稿時竟過了十四五年。耗時之久，自己也感意外。

文章的細節不用重述，要點總括有四：（一）從「逼上梁山」、「替天行道」、「官逼民反」等陳腔濫調所代表的角度去看《水滸》固然無法窺其堂奧，套用「農民起義」、「英雄傳奇」、「反貪官、不反皇帝」這類新八股亦難得要領。兩者均會導致得出膚淺，且似是而非的結論。其實沒有比就書論書更簡單，更正確的法子。（二）孤立名次來看，而不考慮分配工作，以及部分頭目工作單位的部署，就理解不到整件事情三位一體的本質，自絕從而發明三者互通關係的機會。（三）本文希望能解釋名位之何以如此，而不圖判斷排名的正確與否（雖然這種話不時還是要說）。（四）今本《水滸》的一百零八人排名次序除了出於多方考慮的策劃外（這與排名正確與否無關），還有疏誤的成份在，以致已廢的舊本情節仍滲入今本的名單內。

本文僅圖依類舉例，不求盡釋梁山諸人的名位。要達到一百零八人的名位全都可解釋的境界誠有賴志同道合者的繼續努力了。

尋微探隱——從田王降將的下落看水滸傳故事的演變

一、引言

藉演化擴充體系的小說，如《三國演義》、《水滸傳》、《西遊記》、《平妖傳》，皆有繁簡先後的爭議。論者互陳所據，壁壘分明，任誰也無法把對方說服。版本之分歧，以《水滸》為極。然而《水滸》諸版差異的程度，與一般研究者所有的印象，距離頗遠。世人多以為繁本簡本之間最大的分別，在繁本沒有簡本獨有的征田虎、征王慶情節，而兩者共有的部分（自始至大聚義排座次、招安、征遼、征方臘、覆滅）則僅有文字繁簡之別，並無內容之異。因此，繁簡先後的爭論，基本祇是兩說——若非簡刪自繁，便是繁增自簡。前者為主流之說，後者不過備一家之言而已。

我雖不同意把《水滸》演化過程的解釋說成是僅得兩個選擇，而以為勘查簡繁間之關係應顧及幾乎無窮無盡的可能性，甚至還應考慮到簡本之間另有繁簡之問題，但也曾墜入繁簡共有部分祇有文字簡繁之別的陷阱 [1]。這樣說，當然不包括明末袁無涯、楊定見把動過大手術的田虎、王慶部分併入百回繁本而成一百二十回本的特

1　馬幼垣，〈呼籲研究簡本《水滸》意見書〉。

別情形[2]。其實繁簡共有的部分，在內容上還是有足以影響分析之別的。導致這種誤解和疏忽，除了繁簡增刪二端說之深入人心外，很少研究者會平心靜氣地細讀招安以後的情節，即使肯這樣做，讀的也絕大多數是鄭振鐸等在高掛善本校勘的幌子下推出來的一百二十回本[3]，都是原因。

求突破之道，不在找新理論依據，更不在靠感受和憑宏觀考察。這是一個捨點線面層層推展，逐步積聚，便終無法覓得答案的問題。換言之，從版本入手，不求證實假設的理論，腳踏實地做一連串相關和不相關的實驗，始是正確的探求真相之道。

招安以後的情節人皆陌生，隱藏顯示性的資料的可能性較前此眾所週知的情節為大，選作實驗，見效的可能性也較高。招安以後，是征遼、征田虎、征王慶、征方臘、覆滅四大部分，適合做實驗的課題很多。現在選田王兩部分的降將為考察的對象，理由主要有：（一）真正的田王故事僅見簡本，不見繁本，讀者陌生的程度尤甚於招安以後的任何情節。（二）一般讀者（甚至不少研究者）看田王二傳，用的是改動得面目大異的袁無涯系統本子，真相的隱晦程度較水滸故事體系任何一部分為嚴重。（三）宋江收納降將入隊伍之內，讓他們和梁山原班人馬一同行動，是田王部分的特色。有關這些降將的一切極端絮亂，若能撥雲見月，實驗必有助理解真相。

如果征方臘時，宋江的隊裏仍有以前收納的降將，那麼方臘部

2　一百二十回本的組合和湊成過程，見王利器，〈《水滸傳》田王二傳是誰加的？〉，《文學遺產增刊》，1期（1955年9月），頁381-383；並收入王利器，《耐雪堂集》（北京版），頁240-254。但王利器把罪名儘量推到袁無涯的頭上，以示楊定見之清白，則言過其實。雲告（筆名？），〈平田虎王慶部分與百回本《水滸》不一致〉，《求索》，1982年6月，頁93，也以為橫加此大幅改寫的二十回入百回本是劣拙之筆，但沒有點明罪人為袁無涯，也沒有提及發表較其早近三十年之王利器文。

3　鄭振鐸等編校的《水滸全傳》的1954年半世紀以前出版的原版，現在當然難得一見，但此書僅在港臺兩地就不知被翻印、盜印過多少次，再加上大陸和臺灣重新包裝，另行排版的本子，可說研究者早已人手一冊。連用得到各種古本者，有時貪方便，也會以鄭編本為據。

分也得列入考察的範圍。

二、版本的選擇和研究的困難

簡本《水滸》可以用「多、亂、雜、殘」四字來形容其版本情況。選何本爲研究之所據是需要先解決的問題。

任何簡本《水滸》都是粗拙之物，刊誤漏略，比比皆是。這並不等於說不需要慎擇版本。據版本考索故事演化者，應遵守演化程序與版本先後相配合的原則。版本的選擇標準，以先後爲主，精粗次之，得讀與否又次之(若以不能讀現存之物爲失檢的理由，那就根本不應做效果必打折扣的研究)。遇到涉及的版本盡皆粗拙時，先後的關鍵性自然就更重要了。

研究者選擇簡本《水滸》時，大多會揀用完整無缺，出版年代又夠早(萬曆二十二年)，且已複製廣傳的余象斗雙峰堂所刊的評林本[4]。這是不明白底蘊所引致的失誤。評林本隨意改動版式(詳後)，亂湊章回，是現存早期簡本《水滸》中最不可靠者。除非直接以此本爲研究對象，一般的簡本問題討論都不應以之爲主要的依據。

現知存最早的簡本《水滸》是插增甲本和增乙本。任何有關簡本《水滸》的研究理應以此爲論析之所據。理論雖如此，進行起來還得取決於存佚的情況。就《水滸》整體故事而言，縱使把兩種插增本現能見得到，此有彼無的部分全加起來計算，亦不過僅得約半本《水滸傳》而已。某項研究所需要的部分未必一定存世。現有的插增甲本，田虎部分僅得丁點兒，王慶部分雖所存稍多，得見者幾盡是宋江出征以前的情節，而有可能需包括入考察範圍之內的方臘部分更全缺。插增乙本則田虎、王慶、方臘三部分俱在，自然是這

---

4 1958年文學古籍刊行社(北京)刊行的複印線裝本雖早鳳毛麟角，但近年經中華書局(北京)收入《古本小說叢刊》，上海古籍出版社收入《古本小說集成》，兩套暢銷的大叢書內，而臺北的天一出版社亦收之入其《明清善本小說叢刊初編》，可說唾手可得已有一段不短時間。

次做實驗的基本資料。

簡單地說，插增乙本的有關部分今存德國德勒斯頓邦立薩克森圖書館和梵帝崗教廷圖書館二處。前者近年雖已收入中華書局的《古本小說叢刊》，但有不應缺而缺的地方[5]。至於梵帝崗之物，我可能是目前唯一擁有複本之人。爲了行文能交代清楚，兩者引用時分別稱爲德勒斯頓本和梵帝崗本，而不統稱於插增乙本名下。

插增甲本和乙本的珍貴在其罕有[6]。這並不改變二者與其他簡本一樣，同爲粗拙之物的事實。進行比勘時，遂必須有支援之本。這個支援本不該是評林本。我以前誤判以爲插增本之後就是評林本。實情並非如此，評林本原來是偷竊貨式，其前身是我稱之爲嵌圖本的本子[7]。理由很簡單。余象斗刊印評林本時聲明，所據之本每回之首均有引頭詩，他移置此等詩句於上層。對讀之下，評林本置於回首上層之詩現存四種嵌圖本俱爲引頭詩。其間之因承關係不用多說[8]。至於四種嵌圖本當中，選那一本作支援，並不是關鍵性的問題。四種嵌圖本文字極相類，除去存世部分與此課題無關的一個殘本外，餘者按

5　《古本小說叢刊》所收入本是俄國漢學家李福清所提供的。薩克森圖書館沒有懂中文的館員，該書的版心又多完全裂開，攝製膠卷時，苟在版心破裂處翻動，就攝入白白的紙背。遇到此情形，《古本小說叢刊》都注爲原缺；讀者或會以爲原書就是這樣子。幸好，該館不按保留膠卷原卷（負片），以複本（正片）提供給以後索求者的行規，李福清和我先後得到的都是重新拍攝的原卷（李福清以前還有一人要求拍攝，我是第三人），攝得紙背的地方不盡同。我和李福清互補有無後，二人手上有者都比《古本小說叢刊》公佈之物爲完美。

6　兩種插增本殘存歐洲的情形，以及插增乙本田、王、方三部分的回目，見收入本集的新文〈兩種插增《水滸傳》探索〉的開始部分。至於兩種插增本不僅散存歐洲，在中國大陸起碼也有若干殘存這一點，本集所收〈梁山聚寶記〉的「後篇」已有解釋。

7　屬於嵌圖本系列諸本的情形，以及我以前之誤置嵌圖本於評林本之後，見馬幼垣，〈嵌圖本《水滸傳》四種簡介〉。

8　高明閣，《水滸傳論稿》，頁160-164，167-168，也曾留意到評林本移置引頭詩句的現象。但他僅用別屬繁本系統，且無田王部分的容與堂本作比勘，說來似隔靴抓癢。

現有的知識不妨排次爲劉興我本、藜光堂本、李漁序本 [9]。支援之本就先用劉興我本，後看藜光堂本；仍需支援時，再加上評林本 [10]。

採用的本子再多也祇可以減低，而不能完全消除這些版本粗劣本質所造成的障礙。這些障礙極度增加統計在招安以後情節出現的小人物的困難。一個人名出現超過一次時，竟可以不同（如洪資——馮資；宋達得——朱達得——朱達德；方春——朱方春；張仲禮——張文禮；褚大亨——褚大享——褚大烹）。甚至連梁山頭目李袞也經常被弄作李滾 [11]。大增判斷之難的是，田王部分（特別是前者）出現的敵對人物經常用奇怪異常的姓名（如乜恭、戎江、乜昌、太叔良、仲緊、融愷、吉憐、懷英、汝廷器、睦祥〔此名在插增甲本其他部分出現時作陸祥〕、柏森、良仁、鳳翔、相士成、咎全美）。當在沒有標點的情形下，一口氣列舉此等人物時，因爲不是用常規姓氏，往往連究竟有幾人都無法有把握地點算清楚。即使開列這些人名時，注明共有幾人，那數字也不一定可靠。任憑如何標點也湊不出指定人數來是時有之事。有時人名邊旁加直線，幫忙也很有限；這僅代表該本的出版者試圖讀通那些人名，但如果毛病出自那段文字本身，所加旁線絕大多數都起不了作用。作者處理這些人物，基本上是漫不經意地亂點鴛鴦譜。人物能夠配合情節，前後有跡可尋者祇是很少數而已。這類人物很多都出現和消失得極突然。幸而先

9　這意見與日本漢籍研究泰斗長澤規矩也的理解不同。他以爲劉興我本是藜光堂本的翻刻；見長澤規矩也，〈現存明代小説刊行者表初稿（下）〉，《書誌學》，3卷5期（1934年11月），頁4；長澤規矩也，〈家藏中國小説書目〉，《書誌學》，8卷5期（1937年5月），頁38。我則根據藜光堂本有挖改之迹，而推斷劉興我本應在藜光堂之前；見注8所引〈嵌圖本簡介〉，《水滸論衡》，頁139。

10　這裏的工作不是編輯會校本，所用版本的數目應適可而止。李漁序本的文字與劉興我本和藜光堂本絕類，並無多用此本之必要。評林本則不同，在其胡亂改動之餘，或能提供些劉興我本及其同系列本子所不能供給的消息。

11　至於這些簡本恒把呼延灼寫作胡延灼，由複姓變成單姓（無「胡延」這複姓），則未必能引爲排版糊塗之例，因暫不能擯除此舉涉及民族意識的作祟。

天局限性雖多，追查降將的約略出沒情形還是可以辦得到的。

三、田王部分的基本認識

不管簡本在《水滸》體系的成長過程扮演甚麼角色，簡本乏文采，甚至情節庸劣（這控訴要看那一部分而言），是不容否認之事。其中最差勁者，無論如何是文意俱拙的田虎部分。有人以爲這部分講及指點宋江行軍的隱士許貫忠，因而逕謂簡本《水滸》出自羅貫中之手[12]。彼等原以爲把《水滸》的著作權（或部分著作權）送給羅貫中，是對羅的嘉許。殊不知扣這種惡臭之物在羅貫中的頭上，反而是對羅的侮辱！弄巧成拙，真是莫大的反諷！

這不是無端橫加的題外話。整理田虎降將資料之難根本就是由於負責的作者沒有足夠的寫作本領。

寫作技巧之劣與命意關係不大。如果視田虎部分爲征遼之部分的引伸，征王慶又是田虎的延續，許多歷史背景、地望矛盾、人名怪異的問題都可以解釋過去[13]。但遼國、田虎、王慶三部分同出一手的可能性幾乎不存在。若依從征遼故事是明代土木之役（正統九年，1449）後民族意識膨脹之表徵的解釋[14]，則田王二傳即使有民族

---

12 如孟繁仁，〈許貫忠是羅貫中的虛象〉，《晉陽學刊》，1990年4期（1990年7月），頁19-27；宣嘯東，〈許貫忠之原型即羅貫中辨〉，《晉陽學刊》，1991年3期（1991年5月），頁64-67。

13 這是趙明政，〈《水滸》田王二傳新探〉，《江漢論壇》，1985年11期（1985年11月），頁75-79，一文的見解。此文很有創意，並非在《水滸》研究領域內見慣的陳陳相因之作。

14 代表這種見解的是孔羅邨，〈《水滸》中破遼故事是怎樣形成的〉，《文學遺產增刊》，1期（1955年9月），頁394-397。另外，中鉢雅量，〈《水滸傳》の對異民族意識について〉，《日本中國學會報》，21期（1969年12月），頁159-175，則認爲征遼故事並不反映排外思想。這類學術探討比文革時期一切歸罪宋江之鼓吹投降合理多了，當時把破遼故事看成是爲投降路線張目者，可以趙恒昌、董興泉，〈評《水滸》的破遼故事〉，《遼寧大學學報》（哲學社會科學），1976年1期（1976年2月），頁50-54，一文爲例。

意識，亦毫不起眼。因此遼國、田虎、王慶這三部分最少出自二人手（田王部分是否有若干情節承自征遼故事舊本，暫不在討論之列）。

田王兩部分基本組織一樣，都是用存異志者作亂稱王，宋江奉詔率兄弟往勦，過關斬將，逢凶化吉，終直搗賊巢，平亂立功（征方臘，大致亦如此，祇是不能逢凶化吉吧了），作爲主要單位。二者之間，倒是有一極異之處，就是用截然不同的手法去處理降將。這點下文自有交代。現在要說明的是，降將處理辦法的迥異並不足證田王兩部分是不同人寫的。

證明田王兩部分俱爲一人（或同一組人）所寫並不難。征田虎過程中，公孫勝因應付不了喬道清，遂往二仙山求助羅真人。這個屢次在緊張關頭替梁山組織解困的老道士不僅幫公孫勝解決眼前之急，還很詳細地告訴這個法術總學不到登峰造極的門徒將來征淮西（指王慶）時，會在東鷲山遇到獨火鬼王，該如何向山西馬耳山華光廟求助[15]。後來宋江征王慶時，果有此經歷，細節全部脗合[16]。除非我們強辯，硬說先有王慶之部，後出的田虎故事依樣畫葫蘆，補插羅真人預授機謀一節，不然就得認定田王兩部分同出一手，寫田虎時，隨後的王慶故事已有概念。早有概念也幫不了這個低能漢大忙，他在處理降將時，終還是弄到一塌糊塗。

四、征田虎宋江廣納降將

征遼勝利，宋江班師回朝時，梁山集團不增一人，不少一人。原班兄弟個個健在，但也沒有收納任何遼國降將。這是理所當然的事。民族意識難容許在梁山隊伍裏添入變節遼人。

---

15 德勒斯頓本第九十三回〈公孫勝再訪羅眞人、沒羽箭智伏喬道清〉。簡本《水滸》諸本的回碼多不可靠，跳號重號，俯拾即有，且各本之間，同一回的回碼也可以大異。聊記一本，以供參考。

16 梵帝崗本第一○六回〈公孫勝馬耳山請神、宋公明東鷲山滅妖〉。

　　宋江征河北田虎時，則大開方便之門。除了戰死沙場的，田虎將士，即使貴為皇親國戚，沒有幾個不願降（其中包括自動投靠者），宋江均開懷廣納（有一次把剛捉獲的十敵將斬決，以祭一收納即戰死的十降將，算是例外。另外還有隨即會交代，因作者失誤，而產生連他本人也不察覺的例外）。更有不少敵方將領前無介紹，後乏交代，闖出來，被宋軍擄過去，便成了降將。甚至還有敵將未經過被擒或反正的步驟便成了宋江步下之例[17]；也有從未提及的敵將首次出現時已歸宋代指揮的個案[18]。連已遭擊斃的敵將都可以搖身一變而成為降將[19]。如此種種，把韓信點兵，多多益善的觀念推到極限。這些降將僅很少數在繼續勦田虎的戰事中喪生。按常理，絕大多數的的田虎降將在終戰時早成了如假包換的宋江部隊成員。究竟共有多少，由於上述版本和內容同樣絮亂的情況，無準確統計的可能。以下是試圖統計的結果（勦田戰事結束前已死去者不算）：

　　曾全、雲忠善、伍元（伍完？）、馮山、盧元顯、山景隆、楊端、端統軍、曹洪、唐斌、盛本、池方、瓊英、崔埜、葉清（葉青）、喬道清、孫安、鄂全忠、孫岳、文仲容、乜恭、方順、朱達德（朱達得）、貢士隆、睦祥（陸祥）、相士成、胡遠、潘迅、潘速、姚期、姚約、白將、王信、馮昇（孟昇？）、白玉、房玄度、于茂、申屠禮、安仁美、何昇、柏森、卞祥、余呈、卞江、鈕文忠、沈安、馬靈、邊文進、

17　德勒斯頓本第九十二回〈眾英雄大會唐斌、瓊邵主配合張清〉，説田虎將領申屠禮在蘇林嶺之役逃脱了。第九十五回〈盧俊義計巧獅子關、段景住暗認玉欄樓〉，說到宋江部署攻打獅子嶺時，他卻以宋江步下的身份出現。

18　上注所説宋江部署進攻獅子嶺時，與申屠禮同屬一組的吉麟，就是在這種場合才首次出現的田虎舊將。

19　德勒斯頓本第九十一回〈盛提轄舉家投降、元仲良憤激出家〉，董平刺死玉門關部將方順。但在第九十四回〈宋江共會蘇林嶺、孫安大戰白虎關〉，方順竟是宋江的手下！

武能、戎江、索緊（索美）、党世隆、凌光傳、張鄴、郁正、
邢玉、林旺、項忠、段志仁（段忠仁）、陳雷、倪宣、苗道
成、倪光甫、陸招、徐岳、山士奇、懷英、吉麟

　　名單上的六十八人（若不算存疑的伍元和馮昇爲六十六人）已
超過梁山原班一百零八人之半數（連同梁山原有者，合共一百七十
六或一百七十四人）。但這張降將名單仍絕對不是全目，一則因爲
宋江於玉門關之役後曾下令斬決擒獲的敵將；倘果如此，山景隆、
楊端、端統軍、雲忠善、馮山、盧元顯（其中包括以後頗活躍者）早
已成斷頭鬼矣 [20]，二則因爲以後征王慶和伐方臘時，還有前所未述
的田虎降將冒出來。

　　正如上述，宋江在征田虎收納了班師回朝時仍健在的降將，但
書中並無提供確實的總數。約數倒有一個。就是宋江出征王慶之
初，將領列分四組：盧俊義領將佐五十九員、宋江領六十員、李俊
領十八員，另餘三十二員（因沒有細列諸人姓名，不知五十九等數
字是否包括領隊在內），即總數一百六十九人（或連三個領隊共一百
七十二人） [21]。可是這數目（即使已加入三領隊）小於自書中人物資料
統計出來的數目（征王慶時才冒出來的田虎降將尚未計算在內）。可
見作者連自己創造出甚麼怪胎來都不大明瞭。

　　這樣講還未夠全面。這些降將絕大多數都面目模糊。他們的主
要作用在錦上添花，膨脹梁山集團的數字勢力，和充當戰事傷亡的
材料。這些芸芸眾生中，也有幾個繪造得頗出色的。與公孫勝同出
一門，功力在伯仲之間的喬道清（論輩份，喬是公孫的師叔）。神行
本領遠超於戴宗，且武藝高強的馬靈。恰配張清，與之陣前招親的
飛石女將瓊英。智勇雙全的孫安和卞祥。難怪征田虎期間，宋江已
承天帝夢告，謂既有喬道清、孫安、瓊英之助，將來自可平定淮西

20　見注19所引之第九十一回。
21　梵帝崗本第一百回〈快活林王慶使鎗棒，段三娘招王慶入贅〉。

王慶(這也證明田虎、王慶兩部分同出一手)[22]，而宋江返東京後，向徽宗報告此行成績時，也特別點出孫安、瓊英、喬道清、卞祥為所收降將之最威猛者[23]。無獨有偶，兩處都不提馬靈。這正是作者連自己創造的人物都無本領給予正確評價之一證。

喬道清、瓊英、卞祥、孫安諸人再威猛，基本上祇是梁山原有頭目的翻版，甚至是打了折扣的翻版。譬如說，比武招親時瓊英就輸給張清。其實真正脫穎而出，在容貌、技藝、形象各方面都給讀者印象一新感覺者祇有小華光馬靈[24]，作者卻魚目蓋珠地把他壓下來。這個作者真乏自知之明。

還有，孫安形象的塑造其實應視作敗筆。孫安與其弟孫琪(又作孫共)原為蘇林嶺守將脫招元帥的手下[25]。該處被宋江攻佔時，盧俊義、楊志活捉孫安，關勝斬孫琪為兩段[26]。雖有此血海深仇，孫安以後竟能心安理得地，帶同其子孫岳，忠誠聽宋江指揮，而毫無心理障礙！負責田處部分者低能庸拙至何程度，由是可見。相信《三國演義》出自羅貫中之手者(我不信)，竟企圖辯說田虎部分也是羅的傑作！這是何等幼稚的辨證邏輯。

總而言之，宋江奉詔勦王慶時，率領的是一支數目龐大，人強馬壯的隊伍。

五、平王慶降將試清盤

寫王慶部分時，作者一定感覺到河北降將實在收得太多了，便急急在討王慶的情節裏作調整。宋江態度因此作一百八十度的轉

22　德勒斯頓本第九十六回〈宋江夢中朝大聖、李逵異境遇仙翁〉。

23　德勒斯頓本第九十八回〈徽宗降勅安河北、宋江承命討淮西〉。

24　德勒斯頓本第九十七回〈喬道清法迷五千兵、宋公明義釋十八將〉，這樣介紹馬靈：「其目若開，箭石不能中，亦有神行法，日行萬里，再有金磚法及風火二輪，若遇順風，能燒寨棚。」

25　見注17所引之第九十二回。該回孫琪作孫共。

26　見注15所引之第九十三回。

變。不單不再勸降，捉過來的敵將立刻斬首示眾幾乎成了定規。即使偶收一二降將，他們若非很快便戰死沙場（如蕭引鳳、蕭引凰兄弟，和胡俊、胡顯兄弟），便是了無下聞（如王慶的恩人龔端、龔正兄弟被宋江集團捉去後便不再被提及了）。然而早有人滿之患的降將圈子還是得設法解決。作者希望用少增兼劇減的法子，降將上陣，左可以死，右可以亡，使他們終至自然煙消雲散。河北降將畢竟太多了。征勦王慶祇有短短幾回（不計講王慶出身的數回），河北降將就算排隊受刑也無可能教他們盡數消失。平定王慶後，宋江的部隊中必尚有有河北降將，可說是無法避免的局面。當然也沒有法則規定田虎舊將不可以在清勦王慶後不再依附宋江。

豈料這個糊塗作者把事情弄得更糟。讀者得花上九牛二虎之力，才能把送上沙場當犧牲品的河北降將弄出點眉目來。宋江的隊伍在征王慶期間折將三十三名，全非梁山原班人馬。其中見於上述田虎降將名單者二十二人（余呈、姚期、姚約、白玉、朱達德、山士奇、睦祥〔陸祥〕、盛本、山景隆、池方、盧元顯、葉清、安仁美、孫安、懷英、貢士隆、申屠禮、曹洪、馮山、于茂、相士成、胡遠）。餘者僅能勉強試圖解釋。洪資和司存考為蘇林嶺田幫守將 [27]，但書中並無說二人以後如何。江度、沈安仁，和吳得真（吳得勝）為卞祥舊部 [28]，卞祥既降，也就算他們亦跟隨一致行動了（書中卻沒有這樣說）。任光、于玉、許宣，或即卞祥舊部任老、于至、計宣 [29]，他們之作為宋江手下也用同樣邏輯去解釋。就算接受如此牽強之說，仍有數人難於解釋。書中注明李勝和范簡是田虎舊部 [30]，但宗得真連這點起碼的說明也沒有 [31]；即使李勝和范簡前曾為田虎手下，也不

---

27 見注17及25所引之第九十二回。
28 見注17及18所引之第九十五回。
29 同注28。
30 梵帝崗本一〇二回。該回漏印回目；劉興我本相應者為第一百回，其回目作〈李達受困于駱谷、宋江智取洮陽城〉。
31 梵帝崗本一〇七回〈宋江火攻秦州城、王慶戰敗走胡朔〉，僅說宋江所折將中有宗得真。

等於說他們必投效宋江，更不足以抵消他們（連同宗得真）根本沒有在講田虎的章回中露過面的錯失。

　　總而言之，待宋江班師，可以再度出擊，挑戰方臘時，他所領隊伍是由梁山人馬和田虎降將以約二點四對一的比例來組成的[32]。降將的實際比例應更高，因爲還有前未露面而又沒有戰殁的田虎舊將在征王慶的情節內出現，如夏江和劉全忠[33]。這是非糊裏糊塗不可的局面。

六、伐方臘降將留殘局

　　田虎和王慶故事僅見簡本（袁無涯本系統中的怪胎式田虎、王慶故事當然不算），方臘故事則並見繁本和簡本。繁本方臘部分上接征遼，自然不會有田虎降將出沒其間。簡本方臘故事續自王慶部分，那些餘下來的降將則理應出現。這就是說，繁本簡本的方臘故事該有內容之別。大家（包括我在內）向來以爲在繁本簡本都有的部分裏，故事內容並無分別。這見解看來有修訂的必要了。

　　田虎降將在簡本方臘部分若隱若現，所扮演的角色相當尷尬。在征王慶的軍事行動中，田虎降將出場的次數並不少，偶還有獨當一面的機會（如孫安在九灣河之戰）。在簡本方臘部分裏，他們僅偶然亮相一下，稍不留意，就不易察覺他們的存在。主要的活動全由梁山原班人馬獨掌，而宋江之分配任務，梁山兄弟和河北降將經常分得一清二楚，再不像征王慶時的混合遣使。這是繁先簡後，負責簡本者在避免更動繁本原有內容的原則下，企圖化解田王兩部分所遺留的降將難題，才會出現的情形。倘人物少的繁本方臘部分出自人物多的簡本方臘部分，梁山原班人馬和田虎降將的出現就不會如

32　尚存田虎降將起碼有四十六人或四十四人（若不算存疑的伍元和馮昇）。
33　前者見注30所引之第一〇二回。後者見梵帝崗本第一〇四回〈燕青潛入越江城、卞祥智取白牛鎭〉。

此涇渭分明了。

田虎降將偶然露面的情形也接近公式化。安排某項行動時，先列出一組梁山人馬，然後在末尾添上若干田虎降將。或者說某役折了幾個梁山頭目，名單用一兩個田虎降將壓尾。一見他們的名字在某回中出現，往往就知道他們的死期即安排於此。這顯然是用省事的法子弄他們出局。

當然最省事的法子莫如偷工減料，限制降將的數目。開始伐方臘後不久，宋江和盧俊義兵分兩路，各領戰將。除了留京的，因病留後的，藉故脫隊的，已戰歿的，全夥分配成若干組。梁山兄弟與這裏討論的問題無關，可以不理，標出的各小組人數也可以不管（因為不準確），僅點清列出來的田虎舊部，便得以下一名單：唐斌、文仲容、潘速、潘迅、邊文進、戎江、索賢、党世隆、凌元傳（凌光傳？）、張瑾、郁正、邢正、匕恭、崔禁（崔埜）、馬靈、瓊英、林旺、項忠、陳雷、段志仁、倪宣、苗道成、倪光甫、陸招、孫岳，寥寥二十五人[34]。儘管加入病留、戰歿、脫隊者（柏森、卞祥、卞江、鄂全忠、武能）[35]，亦僅三十人。這與滅王慶時，起碼有的四十六人之數（即不算存疑的伍元和馮昇，而加入夏江和劉全忠），差距頗大。難道就讓兩名單之間差別的十六人無端蒸發？不管如何，既有了這張自圈範圍的單子，清除田虎舊將的工作應可以簡單多了。

結果名單還要再精簡。自此至宋江勦滅方臘，田虎舊將再折七人，其中一人還是病死而非戰歿的：林旺、戎江、苗道成、項忠、倪宣、瓊英（病逝）、文仲容[36]。這是就在情節上有交代者而言。欠

---

34 梵帝崗本第一一〇回〈盧俊義分兵宣州道、宋公明大戰毗陵郡〉。

35 梵帝崗本第一〇八回〈公孫勝辭別居鄉、宋江領勒征方臘〉，和第一〇九回〈張順夜伏金山寺、宋江智取潤州城〉。

36 這數字本身就是莫名其妙。梁山兄弟本領一般都在田虎將領之上；如不承認這一點，此勝彼敗之事就無從解釋。在征方臘的後期戰裏，梁山兄弟被對方斬殺得如砍瓜切菜，田虎舊將在整個征方臘戰爭中卻僅七人喪生（加前期戰歿的武能，減去病逝的瓊英），完全不合邏輯，不符比例。試看梵帝崗本第一一二回〈盧俊義分兵歙州道、宋公明大戰烏龍嶺〉，

交代的戰死者另有乜恭、潘迅、潘速三人，名見宋江班師回朝後上
呈的存歿名單內[37]。此外，邊文進、陳雷、陸招出家[38]。這就是說，
即使以精簡過的單子為據，也該有田虎降將十二人隨宋江回朝受
賞，書中卻說四人（唐斌、崔埜、馬靈、孫岳）隨宋江受賞[39]。八人
又無端端蒸發了[40]！

　　若以宋江征田虎後，部隊中最少有見於情節的河北降將七十人
（六十八人加夏江、劉全忠）或六十八人（減存疑的伍元和馮昇）為基
數，減去征王慶時所折三十三人，加回征王所折將中未見前單者之數
（十一人），再減去伐方臘前及征勤期間所損十二人（七加五），方臘平
定時，宋江應起碼尚率領田虎降將三十六人（或三十四人）。此外，還
沒加上征王慶時擄得而以後沒有了下文的龔端和龔正。尚存田王降將
因此不下三十八人（或三十六人）。征方臘前和攻伐期間，梁山原班人
馬共失七十四人（自魯智深圓寂起是戰後之事，不算）[41]，剩下三十
四人。這就是說，宋江終於平定方臘時，他手下的田王降將還數眾
於梁山兄弟！這是何等怪異，本末倒置的場面。

七、結語

　　簡本《水滸》的方臘部分顯然是從繁本刪出來的。在刪節過程

（續）————————————

　　宋江集團折六將，全為梁山兄弟，梵帝崗本第一一四回〈睦州城箭射鄧
　　元覺、烏龍嶺神助宋公明〉，情形更極端，宋江集團在該回折將高達三
　　十人，竟沒有一個不是梁山原班人馬，便可知負責刪繁本方臘部分為簡
　　本者，弄到後來已無興趣照料田虎降將了。

37　梵帝崗本第一一五回〈魯智深杭州坐化、宋公明衣錦還鄉〉。

38　同注37。

39　同注37。

40　高明閣，《水滸傳論稿》，頁181-192，亦統計過降將在征方臘部分出沒
　　的情形。他把容與堂本、評林本、袁無涯本（他用楊定見本之稱），甚至
　　鄭振鐸編的《水滸全傳》作等齊量觀，版本處理失當；不先釐清田王部
　　分的降將問題，便遽然分析征方臘時的降將情況，方法上成了捨前管後。

41　繁本和簡本方臘部分均於有關諸回之末，注明在該回內梁山原班人馬損
　　失的數字和人名，很易統計。

中，僅略略插入些清除田虎降將的句語便算責任完畢。

以上的論證祇可以用來解繁本方臘部分和簡本方臘部分的因承關係。若引伸來證明田虎和王慶部分俱成書後於繁本系統則不可以（儘管事實或果如此）。田王二傳在時間序列上如何定位，得待另找適當實驗，依次進行後，始能試圖解釋[42]。

不管田虎故事以及講宋江討王慶的章回寫得如何粗劣，這兩部分的存在還是不能輕輕一筆勾銷的。不列它們入研究範圍，《水滸》演化的過程就無法得到整體的理解。況且現在已知道遼國、田虎、王慶三部分在意識上有明顯的連貫性，而征遼故事是現存所有繁本和簡本都有的。說這看似是一值得深入研究的課題，不該是無的放矢。

還有一事應附帶說明。版本的優劣不能用作演化先後的表記。後出轉精，和後出轉劣，可能性應是相等的，故不能單憑簡本之劣便定之為後出之物。

在不預設結論的原則下，多做不怕繁瑣的專題版本實驗應是今後探討《水滸》演化問題的正確方向。

──《中國語文論叢》（漢城），15期（1998年10月）

42 劉華亭，〈從《水滸》行文本身談征田、征王兩段是後加的〉，《濟寧師專學報》，17卷4期（1996年12月），頁58-61，援紀年參差和用詞有別以證田王二部之後出，頗有新意。可惜他所用的田王部分竟是見於袁無涯之改寫本者，以致得不到預期的收效。不過，配齊版本，重新勘查遼國、田虎、王慶、方臘四部分的紀年情形，確值得一試。

真假王慶——兼論《水滸傳》田虎王慶故事的來歷

一、引言

　　一般《水滸》讀者對王慶故事並不熟悉，苟有若干印象也多得自袁無涯和楊定見搬出來的一百二十回本。讀《水滸》至此，精采部分早過去了，連征遼、討田虎的無聊章回也已捱畢，這時才出現的王慶故事誠難教人興高采烈地去接受和欣賞。更何況見於一百二十回本的王慶故事根本就是冒充貨。職是之故，研究王慶的報告不僅少見，此等報告更有因基本觀念之誤，弄到錯得一塌糊塗的。其實王慶故事複雜而有趣，較放在其前的田虎故事強勝多了。替王慶故事進行分析必有所得。

二、迄今所見的王慶研究

　　胡適是《水滸》研究的鼻祖，細心分析王慶故事也以他為第一人。

　　胡適首次考論《水滸》是1920年7月之事，不可謂不早。在那篇取名〈《水滸傳》考證〉的創始之作裏，胡適提出在《水滸》書

首曇花一現的王進即後來的王慶之見 [1]。一年後，他寫第二篇《水滸》研究文字時（〈《水滸傳》後考〉），這點續有發揮。他認為田虎、王慶故事是原百回本所留下來的。今本《水滸》的作者移王慶故事往書首，並易王慶為王進。見於一百二十回本的王慶故事則是改寫出來的（特別是前三回）[2]。到了1929年年中寫第四篇《水滸》研究（第二、第四兩篇之間另有一篇講《水滸》續書的文章），〈百二十回本《忠義水滸傳》序〉時，他對王慶故事的基本理解並無改變，且深化下去，遂進而認為田王二傳是在加入征遼故事時被刪去的 [3]。簡單說來，胡適始終覺得田王二傳起源甚早，是今本《水滸》未出現以前水滸故事已有的部分。

七八十年後重看胡適這些草創時期的見解，明顯錯誤固然難免（如認為田虎、王慶故事早有），應採納的重要發現仍不少。

胡適對王慶故事的理解長期未引起學界的反應，到再有王慶研究出現已是八十年代了。那就是藍翎，〈話說王慶〉，《社會科學戰線》，1980年2期（1980年4月），頁284-287；歐陽健，〈王慶論〉，收入歐陽健、蕭相愷，《水滸新議》（重慶：重慶出版社，1983年），頁180-192，兩篇開倒車之作。藍翎（楊建中，1931- ）、歐陽健（1941- ）二人絕口不提胡適，並不能解釋為當日政治環境所不容，因為他們眼中的王慶僅自限於一百二十回本中的假貨，而全不理會簡本中的真品。假如他們給胡適的研究幾分尊重，肯平情地看看，總不會自閉致開倒車，不獨莫名其妙地尊崇一百二十回本中的王慶故事，復摒棄簡本中的王慶於全不顧 [4]。

---

1 胡適，〈《水滸傳》考證〉，見胡適，《中國章回小說考證》，頁49。
2 胡適，〈《水滸傳》後考〉，見胡適，《中國章回小說考證》，頁76-78、80-82。
3 胡適，〈《百二十回本忠義水滸傳》序〉，見胡適，《中國章回小說考證》，頁106-107、122、125-126、133-146。
4 此事對歐陽健而言，頗不可解。胡適論《水滸》文章數目有限，又有方便的集子可用，歐陽健既曾有〈重評胡適的《水滸》考證〉，《學術月刊》，1980年5期（1980年5月），頁67-71之作，對胡的貢獻又有肯定之處（指

隨後又過了二十年，才見繼胡適以後對研究王慶，確有貢獻之作。侯會是早有具影響力著述的《水滸》研究新秀[5]。其新著《水滸源流新證》（北京：華文出版社，2002年）講及王慶之處雖不多（頁209-210），卻卓識疊見，發人深省。他認爲二十卷本《三遂平妖傳》中的王則就是王慶的原型。這是可以繼續發展下去的論點。

三、兩款四式的王慶故事

胡適討論王慶的時候，可用的本子甚有限。由於他認定袁無涯本爲不足依據的改寫品，坊本《征四寇傳》便成爲唯一能用之物。這與現在的研究條件相差很遠。

見於袁無涯本的王慶故事因爲是改寫出來的，截然不同，故自爲一款，也就是一式。其他一款即見於簡本者，因簡本諸本之間互有文字簡繁之異，乃定爲三式，分由插增甲本、插增乙本、評林本（以及後出的劉興我本、藜光堂本、北圖出像本、《英雄譜》、《漢宋奇書》、《征四寇傳》等等）作代表。合起來共兩款四式。兩款之間，文字和內容俱有別。簡本三式之間，內容無大異，文字則有簡繁之歧。這就是說，要談袁無涯和楊定見如何改動，自然得用一百二十回本。若論見於簡本，理應較原始的王慶，用何本就得作選擇了。

（續）─────────────────

胡適爲反動派的否定人物，則仍反映出歐陽健終始擺脫不了在左派體系成長所備受的思維奴化。胡適較大陸學界奉爲典範的風派大師郭沫若〔1892-1978〕光明正直得多），怎會對胡適所提出對王慶的認識（如強調不能用見於一百二十回本的王慶故事）毫無印象可言。

5　前所見侯會考論《水滸》諸作均見解獨到，異常精采，值得推介。這些作品包括：〈也談《水滸》的眞人眞事〉；〈從南北蔘兒注看《水滸》故事與淮南之關係〉，《文學遺產增刊》，18期（1989年3月），頁284-301；〈魯智深形源流考〉，《首都師範大學學報》（社會科學），1996年2期（1996年4月），頁17-22；〈試論《水滸傳》的悲劇歷史底蘊──從梁山泊與祝家莊曾頭市的同構關係說起〉，《文學遺產》，2002年3期（2002年5月），頁89-101。

《征四寇傳》在簡本發展的次第中排得太後了，自然不必考慮。《英雄譜》、《漢宋奇書》那類貨色因與《三國演義》擠排在一葉的上下層內，大有因版面空間的不敷用而額外產生文字取捨問題的可能，也不足用。本來劉與我本、藜光堂本，甚至評林本均可用（特別是前二者），但現在既知有插增甲本和插增乙本在其前，那些本子也就等於降格了。不過兩種插增本僅有殘冊存世，難期望需要的部分都可配足。王慶一例倒十分幸運。插增乙本整個王慶部分一葉不缺。插增甲本雖不是整個王慶部分都存，重要得多的前半是齊全的，而後半也獲存若干。其他較晚的簡本也可供參考，見於簡本的王慶故事該有足夠支持研究的版本資料。

四、王進在《水滸傳》書首扮演的角色

今本《水滸》用武藝超卓，卻一去不復返的王進開宗明義，手法教不少讀者大不解。他們覺得假如王進重現，成為梁山一員，對山寨的陣容、場面的熱鬧、整體故事的結構都會大有裨益。效應其實未必會如此。王進的身份與林冲有重疊之處，武藝更尤在林冲之上，他的重現會使林冲所扮演的角色矮化。王進與書中安排要充梁山頭目的人物有一特異；彼等全有綽號，有些還不止一個（如宋江），王進卻沒有。王進一開始就已注定不是梁山人物[6]。王進的出場有幾個作用：給八十萬禁軍教頭這職位的江湖地位定位，描繪高俅的性格與為人，帶出史進，因而啟動《水滸》人帶人連鎖引導出場的機制。王進雖去如黃鶴，他出場的作用已完成，既不注定要上梁山，重現反會擾亂寫作的秩序，何必多此一舉？王進在書首的節目是完整的，合度的。

中國小說的讀者喜窮根究柢，要事後的發展講得無餘漏才感滿

6　馬幼垣，〈最武藝高強卻最欠交代之人——王進〉，收入馬幼垣，《水滸人物之最》，頁1-8。

足，作者也時於述事本告完結處仍添附枝葉以應這種訴求[7]。王進
離開史家莊後便了無蹤影，《水滸》更怕讀者不察覺此事似的，還
特意聲明即使史進跑去延安覓師也不獨找他不到，連甚麼消息也問
不出來。一介武林高手竟如此失蹤，讀者難免視爲憾事，待學者發
覺簡本的王慶酷似王進，便逕指王慶即王進了。

　　祇要明白王進在《水滸》書首扮演甚麼角色和這角色的任務已
完結，便會理解王進的一去不復現是恰當的安排。

五、一眞二假的王慶

　　《水滸》書首講的王進故事殊爲簡單，繁本簡本之間也沒有重
要的分別[8]。簡本王慶部分講王慶與高俅結怨以致被充軍，和《水
滸》書首所述王進與高俅的舊仇新怨導致王進不得不攜母逃走，分
別也有限。兩處交代高俅和柳世雄的關係以及高俅誠欲圖報的心情
均十分相近。自王進路過史家莊和王慶一家得應付其即將充軍，兩
個故事就分道揚鑣了。

　　王進故事至此已近尾聲，情節僅剩下一個，就是負起訓練史進
之責，從而帶動準梁山人物依次出場的運作程序。

　　王慶的故事則截然不同，自被判充軍至落草爲寇是一個曲折感
人，高潮迭出的故事。這個故事與林冲充軍至投奔梁山的歷程十分
相似，而王慶沿途受苦之程度較林冲所遭遇者慘痛不知超越多少倍
（如四歲兒子在他面前病死便是林冲不必承受之苦），加上若干細節
也相當平行（如王慶和段五虎比試便與林冲捧打洪教頭差可比
擬），因此可以說它是林冲故事的悽慘加烈版。或者換過相反的角

7　唐人傳奇〈李娃傳〉（〈汧國夫人傳〉）在講完故事之後，仍加說李娃與
　　男主角所生諸子如何非凡，便是作者多走一步以圖滿足讀者之舉。

8　容與堂本說高俅原有高二之名，簡本不提此名。容與堂本謂高俅往淮西
　　臨淮州投靠柳世雄。簡本誤把地名寫作淮州。這些都是難有顯示作用的
　　小異而已。

度來講會更合實情,即指林冲故事為王慶經歷的溫和版,因林冲演為重要角色是水滸傳統發展相當後才出現之事[9]。要找真王慶,這個武藝超卓,正直剛毅,不懼強權,逆來順受,不肯向命運屈服,充滿生活力的硬漢才是真王慶。

豈料稱王後的王慶竟變了另一個截然不同的人,野心掩眼,短視橫暴,貪權好色,性情急躁,思巧遲頓,連武功也變得平平無奇了(甚至連那時候的王慶是否懂武也成了問題)。這些章回分明是狗尾續貂,砌出來好讓宋江完成其征討使命的。

這個所謂作者的胡作非為尚不止此。他根本沒有平心靜氣地讀讀講王慶反叛前的經歷的幾回,以致弄出好一堆顯明錯誤和不銜接的地方來:

(一)重要人物欠照料

紅桃山原有寨主三人:廖立、孫勝、張新。王慶和段三娘入夥後不久,相士金劍先生李杰約同王慶的恩人龔端、龔正兄弟來投靠。那時諸人的名位次序為王慶、段三娘、廖立、孫勝、張新、龔端、龔正、李杰,並以李杰為軍師。在隨後稱王及宋江征討的故事裏,廖立以金吾上將的頭銜出現過一次後,便再不見蹤影了[10]。僅當上小小殿前都尉的龔端、龔正兄弟亦如此,甫再出現就被宋江集團捉去,以後便提也不提,連宋江是否殺了他們這句話終結性的話也省下不說[11]。最離譜還是李杰、孫勝、張新三人,都自人間蒸發了。王慶在落難時期,不斷蒙李杰指引,王慶落草之初還任他為言聽計從的軍師,這是怎也不可以隨便讓他失蹤於無形的人。李杰既

---

9 說自石昌渝,〈林冲與高俅——《水滸傳》成書研究〉,《文學評論》(北京),2003年4期(2003年),頁57-64。

10 巴黎本(插增甲本)第一百一回〈宋公明兵渡呂梁關、公孫勝法取石祁城〉;梵帝崗本(插增乙本)第一百一回〈宋公明兵渡呂梁關、公孫勝法取石神(祁)城〉。

11 同注10。

在毫無解釋之下不再復現，在宋江率兵來犯的整段日子裏，觀天預言之責就由不知來龍去脈的太史汪克明來擔當。讀王慶往紅桃山前的故事，不難得到他是個孤苦伶仃之人的印象（王進有老母，他沒有），這些後續的章回卻爲他添上來歷不明的結義兄弟聞人世崇和姨親雷應春[12]。讓人物這樣隨意進出，作者於承前顧後全皆失職。

（二）新王慶忘恩的性格

王慶落難的時間特長，每次遇難必能脫險是因爲不少原不認識的人肯毫無保留地幫助他。除李杰、龔端、龔正外，王慶的恩人起碼尚有李杰之父吳太公、范全、范全妻，和段三娘父段太公。王慶得勢後並沒有主動採任何圖報恩之舉。李杰和龔端、龔正兄弟都是聞訊後自發地跑來投靠的。其他不自動跑來的，他就不理會了。人必唾罵的高俅尚知受恩圖報的道理，這個在後段故事所見的王慶豈非連高俅這個禽獸也不如！

（三）人物性格和形象不符

王慶並不是唯一突變之人。落草前的段三娘果敢、機智、剛毅、善武，特具識人之力，即紅拂女亦不及（起碼紅拂不懂武）。在落草以後的故事裏，她僅配充在後宮與王慶淫樂的段妃。王慶稱王，她就不可以稱后。

(四)情節時間觀念大亂

當高俅聞王慶反叛，他說：「不想王慶三年前因惱了我，被我尋事罪他，發配李州牢官。誰知今日來此大弄」[13]。王慶落難時間殊長，如此他稱王的時間充其量不過稍逾兩年。但宋江兵過之處，

---

12 聞人世崇見梵帝崗本第一百四回〈燕青潛入越江城、卞祥智取白牛鎮〉。雷應春見梵帝崗本第一百六回〈公孫勝馬耳山請神、宋公明東驚嶺滅妖〉。
13 德勒斯頓本(插增乙本)本第九十八回〈徽宗降勅安河北、宋江承命討淮西〉。後出的簡本如評林本、劉興我本均有相應的文字。

百姓都不約而同向宋江訴苦,說歷年慘受王慶迫害,已到了不能再忍受的程度,故甚喜天兵到來解救[14]。時間構架顯然出了問題。最離譜之例尚不是這個。王慶充軍時,他和元配所生,後來在充軍途中死去之子僅四歲。王慶與段三娘結合後不久即落草,那麼怎樣解釋宋江兵臨城下時王慶有個成年的,可助守城的太子王龍[15]!時間觀念簡直一塌糊塗。

見於簡本宋江征討各回的王慶衹可能是假貨[16]。

其後袁無涯、楊定見擬出版一部在情節上包羅萬有的《水滸傳》,因而希望納僅見於簡本的田虎、王慶故事入百回繁本征遼與征方臘兩部分之間。繁本簡本夾湊在一起,文體的差異太大了,很難配合成一本可讓讀者有完整感地順序讀下去的書。袁楊二人的決策爲將田王二傳改寫爲百回繁本各部分相配的文體。改寫的需要也與內容有若干關係。高俅受柳世雄恩的故事總不應在全書之首和王慶部分之首重複地搬出來,便是必須調整的一例。

豈料他們改寫得太徹底了,王慶又再蛻變一次。王慶之父變成無惡不作的豪紳。「賭的是錢兒,宿的是娼兒,吃的是酒兒」的王慶敗了家業後才從軍。他所以遭刺配是因爲他勾引了一個背景意想

---

14 此等重複出現的情節見巴黎本第一百二回〈李逵受困于駱谷、宋江智取洮陽城〉、梵帝崗本第一百二回(回目漏刻);梵帝崗本第一百五回〈孫安病死九灣河、李俊雪天渡越水〉;梵帝崗本第一百六回〈公孫勝馬耳山請神、宋公明東驚嶺滅妖〉。

15 梵帝崗本第一百七回〈宋江火攻秦州城、王慶戰敗走胡朔〉。

16 王慶故事前後兩半的極端不協調可以有一解釋,就是那個所謂作者取個現成的故事,把主要人名、地名換了,不大作改動便移花接木地易之爲王慶故事的後半。這種極端的行徑在明人刊行小說的圈子不是從未發生過的事。影響近四百年來各種包公故事與傳統的《龍圖公案》就是用剪刀和漿糊把原與包公無關的故事擺在包公名下弄出來的假貨;說見Y.W. Ma, "The Textual Traditional of Ming *Kung-an* Fiction: A Study of the *Lung-t'u kung-an*," *Harvard Journal of Asiatic Studies*, 35 (1975), pp. 190-220;譯文爲馬幼垣,〈明代公案小說的版本傳統──《龍圖公案》考〉,《中國古典小說研究專集》,2期(1980年6月),頁245-279,並收入馬幼垣,《中國小說史集稿》,修訂本(臺北:時報文化出版公司,1987年),頁147-182。

不到的標致美女（她竟是權臣童貫的養女，也是楊戩的外孫女，同時也是蔡京未過門的孫媳婦）。極端改寫至此程度，其他細節的不同就不用說了。宋江率師往征後，情節和人物同樣作大幅度的改動，各種弄到面目全非的細節也不用浪費幅篇去交代[17]。

見於袁無涯一百二十回本的王慶是假上添假的膺品。

討論王慶所用的本子祇有一個選擇，就是見於簡本，且以王慶落草後李杰，和龔端、龔正兄弟來歸的一段爲止限。再讀下去，即使是簡本也是假貨了。袁無涯和楊定見筆下的王慶儘管寫來文學品質較高，也始終是僞品中的僞品。用作討論王慶的真材實料萬萬不可。

六、田王故事的來歷

胡適以爲田虎、王慶二傳是原百回本所有，加入征遼部分時遭刪去者，而王慶故事被移前並改寫主人翁作王進。這樣講涉及好幾個他沒有考慮到的問題：

(一)倘相信原有的《水滸傳》是百回本（書誌紀錄如此），回數就配合不來。現有的百回本有征遼而無田王故事。論複雜程度，征遼部分較田虎、王慶兩組故事簡單，除非用字數差異殊極的簡寫法和繁寫法分別出之，各組的回數和長度應起碼約略依從複雜程度的比例。以簡本劉興我本爲例，征遼佔五回有奇、田虎約十回、王慶約十一回。如果今本的百回總數是去田王而加遼的結果，那麼有田王而無遼時的總回數又怎會始終仍是一百呢？

(二)要是說田王二傳早就有了，那麼征田王時梁山原班人馬無一人陣亡，到討方臘時卻連番被斬殺得如砍瓜切菜，梁山諸人如何終結顯早已寫定，不容在後添的情節內更改的現象該怎樣解

---

17 胡適曾討論一百二十回本對王慶故事的改動，見其〈《水滸傳》後考〉，頁81-82；〈百二十回本《忠義水滸傳》序〉，頁136-146。高明閣也做過同樣功夫，見其《水滸傳論稿》，頁174-176。

釋?編寫王慶反叛諸回者亦明白梁山眾人結局早已寫定,不容更改的情形,故插增乙本記馬耳山神人對公孫勝和馬靈說:「你速回去報宋公明得知,可以盡心報國,收服淮西。班師回去,又有勅命征討方臘之行。那時星宿方有大半暗沒」[18]。

(三)原來的《水滸傳》怎也不可能是繁簡文體夾雜兼用之物。迄今既無法證明招安以前的主體《水滸》故事是先簡後繁的,更未聞田王二傳先有繁本之說。倘謂田王二傳早為原本《水滸》的一部分,豈非等於說那本《水滸》是繁簡文體合用的怪物!文獻上無法證明曾有這種怪本出現過。儘管袁無涯的一百二十回本企圖納入簡本獨有的田王故事,全書仍統一以詳繁的文體出之。

續討論下去之前得講明一件半屬題外話的事。在胡適的意念中,他所說的「原百回本」與今本比較起來,主要的分別僅在遼國、田虎、王慶這幾組故事的加減有無。原本與今本之間的分歧絕不會如此有限,而必至情節內容和次序極殊異的程度[19]。這點雖與本文無直接關係,但若不說明而重複襲用胡適「原百回本」一詞恐讀者會誤解我的立場。

這點既澄清,要談的問題就可以續講下去。

回答不了上述諸問題就等於判田王故事早為原本一部分之說不能成立。幸好王慶故事(特別是充軍前的情節)和王進故事的雷同還可另覓解釋。

王進/王慶故事在被利用為編寫《水滸》的素材前大有可能是與水滸故事傳統無關,獨立流傳的故事。即使併入《水滸》以後,它們仍保持很高的獨立性。王進未遇史進前,和任何準梁山人物毫無瓜葛,跟他有接觸而與梁山有關之人也僅得邊緣人物高俅。王慶的故事長多了,而獨立性尤顯。在宋江奉命往征以前,從未有任何

---

18 梵帝崗本第一百六回〈公孫勝馬耳山請神、宋公明東鶯嶺滅妖〉。
19 我對此事的看法見:馬幼垣,〈從招安部分看《水滸傳》的成書過程〉,頁633-658;修訂本收入馬幼垣,《水滸論衡》,頁141-176;馬幼垣,〈從朱武的武功問題和芒碭山事件在書中的位置看《水滸傳》的成書過程〉。

梁山人物在王慶的生活圈子內出現過。按時間計，王慶的經歷和梁山諸人的活動應是平行發展的。倘梁山人物當中有若干在上山前，甚至入夥後曾與王慶會過，在喜用巧遇來建立人際關係的《水滸》裏絕不會算是牽強之事。讀者總不會忘記，王慶和林冲原都在高俅手下當八十萬禁軍教頭，另外當金鎗班教師的徐寧也是長久居京師的同行。說他們有起碼的職業上的接觸，該是十分自然的安排。《水滸》全沒有利用這些點子，與其說這是由於編寫者頭腦不夠靈活，捉鹿不懂得脫角，毋寧說這故事在被用作編寫《水滸》的素材前是獨立的，自成系統的。王慶和王進一樣，與跟梁山有關之人的接觸亦僅限於高俅這個邊緣人物。因為王慶故事頗長，他與高俅的接觸在時間的比例也就較王進短多了。王進／王慶故事併入《水滸》後，融會程度均不高。

這樣講並非憑空構想而已。王進的故事大可以有歷史根源。

近年頗有學者認為水滸故事傳統濫觴於南宋初年在北方金人佔領區活躍的抗金忠義軍的史蹟[20]。這樣講，得弄清楚一事，當此史蹟演為說話人的素材時，納入水滸傳統中不可能是唯一的去處。其他故事系統也可以分享這過程的成果。由這類起源演為長澤大海如水滸系統者自易受到注意，容其更事擴充，僅成小系統甚至不足稱為系統者便易趨湮滅，或被已成規模較大系統者所吸收。王進故事的命運正屬此類。

歷史上的王進雖是南宋初年幾乎數不清的抗金義軍領袖中的一員，卻是名不彰，事不顯的一員。這種含糊與飄渺正是說話人發展故事時需要的方便。更何況王進也有他獨特的條件。他聚眾擊殺金人之處就是《水滸》讀者十分熟悉的登州[21]。

---

20 如孫述宇，《水滸傳的來歷、心態與藝術》，頁47-140，以及此書之補充版，《水滸傳的來歷與藝術》，頁51-141；王利器，〈《水滸》與忠義軍〉，《明報月刊》，17卷6期（1982年6月），頁93-99，並收入王利器，《耐雪堂集》，頁219-234。

21 忠義軍領袖王進的事蹟有紀錄可查者不多：呂頤浩（1071-1139），《忠穆

終發展不成獨立體系的王進故事後來在《水滸》編撰的過程中被用作素材,在主角姓名不易的情形下給寫成為《水滸》開宗明義的第一個英雄故事。

到萬曆間坊賈覺得有增添情節以應市場之需而再採用王進故事時,易王進之名為王慶,一則免名字重現,二則可以把早成《水滸》故事不可分割的一部分的御書四大寇名之一的王慶寫實起來[22],使這新增情節看似是《水滸》有機組織的一部分。王慶故事(指李杰和龔氏兄弟來投奔前之事)較書首的王進故事長得多,複雜得多。或者這個版本才較近未納入《水滸》體系前的王進故事的原型[23]。

如果這看法站得穩,林冲的故事也可賦以新詮。前面說過王慶被判充軍和充軍途中的經歷與林冲者甚相似。《水滸》的編寫者採用王進故事為素材時,開始的部分仍用在王進身上。但王進一旦離開史家莊便與以後發展的情節無關了,原有王進故事的後半仍有不少堪用的資料,就改用為塑造林冲形象和編排其經歷的素材。如此說來,指王慶即王進就未必夠全面了。

這樣的解釋難免偏重推論,未必完滿,但起碼可避開胡適所創王慶故事早見於原百回本一說所帶來的種種難題。

這樣去解釋王進／王慶故事的來歷,不該視為等同指認這些故事的背後有真人真事。

解釋了王慶故事的來歷,田虎故事就易處理了。田虎之名也是用演虛為實的手法從御屏風上借來。田王二傳在情節上的前後相承

<hr />

(續)

集》(文淵閣《四庫全書》本),卷2葉14下至15上;李光(1078-1159),《莊簡集》(文淵閣《四庫全書》本),卷13葉15下至17上;李心傳(1167-1244),《建炎以來繫年要錄》(《廣雅叢書》本),卷35葉2上。

22 有關討論,見本集簡研部分的〈屏風御書四大寇名之謎〉。

23 侯會,《水滸流源新證》,頁209-210,所說二十卷本《三遂平妖傳》中的王則與見於簡本《水滸》中的王慶相當近似,可以有兩種解釋。其一為《平妖傳》中的王則和簡本中的王慶分別取材自王進故事。其二為利用王進故事去編寫王慶故事時,亦參考及王則故事。若謂王慶全仿王則,並無利用王進故事,可能性不會高。

例子不少，若非同出一人之手就很難期望兩傳之間會出現如此高度的相應。雖然兩傳謀配合之處未算做得成功，王慶部分限於篇幅和故事結構未能有效清除田虎故事遺留下來的降將問題，便是配合不算成功的一例，但整體的合作企圖還是夠明顯[24]。

同出一手的田虎二傳連編寫程序也近似。反叛稱王前的王慶故事有來歷，是先利用現成的故事，再補寫若干回（那幾回是徹頭徹尾的劣貨）以完述事的。田虎故事也未必是純創作。杭州大學的趙明政曾考論田虎故事為征遼故事的一部分，講得頗有說服力[25]。當然即使田虎故事有來歷，也改變不了這部分寫得粗劣的事實。

至於王利器所說田王二傳祇有可能出自楊定見和袁無涯之手（特別是後者）[26]，則應視為由誤解而找錯了方向。指一百二十回本的田王二傳是楊定見、袁無涯輩筆下之物，答案本身並沒有錯。錯在這樣講就等於說見於一百二十回本，經過了徹底改寫，文體根本不再屬簡本系統的田王二傳是正貨。完全不考慮見於簡本的田王二傳才是真品，便不會朝這方向做研究。王利器的有關文章作於五十年代中期，正是他助鄭振鐸編《水滸全傳》的時候。鄭編本處理田王二傳的方策是尊一百二十回本而棄諸簡本於不顧。在這種心態影響下，王利器連做編全傳以外的研究時，視野都放大不了。

七、結語

研讀古典小說必須慎擇版本，絕不可隨便拿個本子就用，即使是名學者編校出來之物同樣可以竟成陷阱。王慶一例就是這情形的最好說明。

24 田王二傳在編寫觀念上的相連，見馬幼垣，〈尋微探隱──從田王降將的下落看《水滸傳》故事的演變〉，《中國語文論叢》（漢城），15期（1998年10月），頁191-205（此文收入本集）。
25 趙明政，〈《水滸》田王二傳新探〉。
26 王利器，〈《水滸全傳》田王二傳是誰所加？〉。

　　胡適考論王慶，有兩大不移的貢獻：（一）王慶故事必須與書首的王進故事串連起來看。（二）講述王慶，祇宜依據見於簡本的故事，而絕不可用見於袁無涯和楊定見搬出來的一百二十四本者。這觀察茲可續作補充：王慶故事共有兩款四式之多，王慶本人亦有一真二假之別，連見於簡本者也得分真偽，故其故事僅見於簡本的落草以前部分可用。

　　《水滸》中的田王二傳雖然必如那篇所謂天都外臣序所指之爲「赭豹之文」的後加物，理解其來龍來脈無疑仍是明瞭《水滸》演化過程不可或缺的一個研究階段。真假王慶的探討更是這階段中的一個重要課題。王慶及田王二傳諸問題向少爲研究者所留意，此文之作希望可以帶來一個開端。

附錄：
宋公明排九宮八卦陣——
《水滸傳》對陣法的描寫

曾瑞龍

一、導論

　　戰爭的本質能否從高度組織性和秩序去理解，還是受混沌邏輯
(chaotic logic)所支配，可以成爲一個爭論不休的課題。戰爭是一種
暴力的表現形式，本質上具有破壞秩序的特性。然而戰爭除了無秩
序的一面之外，它還是一種經過高度組織的暴力。陣法作爲高度劃
一化的戰術部署，體現出戰爭的組織秩序。

　　陣法富有實戰意義，它是戰爭形態變化的標誌。春秋時期出現
的魚麗之陣和崇卒之陣，代表步兵地位日漸提升爲主要的兵種[1]。

1　主要參考藍永蔚，《春秋時期的步兵》(北京：中華書局，1979年)，頁
　　157-184；陳建樑，〈晉軍「崇卒之陣」釋義〉，《人文雜誌》，1995年1
　　期(1995年1月)，頁83-89。此外，有關古代陣法的著作還有：谷霽光，〈古
　　代戰術中的主要陣形—方陣〉，原刊《江西社會科學》，1982年1期，並
　　收入周鑾書等編，《谷霽光史學文集》，第一卷，(南昌：江西人民出版
　　社，1996年)，頁486-511；袁庭棟、劉澤模，《中國古代戰爭》(成都：
　　四川省社會科學院，1988年)，頁468-504；王紅旗，《談兵說陣》(北京：
　　解放軍文藝出版社，1992年)。此書雖係普及性著作，但不乏精要見解，
　　可惜沒有注明史料出處；孫繼民，《唐代行軍制度研究》(臺北：文津出
　　版社，1995年)，頁289-308，配合出土文書深入論述唐代戰術隊形。

排陣作爲戰術決策的關鍵也不斷爲個案戰例所證實，如761年的邙山會戰，唐軍的失利是由於結陣的位置不當[2]，宋軍在滿城會戰（979）大破遼軍，是由於沒有遵從宋太宗（975-997年在位）所頒下的陣圖[3]。在某些情況下，排陣的方法雖屬正確，但因未能貫徹執行，同樣致敗，如宋遼戰爭中的陳家谷（986）和君子館之戰（987）[4]。雖然有些史家批評朝廷預先頒下陣圖的做法[5]，然而此項錯誤的本質在上級對下級戰術指揮權的完整性加以干預，而不在陣法和陣圖本身必屬無效。

在此順便說明陣勢、陣法，和陣圖這三個意旨近而有別的概念。陣勢、陣法，和陣圖都指軍隊的戰術隊形，但重點又各有不同。陣勢指一種在特定時空中客觀的存在，具描述性，但並沒有規範性。陣法則已成爲規範性的軍事素養（military doctrine），不論屬於秘傳或形於文字，都是可以依循及重複使用的。當這種規範形於圖象，就成爲陣圖。因此陣勢與陣法／陣圖的關係相當於具體戰術和軍事素養的關係。基本上，三者都是戰術名詞，但也不排除在某些情況下可能作戰役層次上的論述。

在古代正式討論陣法的著作中，筆者目前尚沒有發現「九宮八卦陣」這名稱，但它應該是將九軍陣法進一步結合道教觀念的產物。以九宮方位來詮釋八卦陣，是中唐以後到宋代研究古代陣法的一條思路。這條思路傳說是風后（傳爲黃帝時代的大臣，年代無考）所撰，實則是據在唐以後始日漸流傳及增衍的《握機經》而展開，再受到李筌（八世紀後半）《神機制敵太白陰經》的影響，以及傳爲

2　司馬光，《資治通鑑》，點校本，（北京：中華書局，1976年），冊15，
　　卷222，頁7105。

3　曾瑞龍，〈北宋初年彈性戰略防禦的構建——以滿城會戰（979）爲例〉，
　　將刊於《嶺南學報》新3期。

4　曾瑞龍，〈向戰略防禦的過渡——宋遼陳家谷與君子館戰役（A.D. 986）〉，
　　《（香港中文大學）中國文化研究所學報》，新5期（1996年），頁81-111。

5　吳晗，〈陣圖與宋遼戰爭〉，《新建設》，1959年4期（1959年4月），頁29-33，
　　並收入《吳晗史學論文集》（北京：人民出版社，1988年），冊3，頁87-96。

李靖（571-649）口述，復很可能因加上宋人阮逸（1023-1053）所撰《唐太宗李衛公問對》的附會方受重視。這種日益詳盡而繁複的理論將古代八陣理解爲根據井田形狀，以八個小方陣，按縱橫四行來組合爲一個更大的方形，加上當中的中軍，共爲九軍。此外，宋初許洞也自創八卦陣。以上理論的整合產生北宋中葉推行九軍陣法的熱潮。當熙寧九年（1076）宋和交趾的衝突升級，交趾攻陷邕州時，宋神宗便決意出兵。無獨有偶，這次遠征軍的編制恰好是九軍之數，反映出宋廷正在急求實踐形成的軍事信念[6]。安南之役的相對成功激發對九軍陣法更深入的研究和更廣泛的推動。儘管宋軍並未達到直搗交州的目標，而是役的死傷人數也有不同的計算方法，但純粹從戰役層次上而言，宋軍仍算節節勝利。這對於九軍陣法的推行來說不失爲正面的信息。於是宋神宗下詔在若干重要的軍區推行九軍陣法。因此可以說在《水滸傳》故事素材所處的宋徽宗宣和年間，以九宮八卦方位排列的陣法，不論從觀念的模塑還是實質的軍隊編制上，可說已經存在。

《水滸傳》第七十六回〈吳加亮布四斗五方旗、宋公明排九宮八卦陣〉用整回來描寫宋江抵禦童貫時擺出的九宮八卦陣的陣容。就《水滸傳》而言，這樣的安排是一個相當令人觸目的例外。作者詳細逐一寫出不同指揮崗位和兵種的將領，穿戴何種服飾及使用甚麼裝備，軍容之壯，在整本書中無出其右。後來在征遼的戰役，宋江仍一再排出此陣。當然，七十回後的作者和之前是否同一個人，及種種版本上的爭辯，並非本文關注的重點。本文關注的是嘗試從現實觀點來分析九宮八卦陣的兵力結構，並以此來突顯《水滸傳》整體對陣法描寫的特色。至於考據不同時代的作者在個別細部的描寫有何出入，仍可以作爲下一步才解決的問題。

6　李燾，《續資治通鑑長編》，點校本，（北京：中華書局，1979年），冊19，卷274，頁6700、6672；卷279，頁6844（以下該書簡稱《長編》）。

二、陣法與《水滸傳》戰爭場面描寫的結構性

　　《水滸傳》中的戰爭雖屬虛構，但具有相當濃烈的現實政治，甚至強權政治的色彩。從祝家莊到大聚義之間的多次戰役，其中如祝家莊、曾頭市、東平、東昌之役本來都可以避免，但梁山在精通權術的宋江影響之下，不但沒有避免戰爭的意圖，反而力圖透過戰爭擴大影響力。進行戰爭的對象，也輾轉由莊園自衛武力、地方政府轄下的正規軍、最後升級到中央政府的禁衛部隊[7]。雖然由於作者對歷史的認識有限，書中經常出現地理和官制上的錯亂，造成擬真度的不足，但《水滸傳》中的戰爭具有一個激烈度逐漸增加的結構內容。

　　無可否認，書中的戰爭場面作為一種遊戲文章，需要經常刻意轉換旋律來加強娛樂成份。這和現實世界有很大的不同。在現實戰爭中，一支軍隊對於某個具有優勢的軍種和戰技會重複而調整地使用，務求發揮得淋漓盡致，將效益最大化。成吉思汗時期的蒙古騎兵，以及第二次世界大戰時期的德國裝甲軍團，都不斷使用類似戰術和戰役法，並建構出整套軍事素養。相反，古典小說對於戰爭的描寫和現實不相一致，一方面可能是作者欠缺背景認識，但另一方面也可能是它為讀者提供多面向娛樂的特質所造成，因而智取、鬥法、破陣，和鬥將互相穿插，務求將類似的橋段錯開，避免即時重現。如果將《水滸傳》中的戰爭看成真實的景況，那麼以花榮之神箭及公孫勝之道術應不斷重新使用，以冀戰無不勝。要是小說中每場戰爭都重複同樣的指定動作的話，其娛樂性便會大為下降。為了保持娛樂元素，不同場次的戰役所使用的制勝策略必須有別，如一打祝家莊是埋伏和遭遇戰，二打祝家莊以鬥將為主，三打祝家莊則

7　馬幼垣，〈《水滸傳》戰爭場面的類別和內涵〉，頁16-22；修訂本收入馬幼垣，《水滸論衡》，頁257-267。

靠智取。高唐州的戰事圍繞道術而展開，而連環馬則是突出器用層次的特殊兵種。到三山聚義，又是鬥將；鬧華山，又是智取；收樊瑞，又是道術，展開另一個循環。此後三打大名府，二打曾頭市，以及東平、東昌之役，都如此類推。雖然每次重用這些橋段的次序不必一致，但不外乎智取、鬥法、破陣，和鬥將四種為主，另外再穿插一些較小的場面，如劫寨、埋伏，和水戰。有趣的是，刻意追求與《水滸傳》構成對比的《蕩寇志》也按照這種法子去寫，如陳希真一打兗州城是埋伏和遭遇戰，二打兗州城以鬥將為主，三打兗州城則靠智取，完全和祝家莊事件相對應[8]。宋江取萊蕪、新泰分別用水攻和火攻之計，官軍收復二城亦同樣運用了水攻和火攻[9]，這些安排很明顯不是為了追求擬真度，而是為了平衡娛樂元素，甚至可能是追求格律的工整。

如果擬真不是《水滸傳》等小說所追求的境界，那麼透過小說的文本來探索戰陣又有何實質意義？如果說陣法的精義是尋求一種優化的戰術隊形，那麼從本質上來說古典小說可能不具備作為再現這些戰術的理想平臺，因其提供多元化娛樂的特性及總是在移動的焦距，和戰術作為相對穩定、可模塑及規範化的軍事素養存在內在脈理的乖異。然而令從事戰爭研究者發生興趣的，在於這些鬥陣的場面是否也在某種程度上反映出相當的真實性？考慮到聽說書的社會大眾當中可能也有一部分具有從軍經驗，要斷定這些從口述傳統形成的文學必定完全與軍事脫節也有困難。

目前尚不能假定作者對陣圖做過非常細緻深入的探研和熟知陣法的運作。事實上，作者在好幾個地方暴露了其對陣法的所知有限，因而儘量迴避直接描寫陣勢。如連環馬一役，梁山方面以秦明、林冲、花榮、扈三娘和孫立作五陣，迎戰韓滔、呼延灼和彭玘的三

8　俞萬春，《蕩寇志》（北京：人民文學出版社，1981年），第一百六回，頁529-543；第一百八回，頁558-571；第一百十回，頁586-598。

9　宋江取萊蕪、新泰，見《蕩寇志》，第一百四回，頁502-515；官軍收復二縣，第一百二十五回，頁812-825；第一百二十八回，頁855-869。

陣，「將前面五陣一隊隊戰罷，如紡車般轉作後軍」[10]。這本來可算是《水滸傳》第一次以陣勢爲主體的戰爭場面，戰鬥的重心卻顯然放在鬥將，遂出現扈三娘活捉彭玘的一幕。那所謂如紡車般的五陣祇起得襯托聲勢的作用。次日再交鋒，官軍連環馬一出，梁山兵便大敗。此後重心轉向爲如何破解連環馬的法門，引出了金鎗手徐寧一段故事，而勝負的關鍵亦由戰術運用一變而爲軍械的研製[11]。諸如此類避重就輕的寫法顯示出作者很可能對陣法並沒有深入認識，也無法寫出戰陣的真正面貌。

但隨後書中大量正規戰爭場面的增加，直接描寫軍隊的陣勢因而變成不可避免。第七十六回，寫到童貫作四門斗底陣，而宋江則排出九宮八卦陣，以前、後、左、右、中五軍外加四角驃騎組成，軍容甚壯。在很多時候，一回的篇幅已差不多足以完成一場戰役，如第五十八回〈三山聚義打青州、眾虎同心歸水泊〉，甚至可以講完兩次會戰，如第六十四回〈呼延灼月夜賺關勝、宋公明雪天擒索超〉。第七十六回以整整一回來描寫九宮八卦陣軍容之壯，所標誌者爲梁山好漢日趨正規化的作戰方式。

三、重構九宮八卦陣

不管如何，第七十六回是了解九宮八卦陣最重要的文本。爲了詳細交代九宮八卦陣，《水滸傳》的作者早就設定視角，從童貫的眼中看出陣勢的全貌。本回由童貫從東京出師起，一路都用他的角度來出發，動態地描寫進入戰鬥過程，步驟包括：（一）發現敵人，

10　《水滸》（香港：中華書局，1970年），第五十五回，頁647。

11　中國歷史上曾否出現連環馬這種兵種，學界存有不同意見。否定的意見，參考鄧廣銘，《岳飛傳》（北京：人民出版社，1983年），頁414-431；相對肯定的意見，參據湯開建，〈關於「鐵鷂子」的幾個問題〉，《史學月刊》，1989年1期（1989年1月），頁34-37，修訂本改題爲〈有關「鐵鷂子」諸問題的考釋〉，收入鄧廣銘、漆俠等編，《（一九八七年年會編刊）宋史研究論文集》（石家莊：河北教育出版社，1989年），頁357-368。

(二)將行軍隊形變成作戰陣勢，及(三)開始戰鬥。

作者交代童貫正在向梁山進發的時候，大概在濟州地面遇上敵軍。當時童貫的十萬人馬是以縱隊進軍，以睢州兵馬都監段鵬舉為正先鋒，鄭州兵馬都監陳翥為副先鋒，陳州兵馬都監吳秉彝為正合後，許州兵馬都監李明為副合後，唐州兵馬都監韓天麟、鄧州兵馬都監王義二人為左哨，洺州兵馬都監馬萬里、嵩州兵馬都監周信為右哨。這個軍團以前、後、左、右、中五個小單位組成，而除中軍以外每個單位又有一名副將，這已伏下演成九軍的可能性。

此時官軍遇上以張清、龔旺，和丁得孫所率領的哨馬，雖然祇有三十餘騎，卻連哨了三次。繼而官軍遇上李逵、樊瑞、項充，和李袞所組成的五百名步兵先頭部隊，以籐牌掩護。在官兵的衝擊之下，這五百人分開兩路繞過山腳便走。童貫大軍趕出山嘴，見前面地勢空曠，就先佈成「四門斗底陣」，將行軍隊形變成作戰陣勢。據《武經總要》，北宋當時稱方陣為四門斗底陣。故童貫的陣勢應接近圖一所示的方陣[12]。

在童貫排好陣勢之後，梁山大隊兵馬隨亦殺到。他們也經歷了一個發現敵人，及將行軍隊形變成作戰陣勢的過程。前者由張清和李逵的哨路已交代過了，後者則在童貫眼中看出來。當時梁山兵馬作東西兩路排成縱隊前來，東山第一隊打紅旗，第二隊打雜綵旗，第三隊打青旗，第四隊又是打雜綵旗；西山第一隊打雜綵旗，第二隊打白旗，第三隊又是打雜綵旗，第四隊打皂旗。背後盡是黃旗兵馬。排陣的過程沒有具體交代，但從兩列縱隊旗色的次序和後來九宮八卦陣的旗色方位對比來看，這個過程並不複雜。兩列縱隊都以一隊淨色旗和一隊雜色旗相錯，而東山縱隊第一隊是淨色旗，西山縱隊第一隊是雜色旗，這說明在縱隊的排列中已預設了展開為九宮八卦陣的次序。東西兩軍大概是根據九宮八卦陣中的丑未線，類似現在所謂一點鐘和七點

---

12 曾公亮等輯，《武經總要(前集)》(萬曆金陵唐富春刊本)，卷7，〈本朝常陣制〉，葉21上下。

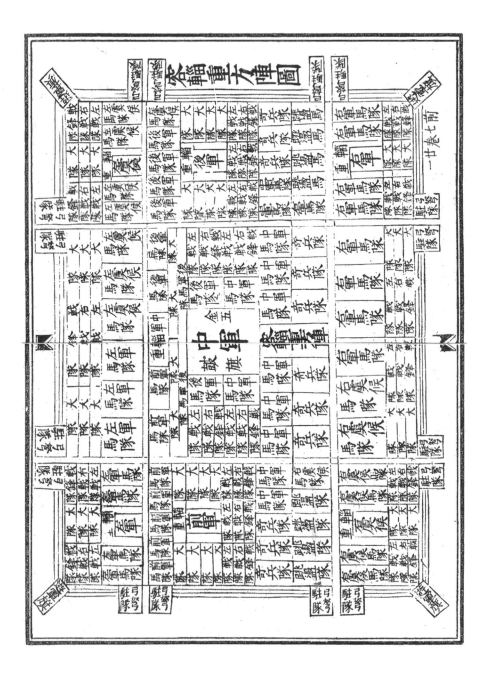

鐘方位來劃分的，亦即李靖說的「狀同丑未」[13]。依此原則，東山四隊依次於正南、東南、正東，和東北四個方向展開，西山四隊依次於西南、正西、西北，和正北四個方向展開。後面的黃旗軍怎樣進入中間成為中軍，文本沒有交代，但很可能就在兩列縱隊如拱形地展開時，從他們的中間通過。若確按如圖二所示的方法將行軍隊形演成作戰陣勢，好處在九個部隊可以完全不需要交錯，把發生混亂的可能性減至最低。

變成作戰陣勢之後，如八卦狀的陣形便完全呈露。正南方是前軍，即原來東山第一隊，紅旗紅甲，大旗繡南斗六星及朱雀之形，主將是霹靂火秦明，副將是單廷珪、魏定國。東南方陣上，即原來東山第二隊，青旗紅甲，大旗繡巽卦，主將是雙鎗將董平，副將是歐鵬、鄧飛。正東方是左軍，即原來東山第三隊，青旗青甲，大旗繡東斗四星及青龍之形，主將是大刀關勝，副將是宣贊、郝思文。東北方陣上，即原來東山第四隊，皂旗青甲，大旗繡艮卦，主將是九紋龍史進，副將是陳達、楊春。西南方陣上，即原來西山第一隊，紅旗白甲，大旗繡坤卦，主將是急先鋒索超，副將是燕順、馬麟。正西方是右軍，即原來西山第二隊，白旗白甲，大旗繡西斗五星及白虎之形，主將是豹子頭林冲，副將是黃信、孫立。西北方陣上，即原來西山第三隊，白旗黑甲，大旗繡乾卦，主將是青面獸楊志，副將是楊林、周通。正北方是後軍，即原來西山第四隊，皂旗黑甲，大旗繡北斗七星及玄武之形，主將是雙鞭呼延灼，副將是韓滔、彭玘。

這周遭八陣的結構很明顯是以四正方為主力，四隅方為輔助，因四正方的主將都屬於五虎上將，四隅方則祇有董平是虎將，其餘三位都是驃騎。據《握機經》所謂「天、地、風、雲、龍、虎、鳥、蛇，四為正，四為奇，餘奇為握機」，但沒有明確地將四正四奇和

---

13 李靖（鄧澤宗編譯），《李靖兵法輯本注譯》（北京：解放軍出版社，1990年）。

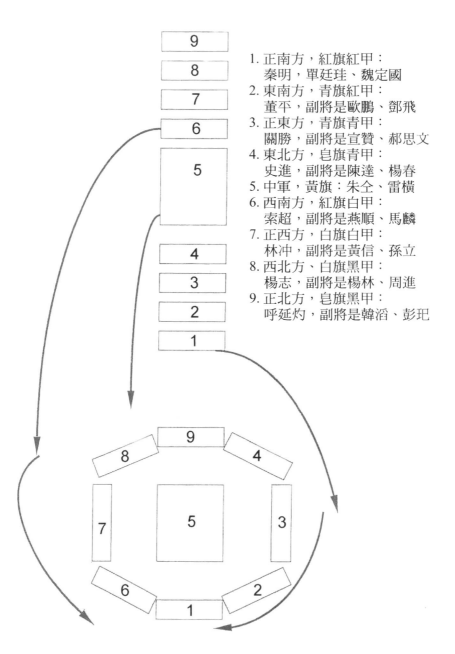

1. 正南方，紅旗紅甲：
   秦明，單廷珪、魏定國
2. 東南方，青旗紅甲：
   董平，副將是歐鵬、鄧飛
3. 正東方，青旗青甲：
   關勝，副將是宣贊、郝思文
4. 東北方，皂旗青甲：
   史進，副將是陳達、楊春
5. 中軍，黃旗：朱仝、雷橫
6. 西南方，紅旗白甲：
   索超，副將是燕順、馬麟
7. 正西方，白旗白甲：
   林冲，副將是黃信、孫立
8. 西北方、白旗黑甲：
   楊志，副將是楊林、周進
9. 正北方，皂旗黑甲：
   呼延灼，副將是韓滔、彭玘

圖二　宋方兵馬從行軍縱隊演變為九宮八卦陣的推想圖

方位拉上關係[14]。李筌《神機制敵太白陰經》首先以九宮八卦方位來論述八陣，他將《握機經》中天、地、風、雲、龍、虎、鳥、蛇代表八個方位，說「天陣居乾，爲天門。地陣居坤，爲地門。風陣居巽，爲風門。雲陣居坎，爲雲門。飛龍居震，爲飛龍門。虎翼居兌，爲虎翼門。鳥翔居離，爲鳥翔門。蛇蟠居艮，爲蛇蟠門。天、地、風、雲爲四正，龍、虎、鳥、蛇爲四奇」[15]。《武經總要》亦繼承這種說法。明代學者發現天、地、風、雲位於四隅，龍、虎、鳥、蛇才是四正[16]。其實古代八陣天、地、風、雲、龍、虎、鳥、蛇的名稱，是否必然與九宮八卦方位配套，還有探索空間，目前不必深文周內。無論怎樣，秦明、關勝、林冲、呼延灼四路人馬屬於正兵，董平、索超、史進、楊志四路人馬屬於奇兵。如果以將領的戰鬥力來推測兵力佈勢，則九宮八卦陣的兵力佈相當平均，將秦明、索超，和董平等擅於衝鋒陷陣的猛將放在第一線，具有積極作用。

上述九宮八卦陣的兵力分佈與史實之間有很大的相應之處。北宋中葉軍隊戰術變革的一個方向，就是從七軍陣法過渡到九軍陣法。七軍是右虞候、右軍、前軍、中軍、後軍、左軍，和左虞候軍[17]。九軍的結構則比較複雜，除前、後、左、右、中五軍外，刪去了左右虞候軍的名目而加上了左前、右前、左後，和右後軍；在某些個別例子中，如在呂惠卿（1031-1126）的延安之役（1096）中，還加上東、西兩遊奕，共十一軍[18]。在梁山的九宮八卦陣的外圍也有張清和李逵兩支遊奕，但他們的兵力都很微薄，不足構成獨立的軍。

中軍的情況比較複雜，具有三重結構，最外層以「替天行道」杏黃旗爲中心，中間一層以帥旗爲中心，最內一層是主帥的指揮部。構成最外層的保護網的是朱仝和雷橫率領的中軍，團團一遭，

14　曹胤儒輯，《握機經》三卷本（《四庫全書存目叢書》本），卷1，葉3上。

15　《神機制敵太白陰經》（錢熙祚校刊本），卷6，〈陣圖〉，葉3上。

16　《握機經》三卷本，卷1，葉8上。

17　《李靖兵法輯本注譯》，卷中，頁92-93。

18　陳均，《九朝編年備要》（文淵閣《四庫全書》本），卷24，葉37上。

都打杏黃旗，間有六十四卦長腳旗。陣門亦分四個，各有專人把守，東門是施恩，南門是宋萬，西門是鄭天壽，北門是薛永，都屬於武藝較平庸的頭領。南陣門內是「替天行道」杏黃旗，由郁保四率領四個軍士看守。後面是火砲，由轟天雷凌振指揮的二十餘名砲手負責。其後是一層撓鈎手，以備生擒敵將。

構成外層和中層之間保安力量的是立在一圈雜綵旗下的七層圍子手，四面樹二十八宿旗，中間是帥旗。守旗的是沒面目焦挺。帥旗兩邊的護旗勇士，《李靖兵法》中稱為傔旗的[19]，是孔明和孔亮，率領二十四個持狼牙棒的鐵甲軍士。這兩隊後面是二十四名持方天畫戟的軍士，分別由呂方和郭盛統領。

構成中層和內層之間保安力量的是由解珍和解寶率領的一支步兵。進了這一層，開始有文職人士，一個是蕭讓，一個是裴宣，分別掌理文案和吏事。二人之後是二十四名紫衣持節者及二十四名麻札刀手，由掌管行刑的蔡福和蔡慶率領。在執法人員背後是最後一層保安防線，由花榮、徐寧率領的二十四名金鎗手和銀鎗手組成。值得注意的是這兩名頭領武藝絕高，但兵權不大，突顯出唐宋軍隊中親隨系統的角色[20]。過了這道最後防線就是指揮總部，有能快速傳遞信息的神行太保戴宗和能幹機密要務的浪子燕青。裏面一字排開三把羅傘，左面是吳用，右面是公孫勝，中間是主帥宋江。在宋江身後是三十五員牙將、二十四枝畫角和金鼓等物，是全軍的決策信息中心。

指揮部後面負責保安的是兩隊遊軍，各一千五百馬步軍，左隊由穆弘、穆春率領，右隊的統領是劉唐、陶宗旺。在二陣之後又是一隊二千馬步軍組成的「陰兵」，由扈三娘、顧大嫂，和孫二娘率領；押陣的是她們的丈夫王英、孫新，和張青（參見圖三）。

---

19 《李靖兵法輯本注譯》，卷中，頁111。
20 唐宋軍隊中的親隨系統，參見趙雨樂，《唐宋變革期軍政制度史研究（一）──三班官制之演變》（臺北：文史哲出版社，1993年）。

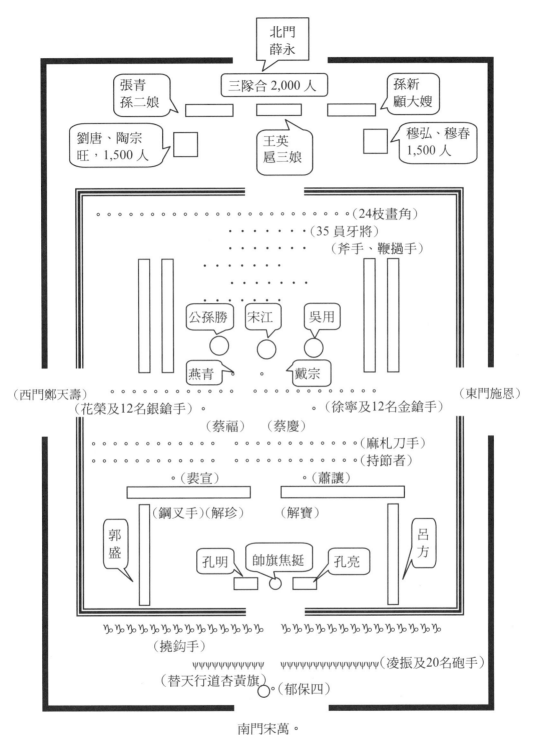

圖三：九宮八卦陣的中軍結構圖

　　整個中軍的人事構造充滿一股任人唯親的氣氛。也許中軍之所以爲中軍，就必須倚仗信得過而又服從紀律的人。中軍內幾個位置較重要的部隊，如正門的朱仝、雷橫，帥旗下的孔明、孔亮，中軍帳後的穆弘、穆春、劉唐等，都在宋江還未上山前就結下私誼。然而祇有私誼，卻不服從命令的人，也不能在中軍立足。即如好亂打亂闖的李逵，不要說中軍，整個九宮八卦陣根本就不能用他。宋江祇許他在外圍帶領區區五百遊兵。

　　中軍三十六名頭領之中，祇有四個是從官軍和鄉勇那邊投降過來的，其餘全是一向慣於落草爲寇，或主動歸附梁山的人。這四人包括徐寧、凌振、扈三娘，和郁保四，大都是由於具有特殊無法取代的才能和身份而產生的例外。徐寧和林冲一樣本來出身於禁軍教頭，但他所教的不是一般禁軍，是金鎗班，而金鎗班的職責是皇帝出巡時保護聖駕[21]。因此護持中軍是徐寧最適宜擔任的位置。自上了梁山之後，他的立場改變了，但在九宮八卦陣中，其工作性質仍維持不變。凌振職司施放火砲，沒有誰能代替。扈三娘在女將中武藝最爲了得，成爲「陰兵」的主將，責無旁貸。加上她已經是宋太公的義女，與宋江有兄妹之份，自然不能把她當外人。唯一未知何故的，是派因曾頭市事件才投過來的郁保四看守「替天行道」杏黃旗，反而不用玉幡竿孟康，看不出有甚麼特殊理由。

　　九宮八卦陣正好包括了梁山一百零八名頭領中的六十名，這個整數可能是刻意算出來的。但還應算上張清、龔旺，和丁得孫所組成的馬哨隊，以及李逵、樊瑞、項充，和李袞所組成的步兵先頭部隊。他們也參與戰役，祇是沒有排入陣中。在古代討論陣法的兵書中，他們被統稱爲遊軍或遊奕，擔任劃定戰場、觀察敵勢等重要任

21 脫脫，《宋史》，點校本（北京：中華書局，1977年），冊6，卷166，〈職官志〉六，「殿前司」，頁3928；脫脫，《金史》，點校本（北京：中華書局，1975年），冊3，卷41，〈儀衛志〉，頁941：「金鎗六隊，每隊旗三人、鎗二十五人，共一百六十八人。銀鎗六隊，每隊旗三人、鎗二十五人，共一百六十八人。」

務[22]。總的來說，參與第一次破童貫之役的頭領共六十七位，其餘四十一位或留守山寨，或另有崗位。

留意一下這組成員的名單也是饒有意義的。此組用不少武藝高強的頭領，如盧俊義、魯智深、武松、李應、楊雄，和石秀來構成戰略預備隊。李俊、二張、三阮，和二童這八人因屬水軍頭領，不能排在陣內，大概扼守各處河津要道去了。柴進、朱武、金大堅，和蔣敬屬文職人員，安道全、皇甫端、侯健，和湯隆屬後勤人員，也不需要冒矢石之險。唯一奇怪的是號稱精通陣法的朱武，竟然不在陣內。此外沒有出現的還有鄒淵、鄒潤、杜遷、曹正等一眾武藝平凡，也沒有特殊才幹的頭領。這些佔了總數三分之一以上，很可能是留守山寨或負責戰略預備的工作。如此整體地安排說明《水滸傳》的作者在寫遊戲文章之餘，也顧全到現實戰況。梁山泊不可能無人把守，而宋江、吳用也不會孤注一擲，不留下後備兵力。從盧俊義、魯智深、武松、李應、楊雄，和石秀這幾名善戰頭領所屬的兵種來看，祇有李應一人屬於馬軍，也許顯示梁山的預備兵力大部分都是步軍。魯智深和武松在再破童貫，即「十面埋伏」之役曾參與作戰；盧俊義、楊雄，和石秀也在追殺童貫時擔起深入敵後埋伏和追擊的任務，都可能是沒有排入陣中的原因。

九宮八卦陣的總兵力有多少？作者沒有正面說明，祇能從側面推敲。第七十七回〈梁山泊十面埋伏，宋公明兩贏童貫〉提及一些兵力數字。由於兩場會戰相隔僅得三天，梁山泊祇能投入預備隊，而不可能大量增兵，故這些數字可供參考。這次梁山兵馬作後縮的袋形陣，誘敵深入，以朱全和雷橫的五千黃旗軍首先接戰，繼而是秦明的紅旗軍和關勝的青旗軍，合五千人；加上林冲的白旗軍及呼延灼的皂旗軍，亦合共五千人，分兩次衝擊敵軍。童貫開始敗走後，又受到魯智深和武松、解珍和解寶兩路步軍的衝擊。童貫隨後又遇到董平和索超、楊志和史進四批人馬先後夾擊，損兵折將，是為「十

面埋伏」。到童貫以爲殺出重圍後，又遇到外圍埋伏的盧俊義、楊雄，和石秀共三千人，後來還遇上李逵的步軍和張清的三百名遊騎。童貫大敗之餘，連濟州也不敢進，便逕直回京師去了。

透過這次「十面埋伏」的兵力結構，可以推知三天前排九宮八卦陣的大概兵力。朱全和雷橫的中軍有五千人，而秦明和關勝合起來才五千人，林冲及呼延灼也如此。由此可知，中軍人數比四正方任何一軍都多一倍，是居重馭輕的構想。換言之，中軍加上四正軍是一萬五千人。四隅方的兵馬每路應少於四正方，但每兩路加起來的兵力不應低於盧俊義的三千人，故這些單位的兵力應在一千五百至二千五百之間，似乎二千人是一個折衷的估計。盧俊義雖是副寨主，但他的總兵力不應超過兩路四隅方的兵力總和，因爲大部隊很難迂迴到敵軍縱深。如果魯智深和武松、解珍和解寶兩路步軍亦各有兩千，而李逵的兵力維持在五百，加上張清的三百名遊騎，那麼梁山泊「十面埋伏」之役的總兵力就可以推算出來，即：

中軍（5000）＋四正（4×2500）＋四隅（4×2000）＋步軍（2×2000）＋遠程伏兵（3000）＋步哨（500）＋遊騎（300）＝30,800

由於兩場會戰相隔祇有三天，以上兵力的規模很可能就與九宮八卦陣非常接近。宋江僅有三萬餘眾，要對抗童貫的十萬大軍，自然很不容易。如果以北宋一個標準的九軍陣來說，應有十萬人。據郭逵（1021-1088）在熙寧九年（1076）四月的上言，就提到「契勘（李）平一所奏，約兵十萬人，馬一萬匹，月日口食，馬草料，計度般運腳夫四十餘萬。……可減省來及腳乘，並將九軍輕重不急之物權留。……如此擘畫，可於平一所奏合用般糧人夫內減一半外，只以二十萬人節次般運，供軍食用」[23]。熙寧十年（1077）八月，朝廷賜河北「知定州薛向及都總管劉永年箏獎諭敕書，特減磨勘年及賜絹有差。以修完準備九軍十萬人甲仗了畢故也」[24]。當然在一

---

23 《長編》，冊19，卷274，頁6700。
24 《長編》，冊20，卷284，頁6950。

些規模比較小的戰役中，九軍陣法僅指軍隊分爲九個戰術單位，而不必硬性規定要有十萬之眾。例如元豐三年（1080）韓存寶（?-1081）攻略瀘州蠻的作戰行動中，祇出動正兵一萬五千人，但仍依九軍陣法排列[25]。因此宋江排出的九宮八卦陣，雖然沒有按照官方的標準，但並非完全背離現實。

四、實戰功能的貧乏

以上對九宮八卦陣的重構足以說明《水滸傳》對陣勢的描寫基本上是現實的。這個陣結構完整，各個單位有明顯的分工，也能從行軍隊形變化出來。可是能不能說它是以實戰爲導向的呢？關鍵就在於其戰術特徵。

從戰爭史的角度來說，一個成功的陣勢能帶來戰術上的決定性。古希臘名將意派米隆達斯（Epaminondas，公元前三世紀）在勒齊亞（Leuctra, 371 B.C.）之戰創出斜行戰鬥序列（Oblique Order），以壓倒性的強大左翼突破斯巴達（Sparta）的橫陣[26]。腓特烈大帝（Frederick The Great, 1712-1786）在魯騰會戰（The Battle of Leuthen, 1757）也運用類似的戰術[27]。漢尼拔（Hannibal Barca, 247-182 B.C.）在坎尼會戰（The Battle of Cannae, 216 B.C.）背水列陣，透過前衛逐漸向後收縮而讓羅馬大軍逐漸陷入其袋形陣地，結果殲滅其七萬之眾[28]。中國的陣法能否從這種意義上來分析呢？可以肯定，例子大

---

25 《長編》，冊21，卷304，頁7412。

26 Hans Delbruck, *Warfare in Antiquity,* Vol. 1: *History of the Art of War*, translated from the German by Walter J. Renfroe, Jr. (Lincoln: Univeristy of Nebraska Press, 1990), pp. 165-171.

27 Jay Luvaas, *Frederick the Great on the Art of War* (New York: The Free Press, 1966), pp. 230-240.

28 Theodore Ayrault Dodge, *Hannibal: A History of the Art of War among the Carthaginians and Romans down to the Battle of Pydna, 168 B.C.* (London: Greenhill Books,1993); Hans Delbruck, *Warfare in Antiquity*, pp. 315-335.

量存在，如李憲（?-1092）六逋宗之戰（1077），在右翼失利的情況下，命种諤（1026-1083）在左翼突破，就構成類似勒齊亞之戰的陣勢[29]。

可惜中國古典小說中講到的陣法，甚至陣法研究的著作本身，往往予人脫離現實的感覺。其中的關鍵，在於他們祇能描述和討論陣勢的初始形態，而不能描述和討論其後的戰術變化。固然，歷史上有一些著名戰役的陣勢，其初始形態就是其達致戰術決定性的形態，如勒齊亞之戰中底比斯的斜行戰鬥序列。然而隨瞭望和通訊技術的進步，軍隊組織能力和機動力的提高，戰術日趨精密和複雜，陣勢的初始形態和它達致戰術決定性的形態會因此而有很大的不同，如漢尼拔在坎尼會戰的列陣就是如此。由於陣勢在初始的形態時鋒芒未露，其目的也在於隱藏真正的戰術意圖，並適應敵情作機動的調整，因此最能適應各種變數的陣勢，應該在表面上看不出其任何戰術意圖。它的兵力分佈很平均，但能很迅速地集結在戰術的決定點。九宮八卦陣應該就是這種初始形態的陣勢。

《水滸傳》對陣法描寫的局限性就在這裏充分顯露。作者的視角是現實的，但他僅能寫出九宮八卦陣的初始形態，以後怎樣變化則避而不談，或所述完全與實戰脫節。如第七十六回第一次排九宮八卦陣，雖然用了差不多整回篇幅，但實際上並沒有真正憑陣勢的優劣來決定勝負。相反，它祇是讓梁山泊在大聚義之後作一次大型的軍容展示，讓不同指揮崗位和兵種的將領逐一登場，詳盡地描寫其裝備、服飾。這樣的安排目的不過在提供一個鬥將的場景。作者詳盡地鋪陳九宮八卦陣的各種曲折細微之處，但陣勢排好之後，他似乎無法想像其如何達致戰術決定性，於是重點亦變成鬥將，寫不出陣法的真正威力。第七十七回童貫作長蛇陣，而梁山則以十面埋伏應戰，作者又一次轉移視線，將本來可以力寫戰陣的筆鋒一轉變成伏擊戰，讓梁山步騎頭領依次登場衝殺，而避免用宏觀的視角來

---

29 曾瑞龍，〈趙起〈种太尉傳〉所見的六逋宗之役（公元1077年）〉，《（香港中文大學）中國文化研究所學報》，新9期（2000年），頁163-190。

描寫全盤陣勢。

百回本和一百二十回本都有的征遼之役，對陣法有較多的構寫。在此之前，作者對陣法的描寫主要根據一些既定程式，以壯盛的軍容作爲鬥將前烘托氣氛之用。然而征遼之役則不同，較以前的戰爭更具有國與國之間大型軍事衝突的格局。陣勢除了作爲鬥將之前展示軍威的作用之外，其本身亦成爲了決定勝負的關鍵因素，出現了比試陣法和破陣的情節。這項轉變可能顯示作者自己也警覺到戰爭的性質已經起了變化，也可能單純地由於前後兩段並非出於同一人之手。至此，破陣已成爲智取、鬥法，和鬥將之外的重要情節。

陣法是研究歷史上宋遼軍事互動的主要線索。除了大量戰役如滿城、陳家谷，和君子館等涉及入大型陣勢調動之外，大臣的奏章亦不乏以陣法爲重點，如馮拯（十一世紀初）曾建議：「宜於唐河增屯兵至六萬，控定武以北爲大陣，邢州置都總管爲中陣，天雄軍置鈐轄爲後陣」[30]。宋初名將呼延贊、石普（?-約1100）等亦曾撰陣圖獻給朝廷[31]。《武經總要》所載相信反映出宋真宗時代的一組縱深梯次的方陣包含步騎十餘萬人，大陣「常滿十萬人」，前後分別有約三萬騎組成的前陣和約兩萬人組成的後陣，加以掩護，左右兩翼各有拐子馬陣，以防契丹騎兵偏攻一面[32]。

在小說中出現的宋遼戰爭，鬥陣亦成爲主要脈胳，其中著名的有「穆桂英大破天門陣」的故事。《水滸傳》亦不例外，在「征四寇」的過程中，沒有任何一個對手比遼軍更擅於運用陣法。無可否認，在這一類中外民族的軍隊比試陣法的敘述中，大漢族中心主義的色彩相當濃厚。最後中原王朝軍隊的必定破陣成功正反映這樣的一種世界觀。

除了誰勝誰負之外，《水滸傳》的大漢族中心主義還表現在其

---

30 《宋史》，冊14，卷285，〈馮拯傳〉，頁9609。

31 《宋史》，冊14，卷279，〈呼延贊傳〉，頁9488；冊15，卷324，〈石普傳〉，頁10472。

32 《武經總要（前集）》，卷7，〈本朝常陣制〉，葉22上-26上。

如何描繪陣法流傳的譜系上。第八十七回宋江進攻幽州，遇上從父親「習得陣法，深知玄妙」的兀顏小統軍。兀顏依次排出太乙三才陣、河洛四象陣、循環八卦陣，和內藏六十四卦的八陣圖。朱武看完對宋江說：「休欺負他遼兵，這等陣圖皆得傳授。此四陣皆從一派上傳流下來，並無走移。先是太乙三才，生出河洛四象。四象生出循環八卦。八卦生出八八六十四卦，已變爲八陣圖。此是循環無比，絕高的陣法」[33]。朱武的說話雖然強調遼兵不可輕視，但從那四陣無一不出乎中國傳統的命名體系，而他又強調這些陣法是如何流傳有緒，那麼中原軍隊在未交鋒之前，就已在知識的分佈（distribution of knowledge）上佔了很大的贏面[34]。中原文化能覆蓋契丹，契丹人雖然精通陣法，但其傳統畢竟是中原來的，這是作者暗示，而沒有說出來的潛臺詞。

與此作爲對照，作者力寫九宮八卦陣之微不足道。與童貫看見九宮八卦陣時的驚訝之狀截然相反，兀顏小統軍看了陣後，下雲梯來，冷笑不止，說：「量他這箇九宮八卦陣，誰不省得！他將此等陣勢瞞人不過，俺卻驚他則箇。」這樣寫的目的可能意在突出兀顏的自負。宋江後來亦承認「只俺這九宮八卦陣勢，雖是淺薄，你敢打麼？」小將軍大笑道：「量這等小陣，有何難哉！你軍中休放冷箭，看咱打你這箇小陣」[35]。作者提供的背後信息是，中原軍隊用非常淺薄的小陣已足以擊敗大遼名將，突顯出中原文化的優勢，也暗示遼人並不真正了解中原文化。

可是這種文化上的優勢怎樣形於事實，達致戰術決定性呢？由於作者難以寫出佈陣完成之後的戰術變化，他的描寫重點於是走入道術及陰陽家五行相勝理論的熟套中。兀顏小統軍結果在九宮八卦陣中

---

33 《水滸》，第八十七回，頁1425-1426。

34 Alexander Wendt, *Social Theory of International Politics* (Cambridge: Cambridge University Press, 1999) 認爲相對於權力的分配而言，知識的分佈也是國際政治的重要變數。

35 《水滸》，第八十七回，頁1425-1426。

被公孫勝的道術所惑而爲呼延灼生擒。這事驚動了他的父親，排下混天象陣。在大破混天象陣一役，作者將五行相生相剋擴充成爲一種具普遍意義的原理，不但是九宮八卦陣所依據的基本規律，連遼軍佈陣也不出乎依太陽星、太陰星、金、木、水、火、土等五行星來結陣。這顯示出《水滸傳》作者似乎預設了世界上存在某一種放諸四海而皆準的原理，而中華文化的五行相生相剋是解開這套規律的鎖鑰。即如九天玄女所說，「此陣之法聚陽象也，只此攻打，永不能破。若欲要破，須取相生相剋之理」[36]。

然而這僅是一種象徵意義，和實質的戰鬥層次是完全脫節的。作者似乎沒有想過，如果遼軍根據一種起源於遊牧民族方能理解的體系來排陣，那麼五行相生相剋之理能否奏效，自然不言而喻。混天象陣被攻破的伏筆，其實在於它所根據的五行七政二十八宿，本身和中國人的宇宙觀是處於同一個平臺之故。

《水滸傳》第八十九回大破混天象陣一役，嚴格而言祇是運用一種厭勝手段，而非戰術上的互相剋制。即如九天玄女所言，以象徵土的黃旗軍攻其水星，以象徵金的白旗軍攻其木星，以象徵火的紅旗軍攻其金星，以象徵水的皂旗軍攻其火星，以象徵木的青旗軍攻其土星。另外，再選兩枝軍馬分別扮作羅喉、計都，攻其太陽星和太陰星。這些調動所關注的不是戰術要素諸如兵力集結、兵種、機動力，和戰鬥力，而祇是講軍隊的旗色和袍甲的顏色。若論其效果，極其量祇不過是一種厭勝，而非具有實質意義上的戰術。

以上具批判意味的看法，尚不致於完全把分析《水滸傳》所透露出的陣法看成緣木求魚。如果不根究其五行相勝的隨俗性格，及撤除了娛樂元素的循環再用等問題，那麼九宮八卦陣仍不失爲北宋九軍陣法在民間的一點遺痕。九宮八卦陣的名稱雖屬杜撰，且加上很濃的道教意味，但歷史上以九支部隊配合九宮方位來組成方陣，並非全屬子虛烏有。這些隊形的具體戰術運作在朝代更替中可能已

---

36 《水滸》，第八十八回，頁1446。

逐漸數典忘祖,但其象徵意義則遺留後世。到《水滸傳》成書的年代,由於已無法追溯這些隊形的具體戰術運作,及作者和軍隊的關係未必很密切,因此逐將九軍的空殼套入了五行相剋乃至厭勝等民間較爲熟悉的內容。

五、結論

《水滸傳》對陣法的描寫雖然受到提供多元化娛樂的性質及作者的知識水準限制而不能高度擬真,但其描寫陣法的視角基本上是現實的。作者描寫排陣能動態地寫出進入戰鬥的過程,從發現敵人,到將行軍隊形變成作戰陣勢,最後才開始戰鬥,步驟齊備。作者並沒有把陣勢寫成僅如機關陷阱一般預先設好,和行軍程序不相關涉,也不能變化的硬件。九宮八卦陣的編制和兵力結構上不出乎北宋九軍陣法的規模,以四正四隅八個方位展開兵力。雖然梁山兵力的規模較歷史上的九軍陣爲少,也沒有詳細透露各兵種的比例,但其描述的導向仍是實戰的。

當然,作者祇能寫出陣勢的初始形態,對其後的戰術變化並無交代,於是敘述的筆調仍然歸納到鬥將和五行相勝的道教內容中去。道教對古典小說中陣法的描寫,甚至是陣法理論的影響,無疑是巨大的,然而它之所以能滲進這些空間,其中一個很重要的原因,是文本的作者受實戰經驗所限,僅能理解陣勢的初始形態,而不能討論其後續變化如何達致戰術決定性。這並不能怪責小說的作者,近世學者研究陣法也都差不多整體犯上這通病。

幼垣按:

我在自序裏提到曾瑞龍兄未及論析《宋公明排九宮八卦陣》雜劇是難以彌補之事。這部雜劇頗冷僻,短期內難期望有專研之作出現。豈料隨後在《中華文史論叢》,74期(2004年1月)裏看到王強,

〈從《九宮八卦陣》說開去〉，頁235-246，真是喜出外望。此文不談陣法，但利用一般學者不具備的曆法知識，試圖論定此劇的年代。所用資料及所採角度均有新意，值得一讀。至於此劇與《水滸》述事的異同和關係，則尚待考明。

簡　研

宛子城、碗子城與《水滸》
書中所見梁山大寨的地形

　　梁山大寨的所在地名喚宛子城（《水滸》第五十一回講山寨如
何部署當時已入夥諸頭目時有解說）。我集天下《水滸》罕本於一
室，故書齋取名宛珍館。

　　何以大寨的所在地喚作宛子城，以及宛子城這名稱究竟涵意何
在，《水滸》並無明確交代。書中第一回回末說：

　　　　直使宛子城中藏猛虎，蓼兒洼內聚飛龍。

柴進向林冲介紹梁山組織時說：

　　　　山東濟州管下一個水鄉，地名梁山泊，方圓八百餘里，中
　　　　間是宛子城、蓼兒洼（第十一回）。

後來宋江向秦明、花榮諸人解釋梁山以外很難另覓棲身處時，對梁
山的形容仍是柴進早些時候說過的那句話（第三十五回）。戴宗在飲
馬川介紹梁山大寨的情形給裴宣、楊林等人時，說的同樣是這些成
了公式的話（第四十四回）。宛子城一名何所指，此等文字遊戲之言
始終不能作為解釋。

在《宣和遺事》所講的早期水滸故事裏，太行山是一個屢次提及的地區。這點以及太行山有地名碗子城，王利器在其〈《水滸全傳》是怎樣纂修的〉文內頗有說明。其後這工作更由孟繁仁，〈《水滸傳》裏碗子城〉，《歷史月刊》，83期（1994年12月），頁120-123，續推展開去。孟繁仁覓得山西晉城市南太行山上的碗子城遺址，並在光緒八年（1879）的《鳳臺縣續志》找到一張頗詳細的繪圖（見本集插圖廿八）。

除了王利器和孟繁仁已徵引的方志資料外，還可以多列三項這類資料。一項是很容易想得到顧祖禹（1631-1712）《讀史方輿紀要》。其記河南懷慶府境內之碗子城山云：

> 碗子城山在府北五十里太行山畔，山勢險峻，羊腸所經。上有古城，亦名碗子城關。元至正十八年，汝潁賊掠山西，察罕擊之，自河東進屯澤州，塞碗子城。既而守將周全以懷慶叛降劉福通，察罕遣將守碗子城，為全所敗。明初，大兵攻山西，自碗子城北出，破澤潞諸州。蓋南北之要道也（光緒五年桐華書屋本，卷49，葉5上）。

此地之險要及其史蹟說了不少，地形則未講及。

乾隆四十九年（1784）《鳳臺縣志》也有一段類似而述事不同的記載：

> 碗子城：縣南九十里，太行絕頂，群山迴匝，道路嶮仄。中建小城，若鐵甕。唐初築此以控懷澤之衝。其城甚小，故名。宋太祖征李筠，山多石不可行。太祖於馬上先負數石，群臣六軍皆負之，平為大道，即此。正統間，寧山衛指揮胡剛鑿石平險，車騎差可通（卷2，葉12下）。

合觀兩引文，其地之為兵家所必爭，彰彰明矣，連碗子城規模頗小這一點也說得夠清楚。然地形資料仍欠交代。

　　孟繁仁所引雍正十二年（1735）刊《澤州府志》也有類似的話。這和從繪圖看得出的地形並無矛盾。至於山上的那個城堡是否也建做得像個碗一樣就關係不大了。

　　宛子城就是從碗子城蛻變出來的。不明白這關聯，不獨宛子城之名無從理解，更無法弄清楚為何《水滸》通過林冲的眼睛向讀者介紹梁山大寨的地形時，會把那地方說成像個火山口的盤地：

> 林冲看見四面高山，三關雄壯，圍圍圍定，中間裏鏡面也
> 似一片平地，可方三五百丈（第十一回）。

這樣的地形，加上整個孤伶伶的山島為水泊所包圍（因為書中不說明水泊中究竟還有沒有別的島，好像在這個方圓八百里的大湖中就僅得這個島似的），除了在科幻電影內出現外，要在世界任何地方找實例都十分難。

　　魯西那個地形一般，從地面到山頂高度不過稍逾一百公尺，絕對無法容納數萬人聚居，再配上戰馬、儲糧等支援設備的小山頭取名梁山久矣（本名良山），但那個梁山與見於《水滸》書中的梁山，除了地名一樣外，地形卻絲毫不相似（參看〈梁山頭目排座次名位問題發微〉的注35和39）。山島下的湖泊現在是否已經乾涸並不改變山頂必須是個四面高山，中間平坦的盤地之地理要求。魯西的梁山沒有這特徵（見封底照片「今日所見的梁山」）。編寫《水滸》者，不管他是誰，肯定從未去過梁山。他筆下的梁山是水滸傳統（如太行山系統的故事）和幻想的結合。讀者如把魯西的梁山說實為《水滸》書中的梁山就大殺風景了。

　　這種指鹿為馬之舉當然非始於今日。光緒二十六年（1900）《壽張縣志》所載〈梁山圖〉已把《水滸》述事套入實際地理之內（見

本集插圖廿九；1949年以後分劃出來的梁山縣，其地自宋至清末爲壽張、汶上、鄆城等縣地）。今人的隨意指派，除了認識不到《水滸》講的梁山出自幻想外，還有爲該地的旅遊事業謀效益的用意在後面。

屏風御書四大寇名之謎

贊成先有繁本《水滸》，才有刪自繁本的簡本《水滸》者解釋不了一大難題。梁山策劃招安期間，柴進潛入禁宮，看見屏風上御書四大寇之名：山東宋江、淮西王慶、河北田虎、江南方臘。《水滸》所講的田虎和王慶均非歷史人物，述事全出虛構（所講情節是否從現成的故事系統中移植過來是另一回事）。但勦田虎，征王慶故事爲簡本所獨有，百回繁本根本不講這些故事（袁無涯和楊定見推出來的一百二十回繁本借簡本田虎、王慶故事的大綱，肆意改動，是另一回事，不必帶入討論之內）。除在屏風上一見之外，田虎、王慶之名不在繁本內任何地方出現。那麼爲何所有《水滸》本子，不論簡繁，講到屏風御書四大寇名這情節，所列四人之名及其活動地域竟毫無分別？弄到《金瓶梅》抄錄《水滸》時，連屏風御書四大寇之名的細節也照搬過去。

解釋不了這個關鍵，整個繁先簡後說就站不穩。

我想到一解釋之法。倘屏風上僅書宋江、方臘二大寇，雖符合繁本的內容，卻嫌不夠熱鬧，點不出國家紛亂，社稷危殆的程度。爲何梁山一旦受招安，就立刻被派去征討的遼國不算是一寇？外寇與內寇應同樣是寇。

這點不難解釋。征遼故事後出，是繁本寫定御屏風情節後才出爐的。那麼因何需要列出大寇四人之多？我以爲這純是個信手拈來，企圖顯示國家危亂至極的數字。但有了這個數字，就得於宋江、

方臘之外另添二寇之名。

田虎、王慶二名就是爲了填空格而憑空杜撰出來的。既全無歷史根據，說他們是王虎、田慶又有何不可？到簡本要出爐時，負責者嫌原有情節不夠熱鬧，要增插新故事，就順水推舟地抓住屏風上那兩個懸空的名字，作爲添寫的依托。這樣田虎、王慶二名便由虛變實了。在演虛爲實的過程中，套用現成而與水滸傳統無關的故事也是大有可能之事。

增插起來，與屏風所記有一小別。假如《水滸》原先確有田王二人的故事，次序應是先王慶，後田虎。但見於簡本的田王故事有不可顛倒的串通關係；大批河北降將在宋江征王慶時賣力。這就是說，屏風所記既與繁本隨後所講的情節無關，也不反映現在見於簡本的田王故事。

水泊環境屏護梁山說的大破綻

梁山泊爲方圓八百里的大湖，而梁山是湖中一山島。梁山不在湖的正中央，故離岸的距離東西南北各方向不會完全一樣。但若謂水泊的環境給予梁山天賜的屏護，就必得說即使是最接近陸地的一面離岸也頗遠。這方位加上蘆葦密佈，遂產生縱橫交錯，外人必迷路的水道。

自晁蓋諸人生辰綱事敗，向梁山奔命始，直至招安前的幾場大戰，每次政府軍來攻，不論官兵數目多少，不管將領本事高下，總是破不了水泊屏障這一關，以致被梁山水軍玩弄於五指之間，任由宰割。

豈料水泊環境的所謂保護網有一幾乎守無可守，足導致梁山防務崩潰的大缺口！這個大缺口的存在早在生辰綱事件尚未發生前書中已經講得十分明白。可惜歷來竟沒有讀者看得出來。

林冲投奔梁山後，王倫諸般刁難，最後還要林冲下山，三日之內殺一個人，將其頭獻納，充作「納投名狀」。林冲無奈，唯有幹這椿違背良心的事。他隨嘍囉下山，坐渡船過去，候機下手。首兩日各選不同方向上岸，但均無結果，祇見結隊而過者，並未得遇單身客。第三日再另換方向，東向上岸，果碰上失落花石綱後回京的青面獸楊志，便挺刀搶殺。待二人鬥了數十回合而仍不分勝負時，王倫在不算遠處喊叫二人停手。林冲、楊志兩人聽了果便停手。王倫隨即帶同杜遷、宋萬，和眾嘍囉渡「河」過來。以後的細節不用

說了。

要說的事倒十分重要。在沒有播音機的幫助下，人的喊聲充其量不過能傳四五十公尺！王倫喊後率眾過來，《水滸》明說是「過河」，而不是像林冲初上梁山時（那時林冲前往梁山山島南端的金沙灘）的渡過浩蕩湖面。在這地點（梁山東向的陸地），山島與陸地之間的距離祇可能是極短的。容與堂本用這場面來繪製第十二回的插圖，畫成王倫在不算遠處觀看林冲和楊志拚鬥，「河」則畫得像溪流，反映的正是這情況（見本集插圖卅）。

林冲上岸的地點三天都不同。第一天（方向不詳）地點僻靜，沒有見到單身客。第二天朝南前往，守候的地方是交通孔道；當日雖不見單身客，卻有三百餘人一組的大隊路過。第三天東向上岸，地點當在僻靜與熙攘之間。楊志單人上京也沒有選荒僻路徑的必要和可能。屢次攻打梁山的官軍為何不知道（或知道而不利用）這個一攻便可深入的地點，而寧願在汪洋湖面和梁山水軍拚自己既不熟悉，更是彼優我劣的玩命遊戲？

在這地點，梁山和陸地之間僅隔了一條可容在此岸喊過彼岸去的「河」。實情尚不止此。林冲並不是靠近水邊來和楊志鬥，而王倫也不是站在對岸的水邊喊過來（他站在對岸山高處），林冲和楊志仍清清楚楚聽得到王倫所喊的話。這兩組人相去遠不到那裏去，「河」的實際闊度也就比喊聲能傳達的距離還要短！不管這條一下子便可渡過去的「河」是否僅是窄窄的一洼之水，起碼它絕不可能是有效的防衛屏障。這個無險可守，卻使梁山幾乎和陸地連成一塊的地段的存在徹底破壞了《水滸》企圖給讀者水泊天賜梁山屏護的印象。《水滸》敗筆處處，此一例也。

《水滸傳》真的沒有趙姓人物嗎？

　　趙姓在宋朝是大姓。翻開昌彼得、王德毅等編的《宋人傳記資料索引》，增訂本（臺北：鼎文書局，1977-1984年），趙姓人物佔紙288頁，聲勢浩大至極。《水滸》雖然不是宋人寫的，但既以徽宗朝宣和年間爲時代背景，總得反映有頭有面的趙姓人物隨時可遇這時代特徵。

　　可是在梁山頭目一百單八人這樣大的集團內竟沒有一人姓趙。一般讀者也不易想起究竟非梁山人物有無姓趙的。面對這情形，在政治敏感環境成長的讀者不期然便得出他們所受思維訓練教導出來的答案：《水滸》這部標示「官逼民反」，講「農民起義」的書選擇不講趙姓人物就是藉以宣洩對趙家政權的不滿和對徽宗的諷刺。說這種話者顯然中了政治至上論和階級鬥爭論的病毒。

　　寫過一本暢銷一時的《水滸傳中的懸案》的王珏、李殿元雖然不相信這類夢話，但很喜歡談梁山頭目無人姓趙這話題。在《謎》書談過這話題後（頁153-156），復在他們再度合作寫出來的《水滸大觀》（成都：四川人民出版社，1995年），頁593-594，重新討論此問題。他們不贊成梁山無趙姓頭目這特徵是安排來反映對徽宗的不敬的，而視這現象爲沿襲《宣和遺事》無趙姓頭目的傳統所得承受的格局，並謂《宣和遺事》所列頭目絕大多數既都成了《水滸》書中

的天星人物，以致天星無姓趙者，也就不必塞個姓趙的入去後出的地星組了，故對姓趙的基本態度是敬而不是斥。

指天星人物的命名受了《宣和遺事》所規限是對的。這解釋卻仍不夠全面。在《宣和遺事》以前的龔聖與〈宋江三十六人贊〉也沒有列出趙姓頭目。梁山無趙姓頭目這傳統確有不短的歷史，與階級鬥爭那類無聊口號全扯不上邊。

王李二人所說得待補訂之處並不在此，而在他們看不出梁山雖無趙姓頭目，《水滸》中的其他趙姓人物倒不少，並不如他們斬釘截鐵地所宣稱的：「其他人物也極少姓趙的，全書只有一個趙鼎，是宋朝的名宰相，在《水滸傳》中是正面人物，別的就再找不到姓趙的了」（《水滸大觀》，頁593）。真相遠非如此。

首先他們忘記了出場鏡頭直貫全書的徽宗。難道他不姓趙嗎？他們也忘記了書首講太祖開國事和仁宗如何得賢臣助治國。這些宋朝典範之君當然都姓趙。

縱使帝王不算，書中所講的趙姓人物也何止趙鼎一人，實際還相當多，其中且有較趙鼎更為讀者所熟悉者（儘管一下子未必能記得起他們的姓名）。在鄆城縣替代朱仝、雷橫當都頭的不正是一對趙姓兄弟嗎？他們前後兩次追捕宋江還是《水滸》書中很熱鬧的節目。

統計起來，《水滸》所講帝王以外的趙姓人物起碼有下列諸人，身份均按書中所述，於史可徵者另加說明（依出場次序排列，並附有關回碼。田虎、王慶部分用評林本，取其全而較早，且本子已風行，所記回碼則用見於該本的實際回碼。其餘部分用容與堂本）：

趙　　　哲：　仁宗時宰相，與參政文彥博奏請釋罪寬恩，省刑薄稅，以禳瘟疫天災（容與堂本第一回）。宋朝有趙哲，但事蹟甚渺，恐非此人。

趙　員　外：安排魯智深上五臺山的善長（容與堂本第四、五回）。

趙　仲　銘：又稱趙四郎，開紙馬舖的武大郎鄰居。武松硬要他作見證（容與堂本第二十六、二十七回）。

趙　　　虎：與張龍並爲押送楊志自開封充軍北京大名府的公差（容與堂本第十二回）。

趙能、趙得：接替朱仝、雷橫爲鄆城縣新都頭的兩兄弟。與宋江有兩次瓜葛，捕得誤信宋清謊言回鄉奔喪的宋江在先（容與堂本第三十六回），在宋家莊候捉江州得救後料必回家接老父上梁上的宋江，以致追宋入九天玄女廟在後，而終爲梁山兄弟所殺（容與堂本第四十二回）。

趙　　　鼎：關勝征勦梁山失敗後，諫議大夫趙鼎奏請降勅招安。蔡京怒斥其猖獗。徽宗從蔡之見，革鼎官爵，罷爲庶人（容與堂本第六十七回）。歷史上的趙鼎（1085-1147），北宋時累官至河南洛陽令，主要事功在南渡以後。

趙　元　奴：東京名妓，住在李師師隔壁（容與堂本第七十二回）。

趙　　　婆：趙元奴之母，拒絕宋江來訪（容與堂本第七十二回）。

趙　樞　密：　官樞密院同知的宗室，又稱趙安撫。宋江征遼，徽
　　　　　　　宗命之爲安撫使，對宋江行軍屢予獎助。宋江出發
　　　　　　　往征方臘時，趙樞密也親來送行（容與堂本第八十
　　　　　　　四～九十回）。簡本說得還較多，謂宋江平王慶後
　　　　　　　返京，及至再出征方臘，這段時間仍與趙樞密有多
　　　　　　　次接觸（評林本第九十五回）。

趙　　　譯：　簡本的趙譯當即隨後交代的繁本中之趙譚（兩種插
　　　　　　　增本和評林本均作趙譯）。宋江出勦田虎之際，朝
　　　　　　　廷另遣童貫率趙譯、王稟等將往勦方臘（評林本第
　　　　　　　七十七回）。

趙　　　華：　宋江往征王慶，快抵九灣河時，率當地百姓迎候的
　　　　　　　鄉老（評林本第九十四回）。

趙　　　毅（1）：　太白神趙毅爲協同方臘手下樞密使呂師囊把守潤
　　　　　　　州及附近長江沿線地域，號稱「江南十二神」的十
　　　　　　　二個統制官之一。宋軍破常州時被捕正法（容與堂
　　　　　　　本第九十一、九十二回）。

趙　　　毅（2）：　方臘大太子方天定手下將軍，協守杭州一帶。事敗
　　　　　　　時，爲李逵所殺（容與堂本第九十四、九十五回）。

趙　　　譚：　宋江征方臘近尾聲時，朝廷遣樞密使童貫率王稟、
　　　　　　　趙譚（史上諒無此二人）二將來助戰。宋軍攻破方臘
　　　　　　　大本營時，王趙二人爭功搶入內苑，見阮小七一時
　　　　　　　貪玩，穿上方臘龍袍，遂告小七意圖謀反，小七因
　　　　　　　而被革官，貶爲庶民（容與堂本第九十七～一百

回）。在插增乙本和評林本的相應部分裏（插增甲本
這部分未悉是否尚存世），趙潭、趙譚二名混雜而
用。

帝王外，百回繁本和簡本的田虎、王慶部分共講了趙姓人物十
四人，其中一人通過不同的名字分別兼在繁本和簡本內出現（故上
面共列出十五個名字）。一百二十回本的第九十一回還另發明一個
原裝簡本沒有的高平縣田虎守將趙能；也就犯了和那對專以逼害宋
江爲務的鄆城兩兄弟都頭中之一人同名之弊。約略地說，《水滸》
中的趙姓人物（不計帝王）共十五人（即連田虎將領趙能也算入
內）。好人和負面角色都有，而好人較多。我們沒有理由說《水滸》
命名人物時避用趙姓。

《水滸》的天星頭目無人姓趙，那是歷史發展因素使然，說不
上敬與斥。地星人數多了一倍，而少有歷史淵源，本可自由選配姓
氏，結果仍沒有姓趙的。與其說這現象出於對趙姓的尊敬，毋寧說
其出自本可避免的疏忽。《水滸》非出宋人之手，又怎會對姓趙的
特別恭敬呢？讀《水滸》者恒有盲目吹捧，替其護短，甚至說曲爲
直的傾向，實則此書大醇大疵，易於改善的地方實在不少。姓名的
選用就是十分明顯的弱點。來七個梁山頭目姓李（天三地四），全都
單字爲名，又怎能說是高明的處理手法？要是其中一二人換上姓
趙，有何不佳？

地星的情形確實如此不濟。既然歷史規限少，姓名的選用本易
做得夠周全。舉個很容易想得到的例。那有甚麼天大的理由，必要
用音同形近的名字來強把善打飛石的沒羽箭張清和本領毫不特
別，得靠娶妻母夜叉爲標記的菜園子張青混成一起？更何況《宣和
遺事》中的沒羽箭是張青而非張清。這種橫加而來，絕易避免的混
亂令不少明版《水滸》（特別是閩本）把兩人名字經常互調地誤印出
來。假如稱菜園子爲趙某（就算要和菜園連上關係，也絕無必要非

得用「青」字不可），不僅避了這種混亂，也可稍稍反映宋時很易在各行各業遇到趙姓人物這時代特徵。

梁山沒有姓趙的天星頭目可以用所受歷史淵源的局限去解釋，地星組無趙姓人物則大可視爲寫作技巧不佳所做成的結果。總之都和敬與斥毫無關係。

梁山天星人物無姓趙這一點其實還有爭辯餘地的。晁蓋雖在大聚義前死去，總不能說他不是天星級首領。晁cháo和趙zhào音近，會否因爲有了晁蓋長期坐鎮（就大聚義以前的時段而言，晁蓋主政的時間比宋江掌理山寨的日子長得多），就未必要另找姓趙而名位祇會比他低的頭目了。這說法固屬牽強，卻竟可找到版本支持。評林本第十七回講朱仝、雷橫往晁家莊圍捕之事，卷四葉十六上的插圖題作「趙蓋回頭與朱仝說話」；葉十六下的上層有「評放蓋：二人放走趙蓋乃平昔交厚，而故拿鄰人抵其本官」的余象斗評語。兩處雖明爲刊誤，仍難免有心理因素在後面。

天星頭目命名爲歷史條件所限這一點還得再解釋。〈宋江三十六人贊〉和《宣和遺事》所記的頭目，頗有姓名源出於抗金忠義軍領袖之名者（董平、張橫、李俊、王英等，皆容易想得起之例）。驟眼看去，好像忠義軍領袖並沒有姓趙的。事實卻不然。研究抗金忠義軍以黃寬重（1949- ）最見成績，其《南宋時代抗金的義軍》（臺北：聯經出版事業公司，1988年），頁95-97、138、202、204，記趙姓領袖十二人，並不算少，且集中在南宋初年。這紀錄也說明宋時的大型活動通常總會有若干趙姓人物參與其間的。近年頗有學者謂忠義軍活動與水滸故事傳統的起源深有關係。這傳統爲何沒有採納趙姓領袖之名恐非一時能易解答。

說完這些，不妨多舉一例以證《水滸》如何漫不經意地命名地星人物。開創梁山的頭目當中有個人事功不彰，了無節目的杜興。帶出祝家莊事件的時遷則是個舉足輕重的人物（雖然名次排得無可能更低）。這兩名之間本不混淆。但時遷甫出場，便搬出個與杜興

全無關係的杜遷來，此三名便因而被串搭成一堆。這種毫無必要的姓名重疊祇會增加讀者分辨之難。不起碼在地星組內命名若干頭目姓趙所反映的正是同一毛病。歸根究柢，這是寫作技巧成熟與否的問題；若從政治角度求解答，就不可能不弄到離題萬丈。

嘉靖本《水滸傳》的新傳消息

　　《水滸傳》一書的上紀錄，迄今以見於明中葉藏書家高儒列入其有嘉靖十九年自序的《百川書志》者爲最早。今人能看得到的《水滸》本子，最早者也不可能超越嘉靖這上限。事實上，知存的早期本子或可定於嘉靖年間者寥寥可數，不過一個僅存八回的殘本和兩張出自一本名爲《京本忠義傳》的刊物的零葉（見本集插圖一）而已。假如仍有可判斷爲嘉靖本的整本《水滸》存世確是十分駭人，足令《水滸》研究全面革新的消息。

　　陳君葆（1898-1982）存世日記最近的全部出版即帶出這樣的一項消息來。香港大學馮平山圖書館庋藏古籍善本殊豐，館中此等藏品不少是在陳君葆執掌期間購入的。陳君葆對搜集善本的熱衷和判斷善本的能力都異常出色。

　　陳君葆日記的首次公開刊印不過是數年前的事：謝榮滾主編，《陳君葆日記》（香港：商務印書館，1999年）。這本通過日記主人廣泛的經歷和交遊，展示香港文化與學術豐釆的書，甫面世即震撼不已。可惜那次公佈的祇限於1933年至1949年間所寫的日記，且有刪節。這套兩冊本並沒有講及《水滸傳》。

　　這些局限隨該書新版的出現都改觀了：謝榮滾主編，《陳君葆日記全集》（香港：商務印書館，2003年）。這套七冊裝的新版自1933年一直收錄至日記主人停筆之時，總篇幅是初版的兩倍半。那椿可能對《水滸》研究起革命作用的事件發生在1961-1962年。

　　1961年3月間，陳君葆得知曾經賣過善本書及拓本給馮平山圖書館的香港藏書家羅原覺(?-1965)聲稱他擁有嘉靖本《水滸傳》，便和他商量讓售。陳君葆出價港幣五千（在六十年代初，這是一筆很大的款項，可以是一個中等家庭大半年的開支了）。羅原覺索價三萬，並說以前已有人出此價，若廉價「送」給圖書館就沒有意思了（見日記1961年3月31日條，冊4，頁541）。

　　價錢雖然相差太遠，陳君葆卻不肯放棄，遂約同好些有政治背景的文化界紅人，如夏衍（沈乃熙，1900-1995）、葉恭綽（1881-1968）、章士釗（1881-1973）、費彝民（1908-1988）齊勸羅原覺出售。這班名人的賣力拍和對羅原覺不免產生壓力。羅的態度顯然軟化了些，商討又繼續了一年多，但索價終仍不改，交易遂不成。這一連串的發展，見日記1961年5月5日條，冊4，頁556；同年5月13日條，冊4，頁559；同年6月27日條，冊4，頁575；同年8月14日條，冊4，頁589；1962年7月1日條，冊5，頁57-58。

　　不過羅原覺確有意脫手，討價過程中也就漸漸多提供些資料，如早在1961年6月便已把他寫的〈李卓吾批評《水滸傳》原本與各本之校異〉稿並書影七張交給陳君葆，讓陳轉送資料去北京給夏衍；見上引日記1961年6月27日條。到了事情最後恐難發展下去時，羅原覺更打出一記高招，再交出該本影件一張。陳君葆把整張影件不加標點地抄在1962年7月1日的日記上（頁58）：

　　　玄女娘娘傳與秘訣尋思定了特請軍師商議可以會集諸將
　　　分撥行事盡此一陣須用大將吳用道願聞良策如何破敵宋
　　　江言無數句話不一席有分教大遼國主拱手歸降兀顏統軍
　　　死於非命正是動達天機施妙策擺開星斗破迷關畢竟宋江
　　　用甚麼計策怎生打陣且聽下回分解
　　　　　李卓吾曰混天陣竟同兒戲至玄女娘娘相生相剋之說
　　　此三家村裏死學究見識施耐庵羅貫中儘是史筆此等

處便不成才矣此其所以為水說也與

李卓吾先生評批忠義水滸傳卷之八十八

　　陳君葆太熱心收購這個本子了，至此他仍看不出大破綻來。嘉靖年間的出版物怎可能把萬曆時人李卓吾（李贄，1527-1602）的評語（不論真偽）印為正文的一部分？

　　現在的研究條件豐備多了，要知道這個是甚麼本子易如反掌。首先，一望而知，它是繁本。存世繁本《水滸》情形相當簡單，除了後出的芥子園本和袁無涯本（以及更晚出的金聖歎本）外，早期繁本有整本存世者不過容與堂本、鍾批本，和那本所謂天都外臣序本（這個本子還遠遠不能算是原裝貨）。後兩者根本沒有李卓吾評，如此答案本已夠清楚了。說得更清楚還可以。有李卓吾評的《水滸傳》僅兩種，容與堂本以外，袁無涯本也有，但兩本的評語截然不同，很易分辨（這裏不談兩套評語的真偽問題）。陳君葆日記抄錄的那條李卓吾評語是容與堂本的。

　　證據尚不止此。羅原覺提供的那張書影正是容與堂本卷88葉16下的全部文字，一字不多，一字不少。容與堂本刊於萬曆後期，不管其文字價值如何，總不能說它是嘉靖刊本。

　　不過話要配合時間來講。現在要找容與堂本來看，一點也不難，影印本和排印本都各有多款，任君選擇。六十年代初則僅有緣能看到存世孤本者才有機會讀這個本子。

　　此本的重要更絕不因其罕有，而應因其文字的品質。容與堂本是現存本子中最能代表今本《水滸》的原貌的。這點本集諸文從不同角度談過多次，可以不贅。

　　要是馮平山圖書館當年能購入該本，今日雖各種影印本唾手可得，這個本子仍足為該館的鎮山寶之一，因此本原物實在罕見。可惜羅原覺太貪心了，從本地的冷攤（即沒有涉及遠遊查訪）以三百元低價（見上引日記1961年3月31日條）輕易購得之物竟堅持若不獲利

百倍便絕不肯出讓。索價的離譜可以用一相近的例來說明。六十年代初，耶魯大學用三千美元在香港購得一套完整的嘉靖本《三國演義》。這個本子對《三國演義》研究的重要程度絕不亞於容與堂本在《水滸》研究的地位，且時至今日嘉靖本《三國》的各種影印本和排印本仍遠不及容與堂本《水滸》這類複製品之多。六十年代初的三千美元充其量等於港幣一萬八千元（兌率經常不到一對六）！

除了附庸風雅的富商，羅原覺絕不可能找到肯出三萬元的買家。待其三年後逝世，這本《水滸》應尚在他家中。四十年過去了，這個本子的下落全無所聞。

按全國善本書目的記載，中國大陸祇有兩套容與堂本《水滸》，一全一缺。全的（偶有缺葉不算）那套在北京圖書館。五十年代初，鄭振鐸率王利器、吳曉鈴，以及一班北京大學中文系的學生編校《水滸全傳》時，所用的本子若非北京圖書館藏品，便是鄭振鐸家中之物。那時他們用的容與堂本是日本內閣文庫藏本的照片（見鄭振鐸在《全傳》書首的說明），可見那時北圖尚無此本。北圖後來入藏者是否即羅原覺之物，我不便揣測，因為真相不是能從影印本中看得出來的。實情如何應留待有本子原物和入藏紀錄可稽的北圖善本部執事諸位來解答。

所謂天都外臣序本《水滸傳》尚未發現第二套存本

　　吳曉鈴治小說，惜墨如金，然其家藏之富，辨認版本之準，則近四五十年鮮有可與匹比者。職是之故，其親檢珍品之證言，讀者誠難置疑。

　　吳曉鈴晚年數度訪美加，飽覽小說戲曲珍籍。第一次（1982年）旅美經年，返國後打破長期緘默，環繞版本問題寫了些讀書劄記。其中1983-1984年間在《光明日報》「文學遺產」副刊發表，講《水滸傳》和其他俗文學課題的幾篇都很有價值，讀者參與討論者更頗不乏人。對於讀者的意見，吳曉鈴有接納者，有認為可續討論者，遂撰〈答客三難〉一文，刊《光明日報》，1984年2月7日（「文學遺產」，624期）以作澄清。

　　其中第三難，談的是四十年代末時他和戴望舒合共鑑定康熙五年石渠閣補刊百回《水滸傳》之事，以及此本和汪道昆的關係。研究至此階段，吳曉鈴認為因為這本通稱為天都外臣序本的本子是晚至清初才補刊而成之物，承傳的原委尚未弄清楚，而除北京圖書館所藏孤本外又沒有可資比勘的別本，要解決的問題仍多。講到這裏，吳附一注云：

　　北京圖書館藏本有字跡漫漶處，余曾見美國芝加哥大學東

亞圖書館藏本，版刻較佳。今所知海內外僅此二本。

這是前無所聞的驚人消息。按吳曉鈴在這行頭的地位，誰都不敢懷疑他的目驗報告。

處理《水滸》演化過程這課題時，一般學者均認為天都外臣序本地位崇高，重要性僅次於那本不少人視為近乎祖本而尚難判定是否仍存世的郭武定本。正因如此，天都外臣序本另外發現一本比北圖藏本狀態更佳之本，自然是震撼的消息。

可惜這與事實不符。芝加哥大學並沒有任何值得一提的《水滸》本子。舍弟泰來在芝大讀書，後在該校東亞圖書館服務，前後逾四分之一世紀，且向留心與《水滸》有關諸問題。我去芝大訪書數次，合起來時間也頗長。倘芝大有珍本《水滸》，自不用待一個僅過路兩三週，原又不詳該處藏書情形的訪客來發現。芝大有的天都外臣序本祇是七十年代得自北圖的膠卷，拍攝所據者正是北圖的石渠閣補刊本。北圖所製膠卷，品質向來不高，往往原書字句尚能辨認而膠卷卻模糊不清，因此得了膠卷而仍需覆核原書是時有之事。這套膠卷也不例外，漫漶程度較原書變本加厲。吳曉鈴這北京訪客總不會在芝大看北圖藏品的膠卷，而視作看原物吧。即使如此，也不可能把製得粗劣的膠卷說成是比北圖藏本尤佳之物。

吳曉鈴在美覓書，慎記所得，除寫筆記外，還注在一本三十年代孫楷第《中國通俗小說書目》的初版上。我知此事，因吳第一次訪美以夏威夷為首站，就住在舍下；待他抵美東，我們又在哈佛大學相遇時，他即以筆記和那本孫楷第書目示我（我沒有細看）。不管吳指說芝大另有天都外臣序本該如何解釋，他「發明」了一本狀態佳於現存孤本的天都外臣序本《水滸》始終是事實。

全國善本書總目既已出版，期望在中國境內找到石渠閣補刊本《水滸》以外該肆所刊的其他小說戲曲，機會已甚微。但八十年代初，我在美國國會圖書館看到一套《石渠閣精訂皇明英烈傳》

（王重民替國會圖書館所撰善本目未收此書），頗似清初所刊《北遊記》、《南遊記》一類書，和較大型的石渠閣補刊《水滸》在版式和風格上都很有分別。這分別究竟反映甚麼，目前尚未掌握足夠的資料去試圖理解。

吳曉鈴替天都外臣序本發明了一套另本。此事如不澄清，訪書者會浪費腳力和招來不必要的失望。

從掛名天都外臣序本《水滸傳》的插圖看該本的素質

　　要證明那本所謂天都外臣序本質劣，除了詳檢補刊和字跡模糊之處外，尚有一法，即憑考察書首的插圖去探討此本的素質。

　　這個本子書首有五十葉插圖，每葉前後面各刊圖一張，即共一百張。每圖框上的天位列出自回目移用的標題，但沒有注明何圖屬何卷何回。此本既分一百卷為一百回，讀者或會以為這一百張插圖理應平分秋色地反映一百回的內容。整整齊齊的容與堂本正是這樣子，用一百葉刊登二百張插圖，每回前置插圖一葉（圖兩張，每張移錄回目的上句或下句入圖內以作標識）來反映該回的內容，一目瞭然，毫不混淆。此本把插圖全放在書首，復不注明如何與回分配，不無掩拙的可能。那些插圖除了一張分別較大外，全見於插圖與章回分配得十分整齊的容與堂本，而插圖風格統一的容與堂本多了一百張插圖。誰抄誰十分明顯，尚不夠明顯的是此本在選用和佈置這些插圖時如何漫不經意，全無計畫可言。這點用表列的方式最能簡單地表示出來。

容與堂本 回與插圖的分配		所謂天都外臣序本 書首的插圖 （按先後排次）
回碼	插圖題識	
1	張天師祈禳瘟疫 洪太尉誤走妖魔	前後面二圖均與容本者同而稍簡

2	王教頭私走延安府 九紋龍大鬧史家村	無
3	史大郎夜走華陰縣 魯提轄拳打鎮關西	前後面二圖均與容本者同而稍簡
4	趙員外重修文殊院 魯智深大鬧五臺山	前後面二圖均與容本者同而稍簡
5	小霸王醉入銷金帳 魯智深大鬧桃花村	前後面二圖均與容本者同而稍簡
6	九紋龍剪徑赤松林 魯智深火燒瓦罐寺	無
7	花和尚倒拔垂楊柳 豹子頭誤入白虎堂	無
8	林教頭刺配滄州道 魯智深大鬧野豬林	前後面二圖均與容本者同而稍簡
9	柴進門招天下客 林冲棒打洪教頭	無
10	林教頭風雪山神廟 陸虞候火燒草料場	無
11	朱貴水亭施號箭 林冲雪夜上梁山	前後面二圖均與容本者同而稍簡
12	梁山泊林冲落草 汴京城楊志賣刀	前後面二圖均與容本者同而稍簡
13	急先鋒東郭爭功 青面獸北京鬥武	無
14	赤髮鬼醉臥靈官殿 晁天王認義東溪村	無
15	吳學究說三阮撞籌 公孫勝應七星聚義	前後面二圖均與容本者同而稍簡
16	楊志押送金銀擔 吳用智取生辰綱	無
17	花和尚單打二龍山 青面獸雙奪寶珠寺	移後，見容本第二十一回之後
18	美髯公智穩插翅虎 宋公明私放晁天王	無

19	林冲水寨大併火 晁蓋梁山小奪泊	無
20	梁山泊義士尊晁蓋 鄆城縣月夜走劉唐	前後面二圖均與容本者同而稍簡
21	虔婆醉打唐牛兒 宋江怒殺閻婆惜	前後面二圖均與容本者同而稍簡
		容本第十七回的兩插圖移置此處， 亦稍簡
22	閻婆大鬧鄆城縣 朱全義釋宋公明	無
23	橫海郡柴進留賓 景陽崗武松打虎	無
24	王婆貪賄說風情 鄆哥不忿鬧茶肆	前後面二圖均與容本者同而稍簡
25	王婆計啜西門慶 淫婦藥鴆武大郎	前後面二圖均與容本者同而稍簡
26	鄆哥大鬧授官廳 武松鬥殺西門慶	前後面二圖均與容本者同而稍簡
27	母夜叉孟州道賣人肉 武都頭十字坡遇張青	前後面二圖均與容本者同而稍簡
28	武松威鎮安平寨 施恩義奪快活林	前後面二圖均與容本者同而稍簡
29	施恩重霸孟州道 武松醉打蔣門神	無
30	施恩三入死囚牢 武松大鬧飛雲浦	無
31	張都監血濺鴛鴦樓 武行者夜走蜈蚣嶺	前後面二圖雖均與容本者同而稍 簡，後面的一張卻添了細節（詳後）
32	武行者醉打孔亮 錦毛虎義釋宋江	無
33	宋江夜看小鰲山 花榮大鬧清風寨	無
34	鎮三山大鬧青州道 霹靂火夜走瓦礫場	前後面二圖均與容本者同而稍簡

35	石將軍村店寄書 小李廣梁山射雁	無
36	梁山泊吳用舉戴宗 揭陽嶺宋江逢李俊	前後面二圖均與容本者同而稍簡
37	沒遮攔追趕及時雨 船火兒夜鬧潯陽江	無
38	及時雨會神行太保 黑旋風鬥浪裏白條	無
39	潯陽樓宋江吟反詩 梁山泊戴宗傳假信	無
40	梁山泊好漢劫法場 白龍廟英雄小聚義	無
41	宋江智取無爲軍 張順活捉黃文炳	前後面二圖均與容本者同而稍簡
42	還道村受三卷天書 宋公明遇九天玄女	前後面二圖均與容本者同而稍簡
43	假李逵剪徑劫單人 黑旋風沂嶺殺四虎	無
44	錦豹子小徑逢戴宗 病關索長街遇石秀	無
45	楊雄醉罵潘巧雲 石秀智殺裴如海	無
46	病關索大鬧翠屏山 拚命三火燒祝家莊	前後面二圖均與容本者同而稍簡
47	撲天鵰雙修生死書 宋公明一打祝家莊	前後面二圖均與容本者同而稍簡
48	一丈青單捉王矮虎 宋公明兩打祝家莊	前後面二圖雖均與容本者同而稍 簡，前面的一張卻添了細節（詳後）
49	解珍解寶雙越獄 孫立孫新大劫牢	無
50	吳學究雙用連環計 宋公明三打祝家莊	前後面二圖均與容本者同而稍簡
51	插翅虎枷打白秀英 美髯公誤失小衙內	前後面二圖均與容本者同而稍簡

52	李逵打死殷天錫 柴進失陷高唐州	前後面二圖均與容本者同而稍簡
53	戴宗智取公孫勝 李逵斧劈羅真人	前後面二圖均與容本者同而稍簡
54	入雲龍鬥法破高廉 黑旋風探穴救柴進	無
55	高太尉大興三路兵 呼延灼擺布連環馬	無
56	吳用使時遷盜甲 湯隆賺徐寧上山	無
57	徐寧教使鈎鐮鎗 宋江大破連環馬	無
58	三山聚義打青州 眾虎同心歸水泊	無
59	吳用賺金鈴吊掛 宋江鬧西嶽華山	前後面二圖均與容本者同而稍簡
60	公孫勝芒碭山降魔 晁天王曾頭市中箭	無
61	吳用智賺玉麒麟 張順夜鬧金沙渡	無
62	放冷箭燕青救主 劫法場石秀跳樓	無
63	宋江兵打北京城 關勝議取梁山泊	無
64	呼延灼月夜賺關勝 宋公明雪天擒索超	前後面二圖均與容本者同而稍簡
65	托塔天王夢中顯聖 浪裏白跳水上報冤	無
66	時遷火燒翠雲樓 吳用智取大名府	無
67	宋江賞馬步三軍 關勝降水火二將	無
68	宋公明夜打曾頭市 盧俊義活捉史文恭	前後面二圖均與容本者同而稍簡

69	東平府誤陷九紋龍 宋公明義釋雙鎗將	前後面二圖均與容本者同而稍簡
70	沒羽箭飛石打英雄 宋公明棄糧擒壯士	無
71	忠義堂石碣受天文 梁山泊英雄排座次	前後面二圖均與容本者同而稍簡
72	柴進簪花入禁院 李逵元夜鬧東京	前後面二圖雖均與容本者同而稍簡，前面的一張卻添了細節（詳後）
73	黑旋風喬捉鬼 梁山泊雙獻頭	前後面二圖雖均與容本者同而稍簡，後面的一張卻添了細節（詳後）
74	燕青智撲擎天柱 李逵壽張喬坐衙	前後面二圖均與容本者同而稍簡
75	活閻羅倒船偷御酒 黑旋風扯詔謗徽宗	前後面二圖均與容本者同而稍簡
76	吳加亮布四斗五方旗 宋公明排九宮八卦陣	無
77	梁山泊十面埋伏 宋公明兩贏童貫	前面的一圖雖與容本者有共通之處，分別卻頗大（詳後）。後面的一圖與容本者同而稍簡
78	十節度議取梁山泊 宋公明一敗高太尉	前後面二圖均與容本者同而稍簡
79	劉唐放火燒戰船 宋江兩敗高太尉	無
80	張順鑿漏海鰍船 宋江三敗高太尉	無
81	燕青月夜遇道君 戴宗定計賺蕭讓	前後面二圖均與容本者同而稍簡
82	梁山泊分金大買市 宋公明全夥受招安	無
83	宋公明奉詔破大遼 陳橋驛滴淚斬小卒	無
84	宋公明兵打薊州城 盧俊義大戰玉田縣	無

85	宋公明夜度益津關 吳學究智取文安縣	無
86	宋公明大戰獨鹿山 盧俊義兵陷青石峪	前後面二圖均與容本者同而稍簡
87	宋公明大戰益州 呼延灼力擒番將	前後面二圖均與容本者同而稍簡
88	顏統軍陣列混天象 宋公明夢授玄女法	前後面二圖均與容本者同而稍簡
89	宋公明破陣成功 宿太尉頒恩降詔	前後面二圖均與容本者同而稍簡
90	五臺山宋江參禪 雙林渡燕青射雁	無
91	張順夜伏金山寺 宋江智取潤州城	無
92	盧俊義分兵宣州道 宋公明大戰毗陵郡	前後面二圖均與容本者同而稍簡
93	混江龍太湖小結義 宋公明蘇州大會垓	無
94	寧海軍宋江弔孝 湧金門張順歸神	前後面二圖均與容本者同而稍簡
95	張順魂捉方天定 宋江智取寧海軍	前後面二圖均與容本者同而稍簡
96	盧俊義分兵歙州道 宋公明大戰烏龍嶺	無
97	睦州城箭射鄧元覺 烏龍嶺神助宋公明	前後面二圖均與容本者同而稍簡
98	盧俊義大戰昱嶺關 宋公明智取清溪洞	無
99	魯智深浙江坐化 宋公明衣錦還鄉	無
100	宋公明神聚蓼兒洼 徽宗帝夢遊梁山泊	無

此表顯示力不錯，可以看出不少道理來：

(一)容與堂本用一百組插圖二百張來配合一百回的內容，圖的命意
和標題就以回目為據，且每組置於相關的一回之首，簡單明
確，極便讀者。此書雖亦以回為單位（沒有拆開容本二圖為一
單位的組合之例），且凡是兩本均有相應插圖之處，二者在風
格、命意、構圖各方面基本上都相同。其間顯有因承的關係。
因為二者筆調各自統一：容本較照料細節，兼採用較粗的線
條，故上表屢次說此本的插圖與容本者同而稍簡（例子見本集
插圖卅一和卅二）。合理的解釋是一本按照另一本重刻出來。
容與堂本的插圖較此本多出一倍，也就該是先有的一本了。這
看法與隨後的幾點觀察也是相輔而沒有牴觸的。

(二)此本以五十葉一百張圖置書首，既不注明何圖屬何回，固不必
自我束縛，把那一百張圖的篇幅硬生生地派給五十回。為何不
選擇一回一圖？甚至更靈活地，跳開些較閒的部分，給確實重
要的情節多一兩張圖？此本雖不記回地堆放所有插圖在一
起，實際上卻是每回二圖地抽五十回的插圖出來排列。所以弄
得如此機械化就是因為它依據的本子是每回配上兩張插圖的。

(三)明代的版畫師替小說戲曲配製精美插圖時，往往選若干張刻上
自己姓名以留紀念。這是第一手創作特有的記號。仿製者偷工
減料，祇求輕易完工，無此雅意，也難有盜名的膽量，既不敢
保留原作者的簽署，更不會換上自己的姓名。原有署名的插圖
在複製品內出現時就不會再有署名了。容與堂本的插圖有兩張
有署名：第二回的前一張署名黃應光（1592-?），第三十四回的
前一張署名吳臺鳳。此事固已足為一手創作之明證。其佐證價
值尚不止於表面的層次。明人刻版畫，以安徽徽州虬村黃氏家
族人材最盛，代出高手，名家如雲。黃應光為萬曆年間黃氏應
字輩諸家中之表表者。他署名的插圖又怎會不是一手貨？這樣
說，特別因為他和容與堂經常合作，除《水滸傳》外，容與堂

出版的《西廂記》、《玉合記》、《紅拂記》、《琵琶記》、
《幽閨記》都有他繪製的插圖。關於黃應光在版畫史上的地
位，見王伯敏，《中國版畫史》（上海：上海人民美術出版社，
1961年），頁89；周蕪，《徽派版畫史論集》（合肥：安徽人民
出版社，1983年），頁29-31、43；劉尚恒，《徽州刻書與藏書》
（揚州：廣陵書社，2003年），頁152、322-323、325、327-328、
330、342。吳臺鳳除參加容與堂本《水滸傳》的插圖製作外，
該社出版《幽閨記》時，製作插圖也有他的份兒；見劉尚恒，
《徽州刻書與藏書》，頁172、342。這本容與堂本《水滸傳》
的插圖的原創性是無可置疑的。

　　這兩張有署名的插圖在此本所用的亦步亦趨的插圖中又
如何？此本沒有選用第二回的插圖，無從比較。它收入第三十
四回的插圖，但那張插圖沒有署名。在這兩組風格、命意，和
構圖極相似，而有各種細微分別的插圖裏，見於此本者理應是
後出的複製品。

(四)自一本百回本的小說抽選其中五十回的插圖，每回兩張地放在
書首本雖不能算是聰明之舉，若有規劃地去進行，還是可以弄
得相當不錯的。可是從這五十回的抽選全然看不出法度來。選
用的與落選的經常是一堆堆地出現。錄用起來，可以一口氣收
好幾回；跳開不理時，同樣可以完全不考慮回的內容，便連番
不管。試看自第五十四至第六十七回之間，共十四回，祇有兩
回入選！自第六十八至第八十一回，同樣是十四回，入選者卻
高達十回！如此荒謬行事，難怪王進攜母出走、魯智深火燒瓦
罐寺、林冲棒打洪教頭、索超與楊志比武、吳用智取生辰綱、
林冲火拚王倫、武松打虎、武松教訓蔣門神、李逵鬥張順、宋
江吟反詩、李逵殺四虎、呼延灼擺連環馬、晁蓋中箭、宋江佈
九宮八卦陣、魯智深圓寂、宋江的最後終結，等等再重要不過
的情節悉數不見於此本的插圖！一百張圖，數雖僅及容與堂本

之半，本身卻不是個小數目，善爲部署爲何不足概括絕大多數的重要情節？除非斷言插圖的處理與本子的素質毫無關係，誰敢說這個本子是小心從事的產品？

(五)負責複製的藝工(未必祇有一人)並不是僅識模仿而已，也做了若干改良的功夫。這方面，上表有幾個待解釋的例：(1)第三十一回後面的一張圖講武松在蜈蚣嶺鬥殺淫道。容與堂本的圖祇畫了三個人：武松、淫道，和那個受害的婦人(見本集插圖卅三)。此本的一張，多畫了先被武松斬殺的道童，身首二處地躺在地上(見本集插圖卅四)。此本補正了容本的疏忽。(2)第七十二回前面的一張圖以柴進在禁院看見屏風上御書四大寇之名爲題。容與堂本畫的屏風祇有山水而沒有任何題字(見本集插圖卅五)。見於此本的屏風，四寇之名全備(見本集插圖卅六)；這樣處理始能和該回的情節配合。畫屏風而不書四大寇名之不對看看評林本的情形便會明白。評林本因用上中下三層的版式，插圖所佔的地方還不到版面面積四分之一。在那麼小的可用畫面裏，屏風上還是清清楚楚地列出四大寇之名來(見本集插圖卅七)。(3)同樣的例還有容與堂本第六十四回的第一張圖畫雙鞭呼延灼手執長鎗，錯了；此本畫他拿硬鞭，對(見本集插圖卅八及卅九)。在容與堂本第九十五回的第二張圖中，張順應手執方天定之頭，但他的手是空的。此本之圖張順清清楚楚手拿方天定之頭(見本集插圖四十及四十一)。(4)相反的情形也有，容與堂本第四十六回的第二圖很清楚地畫出時遷被祝家莊之人用撓鈎捉了，此本之圖卻整個時遷不翼而飛(見本集插圖四十二及四十三)。(5)此例涉及容與堂本三個章回。該本處理第四十八回的兩張插圖、第六十七回的兩張插圖，和第七十三回的第二張插圖，手法殊異，除了人物和他們的座騎，以及各人手執的武器和旗幟外，就不畫草木、山石、房舍等背景事物，怪光禿禿的。此本沒有選用第六十七回的插

圖，可以不論。其他兩回的，此本收入了，而用兩種不同的法子來處理。第四十八回的第二圖，照原圖仿製，不添畫背景。這是其中一種處理手法。第四十八回的第一圖以及第七十三回的第二圖則添加了不少背景事物（見本集插圖四十四至四十七）。這是另一種手法。

　　雖然此本仿製插圖時，線條及細節一般都稍簡，遇到原圖有缺失時還是會作出增修的。這是後出轉精之證。但得指出，改良畢竟祇是偶見之事，且有需改良而不管之例（第四十八回的第二圖便是），整體素質還是不及見於容與堂本的插圖。

（六）此本的一百張插圖中與見於容與堂本者分別確大的祇有一張，即第七十七回的第一圖。細察下還是看得出兩圖之間的相連處：構圖所採的基本元素、人物和山石的位置、左上角之人及其座騎的姿態，都近似得不是沒有因承關係而可以巧合達到的程度（見本集插圖四十八及四十九）。這張獨一無二的圖可以理解為仿刻者偶然（一百分之一的偶然）興趣特濃，想表演一下才華，作了若干較大的改動，但終還是擺脫不了原圖定下的規模。

（七）此本撥五十葉給插圖，篇幅不算少。每一葉的版心部分都很明確，內中完全沒有補刊字樣的題識。這五十葉顯然都是原本已有的，與把那本子補刊成現在的樣子的石渠閣無關。從這點去看，這個本子在未經補刊以前年代已較容與堂本為晚。

　　綜合觀之，除非我們否認此本插圖的顯示作用，就得承認此本後出於容與堂本，素質也不如。這是指原本的文字而然。它印出來時，字跡被弄得通體模糊，價值本已大打折扣。更何況現有的孤本復為不知據何資料左補右綴而成之物，價值祇有再深深扣減。

　　王古魯認為那本所謂天都外臣序本祇是容與堂本的一個很不忠實的複刻本（說見其〈讀《水滸全傳》鄭序及談《水滸傳》〉一文之頁150、152），雖然說得尚不夠清楚，因他相信現存的這個本

子是不同書商經手後的產品，而沒有說出是否前一個書商拿出來的早已千瘡百孔，現在這項插圖的考察正好佐證其說。這項考察不僅把這個本子未補刊前的原本放在容與堂本之後，還指出那些插圖根本就是按容與堂本的插圖仿刻出來的。

王古魯把那本所謂天都外臣序本評得體無完膚時，他所用的祇是鄭振鐸諸人刊行的編校本，而非那個本子的原物，所以沒有機會把插圖這類資料也納入討論範圍。如果他用得到原物，他的分析一定會做得更周全，更深入。倘如此，人們對那個本子的印象或者早就改觀了。

袁無涯、楊定見本《水滸傳》的類別問題

　　談論《水滸》版本者恒稱袁無涯和楊定見刊行的一百二十回本爲繁簡合併本。我亦不例外，向用此稱。現在看來，這樣定其類別頗有問題。

　　這個本子最明顯的特色在把原僅見於簡本的田虎、王慶故事插入繁本的故事系列當中。這就是稱之爲繁簡合併本的最大論據。

　　其實並不能說此本把簡本的田王故事插入繁本故事之中。此本僅採納簡本田王故事的最基本輪廓，然後肆意改寫，人物和情節大大不同。不少專家竟顛倒乾坤地，視見於這個本子的田王故事爲正宗，而貶簡本的田王故事爲不值一顧。很多嚴重的錯失即導源於此（本集所收〈真假王慶〉、〈各種《水滸》詞典的一通病〉諸篇就是討論由此引發出來的種種錯誤）。不過，單憑這一點仍不足否決稱此本爲繁簡合併本。

　　在無反證的情形下，我們可以相信刊行此本的袁無涯和楊定見正是大肆改寫田王故事的人。他們這樣做的主要動機不會在求改良前後併合處的接連狀態，即在征遼後旋有續勦方臘之舉變爲征遼後便去討田虎，再待平了王慶始勦方臘。添增新征勦所帶來的接連問題，簡本在插增田王二傳時已經處理過，接連得並不算太差，故改良前後併合處不會是十分重要之事。況且就算要爲併合大費腦筋，

除了要照料不讓田虎降將茍延至征方臘時仍存留在宋江的隊伍內（征王慶時僅收入若干甫收了即戰歿的降將），並不需要徹底改寫田王二傳本身至難於辨認的程度。

我和一般《水滸》讀者一樣，自一百二十回本首次讀到田王故事，難免受了先入為主的影響。後來雖明白收入一百二十回本的田王故事和見於簡本者大相逕庭，也無暇拼讀。最近做輯校插增甲本和插增乙本，並兼列評林本相應部分的工作，遇到因錯字漏字而弄到句子難於句讀的時候，用容與堂本來推敲句子原該是怎樣的，時收得心應手之效。沒有田王故事的容與堂本自然幫不了解決涉及這兩部分的問題，號稱擁有田王二傳的一百二十回本竟也因改動得太厲害，全起不了比對的作用。這過程使我領會到前所未察覺之事。繁本簡本的界定在用字的數量，內容並非衡量尺度。這是向無異議的準則。從句子結構，用字多寡的角度去看，一百二十回本的田王部分無疑是繁本。

說到這裏，情形該夠清楚了。袁無涯和楊定見刻意要把移入的田王故事改寫到用字數量與原有的其他繁本部分無明顯分別的程度。字句既然更動得如此厲害，不如連看不順眼的人物和情節也盡情改了。這樣一來，一百二十回本的田王故事僅留下原先的基本輪廓罷了。故此，袁無涯和楊定見搬出來的田王二傳並不是原有簡本的別體，而是因為不理會原先的簡本才寫得出來，不獨字數大增，內容更劇變的繁本。

袁無涯和楊定見所刊的一百二十回本是徹頭徹尾，沒有任何部分可以稱為簡本的繁本。說得清楚點，它是包括兩個由簡演繁部分的繁本。

此事的理解還可帶來額外的收穫。簡繁孰先孰後爭辯了七八十年，視簡本先有者雖始終僅佔少數，但贊成先有繁本者尚未能提出足令主張繁本演自簡本者心服的論據。袁無涯本田王二傳來歷的認識應可為主繁先者在思維上提供一個新的考察角度。袁無涯和楊定

見搬出來的田王二傳正是由簡演爲繁的實例。就現存《水滸》諸本的特質而言（即不必援《水滸》之例去解釋《三國演義》和《西遊記》的簡繁關係），由簡擴充爲繁不會祇是把字數放大若干倍的簡單過程而已。漠視文意、文法、邏輯的地方，簡本俯拾即有，加上田王二傳中數不清的無聊情節和人物進出的嚴重失控（這兩類毛病，田虎故事尤糟，有人卻企圖憑試指此部分出自羅貫中之手而把《水滸》的著作權送給他），由簡至繁就不可能純是一個字數放大的過程。按袁無涯和楊見定的看法，要融田王二傳入繁本故事系統內，僅放大字數是絕不能接受的法子，但一經動筆，就終弄到徹底改寫才停手。自書首至破遼成功的簡本故事與相應的繁本部分卻沒有出現情節和人物大異之處。這情形不可以解釋爲僅部分有徹底改寫的必要，而其他絕大部分則亦步亦趨地放大字數就夠了。就算辯說田虎、王慶之部寫得特別糟，所以需要異常的照料，也不等於可以說其他部分都乾淨得成極端。在一本由獨立作者執筆之書內（主張《水滸》著作權屬施耐庵、羅貫中者均視此書爲獨立作家的產品），怎會出現如此兩極化的情形？況且所謂乾淨僅指情節和人物而言，任何簡本部分同樣慘受文理不通、文法錯亂之害。有大費周章地用此等廢料來撥亂反正，擴充爲文從意順的繁本的必要嗎？有此本領者爲何不直接獨立創作？繁簡諸本相應的部分，見於繁本者絕不可能是從簡本擴充出來的。要明白試圖把簡本易爲繁本會出現甚麼變化，袁無涯本中的田王部分雖然是極端之例，也可助我們理解過程的本質。

簡本《水滸傳》第九回的問題

　　評林本沒有目錄，正文部分也祇有首三十回標明編號，談此本究竟有多少回，就唯有依正文的狀態爲準則。但評林本雖然看似用了三十之數來注出書首諸回的編號，實則僅標記了二十九回。第八回〈柴進門招天下客、林冲棒打洪教頭〉之後，就是第十回〈朱貴水亭施號箭、林冲雪夜上梁山〉。這第八回特長，自魯智深在赤松林救林冲，一直講到草料場事件後，林冲爲莊客所獲，回目根本反映不出該回後半的情節來，而此回與第十回之間，內容是銜接的。這回分明是併合兩回而成的。評林本多的是併合而來的章回，故在一般情形下並沒有單獨抽出此回來作討論課題的必要。

　　但此回曾爲研究者特別處理過，而其本身又有不尋常的版本問題，因此還是需要細看一下。

　　在標點評林本爲《日本輪王寺秘藏水滸》時，盛瑞裕「參照另本」，拆第八回爲第八、九兩回。他爲這樣安排出來的第九回配上〈林教頭風雪山神廟、陸虞侯火燒草料場〉的回目。「另本」是甚麼，他沒有交代；「虞候」復誤作「虞侯」，目錄和正文同樣弄錯。

　　第八回後就列出第十回，這現象不難解釋：第九回併入第八回後，忘記了調整隨後一回的編號，仍保留原來的編號作第十回。這不慎之失卻未必該由余象斗來負責。

　　這觀察基於劉興我本的正文雖然亦是在一回特長的第八回之後，隨即便是第十回，其中第八回的起迄也與評林本同，目錄上卻

列出第九回作〈豹子頭刺陸謙富安、林冲投五莊客向火〉。評林本和劉興我本是各方面都分別很大的兩個本子（這點本集有關諸文都已講得夠清楚），劉興我本絕無以評林本爲底本的可能。這樣講並不排除評林本和劉興我本用同樣（或相當接近）的本子作底本而各自發展的可能性。看來在那個用作底本的本子裏，第八和第九兩回已經併合爲一回，但那底本仍在目錄內保留第九回的回碼和回目。這些劉興我本全部承接下來。評林本也接納了這個新第八回，底本的目錄卻整份不要。

這樣的解釋說對了多少？勘查其他簡本或者可助解答。

兩種插增本年代雖早，但未見有關部分有存世（這部分僅插增甲本得見半張零葉），幫不了忙。三十卷本的映雪草堂本分卷不分回，也無助於這項討論。一百二十四回的姑蘇映雪堂本因爲總回數多了，那有關的幾回的起迄點，以及其中若干回的回目，都和其他的本子不同，自然也與這項討論無關。幸然可用的其他本子尚不算少。

藜光堂本是和劉興我本近似的本子，其正文部分也是第八回後便跳到第十回，目錄上亦同樣列出第九回〈豹子頭刺陸謙富安、林冲投五莊客向火〉。

二刻《英雄譜》目錄和正文統一，其第八回即評林本的第八回（回目和內容起迄均同），第九回即評林本的第十回（回目亦同），顯然是因看出此處章回跳號的毛病而作了調整。這樣說並非指二刻《英雄譜》以評林本爲底本，劉興我本和藜光堂本既亦都跳了第九回的回碼不用，必定有好些已佚的本子是這樣子的。

兩種出像本倒是和上述諸本分別很大。它們的第八回的回目與評林本同，該回的長度卻短多了，述事止於李小二正要向林冲報告東京來客的不尋常。自此至評林本第十回開始處別爲第九回。該回的回目正是見於劉興我本和藜光堂本兩本目錄的〈豹子頭刺陸謙富安、林冲投五莊客向火〉。北圖本的目錄和正文，以及南圖本的正

文都用此回目（南圖本目錄這部分殘破，但回目開始處仍保留了「豹」字，故不應疑其有別）。兩種出像本雖然都是清代刊本，南圖本且還是簡得很厲害的本子，但從這例子去看，二者所用的底本則頗有殊爲特別的可能。兩種出像本本身有別，而第九回的情形卻相同（該回所用的字數還是有別），這發現證明早期的簡本確曾有以〈豹子頭刺陸謙富安、林沖投五莊客向火〉爲回目的第九回，也證明簡本與簡本之間的相互關係是十分複雜的，現在尚無法道其詳。大家花了七八十年去爭辯究竟是繁刪爲簡還是簡擴爲繁，看來一開始就犯了過份把問題簡化的毛病。

　　證據還可以再添一個。《漢宋奇書》雖書首無目錄，但正文的第九回作〈豹子頭刺陸謙富安、林沖投五莊客向火〉，該回的起迄處也與兩種出像本者同。

　　盛瑞裕拆評林本的第八回爲兩回是自作聰明之舉。他的第九回的起點較兩種出像本者早了不少，他爲那新的一回補上的回目更與見於劉興我本和藜光堂本目錄部分，以及兩種出像本和《漢宋奇書》確實用於正文者不符。原來他補的那回目不過是見於一般繁本者。以繁本補簡本，如果沒有充份理由，在方法上是說不過去的。他所說的「另本」只是信手拈來之物。

　　這小考察證明「有幾分材料，說幾句話」這句老生常談確有道理。

手校並題記王洛川本《宣和遺事》的文素松

　　研究《水滸》演化過程者都明白《宣和遺事》非常重要。由它記下來的水滸傳統的首次文字紀錄使它成為必然的研究重點。這就牽涉到《宣和遺事》本身的版本問題。《宣和遺事》的版本問題遠較《水滸》者簡單，但也有不易解決之處。

　　這篇簡研談的是涉及一個較重要的《宣和遺事》本子的一個邊緣問題。雖屬瑣碎，於《宣和遺事》的整體研究尚望能效涓埃之助。

　　近年研究者用的《宣和遺事》排印本，大多數都是源出孫毓修據盛意園舊藏之本整理出來的民初商務印書館刊本。那部現藏北京圖書館的盛藏本就是明金陵王洛川本。原來此本十分奇罕，除北圖者外，就僅臺北的中央圖書館有藏。

　　中圖有者曾為明人謝肇淛所藏。現在本子之首有署名文素松者的手書題記。中圖早些時候曾這樣記錄這個本子：

> 《新刊大宋宣和遺事》，四卷四冊。明金陵王氏洛川校刊
> 本。清文素松手校並題記。

見1967年該館印行的《國立中央圖書館善本書目（增訂本）》，冊2，頁673。按書首的蔣復璁（1898-1990）序，該目初刊於1956年；看來

初版時已是這樣寫。

這是不小心處理的結果。題記分明說：

> 清光緒丙申，南海李宗顥煮石，又曰夷白，購自閩中。民
> 國第一乙丑秋歸余矣。

光緒前既冠以「清」字，又稱「民國第一乙丑」（即民國十四年，
1925），即使此人由清入民國，也未必可稱之為清人。在寫上題記
那葉紙的上半面（題記寫在下半面），另有重要線索（連同題記，見
本集插圖五十）：

> 民國十四年得於南海故家。舟虛誌。

其中「民」、「國」、「四」、「誌」五字的寫法與見於題記者同，
故同出一人之手。編善本目者要是留意過此等資料，很難想像仍會
稱文素松為清人。

錯誤委實太明顯了，不會長久不得釐正的。中圖自八十年代以
來出版的各種與館藏善本有關的工具書都改用「民國十五年文素松
手校並題記」字樣。

這小小錯誤既已更正，本不必再提。但中圖所刊的各種較新善
本工具書均不對文素松作任何介紹。「民國十五年」云云，看似僅
是從「民國第一乙丑」和題記末所記書寫日期「丙寅三月」算出來
的。其餘就看不出曾花過甚麼功夫。大概負責編寫那些工具書者不
覺得有介紹這個陌生名字的必要。

介紹文素松可分三方面來處理。

首先，文素松是著述頗勤的金石學家。在這方面，起碼他刊有：
《寰宇訪碑錄校勘記》，一卷，連同《補寰宇訪碑錄校勘記》，二
卷（民國十五年）；《漢熹平周易石經殘碑》，不分卷（民國十九年）；

《瓦削文字譜（並釋文）》，一卷（民國十九年）。這些書籍京都大學
人文科學研究所和香港大學馮平山圖書館全都有，縱然不習見，也
不能算作僻書。

　　第二，他是個所藏頗有精品的藏書家。葉景葵（1874-1949），《葉
景葵雜著》（上海：上海古籍出版社，1986年），頁164、205-208，
有他的藏書紀錄。現在中國大陸各地的公藏善本書，有他筆書題跋
者尚能見到不少（如《中國古籍善本書目》收錄的經1937、子562、
子10154、子10232、集18210）。在臺灣，單是中央圖書館一處就
有他題跋之書達五者之多，見該館編印的《標點善本題跋集錄》
（1992年），上冊，頁4、5、14、406-407；下冊，頁750-751。其
中注明寫跋日期者以民間二十五年秋的一篇為最後。那時抗日戰爭
已爆發在即矣。

　　文素松上述的兩種資格和他在那本《宣和遺事》上所加校記的
素質是有直接關係的。

　　治版本者必精國學，以上兩類資料在中圖管理善本諸位倘有意
追查，必不難。隨後所說的第三類資料則難作同樣保證。文素松治
金石和集善本祇是業餘嗜好。他是職業軍人，官至陸軍少將！究心
古籍版本而又留意民國軍事史者可說絕無僅有。剛巧我兩種興趣都
有。這就是我為何要寫這篇簡研的原因。

　　祇要串連幾款並不罕見，但非一般治古籍版本者會接觸的近代
軍事史工具書，如：河北省政協文史資料研究會等編，《保定陸軍
軍官學校》（石家莊：河北人民出版社，1987年），頁356；劉國銘
編，《中華民國國民政府軍政職官人物志》（北京：春秋出版社，
1989年），頁80、709、729；劉國銘主編，《中國國民黨九千將領》
（蘭州？：中華工商聯合出版社，1993年），頁34；陳子歡，《黃埔
軍校將帥錄》（廣州：廣州出版社，1998年），頁147；尤文遠等編，
《保定軍校千名將領錄》（北京：方志出版社，2001年），頁15-16，
便可得到一份夠詳細的文素松傳：

文素松（1890-1941），黃埔軍校少校兵器教官（時何應欽任
軍事總教官，顧祝同任戰術教官）。別字舟虛、岫舒，江
西萍鄉人。保定陸軍軍官學校砲科三期一連畢業。歷任黃
埔軍校教導一團第三營營長、入伍生總隊營長、黃埔軍校
管理部上校主任。北伐軍大本營高級參謀，廣州衛戌司令
部參謀長，國民革命軍總司令部軍械處少將處長，中央兵
工試驗廠廠長，迫擊砲訓練所所長，國軍編遣委員會第二
分區點檢組少將主任，國民政府訓練總監部參事。1936年
2月授陸軍少將。抗戰爆發後辭職病休。1941年春病逝成
都。

　　文素松雖生於光緒年間，但清鼎遭革時才二十出頭，後在黃埔
軍校服務時復和民國名將何應欽（1890-1987）、顧祝同（1891-1987）
同屬一階層，且全部可記之事功均為民國時期之事，固然絕無理由
視其為清人，連僅記其於民國十五年寫《宣和遺事》題記亦屬不夠
周全。

　　讀其書，知其人。用中圖所藏王洛川本《宣和遺事》者得對文
素松有起碼的認識。

各種《水滸》詞典的通病

　　《水滸》詞典數量有限，和《紅樓夢》者比較起來無異大小巫之別。但近年出版者仍有好幾種是大家慣用的。這些大抵可歸類為詞彙式（尤以語法為主）和百科釋詞式的詞典雖旨趣有別，處理手法亦容各異，卻有一十分明顯的通病。這通病更反映《水滸》研究長期存在一個原早可突破的陷阱。事態的嚴重程度遠遠超過各本詞典的不足僅屬處理手法有待改善的層次而已。藉指出這通病，把事情說清楚料當有利於《水滸》研究的推展。

　　具代表性的《水滸》詞典近年有以下幾種：

香坂順一，《水滸語彙の研究》（東京：光生堂，1987年）。中譯本：
　　香坂順一（植田均譯，李思明校），《水滸詞匯研究——虛詞部
　　分》（北京：文津出版社，1992年）。

胡竹安，《水滸詞典》（上海：漢語大詞典出版社，1989年）。祇管
　　語法，不理專有名詞。

王珏、李殿元，《水滸大觀》。百科釋詞。

嚴成榮、桑百安等，《明代四大奇書人物辭典》（南昌：江西教育
　　出版社，1996年）。《水滸》部分在頁165-333。

任大惠主編，《水滸大觀》（上海：上海古籍出版社，1998年）。百
　　科釋詞，與王珏、李殿元之書同名。

高島俊男，《水滸傳人物事典》（東京：講談社，1999年）。

這些詞典，除高島俊男者外，所用的《水滸傳》，無論明言與否，均採據鄭振鐸、王利器等編的《水滸全傳》或其後數十年間此書的各種複印／盜印本。高島俊男用的則是收入《萬有文庫》的《一百二十回的水滸》。高掛《水滸》研究招牌的專家沒有幾人直接利用各種明代罕本的。他們大率採用鄭振鐸的書，一則貪其便，二則震於鄭王諸人的盛名，以為彼輩做事必徹底，應可靠。豈料此書何止校勘做得差勁（看看本集所收〈嘉靖殘本《水滸傳》非郭武定刻本辨〉、〈問題重重的所謂天都外臣序本《水滸傳》〉、〈關勝的死之謎〉諸文，便知彼等的校勘工作做得馬虎至何驚人程度），整個部署更是大設害人陷阱，而部署失策之害尤烈於校勘之草率從事。《萬有文庫》的百二十回本雖然沒有被宣傳得那樣誇張，基本上也是鄭編本那類依據袁無涯集大成觀念去辦事的貨色。

《水滸》演易至終極時，主要故事組合共有七個：（一）自書首至排座次，（二）招安，（三）征遼，（四）征田虎，（五）征王慶，（六）征方臘，（七）覆滅。其中征遼部分雖後出，現存百回繁本總算做了些容納它的起碼功夫（如第四回末暗喻魯智深的將來事蹟時，謂其「直教名馳塞北三千里，證果江南第一州」，前者指征遼，後者點出征方臘），田虎、王慶兩部分則顯為更晚才強插入去者，情節固難連貫，人物更是驟從天降，甫旋遁地忽去。田王部分雖劣，要看還應看原裝貨，即見於簡本者（且得選用現存本子中之早者）。

貪多必失之譏，很適合用來形容明末袁無涯、楊定見推出來的一百二十回本。彼等要把《水滸》故事的所有組合全納入一本之內。繁本簡本都有的故事，繁本文字較勝（文法錯誤起碼少多了），當然該選繁本，但僅見簡本的田王故事，文字和情節俱與繁本者方枘圓鑿，無從湊合。袁無涯和楊定見乾脆改寫，人事地和文字均肆意更動至面目全非的地步。

改寫的程度舉兩例來說明即足。在原裝貨中，喬道清和羅真人同事一師，而羅真人是師兄，故喬道清是公孫勝的師叔，功力也就

遠高於公孫勝。在袁無涯等人的改寫本裏，喬道清被公孫勝降服後，拜公孫勝為師，原先版本中的師叔遂降格為徒弟，而且還不是公孫勝的大徒弟（雖然喬道清法力在樊瑞之上，但樊入公孫勝之門比他早多了）。

瓊英之例顛倒得更厲害。瓊英為國舅之女，即與田虎為表兄妹。袁楊筆下的故事完全改觀：瓊英為中原人士，本姓仇。田虎殺其父，擄其母，自己則為國舅收為義女，故日夜吞聲飲泣，思報父母之仇。

總之一百二十回本中的田虎、王慶故事與見於簡本者截然不同，極難找出二者之間相應之處。除了視為兩組不同的故事，並以簡本者為原貌（或現在可以見得到最接近原貌的狀態）外，別無其他可用的立場。

現存的《水滸傳》究出何人（或何等人）之手恐是個永找不到答案的問題。就算不少學者贊成書是多人多時之作，也無法確指何人負責何處。剛才所說的話卻帶出了部分答案：一百二十回本中的田虎、王慶故事（差不多十回）的作者就是袁無涯和楊定見。貪多而圖盡納的態度使他們成為自己刊印的書的部分作者。

鄭振鐸等編校《水滸》也是甚麼故事組合都要，同樣犯了貪多而不懂得如何處理之失。不管他們說在編校過程中用了甚麼本子，刊印出來的東西基本上就是一百二十回本，其中田虎、王慶部分更是徹徹底底地自袁楊本子搬過來的。

上述那些詞典的編撰者迷信鄭版《水滸全傳》的偉大，毫不考慮此書的偏失，結果凡是採自田王部分的詞項，不管是語法的還是內容的盡出於袁無涯和楊定見之手！評這樣的結果為「失之毫釐，謬以千里」，絕對不算嚴厲。

毛病雖遍見，總不是編著詞典者注定必犯的。可喜的例外起碼有兩個。

其一為李法白、劉鏡芙的《水滸詞語詞典》（上海：上海辭書

出版社，1989年）。此書不僅詞項選納足，解釋夠，還時舉《水滸》以外之例以爲旁助。最重要的特點更在其所收詞項以見於百回繁本者爲限，並沒有因貪多而跌入鄭振鐸諸人製造出來的陷阱。可惜王珏、嚴成榮、任大惠等人的三部詞典雖後於此書達六至九年才出版，卻學不到此書的優點而仍自甘被鄭振鐸及其助手設下的陷阱所困。

另一爲出版不久的許振東主編，《學生實用水滸傳辭典》（瀋陽：遼海出版社，2003年）。此書編寫得相當好，可惜選用一個自貶身價的書名。因爲它以百回本爲選條項的範圍，也就輕易地避開了鄭振鐸及其助手們弄出來的陷阱。

跌進鄭振鐸諸人所製造的陷阱外，不少此等詞典還有另一通病，即並不以幫助《水滸》讀者讀通該書爲目標，而是在高掛《水滸》招牌之後，祇圖找個可以藉故解釋近代詞語的平臺罷了。這種醉翁之意的心態，胡竹安（胡樹藩，1916-1990）書尤爲明顯。有些書評竟從解釋近代詞語成功與否，詳盡與否的角度去評價此等詞典。徐時儀、林源，〈兩部《水滸》詞典的比較〉，《辭書研究》，2000年3期（2000年5月），頁102-110，就是這種亂評誤導的書評。編著這類詞典者和此等書評人都忘記了很重要的一點：成功的近代詞語詞典必需有廣泛的收錄詞語範圍，獨限於見於一書者是絕無必要的自限。

至於全傳式的《水滸》應如何編校，另文釋說。

如何編校全傳式的《水滸傳》

　　劣書經常見，評不勝評，沒有影響力的劣書因此是不必費神理會的。反過來說，愈是影響深的劣書愈應徹底批判。鄭振鐸、王利器諸人編校的《水滸全傳》正是這種劣書的表表者。此書所以影響深遠，五十餘年以來不知多少代的《水滸》研究者（包括我在內）都在成長過程之中視之為最可靠，最方便的《水滸》讀本，因為大家在該書排列罕本的威勢和鄭振鐸諸人盛名的雙重心理影響下覺得這本書已達到成就難以超越的境界。誰知真相絕非如此。

　　先說該書的校勘成績吧。

　　圖集天下罕本於手，即使憑今日各種研究工具和聯絡系統之便，始終非易事。能夠重集鄭振鐸等昔日所掌握的本子在手邊者（且不說超過那數量），至今恐僅得我和劉世德二人。研究者看了鄭等聲稱用來校勘的版本和單子，完全信服是很自然的事。不肯輕信者若要考驗，方法很簡單。校勘要是做得夠徹底，憑校記所提供的資料理可逐個版本還原。鄭編本所附的校記遠不足此用，單從這角度去看便不難明白鄭等如何馬虎去做校勘。

　　按鄭振鐸的聲稱，彼等用所謂天都外臣序本（稱為石渠閣補刊本始較易反映此本的性質）作為百回繁本部分的底本，用嘉靖殘本來作第五十一至五十五回的校勘依據。我曾用嘉靖殘本校過那幾回，發現鄭編本有關那幾回的校記做得不盡不實，無法反映出真相來。

校勘時亂點鴛鴦譜，指鹿爲馬，也可以舉出實例。本集所收〈關勝的死之謎〉談的就是鄭振鐸胡亂記錄版本，弄到一塌糊塗的一個實例。

鄭版《水滸全傳》本已是用不經意態度弄出來的產品，用者更有把這種不經意態度發揚光大的。拿起鄭編本百回繁本部分便算直接引用了天都外臣序本的研究者大有人在。這樣偷工減料，借鄭振鐸吹噓地去講版本不是自欺欺人是甚麼？說了用某本作校勘，或說引用某本，用的就必須是該本原物（影件並不難致），而絕不能拿校勘本或現代排印本來冒充。這簡單原則竟連專家也不肯遵守！單看好些專家不採實話實說的態度，搬出本來就犯了虛張聲勢之病的鄭編本來充作天都外臣序本用，就不難明白爲何那本絕非貨真價實的鄭版《水滸全傳》可以在行內久享盛譽。

要校勘做得成功，步驟其實不必很繁瑣：充份利用齊備的資料，核對時不貪採捷徑，留全紀錄。鄭編本的校勘所以做得差就是因爲工作沒有依照這些簡單道理去進行。

編的工作比校的工作更需要有一套法則。鄭振鐸諸人的編輯目標和袁無涯、楊定見輩一樣，要盡納所有故事組合。這立場見仁見智，無可厚非。但這樣做必須先辨明甚麼是真貨，甚麼是僞品，以防魚目混珠。在《水滸》的各種故事組合當中，最成問題的是田虎、王慶部分有兩組內容與文字均截然不同的故事：見於簡本者是品質不高的真貨，見於袁無涯和楊定見搬出來的一百二十回本者是文字改良了，內容卻毫不尊重原物，肆意勁改的僞品。鄭振鐸的決定是採用加工過的魚目，而不要粗拙的原珠。這就是後來利用鄭版《水滸全傳》作研究依據者，苟涉及田王部分即紛紛中招，連專家也不倖免的原因。

要面面俱到並不難辦。編校本以百回繁本爲主幹，加兩個附錄在主幹之後，一切問題便可迎刃而解：（一）簡本的田虎、王慶、方臘三部分（方臘部分也要，這才能講完田虎降將的結局）。按當日的

研究條件，那本簡本可以選用評林本；今日做的話，則要兩種插增本兼用始足反映已有的學術進度。(二)袁楊本的田虎、王慶部分。

探此法則去進行，好處甚多：(一)不擾亂百回繁本的整體性。(二)兩套截然不同的田虎、王慶故事全包了，才算真正落實「全傳」之義。(三)不必因為繁本簡本文字無法湊合而放棄僅見於簡本的原始田虎、王慶故事。(四)容易標明一百二十回本中的田王部分出自袁無涯、楊定見之手，不致害得不明究竟的研究者(如編著各種《水滸》詞典者)誤用材料，而對袁無涯和楊定見二人與《水滸》故事演易及出版關係這課題有興趣者也可明確知道可用材料的所在。

當日合鄭振鐸、王利器，以及僅開始時參加工作的吳曉鈴三個諸葛亮就是想不出這套簡單的策略來，加上工作不認真等毛病，遂留給後代一本雖久享盛譽，卻帶出不少惡果來的劣書。

田虎王慶二傳的背後確有真人真事嗎？

自有《水滸》研究以來，本無人相信田虎、王慶二傳有絲毫事實根據。王利器企圖改變這看法。

王利器精研《水滸》和《紅樓》，合其所得時即以《耐雪堂集》為書名。此書有兩版：中國社會科學出版社（北京）1986年刊行的初版，以及貫雅文化事業公司（臺北）的1991年補訂本。就《水滸》部分來說，兩版都有一篇似前未曾發表過的短文：〈試論《水滸》王慶田虎二傳──王田二傳與真人真事〉，北京版，頁238-239；臺北版，頁288-290。兩岸兩版，讀過此文（下簡稱王文）者料已不少。

「真人真事」可以有兩種理解：一為時地人均確與《水滸》所言相配者，二為後世有類似的史事而成為創作《水滸》所用的素材者。王利器以為田虎故事屬前者，王慶之傳則歸後者，兩者他都引用不常見的資料來作證明。可惜那些資料全帶不出他期望的考據效果來，卻反足助說明田王二傳並無事實根據。

王利器先引王文祿《策樞》卷2（王文誤作卷3）〈毓和〉條的話來圖指「田虎實有其事，有書為證」（北京版，頁239；臺北版，頁289）：

> 昔在宋朝靖康丙午，女真南侵，則山東有宋江，河北有田

　　虎，江南有方臘，洞庭有楊么（《叢書集成》初編本，頁
　　41；據《百陵學山》本景印）。

　　本來任誰都看得出這是千瘡百孔，毫無佐證功能的廢件。

　　說它是廢件，理由簡單明顯：（一）王文祿是明嘉靖十年（1531）
舉人，去北宋末整整四百年，所言復全不列證，何能用作史料？若
今人用同樣語調談萬曆時事（亦上距四百年），後人也可引為史料
嗎？（二）所談諸事，悉繫於靖康丙午（元年，1126），一看便知是淺
人妄語。金人南侵始於宣和七年（1125）十月，至靖康元年十一月已
是開封城破之日矣。宋江的活動怎也終結於宣和四年（1122）。方臘
（?-1121）事件歷時甚短，全發生在宣和二、三年間（1120-1121）。楊
么（?-1135）的行事期較長，自建炎四年（1130）至紹興五年（1135），
卻全是南渡以後之事。前後歷時十五、六年之五事，其中四事既盡
遭王文祿亂記於一年之內，諟正的資料復唾手可得（對現代學者而
言，情形更是如此），毫無爭議，為何剩下來的田虎一事倒可用此
晚後四百年之語來證其真有？王利器這樣研究經驗豐富的學者怎
會對此種胡謅之言漫無警覺反應？大概因為專心一意圖證田虎真
有其事，甫見「河北田虎」四字便高興得連防範本能也蕩然無存了。

　　最莫名其妙的是，考述宋朝史事必得靠宋人資料這基本道理，
王利器也忘記得一乾二淨，更不留心有關宋代民變的宋人資料早
已十分齊備地集刊出來。祇要他查檢搜集這類資料極豐的何竹淇
（?-1967）編，《兩宋農民戰爭史料彙編》（北京：中華書局，1976
年），便會知道宋代絕對沒有名喚田虎的民變領袖，更不要說把地
區圈定在河北，把時段局限在宣和，甚至延至靖康年間了。七十
年代中後期，中華書局刊印一系列備受學界注目的農民戰爭史料
集，自秦漢至清末整套齊全。在此系列負責兩宋時段，厚近七百
頁（四冊）的何竹淇書絕對不能說是因研究《水滸》而必須留意宋
江、方臘史料的學者所或會忽略的。此書出版後，還有李裕民，

〈評《兩宋農民戰爭史料彙編》〉，《學林漫錄》，5期(1982年4月)，頁200-206，一類文章替它宣傳，並非出版後學界了無反應。當時就住在北京，以博學多識著稱的王利器更不可能如此孤陋寡聞。他捨可靠的現代研究工具不用(王文絕對後出於何竹淇書很多年，詳後)，而偏喜倚賴明人胡謅之言，病在以爲所用資料愈僻，就愈顯功力，論調也會愈強。豈料竟自陷於荒謬絕倫的結論。難道他是「大膽假設，小心求證」研究法的信徒？

上引李裕民一文替何竹淇書多找出二十四個宋代農民起事領袖，其中亦無田虎。

那麼爲何王文祿能說出「河北田虎」來？今本《水滸》上紀錄的時間以嘉靖十九年爲下限(首次著錄《水滸傳》的高儒《百川書志》的序文日期)，這本小說在嘉靖初年以前當已流傳了一段時間，而今本《水滸》(除金聖歎腰斬本出於晚明外)，不論繁簡，都有柴進入禁苑，見屛風御書四大寇名的情節。四寇之名以及彼等的假設活動地區更是各本所言盡同。換言之，晚至王文祿的時代，任何《水滸》讀者都會看過「河北田虎」之名。王文祿胡謅時，能搬「河北田虎」一詞出來，毫不值得驚奇。

王利器復引傅維鱗(?-1667)的《明書》來指王慶故事亦有真人真事在背後。傅書的翔實程度固非王文祿《策樞》那類雜書所能比擬。「先有結論，後有考證」的出發點卻使引文橫遭扭曲。

王文自傳著《明書》〈劉自強傳〉所引的一段漏錄了若干重要消息，茲添補上去(添引的部分用斜體字)：

> *劉自強，字體乾，浙人。中嘉靖甲辰進士。⋯⋯忤嚴世蕃已遷太僕少卿，猶出爲陝西參議，晉山西副使。營卒王慶乘夜爲變，城中大駭。知慶有嬖妾，選勇士伏旁舍，待詰旦慶來攜孥，輒斬其首以殉，餘黨瓦解。遷陝西參政，進按察使。⋯⋯四十三年甲子遷應天府尹*(《畿輔叢書》本，

卷132，葉11下）。

傅維鱗是順治三年（1646）進士，去明嘉靖世不遠，所記劉自強（1508-1582）事自可信。可惜王利器用這資料時，亂套一頓，竟弄致以真證假，造出一筆無中生有的糊塗帳來。

前錄傅著所記劉自強諸事全列在兩個日期之間：嘉靖甲辰（二十三年，1544）和嘉靖四十三年（1564）。那時載有御屏風書四大寇名情節的今本《水滸傳》早已風行好一段時日了。添寫王慶故事者何需待得悉晉營卒王慶事才遲遲方有發明「淮西王慶」的憑藉？王慶不是罕見姓名，二名之同純屬巧合而已。

王利器誤證田虎、王慶之真有，導致錯失的心態，和亂用資料的過程，兩次都是一模一樣的。

現在雖尚不詳王文作於何時和其在收入《耐雪堂集》以前是否曾刊別處，起碼尚可以替其寫作日期定上限。王文引用明末吳從先《小窗自紀》卷3〈讀《水滸傳》〉條所記的四寇異名。吳讀本的發現是近年令《水滸》研究行頭耳目一新的大事，功歸黃霖（1942- ）所有。在黃霖，〈一種值得注目的《水滸》古本〉，《復旦學報》（社會科學），1980年4期（1980年7月），頁86-89，一文發表以前，世人並不知道曾有吳讀本存在過。王文引用這資料自然替它套上1980年後半年的寫作上限。下限則可依北京版《耐雪堂集》書首〈引子〉的1985年5月寫作日期。不管用上限還是下限為據，何竹淇書都早已出版了。亂指田虎真有其人，並以河北為其活動地區，對見聞廣博，富研究經驗的王利器來說實在是錯得冤枉。

另外還有未必是無關宏旨的一點。兩版《耐雪堂集》均誤記傅維鱗作傅維麟。

羅貫中託名許貫忠說置疑

　　長期以來，《水滸》讀者恒把這本書的著作權寄在施耐庵和羅貫中二名之下。羅貫中雖確有其人，不像施耐庵之難於指認，但要把他和《水滸》的著作權拉上關係，則除幾種現存版本中較早期的本子上（但已非成書之初時的原貌）如此聲稱外別無實證。相信羅貫中擁有《水滸》著作權者（包括認爲著作權要和施耐庵分享者）自得設法尋找足以服人的證據。許貫忠就是彼等寄厚望之處。

　　許貫忠之名在簡本征田虎部分開始處出現，說獸醫皇甫端帶曾爲田虎親信的舊友許貫忠來見正籌備出征的宋江。許向宋江提供詳細地圖和多項內幕消息。宋江後來成功勦滅田虎與掌握這類獨有消息深有關係。贊成羅貫中擁有《水滸》著作權者，看到這情節便以爲這就是證據了。

　　貫中非常見名字（起碼宋元明三代少見），而許貫忠又是難得一遇的奇才，解讀許貫忠及其有關情節爲羅貫中的自況看似不無道理。

　　首創此說者爲柳存仁前輩。他的有關文章在不同場合，以不同形式，且簡繁不一地刊出多次，其中最詳者爲：柳存仁，〈羅貫中講史小說之真僞性質〉，《香港中文大學中國文化研究所學報》，8卷1期（1976年12月）；許貫忠的討論在頁218-219。該文後來收入劉世德編，《中國古代小說研究——臺灣香港論文選輯》（上海：上海古籍出版社，1983年）（有關部分在頁137-139），和柳存仁，《和風

堂文集》（上海：上海古籍出版社，1991年），下冊（有關部分在頁
1484-1485），故流通無地域的局限。就在《和風堂文集》出版的同
時，姚仲杰、孟繁仁、武俊、郭維忠把古今研究羅貫中的資料和論
著合刊爲《羅貫中新探》（鄭州：中州古籍出版社，1991年）一書。
書中據劉世德書之所錄，用柳存仁文的原題，收入他講許貫忠的部
分（頁46-48）；雖然柳的整篇長文都講羅貫中，其他部分悉不採。

　　別人亦有獨立工作：孟繁仁，〈許貫忠是羅貫中的虛像〉，《晉
陽學刊》，1990年4期（1990年7月），頁19-27；此文收入《羅貫
探》時（頁103-117），作者列爲孟繁仁、郭維忠二人。說這是獨立工
作，因爲文內並沒有提及柳存仁的文章（雖然孟文刊出時劉世德書
已由中國大陸的首要出版社刊售七八年了）。

　　此外還有一篇錯得離譜的怪胎文章，得作另類處理。

　　若以柳文和孟文爲支持許貫忠即羅貫中說的代表作，此說僅能
算是一廂情願之見而已。有關學者在達到結論之前未及考慮以下諸
重要問題：

（一）適當和足夠的版本支持

　　柳文和孟文都未先做妥版本支持的工作。

　　柳存仁所用的簡本《水滸》是《漢宋奇書》。在現存簡本的因
承譜系中，此本排得太後了，不是可以獨撐場面的本子；用之作爲
論說所基，所言的權威程度難免大打折扣。整本齊全的簡本的刊行
日期，現存諸本以評林本者爲最早。就時間而言，七十年代中期評
林本早已有現代影印本印售，雖尚未算流通，門徑較廣的學者還是
有法子找來用的。

　　孟文刊於九十年代初，那時簡本可以運用的情形已大不同。孟
文用評林本，較柳文妥當多了。但學問之道，因時演易，不進即退。
七十年代用評林本，確是上選。踏入九十年代，既知論現存簡本所
代表的演化階段，當以插增甲本和插增乙本者爲最早，談許貫忠就

得先查看究竟兩種插增本的尙存部分有無幸然保留相關章回（是故舊文合集不該祇是重印舊件，好像那些舊文隔了好一段時間仍穩站在行業前鋒似的，而是得通過後記、補記之屬，簡而齊地交代中間時段的發展）。孟文不及這水準，用了評林本就算了事。

插增本的用途確實可以通過許貫忠的討論表彰出來。現存的兩種插增本祇有星散各地的殘冊，甚至殘葉，原不能冀求所需的章回果存於一本之中，更不能奢望兩本俱有那部分。許貫忠就是這樣幸運，與他有關的章回兩本都保存下來！插增甲本那部分現藏哥本哈根的丹麥皇家圖書館，插增乙本的有關部分現歸德勒斯頓的邦立薩克森圖書館所有。這些消息我在八十年代中期已通過不同渠通公諸於世。後來中華書局（北京）收這兩個殘本入《古本小説叢刊》，更使之唾手可得矣。

《水滸》版本有一特別的現象，就是繁本與繁本之間分別很微，簡本與簡本之間則往往差異很大。兩種插增本的許貫忠部分之相互關係，以及兩者和評林本該部分的關係，情形和此三本之間的整體關係相若：甲本最簡，乙本較甲本爲繁，而評林本則明顯是從與乙本近似之本刪出來的，字數較乙本爲簡。

新知使許貫忠的問題更趨複雜。甲本所述雖不算特別，乙本所記則極怪異。許之名（包括錄名而不記姓之例）在乙本正文出現十四次（卷18，葉17下至18下、21上），在插圖標題一次（葉18下），計爲：

許大忠一次

許頭忠三次

頭忠七次

夫忠一次

許貫忠二次

其中「許大忠」的一之，「大」字或爲「頭」字簡寫（头）刻不清楚那兩點所做成的；「夫忠」一次的「夫」字則顯爲「头」字誤刻。這就是說，基本上是十二次「許頭忠」對兩次「許貫忠」，而

其中一次「許貫忠」見於插圖的標題。情形不僅亂，根本就是未定型。

企圖指說許貫忠即羅貫中者顯然得在版本上多下功夫。

（二）「貫中」與「貫忠」之別

各本之間，即使在名字用得亂七八糟的插增乙本內，「許貫中」之名一次也沒有出現過。遇到這種情形，不能強說「中」、「忠」可共通。

「貫中」作為名字，典雅而鮮見，「貫忠」雖亦稀見，卻俗不可耐。二者不能作等齊量觀的。羅貫中倘要通過這名字來自況，為何不直接用「許貫中」？

（三）許貫忠的形象及其正直與否的問題

田虎於許貫忠有知遇之恩，有篤信之誠，有厚待之情，難得之至。等到許雖離去而仍居於田虎勢力可及之地時，田虎也沒有因防秘密外泄（如他曾命許繪地圖）而加害於許。田虎待許確夠坦蕩蕩。許貫忠對田虎卻是一派小人作風。道不謀，可以先諫（書中沒有說許在這方面努力過）才後離，離去後可以一刀兩斷，但絕不能未圖報恩，便陰計謀害舊主。許蒐集資料是離去前長久進行之事，早深謀遠慮矣。田虎命他在各處繪地圖，正本自得上呈，那麼他送給宋江者就是辛辛苦苦長期再弄出來的副本。田虎對他有恩而無仇，他一旦覺得田虎走歪了路，便見風轉舵地暗集資料，以備日後之用，而不肯利用他和田虎的私人關係試試能否重納田虎於正軌。即使許貫忠還不算是小人（他的獻計換來宋江厚贈是鐵般事實），起碼不能稱他為君子。

許貫忠對舊主何「貫忠」之有？讀其事令人想起國共內戰時期那些數不清的，沒有脊骨的風派降將。

羅貫中會利用這個以怨報恩，未離去前已長期施陰計，非害舊

主不可，正直不到那裏去的傢伙來自況嗎？

（四）征田虎部分的價值問題

拼湊各組水滸故事而成書的一百二十回本《水滸全傳》是本良莠不齊，貪多必失的大雜膾。評品質，講情節，究文字，征田虎的章回無論如何是書中最劣的部分。一百二十回本中的田虎故事固然糟糕，見於簡本的原裝田虎故事何嘗不同樣糟透。不信者可就出場、戰歿、反正、被俘等項目，試開列張田虎將領的清單。不管用見於一百二十回本還是簡本的田虎故事爲據，都很快就會發現因敘事的一塌糊塗，錯誤滿紙，這張單子怎也不能乾乾淨淨地列出來。把這部分的著作權送給羅貫中絕對不等於說今本《水滸》最精釆的部分（自書首至大聚義；甚至延至招安）也是他的。說羅貫中作田虎部分簡直就是對羅橫加侮辱。

謂許貫忠即羅貫中者何嘗從這個角度去分析過。彼等一見許貫忠之名便以爲拾得至寶，直覺地即時搬出結論來。

（五）負責田王部分者的坦言

兩種插增本所用的名稱雖時名隨卷易，但此等名稱有一明顯的共同特色，即標榜田虎、王慶二傳是「插增」入去的新東西。負責者並沒有企圖誤導讀者相信這兩部分是原書本有之物。我們怎可以拿這兩部分來圖證負責田王二傳（或僅其中一傳）者即全書其他部分（或任何其他部分）的作者？

（六）明人的證言

不管那篇所謂天都外臣序出自何人之手，該文的作者是目睹添入田虎、王慶故事本子流行的明人。他痛罵這是村學究破壞原書體系的無聊無知之舉。

綜合言之，許貫忠即羅貫中說僅配稱爲千瘡百孔。

　　講完這些，還得補說上面提過的那篇怪胎文章：宣嘯東，〈許貫忠之原型即羅貫中辨〉，《晉陽學刊》，1991年3期（1991年5月），頁64-67；並收入《羅貫中新探》，頁80-85。他所說的許貫忠見於一百二十回本的第一百一十回，因為情節的位置和內容都變了，嚴格來說，講的是另一個人。

　　《水滸》研究成為專學日子早已不短，豈料仍有連基本常識都不具備便貿然寫學術文章者。宣嘯東就是這種荒唐的例子。

　　簡單地說，一百二十回本將簡本獨有的田虎、王慶故事套入繁本系統時，大肆改動這兩組故事，因此談田虎、王慶絕不能用這個怪胎本。就該本的許貫忠故事而言，他出場時連晚出得很的王慶都伏法了，宋江正準備出師征方臘，時間與故事的位置全易。許貫忠所認識的梁山人物再也不是皇甫端而是燕青。一百二十回本裏的許貫忠和簡本中的許貫忠是不能混為一談的。推這個本子出來的袁無涯和楊定見輩（都是明末人）正是大肆改動田虎、王慶部分之人，他們筆下弄出來的許貫忠能反映元末明初的羅貫中甚麼呢？宣嘯東所言無異癡人說夢。

　　其實研究中國古典小說史者無需為羅貫中這個象徵性的姓名大費周章。此君大有可能與任何小說（包括《三國演義》）全無關係。關於他的史料，確實可信者僅得《錄鬼簿續編》中今人慣用的一條。那個認識羅貫中的作者僅在羅貫中的名下列出若干幾乎不入流的，存亡對後世戲曲史談不上有任何影響的雜劇，卻絕口不提他也是小說作家（更不要說多產且盛名的小說作家）。羅貫中很可能祇是一個成績並不佳，在戲曲界勉強尚可記下姓名的作家而已。在羅貫中名下寄掛愈少作品，文學史上的損失反而會愈少。

《水滸傳》採用關雲長刮骨療毒故事所反映的成書過程

　　王利器在〈《水滸全傳》是怎樣纂修的〉，《文學評論》（北京），1982年3期（1982年5月），第二節的後半（頁89-90）用《水滸》所講李逵、燕青在勾欄聽華陀替關雲長刮骨療毒的說書故事（百回本第九十回、一百二十回本第一百十回），和《三國志平話》以及嘉靖本《三國演義》的相應部分作比較，得出《三國志平話》成書在《水滸》之前，而《三國演義》成書在《水滸》以後的結論。王利器《耐雪堂集》的北京版和臺北版均收入此文，讀者不難查檢。

　　胡適早注意到《水滸》中這段三國故事，曾在其〈《水滸傳》後考〉之中論及；見其《中國章回小說考證》，頁83。文後注明寫成於1921年6月11日，較王利器文早了六十多年。結論是《水滸》的改定後於《三國演義》。這和王利器的看法適正相反（王文沒有提及胡適）。

　　現在讓我們順時序看看這兩個隔越半世紀的意見。

　　胡適僅就此事說了幾句簡單的話：

　　　　出征方臘之前的一段寫宋江等破遼回京，李逵、燕青偷進
　　　　城去遊玩，在一家勾欄裏聽得一個人說書，說的是《三國
　　　　志》關雲長刮骨療毒的故事。《三國志》的初次成書也是

在明朝初年，這又可見《水滸》的改定必在《三國志》之
後了。

這裏《三國志》指《三國演義》而言。很明顯，胡適按《三國
演義》早於《水滸傳》的基本觀念立論。

王利器的有關討論，驟看雖長多了，其實也很簡單。他把《三
國志平話》、《水滸傳》，和《三國演義》的有關段落都抄下來，
自然顯得論證複雜了不少。他根據《三國志平話》和《水滸傳》所
講刮骨療毒的過程和所用的文字都夠近似，而《三國演義》所載則
繁雜得多，遂指三者的排列次序為《三國志平話》最先，《水滸傳》
居中，《三國演義》殿後。文學作品的演進並沒有祇許後出轉繁，
以及所依據之物必須是最近的和最繁者的道理。這點可以不論。得
論的是，他的考證見木失林，又進行得太機械化，僅容從很窄的角
度去看事物，不顧及較大的考察範圍，復錯過了建立更大視野的機
會。

較大的考察範圍指不要把講說書那段文字孤立起來看，而起碼
要顧及整回書。這回長度一般，述事卻異常繁雜。最大的節目是魯
智深和宋江五臺山參禪，較次要的節目是燕青射雁（這尚不包括一
百二十回本所講的燕青遇故友）。此外，還要帶出方臘起事和宋江
集團的奉命出征。在這些雜陳的大小情節當中，插入一個不受時空
限制的關雲長故事（異時異地的環境何嘗不可以搬此故事去另一
回），無非為了調節述事節拍，增加話題罷了。不能把這種小配碟
擴大成主菜的。更何況這小碟的主題是李逵和燕青去遊玩，刮骨療
毒祇是這小碟中的配料而已。代刮骨療毒故事以鴻門宴故事又有何
不可？《三國志平話》述事簡單，正合此用。要是以為繁雜模式既
已發展出來就必須要用繁雜的，豈不等於說事事非喧賓奪主不可！

單憑故事中說書人用《三國志平話》而不採《三國演義》便說
《水滸》成書早於《三國演義》，怎樣講也失於武斷。判斷二書孰

先孰後，所採視野愈廣闊愈易求得正確答案。在《水滸》中找尋仿照《三國演義》之處並不難。在林冲身上看到張飛的影子。朱全和關勝均以關雲長爲模特兒。呂方、郭盛都是僅能做到東施效顰程度的翻版呂布。呂布的翻版取名呂方，此舉本來就高明不到那裏去。水火二將搬得出來的有限玩意教人想起水淹七軍和火燒赤壁的故事來。楊雄的綽號根本就是從三國故事傳統中的虛構人物借來的。宋江陳橋驛揮淚斬小卒是明目張膽地盜用《三國演義》的資料。李逵和燕青去聽說書，那說書人在數不盡的話題中竟偏要選關雲長刮骨療毒的故事。這類例子隨時都可以數出好一堆來。誰能夠自《三國演義》列出若干此書深受《水滸》影響的例子呢？王利器的《三國演義》晚出說就是不從大視野去尋求答案所得到的似是而非結論。

胡適的考論雖很簡單，且未及用《三國志平話》，基本上是對的。王利器則犯了以爲堆砌資料就是上乘考證之失。

《水滸傳》無論如何成書晚於《三國演義》。

傳說某明人總集收錄《水滸》故事之不確

　　這裏講一件發生在七十年代後半至八十年代初年，雖早成明日黃花，但對處理研究事宜得採審慎進行，寧缺勿濫的態度仍可引爲說明例案之事。

　　對《水滸》研究長期多所貢獻的王利器在上述的十年八載間尤爲活躍，相當盛產。在這段時間內，他曾在不同場合提及一本書名他完全失記的明人總集，謂此書大幅度收錄《三國演義》和《水滸》故事，希望能有求證的機會。下列一段引文和附注可以代表他當時的呼籲：

> 明末刊行之《□□□□》（注）文選集，至三分之一的篇幅載《三國演義》和《水滸傳》；此書和陳耀文《花草粹編》、宋懋澄《九籥集》之出現難道不是明末年小說平話登上大雅之堂的破天荒之舉嗎？（注：亡友王重民先生曾爲美利堅國會圖書館及洛克菲爾氏藏書編目，嘗出其初稿示余，見文總集部，二者俱收有明末刊行之《□□□□》一書，云以三分之一篇幅收入《三國演義》及《水滸傳》。當時未將書名記下，在腦海中僅留下爲四個字之書名的記憶而已。它日者，或重民先生所編書目問世，或美國朋友舉國會圖書館或洛氏藏書有關此書者詳以見告，企予望之也。）

這段拳拳企盼的文字錄自王利器，〈《九籥集》——最早收入小說作品的文集〉，《社會科學戰線》，1981年1期（1981年1月），頁307-308。

除了通過撰文和演講（如在八十代初香港中文大學新亞書院邀他出任訪問學人時所作的一連串演講）來引起大家對此書的注意外，王利器並曾託我和舍弟泰來代查究竟。那是七十年代末之事；時我尚在夏威夷大學任教，泰來亦仍掌芝加哥大學東亞圖書館。但夏威夷離美京五千多哩，成行不易，泰來自芝加哥去也得候機會，故拖了兩三年二人均無法爲他效勞。

其實王重民著（袁同禮編）的《國會圖書館藏中國善本書錄》（所收的書每款均有解題）早在1957年已公開刊行，七十年代臺灣還有海盜版，流通甚廣。可惜王利器囿於環境，竟在書出版後三十年仍不知其已刊！接到他的要求後，我翻查王重民的書目數次，始終找不到哪一本四字標題的明人總集在解題內有講及《水滸》，更不要說聲明花了三分之一篇幅去收錄《三國演義》和《水滸》故事。不能確認書名，即使跑去國會圖書館，茫茫書海，亦無從入手。覆信時，我已解釋清楚這困難。他要先認出書名，別人才能幫他忙。

1982年10月，初遊京華，劉世德兄帶我去拜訪王利器，遂重提此事，並解釋洛克菲爾當指洛克菲爾基金會（Rockefeller Foundation），該處亦有是書一套之說必誤。基金會之作業在給個人和機構提供研究費，不是圖書館，絕不會庋藏中國古籍。當年王重民在國會圖書館整理善本，薪金來源出自此基金會；見當時任國會圖書館東方部主管的畢愛域（自訂漢名不詳，Edwin Beal, Jr., 1913-2002）在《善本書錄》的〈前言（Forward）〉中的說明。這可能就是致誤之由。但王利器斬釘截鐵地說見過王重民編的書目兩種，分記兩處均有這部明人總集。我復強調，即使國會圖書館確有此書，不先弄清楚書名就無法作進一步調查。王利器回謂希望見到王重民所編國會目的整個總集部分。這事不難，我回來後立刻把這部分全部複印，空郵給他。不久便收到回信，他說認出來

了，是《古今奇文品勝》。根本不是四字標題！

王重民在國會目內解釋此書還算詳細，但沒有提及《水滸》（下引文略簡）：

> 《古今奇文品勝》五卷：明天啓間刻本。原題「句容王衡孔貞運編選，古莆元贊曾楚卿校閱，臨川毛伯丘兆麟參訂」。貞運，孔子六十三代孫也，萬曆四十七年以殿試第二人授編修，天啓中充經筵展書官，崇禎九年入內閣，及張至發去位，貞運代為首輔，事蹟見《明史》卷二百五十三本傳。觀於此，可知是書何以託名貞運之故矣。卷內書題標作《鼎鋟百名公評林訓釋古今奇文品勝》，然差誤百出，訛白滿紙，蓋出於三家村學究之手，較坊賈又下矣。所選關雲長、諸葛亮之文半出小說，然則三家村中古文大師已奉《三國演義》為正統矣（頁1088）。

既然沒有提《水滸》，王利器言之鑿鑿的印象是怎樣得來的？他又憑甚麼指此即該書？王利器並沒有再作解釋。

王重民旅美期間，僅曾替國會圖書館和普林斯敦大學葛思德圖書館兩處做過善本整理和編目的工作。他編著的葛館善本目沒有印出來，稿本成為六十年代中期屈萬里（1907-1979）替葛館重新整理善本時的工作底本。但最關要之處是，葛館根本沒有《古今奇文品勝》，故王重民以在美二館工作的稿本示王利器時，王利器祇可能見到一館藏有《古今奇文品勝》的紀錄，而絕不可能看見二館均有是書的記載，更不會有其中一處為洛克菲爾氏藏書的話。葛館的善本目印行出來迄今已超過四分之一世紀：屈萬里，《普林斯敦大學葛思德東方圖書館中文善本書志》（臺北：藝文印書館，1975年）。一檢便知葛館並無此書。王利器四出宣揚其印象時，他很可能未看過這本當時已刊行五六年之屈著葛館目。這是環境影響學術的顯例。

　　我影寄王重民國會目有關部分給王利器後不久，王重民先後在國內外閱讀善本的紀錄也終出版了。這本命名《中國善本書提要》（上海：上海古籍出版社，1983年）的書把整本國會目都收了進出。王利器如兼要檢查明人總集以外的國會藏品也可輕易辦得到了。

　　到了1984年3月中旬，泰來終在國會圖書館看到這部《古今奇文品勝》，製了幾張書影。兩個月後，我也看到這個本子（見本集插圖五十一）。在我看到此本前四週，還偶然在哈佛大學哈佛燕京圖書館發現另外一個版式不同而內容無異的別本；這個別本與洛克菲爾家族及他們的基金會毫無關係。這個別本的情形，現在也有很方便的參考資料可用：沈津，《美國哈佛大學哈佛燕京圖書館中文善本書志》（上海：上海辭書出版社，1999年），頁588-589。雖然這是王利器辭世後始出版之書，也應一併列出。

　　另外，日本內閣文庫也有《古今奇文品勝》；見《內閣文庫漢籍分類目錄》（東京：內閣文庫，1956年），頁412。但不知該處之本與國會圖書館者或哈佛燕京圖書館者是否爲同物，抑或又是另一別本。此話雖無關宏旨，還是說齊爲佳。

　　這部《古今奇文品勝》既與《水滸》無關，王利器且謝世多年，此書本無需再提了。但王利器四出呼籲，喚發有興趣者去找那本他當時說不出書名之書在先，令這件事早成上了紀錄的懸案。待事情發展下來，真相大白，知道究竟者始終祇有王利器、我，和泰來三人。自王利器知道真相至其辭世，悠長十四五年，他並不覺得有解鈴還須繫鈴人，由他解除懸案的責任，終沒有發表澄清之言。這樣下去祇會害得將來的研究者白費腳力，所以事情雖已結束了好一段日子，我還是應趁此機會把真相說出來。

　　以幻覺爲實事，信口雌黃，隨意宣揚，發言者聲名愈響亮，遺害亦必愈久遠，有責任感的學者誠以爲戒。

宋江感嘆燕青射雁所作詞的標點問題

　　中國的古籍通常無斷句（間有加傳統斷句的，僅屬偶然一見），更談不上新式標點，故今人讀古書的舊刊本，時遇句讀困難。章回小說以語體出之，難於句讀的可能性雖相對減少，然苟遇到困難，同樣不易解決。

　　準備《插增本簡本水滸傳存文輯校》的稿本時，每遇句讀難題。困難很多時候是先天性的。輯校插增本的主要工作在把插增甲本、插增乙本，和評林本排刊爲一個長達八百餘頁的三欄平行相應，容易顯示異同的大表格。因爲這三個本子都是錯誤滿紙的粗劣貨色，錯的漏的不時弄到不論如何斷句也無法讀得通。遇到這種情形的時候，參考年代雖較後，印刷卻較精的簡本（如劉興我本和藜光堂本）往往有幫助。真能幫忙的倒是容與堂本，因爲句讀之難經常是胡亂刪節的結果，而通過容與堂本完整的句語就可以知道，即使試圖刪簡，句子該是怎樣子才算達到起碼的句法要求。

　　可是在整個工作過程中所遇到最難解決的一例，倒與自繁變簡的刪節工作全無關係。那例涉及一首早有兩種就文義來講都說得過去，卻難定取捨的標點法的詞。

　　百回繁本講完征遼後，有五臺山宋江參禪、雙林渡燕青射雁的故事（第九十回）。宋江感嘆燕青射雁的不仁，遂作一首沒有標明詞

牌的詞。簡本也有這段情節。就《水滸》版本的一般情形而言，各種繁本之間，文字差異很微；簡本與簡本之間，文字卻另有簡繁之別，且時呈極端。但諸簡本中的這首詞文字基本統一，也與見於繁本者無異。處理這首詞的困難不在文字分別，而是在如何標點。

近人標點這首詞，有二各具道理，各呈權威的處理法。

二十年代初，小說研究剛成為專業時，上海的亞東圖書館是負起研究與推廣任務的重鎮。在汪原放（1897-1980）的領導下，該館加新式標點出版一系列前冠胡適長序的明清章回小說。這系列對小說研究能在民初贏得學術地位深有關係。本來要指出標點出自何人之手殊不容易。幸好汪原放自己說出來，系列內各書絕大部分的標點都是他做的；見汪原放，《回憶亞東圖書館》（上海：學林出版社，1983年），頁56-66、217-218、241。

系列內的小說與那首詞有關者僅一種，即該館於1924年用陳忱《水滸後傳》和截採簡本自柴進入禁苑以後故事而成的《征四寇傳》合為一書出版的《水滸續集》。（該館1920年所刊的《水滸》為七十回本，故沒有那首詞）。按上列汪原放日後所說的話，這本書是他標點的；至於該書版權頁所列標點者為「汪原放、章希呂」，大概可理解為章希呂僅負責一小部分。

在《水滸續集》下冊內的《征四寇傳》裏，那首詞的標點是這樣處理的（第十七回〔應作第八十三回〕，頁5）：

> 楚天空闊雁離群，萬里恍然驚散。　自顧影欲下寒塘，正草枯沙淨，水平天遠寫不成書，只寄得相思一點。　暮日空山，曉煙古塹，訴不盡許多哀怨。揀盡蘆花無處宿，嘆何時玉關重見？　嘹唳號愁鳴咽恨，江渚難留戀。　試觀他春盡歸來，畫梁雙燕。

由於胡適、汪原放諸人的鼓吹，到了二十年代後期用標點本形

式刊行古典小說已成一時風尙。1927年涵芬樓把他們所藏的袁無涯、楊定見的一百二十回本《水滸傳》排印為標點本，為了等胡適寫序，遲至1929年10月才用《一百二十回的水滸》為名，列入《萬有文庫》內出版。由於一百二十回本故事情節的變易，那首詞出現在王慶被擒之後，文字與見於簡本和百回繁本者無基本之別。商務這部排印本的標點應是館內編輯人員做的。那首見於第一百十回的詞作如下處理（冊19，頁5-6）：

> 楚天空闊雁離群，萬里恍然驚散。自顧影欲下寒塘。正草枯沙淨，水平天遠。寫不成書，只寄的相思一點。暮日空濠，曉煙古塹，訴不盡許多哀怨。揀盡蘆花無處宿，嘆何時玉關重見。嘹嚦憂愁鳴咽，恨江渚難留戀。請觀他春畫歸來，畫梁雙燕。

亞東圖書館和商務印書館從同樣角度去標點那首詞，故分別很有限。亞東圖書館的《水滸續集》既早出版好幾年，且頗受歡迎，商務的編輯諒必曾用作參考。至於兩者之間那首詞標點的小異是否代表商務的編輯所作的改良，無關宏旨，現不必為此分神。

五十年代初，鄭振鐸、王利器等編校一百二十回的《水滸全傳》時，那部分的故事亦如二十多年前商務印書館推出的《一百二十回的水滸》一樣，用袁無涯、楊定見的本子。他們標點那首詞作（下冊，頁1650）：

> 楚天空闊，雁離群萬里，恍然驚散。自顧影欲下寒塘，正草枯沙淨，水平天遠，寫不成書，只寄的相思一點。暮日空濠，曉煙古塹，訴不盡許多哀怨。揀盡蘆花無處宿，嘆何時玉關重見！嘹嚦憂愁鳴咽，恨江渚難留戀。請觀他春畫歸來，畫梁雙燕。

所用的標點法和以前亞東、商務二書者分別極大,特別是詞的首十三字。

1988年上海古籍出版社印行標點本的容與堂百回繁本。校點工作由凌賡、恒鶴、刁寧負責。所採標點法如下(下冊,頁1313):

> 楚天空闊,雁離群萬里,恍然驚散。自顧影、欲下寒塘,
> 正草枯沙淨,水平天遠。寫不成書,只寄的相思一點。暮
> 日空濛,曉煙古塹,訴不盡許多哀怨。揀盡蘆花無處宿,
> 嘆何時、玉關重見。嘹嚦憂愁鳴咽,恨江渚難留戀。請觀
> 他春晝歸來,畫梁雙燕。

與鄭編本者不盡同,但有分別之處祇能說是小異(以鄭編本之享盛譽,凌賡等必曾用作參考,分別是否反映改良,現也不必分神),故仍應視爲與鄭編本用同樣的角度去處理那首詞的標點。

另外,李永祜用北京圖書館庋藏的插圖本容與堂本爲底本,點校爲《諸名家先生批評忠義水滸傳》(北京:中華書局,1997年),所用資料與凌賡諸人同。按其出版日期,鄭編本、凌賡本當會全用過。書中標點那首詞(下冊,頁1186-1187),與見於凌賡本者祇有以感嘆號代替句號之類的小異。因此,仍當視之爲與鄭編本同屬一組。

至此得待解決的問題已很明顯,即亞東、商務二書和鄭編本所代表的兩種不同標點角度該如何取捨?

存世的《水滸》罕本,不計精劣,全在我手。這是一般研究者不具備的工作條件。難道此等材料全幫不上忙嗎?情形幾乎就是這樣子。我手邊的本子差不多都是沒有斷句的,查檢前原不抱厚望。翻檢一下,十分驚喜,原來起碼有兩個本子有傳統斷句:一爲屬於簡本系統的劉興我本(那首詞在此本如何斷句,見本集插圖五十二),另一爲屬於繁本系統的鍾批本(此本如何處理那首詞的斷句,見本集插圖五十三)。無獨有偶,它們所採的標點都和亞東、商務

二書者差不多。劉興我本和鍾批本悉爲明版，這樣標點起碼可以代表明末坊賈的看法，而且二書一繁一簡，分屬不同系統，代表性確夠理想。這些特色合起來可以理解爲非常有力的證據。如此便很易得出汪原放和商務編輯人員弄對了，而鄭振鐸、凌賡、李永祜諸人皆誤的結論。

豈料錯的倒是汪原放和商務編輯人員以及那些明代坊賈。原來那首詞是拿南宋詞人張炎（1245-1314以後）的「解連環」詞抄抄改改弄出來的，它的標點自然也就應依從「解連環」這詞牌的規律。一旦知道真相，一切都顯得簡單了。

王利器很早就知道那首號稱宋江所作的詞的來歷（見其〈《水滸》中所採用的話本資料〉，《光明日報》，1954年7月3月1，「文學遺產」10期），故鄭編本能正確地處理這首詞。因爲鄭編本特享盛譽，影響所及，這標點法也就成爲在大陸上數十年間處理那首詞的定式。

我對詞的認識祇配稱門外漢，非要靠參考工具不可。王利器那篇文章六十年代初讀過，內容早不復記憶，何況那首詞僅在文內略略帶過而已。當發覺宋江那首詞難於標點時，記得王珏、李殿元《水滸大觀》書中有〈《水滸傳》中的詩詞出處〉一章（頁405-420），分門別類地講得不差，便取來一看。因該章沒有提及那首詞，遂以爲其無來歷，轉向從版本等門徑入手。走過一個大圈子以後，偶檢及王利器那篇舊文才恍然大悟。後來讀到寧稼雨的評論（見其《漫話水滸傳》，頁148-149），和偶又檢及王利器另一篇發表了一段時日之文，〈《水滸》留文索隱〉，《文史》，10期（1980年10月），頁232-233（此文並收入王利器，《耐雪堂集》北京和臺北兩版），終確知那首詞真會騙人，不獨余象斗視之爲真貨，清人曾慶篤同樣中招。

幸而在輯校插增本的整個過程中，再沒有遇到另一個需要如此費神處理的標點問題。

企圖瞞天過海的《給水滸傳裏人物的信》

　　騙子論膽量，首推文抄公。用別的方法去行騙，確有逍遙法外的可能。唯獨抄襲別人的文章，一經發表，再也改不了，遲早會被揭穿。

　　世間之有文抄公，是因爲胸中墨水不多的人控制不了出版慾，或各種名利雙收的企圖。既然文抄公平素讀書極有限，給他看中的就不可能爲稀罕之物。永據別人文章爲己有，機會是不存在的。

　　古典小說成爲認可的研究對象，時間不長，然而文抄公的活動早有紀錄。郭箴一的《中國小說史》（長沙：商務印書館，1939年）和李輝英（1911-1991）《中國小說史》（香港：東亞書局，1970年）抄法各有千秋，堪稱雙絕，就是這樣的紀錄。這兩本書我以前評過，不用再說；見馬幼垣，《中國小說史集稿》，修訂本，頁261-264、275-278。這類書和其他行頭內的文抄公作品一樣，抄的東西總會有三幾件。膽子大到僅抄一書，即成傑作者，在任何行頭裏恐都難找一例。

　　豈料在向以嚴謹著稱的《水滸》研究領域裏竟有這樣荒唐的例子。那就是葉嘉瑩的《給水滸傳裏的人物的信》（臺北：時報文化出版事業公司，1985年）（下簡稱葉書）。

　　葉書體積小到不能再小。書厚181頁，不算薄，用的卻是比一

般袖珍本還要小三分之一左右的六十四開本！書的字數極爲有限，不削足適履，根本印不成書。儘管如此，書還是排印得疏疏落落的，好些頁數空位和排字部分平分秋色。臺灣名詞稱這種書爲灌水書。祇要書的內容精采獨得，灌水與否僅屬形式問題，本不足爲病，故批評葉書還是應以內容爲準則。

雖然用古事今看的筆調，寫信給歷史人物或古典文學作品裏的人物是八十年代臺灣報紙副刊和雜誌流行一時的寫作方式，替《水滸》人物寫一系列這樣的信難免在形式上有拾人牙慧的意味，此舉仍是可喜之事，因爲它可以使嚴謹有餘，活潑不足的《水滸》研究增加輕鬆的一面。可惜這是文抄公光抄一書弄出來的勾當。如果讀者覺得此書評論《水滸》人物確實有獨特之處，那麼一切光榮應盡歸張恨水一人。

張恨水雖以鴛鴦蝴蝶派小說見稱於時，他畢竟舊學根基好，會讀書，而且真的把《水滸》讀通了，所作《水滸新傳》（重慶：建中出版社，1943年），風格就與一般《水滸》續書截然不同。《水滸人物論贊》（下簡稱張著）是他對《水滸》深切認識的另一表現。

張著的出版頗屬偶然。張恨水先於1927-1928年在北平《世界日報》和《世界晚報》副刊發展《水滸》人物論贊三十篇，後於1936年在南京《南京人報》副刊除轉載前稿外，添寫十餘篇。1944年復在重慶續寫至近共九十篇。又三年始於上海刊爲單行本。其後復在1948年1月5月間由北平《明報畫刊》第82期至第100期轉載（這次諒與稻粱謀有關）。張著費時十載，經涉四城，是大動盪時期著述艱難的好例子。

三四十年代北平、南京的報紙和雜誌雖早非一般研究者可望染指，更遑論普羅大眾。那本內戰時期刊售的單行本卻異常流通，晚至六十年初期，香港的書店仍有現貨，因此各地圖書館多有入藏。弄到一冊，便以爲可以肆意抄襲而不爲人所知，自然是莽想。

張著所收《水滸》人物論贊，各篇獨立，分爲三組：天星三十

六人全有贊，共三十三篇（內一人兩贊者二篇，二三人合贊者三篇，地星穆春附入穆弘之贊）；地星選贊二十九人（連穆春爲三十人），共二十三篇（內二人合贊者六篇）；非梁山人物抽贊四十三人（包括施耐庵、羅貫中、金聖歎三個書外人物），共三十二篇（內二至六人合贊者五篇）。三組合計，論贊一百零九人。

葉書按人物出場次第，寫八十六封信給一百零六人（內十三封信合寫給二至六人）。

兩書比較，便不難發覺以下的情況祇可以從瞎抄的角度去解釋：（一）張著選論地星三十人，連地星人物的半數都不到。葉書談論的地星亦是那三十個，完全相同。（二）在幾乎數不清的非梁山人物當中，張著僅論四十三人，選擇相當主觀。任何讀者都可以開到一張補遺單出來（宋太公，施恩父，二穆之父，宋徽宗，鎮關西，智真長老，白秀英，羅真人，欒廷玉……）。葉書除不談施耐庵等三個書外人物外，其餘四十人悉數無異。（三）凡遇張著以二至六人合併爲一單位時，葉書亦作同樣處理，毫無分別。張著和葉書相隔近四十年，誰抄誰，還用說！

或者有人會替葉嘉瑩辯，說縱然她全依張恨水去選談《水滸》人物，對這些人物還是可以有自己的看法的。真相如何，不妨選兩個複雜性成對比的人物來看看。

《水滸》人物沒有比宋江更複雜的。談宋江，話題和角度幾無窮盡。論者祇要有點兒思考能力，總可以說幾句自己的話。

張恨水兩論宋江，說到第二次時，話題和角度都很窄。葉嘉瑩也給宋江兩封信。張的宋江第二論和葉給宋的第一封信正是表露葉書真相的資料。兩者排比起來，情形就會很清楚（張著祇有傳統斷句，無新式標點，茲代更易）：

張著	葉書
人不得已而爲賊，賊可恕也。人不得已而爲盜，盜亦可恕也。今	公明首領：　俗語說「人貧志短。」爲了生

其人無不得已之勢，而已居心爲賊爲盜。既已爲賊爲盜矣，而又曰：「我非賊非盜，暫存水泊，以待朝廷之招安耳。」此非淆惑是非，倒因爲果之至者乎？孔子曰：「鄉原德之賊也。」吾亦曰：「若而人者，盜賊之盜賊也。其人爲誰，宋江是已。」

宋江一鄆城小吏耳。觀其人無文章經世之才，亦無拔木扛鼎之勇，而僅僅以小仁小惠，施於殺人越貨，江湖亡命之徒，以博得仗義疏財及時雨之名而已。何足道哉！夫彼所謂仗義者何？能以大錠銀子買黑旋風一類之人耳。質言之，即結交風塵中不安分之人也。人而至於不務立功立德立言，處心積慮以謀天下盜匪聞其名，此其人尙可問耶？

宋江在潯陽樓題壁有曰：「他年若得報冤仇，血染潯陽江口。」又曰：「他時若遂凌雲志，敢笑黃巢不丈夫。」咄咄！江之仇誰也？

計所迫，不得已去偷，去搶，在國法上固然不能寬恕，可是在人情上卻還有值得可以寬恕的餘地。管仲說過：「衣食足而知榮辱。」對於一般大眾，原不能一定用希聖希賢的準則衡量啊！

閣下沒有不得已的情形，沒有生活的壓力，卻存心想走邪路。作了梁山泊大頭領之後，卻又說：「我不是想作強盜，只是暫時棲身水泊，等待朝廷招安。」這豈不是混淆視聽，倒因爲果的事嗎？孔子說：「鄉原德之賊也。」所以我也大膽說一句：「閣下盜賊中之盜賊也。」

閣下有及時雨的雅號，這是由於閣下仗義疏財而得來的。然而閣下所仗的義是什麼呢？藐視大宋朝的王法，買放東溪村劫財的強盜而已；閣下所疏的財是什麼？拿大錠銀子收買黑旋風李逵一流人物而已。不管是仗義，是疏財，都不過是結交一些江湖上不安分的人物罷了。一個不能從立功立德立言上下功夫，只是處心積慮揚名聲在江湖黑道人物之間，對這些我還說閣下什麼呢？不過閣下只是鄆城縣一個押司，當然沒能夠飽讀詩書，而冀望閣下有文章經世之才，也未免近似癡人說夢了。

閣下在潯陽樓題壁詩上說：「他年若得報冤仇，血染潯陽江口。」又說：「他時若遂凌雲志，敢笑黃巢不丈夫。」請問閣下的冤仇何在？

血染潯陽江口，何事也？不丈夫之黃巢，何人也？宋一口道破，此實欲奪趙家天下，而以造反不成爲恥矣。奈之何直至水泊以後，猶日日言等候朝廷招安耶？反趙猶可置之成王敗寇之列，而實欲反趙，猶口言忠義，以待招安欺衆兄弟爲己用，其罪不可勝誅矣。雖然，宋之意，始略盜，繼爲盜，亦欲由盜取徑而富貴耳。富貴可求，古今中外，人固無所不樂爲也。

仇人是誰？血染潯陽江口又是何等的事體？黃巢不丈夫，那麼丈夫又該怎樣？這些問題閣下回答起來，也許有一番美麗的謊言。現在我替閣下作一個答覆罷。那就是：要奪取大宋朝天下，而以造反不成是極可恥的了。既然這樣，爲什麼還整天在說：等候朝廷招安呢？

反宋反趙家天下，用現在的話說，還可說是什麼「革命」。萬一成功了，也許歷史上可以抹去強盜的醜名；不過內心反趙反宋，可是口口聲聲侈談忠義，用等待招安作口號欺騙衆家兄弟，更利用何道士弄出甚麼石碣來，好教一百零七個人都安於天命，爲閣下所用，可以說是其心可誅了。

閣下由結交強盜而作強盜，說穿了不過是由強盜而取得富貴而已。凡是可以求得富貴的，古今中外能辨別它不義而不作的，又有幾個人呢？我今天之責怪閣下，就算狗拿耗子多管閒事吧！

最後我要說的是：我口口聲聲稱呼閣下爲「閣下」，並不是閣下曾經位列三公，也不是懾於閣下梁山泊寨主之威。只是「閣下」這個敬稱，近代本來已是沿用漸濫，同時有些地方用「閣下」稱人，反而有點揶揄的意味！這是閣下應該知道的。

張恨水這篇宋江第二論，簡單而獨特，自成一家言，不管正誤

如何，總不是別人可以據爲己有的。抄襲者伸縮和移置的本領再高明，就算滲入己見，始終是不明事情本質的莽舉。更何況腦袋空空的葉嘉瑩根本沒有加添些具實質的話。

爲何與葉嘉瑩給宋江的第一封信相應的是張恨水的宋江第二論？因爲張的宋江首論變成了葉給宋江的第二封信。對換號碼大概就是創作力的表現吧。

宋江是《水滸》人物當中最易讓評者表達個人意見的，因爲可供選擇的重點，可以選用的角度實在多。葉嘉瑩卻以改裝別人的短章爲滿足。那麼遇到代表另一極端，述事很有限的人物時，她又如何處理？

這點可用小人物韓伯龍爲例，並仍用兩書相比之法來說明：

張著	葉書
昔有嘲吹法螺者，舉一諧談相告，其辭曰：一老婦致信於人，而其後贅以通信地址，謂有信直寄南京，頭品頂戴，雙眼花翎，御賜黃馬褂，兩江總督衙門，交左隔壁裁縫鋪王媽媽收便是。當讀信者讀至上項官銜時，直是一句一心跳，一跳一汗下，及至交左隔壁裁縫鋪王媽媽，則又不禁啞然失笑，笑且不可仰也。 大凡榮利之心，盡人而有。上焉者，力自爲謀，次焉者依草附木，下焉者則招搖撞騙，極冒濫之能事。事而至於冒濫，本不必有所根據，幸而略有可沾染。若王媽媽隔壁之兩江總督，又焉能漠然置之耶？韓伯龍之於梁山，雖未發生關係，然而得頭領朱貴之允許，權在村中賣酒。此不僅是總督衙門左隔	老韓： 　　從前有個笑話，不知道你聽過沒有？那笑話是： 　　　　有一個人給朋友寫信，信封 　　　　上寫自己的住址時，竟寫頭 　　　　品頂戴、雙眼花翎、都察院 　　　　右都御史銜、管理五口通商 　　　　事務南洋通商大臣、兩江總 　　　　督衙門左隔壁某某人寄。 　　老韓，你聽了這笑話覺得怎樣？藉口是某某名人的子姪親眷，到處招搖撞騙的人多的是，所以對於你的行爲我只覺得可憐而已。 　　你投靠朱貴而開酒店，正像是已經巴結到總督衙門的戈什哈，總算沾到總督的一點邊了，又怎能不誇耀一番呢？又怎能不藉此唬唬人呢？不料想竟碰上李逵，自然西洋鏡被拆穿了。

壁，且進一步而與衙門中上差戈什辦差。於是欣欣然舉以告人曰：「我亦制臺大人門下之官。」本不爲過。故韓伯龍謂老爺是梁山泊好漢，要驚得李逵屁滾尿流，實亦自覺其言之當。而初不料不怕不識貨，只怕貨比貨，適爲小巫見大巫也。而李逵暗思卻又那裏認得這個鳥人。以老爺與鳥人作對，真是絕倒。吾不知逢人以老爺自命者，亦有以鳥人視之者乎？恐其自身亦不得而知矣。

嗟夫！世之冠蓋憧憧，舟車魚鹿，飲食徵逐者，何往而非韓伯龍之徒耶？盡數懲之，恐不免視人頭如量豆。質之上天好生之德，孰得忍而懲之？李二哥獨於一韓伯龍而以板斧相試，未免所見不廣矣。如韓伯龍者，殆有命焉。

世上像你這樣的人不少。一般人對你這樣的人，只要不侵害到個人權利，多半不會太計較的。你的死，只怪李二哥太殺風景了。

葉嘉瑩的技倆就祇有那可憐的一套，連張恨水引言式的釋例也照抄不誤。張恨水援清代掌故去解釋宋代背景的事物，並不算合適，但用作一般的比喻，就不必吹求。葉嘉瑩卻把事情弄得更糟。她既採用寫信的方式，便變成直接問韓伯龍了。試問宋徽宗時代的人又怎該聽過甚麼南洋大臣、兩江總督？淺學之輩動輒都會露出馬腳。

最糟的是，張著這篇是書中的敗筆，寫得極幼稚。韓伯龍誠意投奔之可貴，入夥程序之中規中矩（這一點見馬幼垣，《水滸論衡》，頁281-283），張恨水全看不出來，祇是依從金聖歎的老話去胡罵韓一頓。再佳的書也有錯誤和較弱的部分，葉嘉瑩怎能一股腦兒全抄過去。

　　看完葉嘉瑩如何處理最複雜和最簡單的人物後，其他在此兩端之間的人物就不用浪費筆墨去說了。

　　還需提及者，尚有二事。其一為刊書的實用目標。張恨水希望通過評論《水滸》人物去教導青年人寫文言文，因而特別留心語助詞的運用。葉嘉瑩同樣希望她的「理想的白話文」可以幫助中學學生提高寫作能力（對被害者說，他的死「太殺風景了」，恐也難稱為「理想的白話文」吧）。模仿也好，偶合也罷，這點是無需追究的。

　　其二為葉嘉瑩的學養和治學態度。葉書序文講及《水滸》研究，僅引述胡適和薩孟武（1897-1984）的意見。晚至八十年代中期，談《水滸》研究祇能舉出胡薩二人封塵之作，葉嘉瑩孤陋寡聞的程度不難想見。序文及書中任何部分絕口不提張恨水，這點就難要求她坦白了。

　　總而言之，葉書有別於張著的地方僅限於表面的三點：（一）書簡體代替論贊體；（二）用左伸右縮，東搬西移的法子把文言變成白話；（三）人物排列次序的更改。作為張著核心的評論人物的選擇和評論的內容，葉書都照單全收，不參考別的同類著述，不添增己見，結果就是一書變一書。這無疑是抄襲之作中的極端例子。按傳統觀念，葉書就是徹頭徹尾的偽書。

　　古今作偽者多具自知之明，利用別署、託名等法去拉遠自己和書的距離。儘管用真姓名，也不會狂莽到乘機自我宣傳一番的。葉嘉瑩卻相信此書能助其留名後世，遂在書首設個人資料專頁。原來她1921年生於北平，畢業於輔仁大學國文系；遷臺後，歷任臺灣師大附中、建國中學教師、輔仁大學教授等職。具備如此名門正宗的履歷，還需出抄襲的下策！既受過正規訓練，怎會連抄襲也得找三幾本書來湊合以便易於瞞天過海的道理也不明白？除了不把讀者放在眼內外，不易找到別的解釋。

　　不惜費辭去檢舉葉書，目的有二。在《水滸》研究的領域裏，

這是清理門戶。在推行文化事業的隊伍裏，這是讓試圖充文抄公者明白此路之不可行。

——《中國小說研究會報》（漢城），

21期（1995年3月）

禍棗災梨的《水滸系列小說集成》

　　傳統的線裝本叢書（包括近人以線裝形式〔如《百部叢書集成》〕或洋裝形式〔如《北京圖書館藏古籍珍本叢刊》〕複製舊有叢書品項的新傳統叢書），和以排版方法（包括電腦植字）出之的新式古籍叢書，是向讀者提供罕見而不易單獨刊售的舊籍的好法子。但書商為了避免點存的困難，和銷售時極難處理的品項剩餘不均問題，叢書慣常是整套賣的。愈是規模大的叢書愈不會重視向個別讀者推售的銷量。可是發展至今，連圖書館選購起來也出現極不合理的情況──往往為了三幾本罕見的書而逼得購入一大套所收品物絕大多數和館中藏品重複得難以星算的新刊叢書。這是愈來愈嚴重，足令圖書館員談起來大吐苦水的問題。有些圖書館乾脆不買那些製造複本泛濫的叢書，儘管叢書內有若干極難一遇之物。

　　我向來不買不零售的叢書。1999年初春因事客寧，任務既畢，遊覽書肆，赫然見架上擺列十四冊一套，由黑龍江人民出版社刊行於1997年，外觀十分奪目的《水滸系列小說集成》（下簡稱《集成》）。拿來一看，竟不知所措，買或不買，想了好久才決定破例買下來。

　　我治學素本香港大學中文系數代授受相傳，不盡讀古今中外資料不甘心的明訓，二十年前開始專意《水滸》，即以網羅所有現存《水滸》珍本為首要步驟（到現在，自《水滸》面世至清中葉的珍

本，僅一本未到手而已），連《水滸》續書，甚至今人的無聊仿作
也不放過。

說到這裏，還是先開列《集成》的細目，其中稀見者作較詳細
說明。因各冊不注明冊數，茲約略按時序排次，並補記冊數（一冊
所收，每有年代相去甚遠，甚或年代顛次之物，故不能排出一張純
按年代的總單子）。作者年代照《集成》所書直錄：

冊1-2：　(明)施耐庵，《水滸全傳》

　　　　　據明萬曆袁無涯所刊一百二十回本。《集成》本由唐風、
　　　　　邴淑敏校點。

冊3-4：　(明末清初)金聖歎評，《貫華堂第五才子水滸傳》

　　　　　據明崇禎間貫華堂所刊金聖歎七十回(前有楔子)腰斬本。
　　　　　《集成》本由魏平、文博校點。

冊5：　　(清初)陳忱，《水滸後傳》

　　　　　四十回。用清康熙甲辰(1664)本爲底本；此爲明亡之年，
　　　　　而陳忱入清後不久即逝世，故應視爲明末清初人。《集成》
　　　　　本由張安祖校點。

冊6：　　(清初)青蓮室主人，《後水滸傳》

　　　　　四十五回。據清初刻本，《集成》本由呂安校點。

冊7-8：　(清)俞萬春，《結水滸傳》

　　　　　七十回（接金聖歎本寫至第一百四十回）。俞萬春
　　　　　(1794-1849)此書慣稱爲《蕩寇志》，但《集成》之編者在
　　　　　此叢書不同的說明部分偏要以《結水滸傳》稱之。《集成》
　　　　　本由梅慶吉校點。

冊9：　　(清)陸士諤，《新水滸》

　　　　　二十四回。據宣統元年(1909)改良小說社本。陸士諤
　　　　　(1879-1944)爲清末民初的多產小說家。《集成》本由歐陽
　　　　　健校點。

　　　　　(清)西泠冬青，《新水滸》

原書甲、乙兩集共四十八回。據光緒三十三年（1907）鴻文恒記書局本，收甲集十四回。《集成》本由于潤琦校點。

（民國）張恨水，《水滸別傳》

二十回。1933年10月10日至1934年8月4日刊《北平晨報》，未曾單行。此爲張恨水所寫的的第二本《水滸》續書（另一本見後）。《集成》本由董大衛校點。

冊10： （民國）冷佛，《續水滸傳》

冷佛本名王作鎬（1858-?），曾任長春《盛京時報》副刊編輯，長篇小說作品頗多。是書1924-1926年間在《盛京時報》發表，前未曾單行。《集成》本由高崑校點。

冊11： （民國）梅寄鶴，《古本水滸傳》

接金聖歎本寫至第一百二十回，共五十回。此書爲梅寄鶴所作，並非古本。《集成》據1933年上海中西書局本重排，由宋曙光校點。

冊12： （民國）張恨水，《水滸新傳》

先於1940年夏至1941年底在上海《新聞報》連續刊至第四十六回，因上海淪陷而止。後在重慶續寫完至第六十八回。《集成》據1943年重慶建中出版社本（此本如那時的其他大後方出版物一樣，早十分罕見）重排，由盧世興、關曉娟校點。

冊13： （民國）嘉魚，《戲續水滸新傳》

嘉魚（鍾吉宇，1901-1986）自張恨水《水滸新傳》在上海《新聞報》停筆處，續完至第六十回，即得十五回，於1942年3月至1943年3月在上海《吉報》發表，仍用張著書名。未出過單行本。《集成》編者另立新名以資區別。《集成》本由黃尙文校點。

冊14： （民國）劉盛業，《水滸外傳》

劉盛業（1915-1960）此書不用傳統章回形式而分爲二十一

節。《集成》用1947年上海懷正文化社本排印，由張家偉校點。

（民國）姜鴻飛，《水滸中傳》

中傳云云，指其上承盧俊義驚惡夢，下接陳忱《水滸後傳》，共三十回。由陳烈校點的《集成》本以1938上海中國圖書雜誌公司本爲據，並保留原來的王介評點。

（民國）程善之，《殘水滸》

程善之（程慶餘，1880-1942）此書共十六回，原在鎮江《新江蘇日報》連載。《集成》用1933年新江蘇日報館本重排，由殷小舟校點。

十四冊，共收書十五種。

這套叢書的編輯主旨顯然在彙集不同的故事，而不是在配搭版本。這是正確的觀念。提供珍貴版本的叢書祇宜景印出之，別無他法。我們不應要求一套叢書負起兩種不同性質的任務。評論《集成》的成績應從這角度去看。

剛才說過，看到這套叢書時，無法拿定主意。那是因爲十四冊當中雖有十冊對我來說全是廢物，有幾種書卻是我真想要的。明版一百二十回袁無涯本（即楊定見本）、貫華堂金聖歎本等珍本既悉在手中，我何需用不一定沒有手民之失的排印本。即使爲了偶然查檢之便，這些書的排印本我早買了不止一份，分放學校、家中等處。我的情形固然特別，但一般對《水滸》有興趣的讀者，誰找不到（假如尙未買）排印的一百二十回本、金聖歎本、《水滸後傳》，和《蕩寇志》？很難想像，手邊沒有幾種基本《水滸》系列小說者，會購買一套索價昂，冊數多，且以搜羅僻書爲特色的叢書。

職是之故，可以摒棄者就不止上述四書。早些時候由好幾家不同出版社用合共十三萬餘套驚人數量重印傾銷的所謂《古本水滸傳》，目前還沒有急謀再印區區三千份（《集成》的刊行量）的必要。春風文藝出版社（長春）刊售《後水滸傳》（印量34,000份）和中國民

間文藝出版社(北京)重印張恨水《水滸新傳》(印量25,000份)都不是太久以前之事,要否再印三千份,也是值得考慮的。

退一步說,起碼一百二十回本、金聖歎本、《水滸後傳》、《蕩寇志》這類不斷有排印本供應的書是不該強逼讀者和圖書館再買的。這些書的存在,以及它們在《水滸》系列中的地位,在叢書的總說明內交代一下就夠了。僅是減去此四書,《集成》便可以輕而易舉地省下七冊的篇幅。就環保觀念而言,不少株樹可免斧鋸之劫。古人云禍棗災梨,此之謂也。

就算不談環保,這些篇幅也可以用得更有意義。

這套叢書的主編梅慶吉對《水滸》的熱愛溢於言表。正因如此,他對《水滸》本身的故事(不是指續書和仿作的故事)之不夠熟,就令人難以置信。他在叢書〈前言〉中說,繁本《水滸》和簡本《水滸》之別在前者沒有後者的征王慶和征方臘部分(頁1),而一百二十回本就是用增入據簡本改寫的王慶、方臘故事去編成的(頁2)。這種天方夜譚的話出自專家之口,簡直匪夷所思。繁本簡本兩系統之別,不盡在文字簡繁之異,繁本還少了征田虎和征王慶兩部分。討方臘的故事則是繁本和簡本均有的。這是《水滸》研究領域內的基本常識,毫不偏僻,專家怎會全無印象,隨意胡言?

正因梅慶吉無此印象,難怪他不理解簡本中的田虎、王慶故事和一百二十回本裏的田虎、王慶故事大相逕庭,人物和情節都分別極大。這就是說,如果《集成》的編輯主旨在彙集不同的故事,那麼年代比《集成》所收諸書全部(包括一百二十回本)都要早的簡本田虎、王慶二傳就絕無不收之理。更何況,〈前言〉說了大半天簡本如何如何,整套叢書,卻一例不收,豈非疏忽?儘管《集成》僅求配齊故事,也起碼應收一款簡本。簡本的收錄與否應取決於故事的異同,而不是根據文字或故事優劣(《集成》所收之書,就有不少被梅慶吉據政治觀點罵得狗彘不食)。

用上述省下來的七冊篇幅去收錄一款簡本,充其量祇可能用去

一冊的篇幅（故字數差異大的簡本還是可以多收些的）。《集成》的用途必會因而更佳，加上強逼讀者購買的重複之物少了，冊數復減少，在在都必然有助銷路。何必反用廣收人手一冊之貨的笨計來填充篇幅！

至此，必有人會問，我爲何買下這套索價不菲，而所收之物對我來說絕大部分重出得無以復加的叢書？答案很簡單。我真正需要的書雖然僅七種（陸士諤、西泠冬青、冷佛、嘉魚、劉盛業、姜鴻諸人之作，加張恨水的《水滸別傳》），合起來也不足四冊，但它們都是極罕之品。若非通過《集成》，即使盡了九牛二虎之力，也未必能找到一兩種。

在追查自晚清至國共內戰期間刊行的《水滸》系列小說，梅慶吉確實花了很大的勁。他在〈前言〉所講的經歷，讀來有如偵探小說。研究者無需浪費腳力，重走那些辛苦路。這就是我爲了不足四冊的資料而買一套合共十四冊的叢書的原因。

假如梅慶吉添入最少一種簡本（余象斗的評林本可作代表，多收一兩種字數差異大者更佳），和採貴精不貴多立場，儘量摒棄那些無供應困難之書，《集成》可以是一套高水準，用得其所，而且印售起來不浪費資源的叢書。倘果如此決定，書名大可易爲較恰當的《水滸系列稀見小說集成》。

陳慶浩（1941- ）、王秋桂編的景印珍本艷情小說叢書《思無邪匯寶》（臺北：臺灣大英百科股份有限公司，1995年），用存目而書不收的辦法去處理唾手可得的萬曆版《金瓶梅詞話》，是別的古籍叢書編輯可以借鏡的法子。

現在編刊古籍叢書絕不應再製造複本泛濫的災害，是任何主編者都要銘記於心的。

——《嶺南學報》，新1期（1999年9月）

後記

此文初刊時用書評形式發表。文中所說存世罕本《水滸》僅差一種未到手而已，指的是北圖出像本，時間則是1999年初夏。其實那時尚欠的罕本還有李玄伯本。這兩個本子現均已到手，另還得了一個當時未知現存日本的本子；情形可參看本集所收〈梁山聚寶記〉一文的後篇。

索引

四劃

十一劃

十六劃

水滸二論

2023年4月二版
有著作權・翻印必究
Printed in Taiwan.

定價：新臺幣950元

著　　　者　馬　幼　垣
叢書主編　沙　淑　芬
校　　　對　崔　小　茹
封面設計　胡　筱　薇

出　　版　者　聯經出版事業股份有限公司
地　　　址　新北市汐止區大同路一段369號1樓
叢書主編電話　(02)86925588轉5310
台北聯經書房　台北市新生南路三段94號
電　　　話　(02)23620308
郵政劃撥帳戶第0100559-3號
郵撥電話　(02)23620308
印　刷　者　世和印製企業有限公司
總　經　銷　聯合發行股份有限公司
發　行　所　新北市新店區寶橋路235巷6弄6號2F
電　　　話　(02)29178022

副總編輯　陳　逸　華
總　編　輯　涂　豐　恩
總　經　理　陳　芝　宇
社　　長　羅　國　俊
發　行　人　林　載　爵

行政院新聞局出版事業登記證局版臺業字第0130號

本書如有缺頁，破損，倒裝請寄回台北聯經書房更換。　ISBN　978-957-08-6851-7 (精裝)
聯經網址 http://www.linkingbooks.com.tw
電子信箱 e-mail:linking@udngroup.com

國家圖書館出版品預行編目資料

水滸二論 / 馬幼垣著 . 二版 . 新北市 . 聯經 . 2023.04 .
　　640面 . 16.3×23.8公分 . 含索引 . 38面 .
　　ISBN　978-957-6851-7（精裝）
　　[2023年4月二版]

　　1.CST：水滸傳 2.CST：研究考訂

857.46　　　　　　　　　　　　　　　112003531

國家圖書館出版品預行編目資料

水滸二論 / 馬幼垣著 . --初版 .
--臺北市：聯經，2005 年（民 94）
640 面；16.3×23.8 公分 .
含索引：38 面
ISBN　957-08-2887-0(精裝)

1.水滸傳-研究與考訂

857.46　　　　　　　　　　　　94010716